上海市剧本创作中心 选编

Shanghai Creative Center of Arts & Culture

读步

ALONG THE VALLEY OF GEMS

——2016 上海新剧作（上）

上海人民出版社

编委会

序

读舞台新作　步文艺高峰　胡劲军

　　舞台艺术是一个系统工程,剧本创作是其中重要环节,因此我们一直强调,剧本是一剧之本。但是好的剧本如何诞生,往往忽视了剧本创作本身也有一个从播种选题、培土育苗到生长成熟的过程,而选题研发是创作之初的重中之重。

　　多年来,剧本创作大都是望天收成,缺乏自觉主动的组织与规划,缺乏一套研发孵化的保障机制。2016年正值"十三五"开局之年,上海市委发布的11号文件提出,"十三五"期间,上海要在文学、影视、舞台艺术、美术、群众文艺、网络文艺六大门类创作完成"百部精品"的目标。这就意味着,我们的创作不能被动地处于散兵作战、各行其是的状态,而要成为宏伟愿景和宏大格局中的一个部分。

　　精品不是一蹴而就的,需要稳扎稳打,精益求精。"十三五"期间,为记录上海舞台艺术创作的发展足迹,我们将逐年出版优秀剧本共计100部,其中每年分上下两册出版20部,这就是《读步——上海新剧作》一书的由来。这套书的陆续出版是一种见证,也是一种鞭策,其意义就在于为时代珍藏记忆,为历史留存档案,让后人记住今天,从高原走向高峰。

　　收入《读步》每个年度卷的作品,大都是当年在上海首演或演出之后又作了重大修改的最新版本,有的属于定稿本,有的还在边演边改,但都是在上海舞台上演出亮相的优秀之作,代表着上海市剧本创作的新水平与新成果,反映着上海舞台艺术剧本创作的基本面貌。而作者们,则不局限于上海本土,凡外地作者为上海文艺院团创作的剧本均在遴选之列。上海舞台艺术的繁荣,离不开全国的支援。上海的剧本创作,同样需要全国剧作家的加盟。唯有如此,上海才有希望收获更多的优秀剧本，上海的舞台艺术创作才有了厚实的剧本富矿。

2019年适逢中华人民共和国建国70周年，第十二届中国艺术节将在上海举办；2020年上海将基本建成国际文化大都市，与此同时，上海市百部文艺精品也将于同年完成预定目标；2021年我们又将在党的诞生地上海迎来建党100周年的辉煌盛典。这些重大节庆和节点都提示我们，上海的舞台艺术正面临着创作繁荣和发展的大好历史机遇，上海应该拿出最好的作品来献礼，攀登文艺创作新的高峰。而这一切的一切，都离不开"一剧之本"的支撑。

我们生在伟大的时代，正如习近平总书记所说，中国不乏生动的故事，上海也不乏生动的故事，关键要有讲好中国故事和上海故事的能力；中国不乏史诗般的实践，上海也不乏史诗般的实践，如党的诞生地、浦东开发开放、上海自贸区建立、上海"四个中心"及科创中心建设等，关键要有创作中国史诗和上海史诗的雄心。我们的文艺家不仅要有这样的雄心，而且要有这样的能力，要善于把古代的故事讲给现代人听，把革命的故事讲给年轻人听，把中国的故事讲给全世界听，践行习总书记"创造性转化、创新性发展"的文艺思想，努力创作中华民族的新史诗。

读舞台新作，步文艺高峰。从"读步"纸间，到"独步"舞台，上海这座城市风姿卓越的文化创造，不仅属于上海、属于中国，也属于世界。让我们镌刻历史，留住记忆。

2017年元月20日

（作者为中共上海市委宣传部副部长）

目录 (按剧名笔画排序)
CONTENTS

003 / 话剧　大明四臣相　肖留　陆军

043 / 四幕话剧　大清相国　洪靖惠

095 / 五幕沪语话剧　汇贤坊　邵宁

153 / 话剧　老大　喻荣军

199 / 话剧　起飞在即　赵潋

247 / 新编历史京剧　春秋二胥　冯钢

271 / 新编昆剧　红楼别梦　罗倩

295 / 昆剧　春江花月夜　罗周

323 / 小剧场越剧　洞君娶妻　莫霞

347 / 沪剧现代戏　小巷总理　徐正清

肖留简介

　　上海戏剧学院戏剧文学系副教授、文学博士。主要著作有《上海淮剧研究》《应用戏剧的理论与实践》《戏曲剧作思维》《戏曲名剧名段编剧技巧评析》《吃蘑菇的机器人》《朱三皮》等。

陆军简介

　　上海戏剧学院教授,博士生导师。上海戏剧学院编剧学研究中心主任。国家社科基金艺术学重大项目首席专家。1990年加入中国作家协会。出版个人专著11种,上演大型戏剧31部,主编图书20余种。曾被授予"全国文化系统劳动模范""文化部优秀专家""上海市科教系统优秀共产党员""宝钢优秀教师奖"等荣誉称号。享受国务院政府特殊津贴。

　　话剧《大明四臣相》获2015国家艺术基金资助、2014上海市重大文艺创作资助(剧本)。由上海戏剧学院首演。

话　剧

大明四臣相

编剧　肖　留　陆　军

人　物

徐　阶　字子升，号少湖，嘉靖朝后期至隆庆朝初年任内阁首辅。分别为52岁和66岁。可由一个演员扮演，建议通过官帽实现身份转变。

严　嵩　字惟中，号勉庵、介溪、分宜等。嘉靖一朝擅专国政达20年之久。80多岁。

张居正　字叔大，号太岳，神宗朝初期首辅。与徐阶有师生之谊。分别为30岁和58岁。

海　瑞　字汝贤，号刚峰，明代著名清官。50余岁。然不妨年青些。

徐　璠　徐阶之子，46岁左右。

徐　成　徐府管家，30余岁左右。

海　忠　海瑞之仆，50岁左右。

知　府　松江知府，40岁左右。

四百姓　徐府乡邻，年龄和性别可自由搭配。

三狱吏　男性，可于体格上搭配。

杨继盛　字仲芳，号椒山，明代著名谏臣，与徐阶有师生之谊。

嘉　靖　50岁左右。可隐于幕后。

信使、仆人、差役等　可由一个演员扮演，30岁左右。

序　幕

［烟雾缭绕，似明似暗。

［古琴曲，如历史一般悠远、神秘，充满杀气。

［严嵩破衣烂衫，手执脏得看不出颜色的碗，拄着根木棍当拐杖；海瑞着大红官袍；徐阶则一袭布衣。

严　嵩　我是严嵩。人们提到我的时候都会说，历史上著名的奸臣。

海　瑞　我是海瑞。人们提到我的时候则会说，历史上著名的忠臣。

徐　阶　我是徐阶。人们提到我的时候——

严、海　（同）没什么人会提到你！

徐　阶　确实，在我死后的几百年里，我的知名度并不高，如果说我的履历里必须有些让你们记得住的东西，那就是我出生在上海的发祥地松江。我身材不高，面容白皙。我怒极的时候，嘴角上翘，面带微笑，左边眉毛微微闪跳。张居正与我有师生之谊，杨继盛也是。我曾经担任大明内阁首辅。我除掉了严嵩，替世宗颁布遗诏来安定天下。圣上曾呼我为老爱卿、老宗师，可我怎么也不会想到，致仕还乡之后，我变成了乡民口中的老匹夫，老奸贼。

［切光。

［乡民们的骂声。徐老贼，你出来，还我们田产！还我多侵占的田产！

一

1

〔徐阶领子徐璠、管家徐成匆上。

徐　璠　父亲,父亲!(趋前跪倒)父亲大人息怒!

徐　阶　何人喧哗?

徐　璠　这……

徐　成　(灵机一动)相爷,今天是您的寿辰,这是前来拜寿的乡邻。

徐　璠　是是是。

徐　阶　哦。(对徐璠)皆是你大肆铺张,惹出的事来。快把人请进来。

徐　璠　(向前)父亲,但恐其中有奸猾之徒,其意不在拜寿而在窥探。父亲一向教导孩低调,切勿奢华,若小民缺少见识,指鹿为马,添油加醋,恐有流言之讥。

徐　阶　(长叹)你若能如此自省,老夫也无忧了。取些寿桃寿果来,散发给众人。

徐　璠　爹爹教诲的是。(低声对徐成)快去驱散他们!

徐　成　好好好!(转身对百姓)不要吵了,太爷给你们发寿果了,不要吵了!

徐　阶　这是何人?

徐　璠　是……是一个仆人。

徐　阶　看他的衣着打扮,竟看不出是我徐家的仆人。看他那煊赫的气势,我倒认他做我徐家的主人!

徐　璠　既然爹爹不喜,我命他换过即是。

徐　阶　我老了,管不了家事,也不知你整天弄些什么。

徐　璠　孩儿听从爹爹教诲,除了日常读书外,就是查看田亩、管理织店,教育子孙。

徐　阶　(示意徐璠坐下)可刚才听你姑父说,一个叫徐成的仆人强横无礼,连御史都敢骂,可有此事?

〔徐璠不敢答。

徐　阶　小小奴仆都如此强横,那你这个做公子的还了得!

徐　璠　(紧张,站起来)启禀爹爹,儿男……儿男已将此人逐出了。

徐　阶　那也罢了。(示意徐璠坐下)

徐　璠　孩儿谨记。

徐　阶　自古盛极必衰,璠儿,为父一生清廉、谨慎,如今我年岁渐老,来日无多。

徐　璠　父亲言重了。

徐　阶　作为长子,望你自求多福,戒骄戒奢,保全我徐氏一脉香火。

徐　璠　(后退一步)孩儿记下了。

　　　　〔乡民鼓噪声又起。打死人了! 他徐府不讲理,不退我们田罢了,还纵使恶仆打人!

　　　　〔在喧闹声中,徐成复上。

徐　成　别吵了别吵了! 大爷,反了,反了!

徐　璠　老爷在此,休得无理,有话外面说。

徐　阶　慢,你且说来。

徐　成　回禀太爷,那张轩之子卖给我们田亩,又想要回去,哪有这样的便宜事! (讨好对方)他还敢称呼老太爷的名讳,我一怒,就打了他几拳,他就装死不起来! 嘿嘿! (得意)

徐　阶　这是谁?

徐　成　小的徐成。

徐　阶　徐成?

徐　璠　还不退下!

徐　阶　回来! (对徐成)他有什么差错可以告官,你为什么打人?

徐　成　老爷,您有所不知,这是官府有意放纵他们吵闹!

徐　阶　一派胡言!

徐　成　太爷……

徐　璠　退下!

　　　　〔徐成会意,抱头而下。

徐　璠　爹爹休得生气,那徐成也是忠心护主,孩儿马上将他逐出——

徐　阶　你可知严嵩是怎么倒台的?

徐　璠　皆爹爹除奸之功——

徐　阶　混账! 为父何功之有? 皆是他那逆子严世蕃的牵连。

　　　　〔徐璠一惊。

徐　阶　那杀严世蕃的是谁?

徐　璠　这个孩儿不知。

徐　阶　蠢才！是那助纣为虐的恶仆严年！你想重蹈严世蕃的覆辙吗？

[如同一声惊雷。外面喧哗之声渐弱。

徐　璠　(拭汗)孩儿不敢。

徐　阶　还愣着干嘛,速去查看。

徐　璠　是(快步退下)。

徐　阶　(长叹)孽子,孽子啊！(拿起笔和纸)

2

[严嵩的声音。

严　嵩　存翁,别来无恙?

徐　阶　(一惊,站起)敢问尊驾何人? 莫非徐南湖徐御史?

严　嵩　故人一别经年,怎么,连我都不认识了?

徐　阶　恕老朽年老眼拙。

严　嵩　我们曾同朝为官,在内阁做了近十年的同僚。

徐　阶　内阁? 同僚?

严　嵩　哈哈哈哈,这么快就把我忘了? 当初,我们可是心心念念,在睡
里在梦里都互相惦记着,一刻也不敢忘记。(稍顿)我姓严。

徐　阶　严?

严　嵩　"平生唯解报国赤,身后任人说是非"。

徐　阶　严嵩严分宜,你……你怎么……落魄如此啊?

严　嵩　你可怜我? 孟子曰,怜悯之心,人皆有之。(大笑)可是要是我活
着,你决不会怜悯我。我们的同情心,是给死人的,绝不能半点
施舍给活人。

徐　阶　你已经死了！

严　嵩　也是你气数将尽,方可知我。

徐　阶　什么?

严　嵩　我是说,你的寿数也要到了,我们很快就要见面了,可我迫不及
待想要见你。我就来了。

徐　阶　你要做什么?

严　嵩　替我父子向你报冤。

徐　阶　冤? 你何冤之有?

严　嵩　你一向以正人君子自命,为何勾结道士蓝道行,以邪说蛊惑皇上?

徐　阶　蓝道行?

严　嵩　那些年,想除掉我的,不止你一个。他们前仆后继,源源不绝,可他们都输了。

　　　　〔以下人物陆续出现在光影里。

　　　　〔急促的脚步声。

杨继盛　老师,老师,老师!那严嵩已经不再是个奸臣,他已经由一个人变成一群人,形成盘根错节的奸党了,再不剪除,这后果不堪设想啊!

严　嵩　杨继盛,一个没有用的忠臣。(对徐阶说)

杨继盛　(做攘臂写疏状)老师,做官何必如此窝囊,倒不如放手一搏!

严　嵩　杨继盛!(绕他身后,似在观看)你弹劾我"五奸十罪",(念)"陛下奈何爱一贼臣,而忍百万苍生陷于涂炭哉?"你可知老夫乃陛下心爱之人,就不该弹劾我。(看)"你还弹劾徐阶,虽蒙陛下特擢,却每事依违,不敢持正"。徐阶可是你的老师啊。(思索)哦,我明白了,你意在开脱徐阶,免得老夫认为你们沆瀣一气。可惜,你戏做过了!(捏起五指)杨继盛,你受何人指使?快快供出,老夫饶你不死!

杨继盛　(更激烈地)大丈夫死就死,何所惧哉!

严　嵩　杨继盛,看你嘴硬还是我的刑具硬!

杨继盛　你!!

徐　阶　(担心又无奈地)继盛!

严　嵩　徐阶,你这个松江小个子,就等着回老家吧!夏言跟我斗,被我杀了;翟銮跟我斗,让我杀了。杨继盛,你既不肯招认受人指使,老夫只好送你归西了!

杨继盛　奸贼!

　　　　〔徐阶回到桌案前,颤抖着手,提起笔,鬼画符一样写"青词"。(抽离)

　　　　〔又是急促的脚步声。

张居正　老师,这是严嵩让我代拟的《贺元旦表》。

徐　阶　(粗览)写得好,写得妙啊!严大人必定大悦。

张居正　怎么,老师,您不介意我写这样的马屁文章?

徐　阶　那严大人公务繁忙,你替他写也是应该的。况且,严大人对圣上忠心耿耿啊!

张居正　可是……

徐　阶　居正,你帮我看看这首青词。

张居正　青词？老师，您也在写这个？

严　嵩　圣上喜欢这个呀。楚王好细腰，宫中多饿死。世宗好修真，宫中多道士。青词，道士举行斋醮时，献给玉皇大帝祈求赐福的祷文。嘉靖十七年后，内阁 14 个辅臣中，9 人是青词高手。论起写这个，那可讲究了，不亚于在考场上写一篇拔得头筹的策论。我儿世蕃就是此中高手啊……

张居正　这青词，是专事媚上专权、溜须拍马的鼠辈所为，老师，您怎么能……

徐　阶　诸事之中皆有学问。

张居正　先生！

徐　阶　好了，今日子时，圣上要在宫中祭天。居正，你要不要与为师同去啊？

张居正　学生没有兴趣。

徐　阶　去见识一下也好。

张居正　居正恕难从命。

徐　阶　唉，也罢，你不妨揣摩一下，学做几首青词，大有用途。（把笔和纸递给他，下）

张居正　（欲读，没有耐心）什么人不人鬼不鬼的文字！（气得把纸摔在案上）老师既是如此韬光养晦、善于全身，居正也不能侍奉左右了。（忿懑地在写青词的纸上刷刷走笔）今日此信，便是居正诀别之意！

　　　　〔切光

　　　　〔老年徐阶与严嵩。

严　嵩　就是这次斋醮时，你买通了替圣上祭天的道士蓝道行。

徐　阶　你想多了，我一生崇佛，哪里会认识什么道士。

严　嵩　你敢说你从来没有勾结过蓝道行？

徐　阶　严大人！那些年，你权倾一时，满朝文武皆是你的干儿义子，我噤若寒蝉，避之唯恐不及，哪敢行此冒险之事？

严　嵩　那么，为什么在扶乩时，圣上问"谁为贤者，谁不肖"，他却回答"贤者辅臣阶，尚书博，不肖者严嵩父子耳"？

徐　阶　那蓝道行不是被你抓去拷打了吗？他可曾道出老夫名讳？

严　嵩　哼！

徐　阶　要怪，也只怪你父子倒行逆施、贪贿弄权，致使人神共怒，连山野道人都看不过眼。

严　嵩　那你为何不直言上疏，却借妖道之口？

徐　阶　　上疏? 那死的就是我了。

严　嵩　　我严嵩是奸臣,你可是正人君子,怎么也做这种事?

徐　阶　　我徐阶一生服膺阳明心学,重事功而不重虚名。所以,在我看来,这是以其人之道,还治其人之身。

严　嵩　　你会遭到报应的!

徐　阶　　报应?

　　　　　〔众百姓:"青天海大人到了!"

严　嵩　　你的报应来了……

　　　　　〔严嵩隐去。

3

　　　　　〔海瑞上,身后跟着徐璠。(音效)
　　　　　〔家丁搬一桌二椅,家丁服,把文房四宝带下。

海　瑞　　(深施一礼)存翁在上,卑职有礼了!

徐　阶　　海大人请坐,(海大人前来,)不知有何赐教?

海　瑞　　存翁请看,这是卑职除授应天巡抚,督抚本地百姓以来,两次放告收到的百姓诉状。其中大半,告的都是尊府。

徐　阶　　(吃惊)哦?

海　瑞　　告府上侵占平民良田居多。看来,令郎不曾禀报。

徐　璠　　父亲,儿子不敢欺瞒,于田产上从不敢强买强卖,欺压良善。

海　瑞　　想来那买卖之人,迫于府上声势,不敢议价也是有的。

徐　璠　　这……

海　瑞　　乡民鼓噪,也是为了此事。依卑职拙见,不如将侵占的田亩退还,以息事宁人。

徐　璠　　父亲,这些田产,当日均是银货两讫,有中人居间,相约永无反悔的。现在,对方说句卖贱了,我们就要退田? 他们也得有证据。

海　瑞　　大公子所言极是。

徐　璠　　哼!

海　瑞　　只是,当日迫于贵府声势,乡民未必敢索取凭证,或虽有凭证,但年岁久远,早已遗失。若强要证据,恐致民变啊……

徐　璠　　海大人……

　　　　　〔徐璠欲言,被徐阶制止。

徐　阶　大人不必多讲,老朽明白了,数日内,必将田产整理成册,连同地
　　　　契一同上交,请海大人定夺。

海　瑞　依卑职拙见,世间为富不仁是常有的事,若非真有屈冤,穷焉敢
　　　　告富? 平民焉敢与阁老之家抗衡? 为存翁的声誉,不如退田。

徐　阶　老夫知道了。

海　瑞　多谢存翁! 告辞。(下)

徐　璠　就是这个海瑞,他故意放纵百姓吵闹。这种人,爹爹当初为何
　　　　救他?

徐　阶　为父正想问你,我徐家田产到底有多少?

徐　璠　若论我家实有田亩之数,也不过两万有余。

徐　阶　速去取田册来!

徐　璠　是……

　　　　〔徐璠下。

徐　阶　海瑞,(自言自语)难怪居正当日说他不通政体,执拗偏激,举止
　　　　乖张。老夫对他有搭救之恩,他竟然连一声恩公也不叫,简直毫
　　　　无章法礼节!

　　　　〔严嵩上。

严　嵩　今天是你的六十九寿诞之际,这海瑞,真是给你送了一份大大的
　　　　贺礼啊! 你现在,心里一定很后悔,当初不该救他吧。

徐　阶　当初?

严　嵩　海瑞上疏之时,你正在侍候嘉靖皇帝,没有了老夫,你们君臣分
　　　　外融洽吧……

徐　阶　君臣……融洽……哈哈

　　　　〔切光。

4

　　　　〔本场中,建议嘉靖隐于一架珠帘之后。我们看不清他的面容,
　　　　却能感受到他的威严与多疑。徐阶躬身伺候着。
　　　　〔一片静谧中,鞭炮突然炸响。

嘉　靖　(吓了一跳)徐卿,今日非年非节,缘何鞭炮声响起?

徐　阶　启禀陛下。此乃百姓们为庆贺严氏父子倒台而放。

嘉　靖　(感叹)严嵩,严嵩……(有些触动)朕已年过花甲,做了四十多年
　　　　皇帝。也许朕没有做明君的天分,朕应该全意修真,以求长
　　　　生啊。

徐　阶　（恭敬又真诚地）陛下！古之圣者如尧,也曾简用过佞臣;太祖皇帝也曾重用过李善长、胡惟庸。然圣君的圣明之处在于,一经察觉,即拔去凶邪、登崇良善。圣上简用严嵩,因为严嵩的才能足以辅政;圣上驱逐严嵩、处死世藩,是因为他们骄横不法、有负圣恩。陛下赏罚分明,乃是大大的圣君!

嘉　靖　（有点心花怒放）真的么?

徐　阶　陛下近日罢斥修真,驱逐道士,更是革故鼎新,万民称颂!

嘉　靖　真的吗?

徐　阶　这外面的鞭炮声便可为证。主上如同睡着的猛虎,偶一睁眼咆哮,即百兽震恐啊!

嘉　靖　那严嵩在时,对朕也是百般颂扬,朕如何知晓,卿会不会是下一个严嵩。

徐　阶　天下之所以有严嵩,皆因此物。陛下请看!（双手呈上一支笔）

嘉　靖　这不是内阁票拟的笔吗?

徐　阶　陛下圣明。自我朝设内阁以来,首辅独立票拟,次辅等得不与闻。如此一来,首辅便易于从中作威,蒙蔽主上、欺辱朝臣。更甚者天下只知有首辅、不知有圣上,严嵩即是一例。

嘉　靖　讲得甚是。（示意徐阶起身）只是,身为首辅,卿果真愿意让出这支笔吗?（嘉靖往下场口方向走,徐阶跟着）

徐　阶　陛下！在微臣看来,这支笔乃是杀身之笔啊!

嘉　靖　嗯?

徐　阶　张孚敬攻击首辅杨一清,严嵩诬陷首辅夏言、计除首辅翟銮,皆是为了这一支笔。微臣以为,杜绝首辅专权、蒙蔽主上,让内阁诸臣齐心协力的万全之策,是所有诏书、敕命的起草,均应内阁首辅与次辅共同完成。

嘉　靖　共同完成……

徐　阶　然后呈交陛下,由陛下来决断。此所谓"以威福还主上"也。

嘉　靖　以"威福还主上",由我来决断……（多疑地）你们倒是把责任推得干干净净。万一朕要犯错误呢?

徐　阶　（微微一笑）主上的旨意得当,辅臣就去执行;主上的旨意不当,辅臣就要净谏。这就是"以政务还诸司"。

嘉　靖　你在这儿等着我。

徐　阶　陛下！干政太多,则要百官何用,要六部百司何用！要他们,不就是为圣上分劳的吗?

嘉　靖　可我怎么才能知道，他们是不是尽心尽职，是不是又像严嵩一样，貌忠实奸的呢？

徐　阶　微臣早就想到了，"以用舍刑赏还公论"，他们的言行，自有言官加以评判和议论，陛下只要兼听，鼓励广开言路，鼓励他们直谏，不要因言降罪。

嘉　靖　不错，有言官监督，便无人敢蒙蔽主上包藏祸心！

徐　阶　陛下圣明！臣愿效古之忠臣屈原，"乘骐骥以驰骋兮，来吾道夫先路"！

嘉　靖　好！徐卿……
　　　　〔小太监上。

小太监　报！户部云南清吏司主事海瑞有疏启奏陛下！

太　监　陛下正与徐少师在殿内议事呢。

小太监　海大人说了，若公公不替海瑞代禀，他将跪死在殿上。

太　监　还不快去看看！

嘉　靖　外面何人喧哗？

太　监　启禀陛下。户部云南清吏司主事海瑞有疏启奏陛下！

嘉　靖　海瑞？

徐　阶　陛下……

嘉　靖　徐卿不必多说。朕知道你要说什么，刚刚不是说要鼓励广开言路、不要因言降罪吗？朕今天就拿海瑞做个榜样，叫那些言官都看看，朕有纳谏的气量！

徐　阶　陛下！微臣的意思是说，那海瑞禀性刚直，言语偏激，若是有言语不当之处，还请陛下——
　　　　〔徐阶还在磕头解释，嘉靖已经勃然大怒。

嘉　靖　（看，大怒）近来严嵩罢相，世蕃极刑，一时人心大快。然世道仍非清明，离汉代的文景之治更是相差甚远。"盖天下之人不直陛下久矣"，天下人都不满意朕！气死朕了、气死朕了！他在哪儿？快拿来打死！

太　监　回禀陛下，海瑞正在外面候旨。

嘉　靖　拿下！

太　监　是。（下）

嘉　靖　朕该做的都做了，陪朕修醮的真人杀的杀、撵的撵，严嵩罢相、严世藩弃市，举国都在称赞朕，独独这个海瑞，说我"君道不正"……简直恶毒之致！

徐　阶　陛下息怒！

嘉　靖　徐卿，此等无君无父、谩骂朕的恶臣如何定罪？

徐　阶　(拭汗)这……

嘉　靖　(厉声)别跟朕提言者无罪、从谏如流！

徐　阶　此人……此人论律当斩。

嘉　靖　斩？依何条律？(停顿)嗯？

徐　阶　子骂父律。

嘉　靖　(疑惑)子骂父？

徐　阶　臣子以主上为天、为父，他骂圣上，有如儿子辱骂父亲。

嘉　靖　(笑)朕可不要这样的儿子。

徐　阶　(拭汗)臣听闻此人已经准备好死了，棺材都抬来了。

嘉　靖　棺材都抬来了？

徐　阶　(有意地)看来，他是知道这篇疏，会使得陛下龙颜大怒。

嘉　靖　(略沉吟，自信地)他想做比干？

徐　阶　陛下圣明！

嘉　靖　可我还不想做桀纣！

徐　阶　陛下圣明！

嘉　靖　他直言敢谏，可他这疏为何不早上？难道他只是想要敢谏的名声？

徐　阶　陛下圣明！陛下圣明！圣上，这海瑞是个一味刚直，不知变通的腐儒。陛下勿需理他。正如陛下所说，留下他的命，给天下的言官——

嘉　靖　(打断)徐卿忠心耿耿，朕甚为感动。只是，这朝廷之上，不是尽如徐卿的人。(举起《治安疏》)他们会抓住我的过错不放的，这样才能成就他们直言敢谏的名声。朕的过错，白纸黑字都在上面写着，我怎么做都擦不掉了。要是我不听他们的劝告，他们还会把这些陈芝麻烂谷子的事拿出来的。

徐　阶　陛下……(音乐)

嘉　靖　(毅然)人世是短暂的，明君的声望也是虚妄的。只有修真成仙，才是永恒的。

徐　阶　陛下难道又要重新修真？

嘉　靖　我从前不够虔诚，一面修真，一面还惦记着政务。不，不能这样，我要全心全意。我要传位给太子，给你们一个新皇帝。

徐　阶　恳请陛下收回成命！

嘉　靖　我们谁也不碍谁的事。你们得到一个清清白白、无可指摘的皇帝,我也专心修真。海瑞也不必再来骂我。

徐　阶　(急切)海瑞的话,稍有见识的人都认做是丧心之语,陛下切莫与之计较!

嘉　靖　别再劝朕了,那个海瑞——

徐　阶　愿陛下效仿古之仁君,千金买马骨,只为广开言路、鼓励臣子讲话罢了!

嘉　靖　朕给徐爱卿个面子。

徐　阶　陛下圣明!

嘉　靖　不过,一点也不治罪,那也太便宜了他! 他说我"陛下之过多矣",朕的过错多了,再多一件也无妨!

徐　阶　陛下……

嘉　靖　把他关起来,打入死牢。

徐　阶　陛下……

嘉　靖　朕也要给这些爱唠叨的臣子看看,朕不好愚弄! 徐爱卿不要再多说了,朕要去修真了,朕累了!

　　　　［切光。

5

　　　　［严嵩和老年徐阶。

严　嵩　(幸灾乐祸地)我一直想知道,你当初救海瑞,图什么?

徐　阶　不过是不想让先帝再开杀戒,寒了臣子的心。

严　嵩　不,你就是想拉拢他。

徐　阶　(好笑)拉拢他?

严　嵩　他的人缘是不好,越是这样的人,你一对他好,就会对你死心塌地、肝脑涂地。你就是看准了他这一点。

徐　阶　别把人想得跟你一样。

严　嵩　别不承认。不过你失误了,你不该揭他的短。

徐　阶　短?

严　嵩　他在去江西兴国接老母到京师,兴奋地给你写了一封信。

徐　阶　收到信的时候,嘉靖帝刚刚驾崩,我正在做一件很头疼的事情……

　　　　［徐阶书房,张居正焦急等待着。他时不时从怀中掏出《嘉靖遗诏》抄本,默默诵读,时而颔首,时而摇头。"自即位至今,凡因言

获罪的臣子,存者召用,殁者抚恤,收监者立即释放,官复原职。方士人等,查照情罪,各正刑章。"

〔徐阶上,张居正迎上。

徐　阶　居正星夜前来,不知何事?

张居正　特为遗诏之事。老师,万万不可独拟啊!

徐　阶　为何?

张居正　先帝在时,老师力主内阁集体票拟;先帝甫逝,老师改弦更张,世人必以为您是想独揽大权。内阁高拱高大人、郭朴郭大人他们会怎么想……

徐　阶　(好笑地)他们?

张居正　况遗诏兹事体大,倘有不慎,则万箭攒身。老师一生谨慎,此时为何……

徐　阶　居正怀疑老夫有私心吗?

张居正　不敢。

徐　阶　老夫确有私心,老夫要借先帝之口,在这遗诏中做几件大事。

张居正　大事?

徐　阶　废除大兴土木,这是一件。废除"求珠宝、营织作"也是一件。

张居正　这都是有利民生之事。两位大人应该没有异议。

徐　阶　还有,因"大礼议"案、李福达案被罢官、极刑、流放的官员,也拟借遗诏一一复官,为他们平反昭雪。

张居正　啊?此两案中,颇有些与高拱素有嫌隙的官员,恐怕……

徐　阶　还有,先帝喜爱的斋醮、修真,也拟在遗诏中废除。

张居正　万万不可!这是引火烧身啊!居正所担心的,也正在此啊!

徐　阶　必须如此。名不正则言不顺,民生的安定也是暂时的。只有寻根溯源,明确主上也会犯错,言官无罪,才能重振朝纲,永葆社稷。再说,先帝生前,自己也说求仙虚妄。

张居正　但先帝已去,无人能替先生辩白。否定先帝,祸不可测啊。

徐　阶　所以,你说的高、郭二位大人,他们有这个胆,有这个担当吗?

〔居正不语。

徐　阶　讨论来讨论去,那些利在当下、功在千秋,让整个朝政焕然一新的内容还是要删掉,剩下的是四平八稳、无关痛痒的歌功颂德之词,那于天下有何用处?

张居正　万一、万一他们以此攻击,老师何以自处?

徐　阶　(略一沉吟)随它去了。大丈夫既以身许国家,许知己,惟鞠躬尽痒、粉身碎骨而已,他复何言。

张居正　学生愿随老师粉身碎骨! 老师口述,我来执笔⋯⋯

徐　阶　不可。

张居正　是学生资历不够?

徐　阶　非也。是这遗诏水太深,一个不慎,即有灭顶之灾。我不许这上
　　　　面有你一个字。(拍张)耐住性子,保护好自己,不急、不急。

　　　　[家人送信上。

家　人　老爷,老爷。启禀老爷,从江西来的信。

徐　阶　(拆信)是海瑞来的。他去江西兴国接老母。

张居正　(接过,念)"今获团聚,天高地厚,愚母子感激可胜言耶?"

徐　阶　你以为此人如何?

张居正　老师竭力救他出狱,又授其大理寺正一职,学生不敢言。

徐　阶　但言无妨。

张居正　此人整顿赋役,澄清吏治,这些政绩可圈可点。然而其自恃清
　　　　廉,求治过急,缺乏通达,有不识政体之忧。

徐　阶　继续说来。

张居正　以其上《治安疏》而言,严嵩父子倒行逆施、气焰冲天之时他不上
　　　　书,偏偏在先帝改弦更张、弃旧从新之时,来了个《治安疏》,有沽
　　　　名钓誉之嫌。

徐　阶　唉,真是人算不如天算啊! 若是先帝在,也不用我煞费苦心草拟
　　　　遗诏了。

张居正　所以,学生以为,这个海瑞乃是腐儒,而非国士。

徐　阶　海瑞好歹还是正直的。

张居正　我还听说,他和前后几任妻子⋯⋯(徐阶打断)

徐　阶　哦? 居正,你替我回信给他:治国必先齐家,家都不能齐,国何可
　　　　以治?

张居正　海瑞为人多疑,学生以为,这信,还是不写的好。

徐　阶　不妨事。

张居正　学生这就去写。

　　　　[退下。

　　　　[张居正执笔写信。

　　　　[切光。

严　嵩　你要人家处理好家庭关系,这不是揭人家的短吗? 你的热脸贴
　　　　了冷屁股了!

徐　阶　我看未必。

严　嵩　那这位应天巡抚，为什么单单找到尊府上来，要你退田？

徐　阶　海刚锋做的事，老夫早在嘉靖四十四年就做过了。景王载圳过世的时候，没有儿子，他的封国自然废除。是老夫奏请退田，把景府的皇庄田地分给当地百姓。他这是在效仿我，并非对老夫有什么成见。

严　嵩　徐阶，你这回乡两年，这政治斗争的经验，不进反退，别自欺欺人了。

徐　阶　若老夫果真有差错，也望他禀公而行。

严　嵩　（笑）孔子曰，"听其言而观其行"，我倒要看看，你怎么办？
　　　　　［严嵩隐去。

6

　　　　　［徐璠上。

徐　璠　父亲，田册已奉命理好了。
　　　　　［徐阶翻看，不语。

徐　璠　父亲，写信给张居正吧！隆庆帝过世后，那万历皇帝继位。圣上自幼跟张居正读书，对他十分的宠信……

徐　阶　新主登基，居正正在大展宏图、殚思竭虑之际，我不能帮助他，反倒用家事去扰乱他的心智吗？若尔等果有不法之事，为父绝不纵容！
　　　　　［徐璠不敢再语。

徐　阶　这是所有的田册？

徐　璠　所有的田地交易，都在这儿了。

徐　阶　速将五年之内的田产买卖全部清退。

徐　璠　父亲！即便我徐家田地全部退掉，也只有两万余亩；依他所言，我们要退十万亩呢！

徐　阶　为何田产的亩数如此悬殊？

徐　璠　有些是亲戚的田，挂在我们名下逃避赋税的。现在听说要退田，他们都取走了。

徐　阶　此言当真？

徐　璠　儿子愿发死誓！地契、田册都在这儿了！
　　　　　［徐阶不语。

徐　璠　（试探地）父亲，依儿子拙见，这位海大人来势汹汹，莫非是为了金子？

徐　阶　海刚锋不是贪财之人。

徐　璠　可人是会变的。倒不如……

徐　阶　住口！璠儿，你看看自己，满口利字，哪有半点读书人的样子？（稍顿）明日派人连田册带书信送至海大人处，再做计较。

　　　　［切光。

二

1

　　　　纱幕后处理

　　　　［海瑞公堂，案牍堆积如山，车载斗量。

　　　　［人声鼎沸。百姓的议论：海大人清官啦！海大人替我们夺回田产，犹如再生父母啦！海大人为民作主！

　　　　［幕后音。

海　瑞　众民听着。凡讼之可疑者，与其屈兄，宁屈其弟；与其屈叔伯，宁屈其侄；与其屈贫民，宁屈富民；与其屈愚直，宁屈刁顽！

众百姓　大人，小的们听不懂，还望大人解释。

海　瑞　简单来说，要是斗气争礼貌的案子，兄弟相争判弟输，平民与乡官相争，判平民输，因为要有上下之分嘛。但是，只要是争财产的案子，贫富相争，判富户输，平民与乡官争财产，判乡官输。

　　　　［激烈的掌声，欢呼声。

　　　　说得好！海大人给咱们穷人撑腰！

　　　　海大人是包青天！

　　　　［海忠随海瑞上。

　　　　［当然也有这样的喧哗。

　　　　"不公平"！"这不公平啊"！（特殊的区别于之前的声音）

　　　　"海瑞是个糊涂官啊"！

　　　　富户就一定有罪，穷户中就没有不法之徒吗？……

　　　　不公平！不公平！不公平！

海　瑞　你听听，他们为恶乡里鱼肉百姓多年而不觉己恶，本官只是主持一下公道,他们便群情激昂了!

海 忠　大人,这在江南推行《退田令》,涉及乡官乡宦甚多,难啊!

海 瑞　不妨事。(问海忠)海忠,这徐府的地契、田册送来没有?

海 忠　回大人,刚刚送到。

海 瑞　好!这徐府果然交来了?(大喜)这徐阶乃是前朝阁老,位尊权
　　　　重,若他都肯退田,这《退田令》的推行,也就畅通无阻了!

海 忠　(真诚地)老爷,这徐阁老,不愧是德高望重之人啊!

海 瑞　此话怎讲?

海 忠　启禀老爷,那徐阁老做过高官,门生众多,若是置之不理,大人
　　　　岂不是进退两难!谁知他不仅慨然退田,还亲自写书信给您!
　　　　(呈上书信)

海 瑞　(点头)嗯!(展信,怒)怎么,他只肯退田万余亩?分明是推搁阻
　　　　拦,敷衍本官。

海 忠　老爷,老爷!徐府退田一事,大人您操之过急了。

海 瑞　此话怎讲?

海 忠　大人忘了,这徐阁老不是普通人啊!

海 瑞　你是说他位尊权重?

海 忠　非也。当年老爷抬棺上疏,致使圣上大怒,是徐阁老死谏,才保
　　　　住您一条性命。当年您被打入死牢,那是叫天不应,叫地不灵,
　　　　您都忘了吗?
　　　　〔接首轮海瑞狱中戏,海瑞画外音。

2

　　　　〔光起。
　　　　〔海瑞骂声:来人,放我出去,我要见圣上,我要上疏!放我出去!

甲　　吵什么吵什么吵什么,吵得我头都大了。钱没有,空有一副下水!

乙　　清官,清官你就有理?

海 瑞　(幕内)放我出去,我要见圣上!我要把乱臣贼子杀个干净。我
　　　　要清君侧!

丙　　啧啧啧啧,皇上怎么不杀了他!

乙　　因为咱们圣上圣明啊!您想,皇帝一听,嗬,这个人还抬棺材,
　　　　可见是不怕死的。他不怕死的上这么一封该死的疏,不是想死,
　　　　那是想什么?嗯,你想死啊,我偏偏不让你死!咱们圣上能背这
　　　　黑锅嘛!

甲	就是,圣上英明!
乙	可这样一来,倒便宜了这家棺材铺。
丙	为什么?
乙	这件事,整个京城都轰动了,大家到处在打听那具棺材,简直就是给那家棺材铺打活广告!
海 瑞	我要上疏,我要上疏!
甲	弄点辣椒水,让他知道,没有钱就活受罪!

〔众狱卒下。

海 瑞	我要上疏,我要上疏!(把《治安疏》团成一团)

〔海忠上。

海 忠	大人!
海 瑞	我要上疏!你与我拿纸来。
海 忠	您还上疏?家里老夫人与两位夫人吵成一团了!少夫人要变卖首饰,疏通关系搭救老爷;而老夫人坚执不许。
海 瑞	她说什么?
海 忠	她说:"我儿能抬棺上疏,尽忠纳谏而不畏身死,必将名满天下、流芳后世。老妇死了,能够无愧于海家列祖列宗了!老妇可以含笑九泉了!"您听听,老夫人不但不伤心,而且还笑呢!
海 瑞	(喃喃地)知我者我母也!知我者我母也!
海 忠	老爷,这是百姓为了感激大人的恩德,搭救老爷,凑的一些银子(取出银两)。
海 瑞	海某一生清廉,不取百姓一分一毫。
海 忠	这是百姓的心意,他们每人凑的银子,也都微不足道。
海 瑞	别说了,你快去把这些银子全部退还给老百姓。
海 忠	老爷,这里面还有一些夫人们凑的私房银子。
海 瑞	好啊,她们竟然背着我藏私房银子!
海 忠	大人体谅体谅夫人们吧!大人的官俸微薄,常常被免职没有俸禄。
海 瑞	别说了,别说了。
海 忠	不说了。
海 瑞	海忠啊,这百姓的银子你一定一定要退还回去,剩下的银子逐日买些肉给老夫人吃。圣人说"七十者可以食肉",可我母终年蔬食,只有生辰才略备肉荤。
海 忠	夫人叫大人写封信吧,老奴替您转交给相熟的大人,让他们替您说说好话,饶您不死吧!

海　瑞　现在即便有金山银山在手,也救不得今日之祸。老爷我这次惹
　　　　的不是胡公子,鄢懋卿,我骂的是皇上! 那些高官尽是明哲保身
　　　　之人,他们避之唯恐不及呢!

海　忠　老爷,那徐阁老呢? 我听说,自打严嵩垮台,他是皇上眼中的红
　　　　人儿,他为人正直,性情宽厚……

海　瑞　那徐阶素来乡愿,中庸,在陛下面前直谏,已经是他最激烈的举
　　　　动了。他救不了我了。(高堂在上,儿子无能,这是对您最后的
　　　　孝敬了!)

海　忠　老爷……(拭泪)
　　　　〔三狱卒复上。

甲　　　有银子!(抢)

海　忠　这是搭救我家老爷用的!

乙　　　去你的!(推倒他)

海　瑞　手下留情!(转身扶海忠)娘啊,儿子最后的一点心意,我都尽不
　　　　到!(凛然地)我想用不了多久,宫里的太监会捧着毒酒和白绫
　　　　子来找我的。到时名满天下,我母和我百世流芳,同为不朽,这
　　　　就是我的孝敬吧! 让太监捧着毒酒和白绫来吧! 让我死,让我
　　　　死吧,别让我半死不活地埋没在牢狱里边!

甲　　　想死? 别着急。

乙　　　三步倒,喝了就死。

丙　　　让你好好尝尝味道。

海　瑞　你们是什么人? 我不死于无名小卒之手,我要圣上赐我一死!

甲　　　别做梦了! 实话告诉你,圣上已经病了,宫里忙得团团转,没人
　　　　来传旨,更没人准备毒酒和白绫。

海　瑞　陛下,圣上……(叩头)罪臣伏请陛下圣安、圣安……

乙　　　哥几个,麻利点,省得他叽叽歪歪没完没了。
　　　　〔他们七手八脚抓住海瑞。

海　忠　你们干嘛,干嘛!?

海　瑞　(挣扎)住手,你们这些蛮徒!

丙　　　叫你藐视我们! 叫你乱上疏!

海　瑞　本官从未受此凌辱!

海　忠　各位大爷,有气就打老奴,放过我家老爷吧!
　　　　〔众狂徒推倒海忠,扑向海瑞。

海　瑞　天,我海瑞还能有出头之日吗? 救苦救难的恩人,您在哪里呀!

〔正闹间，一太监上。

太　监　吵什么吵什么，大胆，还不退下！

〔众狱卒退下。（音效）

太　监　海瑞听宣。

海　瑞　(整理衣冠)公公来了，我马上就要赴死了！

太　监　啧啧啧啧，哎哟，胡说什么呀！海瑞听宣！

海　瑞　罪臣在！

太　监　先帝驾崩(音效)。

海　瑞　圣上……

太　监　今有遗诏，海瑞无罪释放，官复原职！准此！

〔海瑞捶胸顿足，号啕大哭，昏死过去。

海　忠　谢天谢地，谢天谢地！

海　瑞　圣上、陛下……等等微臣。

太　监　这可是徐阁老的意思。

3

〔光起。海瑞、海忠与严嵩。

海　忠　大人，徐阁老救您出狱，又一再升您的官，他对您有恩呐！

海　瑞　有恩。

海　忠　徐阁老还把老夫人从海南琼山接到江西兴国以方便您的奉养。您赴江西接老母的路上，他还亲自写信来，教您做人的道理……

海　瑞　(不想再听下去)不要再说了，清官难断家务事，他并不了解内情！

海　忠　那徐阶做了几十年高官，有朝廷的俸禄，有皇帝的赏赐，置办田亩很正常。

海　瑞　依照他的俸禄，能置办得起几十万亩地吗？

海　忠　那都是道听途说，现在田册上写着的，官府有登记的，才区区两万亩。

海　瑞　可光诉状上就有七万多亩，还不断地有诉状交来。

海　忠　大人，(拿诉状)这告徐府侵占田亩的诉状中，有的地块根本是子虚乌有，有的两张诉状告的是同一地块……依老奴之见，这诉状有诈啊。

海　瑞　啊！若非真的有冤，平民安敢告阁老？

海　忠　那是因为，一则天下并非都是大人一样的至诚君子，二则老爷的布告——

海　瑞　我的布告怎样？

海　忠　"宁屈乡官，勿屈平民"，平民告官百分百能赢啊！

海　瑞　你是说，有刁民借机诬告谋财？

海　忠　大人，那富贵之家养有戏班，徐家连歌童也无；富贵之家养有门客，闲时陪主人消遣，有事帮主人出谋划策，徐家也没有。徐府家仆百人不到，根本不是豪富之家。

海　瑞　这……

4

严　嵩　海大人，徐府有田二十余万亩，退田册上只有区区一万，难怪大人犯愁啊。

海　瑞　你是谁？

严　嵩　我都不认得了。你可是想让我死的人。

海　瑞　你是严嵩？

严　嵩　严某虽死，倒还心心记着海大人。

海　瑞　奸贼！（抓起砚台欲打）

严　嵩　（抓住海瑞）老夫一心为主，何奸之有？

海　瑞　多少志士因你而死！沈炼被你酷刑拷打，杨继盛被你窜入他案处死，就连本抚，若不是你失势垮台，也要惨遭你的毒手……

严　嵩　若无圣上之命，我杀得了杨继盛吗？我杀得了沈炼吗？都是皇帝亲自下的命令，老夫不过禀承圣意罢了！这恰恰说明老夫一片忠心，天地可鉴，日月可证！

海　瑞　（又欲打）海某与你不共戴天！

严　嵩　海大人既然连老夫之鬼也容不得，老夫也只得徒唤奈何！在离开之前，老夫不过想讲两个故事给大人听。

海　瑞　哼，本抚早知你与徐阁老有仇，莫不是你要谗言中伤于他？

严　嵩　非也，我只是讲一个我与夏言的故事。我和夏言，都是江西人士。我比他年长，考取功名也比他早了12年。可我生了一场大病，在故乡钤山休养了十年。在这十年里，夏言却青云直上。等我重新回到朝廷时，他已经是内阁首辅了。怎么办？老下脸皮来巴结。这很难，因为夏言不是个容易巴结的人，他爱摆臭脸，对我陪着皇帝打醮不屑一顾，也看不上我写青词献媚圣上。但我就是老着脸皮巴结，巴结到他不好意思。有一次，我过生日，亲携书启到相府请他前来，他竟然闭门不纳。

海　瑞　门闭得好！对你这奸贼，就该闭门不纳。

严　嵩　我就跪在门口，将请柬高声诵读一遍。

海　瑞　真是斯文扫地、无耻之尤。

严　嵩　我也觉得斯文扫地，可我想，只要他来就行。果然，他来了，昂然前来，一点礼物也未备，且只喝了三勺汤就走，显然不把我放在心上。就在他要走的时候，我拉着老妻，双双去给他敬酒。我比他大两岁，又同为内阁辅臣。两个白发老人敬酒给他，已经万分折辱了，他喝了也就算了。可他偏不，他说"要我喝酒，你得说说理由"。说完，还拿两个眼睛瞅着我。我知道他厌恶我奴颜婢膝，想当着大家的面儿，让我下不来台。我一咬牙，拉着老妻"扑通"跪下，我把他比做再生父母、比做天、比做地……我感动了他，也许是吓到了他，反正从此后，他再也不与我为难。后来的事，你应该知道。我把他送上了断头台。

海　瑞　（打）你这不义贼子，人人得而诛之。

严　嵩　我也曾经请徐阶到府上来做客。我只设了一桌宴，只请了他一个人。

海　瑞　你想除掉他？

严　嵩　慢性毒药致死，是六个月后的事，谁也查不出什么来。令我意外的是，他竟然真的一个人来了，一个随从都不带。我记不得我也讲了多少奉承他的话，在我就要动手时，我突然看到他坦然的眼神。那眼神仿佛告诉我："嗨，老严，你看，你让我来我就来了。我不怕你下毒，不怕你有埋伏，不怕你使任何坏。因为我相信，你不会在家里杀人，不会在你的子孙面前杀人，不愿意让你子孙生活的堂皇富丽的地毯染上血迹。在家里人面前，我们不杀人。"那一霎那，我突然觉得我们息息相通，可以化干戈为玉帛，甚至能成为至交好友——我不想斗了。我做出了令我终身后悔的举动。

海　瑞　怎么？

严　嵩　我一击掌——（动作）我严府所有内眷，身着素服跑出来，围在他身边团团跪下。

海　瑞　无耻之尤！

严　嵩　我想要感化他，真诚地告诉他，我不想再斗下去了。（拱手）"老朽年老体衰，精力不济，无能为矣。但老朽为政二十余年，积怨自然也多，只恐致仕之后，子孙安危，毫无保障，故日后拜托徐公关照……"

海　瑞　那徐阶呢？

严　嵩　他也慌忙跪下，指天地为证，以生死发誓，保我严家一门性命。我被他的赤诚感动，甚至想明天就致仕，把首辅一职让给他，可到第二天，再见到他时，我找不到坦然、无辜的目光了。再后来，他暗中勾结妖道蓝道行，伪称天意中伤我父子，致使我被驱逐出京，我儿世蕃身首异处。

海　瑞　你想要说明什么？

严　嵩　我想说，徐阶乃是阴险之徒。

海　瑞　从你嘴里道出别人阴险，倒是一桩趣事。

严　嵩　那夏言是他的老师，对他有伯乐之恩，可被杀之时，他忘恩负义没有一语相救。天下人都说我严嵩是贪官，那徐阶就不贪吗？大人可知他辞官还乡之日，随身行李箱笼装了一百余车吗？

海　瑞　哦，装的什么？

严　嵩　你想还能是什么？

海　瑞　莫非是银两？

严　嵩　然也。

海　瑞　又不曾有人打开过，说银两也只是空口无凭，不足为据。

严　嵩　巧就巧在，搬行李的时候，有一个箱子跌落在地上，一下子就散开了，搬行李的人吓得面如土色……

海　瑞　是什么？

严　嵩　黄澄澄的、金灿灿的，一个个排列整齐……

海　瑞　存翁安能如此贪婪？

严　嵩　做官都未能免俗。当然，除了大人您。

海　瑞　那仆人现在何处？

严　嵩　无人知晓。据说，那个搬行李的人，从此后就默默地消失了。

海　瑞　啊！

严　嵩　人虽然消失了，可金子还在。

海　瑞　金子？

严　嵩　田册之中，自有奥秘。

海　瑞　啊？（接过装田册的包袱，打开，一包金子掉出）

严　嵩　原来，他们认为海大人也是个贪官。

海　瑞　贪官？

严　嵩　若不然，为什么贿赂大人？

海　瑞　海某的名声，不是你们可以毁掉的！

严　嵩　他们一面企图贿赂你，一面派人上京弹劾你！

海　瑞　弹劾我？

严　嵩　他们说，海青天名过其实。

海　瑞　官官相护！官官相护！

严　嵩　他们说，你治家无方，婆媳不和。

海　瑞　(终于按捺不住)你们，你们全是一群道听途说的长舌妇。

严　嵩　(紧逼)退田令是大人亲自颁发，徐府有田二十万亩已人尽皆知，大人受理诉状更是深得民心，若半途而废，众口铄金。大人将如何面对百姓？

海　瑞　走开，走开！奸贼，阴魂不散。存翁纵子吞田。他们可以用金子置办田亩，也可以把田亩变成金子，我要抄徐阶的家！抄家，抄家！

　　　　［切光。

三

1

　　　　［徐阶坐躺椅上打盹。

　　　　［徐阶梦境。

　　　　［奉天承运，皇帝诏曰：察内阁首辅徐阶独运钧衡，屏斥庸吏，惩罚贪墨，有十八年辅相之力，因年老多病，上书求归。朕深感惋惜，悯其衰弱，恩准归家。钦此！

　　　　［众百姓

百姓一　回来了，回来了，徐阁老回来了。

百姓二　啧啧，行李就上百辆车。

百姓三　车里装的什么呀？推车的人累的，脖子青筋都出来了。

百姓四　我看箱子里的东西，轻不了啊。

百姓一　不是说他是个清官吗？

百姓四　他不捞钱，他儿子要钱。

百姓一　这箱子里面好像是书嘛？

百姓二　是书么?

百姓三　是书! 孔夫子搬家,尽是书!

百姓四　是个大大的清官啊!

一　起　清官?

　　　　〔爽朗的笑声。

　　　　〔切光,躺椅上的徐阶。

　　　　〔刺耳的骂声。

百姓四　我管他什么清官贪官,我就要我的田产。

百姓二　还我贱卖的田产!

百姓一　还我银两!

百姓二　什么徐少师,我看是老不死吧! 缺德!

百姓四　还钱还钱! 同样是一亩田,退他二十两银,却为何只给我十两?

百姓三　我们把他徐家的门给堵了,看他们出来不出来。堵上! 堵上!

　　　　〔徐阶陡然惊醒,立起,踉跄。

2

　　　　〔张居正的呼唤。

张居正　老师,老师!

徐　阶　啊! 我这是在哪儿? 现在是什么时辰?

张居正　现在是隆庆二年四月五日未时,您的书房里。

徐　阶　你是?

张居正　学生张居正。

徐　阶　我不是在做梦?

张居正　老师,现在不是开玩笑的时候! 高拱果然下手了! 这是他们弹
　　　　劾您的奏章。

徐　阶　(从容戴上帽子,接过来看,淡然地)哦,攻击我假托诏旨。

张居正　他们说,先帝在时您争写青词以相取媚,先帝去了却斥退修真,
　　　　是不忠不义……老师,我已经想好了还击他们的办法……(拿出
　　　　一纸)这是高拱当年自荐斋醮的密奏。以此为盾,可陷彼之矛。

徐　阶　(止住)居正,你今年多大了?

张居正　不肖虚度四十三春。

徐　阶　担任裕王府讲官几年了?

张居正　已有多年。

徐　阶　哦。(想心事般,不去理他)

张居正　老师,事不宜迟。高拱这次来势汹汹,意在让您交出首辅的位置啊!

徐　阶　不急,为师有一物相赠。(拿出一纸)

张居正　这是在下的字迹?

徐　阶　是你多年前写的。你的信中说,朝中奸臣当路,而我却畏缩不前,你深感失望,决定致仕还乡。当时,你才刚刚三十岁。

张居正　啊,请恕在下的年少轻狂!

徐　阶　当年严嵩势力正盛,先帝对他言听计从,正人君子束手无策,而立之年的你都想退隐;如今我已近古稀,我想做同样的事。

张居正　主上是信任您的,何必为了高拱……

徐　阶　我不是怕高拱。严嵩比他更凶恶更无所顾忌。对付严嵩,我的办法是由他,他要卖官就卖官,他要贪贿就贪贿,他要培植党羽就让他培植党羽,他要打击言官,能保护就保护,不能保护我就保持沉默。但严嵩不懂军事,除冒领军功和安抚外寇外,什么主意都没有。所以,这几十年来,他干他的,我干我的。他获得了财富,而我完成了军事将领的配置。(稍顿)等到击退鞑靼,收复河套有望,我就能够告诉圣上,对付鞑靼也好、倭寇也好,最好的办法是战斗,而不是安抚。严嵩在骗他。在此之前,对于严嵩,让他去贪贿,让他去弄权。我知道,他积攒的财富、他霸占的官职,不过是寄存在他那里的,圣上只要弹弹手指,那些东西全都会各归各位,该是谁的就是谁的。

张居正　是的,学生如今能理解老师的苦心经营了。

徐　阶　是惨淡经营。为师不知道谁会赢,一点把握都没有。我要跟你说件事,严嵩曾经请我赴宴,我是一个人去的,一个随从,一件武器都没带。在我一生谨慎的性格里,这是很罕见的。

张居正　老师……

徐　阶　我故意的。我太累了,我想,要毒死我、砍死我就来吧,干脆点,我不想再累下去了。奇怪,他竟然没杀我,从此我的运气就好起来了。(稍顿)你能理解一个人撑起大厦的苦吗?上面还有一只随时会发火、会伤人的猛虎——圣上。

张居正　恩师!现在天下安定,朝廷清明。这都是您代拟遗诏的德政。要是您就此隐退,您开创的局面,不就付之东流了吗?

徐　阶　击败严嵩的时候,我以为是最后一个,可往后看,还有很多很多的人,高拱,郭仆……我64岁了,我斗不动了,也有些倦了。

张居正　您仍然可以辅佐当今圣上。

徐　阶　揣摩先帝一个人,已经耗尽了我全部的精力,我学着写青词、修
　　　　醮——各种各样与政事能力无关,但跟政治有关的东西。我想,
　　　　我没有精力再侍候一个皇帝了。

张居正　您的意思是——

徐　阶　为了在政治上立于不败之地,我做了太多不必要的事,我搭上的
　　　　东西也太多了,比如我的儿子们。

张居正　您的几位公子都奋发有为——

徐　阶　(摇头)我的长子徐璠,因为我巩固势力的需要,过早荫了功名。
　　　　为了笼络锦衣卫都督陆炳,我的三儿子娶了他的女儿。在旁人
　　　　看来,他们何其幸运。其实不然,在应该学习和磨炼的时候,他
　　　　们却贪爱享受,染上官场的骄奢习气。这使得他们在知识、人格
　　　　和魄力上极不健全,为他们的人生埋下了隐患。

张居正　您过谦了。您的长子徐璠在松江收购布匹,又运往京师销售,拥
　　　　有近十家店铺,很有经商的才干。

徐　阶　太岳只知他有经商才干,焉知不是因为老夫,地方官吏才给他大
　　　　开方便之门?

张居正　这……

徐　阶　居正啊,刚才,在你到来之前,我做了一个梦,梦见我致仕归家。
　　　　先前是衣锦还乡,后来百姓都骂我,叫我老贼,老匹夫,说我的儿
　　　　子骄横不法,欺辱乡邻。

张居正　(急切地)梦是虚幻的!

徐　阶　老夫身在朝中,对于子女鞭长莫及啊! 所以,我想致仕,怕家中
　　　　出一个严世藩。
　　　　［张居正沉默。

徐　阶　高拱和严嵩不一样。他有头脑,不贪财,他只是不喜欢我。所以
　　　　我想,让高拱来当首辅,他会干得更好。你不必为了我,去得罪
　　　　高拱。他会是接下来的首辅。

张居正　恩师……

徐　阶　去吧。老夫要想一想,这告老还乡的奏疏,该如何措辞。

张居正　学生告辞了。

徐　阶　(注视他,慢慢挥手)去吧。

居　正　(退至门口,忽自行回头)老师……先生……
　　　　［徐阶慢慢起立,充满期待。

张居正　(停顿)那高拱虽有才干,可心地褊狭,气量甚小,先生若就此退
　　　　隐,我怕他不会容您老于林下。

徐　阶　(略感失望)那也全凭天命!

　　　　[居正不动。

徐　阶　你还有话说?

张居正　(施礼)恩师在上,不才想接过老师的事业。请老师举荐我入阁。

徐　阶　(笑了)我一直在等你说这句话。(感叹)你知道,为什么你当初
　　　　不辞而别,我并未挽留你吗?

张居正　学生不知。

徐　阶　老夫极知你是国士之才。当初你年轻气盛,老夫舍不得你做杨
　　　　继盛、吴时来,甚至也舍不得让你做邹应龙。今天,终于轮到
　　　　你了。

张居正　学生受先生深恩,无以为报!

徐　阶　只要你能为国尽忠、为民谋福,便是不负为师苦心了。只是,你
　　　　年纪轻轻,宦途凶险,你耐得住吗?

张居正　学生耐得住。

徐　阶　(摇头)你知道,夏言夏阁老是怎么死的吗?

张居正　是严嵩的迫害。

徐　阶　严嵩岂能杀得了夏言! 夏言死于自己之手。

张居正　啊?

徐　阶　先帝在醮天的时候,自己戴着香叶冠,一时高兴,制了几顶香叶
　　　　冠,分赐大臣。第二天严嵩把轻纱笼着香叶冠,颤巍巍地戴进西
　　　　苑来,言称是珍惜此冠,故用轻纱笼之。而那夏言,竟没有戴。
　　　　先帝问起来,他只说大臣朝天子,用不着道士的衣冠。致使先帝
　　　　大怒,从此冷落了他。所以,夏言是自己杀死的自己。

张居正　啊!

徐　阶　夏阁老被杀之时,严嵩正一手遮天,上疏的言官或被流放,延杖,
　　　　或处死,老夫当时位卑职小,人微言轻,未能有所作为,至今引为
　　　　憾事!

张居正　可若老师挺身而出,不但于事无补,反倒贻祸自身啊!

徐　阶　贻祸自身不算什么,怕的就是于事无补!

张居正　所以,老师曾经结撰青词,也是怕重蹈夏言覆辙?

徐　阶　此其一也。重要的是,为臣进言,要揣摩主上的心意,要获得主
　　　　上的信任。"披腹心,见情素",固然是一个办法,但简单又粗暴,

032

人人喜欢听好话,倘若进言只是把主上激怒,让他倒行逆施,那又何必进言呢? 要谨慎出言,言出必中。做事也是一样,勿骄勿躁,韬光养晦。

张居生　学生谨遵教诲!

徐　阶　要记住南宋灭亡的教训,少谈性命之学,要经世致用、建立事功。

张居正　学生敢不尽力!

徐　阶　(叹气)还有,若老夫的子孙做了什么不法之事,勿以为师为念。只望惩处之后,给活着的人一口饭吃。

张居正　(跪下了)学生铭刻在心!

　　　　〔切光。

3

　　　　〔又是鼓噪声。

　　　　〔徐阶梦中惊叫。

徐　阶　居正,居正!

徐　璠　(奔进)父亲,孩儿在此。

徐　阶　为父刚刚梦到了居正。璠儿,速拿笔墨来。

徐　璠　父亲莫非要写信给张居正? 您总算想通了。孩儿一个月前,就派人送信去了。

徐　阶　你……你怎可以私事去打扰他!

徐　璠　难道父亲不是此意?

徐　阶　为父不过是问问他的近况。

徐　璠　他? 好得很,当今万历帝是他从小一手调教的学生,他要是生了气,圣上都不敢驳回。他又结交太监冯保,皇太后也对他宠信得很。他的三位公子,三年之内连中进士。

徐　阶　啊?

徐　璠　他父亲故去,照理要归乡守制。可圣上命夺情取复,特批他在宫内服丧,不回原籍。

徐　阶　(叹息)那,你且去吧。

　　　　〔徐阶躺榻上欲休息,可骂声又声声入耳。

徐　阶　(念诗)"昔年天子每称卿,今日烦君骂姓名。呼马呼牛俱是幻,黄花白酒且陶情。"

　　　　〔他拿起酒壶,欲倒,又烦躁地放下。

4

[一片喊声：青天海大人到！

[海瑞昂然走进。

徐　阶　海大人，再次光临寒舍，不知有何赐教？

海　瑞　本抚前来，特与存翁消除一些误会。

徐　阶　误会？

海　瑞　存翁救海某出狱，海某感激在心。只是，海某并非投桃报李之人。

徐　阶　老朽从未指望海大人报答。

海　瑞　那就恕卑职无礼了。特来晓喻少师，快快退田，莫使本抚为难。

徐　阶　晓喻！海大人，你好大的口气。我徐家侵吞良田，你给我证据，要多少我退多少。

海　瑞　良田或已被令公子悄悄卖去，本抚如何知晓？

徐　阶　既不知晓，又何以得知被悄悄卖去？

海　瑞　你家金杯便是证据。有人首告，你家喝酒都用金杯，可见平日穷奢极侈，可见榨取民脂民膏之多！

徐　阶　请问这首告之人，是道听途说，还是亲眼所见？

海　瑞　亲眼所见。

徐　阶　亲眼所见，呵！老朽自还乡以来，已谢绝外宾。只有至交亲朋，才略一延请。

海　瑞　告发你的，正是你家至交。

徐　阶　此人当面推心置腹，背后却首告举报。如此忘恩负义之人，海大人以为要得还是要不得呢？

海　瑞　存翁不必指桑骂槐，本抚替存翁清理门户，正是报存翁知遇之恩。存翁晚节不保，也不必怨天尤人！

徐　阶　海大人虽说出身贫寒，把金杯当成了不起的奢侈品，请大人到松江的乡官家中走走，中等人家也用得起金杯。难道，他们都是盘剥的民脂民膏？

海　瑞　你……

徐　阶　老夫在内阁侍奉多年，这点奢侈品总归有的吧？何况这金杯是先帝的赏赐！

海　瑞　贵府有的不止金杯。（拿出田册中所藏金砖）这块金砖，是在贵府交来的田册里发现的，若非做贼心虚，何必贿赂本府！

徐　阶　璠儿，这是你干的？

徐　璠　爹爹恕罪——

徐　阶　蠢材,蠢材。为父一世清名,要毁在你手中了!

　　　　　〔以下告状人可隐于纱幕后。

百姓一　小人告严府管家徐成,强占我的田产,致使小人生活无着,妻离
　　　　子散。

海　瑞　记下。

百姓二　老汉告徐府恶仆徐远。他强占了我的女儿,又杀人灭口!

百姓三　在下告徐府纵仆欺行霸市,高卖贱买,不许议价。

百姓四　小民告徐府家仆田间与我争水,殴打小人致残。

徐　阶　(听不下去了)即刻将那徐成、徐远等一干人犯交于海大人,要审
　　　　案请回府衙,我徐家不是公堂。

海　瑞　存翁为何操之过急? 莫非另有隐情?

徐　阶　不敢当。

海　瑞　本官要现场办案,敲山震虎,拿下! 把那幕后指使者一一查清
　　　　问明。

　　　　　〔"海青天""海青天""海青天呐"的呼声不绝于耳。

徐　璠　父亲,父亲!

徐　阶　自作孽,不可活。(对海瑞)几个劣子,海大人可以带走。

徐　璠　父亲……救我,救我!

海　瑞　大义灭亲,存翁迷途知返,可喜可贺啊!

徐　阶　田产一事,是逆子之过,老朽不敢袒护。但若刁民诬告,也请海
　　　　大人治其返坐之罪! 请海大人在审问田产案时,依照大明律的
　　　　律条,有据断案。

海　瑞　何意?

徐　阶　老朽已命劣子将近五年买卖田产尽情清退。那大明律上写得清清
　　　　楚楚,凡涉及田产,买卖五年以上不得追溯。不知大人可知否?

海　瑞　存翁的意思是说,五年前,即使是府上强买强卖的,本官也不得
　　　　追究?

徐　阶　强买强卖,阶不敢为劣子辩言。只是有法不行,有律不依,正是
　　　　贪官枉法,弃法治求人治的根源。

海　瑞　少师所言不错。只是,(稍顿)本抚是个大大的清官。

徐　阶　有法不依,何谓清官?

　　　　　〔"海青天""海青天"的呼声不绝于耳。

海　瑞　这就是凭证!

徐　阶　海大人替他夺田产,他就说你是清官;若海大人不能替他夺回,就是贪官了不成?若凡事只为了一声称赞,那三岁童子也能来断案,何必熟读圣贤之书、熟读大明律条呢?

海　瑞　这……

徐　阶　老朽是担心,若诬告无罪,告成有赏。恐百姓无心耕织,竞相出告以取富贵。此风一开,这江南民心大坏,人心不古,就在今日啊!

海　瑞　难道本抚所做,果有差池?

徐　阶　海大人,老朽明白您一片爱民之心,但绝不可求治过急,以小利诱使百姓诬告成风啊!

　　　　〔外面"海大人"的呼声渐渐低下去。
　　　　〔一太监骑快马飞驰而至。

太　监　奉天承运,皇帝诏曰:都御史海瑞,自抚应天以来,裁省浮费,矫正靡习,似有为国为民之意。但其人情少拂。特调海瑞为南京粮储,即刻赴任,不得有误。钦此!

海　瑞　什么?

徐　瑶　(高兴坏了)真是现世报!海瑞,没想到吧,不奉陪了,送客!

海　瑞　存翁,这民心……

太　监　请大人登程!

海　瑞　海瑞接旨!当断不断,反受其乱。

徐　阶　海大人……

　　　　〔海瑞转身与徐阶相对,互相行礼。

海　瑞　哼!

　　　　〔外面"海大人冤枉啊!""海大人青天啊!""海大人不能走啊!"

海　瑞　(拱手)有百姓如此,海某此生无憾了!老夫到了南京,仍然大有可为!

徐　瑶　(高兴地对徐阶)父亲,看来是写给张太傅的书信起了作用,他把该死的海瑞调走了。

徐　阶　住口!公公在此休得无礼!(问太监)那张太傅一向可好?

太　监　(懒洋洋地)哪个张太傅?

徐　瑶　还有哪个?就是侍奉当今圣上的内阁首辅张——

太　监　你说他呀?(不置可否,冷笑一声)

　　　　〔徐阶父子面面相觑。

徐　瑶　(对太监)公公辛苦了,在下有薄礼孝敬。

徐　璠　（对太监）请公公笑纳。

　　　　　〔太监接过银子。

徐　璠　那张太傅张大人一向可好？

太　监　徐阁老，那张太傅大人，已于万历十年的六月二十日故去了！

徐　阶　啊！

徐　璠　怎么，不是他发来的调令？

太　监　当下内阁首辅是李春芳李大人，记着是谁的好吧。

徐　阶　什么？

太　监　圣上还下令抄了张大人的家，并削尽其官职、俸禄，追夺生前所赐玺书、四代诰命，还差点开棺戮尸。张大人的公子们，饿死的饿死，自杀的自杀，流放的流放，充军的充军！

　　　　　〔徐阶张嘴欲哭，却说不出话，昏倒。

徐　璠　父亲！父亲……

5

　　　　　〔张居正的声音。

张居正　老师，恩师……

徐　阶　太岳……

张居正　昔日都门一别……

徐　阶　别后无恙乎……

张居正　（扯下帽子，也是一头白发）居正如今，头发也和老师一样白了。

　　　　　〔师徒执手，呵呵笑起来。初是相逢之喜悦，后渐苦涩，渐后却似哭了。

　　　　　二人不约而同　府上——

　　　　　〔又不约而同停住。

张居正　记得仆别太师之时，泪不能禁。太师说："大丈夫既以身许国家，许知己……"

徐　阶　"惟鞠躬尽瘁，粉身碎骨而已。"

张居正　学生做到了。

徐　阶　朝廷上的人攻击你，说你贪婪无度——

张居正　他们的话可信吗？送贿的人，他们贿赂不了我，就转而恶毒地贿赂我的父亲。儿子如何能约束父亲？

徐　阶　说你结交内侍，揽权擅政——

张居正　也只为了获取主上信任，避免后宫干政。

徐　阶　令尊去世——

张居正　虽是圣上夺情起复,不许我回去,也是我自己的主意。

徐　阶　父丧守制三年是祖制,违者是忤逆的大罪,轻者杀头,重者身败名裂!

张居正　若我回乡守制,半生心血付之东流,对不起几朝几代贤臣的付出。若我留在宫中,势必被称贪恋权位;若我在宫中守制,治理朝政,又被讥为做秀。总之,这贪恋权位的名声,我是抛不掉的了。既然抛不掉,那索性不去管他。

徐　阶　你……唉!那令郎敬修等接二连三中举——

张居正　我固然选用了儿子,可我也选用了张佳胤、陆树声、戚继光、王国光、王之诰……那张佳胤是高拱的人;王之诰虽是我的儿女亲家,并不附和于我;戚继光的军事才能有目共睹。举贤不避亲,为什么只盯着他们是不是我的儿子,而不去考察他们的才学?

徐　阶　那你做的都对了?

张居正　居正不知错在何处。

徐　阶　你忽略了当今圣上!

张居正　他可是我看着长大的孩子。

徐　阶　你以为他永远是个孩子?他可是一国之君啊!

张居正　我的所作所为都是为了圣上和他的江山,老师,太仓储粮如今可支十年,那太仆寺积金四百余万,北方俺答已经屈服,土蛮不断溃败。居正所作所为无愧于心啊!

徐　阶　居正,你真是长于谋国,拙于谋身啊!

　　　　〔"众民听着,凡能指证徐府不法事者,重赏!"

　　　　〔百姓的声音:发财的机会又来喽!

　　　　〔严嵩上。

严　嵩　重赏之下,必有勇夫!这是一场来自高拱的报复,他展开了一场跟你们徐家悬赏的竞赛,握有你家隐私的人,不分昼夜在官府和徐府之间奔跑着,哪儿的悬赏高,他们就往哪儿跑。连平日自称甘于寂寞的读书人都来了。

　　　　〔太监　奉天承运,皇帝诏曰:原太子少师徐相公阶,致仕后纵子不法,欺辱乡邻,今特将徐府田产充公,将其三子徐璠、徐琨、徐瑛削职为民,徐璠、徐琨充军,留一子与徐阶养老。钦此!

徐　阶　谢主隆恩!

严　嵩　报应来了,抄家,跟我一样!徐阶,我纵然该死,你为何指我儿世蕃勾结倭寇"谋逆"？让我的独子死在我前面,你好狠啊!

徐　阶　你的儿子贪权受贿,残害忠良,早就命该极刑。

严　嵩　我父子对陛下忠心耿耿,所作所为皆为龙颜大悦。圣上待我父子恩重如山,说我儿谋反,你有证据吗?

张居正　那你陷害首辅夏言谋反,有证据吗?诬蔑杨继盛结交皇子怀有二心,你有证据吗?十二位言官因弹劾你获罪,三十八名科道官被罢黜……这几十条人命加起来,你这个阿谀媚上的奸贼,你死上几十次也不为过!

严　嵩　张居正,想想你自己吧。你死后家产被抄,你儿敬修悬梁自尽,你的下场,和我一样!

张居正　大丈夫既以天下为己任,早就将荣辱沉浮,子孙生死掷之度外!倒是你,想想你的一生,除了弄权贪贿,有一件可以称道的功绩吗?

严　嵩　(得意地)"平生唯解报国赤,生后凭人说是非"。徐阶,你儿徐璠是不是也会死?

徐　阶　我徐阶一生清廉,谨慎。什么都想到了,可最后教子无方,自取其殃啊。璠儿!

张居正　老师当初何等决断,如今为何优柔寡断?

徐　阶　大丈夫既以身许国家,许知己,惟鞠躬尽瘁,粉身碎骨而已,他复何言。

〔徐阶老泪纵横。

〔徐阶猛抬头,诸声消失。

〔切光。

6

〔烟雾缭绕,似明似暗。

徐　阶　我少年时代读书时,曾住在一个庙里。房间南面的窗,永远是关着的。有一天我打开了,看到的是一片坟场,一个个的坟头,庙里过世的和尚都埋在那儿。我意识到人的生命短促,我开始思考人的生命的价值,决定要度建功立业的一生。

严　嵩　我出生在江西分宜一个寒士之家,父亲是个穷秀才。我打小就很聪明,被称为神童。父亲对我期望很高,希望我能光宗耀祖,造福乡邻。我差点儿就做到了。

张居正　1525 年,我还没有出生。我的曾祖父梦见月亮落在水瓮里,照得四周一片光明，一只白龟从水中悠悠浮起。他认定这是个吉兆，于是取其谐音，给我取了个乳名"白圭"，清白的白，玉圭的圭。他希望我以此为鉴，从政后为官清正。

徐　阶　我们出生前、出生后，都被祖辈寄寓美好期盼，希望我们耀祖光宗。然而，我们却让祖宗蒙羞，祸及子孙。我们的子孙，死的死，亡的亡。

严　嵩　他们死于自己的有恃无恐，骄横与贪婪。

徐　阶　他们死于讨好他们、奉迎他们的官员。执法者的纵容，犹如脱缰的野马，一路飞驰，将欲望和他们送上断头台。

张居正　他们死于嗖嗖的冷箭和暗斗。当我们失去君主信任，冷箭变成明箭，暗斗变成明斗，那是绞刑的绳索，断头的铡刀。

海　瑞　当官，就应该为百姓着想，不该有私心！

　　　　［其余三人以目视之，欲言又止。

　　　　［一声大喊"皇上驾到！"众臣石化。

　　　　［严嵩（跪下）吾皇万岁万万岁！

　　　　［海瑞跟跪，喊"吾皇万岁万万岁"！

　　　　［徐阶：吾皇万岁万万岁！

　　　　［张居正和徐阶在黑暗中，有一个黑影跪下了，另一个走掉了。

　　　　［当然，我们不可能知道这是谁。

　　　　［切光。

尾　声

海　瑞　我死后，万历十七年，皇帝派人专门为我选择墓地。我的墓地占地 5000 平方米，墓冢前有高达四米的石碑，还要提一笔的是，无论在当时下葬时，还是在现代，祭祀、拜访的人都络绎不绝，我享祀千载。

严　嵩　我死后，我的墓地不及半亩，没有墓冢，墓前无碑，仅一土堆。我也要提一笔，在我死时，无人祭奠；又过了几十年，开始有人去看我，议论我。无论如何，有人关注，总是好事。

徐　阶　我死后，背负着恶名，远离故土，孤独地葬在了浙江。是无颜去见族人，还是不愿看见不争气的子孙？或者汹汹的乡邻？五百年后，这座坟被盗挖。盗贼们取走了墓中为数不多的陪葬品，却没有人碰那具干枯的白骨。

〔古琴声。

滚滚长江东逝水，

红尘消磨英雄。

是非成败谁与论，

生当做人杰，

死亦为鬼雄。

〔歌声中，演员谢幕。

——剧终——

洪靖惠简介

　　中福会儿童艺术剧院编剧，复旦中文系毕业，上海戏剧学院戏剧文学硕士，从2001年起编写多部戏剧影视作品。戏剧作品有话剧《人面桃花》《兄弟》《大哥》《浮沉》；儿童剧《田螺姑娘》《斑点狗马鸣加》《宝莲灯》《小熊包子》，滑稽戏《07手机在联通》；电视剧《亲爱的翻译官》《我是杜拉拉》《家有外星人》《民国女子侦探事务所》《谁是谁的地狱》《情陷巴塞罗那》《天兵天将下凡来》《太阳花开》《无约恋情》《单人房双人床》《钟点父子》《甜蜜蜜餐厅》《颤抖吧，阿部》；电视电影《腕带之恋》；广播剧《刑警803之白天使之迷》《名模之死》；京剧《麝芜记》《琵琶记》；曾担任SMG新娱乐频道《老娘舅》《开心公寓》《喋占上海滩》等电视栏目剧总编剧、文学编辑。获奖经历：原创小品《缘是一家人》获上戏2006年"党在我心中小品"汇演金奖榜首，中华人民共和国文化部颁全国第十四届群星奖最佳小品奖，全国四进五社区小品汇演金奖、CCTV小品大赛三等奖。

　　话剧《大清相国》由上海话剧艺术中心首演。

四幕话剧

大清相国

编剧　洪靖惠

人　物

陈廷敬、顺治、康熙、太监、鳌拜、赫舍里索尼、索额图、赫舍里月媛、张汧、高士奇、郑恒、陈如琴、书童子墨、陈廷敬孙儿。

其他人物：客栈掌柜、伙计狗子、茶楼酒肆宾客、
　　　　　官差甲乙、大臣等甲乙丙丁。

第一幕

[康熙和一名太监幕前站立。

康　熙　大——清——相——国?(停顿)大清自开国以来没有相国之
　　　　位,这个大清相国的称号朕只给了陈廷敬。

太　监　(阿谀状)奴才知道,皇上对陈廷敬那是天大的恩典。

康　熙　陈廷敬,陈子端。你是哪年见到他的?

太　监　奴才是……先帝在的时候,陈廷敬金殿面圣那日才瞅到那么一
　　　　小眼。

康　熙　(点头)是,他是先帝的旧臣,他那时候江山可还在鳌拜手里把持。

太　监　皇上少年英才,智擒鳌拜,英勇无敌。

康　熙　(笑)奴才!朕擒了鳌拜,你们便这么说。朕若不擒鳌拜,你们又
　　　　那般说。

太　监　奴才愚笨,奴才该死。

康　熙　(冷冷地看太监一眼,语带讽刺的)你们不愚笨,可你们的确该
　　　　死。可陈廷敬不一样,(停顿)他,是不一样的。

　　　　[康熙退去,太监恭送。
　　　　[太监待康熙离开,转身取出一本圣旨。

太　监　(朗声)顺治十五年,开科取士,广纳贤才。(隐去)
　　　　[幕启。
　　　　[清顺治年间,夏日。
　　　　[北京贡院附近云来客栈。
　　　　[陈敬和张汧走进客栈,仆从小厮子墨跟在两人身后。

张　汧　这天子脚下,果然气象万千。

陈　敬　大丈夫当有所作为。

张　汧　子端,如今皇上开科选士,满汉一家,广纳贤才,我们汉家子弟终

于有了报效朝廷的机会。

陈　敬　张汧兄,你凡事总看好处,依我看,这真要满汉一家尚有待时日。

张　汧　你这人啊,就是太过老成持重了。

郑　恒　势利小人! 你们这家势利小人开的势利客栈,敢侮辱孔夫子的门生,看我郑恒不和你们拼命。

　　　　　[郑恒和一伙计扭打着上场,高士奇在一旁拼命解劝。

高士奇　兄台息怒,兄台息怒。何必和个伙计生气!

郑　恒　欺人太甚! 我十载寒窗不是受这种琐碎气的,(掉书袋吟诵)士可杀而不可辱也!

掌　柜　(过来)出什么事了?

　　　　　[伙计赶紧捡起被打落的帽子。

伙　计　掌柜的,这位爷一定要住上房,您瞧他的穿衣打扮,他还不是旗人。

郑　恒　我清贫寒素些怎么了? 司马相如也曾当垆卖酒,还不是位列公卿了? 不是旗人又怎样,如今满汉一家,皇上都重视汉臣,你们胆敢违抗圣意?

张　汧　说得好! (一并加入)这位兄台见过,在下太原张汧。

郑　恒　(作揖行礼)衡阳郑恒。

高士奇　我是高士奇,浙江余姚人氏。(看向陈敬)那位仁兄是?

陈　敬　太原陈敬。

掌　柜　(不耐烦)你们要攀交情的去别处,我这只剩下三间上房了,不是鳌太傅的门生就别妄想了。我这是给贵客留的。

郑　恒　什么是贵客? 天子门生、豪门贵胄,原来都是我们这些赶考的读书人。(置起气来)我今天非要住你这上房不可。你要是不让我住,我们就联名上表告——

掌　柜　告,你敢,实话告诉你,我小舅子的表侄邻居的姑亲在鳌府做厨子,我这家客栈可是通天的。

郑　恒　通天! 这普天下只有鳌拜吗? 我告诉你,现在朝中四大臣辅佐朝纲,我也认识。

高士奇　(跟着咋呼)就是! 我们也有通天的交情。

掌　柜　(将信将疑)你们认识谁?

郑　恒　(目光触及那块招牌,看到内有上房第一个内字,顺口胡诌)内——内务府总管索尼,议政大臣镶黄旗你知道吗?

掌　柜　哟,镶黄旗,他和鳌大人一个旗啊。

郑　恒　是啊,你敢得罪吗?

高士奇　(起哄)你可掂量准了,别得罪贵客自己不知道。

子　墨　就是!就是!我们少爷学问好,一定中状元呢。

陈　敬　(阻挠)欸,小孩子别添乱。这样,掌柜的,你匀三间上房给三位
　　　　兄台,我和子墨住厢房就成。

掌　柜　谢谢这位爷,您大人有大量。我这有间极雅致幽静的厢房,(附
　　　　耳)原是给自己人留的,出了些变故。

陈　敬　(不欲多听他解释)成。子墨(示意子墨放行李)

　　　　[子墨、伙计狗子、掌柜下。

张　汧　子端,又是你谦让。

郑　恒　(上前一步施礼)这位兄台,多谢。

高士奇　多谢多谢,在外靠朋友,在下高士奇最爱结交有学之士,不如我
　　　　们去隔壁茶馆共饮一杯,也算今科的举子聚聚。

张　汧　好,相请不如偶遇。

　　　　[四人动念起身,欣然前往。
　　　　[暗转。
　　　　[茶馆内四人坐定,谈笑风生。
　　　　[不远处有一老者带着一旗装女孩正卖唱。

高士奇　这么说,郑恒兄最长,张汧兄行二,陈敬陈子端你第三,我高士奇
　　　　最小了。我们四人就算相识了啊,以茶代酒结拜三位哥哥。

　　　　[四人举杯共饮。

郑　恒　(将茶杯放下叹气)哎,想到刚才那厮的势利脸孔,真是可恨。

陈　敬　郑恒兄,莫再为此等小事生气了,刚才你随口扯一句认识索尼,
　　　　已经让那掌柜战战兢兢。也算出气了。

张　汧　随口扯?子端,你造次了吧。郑恒兄敢莫真的认识索大人呢?

郑　恒　哎,我一寒门子弟怎么可能认识赫舍里索尼!(笑)那我真有通
　　　　天的关系了。

陈　敬　我刚才看见郑恒兄目光落在客栈那块内有上房的牌子上,又听
　　　　他情急说到索尼是镶黄旗,就猜他没准是诓那掌柜的。

张　汧　是啊,赫舍里索尼为四大臣之首,是正黄旗人。哈哈,我们都
　　　　忘了。

郑　恒　一个和鳌拜沾点关系的客栈掌柜都如此嚣张(摇头)如狼似虎
　　　　啊!他鳌拜的势力想必是要染指科举的。

高士奇　那是,你们看前几年中三甲的,哪位不是鳌拜的门生。这做官得

有做官的门路。像我们几个这样无背景无家势的汉人，只怕是白跑一趟。现如今，得近着鳌府才能出头啊。（笑）这叫——鳌出头！

张　汧　我就不信鳌拜能一手遮天。多行不义必自毙，莫看他今日嚣张似虎狼。

［卖唱的老人和女孩被四人的谈论吸引，驻足聆听。陈敬有所留意。

陈　敬　是，是，这些人似虎狼一般，我们不妨以虎狼为题，作诗咏之。

郑　恒　以虎狼为题，好，我先说。"但全一线蝼蚁命，便敢只身斗虎狼。"

张　汧　好！郑恒兄豪气千秋啊，我也来——"乱离中道逢虎狼，心忧社稷倍凄惶。"

高士奇　说得好！两位哥哥都是忧国忧民的大才，听小弟我的。这"虎暴狼贪人刁钻，天将收之何需管。"哈哈哈，博哥哥们一笑，喝茶喝茶。

张　汧　士奇弟你这不好，挺认真的事被你说成笑谈了；子端就剩你了，听听你的高论。

郑　恒　是啊，子端是你提议作诗的，一定有佳句。

陈　敬　不敢称佳句，只是子端我粗浅的所想。我以为啊——"但求方寸无诸恶，虎狼丛中也立身。"

张　汧　妙，这方寸指心，但求方寸无诸恶，虎狼丛中也立身。只要心中无恶，便是置身于虎狼丛中也能守其本心！说得好，子端，你果然与众不同。

［一位旗装少年带着几名小厮突然出现，直奔着卖唱的女孩过去。

少　年　这妞不错，爷喜欢，跟爷回去唱个小曲儿！爷好好疼你。（伸手就要拉那女孩）

［小厮欲抓女孩却总被女孩逃脱。女孩忙往边上躲，那卖唱老人赶紧拦着。

老　者　大爷您行行好，放过我们穷苦卖唱的。

少　年　放过你们，休想，爷就要你女儿了。（说话间拽着女孩的辫子死命拉来）你给我过来——

女　孩　（惊叫）疼——疼死我了。

老　者　（仍是告饶）大爷您放了这孩子吧，她不懂事。

少　年　不懂事！你——你还不给爷跪下！（踢女孩腿，让那女孩跪在地上）

　　　　　　［张汧拍案而起。

张　汧　光天化日之下,这也太不像话了! 走,我们去搭救那一女孩。

高士奇　(阻拦)张汧兄,你看那少年的衣服穿着是正黄旗的,非富则贵啊。

张　汧　怎么? 你怕了不成?

高士奇　是,我是怕,我怕银子带得不够,这天大的乱子,地大的银子。几位哥哥等着,容小弟去取些银子。

　　　　　　［高士奇下。

张　汧　(追叫)哎,你……怎么没影了。郑恒兄,子端,我们去救人。

郑　恒　唯女子与小人难养也,我素不爱管闲事,何况这男女大防,张汧、子端,我劝你们也少管,君子不立危墙之下。

　　　　　　［郑恒也离开。

张　汧　这,这,他们怎么都走了?

陈　敬　(起身)我陪你去吧,你啊,不管闲事心不安的。

　　　　　　［两人来到少年女孩近前。那老者不住作揖,那女孩跪在地上倨傲不低头。

少　年　小美人,你给爷磕几个头,爷乐了就放过你们。来,来,磕呀,爷要听个脆响。

张　汧　住手! (怒极)这天子脚下,青天白日,你竟敢知法犯法欺辱弱小。

少　年　爷就欺负他们了怎么着? 你们两个文弱书生,打得过我的家丁?

张　汧　(捋袖子)子端,和他们拼了。

　　　　　　［张汧回身看陈敬,却发现他站在几尺开外,不动。

张　汧　(着急)子端,你怎么不帮我。

陈　敬　张汧兄,他们人多势众,你必打不过他们。不如想个办法商谈。

张　汧　商谈什么,这种败类,和他有何好商谈?

少　年　我倒是来了兴致,愿意和你们商谈几句。这样吧,你们两个读书人想救这小美人,那就替她磕头,你们一人给我磕十个响头,我就放了这姑娘。

张　汧　你! 男儿膝下有黄金,我如何能跪。

少　年　那你就一边呆着去,少管闲事。

陈　敬　算了,张汧兄,我们走吧。

女　孩　(努嘴不悦)那位公子,你真个铁石心肠! 还是这位公子良善。

少　年　呵呵,他再良善不磕头也救不了你。(又死拽女孩辫子)

女　孩　疼,疼死我了。

张　汧　莫要再欺负妇孺，我磕就是。

　　　　［张汧双膝着地，作势要磕。

　　　　［少年面有得色。

陈　敬　慢着！（扶起张汧）张汧兄，你给我起来，你真是老实人——

张　汧　怎么是我老实，明明是你见者不救。

陈　敬　几位贵人，素昧平生，戏耍我们读书人为何啊？

张　汧　子端，你是说他们是一伙的？这怎么会？

女　孩　（啐道）红口白牙，你冤枉人！

陈　敬　这位姑娘，这些小厮虽叫嚣着要捉拿你，却半点不敢近身，我猜
　　　　因着你是他们主子的缘故。贵公子口中虽是假意骄横，却只让
　　　　姑娘你跪不敢叫老先生受屈，子端没猜错的话，这位老先生是
　　　　尊者。

女　孩　你胡说！

少　年　你信口雌黄。

老　者　三儿、媛儿，莫逞强了，你们的底细都让人看透了。这位公子，敢
　　　　问名讳是？

陈　敬　（施礼）太原陈敬。

老　者　陈公子，赫舍里索尼代犬子、小女给你赔个不是。

陈　敬　（动容）索大人。（拉过一旁愣住的张汧）张汧兄。

张　汧　（忙施礼）太原张汧见过索大人。

索　尼　张公子有礼。都怪犬子索额图和小女月媛打赌。我这老父拗不
　　　　过他们，只得一起陪同。本以为是一折老叟戏顽童，谁知愚人反
　　　　愚己，让陈公子见笑了。

张　汧　打赌，索公子和小姐赌的是？

月　媛　赌今科的举子有几个能路见不平拔刀相助的。谁知道胆大仁厚
　　　　的没有，刁钻圆滑的倒有一个！（怒瞪陈敬）

陈　敬　（欠身）子端唐突了，望小姐海涵。

月　媛　哼！（转身走开）爹，我们回去吧，别和他们啰嗦了。（见索尼不
　　　　理，只身拉了索额图走开）

索　尼　见笑！老夫五十岁才得这么个女儿，平日娇宠惯了。两位公子
　　　　今日相遇就当有缘，老朽的寒舍就在前面兴华寺街，两位若得
　　　　空，可来陪老夫品茗下棋。

陈　敬
　　　　谢索大人抬爱。
张　汧

索　尼　好,改日相聚。

　　　　　[索尼、索额图、月媛拜别陈敬、张汧,下。

张　汧　子端,索大人是内阁大学士,改日我们真要去叨扰请教。

　　　　　[陈敬点头,书童子墨和两个官差上场。

子　墨　少爷,少爷。您过来。您一个人过来。

陈　敬　怎么了,慢慢说。(撇下张汧近前)

子　墨　(站定,上气不接下气)少爷,这两个差官把这东西送到厢房,叮
　　　　嘱我千万要交到你手里。还说要偷偷的只能当您一个人时。
　　　　(把文书卷轴递给陈廷敬)

官差甲　滕相公,鳌大人可是提携您的啊。

陈　敬　(接过书卷看)戊戌科考题政论、史料、政治艺学策、四书五经。
　　　　(扫了两眼,即合上)这是今科的试题啊,这怎么能拿来,这是要
　　　　杀头的死罪。

子　墨　(慌了)少爷,我不知道啊。

官差甲　你不是陕西来的滕相公? 滕子鹤?

子　墨　不是啊,我家少爷是山西的陈相公陈敬。

官差乙　哟,不好。

　　　　　[官差乙立刻去抢试卷,陈敬闪躲,试卷交在子墨手里。

陈　敬　这试卷从何而来? 泄露今科试卷可是大罪。

官差甲　这小子也不能留下。

官差乙　是!

　　　　　[官差提刀冲到众人面前。

陈　敬　二位是要杀人灭口吗?

子　墨　少爷,张汧少爷快来救我们。

　　　　　[推搡间,子墨手中的试卷被二官差夺去。

　　　　　[二官差拔刀动手。

张　汧　哎,你们怎么举刀就砍呢。

陈　敬　(对官差)青天白日朗朗乾坤,试题外泄还要当街行凶,你们就没
　　　　有王法了吗?

官差甲　灭什么口? 差爷办案,我们是鳌府的。

陈　敬　那请问我涉何案?

张　汧　子端兄和我在客栈喝茶呢,犯什么案了。

官差乙　嘿,还想撇的一干二净。这个书生造谣,说科举试题外泄,这是
　　　　诬陷,扰乱科场秩序。

子　墨　你们扯谎,明明是你们让我送给我们家相公的,我不识字,相公
　　　　看了才知道是试题。(恍然大悟)哦,我知道了,你们刚才拼了命
　　　　地要抢去,就是为了冤枉我和我们家少爷。少爷说得对,你们是
　　　　要杀人灭口。来人啊!官差不讲理!

张　汧　(阻拦)你们还有没有王法!
　　　　[高士奇、郑恒来到。

高士奇　哎呀,出什么事了,我和郑兄瞅着有官差来这就过来看看。

张　汧　他们冤枉子端,说他造谣今科试卷外泄,要抓走。

郑　恒　子端怎是造谣之人?

高士奇　就是!两位官爷,这可是死罪。一定是误会,是不是要银两打
　　　　点啊?

官　差　杀头的死罪谁能打点,你们都是举子,不想一起掉脑袋就别碍
　　　　事。这两名要犯我们必须带走。(架起钢刀)

张　汧　青天白日的,他们怎么就成了要犯。你们欺人太甚了!

陈　敬　张汧兄,别意气用事!(对官差)好,我们主仆二人跟你们走。
　　　　(朗声)但在下山西举子陈敬,非无名之辈,你抓走我可以,必须
　　　　送交刑部立案有凭有据地审问,这是闹市街头的茶馆,(对观众)
　　　　在座的宾客都是证人。若屈打成招枉想死无对证,断断不能。

张　汧　是,若是冤假错案,我们今科举子绝不依。

郑　恒　读书人清誉怎能被辱。

高士奇　你们别以为我们京城不认识人啊,我们也有的是门路!

官差甲　别理他们,带走!
　　　　[二官差把镣铐戴到两人身上。

子　墨　(哭叫)少爷——

陈　敬　子墨勿怕,天子脚下谁敢胡为,我们去去就回。
　　　　[官差甲乙押走陈敬和子墨。

张　汧　子端,你别急,我拼出命来也要救你。(对郑恒和高士奇)这,我
　　　　们去大理寺上告!我就不信鳌拜能一手遮天!

郑　恒　鳌拜,你是说抓走子端的是鳌府的人?这陈子端怎么……好端
　　　　端的就得罪鳌拜了!哪里惹的这么些麻烦!

张　汧　(不悦)郑恒,事到如今难道你要埋怨子端?我们四人刚刚结拜,
　　　　你就要明哲保身不成,你还讲不讲情义。

郑　恒　我哪是这个意思,张汧,你真是。

高士奇　行了行了,两位哥哥别吵了,还是想想如何救人吧。

郑　恒　谈何容易,(叹气)如今官官相护,读书人哪里斗得过他们。哎,我们要是认识什么大官就好了。

张　汧　有了,刚才我和子端在茶馆偶遇索尼大人。

郑　恒　赫舍里索尼?议政大臣、内务府主管索尼?

张　汧　正是,刚才那个卖艺的老者就是他假扮,我和子端救助的女子乃是索府的千金,他还留话让我们可去他府邸拜访。

高士奇　那咱们快去找索大人啊。这不是天上掉下来的门路吗?

郑　恒　(自忖)索大人在太祖时就是一等侍卫,通晓国书汉文,学问渊博,可以结交。

张　汧　郑恒兄,都什么时候了,你还在想结交诗文,我们快去救子端要紧。

高士奇　对对,救人要紧,走。

郑　恒　一起去吧。张汧弟,你把刚才事情的原委细细说与我们听。
　　　　　〔索尼府邸。
　　　　　〔索尼,月媛和索额图在闲话家常。

月　媛　爹,今儿的事都怪哥哥不精细,被那个叫陈敬的刁钻鬼给看出了端倪。

索额图　小妹,这事你怪得着我吗,得怪那个陈敬,眼真毒。

月　媛　什么眼真毒,就是刁钻鬼。

索　尼　媛儿,人家是读书人,怎么成了刁钻鬼了。

索额图　两个举子而已,何必对他们那么客气。

索　尼　今日是举子,明日不定就和你我同朝为官。别说他们两个,先前和他们一起饮茶的另两个,也非凡夫俗子。

索额图　爹,我打听过了,那两个和陈敬张汧都是今科的汉人举子,入宿在云来客栈。高个的爱发牢骚的叫郑恒,圆滑混世的叫高士奇。

月　媛　依我看啊,最圆滑混世的是那个叫陈敬的。都怪他,今儿和三哥的玩笑一点都不好玩了。

索额图　小妹,你就知道玩。爹这次微服出巡本不想带你,你偏跟来了,又淘气闹这么一折。始作俑者是你,你恼什么。

月　媛　三哥!爹,您瞧三哥……

索　尼　是,谁说我不想带媛儿出来的,我这回出巡一来是为国选英才,二来也为媛儿选佳婿。爹看今儿的举子里就有个不错。

月　媛　爹!连你都编排我,我不依。您明明就是为国选才,可惜啊今年的举子大半已是鳌拜的门生,还有一些,比方今天茶馆那四个,依我看,也不算什么英才。爹,京城人人都说您神目如炬,您就给他们四个人相相面。

索额图 是啊,爹,相相他们的官运。

索 尼 我对这四人了解尚不深,不过他们做的诗句我听在耳里,遇事的言行嘛……(思忖片刻)依我看,郑恒是寒门读书人,这种人越是倨傲清高越愿意攀附权贵,又一心想光耀门楣,如若顺利有望官至三品。高士奇嘛,滑不溜手,见风使舵,官至二品不难。张汧是忠厚之人,诚挚老实,若立准脚跟,官也能做到三品。

月 媛 (忍不住)那陈敬呢?

索额图 小妹,就知道你心仪陈敬。

月 媛 三哥你胡说。

索 尼 陈敬胸有谋略,能审时度势,假以时日,官位——

月 媛 怎么样?

索 尼 位极人臣,不在老夫之下。不过……

月 媛 (着急)不过什么?

索 尼 不过他得成为老夫佳婿,得老夫助力,才能官运亨通。媛儿,你说爹要不要帮他?

月 媛 (羞臊的)爹——

索 尼 (正色)三儿,对了,试题外泄的事可查到些什么?

索额图 爹,今年正副主考礼部六位大员都是鳌拜的门生,他们定的三甲就住在云来客栈。试题估计还是往那儿送。

索 尼 云来客栈和同福茶馆举子出没得多,要多留意着。

月 媛 爹,三哥,什么试卷外泄啊,你们在说什么呢? 和举子有关吗? 那和陈敬也有关?

索额图 你啊,就知道那个陈敬,你还真以为爹是为替你选婿才微服出巡的吗? 妇人之见!

[月媛刚要抢白,家丁来报。

家 丁 大人三爷小姐,门外来了三位举子说什么他们的朋友陈敬让官府给抓了,求大人救命。

月 媛 陈敬? 爹,您要帮帮他。

索 尼 (对家丁)快请客人进来。

[郑恒、张汧、高士奇上。

张 汧 索大人,学生张汧。

郑 恒 衡阳郑恒见过索尼索大人。

高士奇　小人高士奇见过内务府总管索大人。

张　汧　（不等他们见礼完毕,着急的）大人,子端冤枉啊。求您救救子端。（激动跪倒在地）

月　媛　（感动）张公子,你莫急,慢慢说,出什么事了。

张　汧　大人容禀,今日你们三位走后不久,子端的书童子墨带人寻至,说是送交一样东西。子端打开一看竟是今科试题,子端厉声斥责他们,来人夺走试卷反口诬告子端,说试卷外泄是他造谣生事,押走了他。索大人,来人已暴露身份是鳌府的,这是要灭口啊,子端危在旦夕。

月　媛　试题外泄、还想杀人灭口,这鳌拜的胆子也忒大了。

索　尼　欸,女孩子家不要妄谈国事,鳌太傅怎会做如此之事? 许是别人栽赃陷害也未可知。

张　汧　大人,一准是鳌拜! 带走子端的正是鳌府家丁,我看到钢刀上有符印为凭。

月　媛　爹,肯定是鳌拜,你和三哥刚才不也……
　　　　　〔索额图猛拽月媛。

索　尼　事情还未详查,不宜论断是何人所为。这样,几位莫要着急,老夫和陈公子也算有缘,能帮上忙的必会尽力。如今看来,要救陈公子,必须惊扰圣上了。

索额图　惊扰圣上,爹,您是说告御状?

索　尼　圣上开科举士,求贤若渴,若举子含冤,试题外泄,圣心怎安。状纸老夫可以代为呈上,只是师出须有名,必得多位举子联名,方敢惊扰圣上。几位,可愿联名上奏?

郑　恒　这……

索额图　你们可得想明白了,这上告御状告赢了是皆大欢喜,告输了你们的脑袋就等着一锅端吧。

张　汧　大人,张汧愿与子端同生共死。

月　媛　张公子,你真是好人,讲义气。（问郑恒和高士奇）你们呢?

索额图　小妹,你别瞎掺和。

月　媛　为朋友两肋插刀怎么是瞎掺和呢,我要是举子,我就联名上奏。

高士奇　是,是,索大小姐都如此义薄云天,我高士奇也要为陈敬兄尽绵薄之力,我愿上奏。

张　汧　郑恒兄,就差你了。

郑　恒　罢了,他们如今试卷外泄,内定三甲,读书人如何还能有出头之日。为了陈敬,为了全天下的举子,我郑恒联名上奏。

索　尼　如此这般,事不宜迟,你们连夜写好陈情奏章,我替你们呈给皇上。

月　媛　爹,上告归上告,衙门里您和三哥也帮着打点一下,免得让陈敬受苦。

索　尼　读书人应该照拂。三儿让他们几个进牢房见一下陈敬吧。

索额图　明白。

索　尼　有句话,你们帮我带给陈敬。这告了御状,圣上必问及牵扯人等有谁,问下陈敬他当着皇上的面提不提鳌太傅?

张　汧　这……抓子端的人就是鳌府的,肯定得提啊。

索　尼　告诉陈敬,老夫赠他一个字——忍。

张　汧　(疑惑)忍?

索　尼　这忍字心头一把刀,莫要妄为把祸招。忍字里可大有乾坤。你们各自忙去吧。

张　汧

郑　恒　谢大人。

高士奇

　　　　〔三人退去。

索额图　爹,没准这陈敬可用。

月　媛　(不解)什么用不用的。(焦急的)爹,陈敬他不会有事吧。

索　尼　(一语双关地回答两人)看他的造化了。

　　　　〔切光。
　　　　〔康熙和太监上。

康　熙　这个陈廷敬,一进京城就闹了那么大个乱子。

太　监　是啊,皇上,那次金殿面圣,陈大人真是临危不乱,大展奇才,让人佩服啊。

康　熙　(半晌)锋芒毕露!

　　　　〔起光,顺治和文武百官在列,陈敬、张汧、郑恒、高士奇跪在金殿远处。

鳌　拜　皇上,这个叫陈敬的举子公然造谣生事,其罪当诛,此等宵小之徒索大人竟为他上告御状,臣实不解。

索　尼　皇上,老臣冤枉,若果是一名举子犯了死罪,臣怎敢惊扰御前。只是据这几名举子所言,有人公然外泄试题,臣才觉事态紧要,恳请皇上严查。若查证后确有试卷外泄之事,辜负皇上为国选才良苦用心,则应严办,整肃科场。

鳌　拜　皇上,科考之期就在后日,短短数日之内,臣请问索大人如何详查试卷外泄? 若耽误了科考,被天下人耻笑,天朝颜面受损,谁担这个干系?

顺　治　鳌太傅所言也有道理,索爱卿,你的苦心朕也明白,只是——

索　尼　皇上,若时间紧迫,来不及彻查试卷外泄之事,臣以为可请礼部另出试题,由刑部、大理寺、国子监三司监管,确保试卷存放严密,以示公允。

鳌　拜　(针锋相对)索尼,另出试题,三司监管,你岂不是告诸天下这科场有舞弊之嫌? 皇上,今科主考官由臣举荐,索大人诟病科场秩序,乃是质疑臣的忠心。(扑通一下跪倒)皇上,我瓜尔佳鳌拜自幼追随太祖,蒙太祖垂怜,赐号巴图鲁。臣对大清忠心不二,松锦会战臣九死一生,摄政王多尔衮谋逆,臣因忠心护主革职三次下放死牢。多亏皇上体恤,臣方死里逃生。我鳌拜今生无他,只有对皇上的赤胆忠心。若有人不信,臣愿以死明志。

〔鳌拜数完战功,跪叩在地。

顺　治　(动容)太傅说哪里话来,快请起,这索大人也不是这个意思。

索　尼　皇上,臣绝不敢质疑鳌太傅的忠心,然臣对皇上,耿耿忠心,天地可鉴。(扑通一下跪倒)皇上,臣赫舍里索尼蒙太祖赐封一等侍卫,大明河一战生死相随。摄政王多尔衮谋逆,臣遭弹劾,获罪问斩,若不是皇上英明,救臣性命,臣已身首异处。皇上对臣的大恩,臣无以为报,若有人质疑臣是忘恩之人,臣愿以命相抵!

顺　治　这,这是从何而起啊,两位卿家乃是我大清肱股之臣,快请起。鳌太傅,你定的主考官朕信得过,今科开考,朕仰仗卿家的还多着呢。索爱卿,你一番苦心也是忧心社稷,忠心可嘉。朕正打算让你主理吏部考功清吏一事,你的才干朕当重用。朕意已决,二位觉得如何?

鳌　拜　皇上圣裁。

索　尼　臣当万死不辞。

顺　治　如此甚好,列位卿家还有何事商议否? 若无本上奏……

陈　敬　(郎声)小民太原陈敬,有本上奏!

顺　治　何人在殿外喧哗?

太　监　皇上,是索大人上本的那个造谣的举子。

鳌　拜　皇上,此人胆大包天,竟敢惊扰圣驾,当绞杀之。

顺 治		欸,年轻人有些胆色也不错,宣他进前。
太 监		宣太原举子陈敬进殿。
陈 敬		(上殿施礼)皇上,小民太原陈敬,有事上奏。
顺 治		(打量)你就是那个书生。陈敬,读书人当将功夫用在经世济国上,怎能造谣试卷外泄。
鳌 拜		(凶狠的)陈敬你胆敢诬陷科场试卷外泄,可知犯的是诛九族之罪?
陈 敬		鳌大人,臣所言句句属实。
鳌 拜		你信口雌黄,胡乱攀扯,如何证实?皇上,此人造谣生事,当立即扑杀。
索 尼		皇上,既要扑杀之,何妨听他自辩几句?
顺 治		索爱卿说得有理,陈敬,你有何话说?
陈 敬		皇上,小民绝非谎称试卷外泄,而是亲眼得见。今科试卷无意中送交我手中,我打开一看即斥问他怎可试卷外泄。须臾之间,二官差将试卷夺走反口诬告小民造谣。
鳌 拜		一派胡言。他一面之词,如何求证?
陈 敬		皇上,陈敬有过目不忘之才,能自证清白。
顺 治		你说你能过目不忘?
陈 敬		是,小民自小读书,翻阅后即能记住。今科试卷虽只揽卷一阅,小民却能全卷背出。
顺 治		哦?你真知道今科试卷?
索 尼		皇上,陈敬所言有理,今科试卷朝中只有您和几位主考大人得知,他若能背出,则可力证试卷外泄属实。
鳌 拜		此人谣言惑众,不可信啊,皇上。
顺 治		欸,但试无妨,让他当殿背来。
鳌 拜		过目不忘,大言不惭啊,来,老夫洗耳恭听。(行威逼之势)你若一字不差,我就信你是无辜上告。你若错念一字,我就让皇上治你欺君之罪,诛杀你满门。
陈 敬		(朗朗言道)政论题四篇。一、贾谊"五饵三表"之说,班固讥其疏。然秦穆尝用之以霸西戎,中行说亦以戒单于,其说未尝不效论。二、诸葛亮无申商之心而用其术,王安石用申商之实而讳其名论。三、裴度奏宰相宜招延四方贤才与参谋,请于私第见客论。四、试论北宋结金以图燕赵,南宋助元以攻蔡论。《四书》《五经》题三:一,大学之道,在明明德,在亲民,在止于至善义。

二,中立而不倚,强哉矫义。三,致天下之民,聚天下自货,交易而退,各得其所义。综论题一篇:今欲使四海之内,邪慝不兴,正学日著,其何道之从? 言体国之宏纲,济世之要政。

顺 治 (惊叹)一字不差! 过目不忘,天降英才! 好啊,朕亲出的考题,还没开考呢,都传出去了。(大怒)这是要反啊! 试题外泄,不是小吏办得到的,好大的胆啊! 陈敬,朕问你,你可知何人可疑?

鳌 拜 是,臣也觉得试题外泄兹事体大,必有人主使。不论此人是谁,官居何位,我鳌拜定为皇上锄奸。(走到陈敬身边)陈敬,你不得隐瞒,可知此事由谁主使? 陈敬,你脖子上那可是脑袋,用这脑袋给我想明白了,听到过什么没有?

陈 敬 禀皇上,试题外泄事起突然,小民没有听人议论过主使之人。

鳌 拜 皇上,看来此主使之人行事隐秘,谨慎布局,实乃大奸大恶之徒。

顺 治 鳌太傅所言极是! 朕开科选士,是为国招募英才,不是让奸恶之徒收纳党羽邀买人心的。(思忖后宣读)查礼部正副主考失职之过,摘去顶戴花翎,着刑部力查此案、大理寺监审,务必查出幕后主使之人。今科考题重新命题,朕要亲自到贡院巡视,看谁还敢舞弊徇私。

群 臣 皇上英明。

顺 治 陈敬,如此大才,我朝之福。陈敬陈敬,朝廷之幸,朕赐你廷名,从今儿起你改叫陈廷敬吧。

　　〔陈敬一时未反应过来,索尼在旁忙扯他衣袖。

索 尼 皇上赐名,天大的恩典还不谢恩。

陈 敬 (叩谢)谢皇上。

顺 治 好一个陈廷敬,朕再考考你,就问刚才综论之题,你觉得我朝应以何道之从? 何为体国之宏纲,济世之要政。

陈 敬 小民以为……

顺 治 陈廷敬,你不必再以小民自谦,朕准你称臣。

陈 敬 谢皇上,然臣一日不敢忘怀自己为民所养,当念民生之疾苦。臣从太原赴京赶考,一路所见村有饿殍,野有白骨。臣以为民为邦本,本固邦宁。民生之苦多源于吏治贪腐,当今之时,能去私曲,就公法者,则民安国治。治国先治吏,需吏不容奸,人怀自厉。

顺 治 说得好,治国先治吏。甚得朕心。

　　〔群臣闻言,人人自危,均是一凛。

顺 治 为政之要,惟在得人。为治之要,莫先于用人。陈廷敬,你是肱股之才,朕料你定中三甲。回去好好复习应考,朕等你来报效朝廷。索尼,你举荐贤才有功,赏。

索　尼　谢皇上。

太　监　(宣)退朝。

　　　[顺治退朝,众官隐去,只剩下鳌拜和陈廷敬、索尼、索额图。

鳌　拜　陈廷敬,才华横溢,甚是难得。今日殿上皇上赐名,佳话一桩,你是要名动京师了。

陈廷敬　(不卑不亢)谢鳌大人谬赞。

鳌　拜　老夫也是爱才之人。最喜提点年轻人,你年轻气盛,有的是锐气,只是这锐字偏旁从金,本指锋芒,切忌锋芒太露转为杀气。

索　尼　(过来解围)鳌太傅说笑了,陈廷敬书生一个,哪来的杀气。

鳌　拜　他还未入朝为官,便害三名一品大员摘了顶戴,这杀气还不了得? 老夫是替他忧心啊,莫要杀气太盛,伤人伤己!

　　　[鳌拜说完,拂袖而去。

索额图　张狂! 子端,莫要理他。你今日朝堂上大展奇能,可谓一举成名。爹,我先去告诉月媛了,免得她悬心。

　　　[索额图下。

索　尼　子端,皇上赐名,我朝鲜见,天大的恩典啊。

陈廷敬　多谢大人提点。

索　尼　你没有节外生枝,提及鳌太傅,可见我送你的忍字你是懂了。

陈廷敬　谢大人,子端明白尚有待时日。

索　尼　有待时日说得好,难怪老夫高看于你,你前途不可限量。不过,(温和地提点)今日朝堂之上听你论及治国良策慷慨陈词激情澎湃,与平时老成稳健之风大相径庭啊。

陈廷敬　大人,子端心忧社稷,难得有机会面圣,故而直抒胸臆。

索　尼　哦,那些政论都是你真心所想,很好。我也赞同治国先治吏,朝中如今就是出了鳌拜这样的奸佞,是该治治。(试探)子端,鳌拜不可取,那依你所见,怎样的人才为当世贤臣,堪为皇上分忧呢?

陈廷敬　大人,子端愚见,治吏之要非为期盼当世贤臣,而需谨记莫出权臣。

索　尼　怎么讲?

陈廷敬　贤臣权柄过大易成权臣,权臣权倾朝野,不可一世,滋生党羽,一家独大。官官相护,贪腐结私。

索　尼　那依你之见呢?

陈廷敬　需念先哲之言,奉法者强,则国强;奉法者弱,则国弱。以法治国,以法治吏,赏罚明晰,方能惩贪戒贪。

索　尼　以法治吏,惩贪戒贪。妙,真是妙论。喏,你的同科举子都在那
　　　　厢等你了。你我之间,来日方长。

　　　　[索尼下,张汧、郑恒、高士奇三人高兴地过来。

陈廷敬　(感激地)仁兄贤弟!

张　汧　子端,你没事太好了。

郑　恒　(艳羡地)子端,你蒙皇上赐名,这天大的福气,光耀门楣啊!

高士奇　陈廷敬这个名字如今是名动京师了,子端,苟富贵,莫相忘。

陈廷敬　士奇弟说什么话来,若无你们联名上告,子端如今已是屈死的冤
　　　　魂。三位乃是我救命恩人,受子端一拜。

　　　　[陈廷敬屈身欲拜,被张汧阻止。

张　汧　子端,怎用如此大礼。

高士奇　就是! 什么救命恩人,我们同经患难,以后就是比亲兄弟还亲了。

郑　恒　士奇弟说得有理,我们四个也是有缘,不如仿先贤桃园佳话,我
　　　　们结为异性兄弟可好?

张　汧　好啊,我们结拜只为弟兄情义非为朋党之交,需得是读书人的结
　　　　拜,见我们的风骨。

陈廷敬　不如这样,苍天在上,厚土为证。我陈廷敬一介举子深陷冤案,
　　　　幸得仁兄贤弟联名保奏同担干系方能死里逃生,他日我若有幸
　　　　为官必当清正廉洁。

张　汧　说得好! 我太原张汧,

郑　恒　衡阳郑恒,

高士奇　余姚高士奇,

陈廷敬　太原陈廷敬,

众人合　今日在此结拜,苍天在上,厚土为凭。他日我四人有幸为官必当
　　　　清正廉洁,绝不贪赃枉法,若违此誓,仁兄贤弟不用顾念结拜之
　　　　情,人人得而诛之。

　　　　[暗转。

　　　　[索尼府邸门前。

　　　　[月媛打着灯笼送别陈廷敬。

陈廷敬　小姐,既然索大人访友未归,那我就先告辞了,来日再拜会。

月　媛　陈公子,你明日就要殿试了吧? 以陈公子的学问,殿试必中状元。

陈廷敬　谢小姐吉言,那日初见面子端唐突,还请小姐见谅。

月　媛　我才要你见谅呢,那日你一定对我心生厌恶,觉得我是个骄纵刁

蛮的官家千金。

陈廷敬　怎敢,小姐率真天然,令尊索大人予子端又有救命之恩,子端不敢心生厌恶。

月　媛　哦,我知道了,你的意思是若我爹对你没有救命之恩,你准对我心生厌恶。你看你,眼中竟是厌恶。

陈廷敬　怎会,子端没有厌恶小姐……

月　媛　那你为什么不敢正眼瞧我。

陈廷敬　男女大防,子端不敢。

月　媛　我让你看你就看!陈廷敬你上金殿告御状都敢,你还不敢看我吗?(站到陈廷敬面前)你看啊,我要你看!

　　　　〔陈廷敬抬眼和月媛正视,四目相对,互生情意,月媛先红了脸,将身子扭转过去。

月　媛　陈公子,我,我有一句话,你听着。

陈廷敬　请小姐赐教。

月　媛　你不要左一句赐教右一句客套,显得那么——那么生分。我说话你听着就是了,我可只说一遍。

陈廷敬　小姐请讲。

月　媛　(低头红着脸)明日殿试,以你的才学必中状元,我已求了父亲,在朝堂上替我求皇上赐婚,("赐婚"两字声音轻若蚊叮)皇上若是问你,你要答应。

陈廷敬　答应什么?

月　媛　(吞吞吐吐)答应——

陈廷敬　小姐不说答应什么,子端不敢应承。

月　媛　你这个人不老实!我……陈廷敬,我有一物相赠(取出一块玉佩)诺,给你!

　　　　〔陈廷敬接过玉佩。

陈廷敬　这是……(见玉佩形状是一块石头)三生石?

月　媛　(点头)这玉佩是我自幼贴身之物。送给你,我——我的心意你当明白。

　　　　〔说完后月媛羞红了脸,侧身躲到府门,又张出头来询问。

月　媛　你这人,拿了人家东西,没话说么?

陈廷敬　小姐,子端未带信物,唯有以诗相赠——故园松桂发,万里共清辉。

月　媛　(惊喜)这……这是杜少陵的《月圆》?你拿了我的玉佩,送我一句诗什么意思啊?

陈廷敬　谢小姐抬爱,陈廷敬必不负小姐。这块三生石我收下,你我缘定
　　　　三生。

月　媛　(点头,美好憧憬)嗯,缘定三生,永不分离。

　　　　〔陈廷敬冲月媛深施一礼,许诺相约。

　　　　〔这是全剧陈廷敬对月媛的第一次鞠躬,留在了他们定情的美好
　　　　时刻。

　　　　〔暗转。

　　　　〔索额图、索尼现身。

索额图　爹,小妹对陈廷敬像是动了真情。明日殿试,爹,您看陈廷
　　　　敬……

索　尼　我看啊——陈廷敬的官运是到头了。

索额图　为何? 爹,您不也夸他胸有韬略,是当世大才? 何况他还获皇上
　　　　赐名。

索　尼　这些都是表象,关键是内里。他今日因着鳌拜是权臣而反鳌拜,
　　　　他日也不会为我所用。说穿了,陈廷敬的政见于当世不合,他的
　　　　官运不会昌隆。

索额图　爹,我不明白,陈廷敬哪里犯了您的忌讳。

索　尼　皇上刚定了让我主理吏部,这陈子端三番两次试卷上政论都谈
　　　　以法治吏,以法治吏,那要我这活人干什么?

索额图　他这不是明摆着要削您的权吗? 咱索家对他有恩,他怎么干出
　　　　这种不知恩图报的事来? 您就没敲打他几句?

索　尼　他这样的人敲打没用,更难驯服,道不同,不相为谋。

索额图　可惜了啊,爹,陈廷敬他毕竟是个人才啊。

索　尼　(冷哼)人才人才,才在人后,若人为我所用则为当世贤才。若人
　　　　不为我所用,则需恩威并施,予以制裁。若人不为我所用反为他
　　　　人所用,将或犯我,则乃虎豹狼豺,需去其利爪,幽之于别阁。

索额图　父亲的意思是?

索　尼　芝兰当道,不得不锄。

　　　　〔金殿殿试,顺治临朝。

　　　　〔鳌拜、索尼、索额图等大臣;陈廷敬、张汧、郑恒、高士奇等在殿
　　　　外等候。

　　　　〔郑恒翘首张望,额头都出了汗了。

高士奇　郑恒哥不用那么紧张,以你的文才和张汧哥左不过一个二甲一
　　　　个三甲。我高士奇也算有福,前三位贡生都是我的好哥哥。今

后你们得多提携我啊。尤其是子端哥,状元郎。

郑　　恒　是呀,子端,输给你我也不叫冤了。你的文章是不错。

陈廷敬　几位哥哥抬举子端,我在此谢过。

高士奇　别说虚的呀,呆会放榜中了状元怎么说? 德福楼开它几桌?

张　　汧　好! 让陈状元请客!

〔金殿,太监送上三本考卷。

顺　　治　(很是高兴)读完这三本考卷,朕心甚慰。我朝人才济济,士子忠心可嘉。天下归心,大清江山永固千秋。你们拟定的名次朕定恩准,来,卿家们与朕一同启封。看看本朝的状元是——(启封)陈廷敬! 哈哈,果然是他。二甲衡阳郑恒。三甲太原张汧。好! 都是少年英才。颁旨。

鳌　　拜　(出列)臣以为陈廷敬其人不应点状元。

顺　　治　哦,为何啊?

鳌　　拜　陈廷敬山西乡试中的是解元,已是声名大振。皇上又金口玉牙赐名,如今他已名震京师。若再钦点为状元,臣怕盛名过重,他担承不起。

顺　　治　鳌太傅过虑了,如此佳才,天亦爱之。

索　　尼　(出列)臣以为鳌太傅所言极是,皇上若爱护陈廷敬,不应予他过甚恩宠。木秀于林,风必摧之。况陈廷敬年少气盛有余,老成练达还不够,需多加历练,不宜天恩过重。

鳌　　拜　索大人所言极是。

顺　　治　(意外)难得两位大人意见如此一致,可见对陈廷敬拳拳爱护之心,卿家们想得比朕深远。这样,朕已有决断。

索　　尼　皇上英明,臣还有一事相求。臣庶出幺女赫舍里月媛,待字闺中,恳请皇上恩赐婚配新科进士。

顺　　治　满汉和亲,朕心甚欢,一定玉成此事,不知索大人看中何人为贵婿?

索　　尼　太原张汧,忠厚老实,臣想将小女许配此人。

顺　　治　张汧? 朕还以为,你要朕赐婚陈廷敬呢? 索大人深爱陈廷敬之才,却不愿收他为婿?

索　　尼　启皇上,臣择婿只为小女喜欢,不敢攀国之英才结为私亲,恐有招揽党羽之嫌。

顺　　治　索大人公谨忠信,克己复礼,真乃贤臣也。朕准请赐婚,颁旨!

〔殿外,太监传圣旨到。

高士奇　来了来了,放榜的来了。子端……

[典乐声起。

太　监　（宣旨）顺治十五年四月二十一吉日,策试天下贡士第一甲赐进士及第,第一名,郑恒!

[郑恒激动地双膝一软立时跪倒。

郑　恒　臣……臣郑恒谢恩。（激动得涕泪交流）列祖列宗,爹娘,儿为郑家光耀门楣了。

太　监　第二甲赐进士及第,第二名,陈廷敬。三甲赐进士及第,第三名,张汧。皇上恩德御赐太原张汧配婚赫舍里月媛,择日完婚。

[陈廷敬正愣在那儿,听到赐婚的事猛地抬头,看向圣旨。

太　监　（不悦）愣在那儿干吗? 还不谢恩?

张　汧　臣张汧谢恩。

陈廷敬　（艰难地低头叩拜）臣陈廷敬领旨谢恩。

["咚""咚""咚"三声,极重的响声叩在台阶上。

[陈廷敬起身孤寂落寞地出现在追光下。

[子墨、月媛出现在追光下。

子　墨　少爷,那个……月媛小姐约您后山凉亭相见。

月　媛　陈廷敬,你见我一面。陈廷敬,我等你,只要你见我一面,你的心意不变我就拼死不嫁。我不管,哪怕是皇命难违,哪怕违抗圣意,满门抄斩,我都不管不顾。陈廷敬,陈子端,只要你见我一面。只要你和我一样,只要你心意不变。（绝望伤感）陈子端,你还记不记得"故园松桂发,万里共清辉"?（痛心）陈廷敬,你好狠的心,竟然连一面都不来见我。陈廷敬——你还记不记得我们缘定三生?

[月媛随光隐去,清冷的花嫁声响起。

[子墨走到陈廷敬身边。

子　墨　少爷,月媛小姐差人送来一句话。

陈廷敬　她说什么?

子　墨　她说此生无缘,只待来世。

[陈廷敬掩面。

[切光。

[康熙和太监出现。

康　熙　（感叹）哎,这个陈廷敬也是命运多舛啊。

太　监　那是,陈廷敬报冷门未中状元,虽说先帝赐名夸他是难得的人才。可后来先帝再也没想起过他来,更别说重用他了,陈廷敬的仕途正如赫舍里索尼所说，一路不顺。先帝驾崩，皇上您少年英才继位。陈廷敬被任命为翰林院普通的修编，入职南书房教皇上读书。

康　熙　朕幼时有些印象，先生的学问不错。可朕那时候还小，不管为官任命那些事。

太　监　没有皇上庇护，陈廷敬就惨啦。当年赏识他才华的先帝已不在了，记恨他的鳌拜——（大嘴巴改口）鳌奸贼权力却更大了。无中生有捉住他一个事由，鳌拜就将陈廷敬贬回了翰林院，不得在皇上身边出入。

康　熙　朕记得是先生父亲病重，请辞回乡，鳌拜……当时的鳌太傅立刻就准了。

太　监　是啊，在所有人看来，这位曾名动京师才华横溢的年轻人，仕途已经到底了。

康　熙　到底了？

太　监　到底了，所有人都看准他到底了。

康　熙　你们啊，看得不准。

太　监　那是，谁能像皇上这样神目如炬，目光深远呢？（恭送康熙离开，转身对观众）陈廷敬离京回乡的那天，当年的四位举子兄弟相约在那家同福茶馆，为他践行。人啊，这一犯背字，一走衰运，就一个字——冷啊。

　　［冬景，寒风凛冽，一片萧瑟。

　　［同福茶馆，张汧陪着带着简单行李的陈廷敬和子墨，翘首张望。

张　汧　这个郑恒怎么还不来！高士奇也是，突然就说要出京办差了，都约好了今个。

陈廷敬　（不以为意）士奇弟办公务要紧。郑恒兄人家许是有要事。

子　墨　（不满）有什么事？还不是去攀高枝了，咱们少爷有难了，他们一个个躲得紧。

陈廷敬　哎，小孩子家，莫要胡说。

张　汧　（忍不住）子墨没有胡说。郑恒兄就是去纳兰明珠府了，我就弄不明白了，纳兰明珠那他隔天就去，少去个一天怎么了？子端你这是离京回乡啊，孰轻孰重，他郑恒竟然分不清。

陈廷敬　郑恒兄许是分了轻重才这般的，得了，张汧兄，你也说了，我只是离京回乡，又不是从此不进京了，总能相见的。（望着寒冷雪景忍不住感叹）云横秦岭家何在，雪拥蓝关马不前。

张　汧　子端,你不是最不喜韩愈的贬谪诗的吗? 嫌他意志消沉,迷茫惆怅。怎么如今念起他的诗来了。

陈廷敬　我那时年轻气盛,懂什么啊。(自嘲)这贬谪诗啊要贬谪了方能领略滋味。如今我是颇能体会,(吟)一封朝奏九重天,夕贬潮州路八千。

张　汧　(不忍)子端,你不要这样——哎,莫消磨了英雄气。

陈廷敬　英雄? 张汧兄,也只有你还这么说我。好了,不说这个,你快要做父亲了,我先恭喜了。

张　汧　(面露喜色)月媛这两日就要临盆,对了子端,我和月媛商量过了,这回若生个小子,就与你家闺女结成儿女亲家。

陈廷敬　这……怎敢高攀。

张　汧　子端,你不允就是不拿我当朋友,说好了,儿女亲家,一生知己。

陈廷敬　好,一生知己。张汧兄,以茶代酒子端敬你,你说得对,境遇不佳,仍需有豪情,韩愈的诗过于低落愤懑,我们诵些别的。

张　汧　我想起一首来,最适合你我此时的心境。(诵)寒雨连江夜入吴,平明送客楚山孤。

陈廷敬　(动容,动情咏怀)洛阳亲友如相问,一片冰心在玉壶。张汧兄,一片冰心……

张　汧　子端,鳌拜不会总这么猖狂,一有机会我就和岳父说,让他求皇上准你回京。

陈廷敬　(摇头)子端的命数自有天定,不用强求了。

张　汧　子端,珍重。(依依不舍)

陈廷敬　张汧兄,嫂子即将临盆,你先回去吧。我在这还要等位故人。

张　汧　那张汧先告辞了。

陈廷敬　张汧兄,若是子端时运不济,此生再也回不了京。你——你把那京城的花茶给我寄一些,我也就在乡间品品茶了。

张　汧　子端。(不知说什么好,默然离开)

　　　　[索尼和仆从到。

仆　从　大人,到了。

索　尼　(唤)陈子端,老夫来了。

陈廷敬　(回身行礼)索大人。

索　尼　老夫来送送你,也想着替你解惑。

陈廷敬　大人又料中了。子端有一事不明,如鲠在喉,百思不解。

索　尼　你不是百思不解,而是早已想明白,只是你心有不甘,想在老夫这求个佐证。

陈廷敬　是！子端不解自己错在何处，突然从青云之端跌下。

索　尼　你啊，错就错在锋芒太露，招人忌恨，你得意忘形直抒胸臆之刻，便是旁人心生芥蒂防你之时。你当静思己过。

陈廷敬　(终是按捺不住)子端不是为他人所防，而是为大人所防吧。

索　尼　陈廷敬啊陈廷敬，你能这样问我就还是历练不够，该着你走这个背字。这样吧，老夫当年赠你一个忍字，如今你被贬回乡，老夫再送你一个字。

陈廷敬　什么字？

索　尼　等。

陈廷敬　等？

索　尼　这等字可比忍字更难参透。熬的是岁月，磨的是心性。(奚落地)陈廷敬，你慢慢等吧。

陈廷敬　(不卑不亢)子端牢记大人教诲。

　　　　［切光。

第二幕

康　熙　索尼送给陈廷敬一个等字？

太　监　是，这一等陈廷敬可就等了十年。

康　熙　十年嘛，也没什么。

太　监　哟，皇上，这乡间方数年，朝中可就变天啦。

康　熙　(怒容)变什么天？

太　监　奴才失言，奴才是说当年权倾朝野的鳌拜已被您英勇诛杀，少年天子千古圣君励精图治，朝中局势已日新月异。索尼大人已死，朝中是索额图和纳兰明珠两位——

康　熙　不是两位，是两党——索党明党，好啊，送走一个又来两个，明索之争好不热闹，争来争去，乱的是朕心，(厉声)苦的是黎民！

太　监　皇上息怒皇上息怒，皇上您一心清理吏制，这些官员却不让您省心，我大清朝有了那么几桩贪腐之事。

康　熙　哪里是有几桩贪腐之事，而是我朝贪腐成灾，大案特案接二连三。朕要找人来揪贪除贪，却无人领命，无人可用，也就在这个时候，朕想起了幼时的老师陈廷敬。

太　监　皇上对陈廷敬那是天大的恩典，皇上爱才，圣恩浩荡。（恭送康熙离开，转身对观众）十年后，康熙二十一年，陈廷敬重返京师，任吏部侍郎。他的三位兄弟张汧、郑恒、高士奇在同福茶馆迎接他，叙旧接风。

〔幕起。

〔张汧、郑恒、高士奇在茶馆等候陈廷敬。郑恒很是焦急。身后皆有小厮伺候。

郑　恒　张汧，子端说好来的？怎么还不见人影啊？

张　汧　子端答应了回府撂下行李就过来的。郑恒兄，你少安勿躁。

郑　恒　你教我如何放得下心，我……（难以言明）我担心他不来。

张　汧　子端怎会不来与我们兄弟见面。

高士奇　就算子端兄挂念旧情，他如今可是京城的香饽饽，几个大案、要案都等他审呢，只怕他人刚到京城，就被人截胡了。

张　汧　子端不会的，子端他初心不改……

〔陈廷敬上。

陈廷敬　（朗声）知我者张汧兄也。（拱手）郑兄、士奇弟、张汧兄，你们可好？一别经年久，世事两茫茫。你我再不是赶考少年郎啦。

张　汧　（高兴的）子端……

高士奇　子端兄，见到你太高兴啦，好，我们都好。

郑　恒　子端你风采依旧，文采斐然。来，来，来，快请入座。（唤伙计）伙计，沏茶。（热络的）我带来了上好的信阳毛尖，就等你子端来品啊。

陈廷敬　郑恒兄太客气了，大家请。这喝茶啊，我还是爱京城的花茶，张汧兄这十年每年都寄给我，实在难得。

〔四人入座干杯喝茶。

郑　恒　难得难得，最是难得你我兄弟四人的情义。来，来，我以茶代酒敬你一杯，当日你离京我紧赶慢赶还是没赶到，缘悭一面，深以为憾。你莫因此怪罪愚兄。如今你回京了，我们要多走动。

陈廷敬　一定，谢郑恒兄。郑兄这几年还爱咏诗作对吗？

郑　恒　羞愧啊，这几年为俗务缠身，诗文上少有建树了。

陈廷敬　（点头）是，郑兄如今身为礼部尚书，掌管要事。

郑　恒　哪里哪里,还不是要请你多照应。子端,我虽多日不作诗了,今日你重返京师,大受皇上器重,我可为你做了一首啊。

陈廷敬　哦?

郑　恒　子端,当日你为奸臣鳌拜所害,含冤离京,好似这雪中的树枝,经历苦寒更展翠颜。我以此为诗:"雪压枝头低,虽低不沾泥,一朝红日出,便与青天齐。"

张　汧　好诗,意头也好。

高士奇　子端这次回来就是做青天大老爷的。

郑　恒　对对对。子端的才华如何能被埋没,皇上慧眼识才,钦命你查办大案。只是子端啊,自家兄弟,向你打听,礼部的那桩龙亭案不知情形如何?

陈廷敬　龙亭案……不甚了解啊。

郑　恒　龙亭案你不知道?不会吧,皇上命你回京查案不就冲着……你竟不知道?

陈廷敬　皇上颁旨让我查案,可我刚到京还在候着面圣呢。

郑　恒　你就一点风声也没听到?

陈廷敬　风声是听到些,听闻京城中铜价贵,铜制成的钱币反而价低,有奸商利用这钱价不敌铜价的空子大肆收购制钱,大赚其中差价。这铸铜案我是要大查的。

高士奇　是,是得好好查,他们发了好多财呢。我在詹事府听说过。

陈廷敬　士奇弟如今出了詹事府,任内阁中书了吧。我在家乡都听说了,你是和皇上能说得上话的人啊。

高士奇　皇上和我说的是些品评字画、赏鉴古玩的小事,大事我可什么都说不上。

郑　恒　士奇,你又自谦了。现在朝中明党和索党两边都争着和你攀交情啊。

陈廷敬　明党索党,我在太原也听闻过,我来猜上一猜,郑恒兄么是明党的,士奇贤弟应是明党索党两边游走,张汧兄肯定是索党的咯。

张　汧　(直言不讳)索额图是我妻舅,我和索党脱不了干系,好在我在户部没做到多大的官,不过是个右侍郎。行啦,我们别说这些朝政之事了,聊些家常,子端,龙儿和灵儿琴瑟和谐,又要为我们添孙儿啦。

陈廷敬　大喜啊。

郑　恒　子端,你添孙了,我得恭喜你,(示意跟随的小厮取来一个盒子)小小玩意儿,不成敬意,贺你子孙福佑,家宅兴旺。

　　　　　　〔陈廷敬展颜一笑，打开盒子。

陈廷敬　呀，一座金鼎，郑恒兄，礼太重了。

郑　恒　子端，你知道我哪儿送得上这么贵重的礼，这是武英殿大学士明
　　　　珠大人赠你的。

陈廷敬　明珠大人……

　　　　　　〔几个衣着富贵的家丁上。

家　丁　敢问新任吏部侍郎陈廷敬陈大人是在这吗？

陈廷敬　在下即是陈廷敬。

家　丁　我家老爷知道陈大人回京赴任辛苦了，改日一定上府拜会，先送
　　　　上拜帖。

　　　　　　〔家丁递上拜帖，张汧顺手要接，家丁不让。

家　丁　我家老爷吩咐一定要陈大人亲启。

　　　　　　〔陈廷敬接过拜帖，阅毕，不动声色。

陈廷敬　你家老爷是？

家　丁　山东巡抚富伦。

郑　恒　(动容)子端，你好大的面子，这富伦的母亲是皇上的奶娘，京城
　　　　里能让他送拜帖的最多不过三人，你是其中之一了。

陈廷敬　看来这做官还是要做京官啊，京官的排场让我大开眼界。

索额图　京官的排场大规矩更大，陈子端，别来无恙？

　　　　　　〔索额图朗声大笑上。

陈廷敬　(起身)索大人。

郑　恒
高士奇　(行礼)见过索大人。

张　汧　兄长。

索额图　你们坐啊，我听说你们在这替陈大人接风，就也来凑个热闹。陈
　　　　廷敬，陈子端，还记得我这位故人吗？

陈廷敬　当然记得，一直挂念大人。

索额图　我就说我们有缘，甭说是我了，家父临终前都还提起你呢，张汧
　　　　是不是？

张　汧　(勉强应道)是，岳丈常常念叨子端。

索额图　家父说他可是你的恩人啊，他赠过你为官两字诀，我今儿个也是
　　　　来给你送礼的。(唤家丁)把东西拿过来。

　　　　　　〔家人递上三个锦盒。

索额图　这几个盒子里是小一百个金元宝，不算什么重礼，我知道纳兰明

珠也给你送礼了,富伦的手笔最大。我索三和他们不一样,不会藏着掖着背地里送礼,我要送就让整个北京城都知道了。我送的是情分,一来我们是老相识,二来你闺女嫁了我外甥,我们沾亲带故。陈廷敬,你收下这个礼,就是给我面子,认我的交情,不收下你就是才回北京,就树了我这个大敌了。

陈廷敬　索大人……

索额图　你先别急着回话,我还有份礼送你。我爹送给你两个字做为官秘诀,我也送你一个字——稳。

陈廷敬　稳?

索额图　(话里有话)你离京时还是个青春少年,回来已经人近中年,这宦海浮沉,跌跌撞撞的滋味你也领略够了。陈子端,你就像是一艘船,回到京城这个码头,可得谨言慎行看准风向。这京城的水深得很,你要稳着点行舟。好了,话我说完了,礼我也送到了,这驳不驳我的面子,你掂量着办。

陈廷敬　多谢大人,那在下就恭敬不如从命了。

郑　恒　(着急)子端,那纳兰大人的礼?

家　丁　我家老爷的……

陈廷敬　收下,我一并收下。

索额图　(朗声大笑)这就对了,做京官得懂京城的规矩,稳着点。

　　　　〔太监宣旨。

太　监　皇上有旨,宣陈廷敬南书房见驾。

　　　　〔光起。

　　　　〔南书房。

　　　　〔康熙微笑着翻阅陈廷敬呈上的折子。

康　熙　索额图,金元宝一百个;纳兰明珠,纯金鼎一座;山东巡抚富伦,黄金一千两、夜明珠十斗、玉如意八柄。廷敬先生,你刚回京,就发了笔大财啊!

陈廷敬　皇上,臣昨日申时抵京至今晨面圣十六个时辰内各府官员送的礼都在这了,请皇上明察。

康　熙　朕信你,朕更信自己用人的眼光,朕没想到的是短短一日不到,京城的官员就这么明目张胆地送礼行贿!加在一起都过万两黄金了,可百姓遭灾,让他们筹措赈灾款项,他们是推三阻四啊。(拍案)如此贪腐之臣不除,家国何安?

陈廷敬　皇上息怒。

康　熙　廷敬先生，朕的学问是你教的，你教过朕——政之所幸在顺民心，政之所废在逆民心。你从地方来，快告诉朕朕的子民过得究竟怎么样？

陈廷敬　皇上，臣遵您的密旨，从山西抵京，绕路巡查，历经数月，所到之处，民怨不绝，皆因官贪吏腐。山东大灾大旱，巡抚富伦却谎报稻田喜获丰收，实为盘剥百姓活命口粮所得。宝泉局与奸商勾结，毁钱铸铜，从中获利，然百姓却苦无钱币可用，臣以为当将铸钱所用之铜改重为轻。

康　熙　这个建议甚好。廷敬先生莫急，坐下慢慢说。

陈廷敬　皇上，臣憋了一肚子的话，不吐不快。江西的龙亭案最是恶劣，财主李氏欺压百姓惹来民怨，为求躲祸斥巨资建造龙亭，以表他受真龙天子眷顾永沐皇恩。谁知消息传到礼部，礼部官员为求邀功，竟将这一举动粉饰为百姓感念皇恩的自发之举，更派人去江西督造龙亭。

康　熙　(冷哼一声)好一个礼部，聪明劲都在这呢。

陈廷敬　他们名为督建，实为索贿，江西大大小小数百个乡村被迫建造龙亭，以何规格、用哪家的金石砖瓦成了他们收取贿金的由头。而这一庞大开支又都取之于民，江西抚州有老百姓交不出造龙亭的钱款悬梁自尽于龙亭之内。皇上，这些官员贪腐，以致民不聊生啊。

康　熙　知屋漏者在宇下，知政失者在草野。廷敬先生，我大清社稷已到了危难关头，疾风知劲草，板荡识诚臣。京城这些官他们想什么、做什么朕都知道。他们不是朕可以托付救国大事的。朕需要一位铁腕之人揪出朝中巨贪，一位无情之人替朕狠治这贪腐之风。你可愿意当这铁腕无情之人？

陈廷敬　臣愿意。

康　熙　你可听懂了朕的意思？铁腕是要你杀伐决断，铁面无私。无情何意你可懂得？

陈廷敬　臣请皇上赐教。

康　熙　论及无情，先说多情。大清建国以来，你说谁最多情？

陈廷敬　臣不知。

康　熙　朕的父亲——先帝顺治！他可谓千古第一多情之人，为了一个董鄂妃，弃大清江山于不顾，害朝政旁落，鳌拜专权，致黎民于倒悬之苦。他用情深重却亏负了天下的子民。朕不想做这样多情

|的君王,同样也不要你做这样的臣僚。我朝贪腐成风,揪贪难,除贪更难,然这千金重担朕要你担承。朕要你行雷霆之举、用铁腕之力,以无情之心揪贪除贪。只要是贪官,不管与你何亲何故,骨肉至亲也好,知交莫逆也罢,一律狠心除之。说到底,朕要你对贪腐之徒,做到一个字——狠。(停顿,威严地)陈廷敬,你可堪此任?

陈廷敬　臣廷敬领命。

康　熙　(转为温和)廷敬先生,朕幼时听你授课,知你实乃宽厚仁德之人,要你这样做是为难你了。(恭身作揖)学生玄烨替天下苍生、我大清千万的子民谢过先生。

〔康熙施礼,陈廷敬赶紧双膝跪倒。

陈廷敬　臣陈廷敬万死不辞。

〔康熙扶住陈廷敬。

〔光束下,太监出现宣旨:

太监甲　康熙二十一年四月,吏部侍郎陈廷敬上缴京官赠礼黄金一千两,珠宝贵物十九件,依大清律法收归国库。但凡有官员再送礼者,罚俸数倍。

康熙二十三年九月,查户部宝泉局人等勾结奸商,卖钱铸铜,扰乱钱币,查处一干人等十七人收押刑部,皇上下旨铸钱用铜改重为轻,着吏部侍郎陈廷敬监造新钱。

康熙二十四年七月,查山东巡抚富伦任内瞒报灾情,谎报稻田丰收,贪缴钱银四十万两,革职收押刑部,吏部侍郎陈廷敬监审。依大清律法富伦绞刑,查抄家产。

康熙二十七年三月,查江西巡抚徐乾威逼子民修建龙亭邀功,收贿八十万两,礼部郑恒勾结索贿三十万两,礼部刘军收贿二十万两;龙亭案假借天子威名敛百姓之财,民怨沸腾,皇上震怒,依大清律法判徐乾、郑恒、刘军三人斩立决,吏部侍郎陈廷敬监斩。

〔光暗转。

〔死囚牢。

狱　卒　(开牢门)陈大人,就是这了。

〔陈廷敬走近牢中。

〔衣衫褴褛身着囚衣的郑恒见是陈廷敬,冷笑一声。

郑　恒　陈大人,天还没亮呢,何必如此心急。

陈廷敬　郑恒兄,子端是来送你的。

郑　恒　拉我下马,送我上路。好,陈廷敬,不枉你我结拜一场。带酒了没有?

　　　　[陈廷敬示意狱卒送上酒。

　　　　[郑恒接过一饮而尽。

郑　恒　总和你在茶馆喝茶,今日倒饮酒作别了。(端详手中酒杯)想不到吧,我家几代寒门,要逢年过节才喝得上酒。为供我上京赶考,家人有三年没添过新衣,可我中状元那年,我爹将家中酿了百年的陈酒打开,大摆筵席请全村的乡邻都来喝酒,盛况空前,何其壮哉!

陈廷敬　(不忍)郑兄,你十载寒窗苦读不易,为何蒙昧心良去做贪腐之事?(痛心疾首)你、你这是为何啊?

郑　恒　为何要贪?陈廷敬你说得轻巧,朝中何人不贪?明珠、索额图是巨贪,当朝大学士、卫内大臣是大贪,侍郎、统领是中贪,六部里面礼部吏部兵部户部工部刑部哪个部不收银子才办事?吏部你前一任的尚书上个月刚被连坐呢。你还问我为何要贪,你怎么不问他们?(冷笑)哦,他们中不少人已被你送上了黄泉路。

陈廷敬　别人贪了你就也要贪?你处世立世怎能如风中芦苇,随风扭摆,你自己的定夺呢?这贪腐之路乃是不归之途,如今眼前无路,已无法回头,可你身后有余之时,又为何要伸手?

郑　恒　当初如若不伸手拿钱,我如何拜到纳兰明珠门下?替人办事是要花钱的,收人钱财帮人消灾才能结下牢靠交情!一来二去,大家手里的银子都滚过了,捂热了,这才知道哪个是友,哪个为敌,官场上楚河汉界该站哪边。以公权换私利,靠私利谋私交,凭私交求更大的公权,循环往复,大家都是这么玩的。

陈廷敬　(嗤之以鼻)大家都这么玩,说得轻巧!置国家公权罔顾。一人贪是贪,二人贪为害,贪官多了酿成人祸,残害百姓生灵涂炭。你们每人贪一点,几个人贪一线,大清朝的官员便是贪成一片,于国家是斑驳蛀洞,于百姓是民心离分。

郑　恒　如今我出了事,自然什么罪过都栽在了我身上。

陈廷敬　是出了事你才有罪,还是你罪大当诛?本末倒置!一个龙亭案,饿死多少黎民,累累白骨,哀鸿遍野,致百姓于水火之中,你心何安啊?读书人修心治身慎始慎独慎清,岂能追腥逐臭随波逐流,十载苦读圣贤之书,你读哪去了?圣贤书里没教过你这个!

郑　恒　圣贤书里没教过的多了!它也没教过寒门子弟如何出头!我很

清楚我的命,今个我们说白了吧,当年那个状元本不属我,要不是你陈廷敬锋芒毕露,招人记恨,我还不知仕途往哪里去呢。可既然天意属我,好不容易中了状元,我就想要得更多。我要光宗耀祖,我要富贵荣华,我要呼风唤雨!鳌拜、索尼可以做到,我也能。我如果不能,我郑氏的子孙如何出头?

陈廷敬　出头出头,我看你是昏了头啊!权柄再大,获利再多,到头来还不是一抔黄土马革裹尸?可你读书人的风骨气节呢?(愈加伤感)郑恒兄,我苦心劝你,难道你至今都不知错,就没有一丝悔意?

郑　恒　陈廷敬,面对你我是有些惭愧。我做不到你这样,不明不白沉寂十年,不急不躁苦等回京,不偏不党审案判案,不知不觉你走上死路一条。

陈廷敬　你说我自寻死路?

郑　恒　你回京就是让皇上当刀使的,这刀刃越是锋利,上面沾的血越多,就越让人忌惮。身怀利刃,杀心四起。你陈廷敬死得会比我惨得多。我只是得罪了皇上,你将来却会被群臣奋起而诛之,到时候鸟尽弓藏,皇上也不会保你。你怕不怕?

陈廷敬　不怕。我只知做人处事需坚守初心,做当做之事。郑恒兄,你不记得你的初心了吗?

郑　恒　什么初心?

陈廷敬　(悠悠道出)但求蝼蚁命,便敢斗虎狼。

郑　恒　(感慨)你竟还记得我当年的诗,我也记得你的:但求方寸无诸恶,虎狼丛中也立身。陈廷敬,方寸为心,你当时心中便想要做这除贪的大官?

陈廷敬　不,我的抱负是顺势而为。当今之势,除贪利民,我便为民除贪。大丈夫有所为当为之,褒贬唯在百姓,俯仰无愧于心,千秋功罪,任君评说。

郑　恒　你倒是洒脱得很。

陈廷敬　应该洒脱啊,读书人经天纬地,气吞山河,怎能为这几方官帽几车金银就绑住手脚、迷了心窍!

郑　恒　(感叹)悔之晚矣,子端,这贪腐之事有了一次,便有第二次,我唯错在一时一念之间。

陈廷敬　郑恒兄,你……糊涂啊,那日接风你为讨好我所做的诗,有一句却是极好。大雪压枝低,虽低不沾泥。(惋惜的)兄本高洁,不该沾泥。

郑　恒　（思忖）不该沾泥，是，（激动）我郑恒建安风骨、蓬莱文章、满腹诗
　　　　书、一身傲骨，却白璧染瑕、明镜蒙尘。（自叹）糊涂啊，郑恒！

狱　卒　大人，时辰到了。

陈廷敬　（深施一礼）郑恒兄，请。

　　　　［郑恒整理衣冠，庄严上路。

郑　恒　（朗声）雪压枝头低，不该去沾泥。待等红日出，来世与天齐。
　　　　（大喊）列祖列宗，郑恒有愧，悔之晚矣，晚矣！

　　　　［红光一道，郑恒被斩。

第三幕

　　　　［康熙和太监出现。

康　熙　陈廷敬不错，不错！可朕也担心啊，希望他莫让朕失望。

太　监　是，皇上是陈廷敬的大恩人大贵人，他要敢让皇上失望，那可是
　　　　罪恶滔天、死不足惜。

康　熙　（冷冷地看一眼太监）你们这些人啊，捧起来把他捧到天上，摔起
　　　　来把他摔到地里踩死。捧的是你们，踩的也是你们。

太　监　奴才们不在乎捧的是谁，踩的是谁，奴才们只在乎听谁的。奴才
　　　　们对皇上忠心耿耿，万死不辞。

　　　　［康熙不理会太监，离开，太监恭送康熙，转身面向观众宣旨：

太　监　康熙二十九年，吏部侍郎陈廷敬除九起贪案有功，起左都御史，
　　　　迁工部尚书，调刑部。（停顿）康熙三十一年皇上有旨，云南巡抚
　　　　王继文协饷有功，升任云贵总督。（压低声音换一种念法）皇上
　　　　密旨，着陈廷敬秘查云南王继文库银，案情重大，不需报经三部，
　　　　直接上奏。

　　　　［幕起。

　　　　［张汧府邸。

　　　　［索额图、高士奇、张汧三人议事，张汧急得团团转。

高士奇　这个陈廷敬！我们兄弟四个他已经弄死郑恒，难道连你我也不
　　　　放过？张汧兄，我就算了，可你和他是发小起根的交情啊，还是

儿女亲家，这陈廷敬的心不能太狠啊。

索额图　如今京城中谁不是闻陈变色，见陈丧胆。从皇上那领了把钢刀，他好大的威风，好大的煞气！

高士奇　索大人，还是说这案子吧。皇上明面上升王继文的官，暗地里把云南库银全部查封，下密旨派了陈廷敬去对账，为什么不经户部？难道是想一窝端一个不留吗？

索额图　不知道，我又没拿过什么人银子，不怕他们查，只是张汧，你在户部当差，当初不该在文书上盖章，说查过库银，数目没错啊。如今不是要怪你渎职之罪了么？

张　汧　兄长，是你告诉我云南的库银不用查啊，你说你已派人去核账了，云南地处偏远，月媛身染重病，我为之牵绊，这才没有去亲自核查。

索额图　我也是教他们糊弄了！谁会想到这个王继文胆大包天，把剿灭吴三桂的饷银瞒报了千万两，自己给花了，朝廷查饷银时，他又动起库银来。东墙拆来西墙补，我怎么会知道这里面的底细。我是相信了他说的话，见他是老臣就替他向你们户部求个情，想着等大冬天过去了，再查库银就没事了。谁知道他后来打点了户部第二拨去的人，瞒报了库银的数目。

高士奇　索大人，你是被王继文给骗了，这里面的委屈我们知道，可皇上未必体谅。再说了，关键是张汧兄，他是当初第一拨查云南库银的官员，怎么着皇上也会怪到他头上。

张　汧　罢了，当初之事无论如何是我失职。我把经过原委一五一十写下来，面呈皇上吧。该定什么罪我受罚就是。（提笔要书写）

索额图　不能写！张汧，皇上现在是震怒之中，这云南库门打开，库银为空，闹了个天大的笑话。民间传得沸沸扬扬，正愁没人当这替罪羔羊呢，你倒好，往刀口上扎啊？

张　汧　那怎么办？

高士奇　张汧兄，你放心，如今朝中出事的都是没人帮的，有人帮的出不了事。天大的事情，地大的交情，只要交情通到了，就不会遭难。

索额图　朝中如今就三股子劲儿，索党、明党和陈廷敬这个混不吝。索党全在我，你是我妹夫，我自是会豁出命来帮你的。明党那，纳兰明珠素和我不合，他肯不肯……

高士奇　纳兰明珠那我说得上话，其实纳兰大人和索大人不合的是政见，为人上却是高风亮节，不是那些狭私报复的小人。只是索大人，你也明白，纳兰大人和你们明党憋的是一口气。如今你有事求他,你教他如何相信你是真心诚意?

索额图　我索三为了妹夫还不真心诚意吗? 明白,纳兰明珠要我给他个投名状方能安心,这样,张汧,你不必管我,把我当初批示你不必亲自查账的文书拿出来交给高士奇。

高士奇　索大人,这你是授人以柄啊? 你就不怕……

索额图　我索三就一个小妹,她就一个丈夫,家父临终前把她托付给我,小妹的事,我不能不帮。张汧,听我的,把文书拿出来给士奇,为了救妹夫,我索三把底都交给纳兰明珠,他还不信我?

张　汧　这,兄长如此大恩大德,你叫张汧如何报答……

索额图　骨肉血亲,不要说这种生分的话。文书呢?

张　汧　(从书案上找出文书,递上)在这里。

　　　　〔索额图示意高士奇接过。

高士奇　(取过看了一遍当即藏至怀中)我立刻去找纳兰大人。

张　汧　(深施一礼)多谢士奇弟!

索额图　这样的话,明党、索党都能为你说话了,至于陈廷敬那边……

张　汧　子端那里,明日是中秋,我和月媛、琴儿要阖府去赴宴。

索额图　那正好,你们是通家之好,中秋赴宴,你不方便说让月媛开口求情,他陈廷敬再铁面无情总不好驳月媛的面子。

张　汧　这……

高士奇　张汧兄,不要这啊那啊的了,你也不看看,索大人和我为你的事是里里外外上上下下地在打点。他陈廷敬如果真当你是朋友,就应该帮你。朋友朋友,不帮忙办事算什么朋友!

张　汧　那……我和月媛商量商量。

　　　　〔中秋夜,陈廷敬府上宴请。

　　　　〔月媛、琴儿过府。

　　　　〔陈廷敬和月媛见礼。

陈廷敬　(施礼)嫂夫人安好。

月　媛　(回礼)亲家尊翁安好。

琴　儿　爹,我公爹府中有事说迟些到来,我和婆婆就先过来了。

陈廷敬　嫂夫人,快请上座。琴儿,你这孩子,知道你母亲不在家中,也不早些前来帮忙照应。今日中秋宴请,别怠慢了你公婆大人。

琴　儿　爹,你还说呢,要不是你成日揪贪除贪,结怨那么多,娘和奶奶也不会突然离京回家乡啊!

陈廷敬　琴儿,你婆母在此,说话怎能如此放肆。

琴 儿	我可没说错,这是奶奶和我说的。奶奶说府里前院有人烧纸谩骂,后院有人投下毒物毒死了她养的猫儿,可见爹您有多遭人恨。
月 媛	琴儿,怎可这么说你父亲?
陈廷敬	嫂夫人,你要替我多多管教琴儿,我这个女儿被她的祖母、我的母亲给宠坏了,我训诫不得啊。
月 媛	怎么?老伯母还是不能谅解你吗?
琴 儿	才没呢,奶奶说啊,爹是千古第一蠢笨人,揪贪除贪,没事闲得慌,也不知为谁作嫁衣裳,扛把那么重的钢刀奔波忙,小心这刀把子太重,咣当一下砸下来伤到自己!
月 媛	琴儿,言过了。
陈廷敬	习以为常,我家中人人都听我高堂的,无一人体恤我。

　　〔陈廷敬苦笑一声。月媛看向他,两人无语。

　　〔丫鬟上茶。陈廷敬回过神来,示意月媛用茶。

琴 儿	婆母,您尝尝,这是我们府里自家酿的桂花茶。您可喜欢?
月 媛	喜欢。
琴 儿	那我去吩咐下人,包些给您带回府去。
月 媛	不用麻烦。
琴 儿	不麻烦的,我正要去后厨看看呢,爹,您陪我婆母说会儿话。

　　〔琴儿下。

　　〔只剩下陈廷敬和月媛两人,相顾无言。片刻,月媛打破宁静。

月 媛	琴儿这孩子贤淑聪慧,我很喜欢。
陈廷敬	还需你多教导。嫂夫人,这桂花茶,让我想到我十年顿挫,困折于山西时,每年都收到你和张汧兄寄来的花茶。年复一年,我睹物思人,心中感佩京城旧事,恍若隔世。那十年不好过啊,心中孤苦。可如今我起复返京,深得皇上重用,心中却还是孤苦。琴儿的话你也听到了,她虽无意,但怨责之情是真的。我这几年雷厉风行,让他们担惊受怕了。
月 媛	亲家尊翁是做大事之人,自然不能面面俱到。如若舍不掉一些常人难舍之情,也就不是陈廷敬了。
陈廷敬	(抬头看向月媛,掩饰)啊,喝茶。
月 媛	这茶品着是今季新得的桂花做的。我进府来看见园中有棵桂花树开得极好,可是就采自那里?
陈廷敬	正是自家种的桂树所得。我府中园艺不爱那些花草,只爱松桂两样。

月　媛　松桂？亲家尊翁这样说,倒让我想起杜甫的两句旧诗来:故园松桂发,万里共清辉。年少时我与一般女子不同,别人喜欢李太白,我独钟情杜子美。却不知正是年少无知,错爱了(看向陈廷敬停顿)……杜诗。

陈廷敬　(强自平复)哦?嫂夫人如今不喜杜诗,是嫌它太过沉郁顿挫?

月　媛　不是,是觉得他太过老成,不见真心。

陈廷敬　欸,杜诗中全是真心,只是杜甫心中也孤苦,无人体谅。

月　媛　不说杜诗了,如今较之唐诗我更爱宋词。最近在读姜夔的一阙鹧鸪天,其中有一句,读之恻然。

陈廷敬　哪一句?

月　媛　花满市,月侵衣,少年情事老来悲。

陈廷敬　(不忍)你……不要这么说。

月　媛　(满腹心事,难抑激动)子端,我不想再这样客套下去。实话相告,张汧并非府中有事,琴儿也是我嘱她避开。我有事求你,也只能求你。你一定要救张汧,他千万不能有事。

陈廷敬　你说哪里话来,张汧是我挚友,我怎会不顾他。

月　媛　子端,云南库银户部原是他第一拨查的……

陈廷敬　明白,你放心,此事我和张汧兄好好谈。

月　媛　我不懂军国大事,张汧抹不开面子来求你,我却不顾。子端,你知道的,我,我一个妇道人家,只求家人平安,若是张汧和茂儿父子出了事,我如何独活?如若不是实在没有办法,我怎会强求于你。我去找过三哥,他道如今能救张汧的只有陈廷敬。更说能求得动陈廷敬的,只有我赫舍里月媛。子端,你可知我听他这么说,心中有如刀割。他和父亲都是我的至亲骨肉,可事到临头,他们从不为我着想。这样的话三哥他竟说得出口。我和你,当初何尝不是父亲和他一手……罢了,我既然豁出脸面来求你,我也就不顾了。子端,当年的事我恨过你怨过你,年少时总觉得是你负了我。但我心中早已明白你……你有鸿鹄之志,怎会为儿女之情牵绊。我只叹自己福薄缘浅,若有来世,你我……(哽咽)

陈廷敬　(悲恸的)月媛,你不要说了。

月　媛　这等话我都说出口来,我也就不打算回头了。陈廷敬,陈子端,今时今日你若对我无情我也不怨你,我只求你看在当年相识有缘,我总算求父亲救过你,家父待你不公,我赫舍里月媛却对你真心一片,从未害你。如今我韶华已逝,你就当可怜故人,莫让我夫丧子亡。子端,你保全张汧父子二人性命吧。赫舍里月媛求你了。

[月媛说至此处,跪倒在陈廷敬面前。

陈廷敬　月媛,你快起来,你这样叫我……(也欲跪倒)

[张汧和琴儿上。

琴　儿　爹,我公爹来了……

[张汧和琴儿看见月媛这样,大为震惊。

琴　儿　婆母,您这是……

张　汧　夫人,你干什么,你,你这样不但是逼子端,更是陷我于不义。快起来,琴儿快与我一起搀扶你婆母。

[张汧和琴儿扶起月媛。

张　汧　琴儿,带你婆母到内堂休息,我和你父亲有事商议。

月　媛　不,我要陈子端、陈大人给我一个答复。我托你之事,你能不能答应我?

张　汧　夫人,你……

[陈廷敬看着月媛,半晌,深施一礼。

[这是陈廷敬对月媛的第二次鞠躬,背负得太多,万分沉重……

月　媛　好,我信你。

张　汧　(无地自容)子端,我真是愧煞。

陈廷敬　张汧兄,你我之间不必讲虚礼,云南库银你失职的事我已知道,放心,你没有拿过银子贪腐,不会有大罪。你把经过来由详述清楚,我面呈皇上。

张　汧　子端,你这么说我心就定了,早知如此,就不必让兄长去求纳兰明珠了。

陈廷敬　你说什么?找索额图去求了纳兰明珠?

张　汧　是啊,为了我的事,兄长让高士奇拿投名状去求纳兰明珠了。

陈廷敬　什么投名状?

张　汧　就是当日兄长批复我不必亲查库银的文书啊,谋取纳兰明珠的信任!

陈廷敬　(大惊失色)什么?哎呀张汧兄,你被人陷害啦!索额图哪里是授人以柄,明明是你授人以柄。云南库银,王继文私相贿赂索额图百万黄金,他才批文让你不必详查,如今这样索额图是拿你顶包,要你背起这所有罪名啊。

张　汧　怎么会?他可是月媛亲哥哥,还有高士奇,他又为何要害我?

陈廷敬　王继文进京攀附索额图,就是高士奇搭的门路。张汧兄,你是老实人,你不知人心难测啊!快快快,你写下来由经过,我即刻进宫,面呈皇上。(唤家丁)来人,快取笔墨来。

　　　　　[家人奉上笔墨,陈廷敬着张汧立刻书写。

张　汧　子端,可是如今证物已不在我手上,你如何为我讲情?

陈廷敬　你放心,圣上是明君,对我极为信任。我豁去顶戴花翎身家性命不要,也要救你。

张　汧　子端!

　　　　　[张汧将供词交给陈廷敬。

陈廷敬　张汧兄,等我佳音。

　　　　　[切光。

　　　　　[南书房。

太　监　陈大人,索额图大人和高士奇大人早起就进宫,和皇上谈到这个时辰呢,皇上有旨,任何人都不能晋见,违者斩。

陈廷敬　臣陈廷敬冒死求见皇上。

太　监　陈大人,您别叫我们为难啊。实话告诉您吧,皇上料到您会来,加过一句叮嘱,说要是您硬要求见的话,不处罪,但得拦着。

陈廷敬　请公公再为传话,臣陈廷敬长跪殿外,求见皇上。

太　监　陈大人,您年事已高,何必这样。哎!(见陈廷敬执意如此)您执意要跪奴才也没办法……

　　　　　[陈廷敬跪着,听到脚步声响,看见索额图和高士奇出来。

陈廷敬　(悲怆的)士奇!

高士奇　(对陈廷敬视而不见)索大人,咱走这边。

　　　　　[索额图、高士奇下,太监再次出现。

太　监　陈大人,皇上叫您呢。

　　　　　[陈廷敬赶紧起身,久跪脚步不稳,险些跌倒。

　　　　　[太监连忙扶住他。

太　监　陈大人,您小心。

　　　　　[陈廷敬进南书房。

　　　　　[康熙在书桌前。

陈廷敬　(忙不迭开口)皇上……

康　熙　廷敬先生,你来若是君臣谈心,朕欢欣之至。若是为张汧求情,就不必开口了。他犯的是死罪!

陈廷敬　皇上,张汧是冤枉的。

康　熙	何冤之有？身为户部右侍郎，查核库银职责所在，收人银子便轻巧放过，正是有这种人在，才纵容了王继文之徒胆大包天。
陈廷敬	王继文挪用库银是死罪，然张汧没有贪腐，他只是轻信索额图之言，故妄不查，请皇上明辨。
康　熙	不查却盖上他的文戳，也是失职大罪。况索额图和高士奇口供一致，力证是张汧收取王继文的贿赂，王继文也已招供。廷敬先生，你莫要顾及旧情被他瞒骗。
陈廷敬	皇上，臣与张汧自小相识，张汧的为人我能用性命来保。他是被冤枉顶罪的，该罚不该杀。王继文一案真正幕后主使、包庇徇私的是索额图，牵线布网的乃是高士奇。张汧只是其中一枚棋子，由人摆布。
康　熙	若实情真如你所言，这张汧朕就更要杀之。云南库银案，为这几年贪案中所涉钱款最大、案情最为严重的，牵涉官员达百人之巨；有人能买通这百人异口同声，指证张汧，可见他在我朝中的权势。朝中数千位官员等着朕如何下旨，民间数万名百姓看着朕怎样办案。此时我若有丝毫心软，片刻懈怠，不以重举治贪、大力遏制，则千里之堤，溃于蚁穴，治贪大业，功败垂成。如今之势，诛一恶则众恶惧，灭一贪则百贪惊。何况，张汧也并非冤枉，为官避事当为耻，苟活不为实乃羞，死不足惜。廷敬先生，如若是你，断不会玩忽职守让朕失望。
陈廷敬	皇上所言极是，但张汧罪不至死啊。
康　熙	(不悦)廷敬先生，你忘了朕招你回京时，对你的训诫吗？朕要你做一无情之人，难道你和张汧知交之情，胜过你我君臣之义吗？
陈廷敬	皇上对臣的恩情，臣不敢辜负，张汧对臣的忠义，臣也不能忘却。我主圣明，求皇上宽恕张汧。
康　熙	陈子端！我爱新觉罗玄烨告诉你，这个张汧必须得死。我要拿张汧做警示，容贪者其罪不亚于贪！
陈廷敬	皇上……
康　熙	一而再再而三，你别以为我不敢杀你！再说一句，你和张汧一起去死。
陈廷敬	皇上，臣……臣求您留下张汧之子张茂的性命。
康　熙	朕说过，朕是要做个警示，若张汧服罪，当众行刑，朕就赦免他的家人。
陈廷敬	当众行刑，皇上，张汧乃是朝中大员……

康　熙　朕就是要以儆效尤,且张汧服刑不得口出怨言,朕还要你说动他自请极刑,更要你亲自监刑。

陈廷敬　皇上,您这是难为臣下。要我劝张汧服极刑,如剜我心。

康　熙　朕知道张汧和你的交情。朕是在难为你,但朕推行新政就是行为难之事。廷敬先生:为君既不易,为臣良独难。

陈廷敬　(悲而复吟)为君既不易,为臣良独难。

康　熙　这条为难之路你我君臣汲汲而行。

　　　　〔暗转。
　　　　〔狱卒开牢门。

陈廷敬　张汧兄,子端无颜见你。

张　汧　皇上怎么说?

陈廷敬　皇上下令极刑,腰斩、车裂、缢首,三者选一。我替你选了缢首。

张　汧　缢首,弓弦绞杀?看来,皇上是要拿我示众啊。

陈廷敬　皇上要你自请服刑,自愿示众,更要我亲自监刑。

张　汧　子端,我明白,你是为我留下全尸。你知道我的,事到如今,我只挂念——

陈廷敬　茂儿和府中男丁充军,女眷均流放宁古塔。

张　汧　子端,为兄谢你。(行大礼)

陈廷敬　张汧兄——你如此,让子端——(热泪纵横)生死永别,子端无能,救不了你啊。

张　汧　子端,休要流泪,莫为我悲伤。张汧玩忽职守当有一死,张汧错信他人必有一死,张汧纵容贪腐,终该一死,张汧是呆笨之人,幸得你这位知己,虽死无憾。

陈廷敬　张汧兄,十载寒窗共度,唯君莫逆知交,十载回乡赋闲,唯君记念挂怀。子端名动京师,兄不生记恨之心,子端被贬离京,兄不生避嫌之念。云来客栈遇险,兄拳拳护佑,同福茶馆践行,兄依依相送。陈廷敬相识遍天下,知交唯兄一人。一生知己,儿女亲家,到头来,陈廷敬却保不了恩兄,救不下知交,深恩尽付东流。知我者张汧兄是也,愧对张汧者,陈廷敬是也。

张　汧　子端,莫消磨了英雄气。有陈廷敬这样的朋友,我心甚慰。大丈夫休要哭哭啼啼,子端,咏诗送我!

陈廷敬　寒雨连江夜入吴,平明送客楚山孤。洛阳亲友如相问,一片冰心在玉壶。

〔诗词声中,张汧走向舞台深处。

〔太监颁旨。

太　监　户部右侍郎张汧,家中女眷一干人等发往宁古塔,即刻启程。(合上旨意)哟,索大人,高大人,你们是来送别的?

〔远郊长亭,索额图和高士奇现身。索额图过去劝慰被押解的月媛和琴儿。

索额图　小妹,你放宽心,皇上盛怒过去,我就求他放你们婆媳回来。

高士奇　嫂夫人世侄女,这去宁古塔的路上我已经花费银子打点好了。他们不会难为你。

月　媛　(木然)多谢高大人。

高士奇　哎,怎么会想到张汧兄竟落得如此的下场。怪来怪去,就怪这陈廷敬,心太狠啊,为了做官连自己兄弟都不放过。琴儿,你爹爹没来送你?

〔陈廷敬上。

衙　役　哟,陈大人,您来了。

陈廷敬　索大人、高大人,借过一步,子端有话和嫂夫人、琴儿讲。

〔索额图和高士奇下。

陈廷敬　嫂夫人、琴儿,这里是些银两衣服,你们收下一路上用着。

琴　儿　不敢当,陈大人的银子谁敢收。您这是要我们犯下贪罪再回头杀个措手不及啊。

陈廷敬　琴儿! 你是不认为父了吗?

琴　儿　并非琴儿不认爹爹,而是爹爹心肠太狠,连骨肉都要残害。好了,您如今大义灭亲杀了亲家,这揪贪除贪的大名是如雷贯耳响彻云霄了,愿您英名传世。您官运亨通,我们却要去苦寒之地流放,从今往后,再不敢说您是我的父亲,您也没有我这个女儿,咱们恩断义绝了吧。

〔琴儿手一拂,将陈廷敬的包裹扔在地上,奔了下去。

〔月媛默然没有表情。

陈廷敬　嫂夫人,我陈廷敬负了张汧兄负了你,我亏欠你们的……

月　媛　没有什么谁亏欠谁的,万般皆是命,半点不由人,月媛自问没有做错什么,未嫁从父,我尊父命嫁给张汧;已嫁从夫,张汧做什么我都一一领受;夫死从子,如今我却是子被充军边关,不知何年何月方能再见。我命似蒲柳,悲苦难诉,求告无门。如今的我已是无依无傍无挂碍的一名老妪。

陈廷敬　你不要这么说,月媛,你……都怨我累你至此。

月　媛　不,赫舍里月媛是薄命之人,凄苦一生,却不知该怨谁,怨父亲索尼专横,怨兄长索三狠毒,抑或怨夫君张汧糊涂?还是怨自己一生命运不能作主?不怨了,怨也无用。她年少时怨过也恨过,怨皇上无端赐婚,恨陈大人狠心到连一面都不肯相见。可那又如何?岁月漫长,她早就看透了。

陈廷敬　看透什么?

月　媛　无情者伤人,有情者害己;若是有情者心系无情之人,则是自苦自伤。陈大人,您是无情之人。

陈廷敬　(痛心不已)月媛此话让我无地自容无言以对。

月　媛　罪妇不敢,(对陈廷敬施礼)罪妇谢陈大人屈尊相送。

　　　　[陈廷敬掩面。

　　　　[月媛突然回身。

月　媛　陈廷敬,陈子端,你还记得我们缘定三生吗?

陈廷敬　子端谨记心间。

月　媛　(一字一顿)陈大人,若有来世,但求无缘相见!(决然转身而去)

　　　　[望着月媛远去的背影,业已老年的陈廷敬痛苦地慢慢弯下腰,深施一礼。

　　　　[全剧中这是陈廷敬对月媛第三次鞠躬。少年情事、一生际遇,老年诀别都化在这一鞠躬中,无限凄凉……

高士奇　子端,罢了,事已至此,过往的事过去了也就算了。索额图说了既往不咎,不如你和我们联手,共同抗衡纳兰明珠。

陈廷敬　(恍若没听清,诧异)你说什么?

高士奇　你还不明白吗?皇上既然没有动索三,就说明还是顾及赫舍里家的威势。如今朝中局势纳兰明珠独大,还是我等联手有利。

陈廷敬　有利?何为有利?索额图为了自保脱罪嫁祸张汧是有利,你狠心坑害自己兄弟也是有利?

高士奇　我坑害兄弟?陈廷敬,张汧明明是你害的。是,我高士奇是贪,可我不对付自己人。浮生乱世纷纷扰扰,蝇营狗苟人之常情啊,大家都不容易,朝中谁不贪啊,要你多管闲事!我告诉你,就是孔夫子在当朝他也会贪。

陈廷敬　高士奇,你无事不可为,无恶不能作,却将一切归咎于他因。身处乱世便可贪腐,浮生苦短便可作恶?郑恒心向君子,却为名利所惑,他的死我为之痛心。张汧是君子,却白璧染瑕犯下大错,他的死我为之痛惜。可像你这样的人，我是最为痛恨。从白至黑者尚有可恨可怜之处，可高士奇，像你这般颠倒黑白者，其心可诛，你……你不是读书人。

高士奇　（笑）哈哈，陈廷敬，我以为你要骂我什么，读书人，当今世上只在乎官位有多高，家财有多重，谁还在乎自己是不是读书人？你是读书人你为何不在家乡苦读，归隐田园，你回的什么京，除的什么贪？蜉蝣撼大树你扳得动吗？要你多管闲事！

陈廷敬　这就是读书人的天真烂漫了。于我所想，贪官少一个是一个，我说服不了你不贪，你更说服不了我不除贪。这是你我的本性区别。

高士奇　除贪还成了你的本性了？魔障！我知道了，陈廷敬你也贪，你贪的是除贪之名。

陈廷敬　（大笑）哈哈哈哈，我就顶这骂名又如何。只要能除贪，让你们这些贪腐之人闻风丧胆，我心甚慰，我心甚悦。

高士奇　疯子，我看你就是个疯子！我看你能有什么好下场！

第四幕

　　〔康熙和太监上。

康　熙　高士奇说，陈廷敬不会有善终？人这一世啊，难就难在求善终。善始容易善终难啊。

太　监　（讨好地）别人难，在皇上这就不难。皇上千古一帝，英名永传。

康　熙　英名永传？没有用，英名不在史书，而在人心。知我者，其惟春秋，罪我者，其惟春秋。

太　监　（听不懂康熙说什么，只是阿谀）皇上英名，皇上万岁！

康　熙　（叹气）你们啊！正因为都是你们这样的，朕才珍惜陈廷敬，朕只有一个他，朕不想杀他，朕盼他珍重！

　　〔康熙隐去，太监恭送。

太　监　康熙三十三年，保和殿大学士索额图参吏部尚书陈廷敬五本。康熙三十四年，武英殿大学士纳兰明珠参吏部尚书陈廷敬六本。詹事府少詹事高士奇参吏部尚书陈廷敬四本。康熙三十五年，吏部户部兵部工部礼部刑部六部官员参吏部尚书陈廷敬共计数十本。皇上下旨,一律呈上。康熙三十六年,年届六旬的陈廷敬被数本参告,皇上始终未发一言。陈廷敬托辞老迈体弱,在家养病。这一天,他家中来了位贵客。

陈廷敬　皇上御驾亲临,老臣有失远迎。

康　熙　廷敬先生,你有病在身不必拘礼。朕闻你六十大寿,特来给先生贺寿的。朕可也听闻朝中人说,先生是托辞染病,实为悟出了一个隐字。

陈廷敬　廷敬不敢,况且这能隐不能隐,权在皇上,非在臣下。

康　熙　(笑)廷敬先生果然是明白人啊。家中人等可好,可要为儿孙向朕讨官?今儿个是你生辰,朕一概应允。

陈廷敬　儿孙自有儿孙福,廷敬不管他们的事。

康　熙　看来朕想送你份大礼,难啊。好在朕另有准备,陈廷敬,宁古塔闹瘟疫,朕已命人八百里加急,带回了你的女儿,替她医馆医治。不日将送她回府,让你们父女团圆,得享天伦。

陈廷敬　谢皇上大恩。(想到什么)皇上,宁古塔闹灾,除了犬女,别的人……

康　熙　你是想问张汧的妻室赫舍里的下落吧。告诉你,她身染时疾,已经死了。

　　　　〔陈廷敬身体不支,踉跄一下摔倒。

陈廷敬　(悲痛万分)臣求皇上厚葬赫舍里氏。

康　熙　奇怪啊,她的胞兄索额图最近忙着几件官司缠身,知道朕要治他的罪,都没敢向朕求情,倒是你这个远亲为她考虑周详。(冷言)看来他们参你和赫舍里索家结成朋党,于索尼在世时便和他女儿有情,是真事了。陈廷敬,你还有什么瞒着朕啊?

陈廷敬　皇上,臣当年确曾心仪赫舍里氏,只是造化弄人。如此尘封往事,如果还要因此被人参本的话,臣心坦荡,无所畏惧。只是赫舍里月媛一生坎坷,父兄无靠,夫亡子远,孤苦无依,如今又客死异乡。她一生遭际虽非臣所害,却受臣所累。陈廷敬于苍生有情,却对她无情。陈廷敬为人无愧天地,却独亏欠她与张汧二人。皇上,臣是人,臣有心,臣心痛彻难安,求皇上但治臣的罪无妨,只请给赫舍里月媛一个厚葬之礼。

康　熙　廷敬先生,朕早就知道,你是至情至信之人。可你为朕除贪,成了千古第一无情之人,你心里苦啊。

陈廷敬　皇上,臣不怕苦,臣怕孤苦。若只有臣一人这般,臣心孤苦。

康　熙　朕明白你的孤苦。你看这如今参你的本多达数十本,朕每每翻
　　　　阅也是胆战心惊。你宽大老成,几近完人,他们却告你参你,恨
　　　　不得除之而后快。廷敬先生,你是为朕担的这干系,结下的怨
　　　　恨啊。

陈廷敬　皇上言重了。

康　熙　参你的本,朕看过了,不但看过,朕还着人细查、遍查、彻查。你
　　　　可知朕查到了什么?

陈廷敬　臣不知。

康　熙　是,你不慌不乱,因为你问心无愧。朕不是不信任你,而是我朝
　　　　贪腐的官员实在太多,多得叫朕惧怕;朕多希望廷敬先生是一代
　　　　名臣,先生没有辜负朕的期望做到了。

陈廷敬　皇上过誉了。

康　熙　不,清官多酷,你是清官,却宅心仁厚;好官多庸,你是好官,却精
　　　　明强干;能官多专,你为能官,却从善如流;德官多懦,你是德官
　　　　而不乏铁腕。廷敬先生,千人之诺诺,不如一士之谔谔。

陈廷敬　皇上谬赞,老臣愧不敢当,而今百姓苍生有福,乃因盛世遇明君。
　　　　上行才能下效,君明方能臣贤。陈廷敬二十多岁时就对先帝说
　　　　过当吏制清明,奉法治国。谁知就是这番言论让廷敬为索尼提
　　　　防,被鳌拜记恨,贬官压制我十年。

康　熙　老大人,你坐下慢慢说,朕都听着。

陈廷敬　廷敬当日的遭遇,虽是权臣所害,也恰因我的政见不合于当世,
　　　　先帝顺治并未立志要改革吏制。然皇上壮志凌云、励精图治,上
　　　　心坚决,下治才能执行。皇上,这吏制腐败一定能改,政绩清明、
　　　　官员廉洁必将成为大势所趋,只是我陈廷敬年老体弱,心力交
　　　　瘁,无法再为皇上分忧了。臣也知朝中树敌过多,皇上若为朝野
　　　　祥和,平息怒气,对老臣该杀就杀,该贬就贬。

康　熙　廷敬先生,你揪贪除贪是为朕分忧,朕不是杀商鞅的秦嬴驷,更
　　　　不是诛韩信的汉刘邦。你我君臣之义,师生之情,朕不会忘却。
　　　　说千言道万句,朕不能让为朕办事的人没有好结果。你是贤臣
　　　　就该有善终。朕不会杀你贬你,朕要护你周全,朝中现在还是虎
　　　　狼成群,你要是没有尊崇官位,朕心不安。这样,朕颁旨让你编
　　　　撰《康熙字典》。你是读书人,当可寄情文字,安度晚年,宁静
　　　　终老。

陈廷敬　（老泪纵横）皇上，世人皆欲杀，君意独怜才。

康　熙　廷敬先生，大清官位中没有相国，先生高才厚德，肱股之臣，堪称
　　　　大清相国。

　　　　[君臣二人行大礼，惺惺相惜。

尾　声

太　监　康熙四十二年，索额图获罪赐死狱中。康熙四十七年，纳兰明珠
　　　　因朋党罪罢黜，郁郁寡欢病故。康熙四十八年，高士奇被贬退回
　　　　原籍。

　　　　[陈廷敬府中。

　　　　[年迈的陈廷敬和孙儿说话。

孙　儿　爷爷，京城好大，我随父亲去了贡院玩。

陈廷敬　哦，贡院，那贡院东边有家云来客栈，南面还有家同福茶馆，你们
　　　　可曾去过啊？

孙　儿　都去了呢，我还听那家客栈的老板念叨您呢。

陈廷敬　哦？念叨我什么啊？

孙　儿　老板和那些举子们都在说，满朝达官重臣少有善终，只有爷爷您
　　　　驰骋官场五十年，屹立不倒。爷爷，他们说您有为官五字诀是不
　　　　是啊？

陈廷敬　五字诀？让我想想，哦，的确，当年索尼赠我一个忍字一个等字，
　　　　索额图送我一个稳字，皇上赐我一个狠字，我自己倒是悟出过一
　　　　个隐字。

孙　儿　哦，忍——等——稳——狠——隐！孙儿知道了，为官谨记这五
　　　　字诀便行了。

陈廷敬　（摇头）祖父并不这么认为，我陈廷敬为官在世并非靠这五个字。

孙　儿　那爷爷，是靠什么字？

　　　　[陈廷敬但笑不语。

陈廷敬　时辰到了，爷爷要去后山东篱采菊啦。

孙　儿　爷爷，您告诉我嘛，到底是个什么字啊。

陈廷敬　这个字啊，不需要说出来，只要谨记心间。

　　　　〔天幕上夕阳笼罩，悠然南山。

　　　　〔背景上衬着一个大大的"人"字。

　　　　〔剧中主要人物在陈廷敬回忆中出场，一人一句对陈廷敬的话。

月　媛　陈廷敬，你我缘定三生，永不分离。

鳌　拜　陈廷敬，你年轻气盛，有的是锐气，可要小心杀气太盛，伤人伤己。

索　尼　忍字熬的是心性，等字磨的是岁月，陈廷敬，你需多加历练。

索额图　这京城的水深得很，陈廷敬，你自己掂量，小心翻船。

郑　恒　我本高洁，不该沾泥，陈廷敬，我佩服你。

高士奇　这天大的乱子，地大的银子，人不为己天诛地灭，（憎恨数落地）陈廷敬，要你多管闲事！

张　汧　（真挚的）子端，洛阳亲友如相问，一片冰心在玉壶。

　　　　〔康熙出现，站立在众人中间。

康　熙　廷敬先生，学生玄烨，代天下苍生，我大清万千的子民谢过先生。

　　　　〔暮年陈廷敬身影出现，天幕上一阕剪影。

　　　　　　　　　　　　　　　　　　　　　　　　　　——剧终——

　　　　　　　　　　　　　　　　　　　2015 年 1 月 12 日初稿
　　　　　　　　　　　　　　　　　　　2015 年 9 月 5 日修改稿
　　　　　　　　　　　　　　　　　2016 年 2 月 21 日再修改稿
　　　　　　　　　　　　　　　　　2016 年 4 月 30 日修改第四稿

邵宁简介

　　1988年考入上海戏剧学院戏文系，1989年公派至俄罗斯留学，先后就读莫斯科大学预科和俄罗斯国立卢那查尔斯基戏剧学院戏剧学系，获艺术学硕士学位（MFA）。回国后，任上海戏剧学院戏文系教师。现为新民晚报社高级记者、政法部副主任。上海市作家协会会员。曾获中国晚报新闻奖、上海新闻奖等各类奖项数十个。

　　长篇通讯《当年抚孤人笑痴，今日帮侬知是谁——蓝金亮的故事》被改编成电影《上海新娘》。著有散文、报告文学集《莫斯科日记》《旅俄纪谈》《平民记者看上海》《我两岁》《不带相机去旅行》等多部。

　　《汇贤坊》获2016年田汉戏剧奖剧本一等奖、上海新剧目展演作品奖、上海百部精品舞台剧优秀复演剧目。该剧由上海现代人剧社首演。

五幕沪语话剧

汇贤坊

编剧 邵 宁

时　间　当代。

地　点　汇贤坊，上海市中心一座结构完整、保存完好的石库门弄堂。

人　物

丁一尘　外号"阿跷"，52 岁，弄堂馄饨店老板，上海人，住后客堂，营业场所为过街楼下。

朱老太太　80 岁，阿跷母亲，老上海大户人家出身，住前客堂。

余天祥　外号"余站长"，88 岁，离休干部，山东人，住亭子间。

徐福根　61 岁，上海人，已退休，住前楼。

徐家姆妈　58 岁，徐福根老婆，上海人，住前楼。

徐　峰　32 岁，徐福根之子，电视台记者，住阁楼。

孙惠兰　37 岁，住后厢房。

菲　菲　9 岁，孙惠兰之女。

张国华　50 多岁，区第二征收事务所总经理。

马书记　52 岁，女，居委会书记，上海人。

汪主任　50 岁，街道办事处副主任。

周正辉　35 岁，街道宣传科科长兼征收工作人员。

Linda　28 岁，女，白领，在附近写字楼工作。

动迁老六　50 岁，大名陆小毛，动迁黄牛。

海　滨　32 岁，电视台新闻坊记者。

摄　像　25 岁。

老　李　50 多岁，附近弄堂以前的动迁居民。

公证员甲

公证员乙

第一幕

第一场

幕启。

汇贤坊3号是一座经典石库门房子。有客堂、厢房、前楼、亭子间、阁楼等。舞台是可以旋转的,分为好几个区域,中间偏右一块区域,下面是阿跷和朱老太太住的客堂间和天井,天井里搭了一间阳光房;二楼是徐福根一家住的前楼、后楼;左边一块区域下面是灶披间,上面是亭子间。

第一幕是在3号的底楼,舞台中央是公用厨房,也就是灶披间,里面有几个灶头,一个水斗,水斗上有一排水龙头,还有一张饭桌。灶披间往右是一条狭小的过道,过道一边开着一扇小门,通向厢房,另一边通向客堂间,那里是朱家的房间。中间还有座楼梯,通向亭子间和前楼。

第一幕发生在某个黄梅天的清晨,天还未亮,外面淅淅沥沥落着雨。

[舞台上出现一束手电筒的光,忽明忽暗,忽左忽右。手电筒的光隐隐约约照出了两个人的身影,是徐家姆妈和她丈夫徐福根。

徐家姆妈　(压低嗓门)2公尺2、2公尺3……(她拿了一把软尺,在丈量着灶间)

徐福根　量、量、量好了哦?

徐家姆妈　急什么呀? 要慢慢地量的。到这里,不对,还是到这里! (拿粉笔划线,擦掉,重划)再过来30公分。

徐福根　划到这里啊? 好像太多了吧? 太多了吧?

徐家姆妈　(得意地)你这个寿头! 这间灶披间宽度是三米三,30公分,一三得三,二三得六,三三得九,不是又多1个平方了吗? (继续划线)1个平方,动迁啥价钱? 至少 20 万块!

徐福根　20 万! 有这么多吗? 我这辈子也没,没,没赚到过。

徐家姆妈　你没看到过,不等于没有! 隔壁弄堂胖阿姨家去年动迁,不是一只阁楼都拿了七八十万? 伊拉阁楼多少大? 站得直的地方最多不过三四个平方。三四个平方,七八十万,一个平方不是 20 万吗?

徐福根　嘿嘿。这倒是的,这倒是的。

徐家姆妈　(决定地)就划在这里。米缸呢? 快点,快点,搬过来放在这里。

　　　　［徐福根吃力地从楼梯口搬过一口米缸,放在她指定的中间位置。

徐家姆妈　不是这里,再过来点。

　　　　［徐福根继续搬米缸。

徐家姆妈　好。米缸放好了,还有小桌子,你去搬一下。

徐福根　噢。

　　　　［徐福根转身上楼。

徐家姆妈　(继续一边划线,一边计算)一三得三,二三得六,三三得九……

　　　　［徐福根从楼梯上将一张小桌子搬下来。

钱福根　小桌子来了。不,不,不过,小桌子放在这里好像不好吧? 这里已经有一张桌子了,是阿跷干活的桌子。

徐家姆妈　(声音变大)你怎么那么拎不清? 现在多放张桌子,将来就多一间房子! 你还要小峰夫妻俩跟我们挤在一起啊?

徐福根　不,不,不过,阿跷很厉害的,他不会买账的。

徐家姆妈　谁怕谁啊? 再过两个月,大家就拜拜了,再也不搭界了! 你管那么多干啥呀。

　　　　［孙惠兰从厢房那扇门走出来。

孙惠兰　深更半夜啥声音啊? 磬铃哐啷的。咦,是徐家爷叔,徐家姆妈,你们做啥啊? 搬场吗?

徐家姆妈　不是搬场,是放点东西。

孙惠兰　徐家姆妈,你怎么把这么大一个缸放在这里啊?

徐家姆妈　放米呀。

孙惠兰　这么大的缸,好放 100 斤米呢,你们家吃那么多米啊?

徐福根　我们家人多,人多。

孙惠兰　你们,老夫妻俩,还有儿子媳妇,也就 4 个人啊!

徐福根　阿拉家里的人,饭量大,饭量大。

孙惠兰　咦,怎么又多出一个小桌子?

徐家姆妈　我们以后就在这里吃饭了。

徐福根　对,这样方便点,方便点。

孙惠兰　(怀疑地)可是,我的灶头怎么到角落里去了? 是你们搬的吧?

徐家姆妈　那个角落不是蛮好嘛?

孙惠兰　(生气地)这个灶披间是公用的呀。本来就不大,你们放了这么
　　　　多东西,别人怎么用啊? 都不能转身了!

徐家姆妈　灶披间的确是公用的。不过,动迁马上要开始了,还是早点
　　　　把地方划好,省得到时候搞不清。

孙惠兰　(恍然大悟)原来你们是要多摆几只篮头,抢公用部位啊!

徐家姆妈　什么抢不抢,说得那么难听,只是划一划线。喏,从这里到
　　　　这里,是我们家的。你么,就过去一点,在那里烧饭,也够了。朱
　　　　阿婆和阿跷,基本上还是老样子。

孙惠兰　你们自己划这么多! 把我挤到角落里,看我们孤儿寡母好欺负啊?

徐家姆妈　你么,本来就是搬来不久的,我们让了一个灶头位置给你,已
　　　　经很好了。

孙惠兰　(愤怒)你瞎说! 这间厢房是我外婆留给我的,灶披间我外婆也
　　　　有份的。

徐家姆妈　你外婆以前也不大开伙仓的。

孙惠兰　不行,你们这样是侵犯了我的合法权益!

徐家姆妈　帮帮忙,什么合法权益? 住在这种石库门房子里,还要讲权
　　　　益? 你以为是商品房啊? 连产证都没有,哪里证明你有几个平
　　　　方米的灶披间?

孙惠兰　你们讲不讲道理?(愤怒地下)

徐家姆妈　不要睬她,阿拉继续放。福根,再去搬两只小板凳来。

徐福根　我看,差、差不多了。

徐家姆妈　去搬!

　　　　〔徐福根欲下,这时,孙惠兰吃力地搬着一个纸板箱上,箱子上还
　　　　放着一个硕大的编织袋。

徐家姆妈　你做啥?

孙惠兰　哼,要摆大家摆!

徐家姆妈
　　　　　　　不行!
徐福根

孙惠兰　为啥你们能摆我不能摆?

[孙惠兰拖着纸板箱往中间走,徐家姆妈则往外推纸板箱。两人僵持不下。

徐家姆妈 凡事有先来后到,你懂吗?(对徐福根)老公,你傻瓜啊?只会站着看啊?快点来帮帮忙!

[徐福根也来帮忙推纸板箱。孙惠兰一人难敌两人,被他们推倒在地。

孙惠兰 啊,救命啊!

[菲菲睡眼惺忪从厢房跑上。

菲　菲 (带着哭腔)妈妈,妈妈,你怎么啦?

孙惠兰 菲菲!(上前抱住她,母女俩哭了起来)

(一个很响的声音从客堂间传来)怎么回事啊?老清八早,就吵相骂?你们吃饱饭没事做啦?

[一个高个子的男子上,他就是住在后客堂的阿跷,因为一条腿略有些瘸而得名。

阿　跷 (冷笑)哦哟,还动手啦?

徐家姆妈 没动手,是她搬东西,没站稳,摔倒了。

孙惠兰 明明是你们推我的!

阿　跷 (对徐家姆妈夫妇)你们两个对付她一个女人,好意思吗?(前去搀扶孙惠兰母女)要紧吗?

菲　菲 谢谢叔叔。妈妈,你摔痛吗?

孙惠兰 妈妈不痛。菲菲乖,你先回屋里去,等会要上学了。

菲　菲 好的。妈妈。(下)

阿　跷 (打量了一下)咦,好好的灶披间怎么变成杂货铺啦?

徐福根 (尴尬地)嘿嘿,嘿嘿。

阿　跷 这个米缸和这个桌子是谁的?

徐家姆妈 是阿拉的。家里东西多,没地方放,先暂时性这里放一下。

阿　跷 暂时性放一下?你们经过我同意了吗?这个灶披间是你们一家的吗?奇怪。

徐福根 我们放几天,就搬走,就搬走。

阿　跷 那这个纸板箱和编织袋呢?

孙惠兰 是他们先抢占公用部位的。他们还把我的煤气灶搬到这么小的角落里,叫我怎么烧饭啊?要放,大家放。

阿　跷 这么点的灶披间,被你们放了这些乱七八糟的东西,阿拉姆妈怎么烧饭啊?我怎么干活啊?我的馄饨摊每天都要开张的。

徐家姆妈　阿跷,你这点地方照样可以干活的。

阿　跷　(对徐家姆妈)要不,我到楼上你家去斩肉糜、拌馅心?(从自家灶台上抽出把刀,在手里玩)

徐福根　哎,哎,你手里的刀当心点。

阿　跷　(凶狠地)快点,这个米缸,这个桌子给我搬走!不搬,我全部敲光!

徐福根　(畏惧地)你不要敲,不要敲。我们马上就搬走,马上就搬走。

徐家姆妈　(对徐福根)没用场的人……

孙惠兰　他们搬走,我也搬走!

阿　跷　(看地上)咦,这根线,又是怎么回事啊?

徐家姆妈　(赔笑脸)阿跷,是这样的:不是马上要动迁了吗?这个灶披间怎么算呢?总不能大家捆绑在一起吧?你说是吗?

阿　跷　所以你们就要抢公用地方了?怪不得!落手倒是快的呀。

徐家姆妈　没办法呀。你听到过一句话没有:现在是穷人翻身靠动迁呀!

徐福根　像你是有钱人,不在乎的,不过,阿拉是穷人。穷人翻身,就靠、靠、靠动迁呀。

阿　跷　这下你们要彻底翻身啦!

徐家姆妈　既然我们这个汇贤坊动迁公告已经贴出来了,这公用的灶披间,还是划一划比较好。亲兄弟还要明算账呢,大家是邻居,更加要分分清爽。

阿　跷　(阴阳怪气地)那徐家姆妈,照你说,该怎么划呢?

徐家姆妈　我说,我们家、你们家,还有亭子间的老余,是这里的老住户了,所以,这个灶披间是我们三家的。小孙,刚刚搬过来 2 年,就给你这 1 个平方,也算照顾你了。而老余是在我们家搭伙的,所以我们的面积稍微多一点点也是应该的。

徐家姆妈　(比划着)所以,从此地,到此地,都是我们家的。从这里到走道,是你们家的,怎么样?

阿　跷　(大怒)哦,一间 12 平方的灶披间,你们家占大半间,你们好意思啊?做你们的大头梦!也不撒泡尿照一照,自己是个什么人!这栋房子,本来上上下下都是我们家的。要不是"文化大革命"……

徐家姆妈　知道你家厉害,解放前是大户人家!后来房子被收走,分给了群众。不过么,你们家吃亏就吃亏在不是私房,不然就可以落实政策还给你们了。你们是公房,没花头。你们的房子也不是我们抢走的,阿拉是房管所分的。

阿　跷　房管所分的又怎么样?你们现在爬到阿拉头上来啦?烧香的赶

走和尚？

徐福根　（打圆场）阿跷,阿拉搬进来也30多年了,徐峰是养在这里的。算了,老早的事就不、不、不要再说了。

徐家姆妈　阿跷,那你说怎么划？

阿　跷　我说,按各家的使用面积分。小孙、老余,都有份的。

孙惠兰　我同意！

徐家姆妈　我不同意。

徐福根　我也不同意。

徐家姆妈　我们不合算的。我们家有4口人呢！你们两家都只有2个人,老余才1个人,又从来不烧饭的。

阿　跷　你拎拎清好吗？灶披间是公用部位,公用部位向来是跟房卡上的面积对应的！

徐家姆妈　（求情）阿跷,你和你妈,底子厚,不缺钱。看在老邻居分上,你就让一点灶披间给我们吧。

阿　跷　老邻居？我摊上你们这种邻居,算我额角头碰到天花板！徐福根,你在晒台上养了那么多鸽子,鸽子粪乱拉,弄得我们天井臭气熏天。还有,你们家这么多人,以前自己家的小火表都不走的,每个月跟楼里大火表的数目都碰不拢,都要我们贴,不知道贴了多少年！

徐家姆妈　这几年不是全部装分户的电表了吗？

孙惠兰　真是奇怪,你们每个月煤气费只有3块多钱,夏天空调天天开,用电只有十度！可能吗？不是明摆着,电表煤气表都做过手脚的！

徐家姆妈　你不要瞎讲！

孙惠兰　我没瞎讲,你们再欺负人,我就举报你们！

徐家姆妈　（气焰下去了）你们俩,你帮他,他帮你,这关系,哼,我也不说了……

阿　跷　（冷笑）你瞎三话四说什么,你想吃耳光是吗？

　　　　　〔外面传来一阵敲门声。

徐家姆妈　啥人啊？

马书记　是我,居委会马美芬。

徐家姆妈　是马书记啊。

孙惠兰　马书记来了,这下好了！

　　　　　〔孙惠兰去开门,马书记带着张国华和周正辉上。

徐家姆妈　马书记,你这么早就上班啦？

马书记　这几天不是公告贴出来了吗？居民都睡不着了，我趁早上来看看。哦哟，老远就听到你们3号里声音响，怎么啊？闹矛盾啦？

孙惠兰　马书记，你来得正好。你来评评理，这个灶披间我有没有份？

徐家姆妈　要动迁了，阿拉想把公用部位划一划。哎，你是居委会书记，经验丰富，这灶披间的面积分配应该按人头分，还是按房卡上的面积分？

阿　跷　马书记啊，汇贤坊动迁到底啥时候开始啊？

马书记　哦哟，你们这么多问题，我只有一张嘴巴。回答啥人的好？好，就先回答阿跷的。公告贴出来了，这里属于旧改地块，动迁马上就要启动了。

周正辉　（纠正）是征收。

马书记　对了，现在不叫动迁，叫"征收"。来来，帮你们介绍一下，这位是区第二征收事务所总经理张国华。

张国华　大家就叫我老张好了。

马书记　这位是街道宣传科长周正辉，现在借在征收基地办公室工作。这位是徐家爷叔，这位是徐家姆妈，住在前楼和后楼的；这位是丁一尘，住在后客堂的；这位是小孙，住在厢房里的。

周正辉　阿姨、爷叔，你们好！

张国华　（仔细打量房子）你们这幢房子，好像比别的房子宽敞。

徐家姆妈　你眼光倒不错，3号是这条弄堂的"楼王"。位置最好，房间、灶间也比人家大几个平方。听说，是解放前造这弄堂的老板留给自己的。

阿　跷　楼王有啥用？再好的房子，总归也要拆掉了。

徐家姆妈　你难道还想留下来？

孙惠兰　马书记，这灶披间到底该怎么分？

马书记　小孙，徐家姆妈，你们先别急着划分公用部位。今天，张总、小周代表旧改指挥部先来听听大家的意见。

徐家姆妈　听啥意见？

张国华　就是大家是不是都希望征收？

徐家姆妈　这还用问？阿拉等动迁等了很多年了。头颈伸得老长老长的。一年一年的等，一年一年的落空。十五年前，新天地的房子动迁了，五年前，淡水路房子动掉了，去年，隔壁弄堂动掉了。等来等去，就是轮不到阿拉汇贤坊。

徐福根　谢天谢地，共产党的阳光终于照，照到阿拉汇贤坊了！

孙惠兰　我巴不得明天就搬场！要不是阿拉老公生病过世,我也不会搬到外婆留给我的老房子来。这房子,这里漏水那里钻风,老鼠蟑螂到处跑,现在这黄梅天,白蚂蚁乱飞。已经是 2014 年了,还要天天倒痰盂,这日子真难过啊。阿拉小姑娘说,都不敢带同学到家里来,现在还有谁住这种老房子啊?

张国华　这就是说,你们都同意政府征收的啰?

　　　　[孙惠兰、徐福根使劲点头。

阿　跷　慢！你来动迁阿拉,不,征收阿拉,要阿拉搬到哪里去啊?

张国华　现在征收补偿方案有好几种方式,可以拿房子,可以拿货币,可以拿安置房加货币。

阿　跷　你晓得吗? 阿拉汇贤坊,是正宗的黄金地段,哦,不对,是钻石地段。最最闹猛的市中心,最最繁华的大上海。这里有全上海最上档次的马路——淮海路,有全上海最高档的百货商店——香港广场、太平洋百货、K11……旁边还有新天地、雁荡路、思南路,有淮海公园、延中绿地,交通有地铁 1 号线、10 号线、13 号线……这么好的地段,要是补偿达不到我的要求,我要考虑考虑的。

徐家姆妈　(醒悟过来)就是,要阿拉搬也是有条件的! 老房子,住了 30 多年,也是有感情的。想当初,阿拉搬进来的时候,这汇贤坊绝对算好房子哦。你晓得吗? 楼层高足足 3 米 4,现在商品房层高多少? 只有 2 米 7、2 米 8。我家有前楼,有后楼。虽然没有卫生,但是有煤气,70 年代我娘家还在生煤炉呢!

张国华　嗯。今天我们来,就是想摸摸底。大家对征收有什么想法,都可以讲。

徐家姆妈　我们要求就近安置,阿拉一套,儿子媳妇一套,没三套黄浦区的三室一厅,我们是不走的。

马书记　徐家姆妈,你们家总共就老夫妻和儿子媳妇两代人,要三套房子啊?

徐家姆妈　阿拉现在是两代人,不过儿子已经结婚,孙子总归要养出来的呀。而且现在还有单独两胎的政策,今后要养两个孙子孙女。我没要四套房子已经蛮客气了!

徐福根　还,还有,我养了 20 多只鸽子,是,是苏、苏、苏格兰皇家血统的信鸽,得过奖的,这信鸽一只至少要补我一、一、一万块吧?

张国华　(笑)信鸽啊? 这倒是第一次听到。这位爷叔,动迁向来只安置人,不安置动物的!

徐福根　这些,这些信鸽比我的命还要紧。信鸽不安置好,我也没办法搬、搬场的。

孙惠兰　还有,房源有哪些呢?听说是新、加、坡。

徐福根　新加坡?

孙惠兰　南汇新场、嘉定、浦江镇!

徐福根　这个"新加坡"啊!

张国华　(笑)确实有一处房源在浦江镇,是浦江镇的召稼楼,另外还有宝山共康基地、浦东三林……

徐家姆妈　召稼楼我晓得的呀,是古镇,老早阿拉去旅游白相的地方。要阿拉搬到这么远的地方啊?公交、菜场、超市、医院、学校、幼儿园,一百样都没有的,怎么过日子啊?

孙惠兰　郊区我是不去的。我和女儿两个,就住 12 平方米的厢房,算不算居住困难?最好给我们市区一套房子,否则孩子读书怎么办?

阿　跷　我要 2000 万,房子 1000 万,还有个商铺 1000 万!

张国华　商铺?你的商铺在哪里?

马书记　(笑)阿跷,你不是吓我吧?你那个馄饨摊也能算商铺啊?

阿　跷　当然啦,我是经营户,这个馄饨摊是我生活来源。被你们拆掉后,我靠啥生活?

张国华　听下来,你们的要求,都不低啊!

阿　跷、徐家姆妈、徐福根、孙惠兰　(齐声)这点要求达不到,我们肯定不搬的!

马书记　咦,刚刚吵得天翻地覆,一下子又结成统一战线啦?

　　　　　[一阵咳嗽声传来,"余站长"从楼梯上慢慢下来,他山东口音,有点老年痴呆症,有时清醒,有时糊涂。

马书记　哟,余站长,你身体好吗?

余站长　小王,你好。

马书记　我是居委会的小马。

余站长　哦,你看我这记性,我把你当成我们厂办的王秘书了。

马书记　没关系。余站长啊,这里要动迁了,你要住新房子了。

余站长　住新房子?好啊。

张国华　老伯伯,你今年多少高龄?

余站长　我,我……

徐家姆妈　他今年 88 岁啦。(做手势,指指脑子)

张国华　老伯伯身体老健的。

马书记　（向张国华）这位老余伯伯住在亭子间。

余站长　（仔细打量张国华）你是……老张？

张国华　对。（奇怪地）你怎么知道的？

余站长　（激动地）老张，你不认识我啦？我是老余，余天祥啊！

张国华　老伯伯，我今天是第一次见你啊。

余站长　（失望地）你不是张政吗？你忘啦？以前，我们一起……

马书记　他叫张国华，是征收事务所总经理，年龄跟你差30几岁呢，怎么可能跟你一起工作过？

余站长　又认错人了。对不起。唉，人老了，记不清了。

张国华　余伯伯，没关系的。

余站长　（自言自语）他也不是老张，那老张在哪里呢？

阿　跷　（对张国华）他是要找以前地下党的老上级，找了好多年了。

张国华　地下党，老上级？

徐福根　这位老伯伯以前可不得了，他是老革命，解放前是地下交通站站长，阿拉都叫他"余，余站长"。

张国华　余站长，那不是电视剧《潜伏》里的余则成吗？

　　　　　〔众人笑。

张国华　这么说，余站长是离休干部啰？

马书记　是啊。老干部的思想境界就是高！当初，余站长还是厂里的党支部书记呢，就是因为思想好，一次次把房子让给厂里的职工，自己就住在亭子间，一直到现在。

余站长　我一个人嘛，10个平方的亭子间够住了。当时住房困难的人多，有的一家三口还挤一间阁楼呢。

徐家姆妈　唉，余站长，思想好有啥用？最终吃亏的是自己。你20多年前离休了，就再也没人分新房子给你了。

余站长　这不是要住新房子了吗？

　　　　　（众人笑）

张国华　各位阿姨爷叔、老伯伯，听下来，大家还是很想搬迁住新房的哦！

徐家姆妈　条件谈不拢，阿拉是不搬的。新加坡，阿拉也是不去的。

张国华　今天呢，我们是来跟大家认识一下的。征收是件大事情，不是今天讲了明天就搬这么简单的，也不是要大家马上就做决定。它事关每一户居民下半辈子过得好不好。如果阿拉双方能够达成一致，居住条件得到改善，开开心心搬到新房子里去，下半辈子的幸福指数就上去了。你们说对吗？

孙惠兰　对的。但要是谈不拢呢？

张国华　所以,我们也要把前期工作做细,做透,尽可能了解居民的需求。对一些比较集中的问题,要想出办法来解决。在之后的几个月里,大家一定会经常跟我老张打交道的。

周正辉　请大家把这张"一次征询"的单子填写一下,5 天以后我们会来收的。(发征询单)

　　　　〔众人拿征询单,窃窃私语。

孙惠兰　(念)你是否愿意汇贤坊实施征收……

徐家姆妈　这总归同意的咯,要是不同意,穷人翻身的机会就没了。

张国华　你们慢慢商量。我们就先走了。(对余站长)余伯伯,你要找老张,我来帮你找找看。

余站长　(握住张国华的手)那太谢谢你了!

　　　　(一个苍老但坚定的声音)等一等!

　　　　〔朱老太太上。

朱老太太　我不同意。

张国华　这位是?

阿　晓　她是我姆妈。

马书记　朱老太太是住在前客堂的,是这里最老的住户了。

张国华　朱阿婆,你为什么不同意啊? 你在这里住了一辈子了,舍不得是吗?

朱老太太　我是一出生就住进这房子里的。这房子,是 20 年代造的,当时是上海最漂亮的石库门弄堂,造得也最结实。我不明白,为什么要拆汇贤坊?

马书记　这是好事情呀,旁边的弄堂都拆得差不多了,终于轮到汇贤坊了呀。居民的居住条件可以得到改善了。

朱老太太　但是,老弄堂全部拆光,还像上海吗?

余站长　这倒是的。我现在出门,常常迷路。

徐家姆妈　那是因为你脑子糊涂了。

张国华　朱阿婆,这些年,上海发展非常快,要建新的高楼大厦,所以必须进行旧区改造。如果不把原来的旧房子拆除,哪有地方建高架、造地铁站、建商业中心呢?

朱老太太　不对。政府把居民动迁掉,把房子全部拆光,就可以拿着土地卖大价钱了! 你看,把居民动迁搬到老老远的地方,这里造商务楼,造高档商品房,赚了大钱的是谁? 是开发商!

[短暂的静场。

张国华　朱阿婆,现在是政府实施征收,跟以前不一样了。

朱老太太　我们这老房子很值钱的。你们敲下来每一块砖头,就是一块金子!

张国华　朱阿婆,如果你不愿意搬得远,也可以选择拿货币,就近安置的。

朱老太太　(斩钉截铁)随便给我多少钱,我也不走!要拆这房子,除非我死了。

[切光。

第二场

几天后。汇贤坊的过街楼,窗户下正对观众挂了个招牌"弄堂馄饨"。楼下就是阿跷的馄饨摊,地方尽管不大,但摆放得井然有序。一边有2个灶头,放着两个大锅,分别是炖肉汤和煮馄饨的,旁边放着各种调料,阿跷在煮馄饨;另一边是料理台,孙惠兰在边上包馄饨,桌上还有一个旧月饼盒,里面放着许多零钱。几张折叠小方桌放在过街楼下,以及弄堂里,还一些食客在吃馄饨,旁边还有几个人在排队。

[老李上。

老　李　老板,老花头,一碗小馄饨。(往桌上的月饼盒里放钱,随后在一张方桌前坐下。)

阿　跷　有数了。

　　　　(台子上放着五六个碗。他像个乐团指挥一样,动作优美、有节奏地往碗里依次放调料)

[Linda,一个30多岁的女子拿着手机边看边上。

Linda　(对着手机大声念,普通话)华丽丽的一碗!跟我们一般吃面的碗一样大,满满的都是雪白的小馄饨,上面覆盖着嫩黄的蛋皮、深紫的紫菜、翠绿的葱花、焦黄的油条丁,底下还埋藏着榨菜,硬生生把小家碧玉变成了一个浓妆艳抹的贵妇。(看过街楼招牌)找到了,就是这里,就是这里!

老　李　姑娘,你在读什么?

Linda　我在读微信上的一个帖子,叫《一碗浓妆艳抹的小馄饨》,竟然说这里的小馄饨是"贵妇",哈哈。全上海 Number one(第一)!我找了好多地方。终于给我找到了!(激动地)老板,我要一碗小馄饨。

阿　跷　（热情地）好的,小姐,你先坐。

Linda　哟,这雪雪白的是什么啊?猪油啊?（娇滴滴地）我,我这碗不要放。

阿　跷　（普通话）不能让群众吃亏!（边说边放猪油）《闪闪的红星》看过哦?

Linda　看过的。

阿　跷　里厢就有这句话的!

Linda　啊……现在还有啥人吃猪油啊?

老　李　在这里吃馄饨,老板放什么料,你就吃什么。没得选!

阿　跷　一个也不能少!张艺谋的电影看过哦?

Linda　老板,你倒是老幽默的嘛!

　　　　（阿跷把馄饨盛出,特地给 Linda 送去）

阿　跷　侬吃吃看,这放了一点猪油的汤,味道哪能?

Linda　哇,好大一碗啊,卖相老崭的。慢,停,你们都不要吃!

众食客　（停下）干嘛?

Linda　等我先拍张照片。（拿出手机拍照）这样拍一张,再来个特写!

老　李　吓我一跳,原来是拍照片啊,现在的小白领啊,吃什么都先拍照……

Linda　好,拍好了。马上发微信——一碗浓妆艳抹的小馄饨来啦!哈哈,肯定 120 个点赞。（吃馄饨）嗯,好吃,好吃,太好吃了。汤的味道好浓啊,里面东西好多啊。肉比一般的小馄饨多,而且是不放酱油的。嗯,就是小辰光的味道!

阿　跷　（得意地）我这个肉馅跟人家不一样的,不光不放酱油,还不放酒、不放生姜。

Linda　（惊讶）还能这么鲜?

阿　跷　当然,我对肉的新鲜度要求很高。

Linda　那皮子呢,好像也跟别的小馄饨不一样,有嚼头。

孙惠兰　这个馄饨皮呢,我们是买来普通的大馄饨皮,一切二,然后再压成一张小馄饨皮,这样既薄,又有韧劲。

　　　　［电视台记者海滨和摄像上。

摄　像　（望着过街楼上的招牌）弄堂馄饨!（对海滨）应该就是这里。你看,这不是典型的上海石库门弄堂吗?

海　滨　嗯,保存得这么好的石库门弄堂,现在不多了。这家馄饨店就开在这里?绝对有特色啊!好好拍,老上海人新上海人一定都感兴趣的。

（摄像拍摄石库门外景）

海　滨　请问,这里是汇贤坊吗?

孙惠兰　是啊。

海　滨　哪位是弄堂馄饨的老板?

（众人指阿跷）

海　滨　老板,您好! 我们是上海电视台新闻坊的,我是记者海滨,网友
　　　　爆料您这里的馄饨是经典的上海小吃,我们想来做档节目。

众食客　哦哟,上电视啊,阿跷这下搞大了。

老　李　看,我没说错吧,跷脚馄饨就是灵。你们晓得吗? 他本来就是又
　　　　一村的大菜师傅! 又一村,南京路上的老字号点心店,味道不要
　　　　太崭哦,后来动迁拆掉了。

（海滨指挥摄像将镜头对准阿跷。）

海　滨　老板,请问尊姓大名啊?

阿　跷　(冷冷地)不好意思,请你们不要拍!

海　滨　为什么?

阿　跷　不为什么,我不喜欢。

海　滨　哎,这年头,怎么还有人不喜欢上电视的? 你不知道吗? 上了我
　　　　们节目的那些小店,像阿娘黄鱼面啦,阿姨奶茶啦,霍山路大饼
　　　　油条啦,拍了以后,生意不是火爆,而是疯狂啦!

孙惠兰　阿拉介小的地方,也没办法让粉丝疯狂。一疯狂,城管要来了!

阿　跷　你们拍电视收多少广告费?

海　滨　老板,你误会了。我们是新闻节目,不收广告费的。不过,播出
　　　　后的效果比广告还要好呢! 怎么样?

阿　跷　谢谢你……

海　滨　不用谢,那我们开始了。请问……

阿　跷　等等,我话还没有说完呢。谢谢你,还是不用了! 你请吧!

海　滨　啊?

摄　像　海滨,算了吧。这个老板真是个奇葩。人家那么多饭店都求上
　　　　我们"弄堂味道"栏目,我们都没去,专门来拍他,他倒这么"买
　　　　门"。走吧!

海　滨　(对阿跷产生了兴趣)不行。不能就这么走了。

摄　像　你也真是的,干嘛热面孔贴冷屁股?

海　滨　这个弄堂馄饨,让我觉得越来越有意思了。等等。(对阿跷)那,
　　　　我们买两碗馄饨可以吧?

110

阿　跷　排队!

海　滨　行。多少钱一碗?

阿　跷　5元。

海　滨　哪里买单?

孙惠兰　自己扔在月饼盒子里就可以了。

海　滨　(往月饼盒放钱)2碗,10块。这倒蛮稀奇的。

阿　跷　这有啥稀奇的?都是街坊邻居,到你家吃碗馄饨,你好意思一块
　　　　两块算得清清爽爽?像真的一样的。

海　滨　老板,你真有个性!不过,你生意这么好,总免不了有素质差的
　　　　人吧,白吃了就跑?

孙惠兰　基本上没有。这么多年来就收到过一张假的20元。

海　滨　(感慨)是吗?没想到现在还有这样的地方。因为信任,因为熟
　　　　悉,小小馄饨摊充满了温情,老弄堂的温情。

老　李　嘿嘿,你们不知道,他家的小馄饨,味道特别就在于这一调羹汤
　　　　底。(指那个陶钵)哎,阿跷,你的汤料里面到底有什么花样经
　　　　啊?是不是放了罂粟壳?

阿　跷　老李,你不要瞎三话四。乱七八糟的东西怎么能放呢?这个配
　　　　方是我独门研究出来的,有知识产权的。

海　滨　(好奇地)能看看吗?(伸手去拿陶钵)

阿　跷　不要碰,打碎了不得了,要值100万呢!
　　　　(海滨大笑)

海　滨　(对镜头,拿腔拿调)值100万的宝贝钵头,里面装的是什么呢?
　　　　老板的独门秘方,不外传。5元一碗的馄饨有这么多讲究,真是
　　　　没想到!

阿　跷　老上海人么,哪怕吃碗馄饨也是要讲究的,不能马马虎虎的。

海　滨　老板,你真让人佩服!其实人生不就是如此吗?只要认认真真
　　　　做好一件事,哪怕是一碗小馄饨,也就够了!

Linda　(普通话)好励志啊!这碗小馄饨,变成一碗心灵鸡汤了!

阿　跷　(笑)小阿弟,你工作很认真。不是我不配合。你不知道,我们这
　　　　个弄堂就要拆了。所以你拍了也没用。等你节目播出来,房子
　　　　也全部拆光了,人家要来找我的馄饨摊都找不到了。

海　滨　(吃惊)这么好的弄堂要拆啊?真可惜!

阿　跷　是啊,很可惜。这是这一带最好的一条弄堂,无论是结构还是布
　　　　局,还是建筑质量,当时都是一只鼎的。

Linda	这条弄堂要拆掉？我反对！这几年上海的弄堂拆来拆去都没了。听说,这条弄堂里还有郁达夫的故居呢！
阿跷	不是郁达夫的故居,是郁达夫在这里谈过朋友。
海滨	是吗？就是写《沉沦》《春风沉醉的晚上》的大作家？太有意思了！他是和谁在这里谈恋爱的？
阿跷	王映霞,听说过吗？
海滨	好像有的,是郁达夫第二位妻子？
阿跷	我听阿拉姆妈讲,那时候郁达夫的老同学孙百刚住在阿拉汇贤坊40号,郁达夫是来看孙百刚的,遇到了借住在亭子间的杭州美女王映霞,他对王映霞一见钟情,尽管他已经有老婆了,还是对王映霞死缠烂打……
孙惠兰	这个郁达夫,倒是蛮花的嘛。
阿跷	作家嘛,感情都很丰富的。
Linda	郁达夫和王映霞是民国年间很有名的一对情侣,被誉为"富春江上神仙侣",不过这对神仙侣最后也是以分手告终。没想到他们的爱情故事,就发生在汇贤坊。
孙惠兰	故事虽好听,也是80多年前的旧事了。你这么喜欢老弄堂,你倒是来住住看？(抱怨)只有住在里面的人才知道,灶披间都是公用的,天天为了抢地方吵架；没卫生,还要倒痰盂,或者到隔壁的香港广场去上厕所；晾衣服都没地方……
海滨	的确是一对矛盾。老房子里的居民盼望着动迁,好搬新房,改善居住条件。这些年来,上海不断拆迁,很多很多老百姓告别了马桶,城市面貌也日新月异。然而,与此同时,老的街区在推土机的轰鸣中不复存在,石库门弄堂一条接着一条的消失。一起消失的,是这座城市的记忆。真没想到,汇贤坊这样一条有故事的弄堂,也没有逃脱被推土机推倒的命运。
Linda	那就是说,以后再也吃不到你的小馄饨了？
老李	阿跷啊,以后你会再到其他地方摆馄饨摊吗？
阿跷	大概不会了。
海滨	老板,我想做一条关于汇贤坊的片子。
阿跷	这倒可以,留点纪念也好。
老李	走,我带你去看看。
海滨	谢谢。
Linda	我也去看看。老板,再会！

阿　跷　再会!

　　　　　〔海滨、摄像等人下。余站长上。

阿　跷　余站长,你回来啦?

余站长　人老咯,腿脚不行了。就站了这么一会儿,就僵得吃不消了。

孙惠兰　余站长,快坐一会儿,让阿跷给你下碗馄饨。

阿　跷　你今天又去老地方接头啦?

余站长　对,不,没有没有,我就是在那边路口站了一会儿,看看风景。

阿　跷　我晓得的。今天等到你的上级了没有? 接头暗号是什么?

余站长　(轻声)嘘。这是秘密,不要哇啦哇啦的。(一本正经地)我没有
　　　　上级的。

阿　跷　那你的情报藏在什么地方?

余站长　什么情报? 我哪有情报? 不信你搜好了!

孙惠兰　(对阿跷)老头子是当真的,你就不要逗他玩了。

　　　　　〔徐家姆妈匆匆上。

徐家姆妈　阿跷,小孙,告诉你们一个坏消息:动迁组的人说,现在有新规
　　　　　定了,公用部位一律不算面积了。

孙惠兰　啊? 公用面积不算? 那徐家姆妈你的晒台也不算,阿跷,你们家
　　　　的天井也不算?

徐家姆妈　都不算。

阿　跷　所以呀,那天你那么起劲地抢地方,也是白抢。

徐家姆妈　唉,是的呀。阿跷,小孙,不好意思了。其实,这么多年,阿拉
　　　　　邻居道里,还是蛮好的。我也是没办法,想想动迁来了,最后一
　　　　　次机会了,总归要帮儿子搞一套房子吧?

孙惠兰　那么公用部位不算,大家都要吃亏了!

徐家姆妈　这下亏大了!

阿　跷　这是绝对不合理的。

徐家姆妈　我肯定要去吵的。你们呢?

孙惠兰　这是肯定要吵的。

阿　跷　你们不要急,到哪里去吵,有讲究的。是到动迁组,还是到区政府,
　　　　还是到市政府? 晚上大家一道商量一下再说。

徐家姆妈　我就知道,阿跷办法多。那么,就等你们回来再说。(对余站
　　　　　长)余站长,吃好啦?

余站长　吃好了。

徐家姆妈　我扶你回去吧。

［徐家姆妈挽扶着余站长下。远处传来一阵歌声："你是我的小呀小苹果儿,怎么爱你都不嫌多,红红的小脸温暖我心窝,点亮我生命的火,火,火……"动迁老六边唱边上。

阿　晓　啥人唱得这么吓人!阿六头,是你啊?

动迁老六　嘿嘿。你这里老闹猛的,刚刚在拍电视啊?

阿　晓　好几年不见,阿六头,你的头发怎么变成"荷包蛋"啦?

动迁老六　老了呀,都是50出头的人了。你倒是没啥变,卖相还是这么好。

阿　晓　不要嘲人了。今天怎么有空过来?来,吃碗馄饨吧。

动迁老六　老同学,就不客气啦。(坐下)我做啥来?我是来恭喜你呀!

阿　晓　我有啥好恭喜的?

动迁老六　一来恭喜你上电视,二来恭喜你轮到动迁了。

阿　晓　动迁有啥好恭喜的?

动迁老六　你不懂!你要发财啦。

阿　晓　瞎讲有啥讲头!阿六头,你现在怎么样?还在做黄牛吗?最近八项规定出台,月饼票、OK卡生意不大好了吧?你下岗了,所以晃到我这里来了,对吗?

动迁老六　你不要看不起黄牛。黄牛是什么人?黄牛是中介!人家英国的英超足球比赛,也有黄牛倒票子。有一个经济学家曾经说过:黄牛开出的价格是最能反映这件商品真正价格的。所以,阿拉是市场经济的风向标。啥地方热闹,啥地方就有阿拉这种人的存在。

阿　晓　你头子不要太活络哦,老早你在红房子西餐馆门口倒卖外烟、外汇券,在外服公司门口倒卖电器指标,后来又倒卖演唱会票子、倒卖外汇……周立波说的"打桩模子",就是你!(学)朋,朋友,帮帮忙好哦?

动迁老六　朋、朋友,帮帮忙,老黄历不要翻了。我老早不"打桩"了!

阿　晓　那你做什么?

动迁老六　就在忙动迁呀!

阿　晓　你还在忙动迁?你们家不是五六年前就动迁掉了吗?

动迁老六　你不知道了,我自家动迁了以后,我摸出一套对付动迁组的经验,后来就专门帮其他动迁户的忙。当然,我也不是白帮忙的。哪里有动迁基地,哪里就有我动迁老六。你晓得哦?这个生意好做。两只手甩法甩法进去,钞票麦克麦克进来;汗衫背心进去,皮夹克出来;脚踏车进去,别克轿车出来。你看,就做了三四年,我新房子也买好了!(晃晃手里的手机)看,最新的 i-Phone 6!

阿　跷　(恍然大悟)也就是说,你从打桩模子变成"动迁黄牛"了?

动迁老六　"动迁黄牛"很难听的,我是中介,中介。所以,听说你们家要动迁了,我是特地来帮你忙的。

阿　跷　哟,老同学这么好啊? 你可以帮我什么忙呢?

　　　　〔动迁老六从手提包里拿出一份厚厚的材料。

动迁老六　你看,我动迁组上头都有人认识的,好多家人家的资料我都有。这里面,都是有花头的。

　　　　〔孙惠兰专注地听着,慢慢走过来。

阿　跷　啥花头?

动迁老六　喏,你们动迁组来过了哦? 二次征询签约马上要开始了,你准备怎么办?

阿　跷　我还能哪能办,只有一条路——钉子户!

动迁老六　好,思路清爽! 这只钉子一定要钉到底,无论如何不能松。这政策,你晓得哦? 不要管它是叫动迁还是叫征收,什么阳光,什么公开,反正总归老样子,补偿方案就是喇叭裤,上头小,下头大,摒到最后总归要放开来的。这只喇叭口开得多少大,就看你摒功多少大。

孙惠兰　(听得入神)补偿方案是喇叭裤,有道理!

阿　跷　是的,我还有只商业网点呢,伊拉不给我足够的补偿,我是不走的,我还是残疾人呢。

动迁老六　还有一个办法,可以多捞一点。

阿　跷　啥办法?

动迁老六　你个人问题,还是老样子?

阿　跷　你晓得的呀,20 年前,又一村点心店关门了,我变成失业人员了,摆只馄饨摊,啥人会看得上我?

动迁老六　你真傻。我跟你说,现在动迁,尽管是数砖头,但是如果人口多,可以认定为居住困难,再拿一笔补偿,一只户口就是 25 万!你看,这样好不好,我帮你介绍一个人,她户口进来……

阿　跷　谢谢你,谢谢你。这种事情我不做的。我要摒,就正大光明地摒。弄虚作假的事我不做的。

孙惠兰　(走过来)阿,阿六头先生,我想问问你……

动迁老六　你叫我老六就可以了。你是?

阿　跷　她是我的邻居,姓孙,住在厢房里,老罪过(可怜)的。

动迁老六　（热情地）小孙,你把家里情况给我讲一讲吧。

孙惠兰　我和女儿两个人住在 12 平方米的厢房里。女儿在这附近读书,我不想搬到郊区去,你叫我怎么办?

动迁老六　那你是单身?

孙惠兰　老公过世了。

动迁老六　（高兴地）好!（醒悟过来）哦,可怜可怜。

孙惠兰　他是尿毒症,先做血透,后来说可以换肾,我把家里的房子卖了付手术费。没想到,换了肾才一年多,就不行了,还是走了。（带着哭腔）就这样,人财两空……

动迁老六　你不要急,我来帮你出个主意。（在她耳边压低了声音。）

孙惠兰　（惊吓）什么? 乡下人?

动迁老六　这样吧,（摸出一张名片）这是我手机。

孙惠兰　（念名片）动迁"帮你忙",中介"搞得定",陆小毛。

动迁老六　对。你考虑好了找我。手机联系哦!

　　　　　〔动迁老六下。

阿　　跷　小孙,你真的要找个乡下人假结婚啊?

孙惠兰　那怎么办呢? 老六讲这样可以多拿好几十万。多几十万,我就可以在市区买套两手房了,女儿也不用转学了。

阿　　跷　不过,假结婚毕竟是有风险的哦,要是这个男人最后不肯跟你离婚怎么办?

孙惠兰　啊?

阿　　跷　他拿了结婚证,是有权利住到你的房子里来的。

孙惠兰　这……这,不会吧?

阿　　跷　有啥会不会的。世界上哪有那么好的事情?

孙惠兰　哦,这我倒要考虑考虑。

　　　　　〔马书记、周正辉引着汪主任上,徐福根悄悄跟上。

马书记　汪主任,这就是汇贤坊,你看,这弄堂很宽,当年还好开汽车呢!

汪主任　（不屑）弄堂再宽,也是老房子,破破烂烂的,全部拆平以后,造五星级酒店、超高层的商务楼,才跟这淮海路相称。嗯,弄堂馄饨。这里怎么有个摊头?

马书记　哦,这个人是住在 3 号的,就是旁边的房子。没办法,他当年下岗了,找不到工作,就摆了个馄饨摊,好多年了,现在做得名气越来越响了。

汪主任　嗯。他也不肯签约?

马书记　不肯。

孙惠兰　马书记,你来啦?

马书记　是的,陪领导来看看。这位是街道的汪主任,兼汇贤坊旧改分指
　　　　挥部副总指挥。

汪主任　(官腔十足)大家要搬新房子了,开心哦?

孙惠兰　唉,阿拉是"没有动迁盼动迁,有了动迁愁动迁"……

汪主任　愁点啥?一次征询高比例通过,二次征询马上就要开始了,你们
　　　　赶紧准备签约搬场吧!

徐福根　领、领、领导,阿拉老婆叫我来问问看,为啥公用部位都不算面
　　　　积了?

汪主任　这是区里新的规定。就是因为公用部位分割难,矛盾多,所以统
　　　　统不算。

阿　晓　这不讲道理嘛!灶披间是在房子里面的,又不是在外面搭的违章。

汪主任　说不算,就是不算。

孙惠兰　(鼓足勇气)领导,动迁安置房的房源太远了,这点补偿款,不够
　　　　阿拉在附近买房子的。能不能考虑一下阿拉实际困难?

马书记　汪主任,她家是比较困难的,单亲妈妈,带着一个孩子,也没正式
　　　　工作。征收政策中有啥好照顾的吗?

汪主任　动迁嘛,肯定是要搬得远一点的。但是你想呀,房子大了,原来
　　　　不成套的,现在成套了。这居住条件,跟现在是一个天一个地!
　　　　快点签约,还有奖励好拿,晚走就没了。

汪主任　还有,这个馄饨摊,快点拆掉哦。

阿　晓　为啥?

汪主任　这本来就是违章设摊啊。你有营业执照吗?

阿　晓　我去办过营业执照的,工商所不批!

汪主任　当然不批了。你有店面吗?你经营场所符合要求吗?

阿　晓　这是历史遗留问题,我管不了那么多。当年街道鼓励阿拉下岗
　　　　职工自谋职业的,居委会同意我在这里摆摊的,我还交给居委会
　　　　管理费呢!

马书记　以前是收过的,不过后来就不收了。汪主任,他是残疾人,这样
　　　　也算自食其力,是不是可以作为特殊情况……

汪主任　特殊情况?我看没啥特殊!反正这种没证的摊头,一律先拆!

阿　晓　那么补偿呢?

汪主任　(轻蔑地)没证的还想要补偿?

阿　跷　没补偿,啥人肯拆?

汪主任　这就是说,你们都要做钉子户咯?

阿　跷　也不是阿拉想做钉子户。条件谈不拢么,怎么搬?

汪主任　(对马书记)真是一帮刁民!

阿　跷　(大怒)你说什么? 谁是刁民? 说说清楚!(欲挥拳)

周正辉　(挡在汪主任面前)哎,别打别打!

孙惠兰　这算什么领导,乱骂人!

汪主任　(生气地)谁做钉子户,谁就是刁民! 我最后说一句,你们,不管
　　　　自家房子还是摊头,都要考虑清楚,如果在 3 个月之内不签的
　　　　话,就要走司法程序了。(威胁地,声音越来越大)如果旁边人家
　　　　都搬走了,你们这里就可能要断水、断电、断气,最后,就要强迁,
　　　　敲房子。到那个时候,你们不要哭着来找我!

阿　跷　我就不走。我倒要看看,啥人敢来强迁我!
　　　　[切光。

第二幕

几天后的下午。汇贤坊 3 号。这一幕有三场,场景分别是天井
阳光房、灶披间和前楼。

第一场

天井里有一棵粗大的夹竹桃树,无数粉色的花朵开得正艳。阳
光房里种了好多花,布置得十分温馨,有一个欧式小圆桌,蒙着
格子的桌布,上面放着一些西式咖啡具和几块饼干。

阿　跷　姆妈,你最近血压还高吗? 黄梅天,有点闷的。

朱老太太　还可以。

阿　跷　姆妈,二姐发了个 E-mail 过来。

朱老太太　噢,她好哦?

阿　跷　她蛮好,姐夫也不错,老板又给他加薪了。小俊高中毕业了,拿
　　　　了墨尔本大学的全额奖学金。

朱老太太　（高兴）小俊这小囡争气的。

阿　跷　二姐又说，准备接你到澳洲去养老。

朱老太太　我不去。

阿　跷　她说，那里空气好，没有雾霾，水质好，吃的东西安全，没有农药激素，冬天有暖气，夏天不热，过去住住你的哮喘肯定会好，肯定长寿。

朱老太太　外国我不习惯的。

阿　跷　姆妈，你是中西女中毕业的，英文也会讲的呀，不像其他老人，ABC也不认得，到了外国就是哑巴聋子和瞎子。

朱老太太　前几年你二姐接我去住过一段时间的。澳洲这地方好是好，就是厌气（寂寞）。房子都是独门独户的，他们上班去了，我讲话的人都没有。要出去兜兜呢，那种地方，没有汽车根本出不了门。而且，外国吃的东西也不一样，还有，这晚报也看不到。上海生活多少便当呀？（抬头望望夹竹桃）再说，人老了，只有叶落归根，哪有客死他乡的？

阿　跷　姆妈，你不要说死不死的。你身体这么好，活到100岁没问题的。

朱老太太　活到100岁也是说说的，要是像亭子间余老伯伯那样，脑子糊里糊涂，活得再长，有什么意思？

阿　跷　这倒也是。我小时候，"余站长"多少神气啊，老革命，厂里的支部书记，人也热情。现在呢，整天只记得解放前的那些事。

朱老太太　是啊。他解放前就住在这里了。

阿　跷　姆妈，你澳洲真的不想去啊？

朱老太太　不去。

阿　跷　上海虽然好，不过要是叫阿拉搬场，老房子拆掉，你肯定要心里难受的。

朱老太太　（吃惊）真的要搬啊？我还是不大相信。

阿　跷　姆妈，这次汇贤坊看样子是保不住了！

　　　　　〔敲门声。

阿　跷　谁啊？

张国华　我是老张。

　　　　　〔阿跷开门，见张国华，把他堵在门口。

阿　跷　（冷冷地）你来干嘛？

张国华　我来看看朱阿婆的。

阿　跷　你不来还好，你一来，她心脏病就要发了！

张国华　是吗？我有这么可怕吗？

阿　跷　你来，肯定是要逼我们签约的。不可能！

张国华　不是要你们签约，是想和你们谈谈。

阿　跷　没什么好谈的。（做往外请的动作）

朱老太太　一尘，请张先生进来吧。

　　　　　［阿跷不情愿地让张国华进屋。

张国华　（进屋）朱老太太，这几天身体好吗？（把手中的西点放在桌上）

朱老太太　张先生，东西你不要拿来。你请坐。

张国华　谢谢。

朱老太太　张先生已经是第二次来我们房子了。我想问问你，汇贤坊要
　　　　　拆，是真的吗？

张国华　是的。

朱老太太　前几年不是也传过要动迁，户口也冻结了，结果不是也没声
　　　　　音吗？

张国华　哦，我知道的。当时这块地批给了香港老板，结果 2008 年金融
　　　　　危机来了，老板资金链接不上，动不动了。

朱老太太　就是啊，那时听到不动迁的消息，我几何（多少）开心啊。我儿
　　　　　子把老房子装修了一下，在楼梯间里把电马桶装好，淋浴房也做
　　　　　好了，还搭了这间阳光房，住住还是蛮适意的。

张国华　没想到，老房子被你们装修得这么好！

阿　跷　这间阳光房啊，我老早就想搭了，楼上的鸽子粪一天到晚滴滴答
　　　　　答，不晓得要落下来多少。现在既多一间房间，养养花，又干干
　　　　　净净。

朱老太太　是啊，我本来想，这辈子的归宿总归是在这里了。

张国华　朱老太太，我知道，您对这老房子有感情，要离开这里是很难过
　　　　　的。我很理解您。不过，现在不是开发商来动迁，而是政府来征
　　　　　收，征收以后怎么开发还没有定。而且，一次征询已经通过了，
　　　　　比例是 97％！

朱老太太　97％，就是说……

张国华　就是说，一两个人不同意也没用，绝大部分人同意，就实施征收
　　　　　了。二次征询也开始了。

朱老太太　这房子要拆，我真是心痛啊。这么好的房子……

阿　跷　今天下午，一个街道主任又来催过了，说我们不走，就要强迁！

张国华　哦，现在要依法办事，不能随便强迁的。朱老太太，您是汇贤坊

最老的住户了,我想听听您对征收有什么要求?

阿　跷　什么要求?同样地段、一模一样的房子给我妈分一幢!

张国华　呵呵,这个要求倒是难度蛮高的。朱老太太是不想离开淮海路吧?我们想办法给您就近安置,您看好吗?

阿　跷　姆妈,我本来想,你最近就到二姐那里去住住,眼不见为净。

朱老太太　我更不能去啦。你外公叮嘱过我的,这房子里有他的心血,要我无论如何保护好。

阿　跷　(惊讶)姆妈,外公在这房子里藏了宝贝?是什么?

朱老太太　这条弄堂都是他的宝贝。

张国华　整条弄堂?

阿　跷　姆妈,这你从来没有对我们说过。

朱老太太　你们晓得吗?汇贤坊是啥人设计的?

阿　跷　应该是外国人设计的吧?这里以前是法租界,会不会是法国建筑师设计的?

张国华　是不是邬达克,设计国际饭店的?

朱老太太　(摇摇头)都不是。

阿　跷　那是谁?

朱老太太　(对阿跷)你还记得外公吗?

张国华　难道是您父亲?

朱老太太　(点点头)我父亲年轻时去法国留学,学的就是建筑。回来后,他在法国人的建筑事务所工作了几年。1925 年,事务所接到了一个项目,一家外国房地产公司要在这里造里弄房子,事务所发起了一场竞赛,让所有的设计师都拿出设计图来参加,结果我父亲设计的图纸得了第一名,而参赛的其他设计师都是外国人。

阿　跷　外公真厉害,为阿拉中国人争光!

朱老太太　房地产公司老板说,他的设计堪称中西合璧,门面是西班牙巴洛克风格的,有弧形山墙,有漂亮的线条、花饰,还有落地窗,跟霞飞路上房子的风格统一;到了弄堂里面呢,完全是新式石库门风格,清水红砖,有中国江南民居的特色。

阿　跷　(激动地)也就是说,汇贤坊是外公的作品!

朱老太太　是的。汇贤坊,这名字也是他起的。有“群贤毕至,汇聚一坊”的意思。

张国华　好名字,好房子。

朱老太太　在 20 年代,这弄堂房子要算最挺括的了。住进来的都是大学教授、洋行职员、证券公司交易员。一家住一幢，都是用金条顶下来的。

张国华　你们家怎么也会住在这里的？也是老一辈用金条顶下来的？

朱老太太　我们家用不着的。房子造好后，我父亲正好和姆妈结婚成家。开发商说，这个弄堂设计得太漂亮了，特别允许让建筑师一家住进最好的3号里。后来，我和两个兄弟都出生在这里。

阿　跷　就是呀，我小的时候，记得楼上楼下都是我们一家的，一直到"文化大革命"，房子被占了，变成72家房客了。后来，外公被批斗……

朱老太太　你外公被打成"特务"，说他"里通外国"。你外公是最最爱国的，什么时候里通外国了？那天，红卫兵押着我们一家到台上去批斗，外公脖子里还挂了一块"外国特务"的牌子，外婆和我也作为特务家属，被剃了阴阳头。你想去救外公，刚刚冲到台上去，被他们从台上推下来，你的脚……那时候，你才7岁啊！

阿　跷　姆妈，我永远也不会忘记，外公被批斗被打骂没有哭，后来看到我的脚，他抱着我哭了。

朱老太太　（流泪）你外公是个有自尊心的人。他怎么也想不到，自己会给家里人带来这么多灾祸。于是，他就，就走了。

阿　跷　姆妈！不要说了。

张国华　朱老太太！（握住她的手）我父亲在"文革"中也吃过苦头的，他是地下党，他们说他是叛徒……

朱老太太　父亲是走了，可这么多年来，我住在他设计的房子里，就好像他还在一样。可是，没想到连汇贤坊都要没了……（伤心）

阿　跷　张总，你听到了吗？这房子，这房子是有价值的，怎么可以随便一拆了之呢？

张国华　难怪弄堂口挂着优秀历史建筑的牌子，原来如此。

朱老太太　你外公还叮嘱我，要看好他的宝贝。可是……

阿　跷　姆妈，要阿拉搬场，也没这么容易。我坚决不走。

张国华　原来是这个原因，朱老太太怎么也不肯搬家啊！

朱老太太　（缓缓地点点头）我是不会离开这栋房子的。

阿　跷　我要把外公的故事发到网上去。把汇贤坊的历史告诉大家，这不是一般的石库门房子，这是中国建筑师的骄傲！

张国华　朱老太太，您今天讲的事情很重要。

朱老太太　（悠悠地）一尘啊，这棵树，还是搬进来那年，你外公亲手种的。

〔暗转。

第二场

[灶披间灯光亮。孙惠兰在那里洗菜。敲门声响起。

孙惠兰　啥人呀?

[门外传来动迁老六的声音:"是我呀,老六。"

[孙惠兰开门,动迁老六上。

孙惠兰　陆,陆先生,你不是说下星期来的吗?

动迁老六　时间紧,来不及了。是这样的,最新消息:二次征询的签约下周一就要开始了。你要是还没办好结婚手续,到时候他们不会认定户口的。

孙惠兰　但是,我还没有考虑好呢。

动迁老六　有啥好多考虑的呢? 你房子小,对吗?

孙惠兰　对。

动迁老六　你人口少,对吗?

孙惠兰　对。

动迁老六　现在规定公用部位不算面积,对吗?

孙惠兰　对。

动迁老六　你不想搬到郊区动迁安置房去,对吗?

孙惠兰　对。

动迁老六　那不就行了吗! 除了假结婚,你还有什么办法,可以多捞点动迁款?

孙惠兰　没办法。

动迁老六　所以,我给你出的这个主意,绝对是金点子,还有什么好考虑的呢? 过了这个村就没这个店了!

孙惠兰　我想,这种事情,总归不大好。

动迁老六　有啥不大好? 你一个单身女人,再结婚不是很正常的。好了,你不是嫌弃安徽人,说他们是乡下人,土里土气吗? 所以,我帮你找了个人跟你结婚。

孙惠兰　谁啊?

动迁老六　远在天边,近在眼前。

孙慧兰　啊,你?

动迁老六　是啊。

孙惠兰　不行,不行。

动迁老六　小孙,你不要顾虑太多。阿拉办的是假结婚,你放心,我一根汗毛也不会碰你。大家都是为了人民币嘛。

孙惠兰　这种事,总归不好。

动迁老六　这种事情很多的。就拿我来说吧,我已经离婚结婚 12 次了。

孙惠兰　（大惊失色）几次?

动迁老六　12 次了。

孙惠兰　一打啊?

动迁老六　对啊,我离婚的对象排好队,都有一个班了!

孙惠兰　你都跟谁结婚、离婚的?

动迁老六　你晓得吗? 这几年上海到处都在动迁,结婚、离婚都可以捞一票的。第一次,5 年前,我自己家动迁,我跟老婆离婚,三口之家,本来只有一套房子,离婚了,一家人家一拆二,不是就必须安置两套房子? 白白里捞进一套房子。后来,有人叫我帮忙,说伊拉家遇到动迁,阿妹是单身的,如果跟人家结婚就好多拿一份人头费。我就跟伊拉阿妹办了张结婚证。动迁结束,我拿到"劳务费",立马就跟她办了离婚。就这样呀,结婚离婚,离婚结婚……

孙惠兰　结婚离婚,离婚结婚……你平均几个月结婚、离婚一次啊?

动迁老六　平均四五个月吧,用现在时髦的话说,就是闪婚、闪离啊!

孙惠兰　这不成"结婚专业户"了?

动迁老六　也是"离婚专业户"!

孙惠兰　动迁组、公安局不来查你的吗?

动迁老六　不查的。我结婚离婚都是正当的。（从皮包里拿出厚厚一叠红色的小本子）看,离婚证都在这里。

孙惠兰　那,你有小孩吗?

动迁老六　有的。一个男孩,18 岁。我把他户口迁过来,你家人口一下子翻个倍,补偿好多拿几十万。

孙惠兰　真的啊?

动迁老六　真的。怎么样? 没什么问题的话。明天我们就到民政局去办登记手续。

孙惠兰　那,你的"劳务费"是多少呢?

动迁老六　这都是有行情的,又不能瞎开价的。

孙惠兰　那大概多少?

动迁老六　我不是跟你说了吗? 四六开。你拿大头,我拿小头。

孙惠兰　那,什么时候离婚呢?

动迁老六　钱一到我账上,马上就去离。

孙惠兰　（犹豫）我……我还是觉得不大好。陆先生,我看还是算了吧。谢谢你。

动迁老六 （不高兴地）为什么？

孙惠兰 因为，因为……

动迁老六 你快点说呀。

孙惠兰 因为，你是阿跷的朋友。

动迁老六 （轧出苗头）噢，我知道了，你跟阿跷（指客堂间）……有点意思！

孙惠兰 （不好意思）哎，你不要瞎猜。

动迁老六 不要不好意思嘛，你们是一幢房子的邻居，又在他的店里帮忙，日久生情，也是很自然的。蛮好蛮好。

孙惠兰 不是的，你不要误会。我是想，万一以后再嫁人，人家看我，又是闪婚，又是闪离的……

动迁老六 哦，我知道了。不过机不可失，时不再来，动迁机会，对你这样的人家来说，一百年就一次。（下决心）这样吧，你也不用跟我去民政局了。我帮你做一张证就可以了。

孙惠兰 做一张证？结婚证？

动迁老六 对的。

孙惠兰 怎么做？

动迁老六 这你就不要管了，只要给我一张照片就可以了。我去帮你 P 成一张合影，贴上去，哈哈。

孙惠兰 做假证，不行的吧？动迁组那里会穿帮的。

动迁老六 你又外行了，我上面有人，不会穿帮的。

［动迁老六拿出手机，拨号，接通。

动迁老六 阿哥，你好，我是老六呀……领导最近好吗？忙得脚也掮起来啦？哎，动迁么，哪能不忙呢？你身体要保重啊。对了，领导，有件事情要向你汇报一下。我有一个朋友，就在你们基地。女的，单身带一个小孩，最近又结婚了，结婚证刚刚办出来……这件事，你看？哦，材料正常送过去？你会审查的？OK，OK。姓名地址我马上发短信给你。谢谢！谢谢！大家有数。再会！

动迁老六 （挂了电话）看到吗？全部搞定了。

孙惠兰 （将信将疑）真的啊？

动迁老六 那还有假？不需要去民政局登记了！这结婚证他们肯定会认的，到时候补偿就会按 4 个人来。

孙惠兰 （下决心）那好，我去拿照片，你等一下哦。（转身下）

动迁老六 好。

［暗转。

第三场

[楼上灯光亮。晒台上，徐福根正在收拾鸽棚，并跟鸽子讲着话。

徐福根 咕咕，许文强，过，过，过来，冯程程，过，过，过来，来。哎，007，你今天怎么啦？精神不大好？是不是晓得没多少时候可以在这里，飞，飞，飞了？不要担心，有我的房子，就，就，就有你们的鸽棚。

[蓦地，传来一阵清脆悠扬的鸽哨，一群信鸽齐刷刷地飞上了天。徐福根目送鸽子飞远。

[前楼，徐家姆妈正在跟儿子徐峰讲话。

徐家姆妈 （在计算器上按来按去）前楼14平方，后楼8.2平方，加起来22.2。

徐　峰 姆妈，还有阁楼，有9平方呢。

徐家姆妈 阁楼呢，不是全部面积都好算的。1米7以上全部算，1米2到1米7算一半面积的，1米2以下不算的。晓得哦？阿拉房票簿上记录的是6.3平方，加起来是28.5。28.5平方，这是阿拉总的居住面积，乘以1.54等于建筑面积。28.5.6乘以1.54，等于，等于43.89，四舍五入，43.9。阿峰，现在一个平方的评估价是多少？

徐　峰 3万多吧，前楼3万4，阁楼大概少一点。哦，还有0.3的价格补贴。

徐家姆妈 算它3万4，43.9乘以3万4，再乘以0.3的价格补贴，总共是，总共是，一九四零零零，让我数一数噢，一只零，两只零，三只零……是1940万！

徐　峰 1940万啊，姆妈，阿拉发财了！市中心房子一套碰顶800万吧？两套就是1600万，你和爸爸一套，我和小芳一套。还好多300多万呢！

徐家姆妈 （惊呼）哦哟，不对不对，让我再数一遍，一只零，两只零，三只零，应该是194万元……

徐　峰 （一下子泄气）啊？姆妈，这一只零也好推板（相差）的啊？你这几（这下）空心汤团给我吃得厉害哦！

徐家姆妈 （发愁）唉……福根，福根，快点下来，有事情跟你商量。

徐福根 来了，来了。（从晒台上下来）

徐家姆妈 你看，根据动迁组公布的补偿方案，我们家数砖头只有194万。

徐福根 194万，也蛮多的了。

徐家姆妈 你懂啥？就算再加上一些奖励费，230万碰顶了哦？这点钱，市区一套三室一厅也买不到。

徐福根 这点钱，到郊区买两套动迁安置房倒，倒，倒也够了。

徐家姆妈 够你个大头鬼！郊区我是不去的。

126

徐福根　我又没说非要到郊区去不可！不过郊区地方大,可以搭鸽棚。

徐家姆妈　本来我想好的,灶披间至少好弄到 6 个平方,再加晒台是阿拉
　　　　　独用的,7 个平方,这十几平方,加起来也有好几十万呢。

徐　峰　天晓得怎么会出台这样一个新规定的,公用部位一律不算！真倒霉。

徐福根　我,我还有鸽棚和鸽子呢！

徐家姆妈　你捏鼻头做梦吧。灶披间也不算,鸽棚会算啊?

徐福根　唉……

　　　　　〔动迁老六从楼梯上进入前楼,敲门。

徐家姆妈　谁啊?

动迁老六　我,老六。

徐福根　(开门)哦,你,你是阿跷的同学对吧? 进来吧。

动迁老六　谢谢。

徐家姆妈　老六,听说你跟动迁组很熟的,对吗?

动迁老六　马马虎虎吧。做动迁做得多了,经验有一点。

徐家姆妈　帮阿拉出出主意吧。

动迁老六　徐先生,徐家姆妈,怎么样,准备签约了吗?

徐家姆妈　签什么约啊！这点点钞票,买什么房子啊?

动迁老六　你们多少人口? 多少面积,能拿多少补偿款啊?

徐家姆妈　阿拉 4 口人,都在这里。面积么,一间前楼,一间后楼,一间 9
　　　　　个平方的阁楼。现在公用面积全部不算,总共只好拿 194 万,再
　　　　　加点奖励费什么的,200 万多一点。

动迁老六　这点钱,在郊区拿两套安置房倒够了。

徐家姆妈　郊区我是不去的。我在淮海路过了一辈子,到老了倒反而到
　　　　　乡下去了?

动迁老六　郊区你不想去,市区的房源也有的,在南浦大桥下面,不过你
　　　　　们的补偿款只能买套一室一厅。你们一家四口怎么住啊?

徐　峰　看来只有一条路了,做钉子户！

动迁老六　这条路可以的。

徐福根　不过,钉子户也不是好做的。今天有个街道主任到弄堂里来过
　　　　　了,他说,要是到辰光不搬,就要强,强,强迁的。

徐　峰　真的啊?

徐家姆妈　那么,你就准备听他的话,乖乖地签约啊?

徐福根　也不是的。我,我是想想,到郊区的话,地方大,如果是顶楼的房
　　　　　子,就可以在阳台上搭,搭,搭鸽棚了。

徐家姆妈　整天就是你的鸽棚,鸽棚。我关照你,没市区两套房子,谈也不要谈。

徐　峰　那,要是真的来强迁怎么办?

徐家姆妈　(激动地)强迁,哼,伊来强强看。我去拿本宪法,《中华人民共和国宪法》,捧在胸口,看谁敢来碰我。宪法规定,公民的私有财产不得侵犯。伊要是来硬拆阿拉房子,就是违反宪法。

动迁老六　徐家姆妈,人家是私有财产,你这是公房。

徐家姆妈　(一下子反应过来)噢,公房。

徐福根　没办法的呀。

徐家姆妈　那么,还有一个办法。福根,你去拿一瓶农药,徐峰,你去拿一瓶汽油,他们要是来强迁,你就喝农药,你就浇汽油。

徐福根　(同时)啊? 喝农药? 自杀啊!

徐　峰　(同时)啊? 浇汽油,自焚啊?

徐福根　我,我,我不要死!

徐　峰　(要哭出来了)我不要死!

徐家姆妈　啥人叫你们去死啦? 是吓吓他们的呀。还有,我看网上的新闻,外地有的动迁的钉子户,叫什么"楼坚强",哪怕旁边房子都拆了,他们成为"孤岛"了,周围断水断电了,都坚持不走,最后政府拿他们没办法,只好妥协。

徐福根　断水断电,我,我,我不要紧,我的鸽子不能一天没水喝,没食料吃、吃、吃的……

徐　峰　姆妈,真的会强迁的,隔壁弄堂去年动迁,大块头家捱到最后,不还是强迁了吗? 到现在也没房子,在外面打游击。

徐家姆妈　(愁容满面)嗯……

　　　　　〔亭子间传来一阵咳嗽声。

动迁老六　天无绝人之路。我帮你们出个主意吧,一套市区房子马上可以到手。

徐福根　啥,啥主意?

动迁老六　(朝亭子间努努嘴)……

徐福根　哪里?

徐家姆妈　(领悟)噢!(骂徐福根)脑子不转弯,就在五级楼梯下面!

徐　峰　你说的是余站长?

动迁老六　对的。他是离休干部,动迁时肯定拿得不会少,一套市区的房子总归有的。他88岁了,孤零零一个人,没老婆,没子女,以后这房子给谁啊？其实,他这些年不是都靠邻居照顾吗？你们,可以继续照顾他呀。

徐家姆妈　对的。他一直在我们家搭伙的,小芳还一直帮他洗衣服。

徐　峰　姆妈,邻居之间帮帮忙是应该的。

徐家姆妈　徐峰,你不要插嘴。不过,老六,你的意思我还是不大明白。

动迁老六　你们就跟他说,动迁后房子搬在一起,你们为他养老送终。他呢,总也要回报你们的吧？

徐家姆妈　哦,让他把房子给我们？

徐福根　哎,这不太好吧。就隔开五级楼梯,低,低,低头不见抬头见,照顾照顾也是应该,再说他也没有白,白,白吃我们家的饭。

徐　峰　老余伯伯很好的,我小时候他很喜欢我,经常带我去公园玩,给我买玩具的,就是现在脑子糊涂了,很可怜的……

动迁老六　你们看,你们两家,不就是一家人嘛？他这么喜欢你,也不会看着你结了婚没房子住。

徐　峰　你的意思是……

动迁老六　我的意思是,叫老头子跟居委会和动迁组说,把房子给你们,你们为他养老送终。

徐家姆妈　(心动)这个主意好虽然好,不过老头子肯吗？

动迁老六　有什么不肯的？他什么都不清楚,你们就跟他说,搬场以后还跟他住在一起,然后带他去居委会,叫他照着你们的意思说,剩下的事,都由我来办。

徐家姆妈　好,我去跟他说。我去烧点好菜给他吃。他很听我话的。

徐福根　我总归觉得这样不大好。这不是欺,欺,欺负老人吗？

徐家姆妈　谁欺负他啦？你说,他离开我们,能独自生活吗？几年前,他小中风,还不是我们把他送到医院去的？

徐　峰　居委会阿姨也很照顾他的。

徐家姆妈　居委会,以后动迁了,到哪里去找居委会啊？你们想啊,老头子是孤老,又是老年痴呆症,有人为他送终,也是他的福气啊。

徐　峰　不过,口说无凭呀。

徐家姆妈　对的。(对动迁老六)这个手续怎么办呢？

动迁老六　那当然要落在纸上！这件事,包在我身上。我上面有人,保证帮你们做得漂漂亮亮！

徐家姆妈　那,老六,你帮我们出了这个好主意,又帮这么大的忙,我们该怎么感谢你呢？

动迁老六　嘿嘿,也不要多,就四六开好了。我毛估估,照老头子这个身份,200多万总归有的。到时候,你拿60%,我拿40%。怎么样?

徐家姆妈　40%,好几十万呢。这,好像太多了吧。

动迁老六　哎呀,徐家姆妈,不多的。你不要只看到明的钞票,老头子身上油水还是很多的。他是离休干部,养老金很高的,这些年积蓄也不少。他又不能带到棺材里去,将来不都是你们的吗? 这个我老六根本不会眼红的。怎么样?

徐家姆妈　那,好吧。

动迁老六　你放心,办不成,分文不取。你也没有什么损失。

徐家姆妈　好。就这么说定了。

动迁老六　不过,我要跟上面打招呼,帮你们办这个事,要先,拿点那个,铺铺路。到时候再扣掉。

徐家姆妈　可以的。你要多少?

动迁老六　一般来说,要收10万定金。

徐家姆妈　这么多钱啊? 我们家一时拿不出这么多。

动迁老六　看在你们是阿跷邻居的面上,就收你们5万定金吧。我一分不赚,全部拿出去打点动迁组的人。

徐家姆妈　那,就拜托你了。

　　　　　　〔声音渐渐低下去。

　　　　　　〔切光。

第三幕

　　　　　　〔两周后。汇贤坊3号底楼公用厨房。徐家姆妈、徐福根正在忙着搬东西、收拾。

徐家姆妈　桌子移出来,放在这里⋯⋯椅子呢?

徐福根　椅,椅,椅子来了。

徐家姆妈　不够的。再拿两把,哦,三把来。

徐福根　要这么多啊?

徐家姆妈　当然啦,你、我、余站长,还有居委干部,还有动迁组的人! 总

130

不能让他们站着吧。

徐福根　那就,就,就是说,他们帮我们办好,就可以了? 余站长的房
　　　　子……

徐家姆妈　那天我和余站长去居委会找马书记,她是这么说的,只要签个
　　　　协议就可以了。

徐福根　不过,就,就,就怕他们……(朝厢房和客堂使眼色)

徐家姆妈　你放心。动迁老六说的,这是好事情,我们要理直气壮地去
　　　　做。余站长没有我们,一个人孤零零怎么办?
　　　　[敲门声。

徐家姆妈　来了。(去开门)
　　　　[马书记和周正辉上。两人手里各拿了几把折叠椅。

马书记　徐家姆妈,徐家爷叔!

徐家姆妈　哟,马书记,不是说2点吗? 现在1点半还不到啊。

马书记　徐家姆妈,不早的,还要准备准备。等会还有领导要来。

徐福根　椅,椅,椅子也搬来啦? 你们想得太周到了!

徐家姆妈　领导要来?

周正辉　来,爷叔,帮帮忙,一起把这个挂上去。(拿出一块横幅)

徐福根　挂,挂,挂什么?

周正辉　看!(展开横幅)

徐家姆妈　(念)割不断的邻里情——汇贤坊旧改征收基地3号居民结对
　　　　签约仪式……这是怎么回事?

马书记　我们决定给你们一个惊喜——办一个正正式式的签约仪式。

徐福根　搞,搞,搞大了?

徐家姆妈　(表情复杂)这个惊喜,倒是没想到……。
　　　　[周正辉和徐福根在墙壁上方挂横幅。

马书记　横幅拉拉平。右面再下来一点……太下来了……上去一点。
　　　　好,可以了。
　　　　(敲门声)

徐福根　来,来,来了。(开门)
　　　　[汪主任上。

徐福根　你,你,你是街道的……

马书记　汪主任来了。汪主任,这位是徐家姆妈,这位是徐家爷叔。

汪主任　(和徐福根和徐家姆妈热情地握手)你们就是要签约的居民? 你
　　　　们一家住在前楼? 那位老人住在亭子间?

徐家姆妈　是的。我们住在前楼,余老伯伯住在亭子间,就隔开五级楼梯。

汪主任　平时老先生都是你们照顾的?

马书记　是啊,好多年了。

徐家姆妈　(满脸堆笑)邻居道里嘛,低头不见抬头见,能帮一把帮一把。

汪主任　(跷起大拇指)不容易,不容易。

徐福根　汪,汪,汪主任,这下我们不是"刁民"了吧?

汪主任　(有些尴尬)什么话呢,你们是良民,大大的良民!(岔开话题)老
　　　　伯伯人呢?

徐家姆妈　他就在楼上,我们去把他搀下来。

马书记　我也去看看。
　　　　(徐家姆妈、徐福根和马书记一同上楼)

汪主任　(环顾四周)嗯,准备工作做得不错嘛!

周正辉　汪主任,您再最后检查一下,有什么问题吗?

汪主任　嗯。今天这个仪式很重要,可千万不能出什么岔子啊!

周正辉　我知道,我知道。这关系到我们街道今年旧区改造的第一炮,一
　　　　定要打响。

汪主任　这个活动搞好,一俊遮百丑!动迁嘛,你知道的,总归有矛盾的。
　　　　有人不肯走,有人漫天要价,最后免不了要强迁,还有上访,甚至
　　　　到北京去……麻烦事一大堆。但是,只要我们工作有亮点,有成
　　　　绩,其他问题嘛,都不是问题了。

周正辉　汪主任,您真英明。

汪主任　对了,记者请好了吗?

周正辉　请好了。

汪主任　让他们好好宣传一下。

周正辉　晓得。到时候这个反映动迁邻里情的新闻在电视里播出,效果
　　　　肯定好得不得了。市里、区里,领导都知道阿拉街道的动迁工作
　　　　做得乓乓响,你的官运肯定一片大好!

汪主任　(得意地)哪里,哪里,工作是大家做的,成绩是大家的。还有,公
　　　　证处的同志呢?

周正辉　请了黄浦公证处的两位公证员,已经在路上了!

汪主任　那就好,细节决定成败。
　　　　[海滨和摄像上。

海　滨　请问这里是3号吗?

周正辉　是啊,海滨,你来啦!

海　滨　你好!

周正辉　汪主任,他是电视台的记者海滨。

汪主任　(极其热情地)欢迎欢迎!

周正辉　这是我们街道汪副主任。

海　滨　汪主任,您好。

汪主任　这次辛苦你了。

周正辉　海滨,你要多采访采访汪主任,这桩感人的事是汪主任亲自发现的。

海　滨　是吗? 汪主任,我想问问,汇贤坊的居民是不是都愿意被征收呢?

汪主任　当然了。他们盼星星,盼月亮,盼着早点住新房呢。

海　滨　不过,这么完整的石库门弄堂拆掉,就太可惜了。

汪主任　这叫做吐故纳新,破旧立新。旧的不去,新的不来。老弄堂,破破烂烂的,住在里面天天拎马桶。这跟 21 世纪的国际大都市太不相称了。对了,你可以再同时报道一下我们的汇贤坊征收工作,很得民心啊。(向周正辉使眼色)

　　　　〔周正辉会意,上前将两个厚厚的信封塞给海滨。

海　滨　你这是干嘛?

周正辉　这是我们汪主任的一点小意思。

海　滨　(推却)这个,我们不能收。

汪主任　(摆摆手)收下吧,没关系的。你们来采访,车马费总归要的吧。

海　滨　(坚决地)请不要这样! 如果你们硬要给,我们就不报道了!(欲下)

汪主任　哎呀,海滨啊,你这就不给我们面子了嘛!

海　滨　我们有纪律的,还请您理解。

　　　　〔这时,门外传来一阵喧闹声,周正辉只好把信封收回。阿跷和孙惠兰抬着一筐摆摊用的锅碗瓢盆上。

孙惠兰　咦,你们是谁啊?

阿　跷　(把筐子往桌上一放)今天怎么这么闹猛啊?

孙惠兰　(读横幅)"汇贤坊旧改征收基地 3 号居民结对签约仪式"……

阿　跷　(疑惑地)结对签约,谁跟谁结对,谁跟谁签约? 阿拉怎么不知道啊?

周正辉　这件事跟你们没关系。

孙惠兰　怎么没关系? 我们都是 3 号的。

汪主任　你们是住在哪里的?

孙惠兰　我住在厢房,他住在前客堂。

汪主任　(认出了阿跷)你就是那个无证设摊的……

阿　跷　(认出了汪主任)你就是那个要强迁我们的……

阿　跷　你来我家干什么?

汪主任　……

海　滨　哎,这不是阿跷老板吗? 原来你也住在这里啊?

阿　跷　记者也来啦? 究竟在搞什么名堂?

孙惠兰　(拉阿跷坐下)看看再说。

　　　　〔马书记、徐家姆妈、徐福根搀着余站长从楼梯上下来。

马书记　汪主任,这位就是余站长。

汪主任　(热情地)老余伯伯,你今年高寿啊?

徐家姆妈　(抢着回答)他88岁了。

徐福根　(略显尴尬地)阿跷,你回,回,回来啦?

马书记　大家坐,大家坐。阿跷,小孙,今天你们3号有好事情啊。这也
　　　　是我们居委会的光荣。来,这个筐子先放边上吧。

　　　　〔两位公证员上。

公证员甲　3号是这里吗?

徐家姆妈　对的。

公证员乙　2点整,我们没迟到吧。

周正辉　没迟到,没迟到。两位公证员,这边请。

马书记　好,人都到齐了!

　　　　〔众人坐定。摄像开始工作。

周正辉　(对汪主任)那我们就开始吧。各位居民,今天,我们高兴地在这
　　　　里举行一个签约仪式。

　　　　〔又传来敲门声。

徐家姆妈　谁啊?

　　　　〔孙惠兰去开门,见是动迁老六。

孙惠兰　(吃惊)你怎么来啦?

动迁老六　(轻声地)我是你老公,怎么不能来?

孙惠兰　(慌张)你瞎说什么? 我不是给你打过电话,我不办了吗?

动迁老六　办也办好了。

徐家姆妈　老六!

动迁老六　徐家姆妈吗,你好。大家好! 哟,这个签约仪式,我能不能也
　　　　参加一下呢? 我是他们的朋友。

汪主任　坐吧。

周正辉　我们继续开会。今天,在这里签约的双方是徐福根家庭和余天祥家庭。先请汇贤坊3号徐福根家庭发言。

徐家姆妈　领导、记者都在,这有点不好意思。嘿嘿。

马书记　没关系,你讲吧。

徐家姆妈　好。余站长么,哦,就是余天祥,是30多年的老邻居了,也是看着阿拉儿子长大的。余站长年纪大了,快90岁了,所以呢,平常我们尽量多照顾照顾他。他要吃什么,我们就尽量满足他的要求,比方说,他是北方人,我就多做点面条、水饺给他吃;他的衣服,都是我媳妇小芳帮他洗;他生病呢,我老公陪他去看病。上次他住院,我们还去医院陪夜……

汪主任　真是一家好邻居。

徐家姆妈　这没有什么。(越说越起劲)阿拉两家人家就差5级楼梯,就像一家人一样。这次动迁呢,眼看余站长孤苦伶仃,无依无靠,阿拉不帮他,谁帮他? 所以……

阿　跷　(讥讽地)哦哟,没想到阿拉3号里有个活雷锋啊!

汪主任　(不快地)徐家姆妈,请继续说下去。

徐家姆妈　(突然变得迟钝)这次动迁开始后……开始后……马书记,还是你说吧。

马书记　哦,我来说吧。这次征收开始后,因为两家人家感情深厚,余天祥舍不得和徐家分开,他表示要和徐福根一家搬到一起,徐福根一家也愿意为老人养老送终;作为回报,老余百年后将个人财产全部遗赠给徐家。这个情况,我们向征收指挥部和街道办事处汇报了。街道非常支持,决定让双方签订一个《遗赠抚养协议》,解除老人的后顾之忧。今天,老人可以在这里完成他的心愿了。

孙惠兰　(大吃一惊)啊? 什么?

周正辉　下面,就请街道办事处副主任汪宏伟讲话。

汪主任　咳,同志们,汇贤坊3号徐福根和余天祥两户居民的故事,十分感人,十分感人哪。在这次汇贤坊实施旧区改造住房征收过程中,他们不仅积极配合政府的征收工作,而且还结对帮扶,使得孤老不孤,老有所养,体现了社会主义大家庭的温暖。老人百年之后,把自己的住房留给邻居,作为回报,也很好,也很好。他们用行动唱响了互相关心、互相帮助的主旋律。这是一种凡人善举,一种正能量,一种社会主义精神文明,一种社会主义核心价值观。现在,我们要大力弘扬这种正能量!

[所有人热烈鼓掌。

周正辉　我们请来了黄浦公证处的两位公证员,对这一签约过程和签订的协议进行公证。下面就请居民徐福根和余天祥过来签约。

[徐福根、余站长上前,准备签字。

阿　跷　(冲上前)等一等,不能签!

汪主任　哎,你这人怎么捣乱呢?

周正辉　请你离开这里!

孙惠兰　他不是捣乱。他们,他们在骗人!

徐家姆妈　谁在骗人?

阿　跷　就是你!

周正辉　好好的一个活动,被你们搅和成这样。快出去,不然我打110啦!

阿　跷　你打呀。我在我自己家里,你有什么权利叫我离开?

海　滨　等等,到底是怎么回事啊?

阿　跷　房子这么大的事,你们怎么不问问老人自己的想法呢?

海　滨　对,老余伯伯还没有讲过呢。能不能请他讲讲?

马书记　可以啊,老余,你来讲两句吧?

[海滨把话筒伸过去,摄像对准他拍。

余站长　呵呵,讲什么呢? 呵呵……

动迁老六　余站长年纪大了,你们话筒、镜头对着他,他要害怕的。还是我来问他吧。余站长,要搬新房子,你高兴吗?

余站长　高兴,高兴。

动迁老六　到时候徐家姆妈和你搬到一起,继续照顾你,好不好?

余站长　好,好。

动迁老六　你说,百年之后的房子,就留给他们儿子,对吗?

余站长　对,对。

动迁老六　(得意地)看到吗? 这还有假?

孙惠兰　余站长有老年痴呆症。他只记得以前的事,现在的事全部稀里糊涂。当然你说什么,他就说什么了!

阿　跷　不信,你们可以当场试试。(转向余站长)余站长,今天是星期几啊?

余站长　嗯,这个,你说星期几啊?

阿　跷　那今天是几月几号啊?

余站长　（不好意思地笑）我……我想不起了。

阿　跷　那今年是哪一年呢？

余站长　这我知道。1949 年啊。解放军马上就要打进上海了！（轻声地对阿跷）我还有重要情报要送出去呢。（对众人）我要走了。

　　　　［众人大惊。

马书记　余站长的老年痴呆症已经发展得这么厉害啦？没想到，没想到啊。

海　滨　（恍然大悟，对徐家姆妈和徐福根）这么说，这件事，是你们一手策划的？

徐福根　不，不，不是我们策划的。（指着动迁老六）是，是他！

孙惠兰　又是你？原来是你叫他们抢余站长的房子的！

马书记　（吃惊）啊？徐家姆妈，你们欺骗了居委会？

徐家姆妈　没有，马书记，阿拉一直照顾余站长，总归是事实吧。

孙惠兰　马书记，你知道的，余站长是孤老，人也好，平时是 3 号里的邻居大家一起照顾的。他的日用品，都是我去超市帮他买的。他平时吃的药，都是阿跷帮他配的。上次他住院，是我们，还有居委干部，轮流陪夜的。

徐家姆妈　余站长在我家搭伙总归是事实吧。一年 365 天，我哪一天不烧给他吃？

孙惠兰　你这么精的人，会白白烧饭给他吃吗？余站长是离休干部，退休工资很高的。你每个月收他钱的，还不少呢！

徐家姆妈　你瞎说，谁收钱啦？收多少？

公证员甲　这协议，还签吗？

公证员乙　我看是不能签。这件事有疑点。哪怕签了，我们也不能做公证。

周正辉　哎，请两位帮帮忙吧。

公证员甲　这忙可不能帮！一方当事人有老年痴呆症，没有完全行为能力，这协议是没有法律效应的。

公证员乙　就是。那我们先走了！

公证员甲　再见。

　　　　［两位公证员下。徐家姆妈向徐福根使个眼色，两人欲溜下。

马书记　哎，你们不要走！把事情说说清楚。

孙惠兰　看到吗？他们心虚呀。

　　　　［张国华上，正好与徐家姆妈撞上。

张国华　请问老余在吗?

徐家姆妈　在,在。(欲下)

阿　跷　(拦住徐家姆妈和徐福根)等等!

张国华　怎么回事?(见横幅)签约仪式?

汪主任　张总,你来啦? 本来好好的一个签约仪式,记者也来报道了,现在被搅黄了。(怒气冲冲)都不是好人,刁民!

徐福根　又变成刁,刁,刁民啦?

张国华　汪主任,不要骂人。谁跟谁签约?

周正辉　亭子间的老余伯伯和前楼的徐家爷叔、徐家姆妈。

张国华　(对徐家姆妈、徐福根)你们是前楼的吧?

周正辉　可是,这两位居民,(指阿跷和孙惠兰),也是邻居,说他们不是真的要照顾老余伯伯,而是为了抢他房子。这下,事情就说不清了。

孙惠兰　是的。他们是为了自己,根本不是为了照顾老人。余站长有老年痴呆症的,被他们牵着鼻子走。

张国华　在征收基地,孤老是很特殊的一类人,他们的房产遗赠可不是小事,一定要慎重。老人究竟有没有行为能力? 这究竟是不是老人的真实意愿? 都要仔仔细细地搞清楚。

马书记　(惭愧地)是的。

张国华　这位余站长我认识,他年事已高,认知能力已经衰退,只记得过去的事。(对徐家姆妈、徐福根)你们,怎么会把脑筋动到邻居的房子上去的呢?

徐家姆妈　(羞愧地)对不起。我们,我们也不是要抢邻居的房子。主要是这次动迁太不公平了,公用部位的面积都不算,灶披间不算,晒台不算……

徐福根　还有我的鸽,鸽,鸽棚不算!

徐家姆妈　鸽棚就不要说了。公用面积都不算,我们一家4口、两代人,拿这点补偿款根本没办法买到合适的房子。后来,(指着动迁老六)他给我们出了个主意,拿余站长的房子,多拿到补偿款后,跟他四六开。

张国华　你是谁?

孙惠兰　他是动迁黄牛! 他还给我出主意,让我和他假结婚,多拿人头费,和他分!

张国华　怪不得,这个面孔有点熟。(严厉地)你叫什么名字?

动迁老六　我,我姓陆,人家都叫我老六。

张国华　老六!在其他基地我也见过你,你专门欺骗居民,在房屋征收中捞好处!这次又跑到汇贤坊来啦!

徐家姆妈　(醒悟过来)你,5万元还给我!

张国华　小周,打个电话给社区民警,把他带到派出所去慢慢问。

动迁老六　张总,不要抓我呀。我什么也没做呀。徐家姆妈,5万元我还给你。哎,汪主任,帮帮忙!

汪主任　我不认识你!

动迁老六　哎,你们,你们不能冤枉好人啊!(溜下)

张国华　不能让他走掉!

周正辉　明白!(追下)

张国华　居民们,我来解释一下公用面积的问题。公用面积不计入补偿范围,是市房管局今年出台的一个新规定,不过,这样一来居民的确是吃亏了。所以,我们基地向区里反映了情况,区里经过研究,作出了一个规定,每家每户增加15平方米,作为公用面积的补偿!

徐家姆妈
　　　　(齐)真的?
徐福根

孙惠兰　太好了!

徐家姆妈　那可以多好几十万呢!

张国华　还有,像晒台上、天井里的搭建,属于历史遗留的违章搭建,统一每户补偿十万元。

徐福根　十,十万啊?我的"许文强"、"冯程程"都有救了!

阿　跷　那我的馄饨摊呢?

张国华　馄饨摊作为事实上的社区餐饮点,这个特殊情况,也会考虑一定补偿的。

阿　跷　好!

张国华　关于公用面积补偿15平方米以及其他政策都已经公开了。

徐福根　(指着汪主任)他,他,他上次说,公用面积不算,没有其他补偿!

汪主任　(恼羞成怒地)政策不断地在变,我哪记得住那么多!你们,你们这两个骗子!

　　　　[汪主任气呼呼地下。

张国华　其实,大家不用过于焦虑。其实,你们应该早一点到我们征收办公室来。每家情况不同,我们有一个软件,经办人员会很快帮大家计算出到底有多少补偿,这样就可以心里有数。

孙惠兰　早点来谈,那怎么行?早走早吃亏!

张国华　你的理解有误。现在的征收不同于以前的动迁,是"阳光征收",有"六公开"呢,政策、补偿方案、面积、房源、每家的签约情况全部公开,都上墙,大家可以去查。

徐家姆妈　什么"五公开"、"六公开",都是说得好听。人家说,政策,就是动迁组手里的"橡皮筋",可松可紧,越到后面放得越松,所以总归要捱到最后的。

张国华　橡皮筋?你错了!居民们,现在的征收补偿绝对是前后一致的,我们的政策是直筒裤,不是喇叭裤,从上到下是笔笔直的。捱到最后并不合算。不信,你们可以去近两年的其他几个基地了解一下,那些捱到最后的居民是不是合算?

徐福根　好,好,好像是的。去年隔壁弄堂动迁,三毛一家不肯走,后来少,少掉一大块奖励。

张国华　二次征询签约已经开始了。大家要抓紧时间,早签约还能早参加摇号选房呢。到后面,好房子都被别人挑走了。

徐家姆妈　(对徐福根)快点再算算,总共有多少补偿。

徐福根　你,你不要再自己算了,到时候又多一只零、少一只零的,就,就,就去征收办公室算好了。

马书记　老余,你要不先休息一下?

　　　　〔余站长好像没听见,直直地盯着张国华看。

余站长　老张!

张国华　老余同志。

余站长　老张,你终于来啦!

张国华　我来了。

余站长　我等了你好多年了。

张国华　不过,我不是你要等的老张。我是老张的儿子。

余站长　你不是张政吗?

张国华　张政是我父亲!是他做地下工作时的化名,很少人知道的。我就是来你们家告诉您老人家这件事的。

余站长　张政是你的父亲?长得真像啊。

张国华　是啊。余伯伯。我父亲已经90岁了。他还记得你!

余站长　(激动地)我要见张政!他记得我,为什么不来?

张国华　余伯伯,我父亲因为中风导致半身不遂,来不了。

余站长　(失望地)他来不了啊。那,那我的情报怎么办?

张国华　余伯伯,我今天特地来找您,因为我父亲有很多话要对你讲。

余站长　什么话?

张国华　(拿出手机)都在这里,我录下来了。

〔画外音响起,是一个苍老的声音。

老余啊,没想到,你还在人世。你好吗?60多年了,我已经半截身子快入土了……哎呀,我真是太激动了,有点语无伦次了。听我儿子说你要找张政,这个世界上知道我叫张政的大概没有几个了!我也找了你很多年,因为解放后,我被派到大西北工作,一直到退休才回上海。人老了,就爱回忆过去。记得吗?那时候,我是你的上级,你的地下交通站就在淮海路上的一条弄堂里,叫,叫什么坊来着?

余站长　(插话)汇贤坊!

〔画外音:

你每次任务都完成得很好。最后一次,那是一个下雨天,我应该来取情报的。这份情报对解放上海非常重要。可是组织上临时让我去执行一项特殊任务。过两天再来交通站,发现你已经搬走了。不过,你放在秘密联络点的情报,没有丢,我找到了,送到了苏北解放区。老余,我一直想见你,一直想告诉你这件事!还有,我一直想去那条弄堂看一看,那是我们年轻时战斗过的地方,可是我大概再也没法去了。

〔画外音渐渐低下去,短暂的静场。

余站长　情报送到了?(流下眼泪)

张国华　是的。余站长,您可以放心了!

余站长　老张,他,他也还活着!

张国华　是的,我父亲后来一直用他的本名张仲兴,还去了兰州工作。所以您找不到他了。

余站长　(一块石头落地,清醒过来)小张,谢谢你!我好像作了一个很长的梦……

张国华　现在醒了!

余站长　(微笑)醒了!

阿　跷　余站长,这下,你不用再去接头、送情报了?

余站长　那当然,解放已经65年了嘛,我离休也20多年了。

〔众人笑。徐家姆妈、徐福根笑得有点尴尬。

孙惠兰　余站长,你脑子一下子这么清楚啊?

余站长	小张,汇贤坊真的要拆了?
张国华	确切地说,是旧区改造,政府对房屋进行征收。
余站长	政府的事,一定要支持。不过,这么好的弄堂拆了,还是有点可惜的。(停顿)老张,你再也看不到喽。
张国华	老余同志,我想想办法……
余站长	房子拆掉以后,我一个老头子,搬到哪里去呢?
马书记	余站长,你不要担心。我们一定会安排好的,再也不能让你给人骗了。
徐家姆妈	余站长,对不起。
张国华	老余同志,走,到您家去,我跟您好好聊聊。
徐福根	(对徐家姆妈)阿拉快,快,快去征收办公室吧。
	〔两人下。
孙惠兰	张总,我在这里等您。我,我有件事要向你坦白。
张国华	好。
	〔张国华搀扶余站长往亭子间走去。
摄 像	(对海滨)没想到,白跑一趟。
海 滨	没有白跑啊。我们拍到了一条失忆老人找回记忆的新闻,很精彩!〔切光。

第四幕

一个月后。汇贤坊的过街楼,"弄堂馄饨"摊。阿跷和孙惠兰像往常一样忙碌着。排队的食客比平时要多,老李、食客甲都在排队,Linda 上。

食客甲	老板,一碗小馄饨。
老 李	阿跷,老花头,来碗大碗的。
Linda	老板,我这碗不要放猪油。
阿 跷	"一个也不能少",张艺谋的电影看过吗?〔众人大笑。老李、食客甲、Linda 准备往桌上的月饼盒里放钱。

食客甲　咦,收钱的盒子呢?

阿　跷　盒子没了。你们钞票收好。

老　李　怎么了?

阿　跷　嘿嘿,今天的馄饨全部免单! 大家不要客气,尽管吃。一碗不够,吃两碗、三碗!

　　　　〔众食客又惊又喜,议论纷纷。

Linda　哇,爱心大放送? 我运气超好啊!

老　李　全部免单? 阿跷,我吃了你二十年馄饨,这还是头一回呢! 你为什么请客? 发财啦?

食客甲　肯定是你的股票涨了,赚大钱了。快说说,抓住那只猪了?

阿　跷　不搭界的,我不炒股票的。今天是"弄堂馄饨"营业的最后一天了,明天就要关门,准备搬场了。所以……所以,这最后一天,我不赚钱了,请所有的人吃馄饨。

Linda　你说什么? 真的要搬场啦?

孙惠兰　真的。家里已经在打包了。

老　李　你签掉啦?

阿　跷　上星期就签掉了。

老　李　给你多少? 2000 万啊?

孙惠兰　怎么可能呢? 这是之前说说的,吓唬吓唬动迁组的。

阿　跷　我呢,前几个月也问过房产中介,像我们家这种房子,一个前客堂,一个后客堂,加个天井,只能卖 200 多万元,因为是老式房子的,厨房是公用的,也没产权。现在政府进行征收,条件相当不错,七七八八加起来,还有我这个摊位的补偿,总共可以拿到 400多万。那干嘛不走啊?

食客甲　那你搬到哪里?

阿　跷　我妈不想搬到很远。所以,我没有拿安置房,选的方案是货币补偿。货币补偿还可以多 50 万元。我已经买好了一套二手房,是十几年前的高层电梯房,离瑞金医院很近的。

孙惠兰　阿跷,你姆妈也同意啦? 这倒不容易,她本来不是坚决不肯搬的吗?

阿　跷　是啊。她本来是"誓与老房共存亡"的。不过,有一天,征收事务所的张总来找她谈了半天,她终于想通了。大概是觉得凭她老太一个人的力量,也是留不住汇贤坊吧。

Linda　唉呀,真可惜啊。老弄堂终于逃不掉夷为平地的命运! 阿跷老板,那以后我们再也吃不到你这碗"浓妆艳抹的小馄饨"啦!

阿　跷　小姑娘,天下没有不散的宴席嘛。

　　　　　[徐家姆妈、徐福根上。

徐福根　选,选,选六楼!

徐家姆妈　选三楼!

徐福根　六,六,六楼!

徐家姆妈　三楼!

徐福根　就,就,就要选六楼!

徐家姆妈　就要选三楼!

徐福根　鸽,鸽,鸽棚要搭在六楼!

徐家姆妈　我要住在三楼!

徐福根　鸽子要住在六楼!

徐家姆妈　哎,鸽子有翅膀的,飞上去便当得很。我和你又不长翅膀,跑
　　　　　六楼不要跑断腿啊?

徐福根　不会的,爬爬楼梯赛过锻炼身体嘛。

徐家姆妈　年纪再大上去,七八十岁了,看你爬得动吗?

徐福根　反正我要六楼,不,不,不然我就不搬了。

徐家姆妈　你敢? 阿拉已经签掉了! (气呼呼地坐下)

孙惠兰　徐家姆妈,你也签约啦? 恭喜你哦!

徐家姆妈　有啥好恭喜的? 大家都一样的,也没有多拿一分钱。

孙惠兰　嘻嘻,你也不捱到最后,做钉子户啦?

徐家姆妈　捱到最后,没好处的呀,好房子都给人家抢走了。你看,本来
　　　　　坚决要做钉子户的阿跷,最早就签掉了。

徐福根　做钉,钉,钉子户,都是那个动迁老六胡说八道的。

徐家姆妈　就是啊,什么政策是喇叭裤啦,什么到后来肯定会"放水"啦。
　　　　　根本没这种事,现在阳光动迁,数砖头,清清爽爽。

阿　跷　这个动迁老六的话好听的啊? 他呀,就是想从中捞一票!

孙惠兰　是啊,他还忽悠我,叫我假结婚呢。这是违法的,我差点上当。

徐家姆妈　(懊悔地)他还骗走了我 5 万元钱。我们还做了桩对不起余站
　　　　　长的事。

阿　跷　徐家姆妈,吃碗馄饨,消消气,这笔钱应该可以追回的。

徐家姆妈　是吗?

阿　跷　动迁老六已经进去了,移送司法机关了。诈骗,伪造证件,罪名
　　　　　一大堆呢。他还勾结街道干部一道捞。知道吗? 那个姓汪的副

主任也进去了,他在好几个动迁基地都有经济问题。

徐福根　是吗? 抓,抓,抓得好! 这个人算什么街道干部? 欺,欺上瞒下,还骂我们是"刁民"! 我看,他自己是贪官!

阿　跷　对,只有贪官,才会处处跟老百姓作对,坑害居民,中饱私囊!

孙惠兰　徐家爷叔,徐家姆妈,那你们新房子在哪里啊?

徐福根　就,就是为选房子伤脑筋呀。

徐家姆妈　准备拿一套郊区的三室一厅,阿拉两个老的住过去。其余的,货币安置,还好给儿子媳妇在市区买一套小两室的老公房,他们上班方便点。

孙惠兰　徐家姆妈,新房子在"新加坡"吗?

徐家姆妈　是的呀,"新加坡"……哦,什么呀,是浦江镇,召稼楼。远是远了点,不过听说地铁马上就要通过去了。

孙惠兰　不错不错!

徐家姆妈　什么不错呀,说起来,一包气。喏,我不是摇号抽签抽到 35 号吗? 选房排在这么前面,可以选的房子很多,我准备选一套楼层、朝向最好的。六层楼房子里最好的楼层么就是三楼了,对吧? 可是徐福根,就是不肯,偏要选六楼的。六楼是最推板的,没人要的!

徐福根　我的鸽子要住得高的,放飞起来才便当。

徐家姆妈　阿跷,你来评评理,阿拉怎么能住六楼呢?

阿　跷　这倒是蛮难决定的。你们还是慢慢商量。

　　　　〔隐隐约约有鞭炮声响起。海滨和摄像上。居委会马书记扶着余站长上。菲菲也蹦蹦跳跳上。

菲　菲　妈妈,妈妈,那边放鞭炮了!

孙惠兰　菲菲,你放学啦? 哟,马书记,余站长,大家都来啦。快坐,快坐。

阿　跷　马书记,今天是我最后一天营业,你也来吃碗馄饨吧。

马书记　马上就要搬场了吧? 阿跷的这碗馄饨要吃的。

孙惠兰　菲菲,什么地方放鞭炮啊?

菲　菲　就在那边,在征收基地办公室大门口。

马书记　告诉大家一个好消息,二次征询签约比例达到 85% 了! 就是刚才!

海　滨　我今天就是来拍这条新闻的。恭喜大家!

众　人　谢谢。

徐家姆妈　达到 85% 就是生效了。板上钉钉了! 哦哟,我一块石头总算落下来了。

徐福根　我的鸽棚还没钉好。

阿　跷　余站长,你今天气色交关好啊!

徐家姆妈　最近一段时间,他脑子煞煞清哦!

孙惠兰　余站长,你搬到哪里去呢?

余站长　我是这样想的,我88岁了,不要买房子了,就住到养老院去吧。

马书记　张总刚才来电话,养老院已经帮你找好了,不远,就在卢浦大桥那边。

余站长　哦,谢谢。

马书记　余站长,这征收补偿款呢,加上你的养老金,用来支付养老院的费用,估计这辈子也用不完了。所以他准备帮你订一间最好的单人房,朝南,让你也享受享受。

余站长　干什么呀?我不要最好的房间,双人间就可以。

马书记　喏,又来了。老革命,你思想还那么好!

　　　　〔张国华和朱老太太同上。朱老太太捧着一个包裹。孙惠兰将朱老太太搀扶到一边坐下。

张国华　不要单人间,要住双人间?好,余站长,我帮你安排,同房间的人也找好了。

余站长　哦,小张啊,你都帮我安排好了?

张国华　安排好了。你知道你以后跟谁住吗?

余站长　不知道。

张国华　远在天边,近在眼前。

余站长　你?

张国华　我父亲!

余站长　老张啊!是真的吗?我不是做梦吗?

阿　跷　余站长,你终于跟老上级在一起了!

余站长　我,我,太高兴了!(激动得欲流泪)

马书记　余站长,你,你不要太激动。

张国华　我父亲半身不遂,家里护理不到位,一直想找一家养老院。我对他说,你们老战友就一起结伴养老吧。他听了,也特别高兴。

余站长　哎呀,我跟他见了面,这大半辈子的事儿啊,三天三夜说不完。

张国华　你俩慢慢说,时间有的是。

徐家姆妈　余站长,你在养老院,想吃我烧的菜,就打个电话给我,我给你送来。

146

余站长	谢谢。
马书记	我们也会经常来看你的。
余站长	马书记,还有件事,我正要拜托你呢。这笔征收补偿款呢,我是这么想的,留一部分,放在养老院,备着以后看病用;还有一部分呢,从里面拿出50万元,给居委会作为帮困基金。这附近的困难家庭、残疾人还是不少的,你们好去帮帮他们。
马书记	50万,这么多啊?老余伯伯,你这一辈子,就一直想着别人呀。
余站长	最后还有20万。(对徐家姆妈)徐家姆妈,谢谢你们这么多年照顾我。
徐家姆妈 徐福根	(吃惊)什么?
余站长	这笔钱给你们,正好你们新房子要装修嘛。
徐家姆妈	这怎么行呢?
徐福根	不可以。余,余,余站长,这次动迁,我们已经对不起你了。
余站长	哎,不要再说了。这些年来,我全靠你们这些好邻居照顾,尽管有时候脑子糊涂,但这一点我是不会忘记的。
	〔余站长从口袋里掏出一张纸,交给马书记。
余站长	马书记,你看,我都写在这里了。
徐家姆妈	(将信将疑)余站长,你,你不要又犯糊涂了啊。这么多钱,怎么随便给人啊?
孙惠兰	(悄声地)余站长会不会又……(指指脑子)
菲 菲	余爷爷,今天星期几啊?
余站长	呵呵,菲菲也来考我啊?今天是星期五,2014年9月19日。对不对?
菲 菲	完全正确!
余站长	我已经去医院鉴定过了,我现在是有完全行为能力的人。(拿出一张纸)这是鉴定证明。我的事自己能够负责。放心吧。
	〔马书记、徐家姆妈、徐福根,都感动得说不出话来。
徐家姆妈	张总,我们家碰到个难题,你经验丰富,能帮我们做个决定吗?
张国华	什么决定?
徐家姆妈	我想拿浦江镇安置房的三楼房子,可是我家老头子偏要拿六楼。
徐福根	还,还,还不是为了那些鸽子啊。
张国华	老徐啊,你知道吗,三楼不能搭鸽棚,六楼也不能搭鸽棚。现在

有法规规定,住宅楼养鸽子不能影响邻居。你六楼的鸽子一飞,鸽子粪乱拉,都会影响楼下很多居民的。

徐福根　那,那,那我怎么办?我的"许文强"、"冯程程"、"007"怎么办?(要哭出来了)

张国华　不要急,不要急。我都帮你安排好了。我已经跟召稼楼那边安置房小区的物业说好了,帮你在小区的空地上搭一间公棚,占地不过两三个平方,你就在里面养你的"许文强"、"冯程程"、"007"吧。

徐福根　(激动地拉住张国华的手)真的啊?张总,谢谢你!谢谢你!

徐家姆妈　谢谢张总。那我们就选三楼了。

张国华　不用谢。老徐,你的信鸽有苏格兰皇家血统,还得过奖,祝它们搬到新房子以后,再接再厉,再为阿拉争光!

徐福根　一定的!

张国华　居民同志们,我还有一件重要的大事要宣布。

众　人　什么事?

张国华　汇贤坊不拆了!

徐福根　什么?不拆了?政府白,白,白相老百姓啊?

孙惠兰　那,征收协议都作废了?

张国华　不是的。大家听我说。是这样的:汇贤坊作为旧改征收,是今年区里的一件大事。现在,这次房屋征收已经进行到尾声了,刚刚突破了85%,二次征询生效了!不过,房屋征收生效,不等于老房子全部拆除!

阿　跷　什么意思?

张国华　汇贤坊的房子作为上海石库门建筑的优秀代表,将完整地保留下来。

阿　跷　太好了!

孙惠兰　你们为什么不早说?

张国华　汇贤坊原来是要拆的。在实施征收的过程中,我们了解到汇贤坊蕴藏着的丰富的历史,特别是朱老太太给我们讲了汇贤坊的来历,以及建筑特色,大家觉得,一拆了之非常可惜。还有你,海滨同志,拍摄关于汇贤坊的新闻在电视里播出,影响也很大。后来不断有媒体都跟着来采访。许多专家学者、人大代表、政协委员,还有市民,纷纷向我们呼吁保留汇贤坊的老建筑,留住上海的根。区里经过反复研究,最近终于决定把汇贤坊保留下来。

海 滨 太棒了！终于有一条完整石库门弄堂保留下来了。

张国华 所以,二次征询生效后,政府还会给大家一笔额外补偿,大概是总额的5%,叫做"历史风貌保护"补偿费。

徐家姆妈 让我算一算,多了这笔钱,小峰的房子可以不用贷款了!

孙惠兰 真的啊? 又多一笔钱。我买二手房可以大几个平方了。谢谢张总!

Linda 有郁达夫的爱情故事的老房子也要保留下来啦? 太好了。

余站长 老张想再看看这条老弄堂的心愿,也能实现了。

张国华 是啊,老弄堂曾经发生那么多故事,承载着那么多历史,是阿拉上海人的集体记忆,我们必须慎重对待它们。

海 滨 张总,你们做了一件大好事。我代表电视观众感谢你们。

张国华 不要谢我。要谢,就谢她。(望着朱老太太)

众 人 朱老太太?

张国华 朱老太太的父亲,就是当年设计汇贤坊的建筑师!

众 人 真的啊?
了不起!

徐家姆妈 大家闺秀啊,怪不得老太太一向气质这么好。

张国华 朱老太太是最早向我们提出保护这条弄堂的人。她还提供了关于汇贤坊的历史资料。所以,她是有功之臣!

阿 跷 姆妈,你早知道这弄堂不拆,所以才这么爽快地叫我去签约的?

朱老太太 是的。听到这个消息,我真开心啊! 不过,张先生叫我先保密。

张国华 对的,知道区里的决定后,我第一时间告诉了朱老太太。

马书记 不过,张总,居民搬走后,就留一条空弄堂吗?

张国华 呵呵,这条弄堂不会是空的,我们会好好地进行修缮,把它修旧如旧,恢复90年前的风貌,让它成为上海百年民居的典范。人们走进来,就能够感受到上海的历史,感受到过去的生活。我们要根据现代人的需求,重新排管道,包括污水管道,增加卫生设施,让老房子在21世纪焕发青春。朱老太太,您现在满意吗?

朱老太太 你上次告诉我汇贤坊不拆,我就很满意了。现在晓得你们的保护修复措施,就更欣慰了。张先生,我还有一样东西要交给你们。(捧出一个盒子)

张国华 这是什么?

〔朱老太太在阿跷的帮助下打开盒子,拿出厚厚的一大卷发黄的图纸。

朱老太太　你们不是要修房子吗？这是我父亲当年留下的，是汇贤坊所有房子的结构以及地下管线的图纸。他临终前把这卷图纸交给我，对我说，如果今后汇贤坊要大修，就把这些图纸交出去，可以派用场的。

张国华　(震惊)这，90年前的图纸？保存得这么好？太珍贵了！也是非常有用的。

阿　跷　姆妈，你说的外公的宝贝，就是这个啊。你藏在哪里了？我都不知道。

朱老太太　我一直藏在箱子最底下。我父亲去世已经40多年了。我也80岁了。本来想，这卷图纸大概没机会送出去了，可能要跟着我一起去了。没想到，还能等到今天！我也真高兴啊。

张国华　朱老太太，我代表区政府谢谢你！代表上海人民谢谢你！

朱老太太　不敢当，不敢当。我父亲说，这房子定期维护、修缮，使用100多年是没问题的。

海　滨　了不起！朱老太太，等会你能详细给我讲讲这些图纸背后的故事吗？

朱老太太　(含笑)好的。

阿　跷　张总，这条弄堂修好以后派什么用处呢？是做博物馆吗？还是像新天地一样搞商业开发吗？

张国华　应该比新天地还要好。新天地，是把老房子拆掉以后，再仿造石库门的样子新建的。那里的动迁当年也是我做的，呵呵。而汇贤坊，却是一条原汁原味的老弄堂，不是克隆出来的，修好以后，可以作为一个特殊的商业街区。这里的40多栋房子，可以开咖啡馆、茶馆、私家菜饭店、西餐馆，可以开画廊、小型博物馆，甚至是民宿，总之，这里将充满老上海味道。

海　滨　我建议，能不能在这里恢复老上海的小吃，比如弄堂馄饨？

张国华　可以啊。这个弄堂馄饨，大家都说好，完全可以保留下来，到室内去经营。阿跷，怎么样？你就当第一个商户吧？

阿　跷　好啊。我正准备找个店面重新开呢。我想过了，以后，我不光卖小馄饨，还要卖阳春面、小笼包、春卷、两面黄，把老上海的点心、小吃一样一样做出来……我也要正规化，去办个营业执照。

孙惠兰　到时候，我，我还来帮你做。

阿　跷　那当然！

菲　菲　(悄悄拉住阿跷和孙惠兰的手)阿跷叔叔，真的吗？

Linda　　阿跷老板,等你的馄饨店,哦,小吃店再开出来,我一定第一个来捧场!

张国华　不过,汇贤坊里应该留一栋房子,不进行商业化运作。

阿　跷　一栋房子?

张国华　这栋房子要留给朱老太太。她是我们汇贤坊的荣誉居民。

朱老太太　荣誉居民不敢当。

张国华　朱老太太,您如果想念汇贤坊,可以随时回来住!

朱老太太　(感动)这,这真是想不到……谢谢,谢谢。房钱还是要交的哦!

张国华　大家同意吗?

海滨

徐家姆妈

徐福根　　(齐)同意!

余站长

孙惠兰

　　　　〔场外传来震耳欲聋的鞭炮声。

　　　　〔幕落。

——剧终——

2014 年 12 月 6 日初稿

2015 年 2 月 15 日修改

（本剧本原名《新上海屋檐下》,为上海文化发展基金会 2014 年第一期青年编剧扶持项目）

喻荣军简介

　　剧作家。国家一级编剧。2000 年至 2016 年,已有五十余部舞台作品被国内外几十家剧院上演,并荣获包括中国戏剧曹禺剧本奖、中国话剧金狮奖编剧奖、全国剧展优秀编剧奖等国内外多项专业奖项。

　　主要话剧作品有《去年冬天》《WWW.COM》《天堂隔壁是疯人院》《卡布其诺的咸味》《谎言背后》《香水》《午夜的哈瓦那》《人模狗样》《活性炭》《双城冬季》《漂移》《吁天》《震颤》《浮生记》《资本·论》《尴尬》《暧昧》《老大》《吁命》《星期八》《乌合之众》《你们怎么能打一个小女孩子的脸?》《萨拉热窝》《家客》和音乐戏剧《美丽的蓝色多瑙河》等,改编作品有《新倾城之恋》《红楼梦》《1977》《钢的琴》《推拿》《光荣日》《俗世奇人》《基督山伯爵》《我爱比尔》和音乐剧《马路天使》《你是我的孤独》《风中丽人》《四两青春》,翻译作品有《阴道独白》,翻译改编作品有话剧《简爱》《洛丽塔》,音乐剧《I LOVE YOU》,芭蕾舞剧《简爱》《死水微澜》和舞剧《雁丘词》,戏曲作品有《红楼镜像》(越剧)《情叹》(川剧)等,电视剧《牵手人生》和广播剧《千里寻凶》等。17 部作品已被翻译成英语、日语、土耳其语、荷兰语、意大利语、葡萄牙语、西班牙语、芬兰语、瑞典语、挪威语、波斯尼亚语、希伯莱语等十几种语言被国外几十家剧团上演和出版,并有十几部作品应邀参加国际性戏剧节演出。

　　出版作品集《喻荣军话剧作品选——天堂隔壁是疯人院》《喻荣军话剧作品集》(土耳其语版)《资本·论——喻荣军舞台剧作品选(上册)》《浮生记——喻荣军舞台剧作品选(下册)》、《喻荣军舞台剧改编作品选集》(上、下册)和《喻荣军话剧作品选》(西班牙语)。

话　剧

老　大①

编剧　喻荣军

---

① 老大：船老大，渔船上负全责的人，船长。

时　　间　21 世纪初、20 世纪 60 年代末。

地　　点　渔村、船上、海上、梦里。

关于演员　可以一演多饰，也可以一角一饰，根据实际情况而定。

关于音乐　女声以越歌越调为基础，委婉哦嗦，抒情表达，似弦乐般轻柔舒缓，由表及里，丝丝入扣，刻画人物的内心世界。男声以渔歌音调为基调，粗犷豪迈，气势浑厚，像交响乐般有着恢弘的主题，展现大海的宽广辽阔、深沉雄壮。

关于舞台　简洁明快，虚实结合。动静自如，组合节奏。渔村的朴实，风暴的冲击，梦境的虚幻，心境的致远都要能够非常自如地表达与转换。小船与大船的对比，现实与梦境的变化要清晰明了。

人　物

冯国良　男，六十多岁，渔民，曾经是兴祥号渔船上的老大，记忆时好时坏，已搬到城里，特别想回到以前居住过的渔村。

戚瑞云　女，十八岁左右。20 世纪 60 年代后期，宁波某越剧戏班子花旦①。

阿　兰　女，三十岁左右，原老鬼之妻，后为冯国良之妻②。

冯泉海　男，四十多岁，现在为舟山某乡镇的乡长，冯国良之子③。

林子忠　男，六十多岁，渔民，曾经是兴祥号渔船上的尾多人④。

林子章　男，六十多岁，渔民，曾经是兴祥号渔船上的老轨⑤。

陈阿根　男，七十岁左右，渔民，曾经是兴祥号渔船上的头多人⑥。

小戚瑞云　女，二十岁左右，现为宁波某乡下越剧戏班子的花旦⑦。

年轻冯国良　男，十八岁左右，现时高中毕业。

男　人　三十岁左右，一条雄性的大黄鱼⑧。（由饰演年轻冯国良的演员兼饰）

林阿龙　男，五十岁左右，渔民，曾经是兴祥号渔船上老一辈的老大⑨。

老　鬼　男，五十岁左右，渔民，曾经是兴祥号渔船上老一辈的老轨⑩。（由饰演冯泉海的演员兼饰）

年轻陈阿根　男，二十多岁，渔民，兴祥号渔船上的出网⑪。

渔船上的伙计团小眯缝眼儿、鱼头团⑫海嘴巴等群众演员若干。

---

① 戚瑞云的话可以有些浙江宁波的地方口音。

② 可由演戚瑞云的演员兼饰。

③⑧⑩ 可由演林子章的演员兼饰。

④ 尾多人：渔船上的大副，协助老大掌舵与管理。

⑤ 老轨：渔船上的轮机长。

⑥ 头多人：渔船头部负责抛锚收锚的水手。

⑦ 由演戚瑞云的演员兼饰。

⑨ 可由演林子忠的演员兼饰。

⑪ 出网：渔船上负责撒网拉网的水手。

⑫ 伙计、伙计团、鱼头团：渔船上的水手、伙夫和负责剁鱼头的打杂。

海水是咸的

那是我们的泪

是鱼的

也是人的

          ——题记

序幕　守梦

    ［幕起。

    ［雾蒙蒙的舞台。雾越来越浓。

    ［浓雾中，光圈漾开来。一只小船，似有似无地在雾气中隐现。

    ［船头，冯国良直立着。他的身后，林子忠坐在船边，隐隐约约地显得模糊不清。船尾，陈阿根摇着桨。桨声清晰。

    ［冯国良提着一盏旧的马灯，立得笔直，灯影摇曳，落在他的脸上，他显得有些焦急。灯光把他们巨大的身影投在雾气中，有些狰狞而诡异。

    ［沉默，在雾气中积淀着。

    ［良久。冯国良转过身，越发地坚毅。船向舞台口靠近。

林子忠　老大，好大的雾啊。

冯国良　雾？这是那些推土机在村里扬起的土，搞得乌烟瘴气的，一刻也不停。

林子忠　什么都看不见了。

冯国良　我们早就被困住了。

    ［静场，冯国良仔细地聆听着。

林子忠　听见了吗？老大！

冯国良　没有。

林子忠　不会有了，等，也是白等。（稍停）那些鱼不讲信用了。

冯国良　那是我们失约在先。

林子忠　老大，还记得那年我们去莲花山捕黄鱼吗？那天晚上，那雾，浓得跟鱼汤似的，对面都看不见人啊。

冯国良　十几条船围在一起,几十个人敲起了船桄,黄鱼都飞起来了。

林子忠　我从来没见过那么多的大黄鱼,全都噼里啪啦地掉在船板上,砸在身上,全是黄鱼! 鱼眼睛都瞪得圆圆的,吓死人的。我们就把鱼往海里推,可鱼还是拼命往船上跳……

陈阿根　敲桄,敲桄,桄声把大海都震翻了,大黄鱼都没法待啊。

林子忠　有一条老大老大的大黄鱼。比人都长,浑身金灿灿的……

　　　　〔舞台的背后,一条巨大的鱼影游过。

　　　　〔沉默。桨声停了下来。远远地传来一阵轻快的类似蛙叫声。冯国良倾听着。

冯国良　我听到了……我听到了黄鱼的叫声了。

陈阿根　是的,老大。

林子忠　哪儿呀,这是村里打桩机打桩的声音。

　　　　〔沉默。不紧不慢的桨声。夹杂着阵阵打桩机发出的声音。

冯国良　(轻声地)可现在雾还在,水死了……鱼,等不到了。(摇着头)我们犯下的错,不能等它们上门来。阿根叔,回村。

林子忠　不不不,不能回村,说好的在海边转转,听听鱼汛就回城的。阿根,回城。

冯国良　回村! 等不到鱼,就回村! 我要出趟海,把鱼给找回来。

林子忠　出海找鱼?

冯国良　是的。

林子忠　老大!

冯国良　回村!

林子忠　老大,泉海可不让我们回村。

冯国良　泉海是谁?

林子忠　老大,泉海——你儿子呀,我们乡长啊。

冯国良　他不是我儿子。阿根叔,回村。

陈阿根　哎,晓得咧!

　　　　〔沉默。

林子忠　好,回村,回去看看。

　　　　〔雾慢慢地散尽。很远的地方,灯塔若隐若现。冯国良拿出支竹笛。

陈阿根　老大,看,灯塔。

冯国良　(苦笑着)看了一辈子,现在,也只能看两天了……

林子忠　(打岔)这雾,怪了,说散,就散了! 啊!

[一轮明月在雾气中,似有似无地亮起来。

[舞台的后方,男人(年轻的冯国良)出现在雾气中。

[冯国良吹起了竹笛。笛声悠悠然然地响起来,声音在烟雾中起伏,诉不尽的失落与忧伤。

[暗场。

第一场　寻梦

[黑暗中。随着打桩机突突的噪声,灯光起。

[破落的渔家小院。这是一个普通的天井,右边是进门,左边是靠屋的檐廊,有门进客厅,门的左右有大的窗户,早已破旧,连玻璃都已经拆了去,可以看到黑洞洞的屋里和客厅。院里有几只小竹椅和一张破旧的矮桌,有从屋檐处伸出沿着砖墙而下的接水管,下接蓄水池与洗衣的水槽,水井在院子一侧。一株柚子树长得很茂密,因为长年抵抗海风而倾向一面,迎风的一面挺拔直立,上面挂着一个大的铜钟。一根晾衣绳横拉过院子上空,几串早已晒干的玉米吊在上面。走廊的尽头,靠舞台纵深处堆放着一些柴火。墙根的旁边,一台推土机显得很刺眼。

[一只破旧的木船半截埋在沙里,冯国良默默地躺坐在破船里。一只破旧的大帆布包放在船边。

[冯泉海急急地边打着电话跑上场。

冯泉海　我知道了,你们先开会,我最迟十分钟后就到。

[冯泉海到处寻找父亲。冯国良披着雨衣躺在船里。

冯泉海　爸?爸!⋯⋯您在这儿啊?

[冯国良从腰下拿出只铜铃,摇了摇。铃声清脆。冯泉海发现了父亲。

冯国良　乡长大人,你给我挂了个铃,只要铃一响,我就逃不掉了啊。

冯泉海　爸,过半小时,您跟我一起回城,回家!

冯国良　回家?这里就是我的家⋯⋯

冯泉海　爸,你昨晚还没吃药吧?

［冯泉海递给父亲药瓶。

冯泉海　爸,你干嘛非要回来?

冯国良　再不回来,家就没了。我回家看看,怎么啦!(打桩机的噪音停了。发怒地)你听听,听听,开发开发,活生生把一个好好的渔场弄成一个澡堂子。

冯泉海　是浴场,爸! 是大浴场。

冯国良　是一回事。

冯泉海　爸! 给您解释过好多次了……请父亲大人过目!

　　　　［冯泉海从随身的包里翻出一本规划图,给父亲展示着。林子忠远远地看着。

冯泉海　爸! 我们要把这里建成沿海最大的休闲度假中心 SPA 嘉年华!

冯国良　死吧,真好听。

冯泉海　这可是大势所趋。

冯国良　大势所趋? 不就是为了几个钱吗! 为了钱,你们可是什么都干得出来! 毁村! 毁岛! 又要毁海!

冯泉海　爸,你要相信我,我是渔民的孩子,我怎么会呢。

冯国良　渔民的孩子,都出不了海,哪里还是渔民的孩子,出不了海,就是孬种。(摇着铃)我现在也是——孬种!

冯泉海　爸,你身体不好,您不能——

冯国良　我知道我有病,老年痴呆,但我心里明白,清楚! 我还知道,有人痴了,有人疯了!

　　　　［林子忠跑过来。

林子忠　老大,乡长也不容易,乡里要发展,他也是为了大家!

冯国良　这里没你的事,和事佬。

　　　　［冯国良站起来,他觉得有些冷,披上外套。

冯泉海　爸,您老何苦非要守在这儿呢? 明天就要举行动工仪式了。

冯国良　动工? 动工? 望夫崖碍你们什么事了?

冯泉海　爸,望夫崖风景最好,开发商也最看重那里,再说了,这里早就没有航线了,灯塔早就不需要了。

冯国良　望夫崖埋着你的祖宗、先人。

冯泉海　爸! 我们只是把望夫崖上的坟给迁了,望夫崖会好好的,我保证,爸!

冯国良　我也不是你爸。

冯泉海　爸。

［冯国良躺回到小船上。他不理儿子。林子忠冲着冯泉海摆摆手。

林子忠　泉海，你也没错，你爸也没错。你先回去，啊，这里有我和阿根伯呢。

冯泉海　子忠叔，阿根伯，明天一早这里就要爆破了。今天请你们无论如何都要把我爸劝回去，免得明天他亲眼看着又要再受什么刺激。拜托，拜托。

林子忠　行，我的乡长，你去忙，老大没事的。

［冯泉海收拾着包。

冯泉海　爸，我……先走了。

［冯泉海看着林子忠。林子忠示意他可以放心地离开。

冯国良　走，走吧。

林子忠　走吧。

冯国良　（突然）泉海，你什么时候回来？

冯泉海　爸？噢，今天晚上，最迟明天一早——

冯国良　好，我等着！

冯泉海　爸!?　你……

［冯国良扭过头去。冯泉海不安地退下。

［静场。

林子忠　老大，泉海真的很难，你也要体谅他。

［林子忠走过去，他要拿那只帆布包。

冯国良　你别碰它。

林子忠　（放下帆布包）什么东西这么金贵啊！

［冯国良弯腰打开身边的拖网，摊开来。

林子忠　哎呀，老大，都折腾了一辈子，你还弄它干什么啊！

冯国良　翻开晒晒，要不，会发霉的、烂掉的。

林子忠　好好，晒晒。

［林子忠帮着冯国良晒着网。

冯国良　这网还可以晒，这人老了，却只能霉掉，烂掉了。

林子忠　老大，现在这些事情啊，你还管那么多干吗？我们惹不起，还躲不起吗？咱们一辈子只能靠海吃饭，现在海里没鱼了，他们只能卖这卖那的……

冯国良　你是谁啊？

［林子忠与陈阿根面面相觑。冯国良笑起来。

冯国良　我没犯病。我老了，不中用了。要是我没得这个病……这狗日的病医生叫什么来着?

林子忠　阿尔兹海默症。

冯国良　海什么?

林子忠　海默症。

冯国良　真是邪门了,得个病也跟海有关系? 说白了,就是老年痴呆。

陈阿根　哎,国良,医生说了,不一样。你是想得太多了。

冯国良　(跳起来,冲着陈阿根)一样的。(感到内疚,缓和点儿)我真是……越来越不记事了,没用。这小岛也废了。

林子忠　哎呀,小岛也真不方便,谁不愿意住城里呀?

冯国良　城里,城里,城里就是一只蟹笼子,人啊,就像那一只只的螃蟹,螃蟹爬进了蟹笼子里,钻进去,它就出不来了。

林子忠　对,大家都想钻进去,没有愿意出来的。时代不一样了。

冯国良　是不一样,好好的一个渔场非要弄成什么澡堂子。

林子忠　不是澡堂子,叫 S——

冯国良　死吧……

　　　　　〔冯国良摔倒在地。林子忠和陈阿根赶忙过去扶他。

冯国良　子忠、阿根哥,我求你们俩一件事。

林子忠　什么事?

冯国良　就陪我两天,啊,趁现在我还清醒。

林子忠　老大,我们不走,不送你回城。我保证。

冯国良　我本不信这个邪的……可……别骗我,啊! 我要是突然糊涂了,你们就顺着我,啊! 城里太吵了,吵得人头疼。子忠,你看,以前我在村里就没事,就很好,可只要一到了城里,我就犯迷糊,你看,我现在就很好嘛。

林子忠　好。是很好。我们哪里都不去,就陪着你。

冯国良　说老实话,子忠,我从来没这么怕过,没着没落的,整天空荡荡的,就像是一条落在网里的大黄鱼,跳也跳不出……

　　　　　〔突然响起了大黄鱼的叫声。

冯国良　(突然静下来)喏,我听到大黄鱼的叫声了! 从天门山那边传过来的,大黄鱼要过来产卵了。

　　　　　〔沉默。冯国良怔怔地看着远方。

　　　　　〔舞台的背后,一条巨大的鱼影游过。

林子忠　(试探着)老大,老大?

陈阿根　国良,国良!

160

冯国良　我们这些大黄鱼现在可怜了,人们为了晒盐,为了围垦,人们把那些滩啊涂啊都给占了,我们就没地方产卵了,肚子胀得滚圆滚圆的,一个个都憋死在海里!

林子忠　是啊,大黄鱼都没了。

冯国良　有。

林子忠　有?

冯国良　我就是,我冯国良就是一条大黄鱼,到处都是网,有家难回啊。他们断了我的水路。

林子忠　老大?

冯国良　(回过神来)怎么了?

林子忠　(确认冯国良没事)噢,没什么。

　　　　〔冯国良站起来。

林子忠　老大,我们都老了,在城里能安安稳稳地过过日子就行了,你想那许多干吗?

冯国良　过日子?(转过头)阿根,你喜欢在哪里过日子,城里,还是村里?

林子忠　各有各的好。

陈阿根　村里。

　　　　〔冯国良解下腰上的铜铃,摇了摇,铃声清脆。

冯国良　(苦笑)你们怕我走丢,给系上个铃铛,一走路就响,跟头驴似的。

林子忠　过去我们兴祥号上不也是挂个大铜钟,敲起来,再大的风浪也听得清楚啊。

冯国良　咱们兴祥号最多的时候,有……十六七号人。

陈阿根　是的。

冯国良　可现在呢?

林子忠　就算加上林子章,也就我们兄弟四个了。

冯国良　那个林子章啊,总也见不着人影。

林子忠　子章他忙,在上海,他要照顾孙子——

冯国良　你少给他开脱,你以为我不知道他在干什么啊! 成天地上海这里两地跑,就倒腾着那点儿臭鱼烂虾——

陈阿根　人家现在是大城市的人了!

冯国良　阿根哥,海底真的像先人们说的那样……人来人往的,像是一座城。

林子忠　对,热闹得很。

陈阿根　一条鱼就像是一个人。

冯国良　一条鱼就是一个人。

　　　　　[沉默。

冯国良　子忠，你恨我吗？

林子忠　老大，说什么呢？

冯国良　你爸的事情。

林子忠　那都过去了。我们渔民，这种事总会碰到的。

冯国良　（指指胸口）从那以后，伯母跟我话就少了。

林子忠　她呀？她怕提过去的那些伤心事儿——老大，你千万别怪她啊。

冯国良　我怎么敢怪她呢！（稍停）我已经想了很久了，我就想着请人来
　　　　唱一台戏，给你爸和老鬼他们招招魂。

林子忠　好啊，这事我们回城就办。

冯国良　不，海上的魂得在海上招，今天，就在这儿办。

林子忠　今天？

冯国良　我已经托子章去请人了，只要越剧调一响，兄弟们就都来了，他
　　　　们都爱听！

　　　　　[女声悠悠然然地响起。

　　　　　[灯光变化。戚瑞云孤孤单单地出现在舞台的一角。年轻的冯
　　　　国良跟着上，远远地看着她。

戚瑞云　三月钱塘桃花浪，

　　　　四月扬子梨花波。

　　　　桃花浪，梨花波，

　　　　幽幽魂魄散尽时，

　　　　泪珠散落风浪里。

　　　　……

　　　　　[戚瑞云看着冯国良。

　　　　　[歌声中，冯国良站起身，他跟着戚瑞云，走着，恋着，痴痴地
　　　　看着。

　　　　　[戚瑞云跟着年轻的冯国良下。冯国良想去追赶，却被林子忠叫住。

林子忠　老大？

　　　　　[冯国良回头看了看林子忠，又看了看戚瑞云下去的方向。

林子忠　怎么了？

冯国良　我像是听到……戚瑞云唱了。

林子忠　戚瑞云？40年前那个唱越剧的？她唱什么了？

冯国良　她唱着……

[冯国良摆好架式,他突然唱起了渔工号子。

林子忠 这是戚瑞云唱的啊?

[冯国良还在动情地唱着。

[林子忠和陈阿根被他带动着,也跟着唱了起来。

[远远地,响起了渔工号子声,低低地和着,却雄浑有力,铿锵激越。

[灯光暗转。

第二场　筑梦

[灯光亮转。

[渔工号越来越响,激烈而奔放,像是有千军万马奔腾而来,马蹄声碎。

[巨大的钟声配合着号子。一只巨大的船头慢慢地出现在舞台上。

[林阿龙、年轻冯国良、年轻陈阿根、老鬼以及一些渔民懒散地或坐或立在甲板的各个角落。

[蓝天大海,一派悠然自得的打鱼场景。渔民们抽着烟,悠闲地放着渔网。年轻陈阿根裹着一件破棉袄,不停地咳嗽着。

[背景声:隐约地传来高音喇叭的声音——舟山渔业革命委员会通知:人有多大胆,地有多大产。各村各生产队各船注意,今天下午有暴风雨,但我们要迎着风暴上,追着鱼群捕,人多力量大,鱼多能肥田……

[在林子忠和陈阿根的注视下,老年冯国良走到甲板上,他把手里的竹笛塞到老鬼手里。老鬼吹着起竹笛,笛声满是思念。

[林阿龙穿着一件旧的红色运动衫。他手里拿着一件破旧的军大衣。

林阿龙 国良!

[老年冯国良站住,他以为是叫他。年轻冯国良跑过来。老年冯国良看着他。

年轻冯国良　阿龙伯!

林阿龙　当心着凉!

　　　　［林阿龙把手里的军大衣扔给年轻冯国良。年轻冯国良从自己
　　　　的口袋里拿出一瓶酒递给林阿龙。

年轻冯国良　阿龙伯,俺娘说一定要好好地谢谢你。

林阿龙　(推开)嗳,不用。

年轻陈阿根　酒!哪来的?现在的酒稀罕着呢!是要特供的。

海嘴巴　是啊,有钱都买不到。

年轻冯国良　老白干,这是俺爹从山东带来的,一直留着,说是等哪天他
　　　　的问题解决了,再喝。

林阿龙　国良,你爸还没回来啊?

年轻冯国良　在农场,不让回。

林阿龙　你爸好人啊,以前他还帮我扫过盲、识过字!这瓶酒啊,还是给
　　　　你爸留着吧。

年轻冯国良　不不不,俺娘说了,俺爹要是知道这酒是给您喝了,那比他
　　　　自己喝了还要高兴呢。

海嘴巴　老大,这酒你可得喝,你看,队里其他的船都不要他这个右派的
　　　　儿子,就你要他。你还不喝?

林阿龙　好,我喝。

　　　　［林阿龙拧开酒瓶喝了一口。老鬼停止了吹奏。

老　鬼　国良,你妈硬是把你从学校里拽出来,扔到这船上,你觉得丢
　　　　人吗?

年轻冯国良　不丢人,俺娘说这船上好活人。

老　鬼　跟你爸在学校读书,将来就是个文化人,现在跟我们上船,就是
　　　　渔民了。

年轻冯国良　俺娘说了,船上好。

老　鬼　对,船上干净。哎,国良,千万别丢了文化。

年轻冯国良　嗳。

年轻陈阿根　文化,能当饭吃啊?有文化就爱说话。喏,还不是落下个右派!

小眯缝眼儿　他爸是我们这里唯一的文化人,摊也得摊上他啊。

林阿龙　(厉声地)喂,小眯缝眼儿,你胡说八道些什么呢!还有你,阿根
　　　　头,你们长点儿文化。国良,这船、这海,就是你的家了。有些事
　　　　儿就像是潮汐一样,一阵一阵的,会过去的,啊。

年轻冯国良　嗳,知道了,阿龙伯。

〔老鬼又吹起了竹笛,年轻陈阿根不停地咳嗽着。

林阿龙 阿根头,你怎么了?

年轻陈阿根 没事,老大,前两天冻的。

林阿龙 阿根头,这次回去,你息两天,啊。

年轻陈阿根 谢谢老大。

林阿龙 老鬼呀,娶了新媳妇,这笛子吹得有点儿意思啊。

〔林阿龙把酒瓶递给老鬼。

老　鬼 (停止吹奏)那是,如今我老鬼出海那也是有人等的了。

〔老鬼一仰脖就喝了起来。

林阿龙 老鬼,你少喝两口。

老　鬼 知道。(说完,对着酒瓶又喝了一口)天冷。

林阿龙 (笑)冷,什么时候听到老鬼说冷了?

老　鬼 现在啊身体不如以前了,老了。再说了,我老婆还等着我回去缴公粮呢!我可不能冻病。阿根头,你说是不是?要是没地方缴公粮,那憋久了是会馊的!

〔众人笑。

年轻陈阿根 你这个老鬼,你不是刚娶了阿兰才半年吗?照你这么说,你不是都馊了几十年了。

老　鬼 你眼馋了是吧?我告诉你啊,阿根头,如今我们渔民的地位提高了,岛外的姑娘可是抢着要嫁进来。你别急着像只公猴似的,赶明儿我也给你找一个。

年轻陈阿根 你不就是在县城的街上捡了个年轻漂亮的小姑娘回家当媳妇吗!要不然,你这个老鬼还真不知道到哪里缴公粮去。

〔众人大笑。

林阿龙 国良,阿根头是我们船上的出网,你要跟他好好地学学。

年轻陈阿根 (大声地)是的,国良,你要跟着我好好地学,听见没有?大家听着,这个国良是一个可以教育好的黑五类子弟。

林阿龙 (制止着)阿根头,又瞎说什么呢。国良,老话说,这渔民啊在船上,睡的是湿舱板,吃的是雨淘饭,船上不比岸上,很辛苦的。

年轻冯国良 知道了,阿龙伯。

年轻陈阿根 什么阿龙伯,叫老大,啊!

〔老年冯国良站起来。

两个冯国良 老大!

〔年轻冯国良扑到林阿龙怀里,他紧紧地抱着林阿龙。林阿龙拍

　　　　　　了拍他的背,安慰着他。

　　　　　　[年轻冯国良松开林阿龙,跟着年轻陈阿根走到台前。

年轻冯国良　啊,这么多鱼啊。

年轻陈阿根　多,多啥?大惊小怪的,这里水浅,全是沙,一有鱼,就都能
　　　　　　看得见。多?多啥!

年轻冯国良　是,阿根。

年轻陈阿根　阿根?阿根也是你叫的?叫阿根哥。

年轻冯国良　是,阿根哥。

年轻陈阿根　(看着水里,稍停)咦,今天是有些奇怪,怎么会有这么多鱼?

年轻冯国良　带鱼、黄鱼、鲷鱼、老虎鱼,阿根哥,这里还有乌贼鱼……

年轻陈阿根　哎呀,连乌贼鱼都出来了?老大,快,快来看。

　　　　　　[林阿龙急急地跑过去,看着远方。

林阿龙　乌贼?(满脸严肃地)小眯缝眼儿,能看得到主船么?

小眯缝眼儿　(看了看远方)看得见,打的还是捕鱼的信号。

　　　　　　[隐约的喇叭声,时断时续地传来:各村各生产队各船注意,今天
　　　　　　下午有暴风雨,但我们要迎着风暴上,追着鱼群捕,人多力量大,
　　　　　　鱼多能肥田……

老　鬼　可惜了,这么好的鱼啊,捕回去肥田。

小眯缝眼儿　老大,你听,这海底下哗哗的,都炸开锅了。

海嘴巴　就是,这水底下的鱼多的都要蹿到船上来了。

年轻陈阿根　这下好了,今天一定是鱼虾满舱,半个月的任务就完成了。
　　　　　　国良,咱们要迎着风暴上,快,快帮着放网!

　　　　　　[年轻陈阿根与年轻冯国良快速地放着网。

林阿龙　(看着远方,手一挥)停,停止放网。

　　　　　　[静场。隐约的渐渐地响起来哈哈的嘈杂的声音。海嘴巴跑到
　　　　　　台前。

海嘴巴　不好了,老大,起沙了,海水都泛浑了。

老　鬼　海里都泛腥味了。

林阿龙　(看着远方)猪头云都上来了!小眯缝眼,敲钟!老鬼,回舵!海
　　　　　　嘴巴,收帆!阿根,收网,收网。

年轻陈阿根　收网?这么多鱼啊。老大!

林阿龙　这哪是鱼啊,它们是来报信的,是来催命的。阿根,收网。

年轻陈阿根　收网!

林阿龙　不,来不及了。不要了,都不要了!

[一声巨大的雷声。小眯缝眼儿没命似的敲着铜钟，钟声一阵紧过一阵。

林阿龙　砍断缆绳。

年轻陈阿根　砍断缆绳！

林阿龙　给主船发紧急信号，升两个，不，三个风球。

小眯缝眼儿　升风球！

[小眯缝眼儿升起风球。

林阿龙　望夫崖方向。全速回岙。

年轻陈阿根　什么，全速回岙？老大，这样回去是要犯错误的。

林阿龙　天大的事我顶着，命都快没了。全速回岙。

众　人　砍断缆绳！升风球！回岙，回岙！

冯国良　（大声地）：砍断缆绳！升风球！回岙，回岙！

[喊声震天。

[海浪声、雷声、风声、雨声、钟声、喊叫声混成一片。

[隐约的喇叭声传来：迎着风暴上，追着鱼群捕，人多力量大，鱼多能肥田……

小眯缝眼儿　天啊，这天怎么全黑了。

年轻陈阿根　这浪打上来全是沙子啊。

老　鬼　（大叫地）不好，海底起流沙了……

[老鬼跑上。人们有些慌乱，四下里奔跑。

林阿龙　停，都停下。安静。

[人们立刻停了下来。只有风声、浪声。

林阿龙　今天的风暴凶得很啊。

老　鬼　几十年没遇过啊。

林阿龙　老鬼，绑绳吧！

老　鬼　打结！

林阿龙　快，绑绳打结。

老　鬼　（大叫着）打结！

[众人看着林阿龙。静场。林阿龙拿起绳子很快给自己绑上，然后递给老鬼，老鬼绑上自己，又递给下一个，人们一个接着一个地把自己给绑上。年轻陈阿根绑好自己。突然，老鬼发现忘了年轻冯国良。

老　鬼　阿根，还有国良呢。

年轻陈阿根　（笑）差点儿把你给忘了，来，国良，快给自己绑上。

年轻冯国良　阿根哥,为什么都要绑在一块?

年轻陈阿根　这是让捞到我们的人啊捡一个大大的元宝,咱们不能亏了人家。

老　　鬼　国良,万一扛不住,我们都绑在一起,水里冲不散,不会四处漂,别人也好捞,这叫做同船一条命,生死相依。

海嘴巴　老大,风太大了,船要稳不住啦!

　　　　〔巨大的海浪声。

林阿龙　快,清理甲板,顺风左舷扔网。

年轻陈阿根　(大叫着)老大,你说什么?

林阿龙　清理甲板,顺风左舷扔网。

年轻陈阿根　(边解着身上的结)清理甲板,顺风扔网。

　　　　〔年轻陈阿根努力地解着身上的绳子。年轻冯国良一下扯下身上的绳子,年老冯国良想抱住他,被他一下地推开,他冲到舞台的后方,弯腰抱起一堆渔网,拼命地把网扔到海里。年老冯国良绝望地看着。

年轻陈阿根　(大叫地)国良,左边,左边。

　　　　〔年轻陈阿根抱着网跟跄跄地跑过去。

　　　　〔发动机的声音慢慢停止。

林阿龙　老鬼,发动机声音不对,怎么回事?

老　　鬼　(在下面)老大,发动机被闷死了,船没动力了!

陈阿根　国良,刚才你是不是往右舷扔网了啊?

年轻冯国良　阿根哥,不是清理夹板,扔掉渔网吗?

陈阿根　你这个书呆子,要被你害死啦!老大,刚才国良往右舷扔了一个网,肯定是网把螺旋桨绞死了。

林阿龙　你是出网! 你在干什么?

老　　鬼　老大,这样下去船会侧翻的。

林阿龙　老鬼,你再发动一下试试。

　　　　〔依旧是发动机停滞。老大和老鬼都跑过来看。

老　　鬼　(在舱底)不行,绞住了,动不了了。

　　　　〔老鬼跑上来。

老　　鬼　(对老大,轻声)不行,螺旋桨被网绞死了,唯一的办法只能下海割网。

　　　　〔众人看着林阿龙。他一脸的严肃。

林阿龙　(大声地)下海割网!

海嘴巴　阿根,国良,下啊,谁捅的娄子谁负责! 这是规矩!

　　　　〔海嘴巴拿起割刀,递向年轻陈阿根和年轻冯国良。

　　　　　　　[年轻冯国良很紧张。

　　　　　　　[年轻陈阿根把脸转过去,他不停地咳嗽着。

年轻冯国良　这……我……老大……我不会……阿龙伯,我怕……

　　　　　　　[老年冯国良急急地跑过去,他伸手就是给年轻冯国良一个耳
　　　　　　　光,他怒视着年轻的自己。

冯国良　怕,怕死鬼,就该你下! 留着你,一辈子生不如死……

　　　　　　　[冯国良从海嘴巴手里抢过割刀,他把割刀递到年轻冯国良面
　　　　　　　前。年轻冯国良很胆怯地接过割刀。

冯国良　谁捅的娄子谁负责! 这是规矩!

　　　　　　　[年老冯国良疯狂抽自己的耳光。年轻冯国良不知所措。林阿
　　　　　　　龙看了看年轻陈阿根,从他手里拿过割刀。

　　　　　　　[年轻陈阿根跪倒在地。

年轻陈阿根　老大,你不能去! 我是出网,我捅的娄子我负责! 这是规矩!

林阿龙　(怒吼)我是老大,老大。

陈阿根　老大!

林阿龙　滚!

　　　　　　　[林阿龙转身往船尾。年轻冯国良正犹豫是否跟上。老鬼走
　　　　　　　上前。

老　鬼　国良! 把刀给我!

年轻冯国良　不,是我,是我……

老　鬼　你不行,你头一回上船,边还没摸着呢,来,给我……没事的。你
　　　　　　老鬼叔我下海洗个澡。

年轻冯国良　老鬼叔,是我闯的祸……

老　鬼　给我!

　　　　　　　[老鬼从年轻冯国良手里抢过割刀。

老　鬼　国良,回去赶紧找媳妇,今后出海,就有人等啦。

　　　　　　　[老鬼把手中的竹笛塞给年轻的冯国良。

　　　　　　　[林阿龙笑着看老鬼。老鬼把酒瓶递给林阿龙,他又喝了几口
　　　　　　　酒。众人帮两人系绳子,然后他们一起跑下。

众　人　老大,小心啊……老鬼,当心啊……

　　　　　　　[老大唱起了号子,众人和起,铿锵激越。

　　　　　　　[年轻冯国良呆呆地站着。

众　人　(合)哟——嗬——

　　　　　　哟嗬! 回家噢!

嘿嘿嘿嘿——

哟喂!

嗬! 嗬! 嗬!

哟嗬!

[林阿龙喊着号子,众人和声。

[一声惊雷,号子声突然停住。

[舞台中间闪出螺旋桨的阴影,林阿林和老鬼出现在无声的海底,割网。林阿龙和老鬼接触到螺旋桨。

众　人　老大,老鬼,注意安全。国良,阿根,抓紧绳子。

阿　根　风大浪大,注意安全。

[巨大的浪声。

[林阿龙和老鬼水下割网的动作。

[众人往前一扑,浪声起,帷幕上出现碎网的形象。

众　人　老大,老鬼,船又开始动啦……碎网,碎网,网被割破啦……我们得救了!

[众人互相拥抱,庆祝欢呼。

年轻陈阿根　当心,你们看,又一个大浪打过来啦,快把他们拉上来!

众　人　危险啊!

[一声巨大的海浪声,桅杆倒掉的声音,巨大的浪声。

[年轻陈阿根和年轻冯国良手里攥着断掉的绳子。

[红色灯光亮起来,帷幕上出现红色的血。

冯国良　(喊叫)血……

众　人　(喊叫)老大,老鬼!

[年轻冯国良和众人一下子扑跪到船头中央。

[雄壮的号子声远远地响起。

[老年冯国良走过来,他从年轻冯国良手中拿走竹笛,走到舞台前方。

冯国良　(哭泣着)老大! 老鬼!

众　人　(站起来)老大! 老鬼!

[在马达声中,所有人依次下。

冯国良　老大,老鬼! 因为我,你们回到了海里。一场风暴,死了两千多号人。几百条船出去,几条船回来。那一天,在风暴里,我成了海的儿子,一个渔民,一个老大,以后,每当我站在船上,我就感到我变成了他们,阿龙伯,老鬼叔,他们就在我的身体里。可我怎样才能心安啊？就像这大海，风平才能浪静。

〔灯转。

第三场　忆梦

〔灯转。

〔推土机旁，老年的冯国良坐在破船边，他的手里拿着那支竹笛。

〔陈阿根和林子忠边说边上。

〔远处，响起了海轮的汽笛声。

陈阿根　是不是子章来了？

林子忠　我去看看。

〔林子忠下。

陈阿根　要招魂，我去准备准备。（看了看冯国良）你？

〔冯国良摇了摇铃。

陈阿根　（欣慰地）平安无事！

〔老年的冯国良坐在椅子上，他看着手里的竹笛。笛声悠然地响起来。

〔年轻的阿兰在光束里慢慢地显现出来，形象并不清晰。

冯国良　（像是自言自语，又像是对阿兰）谁？谁在那儿？婶子？我跟老鬼叔这么叫过你……阿兰，你恨我吗！

阿　兰　你走吧。

冯国良　老鬼叔……

阿　兰　不要再提了。

冯国良　想过吗？以后怎么过？

阿　兰　不想，不想想。

冯国良　我对不起你。

阿　兰　过去了。

冯国良　可我过不去。

阿　兰　慢慢的，都会过去的。

冯国良　你有什么打算？

阿　兰　没有。

冯国良　你打算怎么过？

阿　兰　怎么过？怎么过都是过。

冯国良　老鬼没了，你又是刚嫁过来的，人生地不熟，娘家也没有亲戚，这里只有你一个人。

阿　兰　（哭）一个人？不！……是啊……是一个人，一个人！

冯国良　老鬼叔……

阿　兰　不要再说了。

冯国良　是好人。

阿　兰　没了。

冯国良　老鬼叔救了大家，队上说今后你的日子大家帮着过。

阿　兰　知道了。你走吧。

冯国良　我能到哪儿去？

阿　兰　你跟我一样，都不是这儿的人，用不着在这儿待着。

冯国良　我哪儿都不会去的。我就一直在这儿待着。

阿　兰　不，你不是个打鱼的……

冯国良　是的，我是右派的儿子，一个狗崽子。我怎么能比得上一个打鱼的！

阿　兰　早晚有一天，你是要跟你父亲一起回山东的。

冯国良　不。

阿　兰　为什么不？

冯国良　因为……你。

阿　兰　因为……不，国良，你走吧，真的，事情都已经过去了。

　　　　〔年轻的冯国良冲上，跪在阿兰面前。

年轻冯国良　可我……过不去！我，过不去！

阿　兰　（突然激动地）过不去？你也知道过不去，过不去又怎么样？过不去不还得过去吗？这一个村死了几十个人，又不是老鬼他一个人，大家谁能过得去……不，实在不行，我就回去。（哭）回，我这样子怎么回啊……回哪儿去啊？家早就没了，逃荒出来的，孤魂野鬼！（大声地）老鬼，你为什么要丢下我？我不嫌你老，我不嫌你丑！你说过的，你说过要陪我一辈子的！可这才半年……我现在真想跳下海去，去陪你。

年轻冯国良　别……阿兰，你千万可别这么想！

阿　兰　我又能怎么想？

年轻冯国良　你,别哭了。咱俩……咱俩一起过。

阿　兰　咱俩?

年轻冯国良　咱俩!

　　　　　〔阿兰怔怔地看着年轻冯国良。

阿　兰　冯国良,老鬼刚走,你就欺负到我头上来。滚,滚,你给我
　　　　　滚啊——

年轻冯国良　阿兰,我是认真的。

阿　兰　你们这些读书人——

年轻冯国良　我只是怕连累你!我不会骗你。老鬼叔救了我的命,我就
　　　　　应该照顾你一辈子,你是一个人,我也是一个人,那咱俩就一
　　　　　起过。

阿　兰　你?……

年轻冯国良　真的。

阿　兰　我是老鬼的人。

年轻冯国良　你是个好女人,老鬼也是个好人,在天上他会保佑我们的。
　　　　　在海里他会保佑我们平安的。阿兰。

阿　兰　(怔怔地看着年轻冯国良)你走吧。

年轻冯国良　我是认真的。

阿　兰　你走吧。

年轻冯国良　阿兰,阿兰!

　　　　　〔年轻的冯国良突然跪下来,对天发誓。

年轻冯国良　(叫喊着)老鬼叔,我冯国良不能报答你的救命之恩,就让我
　　　　　照顾阿兰一辈子吧。阿兰,如果我说的有半点谎话,就让这天上
　　　　　的雷劈了我,让这大海的海水把我淹死……

阿　兰　(大叫着)你走啊……

年轻冯国良　我爸妈虽是臭老九,可他们不会反对的。

阿　兰　走!

年轻冯国良　阿兰——

阿　兰　走啊!

年轻冯国良　阿兰,你可怎么活啊!你可是一个人!阿兰——

阿　兰　一个人,一个人,我要是一个人,我早就跟着老鬼一起走了。

　　　　　〔巨大的海涛声。阿兰捂着腹部,悲痛欲绝。

　　　　　〔年轻冯国良怔住了,他吃惊地看着阿兰。

年轻冯国良　阿兰?阿兰,我要你。咱俩结婚!

[阿兰站起来,她失魂落魄地跑下。年轻冯国良追着她。

年轻冯国良　(喊叫着)阿兰!

[照着年轻冯国良和阿兰的灯光隐去。

冯国良　(喊叫着)阿兰! 我娶你。咱俩结婚!

[老年的冯国良站起来,他感觉脑袋有些糊涂,随即坐下,掏出药瓶吃了几颗药。

[舞台的另一侧,林子忠带着林子章上。林子章边走边打着电话。

林子忠　老大,子章来了。

林子章　喂,喂,喂! 这儿连个信号都没有,太落后了。(看到冯国良)老大,你好啊!

冯国良　我托你办的事情,你办得怎么样了?

林子章　老大,你放心,凡是托我林子章办的事情,我一定办得漂漂亮亮的。老大,你知道吗? 现在戏班子太难请啊!

冯国良　……

林子章　请到了,下班船到! 下班船就到! 啊。

冯国良　好,好。

林子章　(大声地)老大,这事儿你不是不让我跟别人说吗? 我谁也没说!

[冯国良有些恍惚,他转身离开。

林子章　(对着陈阿根指了指冯国良)他?

陈阿根　没事,没事。

林子章　(大声地)我谁也没说!

林子忠　你这么大声谁不知道?

林子章　我怕他耳背听不见!

陈阿根　他听得见,你耳背。

林子章　噢,我耳背,是我耳背。(对林子忠)那个大上海啊,车子多是多得来,喔哟,堵是堵得来,嘀嘀嘀嘀,嗒嗒嗒,嘟嘟嘟! 把我耳朵啊弄得不灵光了呀!

林子忠　你呀,忙得很。

林子章　忙,整天都是朋友们托我办事情,不是从东头跑到西头,就是从南头跑到北头,没有一条弄堂我没兜过。你们,弄堂懂吗? 就是在里面钻来钻去,绕来绕去的。

[冯国良转身跑过来。

冯国良　(认真地)钻来钻去,螃蟹。

陈阿根　对,国良,城里就是只蟹笼子!

林子忠　人啊,就像是螃蟹,再怎么钻,你也钻不出来。

林子章　对对对,钻不出来。可这就是城里人的活法嘛!与时俱进嘛!这人吧就跟鱼一样,总得活吧,而且得好好的活!像我吧,我知道上海缺什么,我们这里有什么,这么一倒腾……(得意地捻着手指)我的GDP呀就上去了!哎呀,你们总说我不回来,又说我呢忘本!我也想回来,回到从前,在岛上,在船上,那时候人与人之间多干净啊!可是回不来了,时代不同了,你们要是看不惯我,你就把我当作笼子里的一只螃蟹,好吧!

[林子章一屁股坐在地上。陈阿根急忙过去扶他。冯国良饶有兴趣地看着他们,笑着。

陈阿根　你就是只螃蟹,出了水,且要折腾呢。

林子忠　螃蟹好啊,活得多自在,城里乡下,都兜得转!

林子章　哪里!马马虎虎!

冯国良　你到底请到谁?

林子章　老大,你还记得四十多年前,我也请过一个人?

[冯国良努力地想着,他记不起来。

林子忠　(对着冯国良)戚—瑞—云!那个越剧小花旦!

陈阿根　该是老花旦了。

林子章　老大,说到戚瑞云呀,我还挺恨你的。

[冯国良呆呆地看着林子章。

陈阿根　(笑)国良,他说实话了。

林子忠　(笑)陈芝麻烂谷子的事,不要再提它了。

林子章　干吗不提?当年是我把她请来的!

林子忠　是你请的。

林子章　我把她请来,我是有想法的呀!(对冯国良)老大,我怎么知道你们同过学,你们倒好上了!早知道这样,我就不请她了——阿根,子忠,你们评评理,老大,他是不是太不厚道了。后来,他们不成了,也不告诉我一声——

林子忠　子章,那个戚瑞云后来到哪儿去了?

林子章　戚瑞云后来去了兰州。

冯国良　(思忖着)她果真去了。

林子章　老大?这事你也知道?喔哟,这事搞了半天就我蒙在鼓里。

冯国良　你到底请的谁?

林子章　戚瑞云……

　　　　　［众人吃惊地看着林子章。

林子章　噢，不！请不来了，她已经过世了。

　　　　　［静场。巨大的海浪声。

林子章　我请来了她的孙女，艺名叫小戚瑞云。喔哟，她跟当年的戚瑞云
　　　　　长得一模一样。她的腔调，她的扮相，喔哟，哆！人家现在很忙
　　　　　的，我说到她奶奶，她才肯来的。

冯国良　那今天我们就在这儿，给阿龙伯给老鬼，还有死去的弟兄们，招
　　　　　招魂，让小戚瑞云给他们唱一段，往后怕是再也听不到了。

林子章　老大，这事儿泉海知道吗？（对林子忠）哎，子忠，乡长他同意
　　　　　了吧？

冯国良　笑话，要他同意？那他炸望夫崖，经过我同意了吗？

林子章　喔哟，老大，不是炸望夫崖，是灯塔，我听说啊，要在那里建个连
　　　　　上海也没有的高级会所。

冯国良　那里是世世代代在海上遇难渔民们的坟场。

林子章　都是些衣冠冢。

冯国良　（突然发火）那是祖宗、先人！

　　　　　［静场。林子章看着林子忠，林子忠冲他摆摆手。

　　　　　［突然，远远地响起了一声海轮的汽笛声。

林子章　（站起来）喔哟，船来了……小戚瑞云来了。

　　　　　［冯国良站起身来，满是期待。

　　　　　［女声悠然地响起，无词无字，怨恨绵长。

女　声　啊……啊……啊……

　　　　　［灯光渐暗。

第四场　恋梦

　　　　　［灯转，光起。

　　　　　［望夫崖破旧的灯塔下。一束光下，小戚瑞云亭亭玉立，默然静伫。
　　　　　她静静地注视着远方，像是沉浸在回忆之中，身边的灯光漾开来。

[在她的面前放着两排空空的竹椅。竹椅上放着碗。在最后一排的角落里,坐着冯国良、林子忠、林子章和陈阿根。

[冯国良站起来,他从帆布包里拿出一大瓶酒。林子忠有些意外地看着他。

林子章　老大,开始吧。

[众人分别把酒倒在那些碗里。

[冯国良端起一只酒碗,摇着铃。

冯国良　祖宗们,先人们,回来吧!阿龙伯,老鬼叔,兴祥号上的兄弟们,我冯国良、林子忠、林子章、陈阿根,我们想你们了。如今的村子破了,旧了,渔民们从小岛搬到大岛,大岛搬到陆地,都进城了。你们生在这里,死在这里,守在这里,可是你们的栖身之地也要没了……(哽咽起来)……今天趁我们几个老兄弟都还活着,就一起回来,给你们祭奠祭奠,请你们听一听越曲乡音,保佑我们的儿孙们世世代代平平安安,一帆风顺。

林子章　现在好了,出海都有大船,还有无线电,卫星电话,到哪儿都能通上话了……

冯国良　可鱼没了……

林子忠　请你们就和龙王爷商量商量,多唤回些鱼来吧。

陈阿根　保佑啊。

众　人　保佑啊。

[冯国良举起手中碗,朝天三拜;其他三人跟上;他们都把酒洒在地上。

[小戚瑞云一直怔怔地看着他们跪下,站起。

小戚瑞云　叔叔伯伯们,可以唱了么?

林子章　好,开始吧。

小戚瑞云　请听了……

冯国良　等等,这条围巾是你的?

小戚瑞云　哦,我明白了,我的奶奶也有过一条这样的围巾,一式一样的。

冯国良　(给小戚瑞云戴上)她是围在头上的。

小戚瑞云　(把围巾拿下来)这样子太土的。

林子章　开始吧。

小戚瑞云　唱哪一段?

林子章　先唱一段你奶奶唱过的。

小戚瑞云　我奶奶最喜欢的是一段唱大黄鱼的。

林子章　大黄鱼?

小戚瑞云　从小就听她唱,她还一字一腔地教过我。

冯国良　三月钱塘……

小戚瑞云　对,就是这段。

　　　　〔小戚瑞云提起衣袖轻轻一甩。哦声即起,婉转幽怨。

　　　　〔众人痴痴地看着她。

小戚瑞云　三月钱塘桃花浪,

　　　　　四月扬子梨花波。

　　　　　桃花浪,梨花波,

　　　　　幽幽魂魄散尽时,

　　　　　泪珠散落风浪里。

　　　　　……

　　　　〔歌声中,一盏、两盏、三盏……无数盏的灯从天而降,它们像是
　　　　无数渔民先祖们的灵魂浮在空中。

　　　　〔年轻的冯国良轻轻地上,他坐在竹椅前排的中央,怔怔地看
　　　　着她。

　　　　〔歌声中,小戚瑞云把头巾披在头上,倏忽之间变成了戚瑞云。
　　　　冯国良跟着她,看着她,恋着她。

戚瑞云　鱼儿的泪,

　　　　汇聚成汪洋;

　　　　鱼儿的泪,

　　　　流在我的心上,

　　　　化作那晚霞抹在你的天上,

　　　　……

　　　　〔歌毕。戚瑞云收起衣袖,慢拢云鬓。

冯国良　好听。

戚瑞云　哪有你这么痴痴地看的。

冯国良　有啊。

戚瑞云　谁啊。

年轻冯国良　我啊。

　　　　〔冯国良吃惊地转过头,看着年轻的自己。他慢慢地站起身,与
　　　　年轻的自己交换了位置,坐回到竹椅上。

戚瑞云　就你聪明。

年轻冯国良　我啊? 都笨死了。

戚瑞云　为什么?

年轻冯国良　听不懂你的词呗。

戚瑞云　你不是本地人,当然听不懂。

年轻冯国良　那你唱两句我听得懂的。

戚瑞云　听得懂就不需要我唱了。你真笨,这都是你写的词。

年轻冯国良　我写的?

戚瑞云　去年,你说大黄鱼的。

年轻冯国良　你记下了?

戚瑞云　记下了。只能对你唱,平时在台上,不敢。

年轻冯国良　你对俺真好,除了俺爹娘,就你对俺好。

戚瑞云　你爸……

年轻冯国良　还关着呢。

戚瑞云　你妈今天也来听了,不过,看了会儿,就走了。

年轻冯国良　她还不习惯。

戚瑞云　她不喜欢。(稍停)你跟她说了?

年轻冯国良　说了。

戚瑞云　怎么说的。

年轻冯国良　我说我要和你在一起。

戚瑞云　她怎么说。

年轻冯国良　她说……她说除非你不唱戏了。

　　　　　〔静场。戚瑞云欲离开。

年轻冯国良　这由不得她。你们什么时候走?

戚瑞云　天天走。

年轻冯国良　我说你们什么时候回去?

戚瑞云　还有一个公社,就可以回去了。一个月吧。

年轻冯国良　什么时候再来?

戚瑞云　明年。

年轻冯国良　明年?又要一年啊。

戚瑞云　是的。

年轻冯国良　那你想不想我跟你一起走。

戚瑞云　跟我走?做什么?

年轻冯国良　我去做个打杂的。

戚瑞云　县剧团很难进的,要城镇户口。

年轻冯国良　我就做看门的。

戚瑞云　你爸是右派,他们不会要你……

年轻冯国良　……

戚瑞云　要不,我跟你一起打鱼?

年轻冯国良　好啊,我在海里打鱼,你在家里等我,等我回来,你给我唱越调。

戚瑞云　好的。

年轻冯国良　过几天,我要去渔船上。俺娘不让我读书了……

戚瑞云　你也不读了? 我不读是为了进剧团,你——

年轻冯国良　你看俺爹……俺爹不就是读书读的。

戚瑞云　(叹了口气)那以后你上了船,我们见面就更难了。

年轻冯国良　不会的。

戚瑞云　那……是哪条船?

年轻冯国良　子忠他爸的船,他爸可是俺们这里的红老大,兴祥号,那可是俺们村里最好的船。我会算账,还会写字,可以做个多人,或是出网什么的……

戚瑞云　什么多人出网啊,我给他们唱过曲,那帮人……

年轻冯国良　怎么了?

戚瑞云　(笑)嘴上不着边的。

年轻冯国良　我着边就行。瑞云,俺在这儿等你,明年,明年俺娶你。

　　　　　〔年轻冯国良突然一把抱住戚瑞云。老年冯国良站起来。

戚瑞云　你还没到结婚年龄呢。

年轻冯国良　我不管。

戚瑞云　有人管。

年轻冯国良　俺娘?

戚瑞云　政府。

　　　　　〔灯光渐暗,场景又回到小戚瑞云唱曲。

小戚瑞云　(唱)　化作那晚霞,

　　　　　　　　　　抹在了你的天上。

　　　　　　　　　……

　　　　　〔老年的冯国良、林子忠、林子章和陈阿根泪眼婆娑。

林子章　小瑞云,这是你奶奶教你唱的?

小戚瑞云　我奶奶最喜欢这支曲子了,说是在南方的海边学的。

林子章　不对啊,当时都是革命宣传队,要是唱这样的词,那是要犯错误的啊!

冯国良　你们让她往下唱,她还没唱完呢!

[林子忠、林子章和陈阿根不解地看着冯国良。

林子章　你怎么知道?

冯国良　我写的词。

林子章　老大,你写的词?!

[林子忠、林子章和陈阿根非常吃惊。

冯国良　你让我往下听……她当年是唱给我一个人听的。

[小戚瑞云又开始唱。

[众人隐去。歌声中冯国良一个人立在舞台的中央,小戚瑞云围着他唱着,慢慢地戴上头巾,又成了戚瑞云。

戚瑞云　鱼儿的泪,

汇聚成汪洋,

鱼儿的泪,

流在我的心上,

化作那晚霞,

抹在你的天上。

……

[静场。年轻冯国良跑上,看着戚瑞云。

年轻冯国良　我决定娶阿兰了,我要照顾她一辈子。

冯国良　否则我对不起老鬼叔,老鬼叔他救了我的命。

年轻冯国良　我本想跟你商量的,可……对不起。

冯国良　对不起,瑞云!

戚瑞云　听,大海在讲话呢。

年轻冯国良　瑞云,子章也不错,他一直对你好……

冯国良　瑞云,我知道这对你不公平。

年轻冯国良　可如果我不这样做的话,我,我过不去。

冯国良　我只能这么做。

年轻冯国良　瑞云! 咱俩以后……

冯国良　做一辈子的朋友……

戚瑞云　水冷了,回不去了。

两个冯国良　你恨我吧!

戚瑞云　(摇着头,唱)这海水……

年轻冯国良　这首曲子……

戚瑞云　丢到海里去了,每个字都丢了。我不会再唱了,没人听,没人听得懂了。反正是说大黄鱼的,那就都丢到海里去吧,就让鱼儿唱给鱼儿听吧。国良,海水为什么是咸的?

冯国良　那是鱼儿的眼泪。

年轻冯国良　那是鱼儿的眼泪。

戚瑞云　也是人的。

　　　　　〔静场。

　　　　　〔冯国良坐下。

　　　　　〔戚瑞云从口袋里拿出一只手表,手表上还有个标签。年轻冯国良静静伫立在戚瑞云面前。

戚瑞云　今天下午路过镇上的百货店,买的。

年轻冯国良　我知道它。

戚瑞云　你知道?

年轻冯国良　那个店就只有这么一块表,都放了好几年了。这儿的人是不戴表的。

戚瑞云　我买了。

年轻冯国良　很贵的。

戚瑞云　给你买的。

年轻冯国良　我? 不,不可以。

戚瑞云　不管怎样,心意。

年轻冯国良　不行。

戚瑞云　你要是不要,我就把它丢到海里。

　　　　　〔戚瑞云举手欲扔。

年轻冯国良　瑞云。

戚瑞云　那你同意了。

年轻冯国良　真的不可以……

戚瑞云　(看着表)没人要了,那算你先替我保管着。

　　　　　〔戚瑞云把手表给冯国良戴上。戚瑞云看着,看不够似的。

戚瑞云　好好替我保管着,啊。

年轻冯国良　我……

戚瑞云　(强忍着眼泪)说说别的吧。

年轻冯国良　那……你……你们演完就都回了?

戚瑞云　是的。

年轻冯国良　什么时候再来?

戚瑞云　要是不走,明年。

年轻冯国良　走?

戚瑞云　听说西北都在成立越剧团,我想去那里。

年轻冯国良　去西北?那里的人听得懂越剧?

戚瑞云　总会有人听得懂的。

年轻冯国良　明年再来吧,你答应过我,要给我唱《十八相送》的。

戚瑞云　(凄然一笑)也许。好了,我要走了。

年轻冯国良　我送送你吧。

戚瑞云　不必了。

年轻冯国良　可你就一个人。

戚瑞云　习惯了。

年轻冯国良　还是送送你吧。

戚瑞云　(苦笑)十八相送?这里既没庙又没桥也没鹅的,送不出名堂的。

年轻冯国良　可我就是想送送你。

戚瑞云　就是不必了。(稍停)别让人家看了笑话。

〔戚瑞云转身下。

〔年轻的冯国良痴痴地望着她下去的方向,又低头看着手中的手表。

〔女声悠然地响起,无词无字,怨恨不已。

女　声　啊……啊……啊……

〔老年的冯国良轻轻地走过年轻的冯国良。他们对视着。年轻的冯国良把手中的表递给老年的冯国良。他接过去,轻轻地抚摸着。

〔年轻的冯国良下。

〔冯国良看着手中的手表,灯光渐暗。

〔女声怆然,痛人心脾。

第五场　约梦

〔灯起。

〔一股烟柱从舞台上空泻下,有些空灵的感觉。

〔一阵哇哇的声音慢慢地从舞台的深处传出,声音有些模糊,不是很清晰,渐渐地,声音越来越大,夹杂着几许激愤,形成一种气势,随即,排山倒海般传过来,摧枯拉朽,震耳欲聋,可就是在这强大之中却隐约有些哀怨的味道。

〔烟柱泻尽,真实露出,冯国良坐在破船里。他慢慢地睁开眼睛,像是从梦中被唤醒来,他扭过头找寻着什么。

〔舞台的纵深处,站立着一个男人。

冯国良　谁?

男　人　我。

冯国良　你是谁?

男　人　我就是你啊!

〔沉默。

冯国良　我好像听到大黄鱼叫了。

男　人　还有敲船梆的声音!几十条船围在一起,一起敲击船梆,海,都被震翻了。

〔急促的敲击船梆的声音。声音越来越急,夹杂着震耳的人声。

男　人　在所有鱼群中,只有我们黄鱼脑的两侧长着耳石。船梆声传到水下,我们就被震得头昏脑涨,敲捕过后的海面到处都漂浮着我们的尸体。

冯国良　那个时候,人都疯了……你就是那条大黄鱼?

〔男人大笑着点着头。

冯国良　我一直在等你。

男　人　你肯定我会来。

冯国良　我肯定。

男　人　为什么?

冯国良　世世代代,人和鱼,都是有约的。但愿不会太晚。

男　人　学会彼此宽恕,就永远都不会晚。

〔男人掏出两颗耳石,递给冯国良。

冯国良　耳石?

男　人　你知道我们黄鱼为什么要长着一对耳石吗? 是为了能在大海深处可以听到故乡的水声,哪怕是最细微的水声。每当桃花落下、梨花飘过,我们都能听得到。风生水起时,我们就知道可以回家了。

冯国良　可我们竟然利用它来捕杀你们。断了你们的生路、归路。

男　人　现在,我们不需要它了。我们早已无家可归了。可是,你们需要,它可以帮你们找到回家的路。

冯国良　回家的路?我要去找到那条回家的路。

男　人　你决定了?

冯国良　我决定了。

男　人　好,我等着你。大海中,金光灿烂的地方!

冯国良　这一次,我绝不失约。

男　人　你知道海水为什么是咸的?

冯国良　那是鱼的眼泪。

男　人　那也是人的。

　　　　〔男人慢慢走向舞台纵深处,所到之处,金光璀璨。

　　　　〔冯国良站起身,把看着手中的两颗耳石,目送着男人离去。

　　　　〔海浪声响起,伴着女声悠然。

第六场　碎梦

　　　　〔灯光转。

　　　　〔冯国良掏出竹笛,把它放在唇边,笛声响起,说不尽的忧伤。

　　　　〔冯泉海拿着对讲机,急急地上。他看着父亲,自己来回地走动着,显得非常着急。最终,他在冯国良身边坐下,听着父亲吹着笛子。海浪声有节奏地和着。

冯泉海　爸,真好听。小时候,你经常带我来这里,你就坐在这儿,这样静静地吹着笛子。爸,我很少见你哭,可是在这里你却经常哭……爸,你说男人的命在海上,你的一辈子都和这大海融在了一起。你的眼泪,我懂。(把手搭在父亲肩上)爸,我真想什么也不干,还和小时候一样,就这么和你坐在这望夫崖上,听你吹笛子,海风会把笛声和我们带得很远,很远。

　　　　〔冯泉海轻轻地拍着父亲的肩膀。他来回地走动着。

冯泉海　爸,子忠叔他们都劝你多少次了,快回城吧,要不,来不及了……

冯国良　(停止吹笛)几点钟炸?

冯泉海	9点。
冯国良	泉海,你坐吧。
冯泉海	(看了一下手表)爸,半小时都不到啦,我们跟开发商合同签死了的。县里市里的领导都到了……炸药都堆好了。
冯国良	他们也是看在你的面子上,我是乡长他爹,要不,早就被人轰下去了。
冯泉海	爸,你得支持我的工作。
冯国良	泉海,这支竹笛,是你老鬼阿大的。
冯泉海	爸,只有二十多分钟了,就要点火了……
冯国良	……今天我把它交给你。
冯泉海	爸!无论如何,今天望夫崖是要动工爆破的,我不想让你受刺激……
冯国良	泉海,这些竹椅上坐的都是前辈先人,我无脸面对,你就给他们一个交待吧。
冯泉海	爸,你儿子我不是个无情无义的人。我知道,望夫崖上埋的都是岛上的乡民,还有遇难渔民的衣冠冢。乡里商量了,县里也批了,开发商也同意了,我们会在后山海神娘娘庙那里新建一片坟地。
冯国良	那里背光,阴得很。
冯泉海	让子孙后代过上好日子,我想祖宗们会同意的。
冯国良	同意?那炸灯塔,祖宗们也同意?
冯泉海	以后开发商要在这里新建一座发射塔,现在渔船都是靠卫星信号导航的。
冯国良	开发商,他们就像一群鲨鱼,什么都吃,凶残得很。
冯泉海	爸,你说的对,可正是有了鲨鱼,我们才会游得更快啊。
冯国良	游得更快,都游没了。千百年来,这里就是一片渔场。
冯泉海	可鱼都没了。
冯国良	它们会回来的。
冯泉海	你相信,爸?
冯国良	我相信。
冯泉海	可我们等不及啊,十几万人的生活要改善,经济收入要增加,不管用什么搭台,最终还是经济唱戏。我们得顺应潮流。
冯国良	顺应潮流?我是老大,我懂得什么叫潮流。顺着潮流,你们就会被冲得稀巴烂,路都找不到。

冯泉海　可现在,我们需要。

冯国良　需要,需要,都是需要。人们怎么一直在要,要个没完。我们真不比鲨鱼好多少,以前是烂捕烂杀,现在卖村卖岛,前岙的那个避风港你们也给卖了! 渔船以后回来停在哪里呀?

冯泉海　那里没风,景色又好,把水抽干就可以盖房子,建景点,那里好卖。

冯国良　(突然发火)卖,卖,卖,卖! 把海都给卖了,你们这是把自己的良心都给卖了。

冯泉海　爸,我老实告诉你,要是我不在这儿,今天你站在这儿所能看到的海,都会被卖了。如果我不干,就会有别人来干,而且干得比我更凶,更狠。你知道这个渔港卖了多少钱? 13个亿! 13个亿,什么概念,就是全国人民每个人在我们这里投资一块钱啊。爸,社会的大船是要往前开的,谁都挡不住的。

冯国良　可如果找不着水路,是会开到旋涡里去的。你看看,现在,鱼,鱼没了。岛,岛没了。海,海没了。

冯泉海　好,有鱼,有岛,有海,为了什么? 那不也是为了过上好日子吗? 再说,我们现在也有休渔期,也有近海养殖。我们不是不清楚,要是真说到责任,也是从你们那时候开始的。过去鱼不是很多吗? 可几十年来,你们拼命地捕杀,什么方法抓鱼多,你们就用什么,又是敲梆捕鱼,又是拖网捕鱼,鱼多了,卖不掉,吃不完,你们就用作肥料肥田;人们是见什么捕什么,渔网的网眼越来越小,就连鱼子鱼孙都让你们给赶尽杀绝了。

冯国良　我们那时候——蠢,可你们不要再明知故犯。

冯泉海　所以我们就只能想别的办法了。大海都脏了,空了,我们得靠海吃饭!

冯国良　那就把鱼找回来。

冯泉海　找鱼? 可是鱼在哪儿呀?
　　　　〔静场。

冯泉海　爸,风调雨顺,鱼虾满仓,三月桃花浪,四月梨花波,那只是你的一个梦,昔日旧梦……

冯国良　难道就不应该有梦吗?

冯泉海　爸,我们总得往前走啊。

冯国良　你也要往前走!

冯泉海　爸,现实点儿吧! 你离现实越来越远了。

［静场。

冯国良　泉海，爸只求你最后一件事，就这望夫崖上的灯塔，不炸，行吗？

冯泉海　不行。

冯国良　就一个灯塔，我信这个，看了多少年了，它照亮了我们多少年，不管经历了多少风雨，它就立在这儿。灯塔没了，那些死在海里的祖宗、先人就找不到回家的路了，就都成了孤魂野鬼了。这么大的一片海，难道就容不下一个小小的灯塔？

冯泉海　爸，不行，13个亿啊。

冯国良　就一个灯塔。

冯泉海　（一下子跪下）爸，体谅体谅您的儿子吧。

　　　　　［静场。对讲机突然地响起来。冯泉海拿起对讲机。

冯泉海　（长久地听着对讲机，突然发火）你让他们等着！对，我知道，让他们等着，等着。你们就不能让一个老人和他一辈子的家园多待一会儿？！

　　　　　［冯泉海挂上对讲机。冯国良掏出药瓶吃药。

冯泉海　（看着表）只有十几分钟了。（看着冯国良）爸，你身体不好，我不该和你吵。

冯国良　（站起来）泉海，我想出趟海。

冯泉海　出海？

冯国良　男人的命在海上，就像你老鬼阿大①一样。他去海里，是替我去死！

冯泉海　爸，我知道，他是你的恩人。

冯国良　他是你的父亲！

冯泉海　我认他这个义父。

冯国良　他是你的生身父亲。

　　　　　［冯国良激动地站起来。冯泉海有些担心地看着他。他判断着父亲是否清醒。

　　　　　［静场。

冯泉海　爸？

冯国良　是的，我没犯糊涂。

冯泉海　爸！

冯国良　好儿子，今天我等你来，就是想告诉你，老鬼才是你的亲阿大。

　　　　　［静场。

_____

①　阿大：方言，父亲。

［冯泉海怔怔地看着父亲。

［海浪声轻柔地响起来。舞台一角的高处，出现阿兰与年轻的冯国良。年轻冯国良吹着竹笛，笛声悠扬。

阿　兰　国良，你学得真快。

年轻冯国良　没老鬼叔吹得好。

阿　兰　你俩都吹得好。

年轻冯国良　阿兰，这里风大，咱回吧！

阿　兰　就回……国良，这里是我们这岛上最高的地方了。

年轻冯国良　是的，站在这里能看得很远。

阿　兰　是看得远……男人们出海，女人们总是站在这里等。

年轻冯国良　所以才把这儿叫望夫崖。

阿　兰　以前老鬼出海，我也是站在这里等呀，望啊！

年轻冯国良　因为这灯塔在！

阿　兰　谢谢你。

年轻冯国良　你说什么呢！

阿　兰　像我这样的女人，别人躲还来不及呢！

年轻冯国良　那我这样的狗崽子，你就不怕连累！你想多了，阿兰。

阿　兰　我怕给你带来晦气？

年轻冯国良　阿兰！

阿　兰　可别人怕……你不知道，我娘生我时难产死了，困难时期，我爹为了把口粮省给我，饿死了，如今，老鬼刚与我成家半年，又死了，他们说老鬼出事是因为我……

年轻冯国良　（怒）谁说的，我找他去！

阿　兰　国良，你一定会成为一个像阿龙一样的老大。你那么喜欢大海。没有人像你这样用心用力。

年轻冯国良　队里能让我学习锻炼，我已经很感激了，所以我一定要做得最好。

阿　兰　好多人都说你就是一个当老大的料。

年轻冯国良　我一定会属于大海的。

阿　兰　你会的，你会的。国良……队里还没有让你出海吗？

年轻冯国良　没，还得等。

阿　兰　（苦笑）等？都一年多了，你还在岸上。

年轻冯国良　可能是因为我爸是右派！

阿　兰　不是的，风暴前你已经上船了。

年轻冯国良 不让出就不出吧,只要能站在海边,看着大海,就够了。

阿 兰 不够的,国良。你一直想成为像阿龙一样的老大。

年轻冯国良 ……

阿 兰 他们不让你上船。他们不敢。

年轻冯国良 不敢?

阿 兰 因为我。他们怕我会给你,给整条船带去晦气。他们说我克了爹、克了娘、克了丈夫。他们还说……我会克你的。又说,这个女人……还会一直克下去的。只要有我在,没有人会让你上船的,更没有人会跟着你的。

年轻冯国良 千万不要这么想,阿兰,不是这样的。

〔年轻冯国良坐下来,他看着远方,沉思着。

冯国良 阿兰,有些事就像这潮汐一样,一阵一阵的,都会过去的。

〔阿兰转向老年冯国良。

阿 兰 我帮不了你,我会毁了你的。

冯国良 不会。(抓住冯泉海的胳膊)东边的星落了,起风了,风暴就要来了。

年轻冯国良 阿兰,凉了,咱回吧! 要不,儿子都快醒了。

阿 兰 儿子? 儿子可怜啊,我连奶水都没有。还好,每次你总能想着法子把他喂得饱饱的!

年轻冯国良 他喜欢我。

阿 兰 嗯,国良,你真是个文化人,给儿子起了那么好听的名字!

年轻冯国良 泉——海。

冯国良 老鬼叔名字里的泉字,大海的海。

〔冯泉海默默地看着前方。

冯泉海 爸!?

〔老年冯国良转过头怔怔地看着冯泉海。

冯泉海 爸,老鬼阿大名字里的泉字,大海的海。

〔老年冯国良看着冯泉海。冯泉海回过头,看着父亲。

阿 兰 好听……老鬼和我都感激你。国良,请你一辈子对泉海好,啊!

年轻冯国良 当然了,就像是我亲生的一样。

阿 兰 那就不要告诉他,他不是你的儿子。

年轻冯国良 我一辈子都不会再要孩子了,泉海就是我唯一的孩子。

阿 兰 (哭)不! ……

年轻冯国良 你怪我?

阿　兰　（凄惨地笑着）你不可以。

年轻冯国良　这样,我就只能对泉海好了。

阿　兰　国良,请你一定要答应我,千万不要苦着自己。

年轻冯国良　阿兰,我会的。

阿　兰　国良,你说过的,那个唱越剧的姑娘——

年轻冯国良　阿兰! 你干嘛要提这个?

阿　兰　她现在在哪里?

年轻冯国良　和你在一起,我不苦。

阿　兰　国良,抱抱我。

　　　　　〔阿兰一下子地抱住年轻的冯国良。轻柔的海浪声。

年轻冯国良　起风了!

阿　兰　起风了?（离开年轻冯国良,看着他）国良,你看,那边起水路了。

年轻冯国良　（跑开,看着远方）真美啊。阿兰,快看啊,这天上的星星都
　　　　　掉到海里去了。

　　　　　〔老年冯国良想去拦住年轻的冯国良。可是他拦不住。他转身
　　　　　跑向阿兰。

阿　兰　这海底真热闹啊。

年轻冯国良　一条鱼就是一个人。

阿　兰　国良,男人的命都在海上,啊!

年轻冯国良　哎。

阿　兰　在海上,你遇到什么都不要怕,啊。

年轻冯国良　哎。（发现不对劲）阿兰?

阿　兰　千万不要苦着自己,啊,我会护着你的。

年轻冯国良　不,阿兰?

　　　　　〔老年冯国良想拦住阿兰,可是,阿兰却突然跳了下去。年轻的
　　　　　冯国良惊呆了,他扑了过去。拼命地呼喊着。老年冯国良瘫坐
　　　　　在地上。

年轻冯国良　阿兰,阿兰! 阿兰啊!

　　　　　〔一声婴儿的啼哭突然地响起,惊天动地。
　　　　　〔年轻冯国良哭跪在地上,却只有海浪声回应着他的哭嚎。
　　　　　〔照着他们的灯光暗。
　　　　　〔海浪声慢慢地变小,甚至能听到蟋蟀的叫声。这让舞台显得更
　　　　　加幽静。
　　　　　〔冯国良爬起来,看着远方。

冯泉海	爸。
冯国良	泉海,对不起,瞒了你这么久,你妈不想让你知道,可趁现在我还想得起来——
冯泉海	爸,别说了,我现在脑子乱得很……
冯国良	你爹娘都是好人!
冯泉海	爸,你也是好人!一切都回城再说吧——(看了看手表)爸,只有5分钟了,我还得指挥爆破呢。

[冯泉海欲离开,又回头看着冯国良。

冯泉海	爸。我不是没有理想的人……
冯国良	泉海,我知道你的处境,想做些事情,难。
冯泉海	谢谢。
冯国良	我不是让你为难,我只是,只是着急后悔,我不想让你到了我这把年纪连个后悔的机会都没了。

[静场。一条巨大的鱼影游过舞台。

冯泉海	爸,大海真的很大,它有无数条水路。
冯国良	我一辈子与海打交道,对于海,我一生只两个字:敬畏。对于你们来说,一方百姓就是海,它能载舟,也能覆舟,你们也要有敬畏之心啊。

[冯泉海欲离开。

冯国良	泉海,你父母就埋在这望夫崖上,你就在这里给他们打声招呼吧。

[静场。冯国良看着儿子,他用竹笛指着儿子。

冯泉海	(看了看手表)只有两分钟了,爸。
冯国良	泉海,你就跟他们说两句吧。

[冯泉海从冯国良手里拿过笛子。他看着灯塔,把竹笛放在唇边,努力地吹着。笛声响起来,他泪流满面。冯国良看着儿子。

[笛声悠然。

[对讲机里传来急促的声音:乡长,乡长,一切准备就绪!

[良久。冯泉海放下手中的竹笛。他看了一下手表,对着对讲机。

冯泉海	(大声地)五、四、三、二、爆破——

[随着一声巨大的爆炸声,舞台上灰飞烟起。冯泉海摘下工作帽,他扑通一声跪倒在地上。

[一刹那,无数盏灯在空中突然亮起,灯光亮得耀眼,渔民先祖们的灵魂像是被突然惊醒。

冯泉海　（声嘶力竭地大喊着）爸——妈——

　　　　［冯国良一下地跪倒在地上，长跪不起。

　　　　［女声幽然响起，如泣如诉。

　　　　［灯光急暗。

第七场　追梦

　　　　［冯国良拿起那只帆布包，从里面拿出一套中山装以及一块手
　　　　表。他仔细地打量着。

　　　　［陈阿根提着马灯上。

陈阿根　国良，别忘了吃药，啊！

　　　　［冯国良把那套中山装打开提在胸前。

冯国良　阿根，你看这个，如何？

陈阿根　（吃惊地）你这是要干什么？

冯国良　元宝。你忘了你说过的？捡元宝是福，我们也不能亏待了人家。

陈阿根　（手中的马灯掉在地上）国良，我们只是出海，你不要吓着我啊。

冯国良　（笑）我还真没听说过，什么事情能把阿根叔给吓着的。

陈阿根　国良，你是要……

　　　　［陈阿根怔怔地看着冯国良。他抓起冯国良的双手，拉着他走到
　　　　船前。

陈阿根　国良啊，有一件事，我一直想跟你说，可是我——

冯国良　阿根。

陈阿根　那次海难，应该我负责，我是出网，下海割网的应该是我。几十
　　　　年来，这件事一直像石头似的压在我的心上。

冯国良　阿根叔，是我，我逆风撒网，我胆小怕死。好了，都过去了，别再
　　　　自责了。

陈阿根　过不去啊。打这以后，我一直跟着你，风风雨雨一辈子。

冯国良　（感动地）谢谢你，阿根。我要出海请鱼。

陈阿根　老大。

冯国良　阿根叔，你可一辈子都没喊我过老大啊！

陈阿根　老大。有一天,我会跟上你的。

　　　　［他们的手握在一起,很久才分开。

冯国良　去备船。

陈阿根　哎,备船。

　　　　［陈阿根下。

　　　　［女声如泣。

　　　　［冯国良脱下外套。阿兰与戚瑞云从舞台的两侧上。她们走到
　　　　　冯国良面前。

冯国良　(拿起中山装)阿兰,记得吗? 这是我们结婚时穿的。

　　　　［阿兰慢慢地给冯国良穿上中山装。

冯国良　(拿起手表)瑞云,这块表我一直替你保存着。

　　　　［戚瑞云给冯国良戴上手表。

　　　　［整个过程,很有仪式感。她们一直在缓慢地、仔细地给他穿戴
　　　　　着,面带着微笑,像是要远行。

　　　　［冯国良穿戴整齐,一下子显得年轻了许多。他饱经风霜的脸上
　　　　　露出几分刚毅的神情。他拿起铜铃,给自己戴上。

　　　　［冯国良从包里拿出三炷香,阿兰与戚瑞云一起帮他点上。

　　　　［冯国良走到舞台中央,出神地注视着前方。

冯国良　大海啊,请你保佑我们的后代,子子孙孙,平平安安,一帆风顺。

　　　　［冯国良与阿兰、戚瑞云捧香长拜。

　　　　［良久,冯国良爬起来。阿兰和戚瑞云静静地看着他,满是鼓励
　　　　　的眼神。

　　　　［冯国良摇着铜铃向舞台的纵深处走去,步伐坚定。

冯国良　(大声地)阿根叔,出海了。

陈阿根　哎,出海了。

　　　　［陈阿根扛着船舵杆上。

陈阿根　(大声地)兴祥号,出海了。

　　　　［船头,冯国良直立着。他的身后,隐隐约约地,陈阿根摇着桨。
　　　　　桨声清晰。

　　　　［冯国良大声地唱起了渔工号子,声音响亮。陈阿根附声和着。

　　　　［一条小船从舞台的上方落下。

冯国良　阿根叔,这海底真的像先人说的,星星点点,万家灯火似的。男
　　　　　人的命在海上。

　　　　［突然,雾,起了,越来越浓。

陈阿根　啊呀，哪里来的这么大的雾啊……国良，我要找不到你了。

冯国良　找得到的，阿根叔，这铃声会一直响着的，只要铃声响着，就不会找不到的。

陈阿根　国良，你在哪儿？

冯国良　阿根叔，这海底泛起金光了。

陈阿根　我看不见你啊。

冯国良　大海啊，你的儿子，回来了。

〔突然，响起巨大的水击声。

陈阿根　国良？……老大！

〔铜铃声持续地响着，逐渐地变成巨大的钟声。

陈阿根　老大，我听着呢！我知道你在哪儿，铃声一直在呢！老大，一帆风顺啊！

〔冯国良大声地唱起了渔工号子，和应着。

〔渔工号子突起。

男　声　哟嗬——回家哟！

〔越来越大的渔工号子跟着响起来，激烈而奔放，像是有千军万马奔腾而来。

尾声　圆梦

〔巨大的钟声配合着号子。一只巨大的船头慢慢地出现在舞台上。

〔林阿龙、年轻陈阿根、老鬼以及所有的人都出现在船板上。

〔冯国良立在船头。水波漾在他的身上。

冯国良　(拿出两颗耳石)海啊，这是鱼儿的耳石，它能破开水路，让我们找到回家的路。(扬手抛出耳石)我来了，我们来了。

〔一颗耳石从舞台上空落下，砸在地上，像是击在人的心上。

〔又一颗耳石落下，一颗接着一颗，声音也越来越大。

〔不间断地，许多颗耳石落下，越来越多的耳石落下，舞台上全是耳石。钟声越来越大，砸得人心震颤，如山崩地裂，金石迸发。

〔女声清唱，悠然而起，更显出男声的清越激昂。

女　声　三月钱塘桃花浪，
　　　　四月扬子梨花波；
　　　　桃花浪，梨花波，
　　　　幽幽魂魄散尽时，
　　　　泪珠散落风浪里。
　　　　……

冯国良　（倾听着）风，刮起来了！雨，下起来了！桃花开了，梨花飘了，江
　　　　水清了，细沙暖了。这里还是你们的故乡。回吧，回来啊！回
　　　　啊，回家啊！我们一起，回了了！
　　　　［舞台的深处，一个巨大的鱼影游过。
　　　　［舞台的后方，男人（年轻的冯国良）出现在雾气中。
　　　　［歌声中，一盏、两盏、三盏……无数盏的灯从天而降。它们或高
　　　　或低，星星点点，像是无数渔民先祖们的灵魂飘浮在空中。
　　　　［整个舞台像是在水底下，金光一片，处处灿烂。
　　　　［风声、浪声渐起，越来越大。电闪雷鸣，惊涛骇浪，铺天盖地。
　　　　［在风雨声中，像是能听见一种类似蛙鸣般的声音。这声音起初
　　　　在风暴声中难以辨别，慢慢地就变得清晰起来，逐渐地形成一种
　　　　气势，裹挟着一种呐喊般的震撼，席卷而来。
　　　　［最终，却只剩下了钟声。钟声不紧不慢，越来越响，敲得人
　　　　心颤。
　　　　［灯光渐收。
　　　　［幕急落。
　　　　［全剧终。

初稿二零一一年二月十三日上海

二稿二零一一年十二月二十七日上海

三稿二零一三年六月二十四日上海

四稿二零一三年七月二十三日上海

五稿二零一三年十一月十五日上海

六稿二零一三年十一月十九日上海

七稿二零一三年十一月二十三日上海

八稿二零一四年五月七日上海

九稿二零一四年五月二十七日上海

十稿二零一四年十月二十一日上海

赵潋简介

　　上海话剧艺术中心编剧、制作人。上海戏剧学院戏文系艺术硕士。上海市作家协会会员、上海市戏剧家协会会员。在进入戏剧圈以前曾是一名职业会计。2003年开始戏剧写作。

　　主要编剧作品：话剧《起飞在即》《再见徽因》《第二性》《共和国掌柜》《苏州河》《风声》《中国式婚礼》《电话方程式》，大型系列广播剧《刑警803》，电视连续剧《蓝蝶之谜》。话剧《第二性》获上海市作家协会2013年度优秀作品奖。广播剧作品曾获第七届中国广播剧研究会专家评析连续剧金奖、第九届公安部"金盾文化工程"奖一等奖。曾担任话剧《禁闭》《女性生活》《12个人》制作人。

话　剧

起飞在即

编剧　赵　澂

人　物

冷依晗　女,出场时 40 岁左右,S219 总设计师兼总指挥,一个人们眼中的干练倔强的女强人,内心却有柔弱的一面。

丁剑飞　男,出场时 33 岁左右,英俊帅气的试飞员。曾经是一名民航飞行员,个性骄傲,但内心纯正,有英雄主义情结。

肖　杰　男,45 岁左右。著名的飞机设计师,冷依晗已故的未婚夫,12 年前死于一次重大的试飞空难。

施万林　男,出场时 50 多岁。S219 副总指挥。曾经是一名军人,共产党员、战斗英雄。为人正直,但带有传统的保守观念。

韩建国　男,50 岁左右。曾经的航空设计师,后出国发展,如今是美国某航空公司代表。另一个身份是韩同舟的儿子。

韩同舟　男,年逾 80 的退休飞机设计师,年轻时曾出洋留学。

谭　晓　女,26 岁。上海女孩儿,试飞工程师,性格单纯活泼。

方小虎　男,30 岁,试飞员。

胡　克　男,28 岁。保障工程师。

工程技术人员、飞行工作人员、机场乘客等若干。

总有一天，

我们一抬头就能看到梦想就在我们的头顶，

我们伸手就能触摸到它。

那个时候我们就能骄傲地说，

那是我们的飞机！

第一场

〔大屏幕上，一架飞机飞上蓝天。

〔灯亮，机场塔台指挥部，冷依晗和几个同事紧张地关注着一架飞机的飞行状况。冷依晗屏息凝神地站着。

〔一个工作人员送来一份材料交给冷依晗。

同事甲 冷总，这个是刚刚监测的气象数据。（冷依晗看了，神色略有严峻）与试飞之前参数相比，现在在高空的气温在零下 12 度，比预测的要低，所以结冰应该是没问题。

冷依晗 你确定？

同事甲 （犹豫了一下）基本上可以确定，但今天是本地十年来最冷的一天，从目前的趋势看气温还在下降，也不排除飞行中可能会遇到超冷的大水滴，超出飞机的防冰能力，飞机会瞬间丧失正确的空速和高度指示。

冷依晗 这种可能性有多大？

同事甲 这个很难回答，我只是说有这种可能，但这种可能性不是很大。

冷依晗 "可能"，"大概"，能不能给一个明确的数据？

同事甲 没办法，目前的气象监测只能做到这样。

〔冷依晗咬紧牙关思考着该怎么办，所有的人都在等着她的指令。

同事甲 冷总……

冷依晗 （突然转身对指挥员）呼叫 576，问现在的状况。

指挥员 576，576，听到请回答。

方小虎 （OS）576 听到。

指挥员 有新的发现吗？

[舞台的另一区域,驾驶舱处灯亮。

方小虎　目前的情况还是一无所获……576 将继续飞行。

冷依晗　(看了看手表)告诉他们,5 分钟跟地面联系一次,如果半小时内还没有结冰迹象,就立即返航。

指挥员　好的。(呼叫)576,576,5 分钟跟地面联系一次,如果半小时内飞机还没有结冰迹象,就立即返航。

方小虎　明白。

[驾驶舱光暗。

同事乙　冷总,气象专家说,今天可能是今年唯一的机会了,今天如果飞不出来的话,也许又要等到明年冬天了……冷总,您听到我说话吗?

[一束光对准冷依晗。冷依晗两手紧握放在额前,默默祈祷一切平安。

[塔台光暗,机舱光亮。

[方小虎突然指着机舱外。

方小虎　快看! 那片云。

[驾驶舱外的不远处突然飘来一片泛着五颜六色的水汽的云。

丁剑飞　(兴奋地)你看,这片云含水量很高,应该可以结冰! 就是它了! 快联系塔台!

方小虎　塔台,塔台,576 呼叫,576 呼叫……(没有应答)塔台,塔台,576 呼叫,576 呼叫……

[驾驶舱外的那片云正若即若离地漂浮。

丁剑飞　塔台,塔台,我们找到那片云了,请求指示! (还是没有应答)

方小虎　信号中断了,通讯发不出去。

丁剑飞　换个频率试试。

方小虎　好的。塔台,塔台,这里是 576,听得到吗? 听得到吗? 还是不行。怎么办?

丁剑飞　这个机会不能错过。(想了想)我是机长,我现在决定飞机马上进入这片云。(回过头看向两人)同意吗?

方小虎　我同意。

谭　晓　我同意。

[塔台光亮。

指挥员　飞机偏离了航线。

冷依晗　呼叫 576。

指挥员　576,576,听到请回答,听到请回答。576,576,听到请回答,听到请回答。

[通讯静默。

[屏幕显示飞机已驶入云端。

[片刻后,驾驶舱外结起了厚厚的一层冰花。驾驶舱里的三个人几乎欢呼起来。

谭　晓　快看哪! 冰花!

丁剑飞　观察数据。

谭　晓　哦。(观察机器)……数据达不到,冰的厚度不够。

丁剑飞　现在高度多少?

方小虎　9500。

谭　晓　气象专家说过,顶层的水汽含量更高,飞机更容易结冰。

丁剑飞　看来我们得爬得更高一点儿。

[飞机继续上升。谭晓紧张地观测仪器中。

丁剑飞　注意观察数据。

谭　晓　飞机已经在结冰了。

丁剑飞　太好了! 再继续观察。

谭　晓　接近标准了! ……不好,结冰强度升高了……超出标准参数了!

方小虎　可能是强结冰!!!

丁剑飞　糟糕!

[丁剑飞驾驶飞机迅速冲出云层。

[突然一阵剧烈的颠簸。

[语音告警:stall(失速)……stall……

谭　晓　(本能地尖叫一声)啊!

指挥员　冷总! 飞机高度突然下降! 576,576,听到请回答,听到请回答!

[紧接着又是一阵更大的颠簸,三人还未及反应。

[飞机突然严重下降。

方小虎　机长! 飞机失去控制!!!

[丁剑飞拼命地推杆加速。

[机舱外的场景显示出飞机正在快速地下坠,窗外一片天旋地转。

指挥员　576,576,听到请回答,听到请回答!

方小虎　机长! 我们和塔台失去联系!

丁剑飞　注意坡度!

谭　晓　高度持续下降!

指挥员　飞机高度持续下降! 576,576 听到请回答,听到请回答!

　　　　〔丁剑飞咬紧牙关似乎在用尽全身的力气握住操纵杆往前推到
　　　　最大,他的手一刻也不敢松开。

方小虎　(大叫着)塔台! 塔台! 576 突然进入失速!

　　　　〔画外音(断断续续地):576……576……请回答……

丁剑飞　(画外音)爸爸,爸爸,你帮帮我! 我不能摔下去,不能……

　　　　〔舞台一片黑暗。

　　　　〔飞机声轰鸣。

第二场

　　　　〔字幕:三年前。

　　　　〔起光。面试考场。6 名考官身份的人出现在灯光中一一就坐,
　　　　将丁剑飞包围。

丁剑飞　我叫丁剑飞,今年 32 岁。我目前是中国北方航空公司的首席飞
　　　　行员。我从事飞行工作已经 8 年,有 6000 小时的飞行经验,其
　　　　中 3000 小时担任机长。我从小对数字有天生的敏感……我的
　　　　记忆力非常强……我认为我天生是为飞行而生的。

考官 A　你计算过你飞过多少种机型吗?

丁剑飞　没有。几乎所有中国进口的客机型号我都飞过,波音 737、747、
　　　　757、767、777、787,空客 A320、A330、A340,以及庞巴迪,数不
　　　　清了。我是目前的民航飞行员里掌握技术最全面的,飞过这么
　　　　多机型,我几乎可以闭着眼睛操控仪表盘。

施万林　你的理论考试和飞行考试成绩都非常优秀。我只想提个问题,
　　　　作为航空公司的机长,待遇应该是很优厚的,为什么你还要来报
　　　　考我们公司的民机试飞员呢?

丁剑飞　很简单,民机试飞员是飞行员中的精英,他可以接触到更多更新
　　　　的机型,更具有挑战性。

考官 D　你刚才说你驾驶过各种国际大牌机型,你对驾驶中国自己的飞

机有什么想法吗?

丁剑飞　当然,我之所以应聘,就是因为贵公司正在研制第一架国产民用飞机。我希望能成为第一个驾驶中国民机上天的飞行员。

〔众人互相有点赞许。

考官E　你知道试飞员是有风险的吗?

丁剑飞　我当然知道。试飞员是和平年代离死亡最近的职业,但是这又是个不可或缺的职业。我相信我高超的驾驶技术和飞行理论知识决定了我比任何人更适合试飞员这个职业。

冷依晗　你的意思,你天生就应该是个试飞员?

丁剑飞　是的,长官。

〔众人小声议论,显然他的不可一世有些让人不以为然。

施万林　各位,你们还有什么问题吗?……(众人都显出满意的状态。看到一边一脸不屑的冷依晗)冷工程师,你有什么问题吗?(冷不屑,不说话)来来,有什么问题让我们大家一起分享一下。(对丁剑飞)小伙子,我们这位冷工程师提的问题可是很刁钻的啊,能过她这一关的人可不多。

〔丁剑飞自信满满地转过身面对冷依晗,意思是:来吧。

冷依晗　(不苟言笑地)好吧,丁剑飞,请问国际适航条例中规定的飞机可接受的事故概率值是多少?

丁剑飞　是 10 的－9 次方。

冷依晗　解释一下,为什么是 10 的－9 次方?

丁剑飞　(开始走动)数据显示,民用飞机的灾难性事故概率近似于每飞行一百万小时发生一次,将这个概率再平均分配给 100 个失效状态,那么就得出了民用飞机失效状态下发生灾难性事故的概率上限是每飞行小时 10 的－9 次方,它意味着"极不可能"!回答完毕,长官!

冷依晗　你《壮志凌云》看多了。(旁人偷笑)……(拿出一份题目给丁剑飞)这里有几道数学题。

〔大屏幕上出现一排数学题。丁剑飞在中间看着屏幕。

$$2+1=$$
$$2+2=$$
$$2+3=$$
$$2+4=$$
$$2+5=$$

$2+6=$

$2+7=$

$2+8=$

$2+9=$

〔丁剑飞看了一眼,立马露出轻松不屑的笑容。

丁剑飞　这是考题吗?

冷依晗　请将所有的加号替换成减号,并在30秒内说出答案。

丁剑飞　(略感措手不及,但快速反应)1,0,-1,-2,-3,-4,-5,-6,-7! 回答完毕。

　　　　〔丁剑飞回答完,脸上露出更得意的神情,意思是你难不倒我。冷依晗面不改色,没等丁剑飞反应就迅速接着提问。

冷依晗　请将所有的加号替换成乘号再加1,并在20秒内说出答案。

丁剑飞　您确定您不打算换一个题型吗? 这个是低年级小学生的算术题。

冷依晗　计时已经开始了。(滴答、滴答、……)

丁剑飞　(略有不耐烦地)3,5,7,9,11,13,15,17,19。回答完毕。

冷依晗　(步步紧逼地)请将所有的加号替换成除号并在15秒内说出答案。

　　　　〔这个题略有难度,所有人屏住呼吸等待丁剑飞的回答,但丁剑飞依然很自信。

　　　　〔时针的声音。

丁剑飞　2,1,0.67,0.5,0.4,0.33,0.29,0.25,0.2。(脱口而出,整个人一轻松)回答完毕。

　　　　〔众人颔首。

　　　　〔丁剑飞回到原位。

冷依晗　很好。(沉默片刻)可惜,(台上凝固了片刻)最后一个答案,2除以9,答案是0.22……22……。显然,以你的智商这个题目根本难不倒你,但是你的过于自信在最后一刻害了你。

丁剑飞　(不服气地)对不起,这只是我的口误!

冷依晗　试飞员需要的是,特殊情况下绝对的精准判断! 如果在试飞过程中发生紧急情况,你也许连千分之一犯错误的机会都没有。(众人态度各异)别忘了,我们要的安全概率是10的-9次方! 刚才这道数学题其实是国际民航机构在招收试飞员中经常使用的一道心理测试题,很多优秀的飞行员都是因为太过自信和轻率栽在了最后一关。对这样的人,招收机构通常的结论是,你不具备成为民机试飞员的心理素质。

[静。考官思索，丁受打击。

冷依晗 你之前的专业考试成绩很好，但是我认为，你不具备成为民机试飞员的心理素质。

丁剑飞 ……请问您是心理学专家吗？

冷依晗 我是飞机设计师。

丁剑飞 那您好像应该问我一些关于飞机专业理论的问题。

冷依晗 今天所有进入面试的，都是通过了专业考试的技术和理论优秀的飞行员，所以我们今天面试的主要目的，就是筛选掉心理缺陷的选手。

丁剑飞 你说什么？……心理缺陷？……我没听错吧？

冷依晗 我所谓的心理缺陷，是针对特殊职业来说的。试飞员不允许有丝毫的侥幸和冒进心理。

丁剑飞 可是作为一名飞机设计师，您凭什么对我的心理素质下结论！

冷依晗 我是飞行器设计和航空心理学双硕士。（丁语塞）还有别的问题吗？……如果没有别的问题的话，我建议你还是回到你的航班上去吧，机长。我相信你是一位技术高超的民航飞行员，但十个优秀的民机飞行员里未必挑得出一个合格的民机试飞员。我们需要的是能够在刀尖上跳舞，在悬崖上奔跑的人。

[丁剑飞好像感觉到一种前所未有的懊丧和羞辱。

[收光。

[大屏幕上，播放着一组新闻画面。

[新闻旁白：我国第一架拥有自主知识产权的民用客机 S219 即将开始各类高难度风险科目的试验工作。民机试飞在我国尚是一个全新的科研领域……

第三场

[机场安检口。

[冷依晗站在人群里排在第二位等候安检。

[乘客们开始接受安检。

[有几名身着航空公司制服的工作人员在前方成群结队地走过来也排在了等候安检的队伍中,这其中有一个十分醒目英俊的飞行员在众多空姐的簇拥下走来,他就是丁剑飞。年轻的女安检看到丁剑飞,瞬间兴奋了。队伍中正巧要轮到冷依晗过安检了,女安检拦住冷依晗。

安　检　(对丁剑飞)早上好,丁大少!

丁剑飞　你好,美女。

[冷依晗都一一照做了。她在过安检门的时候报警器响了。

[冷依晗站过去,工作人员示意她张开双臂。冷依晗照做。但是工作人员手里的电子报警器一直在叫。

安　检　对不起。(开始在冷依晗的身上触摸)女士,您的身上有没有金属物品?

冷依晗　(一愣)啊?

[冷依晗下意识地把手伸进衣服口袋,果然掏出两只打火机,她略有尴尬地交出来,然后按工作人员的要求再过一遍安检门。然而警报器又叫了。

[一旁的丁剑飞和他的同事们不禁哑然失笑。

安　检　对不起,女士。麻烦您再检查一下您身上有没有携带违禁物品?

冷依晗　我……(她取出来放在旁边的手机突然响了。但她没办法去接,只能尴尬地继续掏自己口袋,果然从外套里面的口袋里又掏出一只打火机,显然她并不意识到自己身上揣着两只打火机。她很恼火地把这个打火机又交了出来)……现在我可以走了吗?

安　检　您可以……

丁剑飞　等一下。(安检与冷依晗同时看向丁剑飞,愣)像这样的乘客,我建议应该对她的随身物品仔细检查。

[冷依晗狠狠地瞪了丁剑飞一眼。

丁剑飞　(挑衅地)一个身上带着两个打火机上飞机的乘客,显然烟瘾很重,不能不担心她身上会不会还携带其他违禁物品。

安　检　不好意思,女士您再检查一遍吧。

[冷依晗火冒三丈,但又不能发泄,一气之下将随身包里的东西一股脑儿全部倒出来。

[工作人员例行公事地检查冷依晗倒出的包里的物品。

冷依晗　现在可以了吧?

[这时工作人员已经对她包里的随身物品检查完毕。

安　检　女士,您的物品已经检查完毕,没有问题。请收好您的东西,登机口在那边。

丁剑飞　(多少有点幸灾乐祸地)对不起啊!我不是公报私仇啊!(冷依晗听罢十分惊愕地看着他。)飞行中不能携带打火机这是个常识,身为一个航空界专业人士,不应该犯这样的低级错误。(完全无视冷依晗一般地走向了下场侧)

冷依晗　(对丁剑飞)你刚才说什么?

丁剑飞　(装傻)啊?

冷依晗　你认识我?

　　　　[周围的乘客越过隔着安检门吵架的他俩一一经过,几乎人人都对他俩感到不满。

丁剑飞　哦,怎么,不记得了吗?……一年多前,在贵公司的考场上,"你不具备试飞员所需要的心理素质",你那女王范儿我至今历历在目。

冷依晗　(恍然大悟地)是你!

　　　　[冷依晗的手机又响起来了。她啪一下摁掉电话。

丁剑飞　想起来了吧?

冷依晗　(冷笑一下)……看来我真是没看错人啊!

丁剑飞　您就这么自信?

冷依晗　当然,我非常自信,你今天的行为充分证明了你完全不适合当一名民机试飞员。

　　　　[冷依晗看了眼丁剑飞,转身离开。

丁剑飞　你这话别说太早!

冷依晗　早!我早在一年多前就把你看死了!

　　　　[他们的身后,丁剑飞的同事们已经都完成了安检,纷纷前往登机了。

丁剑飞　别这样说!万一以后我们成了同事……

冷依晗　谢谢!这辈子咱俩打死也成不了同事!

丁剑飞　万一哪天你看见我去贵公司上班,可千万别吃惊!

冷依晗　哈哈哈哈,这会是本世纪民用航空史上最大的笑话!

　　　　[有人远远喊:丁剑飞,上班啦!

丁剑飞　来啦?(又对冷依晗故意地)回头见……

　　　　[丁剑飞朝安检打了个招呼,扬长而去。

　　　　[电话铃又响了,冷依晗接电话。

［另一光区，施万林在打电话。

施万林　哎哟，可找到你了！

冷依晗　施老万？

施万林　我说冷大小姐！我这儿电话都快打爆了，你怎么就是不接呀！

冷依晗　啊？是你？你有什么急事儿啊？我马上就要登机了！

施万林　什么事？没事儿我能这么十万火急地找你吗？你听我说，你别走了，马上回来！

冷依晗　为什么？

施万林　刚刚接到通知，公司有重要安排让我俩务必到场。

冷依晗　你别开玩笑了，施老万，我马上就登机了，有什么事儿等我休假回来再说！

施万林　董事会办公室刚刚跟我通过电话，尤其嘱咐我一定要把你留下。

冷依晗　施老万，这太突然了……我马上就要登机了，来不及了！我父母在纽约等我过圣诞呢。

施万林　我不跟你开玩笑，董事会万一怪罪下来，你可别后悔啊！

冷依晗　我？……我常年加班加点，难得今年项目拖延下来，我能休个假期。我已经好几年没跟我父母团聚了，董事会也得讲道理吧？

施万林　我就给你透个内部消息，最近公司有重大人事任命，跟你我有关。我估计这个通知就是关于这个任命的。

冷依晗　人事任命？

施万林　反正，我是通知到了，留不留，你自己决定。（挂了电话）

冷依晗　喂……

［冷依晗看着登机口的方向左右为难。

［肖杰不知什么时候已经走到了她的身边。

冷依晗　（对肖杰）你说，我该怎么办？到底是走还是不走啊？

肖　杰　你不用问我，其实你心里已经有答案了。

冷依晗　可是我的休假……

肖　杰　你的休假看来又泡汤了！

冷依晗　这已经不是一次了。

肖　杰　也许，也不是最后一次。

冷依晗　以前我总是抱怨你连度假的时间都没有，现在我才明白你说的那句话……

肖　杰　一个造飞机的，不属于自己，是属于国家的。现在，你会成为另一个我。

冷依晗　我永远成为不了你,我只是一直在努力赶上你。

肖　杰　你已经在超越我了,因为你比当年的我更加严谨。你等了那么多年,不就是在等属于你的机会吗? 你会成功的,我有种预感,这一天也许已经不远了。

冷依晗　可是,如果没有你,我的成功又有什么意义呢?

肖　杰　因为你的成功也是我的,是我们的,整整几代人的。傻丫头,我一直在看着你,永远。

　　　　[广播:冷依晗旅客,冷依晗旅客,您乘坐的飞往纽约的 NU5867 次航班正在登机,正在登机。请您速到登机口,请您速到登机口。

　　　　[冷依晗回头,肖杰悄然离开。冷依晗又望了一眼登机口。

　　　　[收光。

第四场

　　　　[公司会议室。

　　　　[施万林在会议室焦虑地走来走去。

　　　　[冷依晗很淡定地走进来。

施万林　哎哟,我的大小姐,你可来了!

冷依晗　你别这么转来转去的,我看着头晕。

施万林　你倒一点儿不着急么!

冷依晗　自从我们开始搞 S219 的型号研制,我什么事儿都在等,工程要等,首飞要等,试飞要等……都从姑娘等成小老太婆了。

施万林　什么话? 什么小老太婆,按我们老家说法,没出嫁的 70 岁都是大姑娘。哎我说,你这么多年也不处个对象,回头老大哥替你物色一个。

冷依晗　老万,你正经点儿行不行啊? 这是在会议室,不是你的酒桌。

施万林　我说的是很正经的事情。等到人事任命一宣布,我头一件事儿就要关心你的个人问题。

冷依晗　等等! 听你的意思,人事任命的内容好像你已经知道了?

施万林　(愣了一下)怎么可能呢!……不过,呵呵,你看看这架势,只有我们两个人。这说明什么?

冷依晗　人没到齐。

施万林　咳!你不明白吗?你的机会到啦!

冷依晗　什么机会?

施万林　你看看(指指自己,又指指冷依晗)。据我所知,局里要为 S219 成立一个专门的项目指挥部,看来这个任务是要交给我们两个了!你想想,我有领导经验,你呢业务能力又拔尖,我正你副,咱俩这一搭档,无人能比呀,可以好好大干一番了!

　　〔冷依晗愣在那里。

冷依晗　老万,听你那意思,领导可能还要我担任管理工作?

施万林　你算是听懂了!你仔细想想,你人都到机场了,领导为什么专门让我把你追回来?

冷依晗　别开玩笑了!我就是搞设计的,管人我不是那块料。

施万林　(用手点点她)你呀,就是缺乏政治头脑。你担心什么?有我在呢!到时候,有什么问题我替你顶着!你要知道在中国,甭管搞科研还是搞学术,没有政治平台不行啊!

冷依晗　可是……

施万林　小冷啊,我等这一天啊,可是等了好多年了!到时候适航一旦通过,型号取得合格证!(一拍巴掌一挥手)咱们的飞机就可以出国门了!到时候卖到美国、欧洲,咱也跟它波音空客庞巴迪比比,外国人也不能小瞧咱了!当年在部队的时候我就想,什么时候也能驾驶我们中国人自己造的飞机冲上蓝天扬眉吐气一回。那时候,咱们国家没钱,后来经济基础上去了,我们又缺乏搞民用航空的经验,只能被外国人牵着鼻子走。现在这一天就快看得到了!我一想到这事儿,晚上就睡不着觉啊!

冷依晗　老万,你先别激动!

施万林　丫头!我是早就看好你了!你年轻,脑子快,虽说你是个姑娘家,但论业务水平咱们公司还真没几个比得上你。好好干,如果对我工作有什么意见,尽管提出来。虽说我是你的领导,但是我还是很欣赏西方人的民主化管理的,要造国际标准的大飞机,首先就得从管理模式上学习国际化的先进经验!

　　〔有人进来,是办公室的刘秘书。

刘秘书　(气喘吁吁地)对不起两位,对不起!让你们久等了!董事会这两天事情太多!千头万绪啊!

施万林　刘秘书,怎么只有你一个人啊?

刘秘书　董事会让我来送一份通知,先给二位内部传阅,明天将在董事会上正式宣布对二位的任命。

施万林　(暗自窃喜地)服从命令!

　　　　[刘秘书从公文包里拿出一份装有信封文件,毕恭毕敬地递给施万林。施万林毕恭毕敬地接过,细致地从信封里掏出文件打开。

施万林　(念)经过研究决定,任命冷依晗同志为S219总设计师,兼项目总指挥!施万林同志为副……总指挥兼党委书记!

　　　　[静。

　　　　[这个突如其来的任命大大出乎了冷依晗和施万林两个人的预料。会议室的气氛顿时凝固了。

刘秘书　二位,组织的决议二位都清楚了?我就不再重复了。我后面还有事,就先告退了。二位,祝贺祝贺!

施万林　啊?……哦,谢谢刘秘书。慢走!

　　　　[刘秘书下。施万林转过头面对着依然呆若木鸡的冷依晗,突然不知道该说什么。

　　　　[冷依晗下意识地掏出了烟塞到嘴里。

施万林　这儿不让抽烟。

　　　　[冷依晗拿下烟扔了,仍然不知所措。她刚想开口说什么,施万林已经走到她面前伸出了手。

施万林　祝贺,冷总。

　　　　[冷依晗好像突然醒了一般,腾地一下站起来,和施万林相互握手。

施万林　合作愉快!

冷依晗　合作愉快!

施万林　接下去几年我们两个要捆在一起了。

　　　　[施万林说完拂袖而去,留下冷依晗惊魂未定,但是她低头想了想,用手胡乱地揉了揉自己的头发,然后扬起头走了出去。刚到门口,和迎面进来的丁剑飞撞了个正着。

冷依晗　哎哟!

丁剑飞　哟!这么巧!

冷依晗　怎么又是你?

丁剑飞　对啊,是我!

冷依晗　你来这儿干嘛?

丁剑飞　我不是说过哪天要是你发现咱们俩成了同事,千万别吃惊!

　　　　[冷依晗又呆住了。

冷依晗　你被我们公司录取了?!

丁剑飞　(挑衅地)没错。很幸运这回面试您没参加。人事部门通知我今天报到。

冷依晗　……(自言自语)今天什么日子? 试飞中心的人一定是疯了。

丁剑飞　怎么样? 事实证明您的判断是有问题的吧?

冷依晗　你还是先把你那骄傲的态度收起来,等到你有资格上 S219 试飞的时候你再冲我得瑟吧。假如你经过严格的试飞员培训考核,还能被留在我们公司的话。

丁剑飞　(咬牙切齿的)谢谢! 但愿我培训归来还能看到你,这个乌鸦嘴的女人! ……不过没关系,你不就是 S219 的总设计师吗? 以后试飞,我不归你管。

冷依晗　(亮出刚才那份人事任命书)这是公司刚刚宣布的,我已经被任命为 S219 项目总指挥。从理论上说,从今天开始 S219 的一切工作都跟我有关,包括试飞。

　　　　[丁剑飞瞬间愣住。

　　　　[收光。

　　　　[音乐。

第五场

　　　　[凛冽的寒风呼啸的声音。

　　　　[起光。

　　　　[深夜,冰天雪地中的海拉尔机场。

　　　　[S219 跟前身着冬装的谭晓和一群工作人员正在忙碌。大家一边工作一边因寒冷而哆嗦着。

员工甲　哎呀,这会儿几点啦?

员工乙　两点多啦!

员工甲　那应该差不多啦,晓晓,这会儿室外温度是多少?

谭　晓　(对着对讲机)小陈,小陈,现在机站的环境温度是多少?

　　　　［对讲机传来一个声音:现在是摄氏零下37度。摄氏零下37度。

员工甲　啊?我……我……冻得都快成冰棍儿了,还没到零下40度!呼伦贝尔这个地方真是严寒刺骨啊!

员工乙　快啦,快啦!这里每天到凌晨三点温度才会降到最低,再忍一忍,等等。

员工甲　这都等了好几天啦!等到花儿都谢啦!

员工乙　有啥办法?干咱们这行就是靠天吃饭!适航条例写着,高寒试验,必须在零下40度的气候环境中让飞机正常起飞,差一度都只能等!

员工甲　等!等!等!哎,胡克,你干嘛呢?

　　　　［胡克正在一旁无精打采中。

员工乙　你不知道?失恋了!

员工甲　他又失恋啦?

员工乙　可不是,谈一个吹一个,整天跟着大飞机东奔西跑,它去哪儿,咱去那儿!连节假日都要加班!哪儿有时间谈恋爱啊!

　　　　［甲、乙来到胡克旁。

　　　　［员工丙加入。

员工甲　胡克,上回你女朋友来,不是说非你不嫁吗?

胡　克　唉,女朋友愿意等,丈母娘等不及了。

员工甲　周六保证不休息,周日休息不保证。我觉得吧,咱们工程中队可以成立个单身阵线联盟。

员工乙　胡克还是太老实,他就该早点儿把姑娘娶进门,先把鸭子煮熟,她还能飞得了!

员工丙　胡克你就知足吧,好歹你还谈过恋爱,我到现在连爱情是什么都没见过!

　　　　［丁剑飞从飞机底下钻出来,他的身上、头上,眉毛鼻子上都结冰了,冻得直哆嗦。

丁剑飞　哎呀妈!(打了个喷嚏)啊欠!

　　　　［谭晓和其他人看到他的样子都乐了!丁剑飞却阴沉着脸。

谭　晓　哈哈哈哈,汤姆克鲁斯,你简直像个圣诞老人!哈哈哈哈!

丁剑飞　啊?哦。(拍拍身上的雪准备继续围着飞机检查)

员工甲　机长,先歇会儿吧。温度还没到!一时半会儿还飞不成哪!

〔丁剑飞皱皱眉头,下意识地搓搓手,把衣服裹紧。

〔谭晓暗暗止不住被丁剑飞所吸引,拿出自己身上藏的一个点暖水袋递给他。

谭　晓　给,热的,暖暖手吧。

〔丁剑飞一愣,员工乙一把抢过谭晓手里的暖水袋。

员工乙　晓晓,你还藏着这个宝贝,我怎么不知道啊? 哈哈!

谭　晓　哎呀,你还给我。

员工乙　真暖和,还带着美女的体温!

〔谭晓一把从员工乙手中抢回来!

谭　晓　你干什么?(顺手又交给丁剑飞。丁剑飞瞬间尴尬)

员工乙　(起哄地)哦,原来是这样啊!

〔众人起哄,本来就心气不顺的丁剑飞脸上挂不住了,将暖水袋一推。

丁剑飞　好啦……(对谭晓吼道)该检查的数据都检查了吗? 以为自己是来当人体配重的啊!

谭　晓　我……

〔众人见状互递眼色,纷纷退去。

〔丁剑飞意识到自己有些失态。

丁剑飞　(捡起暖水袋还给谭晓)那个……对不起啊。

〔谭晓尴尬得不知怎么回答。她手里的对讲机发出声音:谭晓,谭晓,听到请回答。

谭　晓　(立马拿起对讲机)是我,是我。

〔对讲机继续:现在温度仪显示,摄氏零下40度。

谭　晓　收到收到!(对着飞机旁的同事们)我们可以做试验啦!

〔刚才还玩闹的大伙儿立即进入一种紧急战备状态,各就各位趴到飞机边做临飞前的检查。

〔丁剑飞也做登机准备。

〔冷依晗的声音突然出现了。

冷依晗　大家等一等! 我刚才在机场周围仔细检查了一下,这个机场总共有两个基站。刚才小陈通报的那个是海拉尔机场的常用机站。但是我发现,在离我们飞机100米左右的地方,还有另一个基站,那个机站平时很少使用,那里的温度仪显示现在的室外温度是零下38度!

员工甲　啊? 还有另一个基站?

216

冷依晗　对,那个基站离我们更近,我已经留人在那儿查看了。

员工乙　(没反应过来)可是这说明什么呢?

冷依晗　这说明,飞机现在面临的环境温度没有达到摄氏零下40度。

员工丙　那怎么办?

冷依晗　等,继续等,等温度再往下降。

　　　　[众人都不约而同地:还要等?……

冷依晗　哪怕只差一度,也只能等,因为适航条例就是这么规定的。

员工甲　可是……现在常用的设备已经显示温度达标了。

冷依晗　可现在的事实已经告诉我们,常用的设备不是那么精确,反而是
　　　　不常用的设备离我们的飞机更近,更能测出真实的环境温度。
　　　　适航条例就是这么严格,严格到不近人情的地步。如果发现我
　　　　们的条件不达标,局方随时都有权利废除这次试验结果……我
　　　　们不远万里跑到呼伦贝尔的大草原来不就是为了等这个零下40
　　　　度的天气吗! 我知道大家很辛苦,正是因为这样我才更不希望
　　　　白白浪费大家的心血。如果觉得身体坚持不下去的可以先回去
　　　　休息。

　　　　[风越刮越大,大家在寒风中僵持着,不知所措。

谭　晓　(有些怯生生地)我觉得冷总说的有道理,我同意等下去。

丁剑飞　我也同意。

员工乙　我也同意。

员工丙　我也同意。

员工甲　冷总,我们等。

众　人　我等……我等……我等……

冷依晗　谢谢大家!

胡　克　这样,我再去检查一遍,免得油箱被冻起来。

员工甲　对,对,大家别干等着,再仔细检查一遍飞机的状况,等温度一到
　　　　就能飞了。

　　　　[大家都跑向飞机边上。丁剑飞突然叫住了冷依晗:

丁剑飞　冷总,趁现在这个时间,我能跟您谈一下吗?

冷依晗　现在? 好。

丁剑飞　冷总,如果我曾经有什么地方冒犯了您,我向您道歉。

冷依晗　什么意思?

丁剑飞　您知道我说的什么意思。您一直对我进试飞中心有意见,但我
　　　　觉得您不应该把对我的意见转嫁到工作上。

冷依晗　你到底想说什么？

丁剑飞　您为什么让公司把我从"失速"换下来飞"高寒"？！

冷依晗　原来是为了这个！"失速"这样的风险科目，我认为安排个性稳定一些的试飞员去飞更合适。

丁剑飞　你明明知道我是所有试飞员里技术最出色的，你让一个技术出色的试飞员去飞普通试飞员都能飞的科目，你不觉得这种安排很不合适吗？！

冷依晗　你为什么想去飞"失速"？

丁剑飞　因为飞"失速"这样的高风险科目在训练考试中一直是我的强项。

冷依晗　说白了，你就是认为高寒试飞太普通了，不能展示你高超的试飞技巧……

　　　　〔丁剑飞无言以对，他面前这个女人说话真是一针见血。

　　　　〔寒风呼啸中，他们两个人剑拔弩张。

冷依晗　(指着那架飞机旁忙碌的人们)你看那边，在零下40度飞机正常起飞，只需要一个瞬间。可你知道他们在这冰天雪地里熬了多少天吗？……你知道他们都是什么……零件。

　　　　〔丁剑飞不解地看着她。

冷依晗　在这里，每个人都只是一架飞机中的一个零件，没有人关心自己是不是转得最快，飞的最高，他们只知道这架飞机少了哪个零件都不行，而且必须分毫不差，因为哪怕自己一点点差错，都有可能导致这架机器运转不起来。他们、你、我，我们都只是这架飞机的一个零件。是零件，不是子弹。如果你认为你是一颗子弹，如果你想当英雄，你应该去军队，而不是来一个民用飞机公司。因为我们关心的永远不是你飞得多漂亮，而是我们的飞机飞得有多安全。

　　　　〔谭晓奔跑过来。

谭　晓　冷总，温度到了！零下40.5度。

冷依晗　太好了！马上准备。

谭　晓　好的。(看了一眼丁剑飞，往飞机跑去)

冷依晗　守了这么多天，终于没白等。机长……

丁剑飞　你不用说了。我准备好了。

冷依晗　拜托你了。

　　　　〔丁剑飞走到飞机边，准备登上舷梯。

员工甲　丁剑飞，看你的了！

218

员工乙　加油！

[丁剑飞回头看了看大家,所有的人都用期待的眼神望着他。他对着他们握了握拳头。

[音乐声中,收光。

第六场

[机库,韩建国一个人站在这里看着周围的工作场面。

[冷依晗慢慢地走来,他们相互微笑了一下。韩建国看冷依晗的眼神稍稍有一些诧异。

韩建国　好久不见了。

冷依晗　该有二十多年没见了吧?

韩建国　时间真的可以完全改变一个人。我刚才还在犹豫,见了面我应该怎么称呼你。现在看来这种纠结完全是多余的,冷总。

冷依晗　好吧,欢迎你,Jason。

韩建国　新年快乐! 今天是中秋节,怎么你们都没休息?

冷依晗　赶进度,节假日加班加点,都习惯了。对了,你回家看过韩老了吗?

韩建国　哦,刚到这里,还没顾上。我要感谢你们这么多年来对我父亲的照顾。

冷依晗　这都是应该的。韩老是我们的技术顾问,也是我们的长辈,他给我们帮了许多忙。

韩建国　其实我这次来还给你带了件礼物。

[拿出个包装精美的盒子,打开是一双精致的高跟鞋。

冷依晗　这个……送我的?

韩建国　是的。喜欢吗?

冷依晗　好漂亮! 可是,你看看现在的我(指指现在灰头土脸的样子),还能穿得上它吗!

韩建国　这不是我送你的……十几年前,肖杰给我写信,托我给你在纽约买一双高跟鞋,在信里把尺码品牌颜色款式都给我写得清清楚楚,还说他从来没给你送过任何礼物,希望在向你求婚前能弥

补这个缺憾。他说好过一阵去纽约出差的时候来我这里取走的，可惜……（冷依晗突然觉得恍惚）

［冷依晗捧着这双鞋，百感交集。

韩建国 这十几年，我一直不知道用什么方式把它交给你才是最好的，今天终于可以物归原主了。

冷依晗 （仔细地端详这双鞋）以前，我总是抱怨他只知道工作，从来不关注我，原来，是我根本没有好好地了解他。

韩建国 我记得当年肖杰第一次带着你来和我见面，你好像就是穿着高跟鞋，腿很长，还扎着马尾巴，让人眼睛一亮！我心想，这么漂亮的姑娘，肖杰是怎么追到手的？要知道他就是个情商很低的人。所以……我回去后跟他长谈过一次，关于你。

冷依晗 关于我？

韩建国 是的，我劝他离开你，因为我认为凭我对肖杰的了解，这样的女孩子根本不适合他……I'm sorry.

［听韩建国说起许久未触及的往事，冷依晗觉得恍若隔世。

冷依晗 已经不知道有多久，没人在我面前提到肖杰的名字了……我应该谢谢你。

韩建国 时间会改变很多事情，就像我，从来没想过，有一天我还会回到这个地方，并且是以你们的客户的身份。

冷依晗 很高兴，过去我曾经叫过你老师，虽然我们没有机会同事，可是很高兴今天你能成为我们的客户。

韩建国 应该说是我很高兴，在我们以工作的方式见面之前，还能以你老朋友的身份跟你站在这里，因为……我想等明天，一旦坐在谈判桌前，我们之间的相处可能就不是那么的令人愉快了。

冷依晗 为什么？

［韩建国沉默着，很为难的样子。

韩建国 好吧，本来我并不想破坏我们今天重逢的融洽气氛，可是，我想还是应该让你有个心理准备。事实上，我这次作为 HJY 航空公司的首席商务代表来上海，公司交给了我一项非常棘手的任务，我们希望终止向贵公司订购 5 架 S219 的协议。

［这个消息对冷依晗犹如晴空霹雳一般的震惊。

冷依晗 你说什么？你们要毁约？

韩建国 用"毁约"这个词恐怕不是太确切。按我们的合约要求，你们的首架机早就该交付了。

冷依晗　可是我们之间已经达成延期共识了。

韩建国　这个我清楚。你们的 S219 至今有很多科目没有通过试验，没有
　　　　获得国际民航机构的适航认证。我们尤其了解到，你们的高空
　　　　自然结冰，连续等了三年都无功而返。"自然结冰"，是验证飞机
　　　　的机身机翼在极其严寒的高空结冰后有没有防冰除冰化险为夷
　　　　的能力，这是所有民用飞机试飞最难攻克的，也是最危险的一
　　　　关。贵公司三年都没飞成，这在一个成熟的飞机制造企业是难
　　　　以想象的事情。

冷依晗　自然结冰对气象条件的要求非常苛刻，我们等了三年，每一年的
　　　　冬天我们都到最寒冷的地区尝试试飞，但是气象条件没有给我
　　　　们提供能让飞机结冰的云层。

韩建国　我想还有另外一个原因，就是贵公司，甚至……整个中国自然结
　　　　冰成功试飞的例子是个空白，而飞机的防冰系统设计更缺乏成
　　　　功的经验。(冷无语)……但是航空公司不可能无期限地等待，
　　　　至少现在，你们还拿不出任何数据证明 S219 是一架符合国际适
　　　　航标准的安全的民用飞机。在这种情况下，我们公司的董事会
　　　　有理由提出终止协议。

冷依晗　所以，这才是你这次到访的真实目的。

韩建国　我很抱歉，我真的不希望，离家 20 多年回来，第一次面对我的老
　　　　朋友，带来的是这样的消息，这对于我个人多少有些尴尬，但是
　　　　我只能执行，无权决策。

冷依晗　你不必跟我说抱歉。你很严谨，也很敬业，你一针见血地指出了
　　　　我们的软肋，仅就你说的这一点，至少目前，我拿不出数据来反
　　　　驳你。但是变更协议不是我能回复你的，我必须要向我们的董
　　　　事会做汇报，由董事会来做决定。我们，明天会议室见吧……
　　　　(打算离开)再次感谢你给我带来的礼物。我差点忘了，我也曾
　　　　经穿过高跟鞋。

　　　　[冷依晗离开。
　　　　[韩建国原先以为冷依晗会跟他有一番争执，但冷的这种理性的
　　　　反应反而令他有些怅然若失。
　　　　[韩同舟提着一个塑料袋装着的饭盒走上台。他低着头看了看
　　　　表，在一旁的椅子上坐了下来。
　　　　[韩建国随意地走向韩同舟的方向，突然看见自己的父亲正坐在
　　　　那里。

韩建国	爸。
韩同舟	我昨晚听说你回来了。
韩建国	刚刚到了几天,忙得还没顾上去看您。
韩同舟	知道你忙,所以我来看你了。
韩建国	对不起,爸……儿子错了!……您……可老多了。
韩同舟	人总要老的么……你,吃过饭了吗?
韩建国	吃了,在酒店吃的。

[韩同舟一听儿子说吃了,心中暗暗失望,掂了掂手里那个饭盒,有点不知所措。韩建国看出了父亲的心思。

韩建国	吃是吃了,不过我现在又饿了。
韩同舟	(瞬间有点高兴)真的啊? 这个,鲜肉月饼,你小时候爱吃的。今天是中秋节。

[韩同舟把饭盒递给儿子的时候,带着满足,动作却有些迟缓有些僵。

[韩建国打开饭盒,闻着扑鼻而来的香气,看了一眼父亲,嘴角泛起一丝感动和温馨的笑,眼角却涌起一丝泪珠。

韩同舟	还是热的,快吃。
韩建国	嗯,嗯。(他手拿起一个鲜肉月饼就往嘴里塞)
韩同舟	当心烫哦!
韩建国	嗯,好吃! 很久都没吃到这么好吃的鲜肉月饼了! 爸,中秋节快乐!
韩同舟	中秋节快乐! 你们自己平时怎么过中秋节啊?
韩建国	哦,麦琪没有这个习惯。
韩同舟	哦,对,美国人不过中秋节。那你们平时在家都是吃中餐还是西餐?
韩建国	平时工作忙,没时间自己做饭,大多是在公司吃些快餐。
韩同舟	快餐你也能对付? 你小时候嘴可是很刁的,让我和你妈妈惯坏了。

[听到父亲提妈妈,韩建国心里又抽搐了一下。他没有告诉过父亲,母亲已经去世了。

韩同舟	……你妈妈……她身体还好吧?
韩建国	还……还好。

[听到一声"还好",韩同舟的心里像是有了一丝安慰,开心地点点头。

韩同舟	麦琪和孩子们都好吧?

韩建国　挺好的，麦琪让我问您好。（掏出手机）哦，这是孩子们最近的照片。

〔韩同舟看着手机里的照片，脸上充满了祖父的慈爱。

韩建国　老大已经 15 岁了，老二快 8 岁了，老三刚满三周岁。

韩同舟　嘿嘿嘿，像你小时候，一模一样。

韩建国　老大老二脾气性格都像我，从小喜欢航空模型。

韩同舟　那好啊！你这次来，打算待多久啊？

韩建国　这次公司让我来处理一些事情，恐怕过几天就要回去的。

〔韩同舟一听又很失望。

韩同舟　这么多年难得回来一次，怎么不多待几天呢？

韩建国　爸，我这次是回来工作。等以后有假期了，我带孩子们回来看看您。

韩同舟　也不知道，还有没有这样的机会了。

韩建国　爸，我当年就想让您跟我去美国生活的。您大学是在国外读的，我知道您适应国外生活，可那时候您说舍不得上海的老朋友。现在您这么大的年纪了，还一个人我也不放心啊！

韩同舟　我这里忙，走不开啊！现在 S219 的工程那么紧张，我是他们的顾问，我怎么能在这个时候走呢！

韩建国　（无奈地）好，好，您忙……

韩同舟　你说说当年我们搞运十的时候哪儿有那么好的机库啊，连个办公室都没有，只能借在大食堂办公，大长条桌子一拼图纸一铺，就能开技术讨论会，经常是我们争得热火朝天面红耳赤的时候，人家拿着饭盒来排队打饭了。

韩建国　对，等人家吃完饭，你们再继续开会，有时候食堂里的老鼠还要时不时地钻出来在图纸上咬一口……爸，这故事我打小就开始听啦……

韩同舟　是啊，就说那么苦的条件我们都能造飞机，更何况现在……建国，你有没有想过回来发展啊？

韩建国　回来？我回到这里能干什么？

韩同舟　这里很多海归啊！

韩建国　爸，您别开玩笑了！您自己在这里耗了一辈子还不够……

韩同舟　你……

韩建国　（意识到失言）……爸……我不是这个意思，我……

〔不远处响起了嘈杂声。

［隐约听到有人在说"怎么回事儿""什么情况"。

韩同舟　怎么了？机库出什么事儿了？

　　　　［几个技术人员忙碌地奔走。

韩同舟　（拉住一个年轻人）小李，怎么了？

小　李　韩老，好像机库那边，质量检测出了问题！

韩同舟　啊？

　　　　［父子俩面面相觑，收光。

第七场

　　　　［会议室。冷依晗、施万林和几位干部模样的人一起坐在会议室
　　　　里。施万林又如之前那样走来走去，只不过这次更加暴跳如雷。

施万林　怎么搞的！……怎么搞的！……怎么会出这样的事情！这样低
　　　　级的错误，钳子忘在油箱里没拿出来，这不等于做完手术没把手
　　　　术刀取出来吗？居然还是胡克干的！

干部甲　胡克一直工作很认真，能力很强，最近连续加班加点，估计因为
　　　　太累所以疏忽了，再加上生活上又遇到点波折……

施万林　我知道这小家伙最近又失恋了！可这难道能成为理由吗？

干部乙　施总说得对，犯了这样严重的错误，必须有一定的处罚。

施万林　对，要狠狠地处罚！让他给我留下来加班反省！还有这个月的
　　　　奖金统统扣光……冷总，你什么意见？

冷依晗　我觉得，恐怕不能这么简单吧！作为一个保障工程师，这样的错
　　　　误是不允许的，总公司的人事处罚条例里写得很清楚，对于严重
　　　　工作失误的员工，公司将予以除名处理。

　　　　［施万林一愣。

施万林　这个……S219项目到现在可还从来没有开除过一个员工。

冷依晗　制度是我们自己定的，定了就要执行。何况，他还是个主管！这
　　　　次姑息迁就了，以后谁还把制度当回事儿。

施万林　（开始有些急了）我不同意，制度也要以人为本，要尊重人性。对
　　　　这样一个平时任劳任怨兢兢业业的员工，因为他的一次疏忽就

224

把他除名？

冷依晗　这不是一般的疏忽。

施万林　这确实不是一般的疏忽……可是你看看这群孩子，大学毕业就来咱们这儿，跟着我们东跑西颠，恋爱谈不成，爹娘老婆都管不了，起早贪黑，没日没夜，你知道这样做会伤了多少人的心吗？

冷依晗　生产质量事关飞机的安全！你以为我不心疼他们吗？

施万林　（怒气冲天地）你别忘了，我们现在还在创业！如果人心散了，谁来替我们的国家造飞机！我们靠什么实现中国梦？靠人！靠中国人的力量！

冷依晗　我们不缺人！中国也不缺梦！缺的是理念！现在我们已经被航空公司要求退订单了，如果还不给自己敲个警钟，S219 飞不上天的时候，我们拿什么跟国家交代！

施万林　你认为你很热爱这个国家是吗？你带过兵打过仗吗？你看到过鲜血淋漓的战场吗？你为这个国家出生入死过吗？不过是被一个假洋鬼子训了一顿，面对自己的战友你就能这么冷酷无情？你还是个女人吗？

〔静。

〔所有的人都瞬间屏住呼吸。冷依晗好像突然热血冲上了头顶。

冷依晗　你说得对，我确实没有上过战场，没打过仗，没出生入死过。但我可以跟你说几件事：1985 年，日航的一架波音 747 客机坠毁，机上 520 人全部遇难，事故原因是机尾的压力板 7 年前维修的时候少打了一排铆钉。1989 年，同样是波音 747，美国联合航空 811 次航班，当飞机在二万多英尺高度时机身右前方突然被炸出了一个大洞，9 人死亡，事故原因是货舱门锁一个小小的阀门在设计上存在漏洞。1995 年大西洋东南航空 529 航班坠毁，死亡 10 人，事故原因只是因为一个不被注意的软木塞，造成了螺旋桨的裂缝。如果这几个案例你还觉得不足以说明问题的话，那么 1990 年，英国航空 5390 次航班，在飞行途中驾驶舱挡风玻璃脱落，驾驶员被吸出舱外，事故原因是起飞前维修工程师在安装挡风玻璃的时候，选用了尺寸有偏差的螺丝钉。这是一个非常敬业的维修工程师，他因为担心旧螺丝钉不能固定住玻璃，所以特意去挑的新的螺丝钉。这两种螺丝钉用肉眼看几乎一模一样，实际上他们的长度只差两百分之一英寸。我还可以跟你背出一系列的空难案例，这些事故的起因也许是一个根本察觉不到的

零件,最后导致机毁人亡的惨剧! 你知道什么叫鲜血淋漓的战
场吗? 什么又叫做出生入死?!

〔胡克不知什么时候已经走进了会议室。

胡　克　冷总,施总,你们别争了! 是我的错……我承担所有的后果;如
　　　　果我走,能给大伙儿留下一个教训,那也算值了。我只有一个请
　　　　求,等 S219 成功取得合格证的那一天,能让我来现场看一眼。

〔冷依晗的眼泪在眼眶里打转。她看着胡克,点了点头,然后深
深的一鞠躬。

冷依晗　谢谢。

〔胡克扭头走了。所有的人都无言地站了起来。
〔收光。

第八场

〔冷依晗一个人站在一束灯光下,如风中孑立一般。
〔穿着一身试飞制服的丁剑飞走到她的身后。冷依晗听见声音
转过身。

丁剑飞　冷总,我准备出发了。

冷依晗　好,祝你成功。

丁剑飞　出发前,我可以问你一个问题吗? (冷默许)……这次,为什么你
　　　　没有反对?

冷依晗　(看着他很严峻地沉默片刻)因为这是自然结冰,是最危险的试
　　　　飞科目,它也许会有各种意外发生。因为我们没有成功的经验。
　　　　因为我们需要技术最全面最优秀的试飞员来完成。因为我们不
　　　　能再等了。因为,你是最优秀的。

丁剑飞　谢谢。

冷依晗　你不需要说谢谢,你只需要记住,飞行过程中不管发生什么,首
　　　　先要保证安全!

丁剑飞　我明白,冷总,我一定带着试验成功的数据和我自己一起回来
　　　　见你。

冷依晗　必须!
　　　　[丁剑飞向冷依晗做了个立正的姿势后,潇洒地离去。
　　　　[冷依晗身后的背景悄然被切换成塔台指挥部。天幕上依然是
　　　　　愁云密布的天空。
　　　　[舞台上的状态回复到了第一场。
指挥员　冷总! 飞机高度突然下降! 576,576,听到请回答,听到请回答!
　　　　[后景,机舱里的三个人已经在飞机的失速下降的状态中几近
　　　　　倾斜。
方小虎　机长! 飞机失去控制!!!
　　　　[丁剑飞拼命地推杆加速。
　　　　[机舱外的场景显示出飞机正在快速地下坠,窗外一片天旋
　　　　　地转。
指挥员　576,576,听到请回答,听到请回答!
方小虎　机长! 我们和塔台失去联系!
丁剑飞　注意坡度!
　　　　[方小虎与丁剑飞观察仪表。
谭　晓　高度持续下降!
指挥员　飞机高度持续下降! 576,576 听到请回答,听到请回答!
　　　　[丁剑飞咬紧牙关似乎在用尽全身的力气握住操纵杆往前推到
　　　　　最大,他的手一刻也不敢松开。
方小虎　(大叫着)塔台! 塔台! 576 突然进入失速!
　　　　[画外音(断断续续地):576……576……请回答……
　　　　[舞台上的整个节奏都处于紧张之中。肖杰奔跑着冲上舞台。
冷依晗　怎么回事? 为什么联系不上?
肖　杰　飞机很可能陷入失速了!
冷依晗　失速!
肖　杰　异常的寒冷云层,完全有可能形成超冷大水滴,使飞机会瞬间丧
　　　　失正确的空速和高度指示。
冷依晗　我为什么偏偏选择今天做这个试验!
肖　杰　谁都不知道试飞过程中会遇到什么样的不可控因素! 但不可控
　　　　因素都已经在你的风险预估之内,这是一个飞机设计师必须做
　　　　到的,你在创造奇迹,但你不是艺术家,你是科学家,一切的风
　　　　险,依据只有一个,那就是数据!
冷依晗　可现在呢,告诉我现在能做什么?

肖　杰　即便是发生了失速,只要飞行员能够成功改出,飞机就可以在几十秒内恢复稳定,这一定在你的设计中已经完成了。相信你的试飞员! 他会有他自己的判断,你更要相信你自己!

冷依晗　我做不到!

肖　杰　你在害怕什么?

冷依晗　我害怕他们像你一样,再也回不来了!

〔爆炸声。然后就是瞬间的静默。

〔指挥员的声音将冷依晗从幻觉拉回到现实。

指挥员　冷总,飞机好像恢复稳定了。

〔驾驶舱区域,丁剑飞、方小虎和谭晓还有一种惊魂未定的神情,但已经在平稳地操作飞机了。

方小虎　报告,576 报告,我们现在正在返航途中,飞机已经从失速状态改出,现在高度 3500 英尺,状态稳定。完毕。

指挥员　576,同意你们返航。

〔肖杰慢慢地隐去。

〔冷依晗仿佛从一场噩梦中渐渐醒来,呼吸逐渐平复。

〔收光。

第九场

〔酒吧,方小虎和谭晓正在对饮,二人都呈现深度震惊后的懵然状态。丁剑飞悄悄走进来,他们两个没有发现他。三人都已换下了制服。

〔服务员上场送酒。

服务员　您要的酒。

方小虎　谢谢。

谭　晓　来,干!

方小虎　晓晓,没想到你那么能喝! 敢试飞的女人都是女汉子!

谭　晓　少废话! 快喝了!

方小虎　喝! ……晓晓,你当试飞工程师多久了?

谭　晓　大学毕业就来试飞中心,快满两年了。

方小虎　那算起来,你比我有试飞经验了!我都来三个月了,从来没遇到过今天这种事……

谭　晓　上个月,我还刚飞过一次失速,完成得特别轻松。当时我想,所谓风险飞行,也没什么大不了的,但今天我才意识到,我们的工作是真的可能有生命危险的。(又喝一口酒)

方小虎　来这个公司这么长时间了,我一次都没坐过正驾驶的位置。坐在驾驶舱里心里那个痒啊!可今天我明白了,这个位置不是什么人都能坐的。要不是丁剑飞反应够快,我们今天都回不来了!

谭　晓　你说我们如果今天回不来了,是不是都成了……烈士了?

方小虎　你别这么想,什么烈士不烈士,听着怪不吉利的。

谭　晓　你在航空公司的时候,遇到过飞行险情吗?

方小虎　还真没有……晓晓,来这个公司之前我差点和我老婆离婚了。我老婆听说我要从民航跳槽来当试飞员,跟我大吵了一架。

谭　晓　为什么啊?

方小虎　对啊,她就问我为什么啊?收入不比航空公司高多少,可是有危险。你不为自己考虑也该为我和孩子考虑一下吧?我当时拍着桌子跟她说了一堆豪言壮语,什么中国人的民机梦啊!什么热血男儿志在蓝天啊!(豪气起来后,又怂了下来)可是飞机快栽下去的时候,什么都想不起来了,唯一想得起来的就是我要真死了,我老婆孩子怎么办?我爸妈怎么办?(喝下一大口酒。丁剑飞上)

谭　晓　(突然哭了)呜——

方小虎　晓晓,你别哭啊!……咱成功了!……咱都活着!

　　　　〔酒过三巡的谭晓抱住方小虎哭得泣不成声。

　　　　〔丁剑飞忍不住走到他们跟前。方小虎和谭晓看见他略显吃惊。谭晓停止了哭泣。

方小虎　哎哟,机长。

丁剑飞　我今天什么也不说了!服务员拿几个杯子。(服务员上了几个杯子。举起杯中酒)第一,庆祝一下咱们今天自然结冰试验成功。(一口喝干)

方小虎、谭晓　干!

丁剑飞　第二庆祝咱们三个劫后余生……我跟你们说声对不起,差一点儿就……

方小虎　哥！你甭说对不起……(倒了一大杯酒)要是今天没有你,说不定我们都不能活着回来了。而且,咱们今天飞成功了! 咱厉害! 我今天叫你一声哥,咱也算是过命的交情了,来,喝了!(三人干)

丁剑飞　(倒酒)晓晓……我……我平时对你态度不好,今天我跟你道歉! 其实我真挺佩服你的,试飞工程师和我们试飞员其实一样危险,可你是女孩子!

谭　晓　女孩子怎么啦! 我是个试飞工程师,然后才是女试飞工程师! 你以为只有你们男人才能有雄心壮志,我们女的就不能有梦想吗?

丁剑飞　这第三杯,敬女试飞工程师……

〔方小虎、丁剑飞一口闷。

谭　晓　丁剑飞我有话和你说。(自己先喝一口壮胆)丁剑飞,我今天不管你对我是什么感觉,我有些话一定要告诉你。我喜欢你! 我一直都喜欢你!(谭晓打开手机翻了翻,给丁剑飞看。丁剑飞略有些吃惊)你看这些都是我偷拍你的照片。本来这些话我不敢告诉你。我知道你不喜欢我。可万一我们今天挂了,就再没机会说了……所以我今天一定要说出来,不管你有多瞧不起我!

〔丁剑飞没有再多说什么,紧紧拥抱谭晓。谭晓也紧紧抱住他。

丁剑飞　我永远也不会瞧不起你! 因为我不配! 你要好好的,以后哪个男孩子要敢欺负你,哥替你收拾他!

〔冷依晗不知什么时候也来到了酒吧,看到了他们。

方小虎　冷总!

谭　晓　啊,冷总!

〔丁剑飞默默地走到一边。

方小虎　冷总,这么晚,您还没回去休息?

冷依晗　刚开完会。今天的飞行……你们都是好样的! 辛苦了!

方小虎　冷总……您辛苦。

冷依晗　(为难地)我知道今天大家都受惊了,今天遭遇这样危险的情况,作为总指挥,是我的工作失职。我向你们道歉。

〔丁剑飞沉默。

方小虎　冷总,您别这么说。今天是遇到点儿意外,可不是挺过来了吗? 有句话叫,乐极生悲……不对……大喜大悲……也不对……那什么……

谭　晓　哎呀,化险为夷。

方小虎　对,化险为夷,时来运转!

冷依晗　对,今天你们平安回来,是老天对我们最大的眷顾……我们刚刚
　　　　开会总结了今天的试验,本来我想明天白天再跟你们沟通的。
　　　　既然今天碰到了,就先让你们心里有个准备吧:局方的审定结果
　　　　是,今天飞机意外发生深失速,完全是因为遇到强冷云层造成飞机
　　　　的强烈颠簸造成;飞行员成功改出,动作完成得很好,但是……高
　　　　空自然结冰的试验无效。

丁剑飞　无效?

冷依晗　对。因为飞机进入那片云后,瞬间就进入了深失速,所以从时间
　　　　和结冰的状态都没有达到适航条例的要求。

谭　晓　也就是说,至少还要飞一次自然结冰?

冷依晗　是。

　　　　[这个消息令丁剑飞、方小虎和谭晓多少有些无所适从。

方小虎　这算是……乐极生悲吗?(谭晓推了他一下)

丁剑飞　冷总,如果再飞自然结冰,还是让我们机组来飞吗?

冷依晗　(沉思了一下)这个不一定,经过了今天的事,可能暂时不会安排
　　　　你们机组去飞风险科目。

丁剑飞　为什么? 不是说我们飞得很好吗? 只是气象异常,所以……

　　　　[方小虎拉了拉丁剑飞的衣角。

冷依晗　不是不信任你们,经过了今天的情况,从心理上,你认为短期内,
　　　　你们还适合应对风险试飞,尤其是自然结冰的试飞吗?

　　　　[冷依晗下意识地看了看谭晓和方小虎。他们两个都沉默。

丁剑飞　(对方小虎)小虎,你先送谭晓回家吧,我有些事想跟冷总单独聊
　　　　一下。

方小虎　那行,你们先聊! 晓晓,咱们先回家去!

谭　晓　再见! ……冷总,再见!

冷依晗　再见。

　　　　[台上剩下冷依晗和丁剑飞。冷依晗坐下替自己倒了一杯酒,自
　　　　顾自喝了起来。

冷依晗　怎么? 还不甘心?

　　　　[丁剑飞低着头不说话。

冷依晗　我知道你天不怕地不怕,可是你考虑过飞机上跟你在一起的两
　　　　个战友吗? 如果今天回不来的话,他们的家人,现在面对的将是
　　　　什么? 你想过吗? ……

［丁剑飞默默低下了头。

冷依晗 还有你，你也有父母，你想过你在天上飞的时候，他们有多为你担心吗？我想，经过今天的事情，不论是你还是他们，都需要一段时间来调整。

丁剑飞 我不需要调整！……我是说，起码我个人不需要，但我可以等他们两个人的心理调整期过去。至于我，我的心理素质比你想象的要强大。

冷依晗 又来了！自以为是！

丁剑飞 我的父亲就是试飞员，空军试飞员！（冷依晗一愣）所以，我的家人比我更了解试飞员这个职业。既然选择了这个职业，就要承担一切风险，包括后果。

冷依晗 ……那你父亲应该知道，12年前，有一架国产飞机坠毁的事情吧。

丁剑飞 ……知道。

冷依晗 是的。那架飞机的设计师叫肖杰。

丁剑飞 我知道，那架飞机上的人无一生还！我也知道那天肖杰就在那架飞机上！我还知道那架飞机穿越冰层后，防冰系统突然失灵了！我知道你想告诉我什么……

冷依晗 我想告诉你的是，肖杰有一个助理，也是他的女朋友，他们在一起很多年了，那一回他们约定试飞回来就去办结婚证。那个女孩子就是我……

［丁剑飞惊异地瞪大了眼睛。

丁剑飞 你……

冷依晗 是的，我。关于那次事故的结论是，飞机的防冰系统设计有问题。我记得他曾经在他的书里写过一句话：世界航空史是踏着无数次灾难的脚步前进的，没想到他自己却亲自验证了这句话。如果不是那一天，我现在应该是他的妻子。这就是飞行器的魔咒，一个坚硬如铁的庞然大物，却可以因为一颗冰渣子而毁于一旦……你干嘛这么看着我？是不是觉得很奇怪，我也曾经几乎成为一个人的妻子？

丁剑飞 不……我不是这个意思……我……

冷依晗 （不接他的话，兀自继续）事实上，一度我只是想成为他的妻子……在认识他之前，我根本不喜欢我的专业，直到他的出现。为了他，我开始疯狂地用功读书，毕业后毛遂自荐当他的助理，然后又成功地让他爱上了我。只是我做梦也没想到，他的死让我成为一个真正的飞机设计师。我把自己变成了他,因为这样,我就可以和他在一起了……

[冷依晗浑身颤抖,被压抑太久的情感一旦释放出来就无法控制,眼泪不断地从她的脸上流下来。

丁剑飞　你想说什么,就说吧,想哭就哭个痛快吧……

冷依晗　(抑制不住的情绪)你知道吗,今天你们的飞机发生失速的时候,我的眼前都是12年前那架飞机摔得粉身碎骨的样子!我甚至觉得我听到了爆炸声!你根本没法想象这种感觉!你根本没法想象!

[丁剑飞动情地握住了冷依晗的手。

丁剑飞　没事儿,没事儿,过去了,我们回来了!没事儿!我懂,我懂你的感受。从小,我爸在天上飞的时候,我妈都怕他回不来了。有一次她求我爸别飞了!我爸说,只有在天上的时候,我才更热爱自己的生命。(冷依晗抬起头)我们所有做的一切,不就是为了让我们的生命插上翅膀吗?……(窗外突然照进一缕曙光)……你看,天亮了,新的一天又开始了……假如今天,不,昨天我真的回不来了,那么我就永远看不到太阳重新升起了。

冷依晗　你想说什么?

丁剑飞　我想说……我们能活着,真好。

[收光。

第十场

[起光。

[舞台上是一架有些陈旧的飞机,就是那架已经废弃的"运十"。韩同舟在摆弄着它,还下意识地不停擦拭着。韩建国走近他。

韩建国　爸。

韩同舟　啊。(他答应了一声,扭头看儿子的眼神带着酸楚)

韩建国　这个,不是有维护的工人干吗?

韩同舟　习惯了,这么多年,这就像我另一个孩子一样。虽然它现在不能飞不能跑了,可还是自己的孩子。

韩建国　我是来跟您告别的。我们跟 S219 的合作正式终止了。

韩同舟　我已经听说了。什么时候走啊?

韩建国　明天一早。

韩同舟　这么急吗?(韩建国点点头)

韩建国　爸,我今天晚上还要发好几个邮件,就不回家陪您吃晚饭了。

韩同舟　好吧,那……你多保重吧。

韩建国　爸,我知道您心里在怪我。我必须执行公司的决定。

韩同舟　你让我该说什么?我又能说什么?我知道你在美国那么多年,能够做到今天的职位,有多不容易。作为父亲,我应该为你骄傲。可你回来第一件事情,竟然是把我们的订单退回来,这是我们被退回来的第一笔订单,这个人偏偏是我的儿子,我真的想不通。

韩建国　爸,我知道您不理解。我尊重您,尊重你们所有这些呕心沥血的人,可是搞民用飞机是个太系统太庞大的工程,客观地说,这里的基础太落后了。

韩同舟　(开始激动了)我们需要时间……

韩建国　是需要时间!可是市场不可能等你们,民用飞机和一般工业产品最大的区别在于,只有一流的产品才能存活下去,除此之外只能是废铜烂铁。

韩同舟　(气愤地指着运十)你怎么能说出这种话!你也是在这个机场长大的。你看着我们怎么从无到有地把这架飞机造起来,你看着他首飞,你看着它怎么改写了历史。这一切在你看来,都是废铜烂铁吗?我造了一辈子飞机,你知道我最痛心的是什么吗?就是一个中国人站在你的面前对着你说,中国人造的飞机你敢坐吗?

　　[一声飞机起飞的轰鸣声震耳欲聋般划破长空,如同要将这个世界震得天崩地裂。

　　[片刻沉默。

韩建国　爸,对不起,我们别吵了。你跟妈妈吵了几十年,当年我出国的时候你又跟我吵了几天几夜。您有没有算过,我们父子两个几十年在一起和和气气地吃过几顿饭吗?……我明天就要走了,我希望您再好好考虑一下,以后跟我去国外生活。

韩同舟　(挥手阻止他)别劝我了,我不想跟你走。我这把老骨头,死也跟

234

这个老家伙(指运十飞机)死在一起了。

韩建国　好吧,爸,我该走了……您多注意身体。

韩同舟　建国,见了你妈妈,替我向她说声"对不起"。我从来没有好好关心过她,这辈子是我欠她的。

韩建国　爸,有件事,我一直没敢告诉您……我妈妈她已经去了。

韩同舟　(震惊地)什么时候?

韩建国　三个月前。走之前,她跟我说,有机会回去把你爸爸接来,他老啦。

韩同舟　(心里酸楚地点点头)好啦,你有事忙,就快去吧。明天我不去送你了,路上自己当心点。

韩建国　爸,有空我带着孩子们回来看您。

　　　　[韩建国对父亲深深一鞠躬,转身怅然离去。

　　　　[韩同舟一个人呆呆地跌坐在运十的舷梯上,妻子去世的消息就好像是突然心口被刀扎了一下的痛楚。

　　　　[夜幕渐渐降临,直到天色完全黑去。

　　　　[忧伤抒情的音乐。

　　　　[天亮了。韩同舟还坐在舷梯上,倚靠着栏杆。

　　　　[冷依晗走过。

冷依晗　韩老师,您怎么在这儿坐了一夜,要生病的。

　　　　[冷依晗想去叫醒韩同舟,却发现老人全身冰凉,已经没有了呼吸。

冷依晗　(紧张地)韩老师,韩老师!

　　　　[人们三三两两走来,围过来,叫着"韩老"。

冷依晗　(大声地)韩老师!

某员工　我打电话叫救护车。

　　　　[冷依晗绝望地摇摇头。

　　　　[施万林此时已经闻讯奔过来。

施万林　(大声叫着)韩建国,快给韩建国打电话! 让他快回来!

冷依晗　(摇摇头)来不及了,他的航班已经起飞了!

　　　　[远处天空上似有一架飞机飞过。

　　　　[所有的人都潸然泪下。

　　　　[冷依晗走到台前,坐在地上,她面前是一台打开的笔记本电脑。

　　　　[其余的人和景撤去。

　　　　[冷依晗苦思冥想于工作之中,疲惫至极,昏昏欲睡。

第十一场

[丁剑飞走向冷依晗。

丁剑飞 冷总。

冷依晗 哦,有事吗?

丁剑飞 您睡着了?

冷依晗 我刚做了一个梦。

丁剑飞 梦见什么了?

冷依晗 一个 12 年来我经常梦见的场景。

丁剑飞 ……你能跟我去一个地方吗?

冷依晗 去哪儿?

丁剑飞 模拟机。

[舞台上的景物已经切换成了一个模拟机的驾驶舱。

冷依晗 模拟机!

丁剑飞 对。我想你和我一起模拟一遍自然结冰。

冷依晗 为什么?

丁剑飞 你跟我去了就知道了。

[丁剑飞说着,坐上正驾驶座。冷依晗坐在副驾驶的位置。两人
扣上安全带。丁剑飞加油门。

丁剑飞 准备好了吗?(冷依晗点点头)好,起飞。(飞机轰鸣音响起。窗
外出现蓝天白云)推力设定。核对。

[少顷。

冷依晗 (汇报数据)速度 100 节。

丁剑飞 核对。

冷依晗 (汇报数据)v1。

丁剑飞 (右手从油门上拿下来)起飞。

冷依晗 VR,抬前轮。

[丁剑飞向后拉操纵杆。

冷依晗 正上升。

丁剑飞　收轮。

　　　　〔冷依晗把手柄往上一扳。冷依晗一直在观察着数据。

冷依晗　……飞机现在已经在 15000 英尺高度……(指着仪表)现在开始
　　　　模拟自然结冰。

丁剑飞　……飞机已经结冰了,机翼和机身都被零下 15 度的冰层覆盖。

冷依晗　数据已经逼近了危险临界值,飞机已经失去了 80% 的升力。

丁剑飞　明白。现在我们开始带冰做盘旋动作……感觉到了吗? 现在我
　　　　们的飞机飞得很轻巧。

冷依晗　(深吸一口气)……感觉到了。(稍停)现在你进入超冷云层,遇
　　　　到强冷空气!

丁剑飞　好,现在我们让它进入失速。

　　　　〔丁剑飞操纵动作。飞机进入一种强烈的震颤中,轰鸣声加大。
　　　　冷依晗的手不由自主越来越紧抓着自己的领口。

　　　　〔语音告警:STALL……STALL……

冷依晗　强结冰!

丁剑飞　注意! 注意!

　　　　〔丁剑飞快速看着仪表和窗外,继续操纵动作。震耳的轰鸣声。
　　　　大约几秒钟后,飞机恢复了平稳。

丁剑飞　看到了吗? 它恢复稳定了。

冷依晗　(惊喜地)是的。

丁剑飞　我刚才并没有刻意做改出的动作,而只是尽量稳住它。它几乎
　　　　是完全依靠自身的性能调整了姿态,恢复了稳定。

冷依晗　(激动地)是的,是的!

丁剑飞　这就是我要让你亲自上模拟机的原因……你的噩梦不是因为肖
　　　　杰不在了,而是因为你害怕你跟他一样,设计出现漏洞。

冷依晗　这样的模拟练习,你做了多久了?

丁剑飞　从上次失速之后,我就一直在做。我研究了自然结冰所有的技
　　　　术资料,把每一种会出现的危险状况都挨个模拟了好几遍。我
　　　　甚至把关于自然结冰的设计数据都看得滚瓜烂熟了。不信,你
　　　　可以考我。

冷依晗　可是,你难道就没有怀疑过我的设计吗?

丁剑飞　我从来没有怀疑过你。

冷依晗　为什么?

丁剑飞　你未婚夫的生命换来的教训,你能不当回事儿吗? 何况,不仅仅

是肖杰一个人的生命……我相信你已经把这个环节的设计都琢磨透了。如果那天不是因为遇上了意外气象,我说不定就飞成功了……所以我想验证一下,如果有机会再让我飞一次自然结冰,一定没问题。相信我。

冷依晗　你就是个——疯子!见过不怕死的,还没见过你这样不怕死的。

丁剑飞　神经病不怕死……那次回来,你以为我就没有后怕过吗?

冷依晗　那你还……

丁剑飞　后来我一想,你都不怕,我怕什么?

冷依晗　我怎么了?

丁剑飞　经历了12年前那样的事,如果没有强大的心理承受力,你怎么还能当一架飞机的总设计师?万一这次自然结冰真的通不过,你还能干得下去吗?我能想象你这12年,把自己往死了逼才有今天。至于我,如果这次再出些状况,我还能再飞吗?所以,我和你都是一样的背水一战,我们已经捆绑在一起了,生生死死捆绑在一起!你想甩我都甩不掉!

[丁剑飞直视冷依晗的眼睛,冷依晗下意识地躲避。

冷依晗　今天就到这儿吧,自然结冰的事我会考虑。(她说着走下驾驶舱)

丁剑飞　你等等。(冷依晗)我知道你这12年经历的是什么样的生活,你把自己伪装得很坚强,冷得像一块冰,可那不是真正的你!

冷依晗　你怎么知道什么才是真正的我?

丁剑飞　因为那天晚上你的脸上写着!

冷依晗　写着什么?

丁剑飞　你很孤独!你很脆弱!你需要有人懂你!有一种力量来支撑你!12年来你一直以为那种力量是肖杰给你的,实际上你早已经不需要他了……

冷依晗　够了!

丁剑飞　过去的已经不存在了!你需要一个人爱你!

冷依晗　(努力克制着)……你越过边界了,机长!

丁剑飞　边界是你设定的,设计师。他需要我们共同的努力才能去验证。

冷依晗　我不会也不能给你超出安全极限的风险余度。

丁剑飞　为什么不能往前迈出一步?

冷依晗　我以前总是跟你说,别用自己的生命去冒险,现在我想告诉你,别拿自己的人生去做赌注!……我该走了。(走)

〔丁剑飞伤感地看着冷依晗下，然后从另一个方向离开。

〔音乐起。

〔冷依晗回到了舞台上，恍惚中她下意识点起了一支烟。

〔肖杰出现在舞台的另一区域。

肖　杰　你怎么又抽烟了！

冷依晗　如果不是我抽烟，你根本意识不到我的存在。

肖　杰　我意识不到你的存在？我又不是盲人。

冷依晗　可是你一整天都在看着你的图纸，甚至都没有抬起头来看一下我。

肖　杰　对不起，是我的错。可你忘了，你答应过我，我们结婚后就把烟戒了。

冷依晗　我答应过？

肖　杰　对，本来我们约好了，那一天回来后就一起去注册结婚的……但是，我没有回来。

〔冷依晗又一次如梦方醒。

肖　杰　他说得对，我已经不在了。就像你不可能再穿上高跟鞋一样，一切都不可能再回到过去。

冷依晗　不！我从来没有让你离开过我的世界。

肖　杰　我走了12年了，12年来你不让自己休息，不让自己软弱，不允许自己享受生活；你不再涂脂抹粉，你的头发上能闻到机油的味道，你的皮肤不再光滑细腻，你的双手已经被图纸磨得粗糙了，你用12年把自己改造成了我完全不认识的样子。你已经不再像过去那样，需要我温暖的大手把你搂在怀里。

〔肖杰一边说着一边往舞台的深处走去。冷依晗试图去拉住他，但拉不住。

冷依晗　你回来！肖杰！你走了，我会很孤独！

肖　杰　你应该开始新的生活，会有一个人陪着你重新起飞，直到天荒地老，只是那个人不是我！

〔冷依晗哭着目送肖杰走向远方。

肖　杰　记住，我最愿意看到的，就是没有了我，你依然能够飞翔。

〔冷依晗含泪点头。

〔收光。

第十二场

[各种画外音。

记者甲 请问冷总,您此次辞职,是因有航空公司撤回 S219 订单的原因吗?

记者乙 请问,S219 适航许可至今没有通过,原因到底是什么?

记者丙 请问冷总,S219 此次的自然结冰试飞失败你是否要承担责任?

记者丁 请问您对 S219 目前在国际民航领域的市场前景持什么态度?

[起光。

[新闻发布会现场。主席台上坐着一排领导干部。施万林和冷依晗坐在中央。冷依晗无声地听着记者们扑面而来的提问。施万林站了起来。

施万林 各位,请安静一下。我知道大家有许多问题。冷依晗同志确实向公司董事会递交了辞去 S219 项目总指挥的申请,主要是因为身体上太疲劳了,董事会同意了冷总的个人申请。至于各位的问题还是由我来向诸位一一解答……

[冷依晗站了起来。

冷依晗 还是我来回答吧。

[施万林点了点头,坐下。

冷依晗 (站起来)感谢各位媒体的朋友。我辞去 S219 项目总指挥的职务,是因为我认为自己的能力不适合继续担任领导的工作,最近 S219 自然结冰试验失败,与前期准备工作不够充分有直接关系,作为领导我有不可推卸的责任。但是我仍然是 S219 的总设计师,我希望我能够把自己的精力全部投入到我的专业中去。我们这个团队就像一架庞大的机器,每个人都是这架机器中的一个零件,每一个零件都必须恪尽职守、分毫不差。我之所以辞去领导职务,是因为我需要回归到最适合我的那个位置。我们每个零件每一天都在不断地磨合,因为我们是如此的陌生,所以我们缺乏经验,我们需要时间,有些时候我们也许需要推倒重来一遍,再来一遍,因为我们谁都不知道究竟什么样的位置,什么样的速度、角度、精度是最好的。可我们从来不怀疑,总有一天,所有的齿轮都会卡得恰到好处,所有的零件都会配合到完美无缺,那个时候,我们的这架机器就可以运转起来,并且昂首挺胸地飞起来。我们从来不怀疑有一天会让全世界的人看到我们的S219。然后指着它说,那是一架中国制造的民用飞机,它飞得很稳,很好,很安全!虽然我们不知道这一天有多远,但我们知道只要踏出第一步,就会离天上那个梦想近一步。那个时候我们一抬头,就会看到梦想就在我们的头顶,我们一伸手就可以触摸到它。然后我们可以骄傲地说,那是我们的飞机!

〔灯光变换,主席台隐去。

〔轻快有节奏的音乐声。

〔身穿制服的工程人员们纷纷从舞台各个角落走来。他们中也有谭晓、小魏,还有之前出现过的那些熟悉的面孔。他们有的手拿图纸在和同事交流工作,有的在打工作电话,有的则行色匆匆地奔走在路途。

某员工 (打电话)什么?……设备什么时候运到?……好的,我马上通知下去……

某员工 (打电话)喂……什么?数据不对?……你等着,我马上回去查……

谭 晓 (打电话)喂……试飞大纲已经发到你邮箱了……对。

〔那边儿,几位工程师模样的人一边走一边讨论某个技术问题。

〔每个人都如零件一般在自己的位置上不停地运转着。

〔画外音(新闻播报):最新消息,国产民用客机S219即将赴北美五大湖地区进行自然结冰的试飞科目。这也是该型号第一次跨出国门进行远距离飞行……

第十三场

〔起光。

〔韩建国捧着父亲的骨灰盒静穆在台上。冷依晗和施万林向他走来。

施万林 韩老的后事都办妥了吧?

韩建国　（点点头）感谢你们，替我的父母感谢你们。这次我把我母亲的骨灰也带回来了，让他们两个葬在一起。这应该也是他们共同的心愿。

冷依晗　这次来会多留几天吗？

韩建国　我今天晚上就要飞回纽约了。

冷依晗　一路平安。

韩建国　谢谢……哦，这次去北美五大湖自然结冰，这个想法很明智。那里拥有全世界飞自然结冰最理想的气候条件，波音、空客都在那里飞过。希望 S219 首次跨洋试飞成功。虽然我代表公司撤回了订单，但是我真心向你们的团队表示敬意！

冷依晗、施万林　谢谢。

韩建国　再见。

　　　［韩建国下。

施万林　这两天没睡好觉吧？

　　　［冷依晗淡淡地叹了口气。

冷依晗　还是你了解我。

施万林　明天我就带队出发了。这回咱们一定得把自然结冰飞出来！

冷依晗　拜托你了，老万。

施万林　我今天还有件事儿要告诉你——等这次飞完自然结冰回来，我就要离开这个团队了，会有更年轻更有能力的同志来接替我。

冷依晗　为什么？老万，你要去哪儿？

施万林　呵呵，我能去哪儿啊？我这个零件到年限，要退休啦！哈哈哈！

冷依晗　啊？你要退休了？你怎么可以退休了？

施万林　我怎么不能退休啊？我刚见到你的时候，你还是个黄毛丫头，现在你看看（轻轻指了指她额头）都长白头发了。

冷依晗　老万！

施万林　我刚开始给咱们国家造飞机的时候，还是个大小伙子，现在也该告老还乡了。我女儿已经给我生了个外孙子了，我得安安心心回去当姥爷啦！

冷依晗　真的吗？祝贺你！

　　　［两人很友爱地拥抱在了一起。

施万林　我脾气急，说话有时候不中听，别跟老大哥计较。

冷依晗　（感动地点头）嗯。

施万林　有机会成个家吧！

　　　［冷依晗无声地笑笑。

　　　［施万林下。

第十四场

[丁剑飞上。他走向冷依晗。冷依晗看到他,心里的感觉有些复杂。

丁剑飞　我明天就出发了。

冷依晗　哦。

丁剑飞　谢谢你,说服领导同意我去飞自然结冰。

冷依晗　不用谢我。这是领导综合考虑的结果。

丁剑飞　你不想再对我说点儿什么吗?

冷依晗　注意安全。

丁剑飞　这次北美你不去,是因为我吗?

冷依晗　你想多了。我手头还有其他的工作。这次施总带队,相关技术
　　　　部门都跟飞,我很放心。当然,我会随时期待你们的好消息。

丁剑飞　那我回来的时候,你会来接我吗?

冷依晗　……我是总设计师,你们回来,我当然会迎接你们。

丁剑飞　你明白我说的意思!

冷依晗　你不要逼我!

丁剑飞　我有权利……

冷依晗　我没有……

丁剑飞　为什么?

冷依晗　别逼我回答为什么……

丁剑飞　我知道你怕什么。我不在乎那些!

冷依晗　会有一天,你试飞归来,有一个很美好的女孩子在等着你回家,
　　　　就像我当初曾经等着肖杰那样,会有一个人和你天荒地老,子孙
　　　　满堂。但那个人绝对不是我……谢谢你,给予我美好的瞬间,你
　　　　让我知道我还有能力去爱。但是,我们是属于这个国家的,我们
　　　　没有权利放纵自己的情感。

[丁剑飞懊恼地准备离开,但不甘心地停住脚步。

丁剑飞　本来我今天来,是想告诉你一件事。

冷依晗　还有什么事?

丁剑飞　(从他的衣服口袋拿出用红布包的东西)这是我一直带在身边的

一件东西，但这次去飞自然结冰，我想让你替我保管它。万一，出什么意外的话……

冷依晗　闭嘴！（她打开，看到一片破碎的铁片）这是什么？

丁剑飞　一架飞机的残骸。12年前，有一架飞机在穿越冰层的时候意外坠毁，机上的人全部遇难，这其中有那架飞机的设计师肖杰，还有，我的父亲。（冷依晗瞪大了眼睛）是的，我的父亲，是那架飞机的机长。父亲去世的时候，我什么都没要，就要了这个（打开布包，是一块盘子大小的金属质地的碎块）。可能在别人看来，这不过是一片垃圾，但对我来说，那是我心里的一块纪念碑，那上面有肖杰，有我父亲，还有很多人的名字。在我心里，他们都是英雄。请你替我收好它……（冷依晗用颤抖的双手接过了这块飞机残骸，不能自已地周身激动着）你知道吗？我从小就在机场跑道边儿长大，我们一群孩子下了课就一边跑一边指着天上的飞机说，这个，这个是英国的飞机，这个是加拿大的飞机，那是苏联的飞机！谁说对了谁就能当机长。将来我要我的孩子，指着天上说，看，是我们中国的飞机！我们的飞机！我们的！……（走）

冷依晗　（情难自已地）丁剑飞！……（丁站住）以前我说，你的心理素质不合格，现在我收回这句话。

丁剑飞　谢谢。我还想跟你说一句话，我会做好那个零件，但一个完美的零件威力并不会亚于一颗子弹。你说，想当英雄就别来开民用飞机，我不同意！我就是要当英雄！像我爸爸那样的英雄！

　　　　〔丁剑飞向舞台纵深处走去，冷依晗下意识想追去。突然灯光大亮，他们身后的场景已经变成了机场的飞机旁。方小虎和谭晓向丁剑飞走来。

谭　晓　机长，我们可以出发了。

丁剑飞　我最后再问你们一遍，你们现在想改主意还来得及。

谭　晓　不，绝不改主意。

方小虎　对，绝不！机长！我们三个零件要卡在一起才转得起来。

谭　晓　（伸出手臂）来，加油！（丁剑飞、方小虎和她的手臂握在一起）

三　人　加油！

　　　　〔施万林来了。

施万林　等等，加上我。（也伸出手）

　　　　〔又有几位工程师们跑了过来。

工程师某　加上我们！

　　　　〔冷依晗也跑了过来伸出手。

冷依晗 还有我!

[大家的手都紧紧握在一起。

冷依晗 我们的飞机,一定会成功!

大家异口同声 我们的飞机,一定会成功! ——(欢呼)

[大家松开手,施万林、丁剑飞、谭晓、方小虎和几名工程技术人员一起向送行的人们告别。大家纷纷说着,"再见"……"加油"……"平安"……

[人们都走向了飞机。丁剑飞最后回头看了一眼冷依晗。他们用眼神默默地告别。丁剑飞转身离去。

[冷依晗望向远方。

[大屏幕上,一架飞机腾空而起,划破天际。

[人们也纷纷望向远方。人群中有肖杰、韩同舟和胡克。

冷依晗 (OS)总有一天,所有的齿轮都卡得恰到好处,所有的零件都配合到完美无缺,那个时候,我们的这架机器就可以运转起来,并且昂首挺胸地飞起来,我们从来不怀疑有一天会让全世界的人看到我们的 S219,然后指着它说,那是一架中国制造的民用飞机,它飞得很稳,很好,很安全! 虽然我们不知道这一天有多远,但我们知道只要踏出第一步,就会离天上那个梦想近一步。那个时候我们一抬头,就会看到梦想就在我们的头顶,我们一伸手就可以触摸到它。然后我们可以骄傲地说,那是我们的飞机!

[有一个声音说:看,我们的飞机。

[另一个声音:我们的飞机。

[各种声音此起彼伏:我们的飞机……我们的飞机……我们的飞机……

[一个清脆的童声:看,那是我们的飞机。

[音乐声中,各种 ARJ21 和 C919 的新闻视频交替呈现出一种纪实影像的风格。

[ARJ21 圆满完成北美飞行载誉归来……

[ARJ21 首航成功……

[C919 正式下线……

[C919 成功首飞……

[完。

2017 年 1 月 12 日(第五稿)

冯钢简介

  国家二级编剧，上海京剧院院长助理，艺术创作部主任，毕业于上海戏剧学院戏剧文学系，参与整理改编、创作的各类大、小型剧目有：京剧小戏《抉择》《燕青打擂》《伍子胥祭江》《开心小屋》，京剧《大名府》，新编京剧《王子复仇记》《情殇钟楼》《春秋二胥》《庄妃》，秦腔现代戏《尕布龙》等。《春秋二胥》为2015年度国家艺术基金重大加工提高资助项目。

  京剧《春秋二胥》由上海京剧院首演。

新编历史京剧

春秋二胥

编剧 冯 钢

人　物

伍子胥　吴国上将军，原楚国大将军。

申包胥　楚国上大夫，伍子胥故交。

孟　嬴　楚国太后，楚平王妃，楚昭王母。

楚昭王　名熊轸，楚国国君，平王之子。

阖　闾　吴国国君。

子西、子期、夫概、伯嚭、楚大臣、楚内侍、楚将、楚兵、吴兵、楚宫女

序

［春秋末。

［画外："今有太傅伍奢，藐视纲纪，诬谤国君，大王有旨，诛杀九族，满门抄斩。"

［一阵焦雷。伍门遭斩，满目惨状。

［伍子胥内呼："可惨哪！可惨！"

［楚郊旷野。

［伍子胥披发佩剑，怒目张天，仓惶逃上。

伍子胥　（仰天悲号）天哪！天！楚君无道，父纳子妻，我父直言谏阻，反遭杀害，你怎地不言？你怎地不语？（抚剑）昏王啊！昏王！我不杀你，誓不为人！

［画外："捉拿伍子胥！"

［申包胥背负行囊，匆匆上。

申包胥　兄长！

伍子胥　（扑向申包胥）贤弟，可怜我伍家三百余口死得好惨……

申包胥　楚王无道，太傅蒙难，小弟虽为兄长抱屈，却也无奈君王淫威。（取行囊递与伍子胥）兄长速速逃生，莫教楚国忠良绝后！

伍子胥　（感动万分）子胥若能逃脱此难，定要重返楚国报仇雪恨！

申包胥　小弟纵然粉身碎骨，定要力谏君王还你清白！

伍子胥　（感动）贤弟为我鸣冤，生死未卜——（祝祷）苍天在上，护佑申包胥平安无事！

申包胥　兄长逃楚求生，天涯茫茫——（亦祝祷）苍天在上，护佑伍子胥化险为夷！

［两人向天叩拜。飞沙走石，天地动容。

一

    [十九年后。

    [楚内侍上。

内　侍　伍子胥吴国借兵,伐楚复仇,大王不幸驾薨,世子熊轸袭位,宣百
        官大殿议事!

    [暗转,楚宫大殿。

    [楚昭王不安地立于座前。

    [众楚臣环侍阶下。

子　西　(急上)大王——吴兵攻克纪南,夺取昭关,直逼郢都!

    [众楚臣惊惧躁动。

楚昭王　吴兵来势汹汹,这便如何是好?

    [金鼓轰鸣,杀声震天。

子　期　(急上)大王——吴兵已到郢都城下。

楚昭王　那……那吴军共有多少人马?

子　期　三路大军共计三十余万。吴王拜伍子胥为上将军,但见郢都城
        外,旌旗蔽日,水泄难通!

楚昭王　哎呀!

    (唱)　千里荆楚风云变,

          滚滚烽烟遍江天。

          吴兵势强如席卷,

          眼见得祖先基业化尘烟。

楚臣甲　还请大王避其锋芒,弃城远遁。

楚臣乙　虽为下策,倒也不失权宜之计。

子　期　弃城远遁?岂不是将楚国山河拱手让与阖闾。大王,子期愿率
        倾城将士,与吴军奋战到底!

楚臣甲　吴军将士三倍于我,我们是寡不敌众啊!

楚臣乙　伍子胥身怀灭门之恨,其势难挡!

子　西　是避是战,事关楚国存亡,大王三思……

众楚臣 　大王三思……

楚昭王 　(接唱)难道说大厦倾无人可挽?(颓然)

　　　　[内:"太后驾到!"

　　　　[宫女引孟嬴上。

众楚臣 　参见太后。

楚昭王 　母后。

孟　嬴 　王儿。

　　　　(接唱)纾难还靠楚英贤。

楚昭王 　母后,伍子胥带兵伐楚,如何是好?

孟　嬴 　今有一人,或能劝退伍子胥。

楚昭王 　他是何人?

孟　嬴 　伍子胥好友,楚国上大夫——申包胥。

子　西 　申包胥因伍门一案,被先王拘禁死牢。

楚昭王 　(焦急地)传诏赦免申包胥,快快宣上殿来!

内　侍 　遵旨。大王有旨:赦免申包胥,即刻进宫。

　　　　[军士引申包胥神形憔悴上。

申包胥 　(唱)　一十九载宫廷返,

　　　　　　　　销神蚀形须发残。

　　　　　　　　囹圄难把晨昏辨,

　　　　　　　　但不知楚国今日怎样天。

　　　　(叩拜)申包胥蒙大王恩典,一十九年不杀为臣,令我残喘至今。

子　西 　(走近,轻声地)大夫,如今已是新君即位,大夫请看。

　　　　[申包胥抬眼凝视……

楚昭王 　大夫,伍子胥借兵复仇,吴国兵临城下,父王忧急交加,溘然
　　　　仙逝!

申包胥 　怎么——子胥他回来了!

楚昭王 　烦请大夫亲赴吴营,劝说伍子胥退师罢兵。

申包胥 　为臣有何德能说动伍子胥?

楚昭王 　宿年旧仇,寡人既往不咎。伍子胥也是楚国一脉,何忍自伐同胞?

申包胥 　(绝望地)宿年旧仇? 既往不咎?(冷冷地)申包胥一介死囚,无
　　　　力回天。

楚昭王 　申大夫,难道你挟私怨而轻国难吗?

申包胥 　(仰天)申包胥忧国之心,你们两代君王哪个能知?

孟　嬴 　申大夫,伍太傅灭门之时,我儿尚在褴褓;先王在世,朝野三缄其

口,莫怪新君不知当年沉冤。

楚昭王　母后……

孟　嬴　一十九载,此事再也不必遮盖掩藏。王儿,为娘当年自秦入楚,原为你父儿媳,不想先王贪我美色,父纳子妻。太傅伍奢直言进谏,惨遭九族屠戮。可叹伍门大小仅存子胥一人。申大夫替伍门鸣冤,竟被打入死牢……

申包胥　伍门沉冤不雪,楚国是非不明,申包胥虽生犹死——

　　　　（唱）　想当年沦死囚命悬一线,
　　　　　　　　朝与暮苦祈盼重进良言。
　　　　　　　　曾记得传语宫中求觐君面,
　　　　　　　　曾记得屡屡递书再而三。
　　　　　　　　怎奈是君王迷途不知返,
　　　　　　　　森森壁垒挡住了忠臣的心拳拳。
　　　　　　　　申包胥泣血写下犯颜谏,
　　　　　　　　平冤案莫负先辈王业传。
　　　　　　　　只盼血书传入深殿,
　　　　　　　　不料想翘首悬望音信杳然。
　　　　　　　　莫道臣子心已死,
　　　　　　　　十九载哪！是非难分令人心寒！

孟　嬴　（接唱）当年大夫遭问罪,
　　　　　　　　你心系朝堂犹忘危。
　　　　　　　　血谏章辗转入宫内,
　　　　　　　　先王他弃一旁我暗藏回。
　　　　　　　　这血书伴我身旁岁复岁,
　　　　　　　　盼的是楚国公道存宫闱。（于怀中取出血书）

楚昭王　（接血书,展读）"罪臣申包胥泣血叩谏……昭雪伍氏沉冤,颁诏告知天下;赦免伍门子胥,迎归莫忘旧臣……"母后……

孟　嬴　王儿,先人欠下的孽债,终要偿还。

楚昭王　（思虑,继而果断地）传诏——昭雪伍门,奉迎子胥!

子　西　（欣喜）大王宅心仁厚,楚之幸也!

楚臣甲　如今楚弱吴强,只恐外人道大王此举迫于势耳。

楚昭王　寡人翻案,出自良心。你等速去宗庙准备仪典,我要以后辈之礼,盛祭太傅、伍门。

楚臣乙　君卑臣尊,教大王颜面何堪？

252

楚昭王　寡人不但亲祭伍门,还要降诏替先人谢罪。寡人犹感亏欠,亏欠
　　　　这沉冤昭雪,迟来一十九年。

子　西　遵旨。(兴匆匆下)

申包胥　(感慨,唱)

恍然若梦翻旧案,

难道说雪冤成真一旦间?

楚昭王　(对申包胥)寡人年少无知,倘有不妥之处,大夫教我。

申包胥　有道是国君一诺——

楚昭王　其重如山。

申包胥　好啊!

(接唱)少年新主真肝胆,

堪慰我受尽磨难十九年。

荆楚重兴今初现,

会故友全然不顾体弱力单。

〔楚昭王跪奉酒爵,为申包胥送行。

二

〔郢都城外。

〔军鼓连天,战马嘶吼。

伍子胥　(内唱)漳水怒号腾血浪。

〔伍子胥甲胄裹身,白须怒张,纵马挥剑,在吴将卒簇拥下上。

伍子胥　(接唱)流离他邦十九载,

皓首苍髯回故乡。

冤魂惨泣怎能忘,

衔仇怀恨只觉得岁月长。

亲率吴师拜上将,

夙愿将酬伐楚襄。

〔吴将卒列阵。

伯　嚭　将军,你我一路杀来,斩关夺城,所向披靡,看这郢都城外滔滔漳

水，俱被鲜血染红了。

伍子胥　昏王无道，今日落此下场，乃咎由自取。伯嚭将军——

伯　嚭　在！

伍子胥　排列阵势，高搭云梯，随某攻城！

伯　嚭　得令！

〔夫概上。

夫　概　报——启禀将军，阵前来了一名楚臣，奉楚君之命前来求见。

伯　嚭　待末将斩了他。

伍子胥　且慢。昏王死到临头还敢差人前来，我倒要看他还有何话讲。
带上来！

夫概、伯嚭　带楚臣。

〔申包胥被押上。

申包胥　（唱）　只身闯入敌营寨，
　　　　　　　杀气腾腾布将台。
　　　　　　　吴国将官不足骇，
　　　　　　　未见故人急心怀。
　　　　　　　刀剑丛中色不改——

〔伍子胥、申包胥四目交汇。

伍子胥、申包胥

（接唱）眼前人似曾相识费疑猜。

申包胥　（注视、惊疑，接唱）
　　　　　　　他本是堂堂丈夫大气概，
　　　　　　　却为何貌似老叟须发白。

伍子胥　（注视、惊疑，接唱）
　　　　　　　他本是谦谦君子好风采，
　　　　　　　却为何形似枯槁瘦如柴。

申包胥　你是……子胥？

伍子胥　你是……包胥？

申包胥　兄长！

伍子胥　贤弟！

〔伍、申二人相拥而泣。

伍子胥　（接唱）阵前逢弟惊意外。

申包胥　（接唱）历尽磨难会兄台。

伍子胥　（接唱）知贤弟被投死牢我心忧坏。

254

申包胥　（接唱）见兄长劫后余生颜自开。

伍子胥　（接唱）喜只喜故友重逢倍欢快。

申包胥　（接唱）喜只喜忠良血脉又复来。

伍子胥　（接唱）黄土作案天作盖，

　　　　　　　　弟兄把酒尽开怀。

　　　　　　　谢上苍佑贤弟终脱苦海，

　　　　　　　报家仇雪友恨把楚宫葬埋。

　　　　　（快慰地）摆酒！摆酒！

　　　　　〔内：大王驾到。

　　　　　〔阖闾上。

伍子胥　贤弟，此位是吴国大王，向前见礼。

申包胥　楚国上大夫申包胥见过吴王。

阖　闾　闻将军得见故友，寡人亦感欣喜，因此特来一会。

　　　　　〔入座。

阖　闾　不知申大夫身陷死牢，如何脱身？

申包胥　我主赦我出牢，又在宗庙之中设下祭礼，命小弟亲至吴营奉迎兄
　　　　　长，回城祭父。

　　　　　〔申包胥授伍子胥楚昭王诏书。

伍子胥　（接过，展读）昭雪伍门，迎我返楚？

申包胥　正是。

阖　闾　斯情斯景，教人记忆犹新哪。

伍子胥　大王，何出此言？

阖　闾　将军可曾记得，当年楚君也曾发下诏书，传将军与令兄进京加官
　　　　　晋爵，多亏将军识破毒计，这才逃离险境，如今莫非是故伎重演？

伍子胥　定是那昏王迫于情势，无奈惺惺作态。

申包胥　兄长，你那仇人闻得大兵压境，惊恐之下，已然身亡了。

伍子胥　（意外）怎么，他……死了吗！（狂躁）他为何不等我回来……他
　　　　　竟然逍遥而去……我回来了，他却走了……

　　　　　（唱）　可恨世事将我弄，

　　　　　　　　　不能亲手刃元凶。

　　　　　　　　　昏王撒手安然去，

　　　　　　　　　子胥复仇一场空。

　　　　　（吼）　大王！速速起兵攻城！

阖　闾　起兵攻城！

申包胥　兄长不可！

阖　闾　吴兴义兵,相助将军除恶行孝,岂能半途而废?

申包胥　如今昏王暴薨,元凶不存;世子即位,沉冤已雪,吴军师出无名了。

阖　闾　申大夫,楚室昏庸,我看大夫不如弃暗投明,寡人愿封爵厚禄,你二人同为吴国肱股之臣,岂不是天下美谈。

申包胥　大王若不退兵,他国定有非议加身。

阖　闾　什么非议?

申包胥　道你觊觎楚国疆土,另有所图!

阖　闾　伍将军,我真心助你,反被他说成不义。好,楚国之事就由你们君臣自行了断! 退兵!

伍子胥　大王且慢! 十九年来,伍子胥盼的就是复仇雪恨,岂能轻易退兵——

　　　　(唱)　谢罪祭父难消恨,

　　　　　　　恨不能将昏王剖腹裂胸。

　　　　　　　十九年复仇志牵魂绕梦,

　　　　　　　你可知三百口三百刀——

　　　　将我的心哪!

　　　　(接唱)生生剜空!

申包胥　兄长,招魂安灵乃荆楚古风,故国旧邦此时正为伍门设置祭坛,你乃伍氏唯一血脉,你怎忍心任凭三百口亡灵长年飘荡。

伍子胥　逝者游泣天地,我万死难安!

申包胥　你就该亲到灵台,在太傅灵前跪上一跪,拜上一拜,亡灵得安,生人见慰。那时,再与楚国新君开诚布公,从长计议——

　　　　(唱)　怎不见少年君主诚意重,

　　　　　　　须知那故国今昔不相同。

　　　　　　　纠过错,还清白,当可期君臣相契忧患共,

　　　　　　　老太傅地下有知是定能够谅容。

　　　　　　　劝兄长息狂澜暂收悲恸,

　　　　　　　莫偏狭学一个器量宽宏。

　　　　　　　到灵前尽一尽人子情分,

　　　　　　　莫怨恨,释心怀,你也是荆楚子弟血脉通。

伍子胥　贤弟,祭灵安魂,子胥当为。要我与楚国王室重修旧好,断然不能!

申包胥　楚君平冤,已示公道,兄长切不可将自己推入不义之地!

伍子胥　(感慨地)贤弟忠厚,竟为楚君往返奔波。(抚申背)可怜你死牢受难,以至羸弱如斯……

申包胥　申包胥为忠良奔波,何惜贱躯。(执伍手)兄长爱憎分明,快意恩仇,当不会无视楚君之心……

伍子胥　贤弟为我伍家心血用尽。(略作思忖)也罢,倘若楚国小王真能还我公道,十九年的恩仇,我当作一了断。

阖　闾　十九年了,三百冤魂的血已然风干了,那三百冤鬼毕竟也哭累了……

三

　　　　　　　　〔楚室宗庙。

　　　　　　　　〔素烛燃燃,白幡幢幢。

　　　　　　　　〔楚昭王焦急不安。

　　　　　　　　〔子西上。

子　西　启大王,祭礼已然齐备。

楚昭王　申大夫可有音信?

子　西　尚未回来。

楚昭王　(忧心)楚国有负伍氏,申大夫此行必定艰难万分。

子　西　大王一片赤诚,申大夫定能劝说成功。

楚昭王　但愿天遂我愿,楚国得安。

　　　　　　　　〔内:申大夫回城。

　　　　　　　　〔申包胥上。

申包胥　叩见大王。

楚昭王　(迎上)大夫回来了。

申包胥　伍子胥单人独骑,即刻就到。

楚昭王　(欣喜)真乃楚国之幸! 大夫之功!

申包胥　(歉然)只是子胥虽来,吴兵却还未退。

楚昭王　(复现忧虑)伍子胥怎会轻信寡人,贸然退兵。如今他肯只身前来,寡人已深感欣慰矣。

申包胥　大王,昭雪伍门,义之所在。我想伍子胥虽然怨恨颇深,也不敢做出背天弃义之事。

子　西　子胥愿来,事有转机。大王不必过虑,请至后殿歇息片刻。

楚昭王　不,寡人就在此地跪迎子胥,以表诚心。

　　　　〔内:伍将军到!

楚昭王　寡人相迎。

　　　　〔伍子胥素服麻冠上。

　　　　〔楚昭王相迎。伍子胥推开楚昭王,扑向灵位。

伍子胥　爹爹! 不孝儿回来了。

　　(唱)　跪灵前难抑悲恸冲天怨——

　　　　　实可叹我伍门忠义英名天下贯,不料想宗族三百遭残害,

　　　　　我一家命丧黄泉。

　　　　　腥风血雨遍荆楚,

　　　　　天不见悯地无怜。

　　　　　临终不得见一面,

　　　　　死后未能送一番。

　　　　　爹爹呀! 慈父啊!

　　　　　十九年欲祭先人无处去,

　　　　　十九年悲吟招魂向故园。

　　　　　十九年金戈铁马重复返,

　　　　　空对这一方灵位恨无边。

申包胥　(跪拜)伍太傅,你屈死荒野,魂不所终。如今宗庙设祭,你与伍门游魂回归桑梓,也好天人团聚,家定国安。

　　　　〔众环伺灵前。宗庙肃穆沉沉。

子　西　(司仪)楚太傅伍公讳奢,负冤屈死一十九载,今特设仪典于邦国宗庙,祭祀忠魂。

　　　　〔众叩拜行礼。

楚昭王　(取诏展读)楚故太傅伍奢,于昏昏之世,犯颜直谏,其忠、其勇、其烈、其直,磊磊昭昭,世人之鉴。悲先君失察,以致忠良遭戮,子失慈亲,民失英贤,君失净臣,国失栋梁。寡人闻此冤狱,甚哀、甚悲、甚痛、甚愧。虽源在先君,然寡人楚之苗裔,亦难辞其咎。今责楚室之过,扬伍公之忠,泣血颁诏,以慰先贤。

　　　　〔众祭礼毕。

申包胥　仁兄，此位就是楚国新君。

楚昭王　伍将军忠臣孝子，情动天地，敬请节哀保重。

　　　　［伍子胥打量楚昭王。

楚昭王　小王深知楚室亏欠伍家深如大海，纵然设此祭礼，替父谢罪，也
　　　　是难补万一。

伍子胥　我来问你，昏王何时身亡？

楚昭王　将军斩关夺城，兵进郢都，父王忧急之下，骤然仙逝。

伍子胥　哼！倒也死得其时。他的尸骨今在何处？

楚昭王　父王死得仓猝，未及入葬。如今金棺盛殓，暂寄内宫。

伍子胥　哼哼，金棺盛殓……

申包胥　兄长，如今公道天理已还伍门，你就该回归故土，以顺人心。

楚昭王　小王恳请将军开释前嫌，重修旧好。

伍子胥　公道已还？重修旧好？我还有一事若能遂愿，你我恩仇方可
　　　　了断。

楚昭王　小王当全力而为。

伍子胥　你将我爹爹的尸骨交还与我，也好筑坟安葬。

楚昭王　太傅蒙难，弃尸荒野，一十九年，这尸骨哪里寻找？

伍子胥　（悲极）尸骨无存！可怜我伍家三百余口，人死无有一口薄棺，身
　　　　后不见一寸坟台。那昏王他倒金棺玉椁，何等风光。你教我如
　　　　何面对三百余口屈死的冤魂。

　　　　（唱）　冤仇怎可轻释解，

　　　　　　　经岁历月却未衰。

　　　　　　　恨不能杀父仇人亲手宰。

　　　　　　　昏王他虽死追命追到黄泉台。

　　　　　　　我定要向元凶讨回血债！

　　　　我要你开启棺木！暴尸天日！我要鞭打昏王！

　　　　（接唱）让世人看一看无道的昏王下场实可哀！

　　　　［众惊愕，静场。

申包胥　兄长，你……

楚昭王　（少顷）你的恨如此之切，竟不放过已死之人！

伍子胥　如若不然，就以楚室宗亲三百口性命偿还伍门的血债！

楚昭王　（一字一顿地）小王就是楚室宗亲，要命，你尽管来取！

伍子胥　怎么讲？

楚昭王　你定要兵戎相见，寡人就用这血肉之躯奉陪到底！

伍子胥　哈哈哈……既然如此,我只好攻取郢都,驾战车踏破昏王棺柩!

　　　　　(决然下)

申包胥　兄长!

　　　　[风起,楚昭王心力不支,摇摇欲坠。

申包胥　(扶昭王)大王保重。

楚昭王　(颓然)大兵向楚,大夫何计救我!

申包胥　吴兵远征,不宜久战。郢都易守难攻,只要我等同仇敌忾,鹿死
　　　　谁手,尚未可知。

子　期　末将愿与郢都共存亡。

众楚臣　愿与郢都共存亡。

楚昭王　子期,带上王宫守卫,寡人亲上城楼,与你们一同御敌!

四

　　　　[郢都城外。

　　　　[伯嚭引吴兵冲上。

伯　嚭　攻城!

　　　　[吴兵攻城。楚兵顽强抵抗。伯嚭受箭伤。

　　　　[吴军大营。

　　　　[伍子胥面对地理图凝神思考战势。阖闾焦躁不安。

阖　闾　唉! 只道楚国穷途末日,不想郢都难以攻破。

　　　　[伯嚭臂缠绷带,怆惶上。

伯　嚭　报——我军伤亡惨重!

阖　闾　再添人马,着力攻打!

　　　　[伯嚭下。

　　　　[夫概上。

夫　概　报——我军粮草短缺!

阖　闾　(惊,挥手示意夫概下,对伍子胥)军中缺粮,兵家大忌。将军,必
　　　　须思一速战之策啊!

　　　　[伍子胥专注地理图不语。

［伯嚭复上。

伯　嚭　报——启禀大王：城中射来箭书一封。

阖　闾　（接箭书，展阅）"子胥吾兄如晤……"

［阖闾将信递与伍子胥。伍子胥请阖闾阅览。

阖　闾　"兄楚国故臣，今兵加乡里，开棺辱尸，虽云报仇，不已甚乎？兄不见楚之君民，戮力一心，共御外敌，吴师虽盛，难进寸步。古云：物极必反，望兄三思，毋致抱憾终生！"将军……

［伍子胥垂目不语。

阖　闾　（长叹）申包胥倒有一番远见。（对伯嚭）暂停攻城，从长计议。

伍子胥　（突然爆发出大笑）哈——郢都虽固，我也有破城之计。大王，你来看！（指地理图）我要决河堤，放漳水，看楚国小王往哪里逃生！

阖　闾　水淹郢都？不动刀兵，楚国君民尽丧水中，将军此计好狠哪！（兴奋地）来，决堤引水！

伍子胥　且慢！引水之前，我要再会会贤弟。

阖　闾　将军这是何意？

伍子胥　我要逼那熊轸亲到我的马前受死！请大王暂领人马据守堤口，听子胥音信。（高声）军士们！晓谕城内：就说伍子胥单会故友申包胥。

［暗转，郢都城外。

［申包胥仗剑独立，神情俨然。

申包胥　两军对垒，你我已成敌对，却又遑称故友，叩城相见。

伍子胥　（玩笑般）贤弟横目仗剑，莫非要与我对阵厮杀。

申包胥　包胥一介书生，岂是你这大将军的对手。

伍子胥　既知螳臂难挡巨车，何必作此困兽之斗。

申包胥　说什么螳臂挡车，三十万吴军铁骑却也难以撼动郢都分毫。

伍子胥　郢都虽高，高不过漳水巨浪！

申包胥　（大惊）你要水淹郢都？

伍子胥　（狠狠地）是熊轸小儿不肯献棺谢罪，这才逼我出此下策。

申包胥　大水无情，你可知此举要连累城中多少百姓？

伍子胥　只要熊轸遂我所愿，楚国百姓自可得安。

申包胥　（痛心疾首）你、你、你……你戕害无辜，苍天难容！

伍子胥　除恶不尽，天亦不容。子胥此时收手，教天下人如何看待于我？

申包胥　你由怨生毒，因私仇累及家国罹遭兵祸，教天下人又该如何看待于你?

伍子胥　子胥为报家仇,亦为荆楚重扶正义!贤弟,可记得当初你我同事
　　　　楚室,报主酬君,披肝沥胆——

申包胥　垂济苍生,此心拳拳——

伍子胥　然楚室不公,我惨遭灭门,你身陷死牢!今,子胥我疾恶如仇的
　　　　壮心不改,贤弟你——就忘了这一十九年的屈侮不平……
　　　　(唱)　忆往昔,楚之骄子名门后,
　　　　　　　刹那间遭沦落亡命荒丘。

申包胥　(接唱)金兰知己义气厚,
　　　　　　　　同为江山共喜忧。

伍子胥　(接唱)饱经孤零与冷暖,
　　　　　　　　万般滋味独自收,
　　　　　　　　一夜间白了少年头。

申包胥　(接唱)仗义相助施援手,
　　　　　　　　不惜身作阶下囚。

伍子胥　(接唱)你为我一十九年牢狱守,
　　　　　　　　枉送了耿耿忠义才学优。

申包胥　(接唱)死牢中将你音讯候,
　　　　　　　　却候来铁骑横对故门楼。

伍子胥　(接唱)楚国君王负你我,
　　　　　　　　理应是殊途同归志更投。

申包胥　(接唱)申包胥为求和解苦奔走,
　　　　　　　　只愿杀戮来停休。

伍子胥　(接唱)你不该苦苦阻我除残暴,
　　　　　　　　这深仇此生怎能轻易勾。

申包胥　(接唱)劝兄长勒马停戈歧路口,
　　　　　　　　切莫要涂炭生灵遗恨千秋。

伍子胥　昏王残暴不仁,熊轸替父庇罪,如此父子不除,楚国生灵何以安
　　　　生?贤弟就该助我献出熊轸。

申包胥　(狠狠地)你执意决堤淹城,却为何还在此迁延不行?

伍子胥　我要那熊轸小儿明白:与我作对,不但害己,还要害了他千千万
　　　　万的子民百姓!

申包胥　(痛苦地)我曾羡你是个智勇双全的能臣干将,敬你是个悲天悯
　　　　人的仁义丈夫,重你是个知恩知义的英雄豪杰,这才不惜身家性

命,为你呼号鸣冤,不惧刀枪箭矢,为你调和斡旋,不想你怨毒至深,执迷不悟,甘伤大节,一意孤行,你、你、就是楚国的千古罪人也!

(唱) 借兵伐楚战火骤,

耿耿于怀不释仇。

身为楚裔引外寇,

忍见这江山付东流。

伍子胥 (接唱)沦落他邦年日久,

子胥复仇窥寐求。

铁蹄展放气如斗,

临崖我怎把这缰绳收。

申包胥 (接唱)戕害生灵施毒手,

怎不怕留下骂名万古羞!

伍子胥 (接唱)子胥殛恶摧枯朽,

今日里我不取郢都决不罢休!

申包胥 申包胥誓与郢都共存亡!

[夫概急上。

夫　概 将军,大王已整装待命,请问将军何时决堤?

伍子胥 贤弟,你就甘愿与这郢都一同覆灭吗?

夫　概 将军,大王急等末将回话。

伍子胥 (怒)退下! 贤弟,你就不肯助我与熊轸言明利害,眼睁睁将城中百姓推入死地?

申包胥 你若执意淹城,你我兄弟情义,就此了断!(转身向城)

伍子胥 (急趋)贤弟!

[阖闾引军急上。

阖　闾 将军为何耽搁甚久?

申包胥 何去何从,你要慎行!(缓步入城)

伍子胥 (痛苦地)贤弟,你、你、你何苦逼我弑甚……

阖　闾 将军,胜负将定,你那三百口冤魂就要瞑目了!

申包胥 一旦淹城,你身上背负的冤魂岂止是三百口!(弃伍而去)

伍子胥 (失神,喃喃)三百口……三百口……(突然,痛苦、狠狠地)决堤……

[一阵焦雷。

五

[雷声隐隐,风雨飘摇。

申包胥　(内唱)步匆匆回城内——

[申包胥上。

申包胥　(接唱)梦醒幻败——

我亦悲、我亦愤、亦痛、亦惜,悲愤痛惜萦满胸怀。

旧时友成殊途知音难再,

大英雄化禽兽我心碎情哀。

他生生逼楚君身临绝境,

漠对那故国山河付尘埃。

我不忍芸芸苍生浊浪盖,

怕只怕昭王蒙难,国破家亡怎安排?

千思虑,万权衡,咬紧牙关越重碍,

实无奈,舍郢都,保全楚脉求振衰。

面对着哀哀子民深深拜,

我纵死九泉也难谢罪来。

[申包胥急下。

[孟嬴失魂落魄上。

孟　嬴　(唱)　郢都内外烽烟滚,

王儿守城冒死生。

心急如焚堞楼奔——

[暗转,郢都城楼。楚昭王衣发零乱,率子西、子期等楚军将在城
头督战。

孟　嬴　王儿!

(接唱)王儿你临战阵我……我日夜担惊。

楚昭王　母后到此则甚?

孟　嬴　王儿连日未回宫中,为娘放心不下。

楚昭王　城头流矢纷飞,母后速速回转宫去!

孟　嬴　为娘死不足惜,王儿若有伤损,叫我如何经受得了。

　　　　[申包胥急上。

申包胥　大王——为臣无能,不能救楚国黎民于倒悬!(跪)

楚昭王　大夫何出此言?

申包胥　伍子胥孤注一掷,他要决堤淹城!

楚昭王　伍子胥,你好狠哪!(慌乱)大夫,还有挽回之策吗?

　　　　[申包胥凄然摇首。

楚昭王　(然激起勇气)打开城门,寡人与伍子胥拼个同归于尽!

申包胥　(阻止)大王不可鲁莽!为臣思虑再三,当今之计,唯有弃城出逃。

孟　嬴　王儿,速速离开都城,保全性命。

楚昭王　不顾百姓,弃城出逃,寡人决不独自逃生!

申包胥　江山无主,谈何保楚!弃城出逃,正是为楚室而计啊!

子　期　(跪)子期愿保大王出城!

子　西　(同跪)大王!

孟　嬴　王儿——

楚昭王　(绝望,哭)母后,孩儿回天无力了……

申包胥　大王不必绝望。臣已谋划停当:大王乔装改扮,从川江而出;隐
　　　　姓埋名,辗转入秦,向秦王晓以利害:吴王久有蚕食诸侯之心。
　　　　楚秦连界,秦不救楚,他日必受其害。恳请秦王发兵驱吴,我料
　　　　秦王必能应允。孰轻孰重,大王慎裁!

孟　嬴　儿啊!为娘当年入宫,本当一死,不想生下娇儿,从此呼儿唤母,
　　　　承欢膝前,这番温情助我忍辱偷生。如今怎忍见你青春夭折。
　　　　申大夫为你心血用尽,你……你就听他一劝,速去逃生。

楚昭王　四面俱是吴兵,如何脱身?

申包胥　大王乔装庶民,子西、子期保驾,同赴秦邦。

楚昭王　大夫与我一同赴秦。

申包胥　为臣不能走!

楚昭王　大夫?

申包胥　申包胥酬主报国,死不足惜,如今不能阻退伍子胥,保全芸芸苍
　　　　生,我无颜面对楚国父老,我罪不容生啊!

楚昭王　(悲)大夫……

申包胥　我观大王心怀悯仁,定能体恤子民,济爱天下,楚国复兴有望,申
　　　　包胥此心也安!(向楚昭王深深叩拜)

　　　　[涛声震天。

子　西　漳水堤毁！

申包胥　大水尚未漫及城楼，大王不可贻误逃生良机！

子　期　请大王与臣更换袍服，待臣引开吴兵。

　　　　〔楚昭王推阻。

　　　　〔内吴兵高呼："捉拿楚王！"

　　　　〔众强行替楚昭王与子期更衣。

　　　　〔夫概引吴兵冲上。混乱中众被冲散。

　　　　〔子期高呼："本王在此！"

　　　　〔吴兵聚向子期。

　　　　〔子西护楚昭王下。

　　　　〔子期力斩数吴兵后，挥刀自尽。

吴　兵　楚王已死。

夫　概　割下首级，悬挂城楼！

六

　　　　〔画外音："大王诏命：吴上将军伍子胥取郢都，斩楚王，克楚复
　　　　仇。大军兵发楚室宗庙，开棺鞭尸，以慰冤魂。"

　　　　〔楚国宗庙前，伍子胥精神不振，目光散漫。

　　　　〔阖闾、吴兵将押被俘楚臣列队。

夫概、伯嚭　启禀大王、将军，来到楚室宗庙。

　　　　〔伍子胥置若罔闻。

阖　闾　楚国昏王的棺木就其内，请将军进殿鞭尸。

伍子胥　(恍惚，自语)哭声，我听到一片惨泣之声……

阖　闾　将军一朝遂愿，情难自已，也是人之常情。

　　　　〔夫概、伯嚭指使吴兵驱赶楚臣。楚臣抵抗。

楚臣甲　天哪！天！不想楚室江山竟丧在伍门后人之手！太傅，我找你
　　　　诉冤来了！(触壁自尽)

阖　闾　(拔剑对楚臣)你们哪个不听号命，(指楚臣尸体)以他为鉴！

　　　　〔众噪乱中孟嬴冲上。

孟　嬴　孟嬴拜见将军！

伍子胥　（注视）你……是孟嬴？

孟　嬴　将军惩恶除暴，孟嬴前来致谢将军。

伍子胥　致谢？

孟　嬴　当年平王父纳子妻，满朝文武，俱都装聋作哑，唯有伍太傅直言
　　　　谏君，为我抱屈，可算我的恩人。可叹太傅血洒朝堂，孟嬴当向
　　　　太傅后人大礼相谢。

伍子胥　你我俱是受害之人，何必叩谢。

孟　嬴　将军请上，受我孟嬴一拜。

　　　　〔孟嬴趋近伍子胥，纳头叩拜，猛然拔出暗藏匕首刺向伍子胥。

　　　　〔伍子胥打落匕首。

伍子胥　（由惊转怒）你……

孟　嬴　（怒向伍子胥）伍子胥！

　　　　（唱）　满腔怒火实难抑，

　　　　　　　　伍子胥引狼入室把楚国欺。

　　　　　　　　眼睁睁母子难团聚，

　　　　　　　　可怜我形影单此心何寄，

　　　　　　　　悲余生万念俱灰无所归依。

　　　　　　　　恨不能亲手杀死你，

　　　　　　　　孟嬴我无意苟活死不足惜。

　　　　（拾取打落匕首自尽）

　　　　〔沉寂，良久。

伍子胥　我伍家为孟嬴不平，惨死了三百余口，她却视我如敌。

阖　闾　将军弃小义，雪大耻，何必拘泥世俗之见？今伐楚功成，来来来，
　　　　你我纵马楚宫，一壮雄威。

伍子胥　末将身体劳乏，无心前去。

阖　闾　将军自便。（得意地）大军开拔楚王宫！哈——

　　　　〔阖闾丢下伍子胥，大军簇拥阖闾下。

　　　　〔风起，伍子胥陡感寒意。

伍子胥　（悲吟）一十九载兮——

　　　　　　　　殛凶除暴。

　　　　　　　　马踏楚境兮——

　　　　　　　　尸横城道。

　　　　　　　　哀号不绝兮——

　　　　慑吾心窍。

　　　　　〔申包胥上。

申包胥　(念)山河凋零满目焦,

　　　　　　　民丧其亲尸骨漂。

伍子胥　(意外,惊喜)贤弟……你安然无恙?

申包胥　吴国将士,满城施虐,楚国难臣唯有守护宗庙,以明其志。

伍子胥　城中兵将森严,贤弟随定愚兄,方可无虞。

申包胥　请问吴国大将军,伐楚既成,可能拔营起兵,退师楚境?

伍子胥　(语塞)……

申包胥　吴师自诩义兵,为何兵围楚宫?

伍子胥　……你要我怎样?

申包胥　烦请禀奏吴王,退出楚地。

伍子胥　郢都城破,熊轸被斩,楚国已亡,哪有什么楚地?

申包胥　看来你只有自裁宫门,以谢苍生。

伍子胥　怎么,你要我一死?

申包胥　你还能安心于世么?

伍子胥　(痛苦)想当年,我逃离楚国,亡命路上,如同蝼蚁一般,只落得吹
　　　　　箫乞食,流落街头,我的心,十九年前就已经死了! 子胥活到今
　　　　　日,唯有复仇之念助我苦挨时光。我好不容易蒙吴王看重,拥兵
　　　　　伐楚,眼见复仇在望,不想昏王骤死,难道要我屈从这不公的
　　　　　天意?

申包胥　你以恶制恶,成就了阖闾吞食他国的贪念。

伍子胥　君王失道,人人得而诛之。子胥行的毕竟也是天道。

申包胥　天道必不助恶。楚失其地,后必夺之。

伍子胥　楚君已灭,复国何来?

申包胥　(冷笑)呵、呵、呵——

伍子胥　你为何发笑?

申包胥　苍天怜人,楚君他——不曾死。

伍子胥　那城楼之上悬挂的人头他是何人?

申包胥　乃是子期。

伍子胥　那熊轸呢?

申包胥　安然出逃。

伍子胥　(震惊,继而狂笑不止)哈——(良久,凄然地)你在宗庙等我,就
　　　　　是为了告知我熊轸未死?

申包胥　我只是想看看，吴兵破城，刀兵无情，太傅的灵位是否安然无恙？
　　　　（取出破碎的伍奢灵位置伍子胥面前）

伍子胥　（颓然）天哪——

申包胥　你那背负一十九载的复仇噩梦，到此是否了却？

伍子胥　贤弟，兄本意事成之后，与贤弟远隐江湖……

申包胥　我那子胥兄长十九年前就已死了……

　　　　〔伍子胥无言以对。
　　　　〔申包胥决然而去。

伍子胥　（颓然，唱）

　　　　　　　欲了？怎了？恩仇今怎了？

　　　　　　　问苍天可曾分晓？

　　　　　　　前路向哪条？

　　　　　　　也不知是悲、是恨、是悔、还是恼，

　　　　　　　千言万语也难表，

　　　　　　　欲了却难了！

　　　　　　　只觉得空空荡荡，孤孤单单，

　　　　　　　丧魂落魄神尽销……

　　　　〔伍子胥茫然失神……
　　　　〔剧终。

罗倩简介

　　女,蒙古族,2009 年毕业于北京大学日耳曼语言文学专业,2012 年获德国图宾根大学文学理论专业硕士学位,现为该校在读博士生。主要作品:昆剧《莲花结》《红楼别梦》(两部作品分别入选上海 2015、2016 年度重大文艺创作扶持项目)。

昆曲《红楼别梦》由上海昆剧团首演。

新编昆剧

红楼别梦

编剧 罗 倩

时　间　未详
地　点　荣国府/大观园

人　物

薛宝钗
贾宝玉
薛姨妈
莺　儿
茗　烟
十二伶人群像

序　曲

[风雪交加的寒冬。

[荣国府的朱门已然褪色。门前,莺儿与茗烟焦灼地等待着。

茗　烟　(呵手顿脚)喔哟哟,好冷的天! 莺儿姐,二奶奶怎么还不回来?

莺　儿　(忧心地张望)年年只一回出门踏雪,从不曾这样久。莫不是出了甚么事?

茗　烟　(半真半假地嗤笑) 瞎操心! 二奶奶又不是个孩子,还怕丢了不成?

莺　儿　谁晓得? 怕就怕,这一去呀,就和二爷一样,也不回来了。

茗　烟　(不以为然)这二十年都过来了,真要走,还用等到今天?

莺　儿　(万千感慨)说的也是。这么些年,好歹是捱过来了……

茗　烟　(故作轻松)再熬一熬,就是一辈子喽!

[二人拢着手,不再言语。

[暗场。薛宝钗迤逦行来,且行且顾。

[十二伶人分列两旁随行,影子一般如虚如实,若现若隐。

十二伶人　(唱)　凄凄复凄凄,

　　　　　　　　　　流年最可惜。

　　　　　　　　　　别来已白头,

　　　　　　　　　　天涯无尽时。

　　　　　　　　　　回首念平生,

　　　　　　　　　　前事几参差。

[薛宝钗行过游廊,转过角门,身影渐渐消失。

第一场　催妆

［大礼前。

［闺房内，薛宝钗背身端坐。

莺　儿　（持笺上，喜气洋洋）姑娘，催妆诗已到，快瞧瞧！

［薛宝钗羞涩而欣喜地端详红笺。

薛宝钗　（念诗）莫道芳意何能早，

重门半掩人语悄。

海棠不须胭脂色，

夜深还怕烛空烧。

莺　儿　快将吉服穿戴起来，好往那厢去呀！

薛宝钗　（兀自恍惚）便是此时了么？

莺　儿　多日忙忙乱乱，还不是为的这一刻！

［莺儿忙忙与薛宝钗穿戴。

薛宝钗　（唱）**【倾杯玉芙蓉】**

金针彩缕惯消磨，

云锦对月裁。

依依凤夜，

澹澹新衫，

悠悠斯日，

姗姗迟来。

良工那解殷勤意，

并蒂莲向裙边开。

悄问良辰，

闲理红裳，

同心结下垂罗带。

莺　儿　（取过红斗篷）入夜只怕露重，再添一件大衣裳罢。

薛宝钗　（徐徐却之）还早。

［莺儿随手将斗篷搭在椅背上。

　　　　　　　　〔薛姨妈上。

莺　儿　太太快给瞧瞧，可妥当了？

薛宝钗　（施礼）母亲。

　　　　　　　　〔薛姨妈拉过薛宝钗细细打量。

薛姨妈　还是太素净些。你纵然不爱花儿粉儿，今日也少不得勉强下。

薛宝钗　（含羞）喜帕一遮，谁知新妇面上脂浓粉香！

薛姨妈　不为旁人相看，为图个吉利罢。（扶过宝钗坐于镜前）来，娘为你
　　　　　添妆。

薛姨妈　（唱）　**【刷子芙蓉】**

　　　　　　　　多怜儿去来。

　　　　　　　　轻匀粉面，

　　　　　　　　霞晕香腮。

莺　儿　（递过白玉盒）胭脂还是宝二爷调的。

薛姨妈　（唱）　这香膏花蒸露叠，

　　　　　　　　个儿郎专傍妆台。

　　　　　　　　〔薛宝钗不胜娇羞，对镜一笑。

莺　儿　（拍手笑）姑娘好齐整人才！二爷见了，丢了的魂还怕不回来！

　　　　　　　　〔薛宝钗羞不自胜；薛姨妈闻言触动心境。

薛姨妈　（接唱）自揣，

　　　　　　　　分明是别有情怀，

　　　　　　　　强说道佳期恁在。

　　　　　　　　福祸敢猜，

　　　　　　　　愧衰年穷途，

　　　　　　　　〔薛宝钗拿起螺黛，略加迟疑复又放下。

　　　　　　　　可怜他青螺犹把檀郎待。

　　　　　　　　〔茗烟携红笺上。

茗　烟　（拍门大叫）窈窕淑女，君子好逑，新妇子催出来呀！

　　　　　　　　〔莺儿前去应门。

莺　儿　不是你成亲，急的什么！

茗　烟　（嬉皮笑脸）他两个自然是金玉良缘，我两个这里一站，不也是金
　　　　　童玉女、天生一对？

莺　儿　（佯怒）狗才！讨打！

茗　烟　（吐舌）当日宝二爷还说，不知是哪个有福的消受你主仆二人。
　　　　　嘻嘻，还是他自己顶顶好命！

莺　儿　啐！这些混账话，他说得，你却说不得！

茗　烟　(故作恭敬地呈上红笺)是是，还请小姑奶奶将这篇混账话递进
　　　　去呀，那边等急了！

　　　　[莺儿传笺入内。

莺　儿　都说二爷没了玉，灵机不再，谁知还作得诗。可见是人逢喜事精
　　　　神爽！

薛宝钗　(念诗)紫殿玉生香，朱阁花含露。

　　　　　　两心早相知，何事久踯躅。

　　　　　　欲将诉幽怀，犹恐鲛绡污。

　　　　　　但倾合欢杯，不识潇湘路。

薛宝钗　(愀然变色)娘，这话断不是写给我的！宝玉……宝玉他竟不知
　　　　娶的是何人?!

薛姨妈　(叹息)他的心事，谁人不知。只是事急从权……

薛宝钗　(诗笺飘然落地)我只道他依了父母之命，我只道他晓得我……
　　　　(急忙住口)娘，娘，你们瞒的他好……你们瞒的我好！我，我终
　　　　究是，为他人作嫁衣裳不成！

薛姨妈　宝玉不过一时糊涂些。你们素习和睦，斯抬斯敬，也是夫妻之
　　　　道。来日方长，不愁没有回转的余地。

薛宝钗　(苦笑)来日方长？回心转意？

薛宝钗　〔唱〕【普天乐】

　　　　　　他那厢自有玉无瑕，

　　　　　　何苦人间竟分钗?

　　　　　　未可期鸿案鹿车，

　　　　　　先落个意无聊赖。

　　　　　　他纵是画眉京兆风流甚，

　　　　　　不是俺跨凤乘鸾秦台楚台。

　　　　　　啊呀是几世凤冤业债，

　　　　　　偏今朝增人愁怀。

　　　　　　悲不成情天恨海。

薛姨妈　(无奈地)话虽如此，只是如今我们不比从前。除了你姨娘，还有
　　　　谁指望得上？(爱抚地)说不得，只有你委屈忍耐一二。

薛宝钗　(颤声)为了哥哥，儿自是再无二话。只是将宝玉欺昧至今，颦儿
　　　　那厢兀自卧病，往后、往后，儿却要以何面目相对?!

薛姨妈　(声色渐厉)林丫头自有她结果处，你还怕老太太委屈她不成？

阖府上下都知你是注定的金玉成配……

薛宝钗 （情急）那和尚道士的话，如何信得！

薛姨妈 （厉声打断）胡说！现今花轿已在门外，你纵是再不甘，还能如何？

　　　　［薛宝钗顿时默然，暗自饮泣。

薛姨妈 （柔声抚慰）儿，莫再为他人闲操心。你素来谨慎持重，必是个有福的。（替薛宝钗拭泪）大喜之日，休要伤心。咱们这样人家，不作兴哭嫁的哩。

　　　　［薛宝钗泪眼盈盈，唤一声：娘！

　　　　［内呼：吉时已到，新人上轿！

薛宝钗 （唱）　【尾声】

　　　　　　世事半点不由人，

　　　　　　这般前程早安排。

　　　　　　将那阳台雨台尽都抛开。

薛姨妈 （忍不住悲从中来）我的儿啊……

薛宝钗 （决绝地）罢，今日娶的，原是宝二奶奶，不是我薛宝钗！

　　　　［莺儿闻言迷惑，不知所措。

　　　　［薛宝钗望着母亲轻轻一笑，为自己盖上红盖头，正襟端坐。

　　　　［暗场，追光薛宝钗。莺儿轻轻为她披上斗篷，缓缓系带。

　　　　［十二伶人上，装束形制如前。

十二伶人 （唱）　凄凄复凄凄，

　　　　　　　嫁娶不须啼。

　　　　　　　此身谁做主？

　　　　　　　一去无归期。

　　　　　　　妾自肝肠断，

　　　　　　　旁人那得知。

第二场　破镜

　　　　［大婚夜。荣国府。红烛高烧。

　　　　［宝玉内呼：林妹妹！林妹妹哪里？

[他的呼声被"宝二爷、宝二奶奶赏喜钱啦！"及哄抢声、欢呼声盖过。

[茗烟从莺儿手中接过喜钱。

茗　烟　(掂掂分量,喜不自禁)啊呀不愧是宝姑娘……啊不不不,如今是宝二奶奶！出手真大方！

莺　儿　没出息！还不快去潇湘馆,将姑娘的口信带到要紧！

茗　烟　(随口一应)晓得,放心！

莺　儿　(强调)不错,是"放心"！

茗　烟　巴巴地捎话,只有没头没脑两个字。这新二奶奶呀,和我们二爷一样,也有点痴病不是？

莺　儿　多嘴！横竖林姑娘理会得便是了！

[茗烟咂舌,与莺儿分头下。

[新房内,薛宝钗镜前独坐。

薛宝钗　(向灯自语)颦儿呵颦儿,我今生已然无望;有意要你放心,却又当如何是好,如何是好?！

　　　　(唱)　【渔灯儿】

　　　　　　　说甚么天注定金姻玉缘,

　　　　　　　说甚么前世里木约石盟,

　　　　　　　说甚么且思量以慰初心。

　　　　　　　更不知余生哪处安身命,

　　　　　　　只落得两下伶仃难俫幸。

[遥遥传来打更声。宝钗闻之,一时怔忡。

[莺儿转上。

莺　儿　姑娘还不歇息？莫再发愁,林姑娘晓得你身不由己,必不会埋怨的。

薛宝钗　如此难堪,何从消解;木已成舟,夫复何言！只愿颦儿解我一片苦衷,日后,日后怎么完她心事才好！

[茗烟急急奔上,招手叫过莺儿,二人一阵低语。

莺　儿　(忍不住低呼)啊呀这还了得?！

薛宝钗　何事？

莺　儿　(哆哆嗦嗦)姑娘,是林姑娘,她、她、她……

薛宝钗　(惊起)怎么？

莺　儿　林姑娘她,她殁了！

[薛宝钗闻言惊痛无语,继而泪下。

278

薛宝钗　颦儿，颦儿，我出闺成礼之时，竟是你命尽魂归之日！不想你我，运虽不同，却一般薄命呵！

（唱）【锦后拍】

一时间各生死两冥冥，

只身孤影作别红尘。

此去怎流连，此去怎流连。

真难道泉台路冷，

翻做了万里不归人。

愁未尽今生已尽，

啊呀，一思一恸泪满襟。

〔薛宝钗一时大恸软倒。

莺　儿　（惊呼）姑娘呀！

贾宝玉　（意乱情迷冲上）林妹妹哪里？林妹妹哪里？啊姐姐，你可曾听见林妹妹的哭声？

薛宝钗　（幽幽醒转，答非所问）时乖命蹇，焉能不哭！

〔莺儿一旁哭道："姑娘！"欲上前拦住贾宝玉。薛宝钗向她微微摇头，莺儿恋恋退下。

贾宝玉　果然我不是做梦！姐姐，你同我一起去与她分证。这洞房原是咱们教人摆弄，作不得数的。我自说自话，她定是不信……

薛宝钗　（又气又痛，顿感无力）宝玉，宝玉，你一味痴顽，还要到什么时候！你还道是旧时光景，可由你任性胡来！

贾宝玉　姐姐，你不肯？你情愿守着这空房虚名，也不肯教她放心么？

薛宝钗　（戳中心事，气怔）宝玉，我素来担待于你。你不知我，我亦不怪。只是你糊涂得一时，难道还糊涂得一世不成！放心？放心？！哈，如今这两字，说与谁听！

贾宝玉　（有怯意）姐姐？

薛宝钗　（心一横，颤声）宝玉，你听好——林妹妹，在你我拜堂之时，已亡故了！（转身掩面）

〔贾宝玉闻言大惊，急上前欲问究竟，衣袂过处带翻铜镜。铜镜一跌为二，二人俱为碎裂之声惊怔。贾宝玉悚然，神智顿清。

贾宝玉　（如梦方醒，哑声）姐姐……你说林妹妹她……

〔薛宝钗如在梦中，缓缓蹲下拾取破镜。贾宝玉呆呆相看。

贾宝玉　（唱）【骂玉郎】

乍回神思魂不收，

金钗断也玉镜剖。

花貌绮年去难留。

盟空守，

到不得奈何桥头。

是今生泪尽，是今生泪尽，

隔世肯信痴心否？

悲天乎太忍，悲天乎太忍，

只道是意中长久，

怎料他阴阳不到头。

这时节怎堪回首，这时节怎堪回首，

多少旧恨，多少新愁，

算到今甚烦恼不曾经著，

这伤心已做就几时能休。

贾宝玉　啊呀姐姐，好冤枉！（跪倒在薛宝钗跟前）

薛宝钗　（大惊相扶）宝玉！你这是作甚？

贾宝玉　（执意不起）姐姐，我有一问，还请你实言相告！

　　　　〔薛宝钗已有所感，撒手欲回避。贾宝玉膝行几步，牵住薛宝钗
　　　　裙裾。

贾宝玉　姐姐！我分明要娶林妹妹，与我拜堂的，怎么是你？

薛宝钗　（颤声）婚姻之事，岂有你我置喙的余地。身不由己，君尔妾
　　　　亦然！

贾宝玉　（不依不饶）姐姐，我不要听这样冠冕堂皇的话。你只告诉我，顶
　　　　替林妹妹与我拜堂，此事你知是不知？

薛宝钗　（伤心欲绝）宝玉，宝玉，你如此相逼于我！

贾宝玉　姐姐，如今，我只求你一句真话！你知是不知，知是不知？！

薛宝钗　（几乎崩溃）我……我……

贾宝玉　（嘶声）姐姐！

薛宝钗　（绝望）我……知道……

贾宝玉　（亦绝望）姐姐，你好，你好！你竟也与他们串通一气？你害得我
　　　　好苦，你害得林妹妹好苦！

薛宝钗　（悲愤）宝玉！事到如今，你固然一腔激忿，可这命，又何曾相饶
　　　　于我？！

薛宝钗　（唱）【前腔】

　　　　你便是多情公子多怨尤，

俺也曾群芳谱上占头筹。

能不念锦绣风流少年游，

说不尽，

半世富贵温柔。

岂是咱不知愁，岂是咱不知愁，

眼见你越添消瘦，还怕她情不寿，

为谁空绸缪，为谁空绸缪，

便看穿世事多无奈，

一点痴心肯罢休。

向谁说这一腔愁，向谁说这一腔愁。

诸般心事，今已成灰，

须念我终无计辗转何求，

天知我身前身后此恨难剖。

贾宝玉　（有所触动）姐姐……

薛宝钗　（凄哀地）我若说我早不知情，你必是不信。只是，我便是知道，又能　　如何？你便是知道，又能如何？！你可知这嫁衣上，尽是我心头血！

贾宝玉　（愧疚而怜惜地）姐姐！

薛宝钗　宝玉，宝玉，你可知我进退无颜，寸心如煎，何从自己，惟泪千行！

〔薛宝钗情难自己，哭倒。

贾宝玉　姐姐！（上前相扶，亦自跪倒）

（唱）【意不尽】

一番惆怅两泪流，

觉来往事今知否？

贾宝玉　今生，终是我误了你，负了她！

〔二人一时无语，相顾惨然。

贾宝玉　（哽咽）姐姐，往后，往后……

薛宝钗　（轻轻掩住其口）且不论恨长恨短，缘深缘浅，这都是凤日的情分。往后，往后，只望你也顾念你我的情分，莫教我难做……

贾宝玉　（缓缓摇头，缓缓拉下薛宝钗衣袖）人死不能复生，破镜岂可重完。姐姐，这便是，我们三人的命呵……（贾宝玉夺路而下，一路放悲声大笑）

〔暗场。追光薛宝钗独自跪地。

薛宝钗　（接唱）转眼风前谢蒲柳。

〔十二伶人上，装束形制依前。

十二伶人　（唱）　凄凄复凄凄，

　　　　　　　　　嫁娶不须啼。

　　　　　　　　　心事终虚化，

　　　　　　　　　何处辩是非。

　　　　　　　　　不知应恨谁，

　　　　　　　　　彷徨无所之。

第三场　　双祭

〔舞台以一道竹帘虚虚相隔。前为新房，后为潇湘馆。薛宝钗在
　前，贾宝玉隐在竹帘之后。

贾宝玉　（唱）【山坡羊】

　　　　　　　　意茫茫，怎传忧怀，

　　　　　　　　哀凄凄，何遣愚衷。

　　　　　　　　痛生生，离辞难赋，

　　　　　　　　恨匆匆，相思犹未终。

　　　　　　　　今惟有，血泪阑干望高穹。

　　　　　　　　你惯向东风泣残红，

　　　　　　　　春尽也，怎不少从容？

　　　　　　　　长恸，悲咽意难穷，

　　　　　　　　无用，万事今如梦。

贾宝玉　茜纱窗下，卿何薄命；黄土垄中，我本无缘。呀，妹妹呵，你瞧如
　　　　今这般光景，兀不是当日戏言身后事，今朝都到眼前来！

薛宝钗　（唱）【胡捣练】

　　　　　　　　伤薄命，恨无缘，

　　　　　　　　此情多少无言中。

　　　　　　　　世事参差竟何从，

　　　　　　　　这光景只索问孤鸿。

贾宝玉　妹妹，只一霎儿不见，你即捐我于青山黄土之外，弃我于荒寒寂

寞之际!

薛宝钗　青山黄土兮人永隔,荒寒寂寞兮我与共!

薛宝钗
贾宝玉　死纵苦,生何欢!

　　　　[薛宝钗惊觉失言,掩口长叹。

薛宝钗　而今方知,人生原来生难死易。生难,难在聚别进退,抉择维艰;
　　　　死易,易在爱恨错怨,一梦尽散!

贾宝玉　爱恨错怨,一梦尽散!

　　　　[薛宝钗彷徨四顾。

薛宝钗　(唱)【梧叶儿】

　　　　　　锦屏空,

　　　　　　云山重,

　　　　　　生隔死,我和侬。

　　　　　　谁与言殇,

　　　　　　谁慰愁肠。

　　　　　　纵有些儿话,

　　　　　　甚青鸾到得埋香冢。

薛宝钗　颦儿,颦儿,看这满室光华,竟无一物可表心意。也罢,你且与我
　　　　共尝这合卺酒,看是甚般滋味!

　　　　[薛宝钗以酒酹地。

薛宝钗　(唱)【集贤宾】

　　　　　　祭香魂还是咱合卺酒,

　　　　　　这伤心呵一般同。

　　　　　　时命无常偏把人拨弄,

　　　　　　从今后相思泪与谁共?

　　　　　　一朝里风流断送,

　　　　　　叹浮生岂不成空。

　　　　　　没奈何,

　　　　　　是天生成痴情种。

贾宝玉　茫茫天地,痴情种种。(且吟且唱,其声空渺)所羁者何? 所执者
　　　　何? 不如归去,不如归去!

薛宝钗　几时归去不销魂,只有人世难逃! 如今,谁解你一腔深意,谁解
　　　　我一世襟怀?!

　　　　[薛宝钗向案头执笔疾书,且书且吟。

薛宝钗　西风过,菩提瘦,

　　　　枝间月,照小楼。

　　　　欢情薄,不可留。

　　　　一笺素,空对秋。

　　　　夜光转,字间流。

　　　　泣涕下,万事休。

薛宝钗　颦儿,颦儿,你我一生写照,尽在此矣!

　　　　[薛宝钗掷笔,掩面无语。

薛宝钗　(曼声吟诵)子之遭兮不自由,予之遇兮多烦忧。(仰天长叹)颦
　　　　儿,颦儿,这一段姻缘,你是求而未得,我是却之不能。多少心
　　　　事,你再听不到! 天哪,我不求富贵通达,不求琴瑟和鸣,竟连平
　　　　安久长,也不能够么!

　　　　[暗场。追光薛宝钗临窗背身而立,形影孑孑。

　　　　[十二伶人上,依前。

十二伶人　(唱)　凄凄复凄凄,

　　　　　　　　　嫁娶不须啼。

　　　　　　　　　红颜多薄命,

　　　　　　　　　人生有情痴。

　　　　　　　　　死生恨难了,

　　　　　　　　　惟有伤心意。

第四场　赠别

　　　　[新房内。薛宝钗已换下新妇装束,一身素净。

　　　　[窗外忽大作风雨声。

莺　儿　二爷这早晚,也该回了。

薛宝钗　他这一怀衷情,哪里轻易诉得尽!

莺　儿　好歹是新婚,他既明白过来,多少也要顾念着姑娘些儿。

薛宝钗　死生事大,甚么新婚,便休要提了。

莺　儿　只是替姑娘委屈不过。

薛宝钗　想这一场闹剧,谁不委屈,谁不无辜? 只是如今,再不能周全了。

莺　儿　姑娘,莫等了罢?

薛宝钗　宝玉夜入大观园,并无人知道。风雨太甚,料难独行。莺儿,打
　　　　伞提灯,我们且迎他一迎。

　　　　〔薛姨妈上。

　　　　〔薛宝钗、莺儿开门欲出,迎面正撞见薛姨妈。

莺　儿　(不自觉退缩)啊呀,这……(回顾薛宝钗)

薛宝钗　母亲……

薛姨妈　儿,娘不是来拦你。(一声叹息)想当初,林丫头也曾叫我一声
　　　　娘,到如今何忍白发相送! 你自去便宜行事,只当代为娘尽一尽
　　　　心罢。

薛宝钗　多谢母亲!

薛姨妈　不过,情分固然要紧,切莫忘,如今,你乃是贾府的新妇!

　　　　〔薛姨妈取过红斗篷,为宝钗披上。

薛姨妈　此去,将宝玉好生劝回转来! (薛姨妈下)

薛宝钗　(沉吟半晌,攥紧斗篷)走罢!

　　　　〔莺儿应声。二人行往大观园。

薛宝钗　(唱)【桂枝香】

　　　　　　更深人悄,

　　　　　　残烛飘摇。

　　　　　　伞低步斜,

　　　　　　顿湿罗绡。

　　　　　　重门蔓草,(莺儿夹白:姑娘小心脚下。)

　　　　　　重门蔓草,

　　　　　　不提防绊人裙梢。

莺　儿　路滑难行,呀,前面正是滴翠亭,略避一避再去罢。

薛宝钗　(接唱)那里是扑蝶旧谣,

　　　　　　早已经闲情杳。

　　　　　　今只见冷雨打芭蕉,

　　　　　　一声声上心梢。

　　　　〔莺儿收伞。薛宝钗正欲倚坐。

莺　儿　姑娘且慢! 瞧这是什么? (拾起通灵宝玉)

薛宝钗　(接过)通灵宝玉?!

莺　儿　好生奇怪,这玉遗失已久,如何平白无故,倒在此地?

薛宝钗　(失神,喃喃)通灵宝玉,果然通灵否?

莺　儿　(欢喜)莫失莫忘,仙寿恒昌……这两句与姑娘项圈上的,便是一
　　　　　对。这本是作成的喜事,想来这玉,果然有些道理。

薛宝钗　(浑然一惊)莫失莫忘……不离不弃……

薛宝钗　(唱)　【风入松】
　　　　　　　　偏又是金玉重逢在今朝,
　　　　　　　　是甚因缘未了,
　　　　　　　　虚实得失再相较。
　　　　　　　　傍着些真仙蓬岛,
　　　　　　　　怕不是学禅问道,
　　　　　　　　唬的我神魂乱撩。

　　　　〔薛宝钗细细打量通灵宝玉,越想越惊,颓然坐倒。

莺　儿　姑娘,这雨小了,我们还是走罢。

薛宝钗　(失魂落魄)不必去了。宝玉他,他已别有去处。

莺　儿　(疑惑)这深更半夜,却往哪里去?

薛宝钗　情迷豁悟,一念之间;凤缘既了,尘凡顿易。此来彼去,一得一
　　　　　失。宝玉他,怕已不是这红尘中人了。

莺　儿　(益发迷惑)姑娘打的甚么机锋?(忽然指向远处,欢喜地)姑娘
　　　　　快看! 那来的不是宝二爷?
　　　　〔贾宝玉沉静走来,立定无言。

薛宝钗　(惊喜地迎上前)宝玉! 你……
　　　　〔贾宝玉退后一步,合十避让。

薛宝钗　(失落地)你……还是要走……

贾宝玉　一夜历尽红白事。姐姐,我一世糊涂,到今也该明白了。

薛宝钗　(喃喃)是,明白了,明白了!

薛宝钗
贾宝玉　(唱)　【小桃红】
　　　　　　　　你(俺)便是顽石也开灵窍,
　　　　　　　　将荣华等闲抛也。

薛宝钗　(唱)　浑不顾玉钗频敲,
　　　　　　　　这一去呵,(夹白)
　　　　　　　　再无那堂上絮叨,
　　　　　　　　更谁把纱窗报。

贾宝玉　(唱)　半世里成因果,

	试说道，
	向浮屠，
	且看着红尘老也，
	管甚么春秋昏晓。

薛宝钗　（合）　作南柯一觉归早，

　　　　　　　　这宿业都抵销。

薛宝钗　想当初，与你打机锋的是我，与你说禅论道的是我。如今，你这一悟，倒果然彻底！说什么所知所能，知觉解悟，却原来，参不破的，从来只我一个而已！

贾宝玉　大喜大悲，非人所能；生离死别，关心更乱。姐姐，我这一去，放不下的，惟有你也。

薛宝钗　（一震，急切地）若真放不下，又何苦要走？

贾宝玉　（摇头一笑）姐姐，这大观园千红一哭，万艳同悲；生于浊世，无非薄命。凭一人之力，纵强自支持，又能如何？还请宽心，莫要执着罢。

薛宝钗　（压抑而失魂落魄）强自支持，又能如何……

贾宝玉　（一声叹息）姐姐，你一向委屈的也够了。（恳切地）且为自己，活一遭罢……

薛宝钗　（闻言如雷轰顶）宝玉，宝玉！这些年来，我只道你是懵懂天真；不承想，我的难处，你竟知道！不承想，不承想……原来，你才是知己！（泪下）只是如今，你也要弃我而去么？

贾宝玉　昨日之日不可留，今日之日多烦忧。（郑重地）姐姐，你是知道我的。

薛宝钗　（百感交集）有你今日这番言语，也不枉一场相识！这一世，焉知谁比谁更痴！宝玉，你，你去罢。我成全于你，再无怨怼。

　　　　〔薛宝钗郑重将通灵宝玉交予宝玉。

贾宝玉　（深深一揖）多谢！

薛宝钗　（低声，恋恋）话已说毕，再送你一程罢。

　　　　〔薛宝钗侧身相让。贾宝玉还一揖，大步前行。薛宝钗向莺儿低语。莺儿应诺，下。薛宝钗随贾宝玉后行。

薛宝钗　（唱）　【下山虎】

　　　　　　　　岂必是命难逃，

　　　　　　　　这来历谁知道。

　　　　　　　　何故人间走一遭，

经底事多少。

贾宝玉　（唱）　来去何为，

　　　　　　　无常方好，

　　　　　　　也不提那闲烦恼。

薛宝钗　（合）　莫看琴台生春草，

　　　　　　　匆匆容易老。

　　　　　　　前尘全休了，

　　　　　　　其实难了，

　　　　　　　要说勘破那还早。

　　　　〔行到角门，莺儿与茗烟已在，茗烟牵马相候。

茗　　烟　（抹泪）二爷真的要走？

　　　　〔莺儿示意茗烟噤声。

薛宝钗　（幽幽的）宝玉，这一别呵，只怕相逢无期，两世为人。此去不易，你，你……好自珍重！

　　　　〔薛宝钗解下斗篷，欲给贾宝玉披上。贾宝玉推让。

贾宝玉　这富丽锦绣之物，不要也罢！

薛宝钗　佛在心，不在形。如今你已是方外之人，还执着于色空之别么？

贾宝玉　（无奈）如此，生受了！

　　　　〔薛宝钗细细为贾宝玉系上斗篷，细细将他打量；仿佛这一眼，就是今生最后一眼。

薛宝钗　（长叹一声，下定决心）此身不待今生度，更待何世度此身！就此别过！

　　　　〔贾宝玉长揖，转身上马，飞奔而去。大红斗篷翻飞之处，天地失色。

　　　　〔薛宝钗别过身不忍相看；待马蹄声远，方向贾宝玉的背影痴痴相望。

莺　　儿　姑娘，一件斗篷，真能牵绊住二爷？等他回心转意，要等到什么时候？

薛宝钗　（低声）等得到，等不到，又有甚么要紧。到头来，我才是这深宅大院，一缕孤魂！

　　　　〔莺儿默默退下。薛宝钗孤身夜行。

薛宝钗　（唱）　【绵搭絮】

　　　　　　　万里云萍一身小。

　　　　　　　他远去天涯，

俺独走这阳关道。

空担了贤德名号。

生捱着北地风高，

向天祝祷：

还怕他全无牵挂，

谁说菩提不是烦恼！

薛宝钗 （吟诵）你证我证，心证意证。

是无有证，斯可云证。

无可云证，是立足境。

无立足境，是方干净。

去的好，去的好也！

〔暗场。

〔十二伶人上，依前。

十二伶人 （唱） 凄凄复凄凄，

嫁娶不须啼。

明知不可留，

临行还牵衣。

死别更生离，

一世莫相思。

第五场 别梦

〔大雪纷飞的黄昏。荒草丛生的大观园。天地间一片苍茫。

〔薛宝钗从远处来，踯躅而行。

薛宝钗 （唱） 【朝元歌】

晓风晚风，

几番催花信。

长天短天，

行来近黄昏。

王宅谢巷，

玉户朱门，

九重楼怎禁得一旦倾。

聚散离分，

恁风流才经过三春景。

故人今安在，

少年白头新。

兀不是枉自多情。

岁岁年年，

有谁相因，

待谁相因。

薛宝钗　（举目四望，叹）大观园，大观园，今日较之去岁，又添萧索！咳，
自宝玉去后，俺只于年年初雪之时，至栊翠庵折梅一枝，以昔诗
社酬唱之事，寄念平生故交，今二十载矣。眼见我姊妹昔日嬉游
之处荒芜至此，说什么物是人非，人事固已全非，连这亭台园木，
都难认了。

　　　　　　［一僧悄上。

僧　　　　（且吟且唱）陋室空堂，

　　　　　　　　　当年笏满床；

　　　　　　　　衰草枯杨，

　　　　　　　　曾为歌舞场……

薛宝钗　（闻声望去）这时节，怎还有旁人到此？

　　　　　　［僧、俗二人相见，均心中一动。二人互相打量。

薛宝钗　（唱）【前腔】

　　　　　　今夕何夕，

　　　　　　无语各沉吟。

　　　　　　时兮逝兮，

　　　　　　相对两消魂。

　　　　　　僧槛内槛外，

　　　　　　半世沧桑，

　　　　　　此身虽异性长存。

薛宝钗　云何而逢，

　　　还认他是三生石上旧精魂。

僧　　　雁老三秋雨，

薛宝钗　衣故十年尘，

合	果然是弹指光阴。
	意意似似，
	欲从相认，
	何必相认。
薛宝钗	宝……
僧	（侧身施一礼）阿弥陀佛！
	［薛宝钗惊觉失言，掩口。
薛宝钗	（心潮起伏，几难成言）飘零去，别离久，道上故人无恙否？
僧	微茫之躯，有劳动问！
	（唱）【懒画眉】
	我所居兮青埂之峰，
	洞天为室鸟为邻。
	我所游兮鸿蒙太空，
	来时御风去乘云。
	乾坤渺渺兮大荒归真。
薛宝钗	（喃喃）当真是山中一日，世上千年！如今，也只这栊翠庵之梅，芦雪广之雪，还与当初一般无二。你我，都已不是旧时人了……
僧	旧时人如何，今时人如何？
薛宝钗	（唱）【前腔】
	不意他桑枢瓮牖闭蓬门，
	只愁着室迩人遐添丘坟。
	换星霜消磨了孤愤平，
	也不是年年叹虚度，
	这一世到头怎论定。
僧	（呵呵一笑）有问自知无答处，却向他人语中求！（折梅一枝递上）
薛宝钗	（如在梦中）酒未开樽句未裁，寻芳问腊到蓬莱。
僧	入世冷挑红雪去，离尘香割紫云来。
薛宝钗	（手持红梅，楚楚向僧望去）不求大士瓶中露，为乞嫦娥槛外梅。
僧	槎枒谁怜诗肩瘦，衣上犹沾佛院苔。
薛宝钗	（恍惚地）这说的是当日之事，还是今日之事？
僧	是耶非耶？是也非也。
薛宝钗	似是而非，今是昨非——红楼数载，果然一梦乎？
僧	是耶非耶？是也非也！多不过是——赤条条来去无牵挂！
薛宝钗	（顿时了悟）噫！今生本来遭遇，殊途亦自同归。

[薛宝钗掐下一朵红梅，花瓣悠悠从指间飘落。

僧　　　（抚掌）哈，好，好！

薛宝钗　（释然地淡淡一笑）多谢了！

　　　　[二人相对一拜。

僧　　　（且吟且唱）赤条条来去无牵挂，

　　　　　　　　哪里讨烟蓑雨笠卷单行？

　　　　　　　　一任俺芒鞋破钵随缘化……（下）

　　　　[薛宝钗不自觉从行数步。僧倏尔不见。宝钗一惊，醒悟止步，
　　　　手持红梅，再度回顾大观园。

薛宝钗　（唱）【前腔】

　　　　　　　这一朝佛法心法一般度，

　　　　　　　道是无情也有情。

　　　　　　　说甚么白茫茫一片大地真干净，

　　　　　　　却则是由来同一梦，

　　　　　　　两番人今作一番人。

　　　　[荣国府斑驳的大红门在舞台尽头为薛宝钗打开。莺儿与茗烟
　　　　俨然相候。

　　　　[她的身后，大红门缓缓合拢。

　　　　　　　　　　　　　　　　　　　　　——剧终——

罗周简介

　　国家一级编剧,复旦大学文学博士,师从章培恒先生,现任江苏省文化厅剧目工作室副主任。

　　主要上演作品有:昆曲《春江花月夜》《孔子之入卫铭》、京剧《将军道》(合作)《孔圣之母》、锡剧《一盅缘》、淮剧《宝剑记》、扬剧《衣冠风流》《不破之城》、越剧《丁香》《乌衣巷》、音乐剧《鉴真东渡》《又见桃花红》等。二获中国戏剧奖·曹禺剧本奖,五获田汉戏剧奖剧本奖。另有《诸葛亮》《太白莲》等七部长篇小说出版发行。

　　昆曲《春江花月夜》由上海张军昆曲艺术中心首演。

昆　剧

春江花月夜

编剧　罗　周

时　间　唐代
地　点　扬州、地府、蓬莱

人　物

张若虚　唐代诗人,俊逸风流。

辛　夷　名门闺秀,有林下之风。

曹　娥　在幽冥修行五百载的汉代少女。

张　旭　张若虚好友,书法大家。

秦广王　幽冥界第一殿天子。

黑无常　幽冥界拘魂之使。

白无常　幽冥界拘魂之使。

鬼　使　幽冥界小卒。

刘　安　得道成仙的西汉淮南王。

司　琴　辛夷侍女。

小贩、来往人等若干。

上　本

第一折　摇情

〔唐中宗神龙二年。上元节。

〔扬州。火树银花、流光溢彩。

〔张若虚内声"好月色也",怀琴上。

张若虚　（唱）　【南仙吕引子·卜算子】

　　　　　明月逐归人,

　　　　　流灯迎春汛。

　　　　　一带柳桥傍花林,

　　　　　欲醉还狂醒。

　　　　小生张若虚,扬州人氏,应诏而举、名登科第,曲江赐宴、云台走马,好不荣耀! 今值上元佳节,乃与同年张旭乘兴还乡,游赏花灯!

　　　　〔张旭内声"贤弟",上。

张若虚　伯高兄!

张　旭　赏灯游春,贤弟怎生琴不离手?

张若虚　畅怀行乐,岂可撇下俺的凤凰琴?

张　旭　凤凰和鸣,方成妙乐! 贤弟二十有七,婚姻之事,再毋延宕!

张若虚　可又来! 婚姻之事,全凭天定,我辈劳心无益。

张　旭　哦,休谈鸾凰?

张若虚　且观风月! 依兄之见,上元夜曼妙绝伦,以何为最?

张　旭　依俺之见,江波流银,最是曼妙。

张若虚　江波流银,全赖皓月高照!

张　旭　皓月高照,最是曼妙。

张若虚　皓月高照,衬映花林锦簇!

张　旭　花林锦簇,最是曼妙。

张若虚　花林锦簇,怎比春夜撩人?

张　旭　春夜撩人,最是……啊呀贤弟戏我!

张若虚　依俺之见,春、江、花、月、夜虽好,若无你我游骋之眼、赏娱之心,
　　　　皆为虚设!

张　旭　如此,应以你我为最?

张若虚　你我为最!

　　　　［花灯掩映,明月桥头,辛夷端立,与张若虚遥相呼应。

辛　夷　好江色也!

　　　　(唱)【撼亭秋】
　　　　　　　　缭乱鄰光缓浮沉,

张若虚　(唱)　桥桥寄曲步步情。

辛　夷　(唱)　斗转星移灯远近,

张若虚　(唱)　露浓云淡月澄净。

辛　夷　(唱)　秉画烛,簪清馨……

张若虚　(惊见辛夷)呀!

　　　　(唱)　蓦地魂勾魄引!
　　　　　　　美人……姐姐! 啊呀妙哇! 她那里秋水流波,分明看了小生
　　　　　　　一眼!

辛　夷　好花色也!

张若虚　(唱)【腊梅花】
　　　　　　　她神清仪静婉啼莺,
　　　　　　　俺心头浪起涌千钧!(夹白)闻她口赞花叶,小生身傍花
　　　　　　　　　　　　　　丛,她不免看了俺第二眼!

　　　　　　　夸甚雁塔题名,
　　　　　　　不若鸳鸯交颈,
　　　　　　　牵动游丝长纤萦。

辛　夷　好春色也!

张若虚　笑了、笑了! 想宋玉曾道,天下窈窕莫如楚,楚之窈窕莫如里,里
　　　　之窈窕么……

　　　　(唱)【前腔】
　　　　　　　他道是里之窈窕莫如邻,
　　　　　　　倾国倾城为笑倾。
　　　　　　　东家女,输娉婷,

争与相论,(夹白)仙子啊！你方莞尔之时,敢是看了小生第三眼！这笑笑嘻嘻第三眼呵！

恁明月桥一笑俺情倾。

若论曼妙绝伦,当以桥上玉人为最、玉人为最！

[张若虚欲行,桥上辛夷倏忽不见。

张若虚　姐姐哪里？姐姐哪里？（失落）

张　旭　贤弟？贤弟何故惆怅出神？

张若虚　适才举目远眺,见明月桥上,端然立着一位仙子,眉目传情,觑俺三眼！小生正待赶上,一诉渴慕,她却一闪即逝、踪影不见,想是复归瑶池去也！

张　旭　什么三眼五眼！我来问你,那仙子呵！

（唱）【醉扶归】

　　莫不是金珠步摇攒红杏？

张若虚　不假！

张　旭　（唱）　莫不是妒杀石榴紫罗裙？

张若虚　正是！

张　旭　（唱）　莫不是蛾眉懒画似流云？

张若虚　果然！

张　旭　（唱）　直叫人望穿饿眼情难禁！

张若虚　莫非你也见着她来？

张　旭　岂止见着！这仙子哪里人氏、姓甚名谁、家住何处、芳龄几许,我无一不知、无一不晓！

张若虚　还请赐教！

张　旭　嗳,婚姻之事,全凭天定……

张若虚　伯高兄……

张　旭　我辈劳心无益！

张若虚　贤兄救俺！

（唱）　相救俺痴狂癫乱疯魔深,

　　　　乞送慈悲桃花信！

贤兄啊！小生这般哀恳,实是平生头一遭！

张　旭　你这等慕色,也是生来第一回！罢了、罢了。贤弟适才所见,乃扬州陆长史之女,年方二八、待字闺中、名唤辛夷……

张若虚　辛夷么……

张　旭　其母王氏乃俺表姑,故而知悉。陆家家教甚严,俺表妹一年三百六十日,只许上元出深闺。所谓:元宵灯会,三夜不禁,算来已过去两日了。

张若虚　如此说来,明日此时,明月桥头,尚得一见?

张　旭　当得一见!

张若虚　妙哇、妙哇!

张　旭　啊贤弟,初更已至,风紧寒侵,你我回转了吧!

张若虚　嗳,月影翩跹,焉得便回?

张　旭　回转了吧!

张若虚　灯影扑朔,怎忍离去?

张　旭　回转了吧!

张若虚　花影婆娑,挽人衣裾!伯高欲归,请便、请便哪!

　　　　〔张若虚将张旭送下。

张若虚　明日此时,明月桥头,当得一见、当得一见!

　　　　(唱)【尾声】
　　　　　　急切切金鸡坐等,
　　　　　　卧桥头和衣怀琴。(夹白)凤凰呀凤凰,你我且在桥头将
　　　　　　　　　　　　　息一夜,等着俺的神仙姐姐!

　　　　　　幽思辗转待微明……

第二折　落花

　　　　〔正月十六,薄暮,钟鼓声传。
　　　　〔鬼使内声"唔哼",上。

鬼　使　(念)　左持铁枷右挽鞭,
　　　　　　　　勾人索命来世间。
　　　　　　　　碓金如山玉似海,
　　　　　　　　难买幽冥一等闲。

俺乃枉死城中一鬼使,惯在刀山上打蜡、油锅下添柴。今日手痒,借了车马令旗,往来人间耍耍。

　　　　〔鬼使穿梭人群,艳羡不已。

鬼　使　(唱)【北中吕·上小楼】
　　　　　　久不拥香温玉软,
　　　　　　久不闻莺莺燕燕。
　　　　　　阎罗殿难觅琼浆、难画花颜,
　　　　　　满目森严。(夹白)骤来人世一看呵……

　　　　　　恼煞咱,恨煞咱,

　　　　　　捶胸徒羡,

　　　　　　甩长鞭,要将这赏心抽遍!

　　　哼哼,福不同享,难要恁当! 待俺翻翻生死簿,看今朝哪个倒霉
　　　鬼撞在俺手上!(翻阅)

　　　［张若虚内声"辛夷呀姐姐",上。

张若虚　怎生月上雕栏,还不见美人踪影?

鬼　使　有了、有了! 戌时初刻、明月桥边,一书生面白无须、死到临头……

张若虚　(痴情)姐姐呀美人,你若不来,小生死矣!

鬼　使　听他口口声声,说到一个"死"字,莫非便是此人? 待俺端详名
　　　　号,唤他一唤。(看簿,呼之)张、若、虚! 张若虚!

张若虚　小生在此、在在在此!(与鬼使迎面一撞)啊呀!(转身欲走)

鬼　使　阎王要你三更死,谁敢留人到五更! 走走走!

　　　　　［鬼使挟取凤凰琴,拘张若虚魂魄而下。

　　　　　［张旭内声"贤弟",上。

张　旭　(惊见)呜呼哀哉! 昨夜一去,今夕永别,好不痛心! 贤弟死而不
　　　　瞑,愚兄个中尽知! 俺今指江为誓,虽当不得牵红绳的月老,也
　　　　做个能服劳的驿差,须将你这情思绵绵、痴心款款,说与俺那辛
　　　　夷表妹知晓!

第三折　碣石

　　　　　［幽冥地府。

　　　　　［黑白无常内声"幽冥鬼使拘押生魂觐见哪",执张若虚上。

张若虚　(唱)【北南吕·牧羊关】

　　　　　　恍惚惚七魄归何处,

　　　　　　虚飘飘三魂步踟蹰。

黑无常　快走!

张若虚　(唱)　一心心,贪恋仙姝,

　　　　　　寒恻恻为甚因缘,

　　　　　　飘摇失途。

白无常　快走!

张若虚　(唱)　扑簌簌寒鸦争乱渡,

黑无常　这是血池河!

张若虚　(唱)　腐骨竞号哭。

白无常　　那是奈何桥!

张若虚　　(唱)　莫不是枕边偶堕庄周梦,
　　　　　　　　　醒时化为柯烂图。

黑无常　　可笑书生,

白无常　　分明死哉,还当做梦哩!

　　　　　　〔秦广王、曹娥上。

秦广王　　(唱)　【梧桐树】
　　　　　　　　　判断死生路,
　　　　　　　　　冥殿掌中枢。

曹　娥　　(唱)　幽狱修寒暑,
　　　　　　　　　仙乡待游步。

两无常　　叩见大王爷爷! 参过仙姑姐姐!

秦广王　　啊,仙娥地府修行已满,将登仙界,孤王相送至此!

曹　娥　　多谢阎君。

张若虚　　(自唤)若虚醒来、若虚醒来!

曹　娥　　先生,此乃幽冥地府第一殿,先生阳寿已终……

张若虚　　一派胡言! 你是何人?

曹　娥　　自家后汉曹娥,当年俺父为水所淹,俺年方十四,投江而死,三日
　　　　　后负父尸而出;上天怜俺贞孝,叫从地藏王学道……

张若虚　　越发乱说! 后汉至今,五百年矣! 你就是鬼,也是个老鬼,焉得
　　　　　这般水灵?

曹　娥　　(暗思)呀,想奴修行几世……

张若虚　　这般娇艳!

曹　娥　　……从未闻得这般言语。

张若虚　　这般俊俏!

曹　娥　　……一旦闻之,何故心慌?(莫名羞怯)

秦广王　　嗯哼! 来呀,取生死簿!

黑无常　　(递簿)大王请看,其名在此。

秦广王　　(唱名)张若虎!

张若虚　　(不应)

秦广王　　张若虎!

张若虚　　(不应)

秦广王　　(怒)殿前下站何人?

张若虚　　小生张若虚。

秦广王　你待怎讲？

张若虚　张若虚是也！

秦广王　张若"虚"？这这这……

　　　　（唱）【四块玉】

　　　　　　押解差，拘拿误，

　　　　　　骇目惊耳恨糊突。

　　　　　　忧怀忐忑汗如注。

黑无常　（唱）　虎做虚，

白无常　（唱）　虚做虎，

三　人　（唱）　鬼画符！

曹　娥　敢问阎君，莫非拘错人了？

张若虚　拘错人？哈哈，定是拘错人也！想俺才高八斗、名冠海内，天子座前，尚有一羹之赐，小鬼账上，岂容信笔之涂！尔等的生死簿，只记屠狗贩酒之辈，管不得小生！

黑无常　他难道文曲下界？

曹　娥　果真拘错，还是送先生回去为是。

秦广王　先生稍候，待俺查过文士总簿，即送先生回去。

白无常　（找到）有哉！有哉！

秦广王　（翻阅）啊？

两无常　（凑前一看）啊？

三　人　哈哈哈！

张若虚　好不蹊跷！（欲上前）

秦广王　（斥止）书生下站！孤来问你，你可是扬州人氏？

张若虚　正是！

秦广王　永龙元年降诞，神龙元年及第？

张若虚　不假！

秦广王　哈哈听了！南赡部洲大唐境内扬州府中张若虚，寿该二十七岁，注定神龙二年正月十八命终！

张若虚　正月十八！（惊跌于地）

黑无常　只剩三日哉！

秦广王　只余三日，何必往来辛苦？

白无常　速去投胎！

黑无常　投胎去吧！

张若虚　小生不走、小生不去！

（唱）【哭皇天】

俺痴心一点凭谁诉，

万种缱绻犹未足。

鹤望相逢处，

秋水流明珠！

想俺那嫡嫡亲亲的好姐姐，尚在人世，眼巴巴等着小生呢！

曹　娥　（暗思）怎料世间，竟有这等痴儿！（转面）尚祈阎君慈悲为怀，放他归去，以待寿满。

（唱）颂华严、众生皆苦，

恩泽两界证提菩。

秦广王　（唱）怎奈血河难渡，阴隔阳阻。

啊仙姑，放魂还阳，多有不便……

张若虚　千般不便，人命关天！兀那阎罗！小生尚有三日生计！你须还俺三日，还俺三日！

秦广王　这书生胡搅蛮缠、十分可憎！叉了下去、叉了下去！

〔孟婆暗上，熬汤，热气袅袅。

孟　婆　（嗅汤）好香唷……

（唱）【煞尾】

一世相思入红炉，

能煮三钱相忘无？

沸沸凉几多金坚融做了土！

第四折　潜跃

〔幕后张若虚内声：姐姐，美人！辛夷姐姐，俺的美人！

〔黑白无常暗上。

白无常　哥哥你听，那书生又在叫鬼哉。

黑无常　不是人叫鬼，乃是鬼叫人。

白无常　没日没夜，叫个没停，就是不肯投胎。

黑无常　曹娥姐心肠好，替他说话，连神仙也不着急去做了。

白无常　有她插手，大王爷爷不好硬来，只得邀上三殿判官，前往相劝！

黑无常　软硬兼施，不怕他不开窍！

〔两无常下。

〔明月桥畔，曹娥嗟赏流连。

〔奈何桥畔，张若虚抚琴而歌。

曹　娥　（唱）【琴歌】
　　　　　　　　明月流光满澄江，
张若虚　（唱）　一弦一柱一沾裳。
曹　娥　（唱）　娇花如绣占人眼，
张若虚　（唱）　浊酒似愁入我肠。
曹　娥　（唱）　绿浪行舟皆鸳侣，
张若虚　（唱）　奈桥照影不成双。
曹　娥　（唱）　唏嘘春浓身是客，
张若虚　（唱）　羁旅磷冷思归乡。
　　　　　　〔曹娥下，秦广王、崔判、陆判、宋判上。
秦广王　（念）　十分可恼是愚拗，
崔　判　（念）　相劝书生投红尘。
陆　判　（念）　金镶玉裹花如锦，
宋　判　（念）　不信世人不动心。
秦广王　有劳诸位！
众　判　大王放心！
秦广王　啊！书生！
张若虚　喔！阎罗！
秦广王　书生好兴致。
张若虚　阎罗好清闲。
秦广王　书生十年顽劣，佩服佩服！
张若虚　阎罗十载推搪，了得了得！
崔　判　书生之事，我等判官，皆有耳闻。
陆　判　可知放魂归阳，不是小事！
宋　判　想我家爷爷，包天子阎罗王，本居第一殿，只因常怜屈死、屡放还
　　　　阳申雪，因此的三调三降、退居二线了！
秦广王　正是！既有前车之鉴，孤王能不慎之？
崔　判　啊书生，如今你尸身已腐，只消饮下孟汤、过了奈桥，我等便判你
　　　　个往生富贵，腰缠万贯，如何？
张若虚　腰缠万贯？
众　　　是哇，有钱人！
张若虚　哈哈哈，腰缠万贯，难买美人一眼。
　　　　（唱）【北双调·新水令】
　　　　　　　　恁休道巨贾豪商，

玉为堂、惯招灾障。
都只似石崇命丧,
哪来个驾鹤维扬。
好将那万贯金珠,
蒿草付荒葬。

陆　判　既不要钱,便判个往生风流、锦口绣心,怎样?

张若虚　锦口绣心么……

众　不错,"油菜花"(有才华)!

张若虚　锦口绣心,输与辛夷两眼。

(唱)　**【折桂令】**

恁休道,出口成章,
锦绣高才,惯惹愁肠。
尽是些薄命陈留、寿夭卫玠、鬓老潘郎。
伤春日,常怀悒怏;
悲秋月,痛饮角觞。
只落得惨惨惶惶、羞涩空囊、岁晚凄凉、客死他乡。

宋　判　又不要才。这这这……也罢!便判你个往生帝胄、君临四海!可不能再挑拣了!

张若虚　哈哈哈,君临四海,怎及她第三眼!

(唱)　**【沉醉东风】**

恁休道,人君帝王,
九五尊,惯泣斜阳。
解语花、无心赏。
总悬望那金瓯、固若金汤,
争奈兵戈破女墙。
兴亡事,只做了渔樵话讲。

秦广王　怎么,连皇帝也不要做?你敢是敬酒不吃吃罚酒!

张若虚　俺是个能饮的刘伶、强项的董令!

[曹娥上。

曹　娥　更是个抱柱的尾生!

张若虚　曹娥姐姐!

曹　娥　啊,先生,奴家新得一物,特来相赠。(取出桃花)

张若虚　好桃花也!

秦广王　这般花色,幽冥少见。仙姑何处寻得?

曹　娥　得自人间。

众　判　人间何处？

曹　娥　明月桥头。

张若虚　（震动）啊呀明月桥头么！

曹　娥　正是。人间正值上元，奴家驾祥云、出地府、随春风、降扬州，好
　　　　一番游赏也！

张若虚　哎呀姐姐！那春江？

曹　娥　流光浮银。

张若虚　那花林？

曹　娥　烂若披锦。

张若虚　那月夜？

曹　娥　澄净怡神。

张若虚　那那那佳人？

曹　娥　于归有行。

张若虚　你待怎讲？

曹　娥　先生哪！奴家问过月老，辛夷姑娘与扬州司马有姻缘之分，已是
　　　　喜结连理。

张若虚　怎么，她她她嫁人了？

曹　娥　嫁人八年了。

张若虚　啊呀！

　　　　（唱）【鸳鸯煞】

　　　　　　　月常皎皎风常朗，

　　　　　　　白驹过隙空劳攘。

崔　判　既然有缘无分，书生索性饮了这孟汤！

张若虚　（唱）　万般畅想，

　　　　　　　一枕黄粱。

陆　判　饮了吧。

张若虚　（唱）　畅道有情无情，

　　　　　　　过肩相忘，

　　　　　　　是多愁多病荒唐账！

宋　判　快快饮了！

张若虚　也罢……（欲饮而止）小生尚有一事之请。

秦广王　何事？

张若虚　有一桩心愿未了。

秦广王　是什么心愿?

张若虚　只求魂飘人世,魄游扬州,与那春江花林,再厮连一夜!

秦广王　这个……

张若虚　只求一夜,于愿足矣! 若蒙阎君,遂了俺愿呵!

　　　　(唱)　再不劳絮短话长,

　　　　　　　　俺自当投下世不他想!

众　判　大王,不妨依了这榆木脑袋!

曹　娥　阎君开恩!

秦广王　好好好,准你游魂一夕! 仙姑引路,速去速回!

　　　　[灯渐暗。

下　本

第一折　相望

　　　　[唐玄宗开元三年,正月十六。

　　　　[扬州,火树银花、流光溢彩。

　　　　[司琴上。

司　琴　夫人,来呀!

　　　　[辛夷内声"来也",随上。

司　琴　夫人,来此已是明月桥!

辛　夷　明月桥!

　　　　(唱)　【南仙吕入双调·风入松】

　　　　　　　　灯摇江影浸罗衣,

　　　　　　　　撩拨愁绪萦丝。

　　　　　　　　嗟尘寰韶光有几,

　　　　　　　　立桥头,十载相忆。

　　　　啊司琴,摆上香烛,待奴临江致祭。

司　琴　是。

　　　　[张若虚内声"曹娥姐姐快走!"

　　　　[张若虚上。曹娥随上。

张若虚　（惊见辛夷)呀！看明月桥头，美人俨然，那那那难道是俺的辛夷
　　　　姐姐？果真俺的姐姐！

曹　娥　看她香烛齐备，不知祭奠谁人？

张若虚　这祭奠么……啊呀莫非她那夫君已逝？(暗喜)待俺上前，听个明白。

　　　　〔香烛摆好，司琴、曹娥暗下。

辛　夷　（念)　对月长歌哀祭赋，

　　　　　　　　向江聊寄悼亡诗。

　　　　惟神龙二年正月辛卯，故探花张君若虚卒。时逢旬祭，不胜其
　　　　悲！呜呼张君，琴诗双绝，潸然泪洒，引项思之！

　　　　（唱)　遥思笑顾周郎曲，

　　　　　　　　恍闻闲搌叔夏笛。

张若虚　谬赞了、谬赞了！

　　　　（唱)　【园林好】

　　　　　　　　俺不是烧江的周瑜，

　　　　　　　　也不是弄梅桓伊。

　　　　　　　　张生懒写功名契，

　　　　　　　　思卿徒美花底泥，(欲挽其裙，飘忽不可得)

　　　　　　　　可叹俺飘渺幽魂触难及！

辛　夷　张探花呀，奴也听闻你呵……

　　　　（唱)　【好姐姐】

　　　　　　　　一掠惊鸿便成痴，

　　　　　　　　宿夜露、衣衫尽湿。

　　　　　　　　情深何必问情起，

　　　　　　　　只管将情系，

　　　　　　　　便空赋多情空垂涕，

　　　　　　　　犹有河洛涟漪叹陈思。

张若虚　好姐姐，俺的可意人！

　　　　（唱)　【沉醉东风】

　　　　　　　　生痛煞鹤望的曹植，

　　　　　　　　悲矣夫错嫁的甄氏！

　　　　　　　　俺虽在黄泉宿、奈桥栖，

　　　　　　　　痴心不易，

　　　　　　　　魂魄儿梦中还将芬踪觅。

　　　　　　　　千里血池，

流送俺短叹长吁；

咫尺桥畔，(欲傍其肩，飘忽不可倚)

莫奈何比肩怎依！

辛　夷　可怜情深不永、天不与寿！

（唱）【月上海棠】

一霎时昆岗倾颓碎白璧！

恸韶华堪惜，

雁书无寄！

裂肝胆兮故友魂失，

摧肺腑兮远近交泣，

恨上天惯将秋霜凋春绿！

惜哉张君！悲哉张君！(哀哭)

张若虚　哀哉姐姐！痛哉姐姐！

（唱）【江儿水】

错拿怨鬼吏，

俺尚余三日期。(夹白)姐姐呀美人！

愿与卿卿卿我我永不弃，

朝朝暮暮毋转移，

生生世世共休戚。

(焦灼环绕)美人莫哭，若虚在此、小生在此！

辛　夷　(紧紧衣衫)哪来的凉风阵阵？

张若虚　（唱）　偏上天薄恩义，

将俺这低唤高呼，

尽化入月冷云寂。

〔司琴、曹娥暗上。

司　琴　夫人，夜深露重，回去了吧！

辛　夷　也好。

司　琴　啊夫人，相公若问今夜之事，婢子如何支对？

辛　夷　照实回禀。

司　琴　相公若问，夫人缘何祭一生人、言至流涕，又该怎生答复？

辛　夷　你便说，譬若阮步兵之哭兵家女也。

司　琴　阮步兵？兵家女？夫人之言当真？

辛　夷　不假。

〔辛夷、司琴下。

张若虚　（呆怔）这个……（忽悲）呜啊！

曹　娥　啊先生,辛夷哭你,情真意切,你该高兴才是,何故伤悲？

张若虚　（忽开颜）哈……哈哈哈！

曹　娥　怎的又笑起来了？

张若虚　曹娥姐姐！你道阮步兵是哪个,兵家女又是何人？

曹　娥　想是神仙美眷？

张若虚　非也！

曹　娥　莫非骨肉至亲？

张若虚　不是！

曹　娥　料必金兰好友？

张若虚　错矣！阮步兵者,阮籍也！昔有兵家之女,才色殊绝、未嫁而夭,
　　　　阮籍与之素昧平生,径往哭悼,泪下如雨,尽哀而还！

曹　娥　怎么？此二人并不相识？

张若虚　并不相识！

曹　娥　如此说来,辛夷祭悼先生,无干男女之私？

张若虚　落花有意,流水无心。

曹　娥　既无男女之私,何故哀啼不已？

张若虚　花凋江逝,如何不恸？人生苦短,焉得不哭！她悼生而易死,俺
　　　　恸死而难生,境虽为二,其情一也！辛夷哇辛夷！

【玉交枝】

你则是侧耳钟期,

俺则愿弹抚弦丝！

呜呼人琴俱碎成何计,

凡胎难自家中起！

七尺但凭蝼蚁食,

魂灵徒向幽司寄。

曹　娥　哀哉身逝！

张若虚　悲哉魂寂！

曹　娥　惜哉不遇！

张若虚　痛哉永离！辛夷姐姐,小生欲将喜怒哀乐、嗔痴怨慕、爱恶离合,
　　　　悉诉于你,怎奈是……

　　　　（唱）　冥漠漠零落成泥,

　　　　　　　拈不起悲欢梦花笔！

　　　　（号啕）万般情切,越不过一个“死”字！死生亦大矣！死生亦大矣！

曹　娥　（亦拭泪）先生莫哭。奴知一法，或可相救。

张若虚　你待怎讲？

曹　娥　奴家往岁修行，闻说蓬莱仙岛，有回生之药……

张若虚　回生之药！

曹　娥　曹娥不才，愿为先生求之。

　　　　（唱）【尾声】

　　　　　　　返魂一诉应有期，

　　　　　　　敢求灵药上天梯，

　　　　　　　不叫志诚各东西！

张若虚　多谢姐姐！

曹　娥　不消。

张若虚　多谢姐姐！

曹　娥　不消。

张若虚　多谢曹娥姐姐！

第二折　海雾

　　　　［蓬莱仙岛。

　　　　［刘安一个滚翻，跃出花丛。

刘　安　（念）　世人只道神仙好，

　　　　　　　　做仔神仙也无聊。

　　　　　　　　忽见行来小娘子，

　　　　　　　　略施变化戏娇娆。（隐于树后）

　　　　［曹娥内唱上。

曹　娥　（唱）【北黄钟·醉花荫】

　　　　　　　按落祥云降仙岛，

　　　　　　　迎客瑶花瑞草。

　　　　　　　看碧阙灵宵、雾霭香飘。

刘　安　（声似鸟鸣）小娘子、小娘子！

曹　娥　（唱）啊呀紫府啼青鸟！

刘　安　（凑近）嘻嘻，小娘子！（还归人形）

曹　娥　你是何人，戏耍于我？

刘　安　俺乃大汉苗裔、淮南王刘安是也！笃好神仙，潜心修行，炼丹服药，
　　　　白日飞举；连带家中鸡儿狗儿，食了俺余落的灵药，也都升天得道！

曹　娥　敢问上仙，你那药丹，可能起死回生么？

刘　安　小事一桩！啊小娘子，俺看你已脱轮回，问此做甚？

曹　娥　只为幽冥界内，一书生被鬼使错拿，心思襄尘，忧肠如捣……

刘　安　放他还阳，乃阎罗之责，干你何事？

曹　娥　奴家见他投告无门，于心不忍，遂暂缓登仙，求药而来。

刘　安　正是善念难得。俺且将鸡犬吃剩的仙膏，与你些吧！（递药）

曹　娥　（接过）多谢上仙！（欲下）

刘　安　小娘子转来、小娘子转来。

曹　娥　上仙何事？

刘　安　俺来问你，那书生是男是女？

曹　娥　既为书生，自是男儿。

刘　安　是个老男儿还是个小男儿？

曹　娥　倒也不老。

刘　安　既是个小男儿，你须将仙膏还俺！（夺药）小娘子！你若自家服
　　　　用，这药俺送你一车也使得；若给那书生服食，则怕你罪犯思凡，
　　　　百年道行，毁于一旦！

曹　娥　这思凡之罪么……俺早已犯下了。

　　　　（唱）【刮地风】

　　　　　　俺秋水流波阆殿角，

　　　　　　觑着他缓带轻袍。

　　　　　　虽知早该收心窍，

　　　　　　管不住眼儿不住儿瞧。

刘　安　爱美之心，众皆有之。当年穆天子瑶池参见，西王母也将他多瞧
　　　　了几眼，这却不妨！

曹　娥　还有哩！听他弦歌清啸，说尽人间妙处，俺呵！

　　　　（唱）　欢引眉梢，乘云落定扬州道。

　　　　　　　明月桥，闹元宵，江波染笑。

　　　　　　　催开了一枝桃天天破晓，

　　　　　　　喜滋滋袖到阴司曹。

刘　安　花团锦簇，人见人爱。那蓝采和成天将个花篮儿提来提去、提去
　　　　提来，亦不见责。这亦不妨！

曹　娥　更有甚者！

　　　　（唱）【古水仙子】

　　　　　　俺护他，一缕幽魂泽畔飘。

　　　　　　陡见那红袖高鬟、素颜窈窕，

哭祭临江人梦杳。

　　枉翻腾,万叠心潮,

　　无非是风澹云摇。

　　两隔生死春寒峭,(夹白)俺侧身一旁、目睹其状,

　　难遏泪纷抛!

刘　安　啊呀糟了! 正是"太上忘情",只怕你这嘤嘤一哭,有亏修行、成
　　　　仙难望!

曹　娥　成仙无望,倒也罢了。

　　(唱)【煞尾】

　　一念凡心断难了,

　　要救他,魂返窠巢,(夹白)俺拼着五百年修行不要!

　　愿证得苍天恓怜情不老。

　　还请上仙,赐药相救!

刘　安　唉! 你既有不拔之志,俺只得成人之美!(与药)

曹　娥　(接过)多谢上仙! 曹娥去了。(下)

刘　安　(遥唤)小娘子,五百年后,俺还在这答儿等你!

第三折　江流

　　[幽冥地府。

　　[鬼使持桨内唱上。

鬼　使　(唱)【北正宫·端正好】

　　无底船,行脚快,

　　摇飞桨、波撞浪拍!

　　书生登船,阳世去哉!

　　[张若虚内应"来也",上。

鬼　使　坐稳哉!

张若虚　多谢小哥!

　　(唱)　仙方救返花月胎,

　　飘飘儿穿冥寨。

　　啊小哥,怎的此行不似来时之路?

鬼　使　阴司便是这般,有去路、无来路!

张若虚　看顶上盘旋一片,是什么鸟儿?

鬼　使　哪来的鸟儿,是些冤魂不得投胎,在此聒噪!

张若虚　恍惚之间,又到何处?

314

鬼　使　此处唤做生死隘,过去便近阳世哉!

张若虚　啊呀呀,扬州在望了! 看那拱似霓虹之处,可是明月桥?

鬼　使　正是。

张若虚　桥旁粉灿之处,可是桃花林?

鬼　使　正是。

张若虚　林前依稀堆着个馒头,却是何物?

鬼　使　自家宅第,怎么书生反倒不识?

张若虚　那那那难道俺张若虚的坟茔么?

鬼　使　哈哈书生,待你离船登岸,从那坟茔之内,钻将出来,便是个活
　　　　人了!

张若虚　敢烦小哥,打桨泊岸!

鬼　使　(唱)【滚绣球】

　　　　　　船儿行,桨儿摆,

　　　　　　猛抬头波惊浪骇,

　　　　　　把俺扁舟一叶水底摔!

张若虚　好大的浪头!

　　　　(唱)　心悸无端也身歪,

　　　　　　往生船滴溜溜偏在江曲赖,

　　　　　　闪过那暖烘烘岸上青苔!

鬼　使　如何苦划半晌,半步不前! 难道你在阴司,还有赊欠?

张若虚　小生哪来的赊欠! 敢请小哥,多费心力……啊呀! (风起)

　　　　(唱)　甚飙风把肝肠捉甩,

　　　　　　舟旋陀螺难倚挨,

　　　　　　怪哉恨哉!

鬼　使　看男船女船,往生多少,偏偏风急浪高,载你不动! 难道当年俺
　　　　一鞭拿错,今日又是俺一桨送错?

张若虚　不曾错、不曾错! 小生还阳,是受了阎罗爷恩典、吃了曹娥姐辛
　　　　苦的哇!

鬼　使　晓得哉! 定是你起了贼心,垂涎曹娥姐姐,包天色胆,绊着你不叫走!

张若虚　小生岂敢! 小生冤枉!

鬼　使　你再好生想想,枉死城中,落下什么?

张若虚　想俺孤零零来、赤条条走,居然落下什么……

鬼　使　再不登岸,误了归程,上元节都要错过哉!

张若虚　这这这……待俺跳下舟船,凫水而去! (欲跳)

315

鬼　使	慢来、慢来！如今你半人半鬼、不人不鬼，跳将下去，不得为人，连鬼都做不成了！
张若虚	小生不得为人，何须做鬼！（欲跳）
	［空中传来飘渺凄恻的丝弦之声。
张若虚	（悚然）啊呀是她……是是是她！俺的琴卿！都怪小生归心似箭，竟将俺那凤凰琴，遗在身后！怪道咫尺河岸、再三难近！小哥掉头！
鬼　使	哪里去？
张若虚	奈桥去！
鬼　使	去做啥？
张若虚	携取凤凰，返魂重生！
鬼　使	只怕来不及哉。
张若虚	快走、快走！

第四折　月明

　　　　　［唐肃宗乾元二年，正月十六。
　　　　　［明月桥旁。
　　　　　［张旭挂酒葫芦上。

张　旭	（唱）【南越调引子·杏花天】

　　　　　　　　月明星淡河桥走，
　　　　　　　　穿新柳，又近坟沟。

　　小老儿张旭，自故友张若虚去后，俺年年祭扫，岁岁悼亡。今日再去坟前，浇几杯薄酒！（惊见）怎生碑石掀倒、室穴洞开！看这情状，不似谁个进去，倒像有人出来……
　　　　　［张若虚携琴内唱上。

张若虚	（唱）　归来闲把桃枝嗅，

　　　　　　　　行经处，望断妆楼。

　　　　　［张若虚与张旭撞上。张旭大惊。

张　旭	有鬼、有鬼！
张若虚	小生是人，不是鬼！
张　旭	是人？
张若虚	非鬼！
张　旭	啊呀呀，（前后打量）看这影儿，长长短短，随着身儿，果真俺的若虚贤弟回来了！

张若虚　贤兄！啊贤兄,从前元宵,扬州城九陌连灯、何等热闹,怎么今年凄凄恻恻、冷冷清清?

张　旭　此皆兵祸所致！贤弟死了一世,那开元天宝、李杜文章,倾国倾城、杨妃一笑,尽皆错过,空对断壁颓垣、炙冷杯残!

（唱）【亭前柳】

　　　昔日万户侯,

　　　收拾青门对瓜畴。

　　　方吟清平调,

　　　已放夜郎囚。

　　　三尺绡,挂个相思扣;

　　　花月羞,把马嵬填做断魂丘!

张若虚　闻兄之言,好不伤心!

张　旭　幸有这杯中之物,聊慰愁怀! 来来来,饮酒、饮酒!

张若虚　啊,贤兄,繁华落尽、兵燹未已,治世文章,尽皆不再;未知她……她她她可还在么?

张　旭　她么……?

张若虚　"她"呀!

张　旭　喔,她! 她倒还在。

张若虚　她既还在,可会来么?

张　旭　这个……

张若虚　贤兄、贤兄……呀,他已睡熟了。

　　〔张若虚抱琴而起,缓步桥头。

张若虚　上元节呀明月桥,好辛夷哇好姐姐! 当年小生苦苦等你,误入幽泉;今朝死而复生,再等你桥头来祭、桥头来祭!（眺望）好春色也!

　　〔辛夷上。

辛　夷　好江色也!

张若虚　好花色也!

辛　夷　好月夜也!

张若虚　（唱）【小桃红】

　　　邂逅东风不识愁,

　　　推送春色如旧也!

辛　夷　（唱）烁烁依然,

　　　宛转江洲。

张若虚　（唱）　陌树簪婉柔，

　　　　　　　　一般样披霞著绸。

辛　夷　（唱）　月浮游，久淹留，

　　　　　　　　明如釉也！

张若虚　看这江波流银，皓月高照，

辛　夷　花林锦簇，春夜撩人……

张、辛　桩桩件件，好似当年！

张若虚　我张若虚呵！

　　　　（唱）　还倜傥，少年头。

辛　夷　想老身呵……

　　　　（唱）　白鬓丝，岁已秋。

　　　　〔两人倏忽相遇。

张若虚　夫人有礼。

辛　夷　见过先生。看先生风尘仆仆，莫非远道而来？

张若虚　远……远得很。

辛　夷　敢问先生，来此做甚？

张若虚　小生在此，等候一人。

辛　夷　等候一人？

张若虚　是个巧笑情兮的美人！

辛　夷　这倒不曾见。

张若虚　（自思）错了、错了，流光似箭，年少不再！（对辛夷）小生等一个
　　　　娴雅妇人！

辛　夷　妇人么……也不曾见。

张若虚　夫人何故流连于此？

辛　夷　老身来此，祭悼一人。

张若虚　祭悼一人？

辛　夷　是个年少夭亡的才子、神龙年间的探花！

张若虚　这探花么……

辛　夷　探花张君。

张若虚　你待怎讲？

辛　夷　探花张君！

张若虚　呀！她她她莫非便是……

　　　　（唱）【江神子】

　　　　　　甚钲鼓叩人万搓千揉，

318

　　　　　　眉舒眉皴,酸哽交喉,

　　　　　　好一部遥迢心事泪难收!

辛　夷　先生所等之人,怕是不会来了。

张若虚　小生所等之人来矣!

辛　夷　哦,那美人来了?

张若虚　(怔怔)来了……

辛　夷　那妇人也来了?

张若虚　(微笑)来了……

辛　夷　夜色渐浓,老身告辞。(欲下)

张若虚　夫人转来、夫人转来!

辛　夷　先生何事?

张若虚　这个……

　　　　　(唱)　解释欢戚更怅惘,

　　　　　　　　向春江歌取青丝共华首!

　　　　　啊夫人,小生生若浮萍,远走多年,思乡情切,怀琴而归。今偶得
　　　　　一诗,因弦为歌,烦君相和,不知尊意如何。

辛　夷　愿试为之。

张若虚　多谢夫人。(抚琴而歌)

　　　　　(唱)　【琴歌】

　　　　　　　　春江潮水连海平,海上明月共潮生。

　　　　　　　　滟滟随波千万里,何处春江无月明!

　　　　　　　　江流宛转绕芳甸,月照花林皆似霰。

　　　　　　　　空里流霜不觉飞,汀上白沙看不见。

　　　　　　　　江天一色无纤尘,皎皎空中孤月轮。

　　　　　　　　江畔何人初见月?江月何年初照人?

　　　　　　　　人生代代无穷已,江月年年只相似。

　　　　　　　　不知江月待何人,但见长江送流水……

辛　夷　先生此作,可有诗题?

张若虚　无题。

辛　夷　莫若题曰《春江花月夜》……

张若虚　《春江花月夜》!

　　　　　(唱)　【琴歌】

　　　　　　　　白云一片去悠悠,青枫浦上不胜愁。

辛　夷　(唱)　谁家今夜扁舟子?何处相思明月楼?

张若虚　（唱）　可怜楼上月徘徊，应照离人妆镜台。

辛　夷　（唱）　玉户帘中卷不去，捣衣砧上拂还来。

张若虚　（唱）　此时相望不相闻，愿逐月华流照君。

辛　夷　（唱）　鸿雁长飞光不度，鱼龙潜跃水成文。

张若虚　（唱）　昨夜闲潭梦落花，可怜春半不还家。

辛　夷　（唱）　江水流春去欲尽，江潭落月复西斜。

张若虚　（唱）　斜月沉沉藏海雾，碣石潇湘无限路。

　　　　　　　　不知乘月几人归，落月摇情满江树。

　　　　　［暗处。张旭苏醒。

张　旭　好酒哇好酒！

　　　　　［张旭以发为笔，踏舞狂书，天幕之上，狂草翻连！

张若虚　（唱）　人生代代无穷已，江月年年只相似。

　　　　　　　　不知江月待何人，但见长江送流水……

　　　　　［灯渐暗。

　　　　　［曹娥暗上。

曹　娥　正是：

　　　　（念）　阎王殿错拘探花郎，

　　　　　　　　辛夷女月夜祭春江。

　　　　　　　　张伯高乘醉写狂草，

　　　　　　　　张若虚孤篇压全唐。

——剧终——

320

莫霞简介

　　上海越剧院编剧。主要作品有：越剧《洪昇》（合作）、《洞君娶妻》，话剧《胎光》，淮剧小戏《文母梳发》，越剧小戏《登楼追魂》，论文《戏曲的剧种气质——以姚剧为例》等。

　　曾获奖项有：第二届中国越剧艺术节银奖剧目、浙江省第十一届戏剧节"优秀新剧目奖"、上海市小剧（节）目评选展演优秀作品奖、上海市小剧（节）目评选展演新人奖、上海市研究生优秀成果（学位论文）等。

　　《洞君娶妻》获国家艺术基金青年艺术创作人才资助。

小剧场越剧

洞君娶妻

编剧 莫 霞

时　间　古代
地　点　桃源

人　物

苦　良　男,桃源人。

芷　兰　女,桃源人。

假洞君　男,苦良幻化的形象。

水公、水婆、左邻、右舍、老人、小孩

（苦良、假洞君由同一演员饰演,分别唱范派、徐派）

序

［夜色如水。小孩静静地听老人讲古老的传说……

老　人　古老的桃源，山多洞多。传说，就在那桃源洞里，住着一位风流
　　　　多情的洞君。洞君若见女子美丽，就在夜里与她幽会，偷去她的
　　　　魂。这女子从此疯疯癫癫。直到有一天，洞君叫着她的名字，踏
　　　　着朝霞来娶她，她跟着洞君一去，就再也回不来了。

小　孩　她到哪里去了？

老　人　做了洞夫人了。

小　孩　洞夫人？……

老　人　记住，莫去求洞君，莫喝洞里水。

小　孩　为什么？

老　人　洞里的水有毒，喝了会生病，治也治不好。

小　孩　奶奶，这传说叫什么名字？

老　人　洞君娶妻。

　　　　［古洞沧桑。

第一场

　　　　［夜。桃源洞前，一尊洞君泥像。
　　　　［苦良悄上，见泥像，扑通跪下。

苦　良　洞君！都说桃源洞求姻缘是最灵的，但大家都不敢来……苦良

我、我没得办法了,只求洞君成全!

(唱)　与芷兰,一起长大是近邻,

　　　　知根知底日生情。

　　　　她是仙女落凡尘,

　　　　我是田里杂草根。

　　　　有心向她去提亲,

　　　　又怕被拒臊一身。

　　　　不得已,半夜悄悄拜洞君,

　　　　盼芷兰,看中苦良嫁进门。

〔洞口流出泉水。

苦　良　(激动)喝了洞里水,芷兰就会答应了!……(犹豫)可老人说洞里水喝了要生病……(鼓起勇气)嗯,只要能提亲成功,生点病算什么!(一口饮尽,晕倒在地)

〔水汽缭绕,氤氲妙化。水公婆唱唱跳跳。

水　婆　(唱)　世人,世人,只知洞君。

水　公　(唱)　好笑,好笑,哪有洞君。

水　婆　(唱)　只有这千年传说,泥像一尊。

水　公　(唱)　只有俺水公水婆,泉水之灵。

水公婆　(唱)　俺便是这造化生的、泉水养的,

　　　　　　　心最软的、求必应的古灵精!

水　婆　(唱)　喝了洞里水,

水　公　(唱)　赐你个脱胎换形。

水　婆　(唱)　换个皮囊,美俊潇洒。

水　公　(唱)　貌如洞君,玉质彬彬。

水　婆　(唱)　喝了洞里水,

水　公　(唱)　赐你个绣口锦心。

水　婆　(唱)　换个精魂,文采风流,

水　公　(唱)　神似洞君,颠倒众生。

〔苦良逐渐形貌幻化。

水公婆　(唱)　活脱脱洞君下凡尘,

　　　　　　　送你桩如意姻缘天作成!

水　婆　水公,哈,媒公。

水　公　水婆,哈,媒婆。

水　婆　看看,面孔像了,才也有了。

水　公　啊呀,与这泥像,分毫不差。

水　婆　新人当有个新名儿才好。

水　公　像是洞君,又不是洞君……就叫假洞君吧!

水　婆　好好,假洞君! 他还不晓得自己变了呢!

　　　　〔苦良隐下。

水　公　哎呀,忘了一件要紧的事……

水　婆　天亮之前,定要离开。

水　公　否则原形毕露,坏了好事。

水　婆　还有这水——

水　公　嘘!

　　　　〔水公婆隐下。

　　　　〔茅屋。芷兰灯下读书入迷。

芷　兰　"瞻彼淇奥,绿竹猗猗。有匪君子,如切如磋,如琢如磨。"(细品,
神往)"有匪君子,如切如磋,如琢如磨。"……(见镜中自己,一霎
黯然)唉,芷兰年已十八,却不知君子哪里……

　　　　(唱)　想芷兰,幼失双亲一孤女,

　　　　　　　　吃百家饭喝百家水长成人。

　　　　　　　　乡亲照料虽殷勤,

　　　　　　　　谁怜我,孤影寂寞到天明?

　　　　镜儿啊,你若解我心意,与我揣摩一番……

　　　　　　　　对鸾镜,遣春情,

　　　　　　　　少女迤逗羞霞晕。

　　　　　　　　镜儿啊,何不配一个彬彬君子,

　　　　　　　　何不现一个解意郎君?

　　　　哎呀,来了!

　　　　　　　　他翩翩君子趁风入,

　　　　　　　　执手并肩玉交颈。

　　　　　　　　唉,一霎风住人去远,

　　　　　　　　却原来空闺人儿捕风捉影。

　　　　镜儿!

　　　　　　　　快些还我郎君来,

　　　　　　　　莫教我,春逝人老误终身!

　　　　〔敲门声。

芷　兰　(一惊)谁?

假洞君　（内声）郎君来也！

　　　　［芷兰盖铜镜，开门。假洞君风姿翩翩上。芷兰惊住。

　　　　［伴唱：几曾见过这样的人？

　　　　　　　　好一似，洞君飘飘下凡尘。

　　　　　　　　莫不是，书中君子上了门？

　　　　　　　　莫不是，镜里冤家他现了形！

芷　兰　（见礼）君子……

假洞君　（窃喜，背白）君子？嘿嘿，好听……

芷　兰　君子何来？

假洞君　心有所思。

芷　兰　思的什么？

假洞君　（吟诗）"爰采唐矣？沬之乡矣。云谁之思？美孟姜矣。"

芷　兰　（羞）孟姜乃古美人也，芷兰如何比得……

假洞君　"期我乎桑中，要我乎上宫，送我乎淇之上矣"（芷兰欲关门）

　　　　哎——唤我赴约桑中者，不正是芷兰你么？

芷　兰　桑中？

假洞君　桑中者，云雨台也。

芷　兰　（急）哪个约你来！（拂袖入内）

假洞君　（跟进）那你方才做什么？

芷　兰　我……我梳妆！

假洞君　哦，梳妆。（端详芷兰）芷兰眉淡，若画远山，更添妩媚。

　　　　［假洞君强为芷兰描眉。芷兰动弹不得，吹气如兰，心跳不已。

假洞君　（吟）"野有蔓草，零露瀼瀼。有美一人，婉如清扬。邂逅相遇，与
　　　　子偕臧。"

芷　兰　（唱）怎禁他，殷勤挑弄心旌荡，

假洞君　（唱）怎禁她，羞红满面暖销魂。

芷　兰　（唱）我这里，斜倚轻偎香汗涔，

假洞君　（唱）我这里，宽怀张臂露温存。

芷　兰　（唱）他热忏忏胸怀宽厚，

洞　君　（唱）她颤摇摇玉软香温。

芷　兰　（唱）看一眼，情愈近，

假洞君　（唱）摩一刻，爱愈深。

芷　兰　（唱）眉目相对暗潮涌，

假洞君　（唱）今宵且纵情，莫负这良辰。

328

［伴唱：姻缘来时只一瞬，

不早不迟恰此分。

莫推莫怯莫犹疑，

打开心门笑相迎。

［二人不禁越靠越近，终两相依偎。

假洞君 （喜不自禁，喃喃）芷兰是喜欢我的，喜欢我的……

芷 兰 敢问君子，莫非洞君下凡？

假洞君 洞君下凡？

芷 兰 君子，竟与传说中的洞君如此相像……

假洞君 哦？哪里像？

芷 兰 美俊风雅如其表……胆大无礼似其内……最要紧的，来得及时……

假洞君 （故意地）怎么及时？

芷 兰 （赠帕）红帕赠君。

假洞君 做什么？

芷 兰 以为媒证。

假洞君 （接帕）执子之手。

芷 兰 与子偕老。

假洞君 （哼歌）云在天兮鱼在水，

长相依兮无绝衰。

器已具兮炊已熟，

日将出兮偕同归。

［鸡叫。假洞君告辞，渐行渐远，背影越来越像苦良。

假洞君 （蹦起）芷兰答应了！

［幽洞深处，水公婆手舞足蹈。

水公婆 成了，成了！

第二场

［桃源。

众村民 （内）接亲喽！

［左邻右舍欢喜上。

左　　邻　我是苦良左边的邻居。

右　　舍　我是苦良右边的邻居。

左邻右舍　今日里欢天喜地来接亲!

左　　邻　接来个有才有貌的俏佳人。

右　　舍　接来个无爹无娘的孤伶人。

左　　邻　接来个又作又傲的娇小姐。

右　　舍　接来个爱思爱想的做梦人。

众村民　(内)芷兰哪里好?

左　　邻　她读书的声音真好听。

右　　舍　你听,你听,像鸟叫,像鸡鸣。

众村民　(内)芷兰真的好!

左　　邻　她针线的活儿真的灵。

右　　舍　你看,你看,那鱼欢,那水清。

左　　邻　她就是与众不同惹人疼。

右　　舍　她就是仙女下凡到桃源村!

众村民　(内)出嫁喽!

左　　邻　嫁一个手脚勤劳的庄稼人。

右　　舍　嫁一个口笨舌拙的木头人。

左　　邻　嫁一头又倔又犟的老黄牛。

右　　舍　嫁一个心地善良的老实人。

众村民　(内)苦良的本事高!

左　　邻　他犁地插秧第一名。

右　　舍　泥鳅,蚂蟥,都和他交情深。

众村民　(内)苦良的话就少。

左　　邻　他讲来讲去听不清。

右　　舍　嗯嗯,嘿嘿,像蚊子,像苍蝇。

　　　　　［内哄笑。

左　　邻　莫笑他不自量力一根筋。

右　　舍　今朝里天上也掉馅饼!

众村民　(内)拜堂喽!

左　　邻　一拜洞君,婚姻天成!

右　　舍　二拜乡邻,百家接亲!

左邻右舍　夫妻对拜,洞房,关门!

330

〔左邻右舍哄笑着隐下。

〔新房内,芷兰盖着盖头,静坐。苦良微醉,憨笑上。

苦　良　嘿嘿,嘿嘿!(把门拴好,见芷兰,欲叫,又止,不好意思)嘿嘿。

芷　兰　吾郎,是你么?

苦　良　(紧张)哎哎。(一动不动)

芷　兰　(指床边)吾郎,坐啊。

〔苦良坐,汗滴如雨。

芷　兰　吾郎,你哭什么?

〔苦良热,脱下喜服。

芷　兰　(羞)吾郎,你急什么?

〔苦良心动,欲揭盖头又不敢。

芷　兰　傻郎。

苦　良　天黑了。

芷　兰　(娇羞地)如此……

苦　良　困觉。

芷　兰　嗳,忒直白了。

苦　良　生崽!

芷　兰　(兴致大减)愈加不雅。

苦　良　嘿嘿。

芷　兰　昨夜你说,桑中去……

苦　良　哪里去?

芷　兰　哎呀,云雨台……

苦　良　(急不可耐)管他什么台!(抱住芷兰)

〔芷兰掀开盖头,见衣衫不整的苦良,愣住。

芷　兰　苦大哥? 怎么是你?

苦　良　(困惑)我是新郎官啊。

芷　兰　不要玩笑了。

苦　良　我就是新郎官。

芷　兰　(张望)我在等我的郎君。

苦　良　我就是你的郎君。

芷　兰　我说的是提过亲的郎君……

苦　良　我就是提过亲的郎君。

芷　兰　(严肃)苦大哥,婚姻大事不可儿戏啊。

苦　良　芷兰,你已进了我的屋,哪来的儿戏啊?

芷　兰　你的屋?(环顾,失色)如此说来,方才迎亲的……

苦　良　是我。

芷　兰　拜堂的?

苦　良　也是我。

芷　兰　饮、饮交杯酒的?

苦　良　还是我。

芷　兰　(大恸)啊呀!

　　　　(唱)　难不成老天作弄将我欺,

　　　　　　　偷天换日乾坤移。

　　　　　　　错错错,木已成身难回天,

　　　　　　　悲悲悲,孽网缠身怎脱离?

　　　　〔芷兰奔向门,苦良挡住。

苦　良　芷兰!喜酒也吃了,人情也收了,乡里乡亲都看到了,咱已是夫
　　　　妻了,你还能哪里去啊?

　　　　〔芷兰怔住,无奈,流下泪来。

　　　　〔苦良看在眼里,十分心疼。

苦　良　芷兰,芷兰……(抱出账本算盘,起调)你来看啊……

　　　　(唱)　说吃饭,一人一天吃三合,

　　　　　　　一家十合吃三餐。

　　　　　　　我这里,好米存了一百石,

　　　　　　　足足够吃三十年。

　　　　　　　说穿衣,一人一件布三尺,

　　　　　　　一家十尺做衣衫。

　　　　　　　十尺为一丈,十丈为一匹,

　　　　　　　我有百匹布,够穿五十年。

　　　　　　　拨珠再把开销算,

　　　　　　　一日百文有富闲。

　　　　　　　千文一贯,十贯一两,一归八除,二一添五,

　　　　　　　我有百两金,够花八十年!

　　　　　　　苦良我,起早又贪黑,精打又细算,

　　　　　　　把一粒一寸省,把一厘一毫攒。

　　　　　　　为的是,娶回你不愁吃和穿,

　　　　　　　浸在蜜罐展笑颜。

芷　兰　苦大哥,我谢你一片好心,可芷兰……

332

苦　良　怎么？

芷　兰　已有心上人了。

苦　良　（急）这花轿，你上的！喜堂，你拜的！洞房，你进的！老牛下了
　　　　地，耕就耕到底，不兴反悔的！

芷　兰　苦大哥，芷兰对不住你，（欲走）告辞！

苦　良　（拦住）芷兰！（拿出红帕）你来看——

芷　兰　（大惊）红帕！

　　　　〔芷兰呆住。苦良一霎心口疼痛，瘫倒在地。

第三场

　　　　〔桃源洞。苦良长跪在地，面色苍白。

苦　良　好容易成亲了，可芷兰饭不吃，水不喝，病了，傻了……老人说，
　　　　她怕是被洞君看上，偷了魂了。洞君啊，求你放了芷兰，苦良我
　　　　给你磕头！（叩头不止）

　　　　〔水公婆看在眼里。

水　婆　冤家。

水　公　孽债。

　　　　〔泉水流出。

苦　良　（自我安慰）只要喝了水，洞君就会放了芷兰的……（欲饮）

　　　　〔水公婆急得跳出。

水公婆　你不要命了！

苦　良　（一片茫然）你们……

　　　　〔水公婆在苦良头上洒一滴泉水。

苦　良　（恍然大悟）啊……她那夜喜欢的是假洞君，不是我苦良……她
　　　　要嫁的是假洞君，不是我苦良……（猛地）啊呀，原是我害了
　　　　芷兰！

水　公　这水可是你喝的！

苦　良　这水？

水　婆　这水能化洞君，可是喝一次，伤肺腑，喝两次，伤元气，喝三次，一

命呜呼!

苦　良　(跌坐在地,良久)可芷兰病了,只想见……假洞君……

水　公　那也不能拿身子换啊!

苦　良　苦良喜欢芷兰……可芷兰只喜欢假洞君……

水　婆　你已伤了肺腑,就算喝了水,也只化得了外貌,化不来内才。

水　公　就是说,相貌长得像,里面还是不像。

水　婆　一不小心露了馅,可怎么办哪!

苦　良　求公婆成全!

水公婆　(气)你!(心疼)唉,痴儿啊。

水　婆　你这般化身相见终究不是办法……你此去要想方设法叫她忘了
　　　　假洞君,与你苦良过安生日子,否则,早晚你要没命的……

水　公　(掏出一个葫芦)这壶水,可化内才,却也伤身至极,非到迫不得
　　　　已,不要喝。切记!

水公婆　最后一次,再也别来了。

　　　　〔苦良饮泉。水公婆掩面悲伤,且舞且歌。

水公婆　(唱)　天地精华聚成人。

　　　　　　　山中精华聚成泉。

　　　　　　　是人难解相思苦,

　　　　　　　饮得山泉赴巫山。

　　　　　　　你道巫山好不好,

　　　　　　　我道上山容易下山难。

　　　　〔屋内,芷兰憔悴地躺在病床上。屋外,苦良一路奔来,逐渐幻化
　　　　为假洞君。

芷　兰　(唱)　昏沉沉,卧病榻,复梦复醒,

　　　　　　　朦胧胧,承大哥,日夜相陪。

苦　良　(唱)　急忙忙,赶路回,一刻不歇,

　　　　　　　忐忑忑,又不知,怎生面对。

芷　兰　(唱)　恍惚里,缭缭绕绕郎气息,

　　　　　　　似假又似真,淳厚柔润暖心怀。

苦　良　(唱)　难断她,心念郎君情意坚,

　　　　　　　欲把真相说,生怕好梦又成灰。

芷　兰　(唱)　我怎能,一心两剖情不定,

　　　　　　　郎君啊,残存一息盼你归。

苦　良　(唱)　芷兰啊,莫怪我狠心斩情缘,

334

这情缘，实在是那画中饼，看是好看却当不得饭和菜。

[苦良幻化为假洞君。

假洞君　芷兰——

芷　兰　是大哥么……

假洞君　芷兰！

芷　兰　(乍见假洞君，酸泪欲涌)吾郎！……来了？

假洞君　哎。

芷　兰　吾郎可知，一月未见，翻天覆地，芷兰……已是他人妻了！

假洞君　我知道……

芷　兰　你不知道！你若知道，当早些来。如今才来，叫芷兰如何相见……

假洞君　(欲安慰，不知说什么好)我……我在路上遇到一个人……

芷　兰　哪个？

假洞君　苦、苦良。

芷　兰　(惊)苦大哥！

假洞君　我、我听他讲了好多与你的往事……

芷　兰　往事么？

假洞君　芷兰！

　　　　　(唱)　苦良我……苦良他啊——

　　　　　　　　他曾经，夏日替你来割稻，

　　　　　　　　你送来，一碗腊肉炒青椒。

　　　　　　　　他曾经，腊月送柴不惊扰，

　　　　　　　　你与他，缝了一件新皮袄。

　　　　　　　　他曾经，雨夜为你修屋顶，

　　　　　　　　你为他，浆洗泥衣声声敲。

　　　　　　　　你可知，他碗筷被褥都备两套，

　　　　　　　　早把你，当做家人同欢笑。

　　　　　　　　他愿把，你喜乐悲欢一肩担，

　　　　　　　　求只求，夫妻同行乐陶陶。

　　　　　　　　这桩桩件件他记得牢，

　　　　　　　　问芷兰，可曾忆起半分毫？

　　　　　　　　芷兰啊，苦良他——

　　　　　　　　可算得个温温热热实实在在知心人，可亲可近可依靠？

芷　兰　(逐渐沉入往事)苦大哥他是个知心人，他待我周到、细致、体贴……

假洞君　他，也会是个好丈夫。

芷　兰　　他也会是个好……（突觉不对劲）吾郎今日来，可是来接我的？

假洞君　　不是。

芷　兰　　那是来责我的？

假洞君　　怎么会……

芷　兰　　（左思右想）那婚约……

假洞君　　（一愣）嗯……是我告诉他的。

芷　兰　　那红帕——

假洞君　　也是我给他的。

芷　兰　　如此，吾郎此来是将我托付他人的！

假洞君　　（手足无措）我、我这是为你好。

芷　兰　　可与我定情盟誓的是你！

假洞君　　（慌了）我、我要走了，你把我忘了吧。（欲走）

芷　兰　　（牵衣）吾郎——

假洞君　　苦良他会待你好的……

芷　兰　　（唱）　吾郎啊……

　　　　　　　　　怎能忘，初见怦然情悸动，

　　　　　　　　　怎能忘，执手誓约两相偎。

　　　　　　　　　总以为，此生难见伴病榻，

　　　　　　　　　谁料想，方尝重逢喜，骤然把誓违。

　　　　　　　　　为什么，一别三月无音讯？

　　　　　　　　　为什么，狠把信物付尘埃？

　　　　　　　　　为什么，深情转头变绝情？

　　　　　　　　　为什么，忍把爱妻送他怀？

　　　　　〔假洞君无言以对，夺路欲走。

　　　　　〔芷兰急忙拦住。

　　　　　　　　　吾郎！我哪怕，把负义忘恩骂名背，

　　　　　　　　　也要大胆无畏把情追。

　　　　　　　　　今日里，快刀斩麻离苦良，

　　　　　　　　　求只求，郎君回首惜裙钗。

假洞君　　芷兰，你对苦良，到底……

芷　兰　　我……

假洞君　　我想听你对我说。

芷　兰　　……我、我恋的是郎君……

假洞君　　那苦良呢？

336

芷　兰　乃是邻里兄长……

假洞君　（不死心）无一丝男女之情？

芷　兰　无一丝男女之情。

假洞君　（痛苦）不……

芷　兰　（以为被假洞君嫌弃）吾郎！芷兰与苦良，徒有夫妻之名，却无夫妻之实，更无夫妻之情。此桩婚姻，是错误，是皮囊，芷兰不愿空有皮囊，只盼跟随郎君！

假洞君　不，不……

芷　兰　君上九天我攀上九天，君到幽冥我沉入幽冥。芷兰生生死死与君同在，如有违背，魂飞魄散！

假洞君　不要说了！（脱口而出）老牛下了地，耕就耕到底，不兴反悔的！

芷　兰　啊，你？……

　　　　〔假洞君猛觉失口，自己打自己。

芷　兰　（疑窦顿生）吾郎？……大哥？……（仔细辨认）你是谁？你到底是谁？

　　　　〔芷兰抓住假洞君，渴求答案。假洞君步步后退。

芷　兰　吾郎还记得初见画眉时说的什么？

　　　　〔假洞君无言以对。突然，假洞君看到水葫芦，犹豫不决。

芷　兰　吾郎连自己的誓言都记不得了么？……莫非……

　　　　〔假洞君无可奈何，拿起葫芦，仰头饮下。

　　　　〔伴唱：衣莫穿久，穿久和肉连成皮，

　　　　　　　　莫分皮肉，君已皮肉难分离。

假洞君　（吟）"野有蔓草，零露瀼瀼。有美一人，婉如清扬。邂逅相遇，与子偕臧。"芷兰，你与苦良，可白头到老，可与我，怕只有一日……

芷　兰　只有一刻，也好。

假洞君　宁要一日，也不要一生？

芷　兰　哪怕一日，可抵一生。

假洞君　为什么？

芷　兰　未尝片刻情滋味，纵使寿长又如何？

假洞君　（拿起葫芦，百感交集）好，好！（一饮而尽）我约你明日……日落后桃源洞里相见。

芷　兰　桃源洞？

假洞君　我堂堂正正娶你，你心甘情愿嫁我！

　　　　〔鸡叫。假洞君仓皇逃下，半路瘫倒在地。

[芷兰如抽去主心骨，晕晕乎乎，不知该干什么。

[四下静谧。

芷　兰　（莫名哀伤，六神无主）……我到底做了什么？……我要嫁给郎
　　　　君了，我该高兴才对……（准备穿嫁衣，突然慌乱）不！这是嫁给
　　　　大哥的嫁衣（丢开）……我要做一件新的，新的……（神思疲惫，
　　　　不知所措）

[伴唱轻轻哼鸣。

第四场

[接前场。红帕满屋。

[伴唱：倚南窗，借霞光，

　　　　桃源女，银针飞舞缝嫁裳。

　　　　欲将欢喜绣新衣，

　　　　为什么，一线一泪一针一血湿红装。

[左邻右舍从四面上。

左邻右舍　好多红帕！

左　邻　桃源里，女儿家相中了谁，

右　舍　就把随身红帕送给谁。

左　邻　芷兰十八年，一共用了三百多帕……

右　舍　今日织成一件百帕嫁衣……

左邻右舍　（惊）百帕嫁衣！

[假洞君一声"芷兰——"划破寂静，芷兰不小心被针扎手。

[左邻右舍冲进。

左邻右舍　芷兰，芷兰！

左　邻　你在做什么？

右　舍　你在缝嫁衣？

左　邻　你要嫁给哪个？

右　舍　不是洞君吧？

芷　兰　洞君？

左　邻　洞君在叫你呢！

右　舍　洞君要娶你了！

芷　兰　怎么会！

左　邻　他是不是风流多情？

右　舍　他是不是不像桃源人？

左　邻　你见到他就牵肠挂肚？

右　舍　你想起他就失魂落魄！

左邻右舍　他、他、他就是洞君！

芷　兰　不会的……

左　邻　你被洞君看上了！

右　舍　你被洞君偷魂了！

左　邻　洞君娶妻，去了回不来的。

右　舍　苦良怎么办呢！

左邻右舍　不能去，不能去！

芷　兰　天晚了，回去吧。

左邻右舍　哎，芷兰，千万不能去啊——

芷　兰　知道了。（关门）

　　　　　　〔左邻右舍围在芷兰窗下。

左　邻　哎，苦良呢，苦良呢？

右　舍　我早上看他到洞里去了。

左邻右舍　（惊）他去洞里干什么？

左　邻　不会是求洞君吧？

右　舍　不会去喝洞里水吧？

左邻右舍　哎，芷兰，芷兰！

左　邻　她哭了！

右　舍　她扎到手了！

左　邻　她在翻巫书！

右　舍　她在查什么？

左邻右舍　传说？传说！

左　邻　古书里有个传说……

右　舍　说是喝了洞里水……

左　邻　哎，芷兰跑了，芷兰跑了！

右　舍　她到洞里去了！

左邻右舍　她披着百帕嫁衣到洞里去了！

芷　兰　(冲出门)大哥!
　　　　　[伴唱:为什么,心如乱麻空荡荡?
　　　　　　　　　为什么,点滴泪雨湿霓裳?
　　　　　　　　　奔奔奔,奔了个仓仓皇皇,
　　　　　　　　　赶赶赶,赶了个踉踉跄跄。

　　　　　[芷兰摔倒在地。
　　　　　[假洞君立于洞前,瘦削孤独。
假洞君　洞君,我是谁,我究竟是谁……
　　　　(唱)　我是那,灶下弃灰不入眼,
　　　　　　　又是这,天上洞君风流客。
　　　　　　　芷兰为假我,丢魂又落魄,
　　　　　　　芷兰为真我,愿把寿命割。
　　　　　　　她千辛万苦要离我,
　　　　　　　又千方百计要嫁我。
　　　　　　　她爱的嫌的弃的求的都是我,
　　　　　　　为什么,我不是他爱的那个我。
　　　　　　　苦良啊,你这衰里衰气闷头鹅,
　　　　　　　输了个彻头彻尾难复活。
　　　　　　　我把你,封在箱底踢角落,
　　　　　　　今日里,改头换面再造一个我。
　　　　　　　旧皮快挣脱,新衣正适合,
　　　　　　　我要做洞君下凡尘,叫人多着魔。
　　　　　　　从今后,永浸这卿卿我我的爱之河,
　　　　　　　抱这壶一沾成瘾的烈酒尽情喝。(饮泉不止)
　　　　　　　怕什么饮鸩止渴,顾不得血肉斑驳,
　　　　　　　与芷兰,轰轰烈烈天作合,公不离婆秤不离砣!

　　　　　[假洞君长呼一声"芷兰——",如杜鹃啼血,天际回荡。
左　邻　不好了! 芷兰到洞里去了!
右　舍　快追回来——
　　　　　[伴唱哼鸣:啊——

340

第五场

［残夜寂寂。桃源静好。

［古洞。假洞君倚洞遥望，孤影凄怅。

［伴唱：有人独立古洞旁，

迎风无言夜苍茫。

一半衣红一半白，

一面阴来一面阳。

［假洞君回首，现出憔悴不堪的"阴阳脸"——半是苦良，半是洞君。

［水公婆在旁守候。

水　婆　你已大伤元气，莫说内才，连外貌都化不全了。化了一半像洞君，一半还是你苦良。

水　公　我们尽力了。

水　婆　今天是你大喜日子。

水　公　也是你丧命之夜。

水公婆　好好保重。

芷　兰　（内呼）吾郎——

［芷兰匆忙奔上，见假洞君奄奄一息，"阴阳"面容，一颤，已明白七八分。假洞君心虚，吹灭蜡烛。

假洞君　芷兰，我酿了一坛甜酒，咱们饮一瓢，可好？

芷　兰　（欲言）吾郎——

假洞君　芷兰可知，这是什么酒？

芷　兰　甜酒。

假洞君　听老人说，这是合卺酒。这二瓢原是一个匏瓜分剖而成。喝了这瓢酒，你我便如这二瓢，连为一体了。

芷　兰　喝了这瓢酒，咱就真的是夫妻了？

假洞君　（泪眼蒙眬）真的夫妻了……干！（一干而尽，踉跄倒地）

芷　兰　吾郎！

假洞君	我这是高兴的……第二瓢酒，为夫的敬你。
芷　兰	好。
假洞君	芷兰可知，这又是什么酒？
芷　兰	合卺酒。
假洞君	不，这是离别酒。
芷　兰	（鼻头一酸）吾郎……
假洞君	一个匏瓜分了二瓢，你就是你，我就是我。喝了这瓢酒，忘了过去，从头开始……
芷　兰	（掩面而泣）……
假洞君	你不欢喜么？
芷　兰	欢……欢喜……
假洞君	芷兰欢喜，我也欢喜。苦良娶你时你就不欢喜，我娶你你就欢喜了。芷兰欢喜嫁给我，欢喜嫁给我了。哈哈！哈哈！（转哭）哈哈哈……

（唱"徐派"）一瓢甜酒，甜心头，
　　　　　满盛欢喜贺新俦。
　　　　　眼见这，爱的人配成偶，
　　　　　眼见这，疼的人喜盈眸。
　　　　　此生愿望终得酬，
　　　　　乐到极处热泪流。
　　　　　愿芷兰，迎新向前莫回首，
　　　　　日如甜酒少忧愁。
　　　　　这浓香馥郁的一瓢酒，
　　　　　我细品慢咽一滴一滴润入喉。

芷　兰	（唱）一瓢甜酒，烧心头，

　　　　　情深如酒多浓稠。
　　　　　忍见他，以假作真意兴浓，
　　　　　我怎把窗纸来戳透。
　　　　　忍听他，声声嘱咐情义厚。
　　　　　纵铁石人也难禁受。
　　　　　他一身血酿一瓢酒，
　　　　　是芷兰逼他把深渊投。
　　　　　这辣心烫手的一瓢酒，
　　　　　我欲丢难丢欲留难留欲饮又怎入口？

假洞君　（唱"范派"）一瓢甜酒,苦心头,

　　　　　　　此瓢一饮残命休!

　　　　　　　眼见这,夫妻分从头,

　　　　　　　眼见这,阴阳各自走。

　　　　　　　好梦到手又吹皱,

　　　　　　　有悲难说人乍瘦。

　　　　　　　我愿长生不撒手,

　　　　　　　奈何天公不假寿。

　　　　　　　这勾魂摄魄的一瓢酒,

　　　　　　　我自斟自饮自酿自尝余味悠。

　　　　　　[二人饮酒。以下假洞君徐派、范派交替唱。

假洞君　（唱）　这瓢酒合欢酒。

芷　兰　（唱）　这瓢酒送行酒。

假洞君　（唱）　这瓢酒断头酒。

假洞君　（唱）　这姻缘是我攀求。

芷　兰　（唱）　这命案是我主谋。

假洞君　（唱）　这罗网是我自投。

假洞君　（唱）　洞房将我留。

芷　兰　（唱）　红绳把我纠。

假洞君　（唱）　无常催我走。

假洞君　（唱）　喜心头,

芷　兰　（唱）　乱心头,

假洞君　（唱）　悲心头,

假洞君　（唱）　喝不够,

芷　兰　（唱）　尝不透,

假洞君　（唱）　戒不了,

合　　　（唱）　这酸酸甜甜热热辣辣百味掺杂一瓢酒。

　　　　　　[假洞君瘫倒在地,只剩一息。

芷　兰　（抱住,终于忍不住）苦大哥!

假洞君　（大惊）芷、兰……

　　　　　　[芷兰扶假洞君坐好,点燃红烛,微光映出假洞君憔悴的"阴阳脸"。

芷　兰　让我看看你……

假洞君　（以袖掩面）难看……

芷　兰　（拨开,凝视,抚摸）好看。

343

假洞君　去了这一半(指苦良这半)，就好看了。

芷　兰　去了那一半(指洞君这半)，才叫好看。芷兰从未好好看过，如今想看，却再也看不到了……

假洞君　还记得提亲那晚我唱的歌么？我记不住了，你唱给我听……

芷　兰　(轻哼)云在天兮鱼在水，

　　　　　　　长相依兮无绝衰。

　　　　　　　器已具兮炊已熟，

　　　　　　　日将出兮偕同归。

　　　　〔假洞君在歌声中命绝。

　　　　〔清脆的一声鸡啼。万籁俱寂。

　　　　〔画外音："红帕赠君，以为媒证"。"执子之手，与子偕老"。

　　　　〔"天黑了"。"如此……"。"困觉"。

　　　　〔"喝了这瓢酒，咱就是真的是夫妻了？""真的夫妻了"。

芷　兰　(顿觉一空)吾郎？……大哥……(无限失落，孤影茕茕。端起酒杯)夫君！这第三瓢酒，芷兰敬你……慢来，夫可知这是什么酒？此乃交颈酒，来来，你我交颈而饮，终生相守！

　　　　(唱)　三瓢酒，交颈酒，

　　　　　　　欲待交颈人已空。

　　　　　　　如今四望旷野寂，

　　　　　　　伤恸难禁悲乍涌！

　　　　　　　我自己将自己的真心蒙，

　　　　　　　我舍近求远不识情衷。

　　　　　　　落了个，作茧自缚回天无力，

　　　　　　　欲追已迟俱成风。

　　　　〔朝霞满天。遥遥响起呼唤"芷兰——"声。

　　　　　　　恍惚惚，郎君踏着朝霞来，

　　　　　　　细一看，大哥招手唤玉容。

　　　　　　　大哥成郎君，郎君变大哥，

　　　　　　　他二人化一身，形同影也同。

　　　　　　　夫君啊！这酒独饮淡无味，

　　　　　　　来来来，叫上夫君饮交盅。

　　　　　　　饮到天边唤仙朋，

　　　　　　　饮到阴司伴鬼雄。

　　　　　　　彼时若见朝霞红，

便是咱,夫妇相随情正浓!

[芷兰披上百帕嫁衣融在朝霞里,璀璨绚烂。

左　邻　芷兰去了。

右　舍　脸上还挂着笑。

左邻右舍　啊,从没见她这么美……

尾　声

小　孩　奶奶,你看! 那不是洞君吗?

老　人　我是不是眼睛花了?

小　孩　后面还跟着洞夫人呢。

[古洞幽幽,泉水潺潺。

[剧终。

徐正清简介

 毕业于中央戏剧学院戏剧文学专业。上海市剧本创作中心一级编剧。

 主要作品有沪剧《梦圆曲》《苏娘》，歌舞剧《沧海盐田》，电影《湮没的青春》（合作），电视剧《血战到底》，广播剧《疯狂的新娘》等。作品曾获上海市新剧目展演新剧目奖、全国"金盾文化工程优秀作品奖"等奖项。

 沪剧《小巷总理》由上海市长宁沪剧团首演。

沪剧现代戏

小巷总理

编剧　徐正清

时　间　当代。夏日。

地　点　可乐坊小区。

人　物

潘雅萍　女,可乐坊居委书记。

老　林　潘雅萍丈夫,远洋轮船长。

林晓芳　潘雅萍女儿,应届高中生。

金文康　小区居民,小老板。

卢彩凤　金文康妻。

冯　亮　两劳释放青年。

谭文燕　冯亮女友。

谭老师　谭亚敏父亲,退休教师。

何家龙　小区居民。

蒋金妹　小区居民。

丁先生　小区孤老。

董来娣　女,钟点工。

小　韦　居委会干部。

小区其他居民数人。

第一幕

［夏日炎炎。蝉声阵阵,声嘶力竭。

幕后合唱　热浪滚滚似烤箱,

心里烦来人不爽。

大树下面有阴凉,

自弹自拉大家唱。

一时倒也忘了忧,

吹拉弹唱度时光。

［"春二三月草青青"的前奏音乐中幕启。可乐坊小区花园内夕阳掩映,几位居民聚集在柳荫下自娱自乐大家唱。金文康拉琴伴奏。

老　林　（唱）

春二三月草青青,

百花开放鸟齐鸣。

蝴蝶高飞成双对,

蜜蜂成群采花心。

［唱罢,众人叫好。

丁老伯　林船长,不要看就这个两句,你解派是越来越有味道了。大家说是吗?

众　人　对对!

老　林　（对众人作揖）过奖,过奖。老丁伯伯,你也来一段?

丁先生　免了免了,我是只会听不会唱,何况这里（指脑袋）常常短路不清爽。（众人笑）唉,年龄不饶人啊。金老板,你来一段自拉自唱?

金文康　我要再唱那绝对是在关公面前挥大刀了。来来来谭老师,还是你的王派来露一手!

谭老师　不敢当,不敢当。那我唱一段"楼台会"大家开心开心。

[谭老师刚要开口,金文康突然"呸!呸!"。

谭老师　你,你这是啥意思?

金文康　(指着妻子卢彩凤)你这个女人阿是作死啊? 你明明晓得我这茶叶买来老价钿,还要用这种水泡茶!

卢彩凤　这不能怪我啊,家里的桶装水没有了。

金文康　没有了你就偷懒用自来水? 这么好的茶叶糟蹋了,你这个猪头三!

卢彩凤　我已经沉淀过了。

金文康　沉淀过有屁用? 这水是人喝的吗?!

[说着把杯子里的茶水朝卢彩凤泼了过去。众人惊呼。金文康欲罢不能,追上去要打,被众人拦下。

谭老师　金老板,你也太过分了! 不就是一点茶叶嘛,也不至于开口就骂动手就打吧!

蒋金妹　你也就欺欺她是外地人。彩凤,不要怕他!

卢彩凤　(委屈地)(唱)

近来也不知啥原因,

他是一不顺心就打人。

我是一再来忍让,

只求家里能太平。

蒋金妹　肯定是更年期综合征!

老　林　金老板,俗话讲君子动口不动手,大庭广众,你这个样子难看哦?

金文康　难看? (指着老林)你就不要来教训我了,还是回去问问你老婆吧。

老　林　跟我老婆有啥关系?

金文康　她这个居委书记是哪能当的? 水的问题为啥还不解决?

老　林　换水管不是一桩小事体。可乐坊是个老式小区,一碰到维修问题就踢来踢去你们又不是不晓得。我老婆为了这件事不晓得跑了多少趟……

金文康　你就不要帮她寻借口了!

老　林　你?!

蒋金妹　好了,好了,他们踢来踢去,我们老百姓唉声叹气。那么热的天,自来水浑淘淘臭烘烘,还要滴滴答答等半天……

众　人　吃不好吃,浴不好汰,再下去人也要变咸肉了,还弄啥文明小区!

蒋金妹　好嘞,大家唱变大家骂咪。

谭老师　唉,我看啊骂也不要骂唱也不要唱了,还是散场算了吧!

众　人　散场,散场!

金文康　(对老婆)看我怎么回去收拾你!

　　　　　〔众人不欢而散各自下。

潘雅萍　(幕内唱)

　　　　　　　草儿青青柳丝长,

　　　　　　　知了声声绕耳旁。

　　　　　(上)(接唱)

　　　　　　　穿过花坛走小径,

　　　　　　　步儿轻轻归匆忙。

　　　　　　　几天来只因小区水质差,

　　　　　　　居民的生活遭了殃。

　　　　　　　多方奔走仍未解,

　　　　　　　我火烧火燎急心上。

　　　　　　　今日里街道牵头来协调,

　　　　　　　总算是水管改造有希望。

　　　　　　　落霞余晖好风徐,

　　　　　　　不由我神采飞扬。

　　　　　〔冯亮手拎礼品肩扛一桶净水上。

冯　亮　潘书记!

潘雅萍　(意外)冯亮? 你大包小包要到啥地方去啊?

冯　亮　今晚要去文燕家,这是送给她爸爸的。

潘雅萍　(打趣地)保密了介长辰光总算要公开了? (冯亮不好意思点点
　　　　　头)文燕是个好姑娘,你要好好珍惜!

冯　亮　嗯。潘书记,那我走了。

　　　　　〔冯亮刚下,老林拎着菜从另一边上。

老　林　哎哟,难得难得,"小巷总理"今朝哪能介早回来了?

潘雅萍　(嗔怪地)什么总理不总理的。

老　林　呵呵,看你气色不错阿是有好消息?

潘雅萍　是啊,今朝三头六面总算把水管改造方案敲定了。资金一到马
　　　　　上开工。

老　林　(高兴地)好啊,这下再不会有人指着鼻子教训我了。

潘雅萍　啥人敢教训你这个堂堂的船长?

老　林　你啊还不晓得……(唱)

　　　　　　　就是因为这水质差,

351

金文康要将老婆打。

还指着我鼻头来责怪……

潘雅萍 责怪啥？

老　林 （唱）

责怪你这居委书记哪能当！

潘雅萍 （唱）

居民的心情能理解，

用水困难难免火气旺。

你无端替我来受过，

还请放宽心胸多体谅。

老　林 （唱）

这点小事不算啥，

怎会将它放心上？

我只是给你提个醒，

手指头有短也有长。

你一门心思为大家，

到头来未必人人都买账。

潘雅萍 （唱）

既然当了这个家，

受点委屈也正常。

天长日久见诚心，

相逢一笑两相忘。

老　林 （唱）

你一副担子挑两头，

两头轻重要掂量。

眼看女儿高考将临近，

我心不免难安放。

我明天就要去远航，

一去就是数月长。

雅萍啊，哪怕你工作再繁忙，

你也要多陪女儿她身旁。

潘雅萍 （唱）

你就放心远航去，

女儿的事我会放心上。

　　　　　　　　　一日三餐不耽误，

　　　　　　　　　荤素搭配有营养。

　　　　　　　　　生活起居照顾好，

　　　　　　　　　让她心情更舒畅。

　　　　　　　　　等到佳音传来时，

　　　　　　　　　第一个告知你这勤勤恳恳婆婆妈妈爱女心切的老船长！

老　林　哈哈。

潘雅萍　你啊心里只有女儿！

老　林　什么话？难道我对你工作不支持？

潘雅萍　（接过菜）为了感谢你的支持，今朝你陪女儿，晚饭我来烧。

老　林　哎哟，更加难得。

林晓芳　（上）爸爸！

林、潘　晓芳回来了！

林晓芳　爸爸！你说什么难得啊？

老　林　晓芳，告诉你一个好消息，你妈妈今朝要烧两只拿手菜慰劳慰
　　　　劳你。

林晓芳　今朝太阳从西边出来了？爸爸你公休两个月，妈妈她烧过几顿
　　　　饭啊？

潘雅萍　你不是一直说欢喜吃爸爸烧的菜吗？我是给你们机会啊。

老　林　晓芳，听到吗？又被她寻到借口了！

林晓芳　她啊……（唱）

　　　　　　　　　心里只有可乐坊，

　　　　　　　　　可乐坊里做家长。

　　　　　　　　　张家短，李家长，

　　　　　　　　　东家跑来西家忙。

　　　　　　　　　整治车辆乱停放，

　　　　　　　　　劝阻上访拆违章。

　　　　　　　　　邻里互助拉成对，

　　　　　　　　　空巢老人挂心上。

　　　　　　　　　事无巨细样样管，

　　　　　　　　　屋里厢她老早搁一旁！

潘雅萍　（唱）

　　　　　　　　　晓芳你千万莫责怪，

　　　　　　　　　真心话我来对你讲……

林晓芳	（唱）

> 还是我来替你讲，
>
> "小巷总理"不好当。

潘雅萍	（唱）

> 在其位，谋其政，
>
> 怎不心系可乐坊？
>
> 和谐社区事重大，
>
> 你说妈妈该当不该当？

林晓芳　该当！该当！

老　林　好了好了，快回去弄晚饭吧。

　　　　〔三人刚要下，居委会老韦匆匆上。

老　韦　潘书记！

潘雅萍　老韦，你哪能还没回去啊？

老　韦　潘书记，金文康打老婆，他老婆吓得不敢回家，一个人躲在车棚里哭哭啼啼。

老　林　这个金文康还真是不肯罢休啊。

潘雅萍　他真是昏头了！走！（歉意地）老林啊，看来晚饭还得辛苦你了。（把菜递给丈夫）晓芳，你先跟爸爸回去吧。老韦，我们走。（和老韦下）

老　林　客气倒是蛮客气的。

林晓芳　客气有啥用，又不好当饭吃！

老　林　这个小姑娘！哈哈！

　　　　〔收光。

第二幕

　　　　〔当日傍晚。金文康家。

　　　　〔幕启。金文康叼着烟，拉着二胡。桌上放着一瓶酒。

　　　　〔潘雅萍进来。金文康只当没看见，喝了一口酒，继续拉琴。

潘雅萍　做啥一个人喝闷酒？有啥不开心跟我谈谈。

金文康　我有啥不开心？生意做做，老酒吃吃，胡琴拉拉，不要忒开心。

潘雅萍　你看你胡琴拉得悲悲戚戚，有啥苦要诉有啥冤要伸啊？

金文康　跟你不搭界！真是多管闲事！

潘雅萍　啥叫多管闲事？你打彩凤就不应该。

金文康　我的老婆我愿意！

潘雅萍　彩凤虽然是你老婆，也是我的好姐妹……

金文康　好姐妹？真是笑话。我哪能从来不晓得还有你这个大姨子！

潘雅萍　（厉声地）金文康，你不要和我胡搞百叶结！关照你，要是再敢打彩凤，我就报110！

金文康　我吓死了！你去报啊！你去啊！

潘雅萍　（一拍桌子）你当我真的不敢？有哪一条法律允许你打老婆？

金文康　还不都是因为你们这些当干部的吃干饭！叫倒是蛮会叫，天更蓝水更清，清个屁！自来水快变成洗脚水了！

潘雅萍　金文康，你看你这点出息？明明对我们居委会工作有意见，却拿自己老婆出气，算什么男人？

金文康　我算啥男人？我倒要问问你像个居委书记吗？小区里的狗到处拉屎拉尿你们管了吗？车子乱停乱放害得我们走路像螃蟹，你们管了吗？还有空来管我们家的事！真是吃饱撑的！

潘雅萍　你说的问题我们正在解决，要给我们一点时间。有意见可以直接提出来，但是打老婆就不对！喝闷酒伤身体，来，我陪你喝一杯。

金文康　不敢当！

潘雅萍　难道你就眼看彩凤在车棚里哭一夜天？

金文康　她要欢喜哭十夜天也随便她去。（喝了口酒）

潘雅萍　你啊也只是嘴上说说。晓得你要面子，彩凤我已经帮你劝回来了。

　　　　〔开门，拉彩凤进。彩凤略有不情愿，苦兮兮抹着泪。

金文康　我还没死，哭你个头哭？！有本事不要回来！

潘雅萍　（怒斥）金文康，你太过分了！要是她真有个三长两短，你对得起她吗？文康啊……

　　　　（唱）　想当年你东北插队刚落户，
　　　　　　　　病痛缠身寂寞无亲孤单单。
　　　　　　　　彩凤她心地善良生怜惜，
　　　　　　　　端水喂药送安慰。
　　　　　　　　三天三夜你烧不退，

她一步不离床前陪。

病愈后你挑灯夜战运河泥,

她心有不舍帮你挑了多少担!

每当寒冬来临时,

又是她帮你被头重新翻。

一针针,一线线,

针针线线连着她的情和爱。

她抛亲别友离家乡,

孤身跟你来上海。

夫妻相守几十年,

今日你让她伤心心欲碎!

你手捂胸口想一想,

对她动手该不该?

你手捂胸口忖一忖,

当年情意可忘怀?

你手捂胸口问一问,

做人良心今何在?

她对你恩情深似海,

你怎舍得狠心将她门外推!?

卢彩凤　(含泪)潘书记,你不要说了。

老　韦　(扛着两桶水上)潘书记,拿来了!(放下桶装水,递过茶叶)

潘雅萍　文康啊,这是今年的新茶,还有这两桶水,我代表居委会向你表示歉意。确实是我们工作不到位!现在水管的改造方案已经有了,我们一定尽早动工!

老　韦　这些都是潘书记从自己家里……

潘雅萍　(摆手打断)彩凤,快去弄晚饭吧,他空肚皮喝酒容易伤胃。

卢彩凤　我不弄!有本事他拿老酒当饭吃!

金文康　你不弄我就饿煞了?告诉你饭老早烧好了,有本事你也不要吃哎。

　　〔潘雅萍和老韦忍不住笑了起来。

潘雅萍　好了好了。老韦我们走,让他们老夫老妻发嗲去吧。

　　〔潘雅萍与老韦出。

　　〔卢彩凤回身看着金文康,四目相对,尽在不言中。

　　〔光渐收。

第三幕

[当晚，小区花园。

[幕后传来电喇叭声音："居民同志们，请大家提高防范意识，注意安全，出门之前关好门窗，自行车助动车放在车棚里。防火防盗防电信诈骗。文明养狗。居民同志们……"声音渐渐远去。

[幕启。冯亮心事重重上。

冯　亮　（唱）

步履沉沉闲游荡，

悲叹沮丧心事浩茫。

想当年只因为人抱不平，

出手相助酿祸殃。

三年刑满回家转，

谁料父母分手眼前一片空荡荡。

可怜我人前人后遭冷眼，

前途渺茫无希望。

潘书记她闻讯后，

多次登门来探望。

嘘寒问暖胜亲人，

又多方联系让我就业进工厂。

我好似枯木又逢春，

青枝绿叶迎朝阳。

文燕她对我有情意，

好似春雨润心房。

本来是满怀憧憬去拜访，

想不到一盆冷水浇身上。

她父亲面色阴沉话生硬，

说我犯有前科不自量。

挥手下了逐客令，

　　　　　我强忍隐痛自掩伤。

　　　　　人啊人一失足成千古恨,

　　　　　一失足再也不能有梦想。

　　　[颓然坐下。

　　　[幕后手机铃声。潘雅萍边接电话边上。

潘雅萍　梁主任,我是潘雅萍。你放心,已经布置下去了。我们一定会做好防范工作!(挂上电话,看见冯亮)冯亮? 你哪能一个人坐在这里? 你不是去文燕家了吗?

冯　亮　去过了。

潘雅萍　哪能讲?

冯　亮　(沉默片刻)被她父亲赶出来了。

潘雅萍　为啥?

冯　亮　还能为啥? 就因为我吃过官司,怕坏了他谭家的名声。

潘雅萍　(感觉事情不妙)哦?

冯　亮　既然他看不上我,大不了我跟文燕分手。

潘雅萍　分手? 你哪能介没出息?

冯　亮　难道还要我跪在他面前? 你是没有听到他的话,句句带骨头……
　　　　　(倔强、伤心、抹泪)

潘雅萍　冯亮啊……(唱)

　　　　　男子汉不可轻落泪,

　　　　　大丈夫本当有骨气。

　　　　　谁家女不想嫁个优质男,

　　　　　按常情父母反对也在理。

　　　　　我也把女儿视作掌上宝,

　　　　　盼将来也有一个好女婿。

　　　　　学会理解心自宽,

　　　　　自尊自爱莫自弃。

　　　　　常言道浪子回头金不换,

　　　　　磨去尘垢得珠玑。

　　　　　有一日冯家男儿闪闪亮,

　　　　　谁还冷眼低看你?!

　　　(白)听两句话又哪能? 你一路走来冷言冷语听了还少吗? 不是都挺过来了? 这件事情先冷一冷,过两天我去找谭老师聊聊。你千万不能放弃!

　　　[幕后谭老师的喊声"文燕,文燕啊……"

潘雅萍　哎哟,说曹操曹操到。

　　　　　[谭文燕和谭老师先后上,都未发现冯亮和潘雅萍。

谭文燕　不要跟着我! 你今朝太过分了。

谭老师　我要是早晓得你是跟他好,根本就不会让他上门! 文燕啊,我真
　　　　搞不懂你为啥偏偏就看中他?

谭文燕　我为啥不能看中他?

谭老师　他到底有啥好?

谭文燕　他到底有啥不好?

谭老师　你啊(唱)

　　　　　　　你是又糊涂来又是犟!

谭文燕　(唱)

　　　　　　　你固执己见太蛮横!

谭老师　(唱)

　　　　　　　难道你不知他有个坏名声?

谭文燕　(唱)

　　　　　　　难道要让他一辈子来抵偿?

谭老师　(唱)

　　　　　　　他如何抵偿我管不了,
　　　　　　　只要你嫁人要嫁得响当当!

谭文燕　爸爸你?

谭老师　你不许再去找他! 走,跟我回去!

冯　亮　(看不下去,站起来)你用不着逼文燕。

　　　　　[谭家父女一惊,扭头看到了冯亮和潘雅萍。

谭文燕　冯亮?

谭老师　潘书记?

谭文燕　(急迫地)潘阿姨,你看我爸爸他……

潘雅萍　(打断)我已经听到了。

谭老师　潘书记,我是家门不幸啊。

潘雅萍　谭老师,你言重了。

谭老师　哪能不严重?(唱)

　　　　　　　前世里做梦也难料,
　　　　　　　文燕哪能会跟他好?

潘雅萍　(唱)

　　　　　　　他俩彼此有情意,
　　　　　　　为何一定要阻挠?

谭老师 （唱）

门不当来户不对，
文燕她脑子糊涂筋搭牢。

潘雅萍 （唱）

你也曾经夸冯亮，
夸他优点勿勿少。

谭老师 （唱）

此一时来彼一时，
两桩事体莫混淆。

潘雅萍 （唱）

只因冯亮他犯过错？

谭老师 （唱）

你也讲得太轻巧。
小小年纪手就狠，
打人致残进监牢。

潘雅萍 （唱）

时过境迁非当年，
旧人早已换新貌。

谭老师 （唱）

本性难移人难改，
啥人能对他打包票？

潘雅萍 （阻止）谭老师，不能再用老眼光看人啊！

谭老师 话是不错，但是此事毕竟关乎我女儿终身。将心比心，要是你的
女儿你会同意吗？潘书记……（唱）

并非我不近人情理不讲，
实在是为了女儿来着想。
十岁时她母亲病重身亡故，
我是又做爹来又做娘。
眼看她复员回来工作好，
秉性端正又有一副好模样。
实指望她能有个好婆家，
不枉我十六年心血来抚养。
可现在，她她她，
却要辜负我一片苦心肠。

谭文燕　爸爸!

谭老师　不要说他吃过官司,就看他现在两手空空一无所有,也配不上你!

谭文燕　没想到你这么势利!你最好我找一个高富帅是吧?

谭老师　(气急地)你? 唉!

潘雅萍　文燕,你爸爸心脏不好,你不可以这样跟他说话。

谭文燕　他,他实在太固执!

谭老师　你也遗传得蛮彻底,跟我一样固执。

谭文燕　爸爸,你晓得冯亮怎么会进去的吗?

冯　亮　文燕,你不许说!

谭文燕　我就要说!他进去都是为了我!

谭、潘　(惊讶)是为了你?

谭文燕　(唱)

　　　　　当年学校有一霸,

　　　　　蛮横无耻谁都怕。

　　　　　恨他经常纠缠我,

　　　　　好几次半路拦截不让我回家。

　　　　　冯亮仗义警告他,

　　　　　话不投机才打架。

　　　　　他们人多势众齐动手,

　　　　　冯亮他操起铁锹怒砸下……

　　　　　他为我坐牢三年无怨言,

　　　　　三年后我才知实情愧对他!

　　　〔潘雅萍和谭老师面面相觑。

潘雅萍　你们为啥从来没有对我说过?

谭文燕　是冯亮不许我讲。

谭老师　(嘲讽地)呵呵,呵呵!小姑娘你就编故事吧。你父亲教了一辈子语文,好坏也是个高级教师,你竟敢班门弄斧,漏洞百出!我怎么会相信你?

谭文燕　随便你哪能想。反正我主意已定,啥人也不能改变我!我就是喜欢他!

谭老师　疯掉了疯掉了。小姑娘彻底……疯掉了!

　　　〔谭老师突然手捂胸口。众人惊慌。

谭文燕　爸爸,你哪能了?

谭老师　(吃力地)扶我回去。

潘雅萍　冯亮,快帮文燕送谭老师回家。

　　　　［谭老师摇手拒绝。冯亮毫不犹豫背起谭老师匆匆下。文燕跟下。

　　　　［潘雅萍擦汗,转身欲回家。老林拎包上。

潘雅萍　（一愣）老林? 这么晚你要去啥地方?

老　林　你还晓得辰光?

潘雅萍　没想到事情都挤了一道了。

老　林　你也不用解释! 平时你再哪能忙我都能理解,但是今天刚刚跟
　　　　你讲过女儿马上高考,你总归要当桩事体吧? 可是你……

潘雅萍　老林,是我不好。

老　林　我也不想多说了。现在女儿一个人在家里,你自己看着办吧。

潘雅萍　你去啥地方?

老　林　公司来电话,明朝有台风要提早开船。我走了。

潘雅萍　老林?

老　林　不要忘了你还有家!（下）

　　　　［潘雅萍心头一震。她看着丈夫的背影,默默无语。

　　　　［收光。

女声伴唱　冷冰冰,一句话,

　　　　　重重敲在她胸口。

　　　　　月色融融心沉沉,

　　　　　愁肠百结欲说还休。

第四幕

　　　　［翌日,居委会内。

　　　　［幕内,有人高喊"领水咯,居委会免费发水咯……"

　　　　［幕启。何家龙领着几个居民手拿空桶来到居委会。众人边舞边唱。

众人合唱　手拎空桶快快走,

　　　　　你追我赶不落后。

　　　　　居委会免费发净水,

　　　　　这样的机会难得有。

众　人　领水,领水咯!

老　韦　(上)你们这是做啥?

何家龙　领水啊。你们居委会不是免费发净水吗?

老　韦　免费发水? 你们听啥人讲的?

何家龙　你就不要装糊涂了,昨天金文康不是领到了?

众　人　既然免费发净水,要有应该家家有。

老　韦　你们误会了。昨天是因为金文康夫妻吵架,潘书记上门……

何家龙　(打断)哦,你的意思只要夫妻吵架你们就免费送水?

众　人　这不要太便当! 吵一趟拿两桶,吵两趟拿四桶! 吵吵吵,回去马上吵!

老　韦　值得吗?

何家龙　有啥不值得? 现在水质勿灵光,只好吃桶装水,开销多了勿勿少。

众　人　是啊,啥人来报销?

金文康　(上)我来报销。(众人一愣)你们阿是冲着我来的?

何家龙　跟你不搭界。

金文康　当然跟我搭界。

何家龙　你硬劲要搭界我们也没办法。

　　〔潘雅萍进。老韦欲汇报情况,被潘阻止。

金文康　你们不就是钳牢我拿了两桶水吗? 现在我已经叫了一车子水马上就到,你们都可以到小区门口免费去领。

何家龙　到底是老板,派头大的。不像阿拉,上有老下有小,房子小吃低保,跟你哪能好比? 不过我们拿你的水算啥名堂?

金文康　啥名堂你还看不懂? 这就叫做人要有腔调! 我拿了我还! 你们用不着到这里来瞎起哄。(看众人不动)哪能? 阿是要我亲自送上门?

　　〔双方僵持。众人看着何家龙。

潘雅萍　水,我们居委会负责送。买水的费用也由我们居委会出。

金文康　这点钱我还出得起,就算为自己积点德。不像有种人……

何家龙　你话说说清楚! 指桑骂槐说啥人缺德?

金文康　你跳啥跳? 缺不缺德天晓得。

何家龙　(冷笑)金文康,真是没有想到啊! 两桶水你就被收买了! 还弄得像真的一样,在这里装大户摆腔调指手画脚! 说我缺德? 我老娘八十多没地方安顿,好不容易搭间房还逼我拆掉,你讲到底啥人缺德?! (把水桶往地上一扔)我告诉你这水我可以不要!

但是我何家龙也不是好吃吃的！这件事没完！（气呼呼下）

众　人　（自找台阶下）金老板，既然你这样诚心诚意，我们再不领就变猪
　　　　头三了！走，我们跟你领水去。

　　　　〔金文康看了看潘雅萍随众人下。

老　韦　潘书记，都是这个何家龙带的头，他存心……

潘雅萍　（打断）我看不能再等了，通知物业水管改造要马上动工！

老　韦　可是资金还有缺口……

潘雅萍　先施工再说！缺口部分再想办法。

老　韦　潘书记，我想不通！

潘雅萍　有啥想不通？

老　韦　水管改造的事情明明归物业管，做啥我们要挡在前头做恶人受
　　　　冤枉气？

潘雅萍　老韦啊，做居委会干部，要混日子老便当的，但是居民看着你，期
　　　　待你，你的威信就是给居民办事办出来的。我们工作辛苦一点，
　　　　群众满意了，这个"恶人"最终会变亲人！好了，不要想不通了，
　　　　快去通知物业吧！

　　　　〔老韦欲下。

潘雅萍　你把这个消息发到小区的信息网上，告示大家最晚三天内动工，
　　　　争取中秋之前让大家用上清爽水。还要好好表扬金文康今朝的
　　　　表现。

老　韦　好的。

潘雅萍　还有，今朝夜里有台风，大家分头仔细检查，并通知居民们一定
　　　　要做好防范。

老　韦　好的。

　　　　〔老韦下。潘雅萍拨手机。

潘雅萍　小芳，是妈妈……

　　　　〔正在此时蒋金妹拉着董来娣争吵着上。

潘雅萍　等会再打给你。（挂上手机）你们两个人做啥？

蒋金妹　（突然大哭）潘书记啊，你要替我做主啊！

潘雅萍　做啥做啥？来来，有什么话好好说。

蒋金妹　潘书记（唱）

　　　　　　你晓得我老公卧床难行走，

　　　　　　请她帮我来搭把手。

　　　　　　谁知她偷偷放倒钩，

364

将我老公来引诱。
床横头转来又转去，
眉来眼去讲不够。
我轧出苗头要赶她走，
她偏偏厚着脸皮不肯走。
十三点老公也气我，
说赶走佣人他也走。
这只断命的狐狸精，
不弄得天下大乱她不罢休！

董来娣　（唱）
你不要三缸清水六缸浑，
颠倒黑白你不知羞！

蒋金妹　（唱）
恶人反来咬一口，
到底啥人不知羞？

董来娣　（唱）
说我勾引你老公，
也不怕弄得名声臭。

蒋金妹　（唱）
你有啥面孔谈名声？
狐狸精转世局屎臭！

潘雅萍　停停停！越说越不像样了。
董来娣　是她先开口骂的。
蒋金妹　是你先不要脸的。
董来娣　你血口喷人。
蒋金妹　你做贼心虚。
董来娣　是你！
蒋金妹　是你！
潘雅萍　（严厉地大吼一声）停！你们到底是来解决问题还是来吵架的？
　　　　人家是山歌越唱越开心，你们是越骂越起劲！有啥话不能好好
　　　　说？（两人被震住）金妹，你讲光了吗？
蒋金妹　讲光了。
潘雅萍　那好，小董你讲。
董来娣　潘书记，我是冤枉的。（唱）

我下岗待业好几年，

日子过得不顺心。

老公整天搓麻将，

我无奈出来做家政。

自从到了她家后，

我时时处处都小心。

她的脾气你晓得，

小区里是出了名。

蒋金妹　出不出名管你啥事体？

董来娣　（接唱）

在家里也像只雌老虎，

她老公苦闷也不开心。

常与我来聊聊天，

有时相互叹苦经。

两个同病相怜人，

彼此安慰互同情。

蒋金妹　听到吗？听到吗？我一点都没有瞎讲吧？

潘雅萍　金妹，你好让人家把话说完哦？

蒋金妹　你讲，你讲，你尽管讲。

董来娣　（接唱）

就为这点小事体，

她时刻对我恨在心。

一口一个狐狸精，

句句都在侮辱人。

不是我赖着不想走，

实在是无辜受冤我心难平。

哪怕鱼死网破两俱伤，

这口气今朝一定要争分明！

蒋金妹　还要争啥分明？今朝你走也得走，不走也得走。

董来娣　要我走没有这么便当！

蒋金妹　哪能？你还想要我让位？你谈也不要谈！

董来娣　你？！

潘雅萍　金妹，要不要小董做家政是你的权利，跟让不让位搭啥界？你是
　　　　处长还是局长？这个位子介吃香？真是七里传到八里，冬瓜传

到茄门里,好意思讲的!

蒋金妹　她做得出我有啥讲不出?

潘雅萍　那也要摆事实讲道理,要有根据。

蒋金妹　事体明摆着,否则为啥她走我老公也要住到他阿哥家里去?潘书记啊,他们已经搭上来!我老公为了她还要和我翻毛枪!

潘雅萍　我看你自己脑子搭牢了!为啥你老公有话不肯跟你说?你自己应该好好反省反省。

蒋金妹　我老早反省过了:就因为她老公天天搓麻将,自己又下岗,心态不好才勾引别人老公!你只狐狸精!

董来娣　(气愤无语)你?!

潘雅萍　(呵斥)蒋金妹,你太过分了!你怎么可以这样说话?帮助弱势群体是我们大家应尽的义务,你不帮人家就算了还要侮辱人,你可以吗?!

　　　　〔董来娣低声呜咽。

蒋金妹　(嘟哝)啥人叫她自己骨头轻。

潘雅萍　(气愤)好,既然你这样那就不要来找我。水的问题还没有解决,马上台风又要来,我忙得不得了,你还来搞这种不二不三的事情。你回去吧!

　　　　〔蒋金妹尴尬。静场。

蒋金妹　(片刻,祈求)潘书记,潘书记……

潘雅萍　你到底想解决问题哦?

蒋金妹　当然想啊。

潘雅萍　那好,你要小董走今朝必须向她赔礼道歉。

蒋金妹　不可能!

潘雅萍　那你回去吧!

蒋金妹　(赶紧地)我道歉我道歉。小董啊,对不起,我的话你不要往心里去。只要你离开我家,我给你拜拜,给你磕头也可以。

潘雅萍　(偷笑)好了好了。小董啊,你看哪能?

董来娣　潘书记,我听你的。

潘雅萍　金妹,你看呢?

蒋金妹　我也没啥讲了。(突然醒悟)不对,那我老公哪能办?她走我老公也要走啊!

潘雅萍　要是你老公实在要走,你先让他走,过几天等他冷静下来我再去劝劝他。

蒋金妹　看来也只好这样了。唉,十三点老公肯定要恨死我了!(下)

潘雅萍　小董啊,我理解你的处境。关于你的工作,我们居委会一定会尽
　　　　快帮你解决。

董来娣　潘书记,谢谢你!虽然我下岗了,但是我也有自尊心。我最恨别
　　　　人看不起。(拭泪)

潘雅萍　在我们可乐坊决不允许这种事发生!

董来娣　(激动)潘书记……

　　　　〔两人相拥。

　　　　〔收光。隐隐传来隆隆雷声。

第五幕

　　　　〔当晚。小区一角。

　　　　〔幕启。一声炸雷,狂风四起,暴雨如注,电闪雷鸣。

　　　　〔潘雅萍身披雨衣手拿电筒上。

潘雅萍　(唱)

　　　　　　狂风急暴雨猛电闪雷鸣,

　　　　　　这情景不由我焦虑担心。

　　　　　　群众的安危重如山,

　　　　　　风雨中经受考验要镇定。

　　　　〔又一阵电闪雷鸣。居委干部甲匆匆上。

老　韦　潘书记,不好了,车棚的围墙要倒了。

潘雅萍　(意外)围墙怎么会倒?

干部甲　隔壁的公司把大量的黄沙石子堆在围墙那边。一下暴雨加重
　　　　了压力。

潘雅萍　快叫人来加固!把里面的车子赶紧搬出来。

　　　　〔两人分头匆匆下。

　　　　〔片刻,风雨中居委会干部和群众扛着梯子、铁管、木板鱼贯而上。

众　人　(合唱)

　　　　　　顶着狂风暴雨,

趟过高低深浅。

为了居民财产不受损，

我们肩扛手搬来抢险。

［惊雷声中，忽然听见有人高喊"车棚要倒了，快让开！"随即轰的一声。片刻潘雅萍和众人上。

众　人　（气愤地）"车棚算是白修了。""走，找隔壁公司去！对，让他们赔！""不能白白放过他们！"

［有几个人欲走。

潘雅萍　大家冷静。

众　人　潘书记，难道就这样算了？

潘雅萍　当然不是。这个车棚是我们好不容易修建起来的，其中还有一部分是大家出的捐款。我哪能会算了呢？但是吵不能解决问题，等台风过去后，我们肯定会去隔壁公司讨个说法。

［居委干部乙匆匆上。

干部乙　潘书记，16 号门前的水管爆裂，自来水夹着雨水一道涌了进去，底楼四户居民家中全部进水了。

潘雅萍　（一愣）真是祸不单行！马上通知物业调两台抽水机来！

干部乙　我已经通知物业经理了，但是拿过去的两台抽水机根本就不好用。

潘雅萍　不好用？

干部乙　物业经理来了。

［物业马经理上。

马经理　潘书记……

潘雅萍　（恼怒）马经理，你怎么搞的？老早就通知你台风要来做好准备，你跟我保证所有防汛设备肯定没问题。

马经理　潘书记，我也不知道怎么回事，抽水机事先都试过的，一切正常，啥人晓得突然之间就出故障了……

潘雅萍　你不要跟我多解释，现在你马上给我想别的办法！

马经理　我已经通知公司马上从别的小区调拨两台过来。

潘雅萍　要多少辰光？

马经理　大概……半个小时。

潘雅萍　半个小时？那居民家里就早水漫金山了。你啊！（对干部乙）快，你带几个人先把居民安置到小区活动中心去。

干部乙　好。

［众人下。潘雅萍心绪难安……一声惊雷。

潘雅萍　（唱）

　　　　　　　　惊雷声声心揪紧，

　　　　　　　　欲镇定又难镇定。

　　　　　　　　未曾想今夜频频出险情，

　　　　　　　　天灾人怨一波一波实难平。

　　　　　　　　狂风啊你为何不能歇一歇？

　　　　　　　　暴雨啊你为何不能停一停？

　　　　　　　　老天啊你为何不能留点情，

　　　　　　　　真叫人一筹莫展力不从心……

　　　　　〔又一声惊雷。干部丙匆匆上。

干部丙　（惊慌地）潘书记……潘书记！

潘雅萍　又出啥事体了？

干部丙　晓芳出事了。

潘雅萍　（惊）啊！

干部丙　有一棵大树被风吹倒。晓芳正好经过，被压在树下。

潘雅萍　晓——芳！

　　　　　〔切光。雨夜中救护车的呼叫声响彻夜空。

第六幕

　　　　　〔前场隔天，傍晚。

　　　　　〔幕启。潘雅萍家。林晓芳神情沮丧地坐在轮椅上，一条腿上绑
　　　　　着石膏。潘雅萍面色憔悴头发微乱，看着女儿心中万分愧疚。

潘雅萍　（难过地）晓芳，一整天了，你什么都没有吃。（端起碗）吃一点好吗？

　　　　　〔林晓芳沉默。

潘雅萍　（无奈，放下碗）（停顿）晓芳，妈妈晓得你心里在怪我。你要说就
　　　　　说出来吧。

　　　　　〔林晓芳依然沉默。

潘雅萍　你不吃也不说，真的让我担心啊。妈妈真后悔……

林晓芳　（苦笑）你没有什么好后悔的。你不是一天到晚跟我说要理解你

要体谅你吗？所以我也根本不指望你！现在你也没啥好担心的！无非就是我高考不能参加，将来有可能变残废。那又怎么样？不上大学的人多的是，残废了也一样可以生活。你放心，我不会怪你，将来也不会拖累你们，一切我自己认了！

潘雅萍　晓芳……

林晓芳　（强忍眼泪）不要叫我！我……不想看到你！

　　　　〔林晓芳含泪进房，砰地一声把门关上。潘雅萍心头一震，百感交集。

潘雅萍　（唱）

　　　　　　砰然一声门关上，

　　　　　　不由我心头一震泪满眶。

伴　唱　　　泪满眶，心更痛，

　　　　　　心痛如绞欲断肠。

潘雅萍　（唱）

　　　　　　老林啊我不该辜负你嘱托，

　　　　　　我愧对女儿愧为娘！

伴　唱　　　门里门外泪双流，

　　　　　　千言万语堵胸膛。

潘雅萍　（唱）

　　　　　　耳听得风未止歇雨打窗，

　　　　　　声声打在我心房。

　　　　　　肩有压力重千斤，

　　　　　　心沉沉我步踉跄。

　　　　　　这一刻，我满腹焦虑向谁诉？

　　　　　　这一刻。我愁肠百结无依傍。

　　　　　　泪眼婆娑望苍穹，

　　　　　　我好似一叶孤舟飘海上。

　　　　　　老林啊你今在何方，

　　　　　　你可知为妻我已难支撑。

　　　　　　我多想在你肩上靠一靠，

　　　　　　我多想在你面前哭一场。

　　　　　　欲把不幸告诉你，

　　　　　　又不忍你远航途中迎风搏浪，

　　　　　　辛苦异常再让你啊添忧伤。

　　　　〔另一演区，追光下，老林挂上手机，又惊又急。两人仿佛在跨越时空的交流。

老　林　（唱）

惊闻女儿受重伤，

心潮滚滚似波浪。

倘若因伤落残疾，

岂非害她终身悔断肠？

欲将雅萍来责怪，

我欲言又止口难张。

她已是悲痛难忍心欲碎，

怎忍心让她雪上再加霜？

[对潘雅萍唱。

雅萍啊……

这些年我常年航行在海上，

家中全靠你一人撑。

忙了家里忙家外，

里里外外多奔忙。

你从没叫过一声苦，

你总是乐观笑声朗。

潘雅萍　（唱）

我怎能把心中的凄苦来吐露，

我怎能影响你搏击风浪去远航。

我怎能让女儿看到我软弱，

我怎能把烦恼带到工作上？

老　林　（唱）

可是我心里都清楚，

你是将酸甜苦辣心中藏。

看到你白发悄悄上了头，

看到你皱纹隐隐刻脸庞。

我有何理由来责怪？

深深愧疚早已填满我胸膛！

悔不该那天对你太莽撞，

恨不能此时与你共担当。

欲向云天借双翅，

即刻飞到你身旁。

晓芳她今天不幸腿受伤，

但愿她静心疗养早健康。

她情绪激动话冲撞，

还望你耐心多体谅。

相信她总有一天会理解，

理解你这兢兢业业任劳任怨大爱无疆的好亲娘！

　　　　　［老林隐去。

伴　唱　　　一番话，似春风，

情真意切暖心房。

潘雅萍　（唱）

原来是沉沉秤砣压胸膛，

这一刻好似春暖花开吐芬芳。

见到这船模和港徽，

似见你守在我身旁。

聚少离多这些年，

默默无言给我温暖和力量。

我多想一家三口常相聚，

我多想啊其乐融融笑声朗。

还记得当年调我来社区，

我也是心有纠结曾彷徨。

社区工作多繁杂，

天天会出新花样。

家中无暇多照顾，

担心愧对你们父女俩。

本想要打退堂鼓，

是你劝我面对困难要坚强。

哪怕工作再辛苦，

总要有人来担当。

家长里短繁琐多，

民生大事连小巷。

水质问题大如天，

火烧眉毛去奔忙。

忘了钟点忘饥渴，

居民疾苦不能忘。

恨不能一人分作两人用，

无奈只有手一双。

风雨夜巡查防台汛，

无空顾及屋里厢。

女儿她去同学家，

半路上不幸受重伤。

急忙送到医院里，

欲哭无泪喊晓芳。

见她骨折断了腿，

伤势严重鲜血淋漓染衣裳……

［追光打在房内晓芳身上。她慢慢移到台口。

晓芳啊我的好女儿，

再请你原谅。

原谅我平时与你少沟通，

原谅我无暇多伴你身旁。

原谅我关键时刻未尽职，

风雨之夜酿成大祸你遭殃！

妈妈亏欠你太多，

但愿今后能补偿。

还望你，莫消沉，莫悲伤。

收干泪，要坚强。

盼你早日伤痊愈，

重新振作挺起胸膛人生路上展翅高飞再翱翔！

［门铃声。谭老师、董来娣、金文康夫妻进来。

谭老师	潘书记，我们来看看晓芳。
众　人	是啊，看看晓芳。
谭老师	潘书记，你让晓芳好好养伤，千万不要灰心，错过了今年高考还有明年！复习的事我全包。
卢彩凤	谭老师家里的买汰烧我全包，让谭老师集中精力帮晓芳复习。
董来娣	潘书记，我来帮你照顾晓芳，家务事你就不用操心了。
金文康	我别的忙帮不上，你家里的油盐酱醋日用杂品我按时送来。
潘雅萍	(激动地)怎么可以麻烦你们呢？
谭老师	潘书记，哪能好说是麻烦呢？大家都是做父母的人，将心比心，碰到这样的事啥人不揪心？再说，你为我们小区居民做了那么

多,现在你碰到了难处,我们哪能好袖手旁观呢?

众　人　是啊。

谭老师　潘书记,就让我们也为你出份力吧,否则,我们心里也不安啊!

众　人　潘书记,让我们也出份力吧!

潘雅萍　(含泪)谢谢,谢谢大家!(深深鞠躬)

　　　　[房间门开了,林晓芳坐着轮椅出现。

潘雅萍　晓芳……

林晓芳　(轻声地)妈妈。

潘雅萍　(激动地)晓芳!(向前抱着女儿)

　　　　[收光。

第七幕

　　　　[前场两天后。小区花园。

　　　　[幕后传来沪剧唱段(楼台会)"仰望天空月色佳,俯首见满园是
　　　　鲜花"……

　　　　[幕启,居民们在"大家唱"。

谭老师　(接唱)

　　　　　　　　花好月圆心感触,

　　　　　　　　想起花容月貌的朱小姐。

　　　　[众人叫好。

　　　　　　　　我为她一身是胆翻,翻……(气喘)

丁老伯　谭老师,哪能翻、翻、翻不过去了?

谭老师　断命的心脏还是不争气。吭来!

丁老伯　快坐一歇吧。

蒋金妹　(低声)光头朋友来了,好像又出啥事体了。

　　　　[何家龙领着几个居民上。潘雅萍带着小韦、冯亮从另一边上。
　　　　何家龙等人一愣。

潘雅萍　何家龙,听说你们要去上访?

何家龙　你倒是消息蛮灵通的。怎么,不可以吗?

潘雅萍　（诚恳地）能不能先告诉我，到底有啥事我们没有解决好，让你们
　　　　受了委屈，心里不舒畅？要是有我们一定先检讨。

何家龙　事体明摆着。（数板）

　　　　　　　这个小区实在差，

　　　　　　　你们居委会只会放喇叭。

　　　　　　　水质问题至今未解决，

　　　　　　　我们的车子又被废墟埋。

几个居民　（数板）

　　　　　　　车子坏掉没人赔，

　　　　　　　家电被毁心窝塞。

何家龙　（数板）

　　　　　　　只好去街道诉诉苦，

　　　　　　　请领导赶快来抓一抓。

　　　　　　　要是街道也不管，

　　　　　　　就请区长来调解。

几个居民　对，就找区长来调解。

谭老师　何家龙，你这话就瞎说了！水的问题小区信息网上不是写得清
　　　　清爽爽这两天就要动工了吗？再说，水管爆裂啥人都没有想到。

金文康　有种人也不想想，为啥水管偏偏就爆了他门口？

蒋金妹　弄不好啊，就是违章搭建的辰光地下的水管吃过生活唻！

何家龙　（气急地）好！好！我不跟你们说，我找街道去！

丁老伯　慢慢慢。家龙啊，你先冷静冷静，趁我脑子现在没有短路，听我
　　　　也说两句。一个人说话要凭良心。看看人家潘书记为我们这些
　　　　孤老想得多少周到。你看……

何家龙　好了好了，你不要拍她马屁！

老　韦　何家龙，我看你是在寻借口故意闹事！

何家龙　（指着老韦鼻子）你说啥人故意闹事？你再讲一遍？

　　　　〔冯亮上前撩开何家龙的手。

冯　亮　你想做啥？

潘雅萍　冯亮，没你的事。（拦在冯亮身前）

何家龙　（对冯亮）小赤佬，你敢跟我动手动脚？大概三年官司吃了还不
　　　　够是吧？我再加你一年。

　　　　〔何家龙撩开潘雅萍。潘雅萍一个趔趄。何家龙趁机打了冯亮一拳。

　　　　〔冯亮冲上前一把揪住何家龙的衣服。潘雅萍赶紧制止。

潘雅萍 冯亮,你不许动手!

众　人 实在是太过分了!

老　韦 何家龙,你竟敢动手打人? 我马上报110。(掏出电话)

潘雅萍 老韦,把电话放下。

老　韦 潘书记,他太嚣张了。(欲拨电话)

潘雅萍 (厉声地)放下来! 何家龙,你想过吗? 要是因为你动手打人聚众闹事被拘留,你老婆孩子会怎么想? 你又哪能对得起八十岁的老母亲?

何家龙 你不许提我老娘!

潘雅萍 我晓得上次拆掉你的违章搭建你心里一直想不通。但是拆你违章房不仅是为了小区环境,也是为了你那幢楼的水管改造,所以非拆不可! 当然该帮的我们也一定要帮。

何家龙 你帮帮忙,说得好听。

潘雅萍 批文已经下来了,这两天就把手续去办了。(递上批文)
　　　　〔何家龙愣。谭老师接过念。

谭老师 第一批住房特困家庭廉租房的申请表。

何家龙 第一批?

丁老伯 家龙啊,听见吗? 你的事人家潘书记都放在心里!
　　　　〔何家龙怔怔地看着潘雅萍。

谭老师 还不快去谢谢人家潘书记?

何家龙 潘书记,你是模子,我何家龙对不起你!(双手抱拳致歉)

潘雅萍 (赶紧拦住)用不着用不着! 家龙啊,我们大家都生活在同一个小区,都是吃五谷杂粮的普通人。每个人都有自己的性格脾气,有误会有意见很正常。只要我们相互沟通相互理解,我相信,一定能够消除误会,以心换心。居民们……(唱)

　　　　　　　干部与群众乃是一家人,

　　　　　　　理应该敞开心扉诉说心里话。

　　　　　　　你们的意见是良药,

　　　　　　　千金万银也难买。

　　　　　　　前进的路上有坑洼,

　　　　　　　同心协力一定能够填平它。

　　　　　　　居委会工作责任大,

　　　　　　　以人为本方能胜任它。

　　　　　　　当干部为民务实是宗旨,

民生大事千万不能出偏差。

国家惠民千条线，

居委会穿针引线连万家。

绣到张家绣李家，

绣出精美一幅画。

和谐之声进万家，

其乐无穷你我他。

[众人鼓掌。

马经理　(匆匆上)潘书记，联系好了，联系好了。

潘雅萍　啥联系好了？

马经理　工程队明天正式进入小区开始施工。

潘雅萍　太好了。马经理，你辛苦了。

马经理　潘书记，你就不要让我难堪了，要不是你在协调，我们物业老早
　　　　就被居民们赶了跑了。

金文康　马经理，你这句话倒是说得没错，我们真的是看在居委会的面子上。

马经理　我晓得我拎得清！我一定会督促工程队，尽早完工！接下来还
　　　　有平改坡的工程，居民们，还请大家到辰光多多配合，多支持啊！

潘雅萍　居民们，大家为马经理鼓鼓掌！

[收光。

幕后合唱　来水咯，来水咯……(唱)

争先恐后开龙头，

流水哗哗清悠悠。

清悠悠的水啊重又来，

往日的烦恼不再有。

哈哈哈……

喜上心头合不拢口。

尾　声

[中秋夜。小区花园。一轮皓月当空。

378

　　　　　　［小区中秋联欢会。欢快的乐曲声中幕启。

老　韦　来来来,大家吃月饼啊。(分发月饼)

金文康　蒋金妹啊,看你面孔笑成一朵花,听说潘书记已经把你老公劝回
　　　　来了是吗?

蒋金妹　你哪能消息介灵通?

金文康　你是小区的明星啊!

蒋金妹　去去去! 就会拿我寻开心!

　　　　　　［众人笑。

　　　　　　［潘雅萍和董来娣推着轮椅车上。丁老伯坐着车上,低头瞌睡。

蒋金妹　哟,潘书记来了!

潘雅萍　啥事体这么开心啊?

金文康　我们在跟蒋金妹寻开心。

老　韦　老丁伯伯,你吃月饼。

丁老伯　(迷糊)玉屏路到了?

潘雅萍　不是玉屏路,是请你吃月饼。

　　　　　　［众人笑。

潘雅萍　居民同志们,今朝是中秋佳节,我代表居委会祝小区的每一位居
　　　　民中秋快乐,祝每一户家庭美满幸福! (众人鼓掌)今年中秋,我
　　　　们可乐坊是喜事连连。第一喜……

金文康　我来讲! 第一喜就是彻底解决了用水难的民生大问题,浑淘淘
　　　　的水一去不复返了。

众　人　对!

潘雅萍　文康,现在你这杯茶味道哪能了?

金文康　(夸张地一字一句)清香纯正,回味无穷。(逗趣)彩凤啊,你也尝
　　　　一口。

　　　　　　［卢彩凤嗔怪地推了推金文康。众人笑。

蒋金妹　潘书记,这第二喜,我们可乐坊的环境大变样。停车有秩序,绿
　　　　化上了墙,走路再也不用像只蟹横着了。

　　　　　　［众人笑。

何家龙　第三喜我何家龙这样的困难户解决了住房问题。等我搬场一定
　　　　请大家。

金文康　朋友,那开销不少啊?

何家龙　金老板,你放心,开销再多我也要请!

金文康　(竖起大拇指)有腔调!

冯　亮　　我和文燕也有喜事要告诉大家。我们要结婚了。

何家龙　　(对冯亮)小鬼,恭喜你!

谭文燕　　潘书记,我们想请你做我们两个人的结婚证婚人。

潘雅萍　　(打趣地)谭老师,你……同意了?

谭老师　　惭愧惭愧!没有你几次三番做我工作,又在背后当他们两个的
　　　　　高参,我哪能会转过弯来?各位邻居,到时候我请大家吃喜酒!

蒋金妹　　谭老师,你放心,红包我们肯定不会忘记。

潘雅萍　　冯亮,文燕,我真心地祝贺你们!这个证婚人我当定了!

文、亮　　谢谢潘书记。

谭老师　　古人言"人之有德于我,不可忘也;吾有德于人,不可不忘。"有德
　　　　　才懂礼,懂礼方知感恩。潘书记,我们从心底里真心感谢你!

潘雅萍　　其实,此时此刻我有很多话要说,千言万语归成一句,我要真诚
　　　　　感谢大家对我们工作的支持!

　　　　　〔众人热烈鼓掌。潘雅萍走到林晓芳面前。林晓芳撑着一根拐
　　　　　杖,已经拆去了石膏。

潘雅萍　　晓芳,妈妈也要……感谢你!

　　　　　〔晓芳与母亲拥抱。众人感动、鼓掌。

老　林　　好了好了,一家人就不要客气了。我情愿多烧几顿晚饭。

　　　　　〔众人笑。

潘雅萍　　(端起一杯茶)居民们,今朝就让我用这杯最清的水泡的茶敬大
　　　　　家!(唱)
　　　　　手捧香茗心激荡,
　　　　　以茶代酒敬街坊。
　　　　　感激之情言不尽,

合　唱　　感恩在心永难忘。
　　　　　党群携手心相印,
　　　　　小巷总理美名扬。
　　　　　小区生活多精彩,
　　　　　李家短来张家长。
　　　　　邻里亲如一家人,
　　　　　温馨家园可乐坊。

　　　　　　　　　　　　　　　　　　　　　　　——剧终——

上海市剧本创作中心 选编

Shanghai Creative Center of Arts & Culture

读步

——2016 上海新剧作（下）

ALONG THE VALLEY OF GEMS

上海人民出版社

目录 (按剧名笔画排序)
CONTENTS

383 / 沪剧　邓世昌　蒋东敏　庄一

419 / 大型沪剧　回望　赵化南

453 / 新编沪剧　赵一曼　薛允璜

487 / 新编淮剧　浦东人家　龚孝雄

521 / 淮剧　武训先生　罗怀臻

555 / 评弹　林徽因　窦福龙

585 / 青春滑稽戏　好"孕"三十六计　牛文佳

625 / 大型儿童剧　蓝蝴蝶　欧阳逸冰

669 / 音乐剧　犹太人在上海　荣广润　郭晨子　梁芒

747 / 音乐剧　妈妈，再爱我一次　刘云　梁芒

蒋东敏简介

　　1996 年毕业于上海戏剧学院戏剧文学系,现任上海沪剧艺术传习所(上海沪剧院)编剧。主要作品:越剧《救风尘》《画皮》《甄嬛》(上本)《王熙凤大闹宁国府》等,淮剧《鸣凤之死》(小戏)《星空之约》(小戏),川剧《青春涅槃》,锡剧《玉飞凤》《彼岸花开》《状元情殇》,沪剧《邓世昌》《上海往事》,黄梅戏音乐剧《曙光曲》,电视剧《夜郎王》《惹巴拉传奇》,电影《你是太阳我是月亮》《情花谷》。

　　主要奖项:越剧《王熙凤大闹宁国府》获浙江省第十届戏剧节剧目大奖,锡剧《玉飞凤》获第三届长江流域戏剧艺术节优秀剧目奖,电影《你是太阳我是月亮》获第八届北京青少年公益电影节"青少年最喜爱的影片"奖。

庄一简介

　　毕业于新加坡国立大学,英国剑桥大学历史系硕士、皇家中央演讲与戏剧学院音乐剧硕士;曾给《战马》做过现场翻译和歌词汉化;独立创作作品《山居》乌镇戏剧节获得关注。

　　沪剧《邓世昌》获 2016 年上海市新剧目评选展演"优秀作品奖"和"主题创作奖"。由上海沪剧院首演。

沪 剧

邓世昌

编剧 蒋东敏 庄 一

时　间　1874 甲戌年夏至 1894 甲午年 9 月秋

地　点　福州马尾、山东威海刘公岛、日本战时大本营、大东沟海域

人　物

邓世昌　北洋舰队"致远"舰管带，出场时 25 岁。

刘步蟾　北洋舰队右翼总兵，"定远"舰管带，出场时 26 岁。

何如真　邓世昌之妻，上海富商千金，出场时 21 岁。

李鸿章　清光绪朝直隶总督兼北洋大臣，出场时 51 岁。

丁汝昌　北洋海军提督，李鸿章亲信，出场时 38 岁。

林永升　北洋舰队"经远"舰管带，出场时 26 岁。

方伯谦　北洋舰队"济远"舰管带，出场时 21 岁。

林泰曾　北洋舰队"镇远"舰管带，出场时 23 岁。

叶祖奎　北洋舰队"靖远"舰管带，出场时 22 岁。

陈金揆　北洋舰队"致远"舰大副，出场时 30 岁。

东乡平八郎　日本联合舰队"吉野"舰舰长，出场时 46 岁。

伊东佑亨　日本联合舰队司令，出场时 51 岁。

水兵，舞女等若干。

序幕　1874甲戌年　福州马尾

［深蓝的海底,散落的军舰残骸,沉睡的海军。

［主题音乐中幕启。邓世昌挣扎着爬起,似乎在寻找什么;刘步蟾也爬起,一起寻寻觅觅。

邓世昌　又到甲午年了! 步蟾兄,两个甲子了。

刘步蟾　我们沉入海底120年了。世昌,又到了你的生日。

邓世昌　生日即是祭日。步蟾兄,你还记得当年的船政学校吗?

刘步蟾　怎能忘记?

［激昂的乐声起,一轮骄阳在海面上缓缓升起,残骸变幻成新舰,舰上飘扬着大清龙旗。龙旗下,马尾船政学堂的第一批毕业生正在进行毕业操练。

［邓世昌、刘步蟾疾步融入操练学员中,精神抖擞地操练着。

幕后声　全体集合,准备操练。

众学员　(唱)　东方升起骄阳,

照耀无边海疆。

听那大海欢唱,

卷起豪情万丈。

幕后声　中堂大人到!

［李鸿章在丁汝昌及众人簇拥下走上台来。

李鸿章　(笑)好! (满意地环顾,转身面向众学员)马尾船政学堂,大清海军开山之祖也! 恭喜各位,今日顺利毕业,成为大清北洋水师第一代海军将才。你们即将担负起保卫大清海疆的使命,责任重大呀! 老夫已经奏请皇上,皇上恩准,从你们之中挑选优秀人才,送往英国,继续深造。(学员们精神一振)老夫特意调派最优秀的陆军提督丁汝昌担任水师提督——(学员们不解地对望,眼中充满怀疑,李鸿章看在眼里)现在就由他来宣布留学名单。

[丁汝昌上前一步,开始宣布留洋名单,被点到名的学员,一一出列。

丁汝昌　刘步蟾、林泰曾、方伯谦、林永升、叶祖奎,明年年初,留学英国皇家海军学校。

众　人　谢皇上。

[邓世昌越众而出。

邓世昌　中堂大人,学生有话要问。

丁汝昌　大胆!

教　官　(奔至李鸿章面前,跪)大人,本教官管教不严,请大人恕罪。

李鸿章　起来吧。(望向邓世昌)你叫啥名字? 要问啥?

邓世昌　中堂大人!

　　　　(唱)　学生名叫邓世昌,

　　　　　　　船政学堂勤奋攻读五年长。

　　　　　　　自强不息求上进,

　　　　　　　各门考核皆优良。

　　　　　　　自问不在人之下,

　　　　　　　为什么不能继续深造去留洋?

李鸿章　邓世昌!(仔细打量走上三步)就是那个洋教习口中"最伶俐的青年"? 广东靓仔!(拍打一下邓世昌,笑了)不错,按照你的表现,是完全可以留洋的;可不让你去,是因为有更加重要的任务要交给你。

邓世昌　(自言自语)更加重要的任务?

李鸿章　带船。

邓世昌　(意外,惊喜)让我带船?

李鸿章　按理刚毕业的学员经验是不足的,但海防责任重大,急需能独当一面的将才。老夫查阅了你的"练船"日记,觉得你有这个潜能。不知道你对自己有没有信心呢?

邓世昌　有! 邓世昌一定不辜负中堂大人苦心!(跪下)

[李鸿章接过亲随手中绶带,有仪式感地给邓世昌系上。

邓世昌　谢中堂大人!

李鸿章　(再次环顾年轻的学员们)朝廷兴办船政学堂,创建海军,为的是巩固我大清海疆。不管是留洋的,还是留下的,都要记住,海防乃保卫大清的重中之重!

众学员　海防乃保卫大清的重中之重！

教　官　大人，请到前面看看我们新购的军舰。

　　　　　［教官引李鸿章及丁汝昌等随从下，李鸿章转身向众学员挥手
　　　　　告别。

　　　　　［学员们刹那欢呼雀跃。

刘步蟾　（犹自不解）怎么让一个陆军的来管我们海军呢？

邓世昌　你都要去英国留学了，还管这些做啥？

刘步蟾　（回过神）世昌，真羡慕你，可以带船呀！

邓世昌　我还羡慕你可以去英国学习呢。前天我收到东乡平八郎的信，
　　　　说他也要去英国留学呢——

刘步蟾　东乡平八郎？

邓世昌　就是那个来我们船政学堂参观学习——

刘步蟾　（想起来）总是缠着你大谈日本海军理想——

邓世昌　被你捉弄过的那个日本学生！马上就要成为你的英国同学了。

刘步蟾　原来是他呀！

邓世昌　不要再欺负人家哦。

　　　　　［两人相视大笑。喜庆音乐起。邓世昌、刘步蟾等循着乐声望
　　　　　去。一位头戴红盖头的女子缓缓走来。

邓世昌　哎，哪里来的新娘？有人要办喜事吗？

刘步蟾　有新娘当然是要办喜事啰。

邓世昌　哦？啥人要做新郎官？

刘步蟾　新郎嘛，就是你呀！

　　　　　［众学员起哄。

邓世昌　（急着摆脱）别闹！这种事情不能胡闹的！开我玩笑不要紧，不
　　　　要让人家姑娘家难堪。

刘步蟾　人家可是心甘情愿嫁给你的。你不要？

邓世昌　你晓得的，我是有意中人的。

刘步蟾　真的不要？你别后悔——

邓世昌　大丈夫做事光明磊落，对不起人家的事，我邓世昌是不会做的。

何如真　世昌。

　　　　　［何如真掀起红盖头，邓世昌转过身来，何如真亭亭而立。

邓世昌　（又惊又喜）如真？

刘步蟾　看来他真的不想要，那我们还是把她送回去吧！

邓世昌　（急了）哎，哎！

刘步蟾	快点讲,到底要还是不要?
邓世昌	(大声地)要!(惊喜)如真?!你,你怎么会在这里?
刘步蟾	是我特意写信把她请来,跟你成亲的。
邓世昌	(望着何如真和刘步蟾)我邓世昌真是太幸福了,红颜挚友竟双收!
众　人	还有呢,洞房花烛夜,金榜题名时!
刘步蟾	送入洞房。
	〔蓦然一声炮响,众人俱惊。
太　监	(出)圣旨到。
	〔李鸿章、丁汝昌等亲随出,跪。
太　监	奉天承运,皇帝诏曰:今日本攻占台湾岛,命李鸿章速速率领海军赶赴台湾,驱逐敌寇。钦此。
	〔切光。

第一场　1891 辛卯年　山东威海刘公岛邓世昌寓所

〔黄昏时分,何如真倚门远眺。

何如真　（唱）　夕阳西照金波粼粼,
　　　　　　　　万点霞光铺映山径。
　　　　　　　　想起了十七年前的新婚夜,
　　　　　　　　一道圣旨两离分。
　　　　　　　　他保家卫国去从军,
　　　　　　　　我养儿育女侍奉双亲。
　　　　　　　　天涯相隔心相系,
　　　　　　　　翘首鸿雁传书信。
　　　　　　　　七年前终得随军行,
　　　　　　　　却也是船上岸上两处分。
　　　　　　　　今日是他寿诞日,
　　　　　　　　我倚门听涛盼夫君。

[何如真望着远处，静静等待。蓦地好像望见了什么，笑容泛上她的脸颊。她匆匆走进里屋。

邓世昌　（幕后）步蟾兄……等等我呀……

　　[刘步蟾大步上，邓世昌随上。

刘步蟾　我是越想越气！丁汝昌身为海军提督，却不肯为海军发展争取最好的资源。他不去，我去！我去找李中堂要炮、要舰！

邓世昌　可结果呢？停了你一个月的薪水。

刘步蟾　难道我做错了吗？

邓世昌　你没错，但是——丁军门也没错。

刘步蟾　邓世昌，你啥意思？你到底站在谁的立场上？

邓世昌　我当然是站在你的立场上。你是总兵，我的顶头上级，还是我的好兄长——

刘步蟾　那你还说他没错！

何如真　（迎上）哎呀，你们两个人怎么在门口就吵起来了？步蟾大哥，请到房里歇歇，喝杯茶，消消气。世昌啥地方做得不好，我讲他。

刘步蟾　气都气饱了，还吃啥茶。

何如真　步蟾大哥！平时你要走，我也不留。可今天是世昌42岁的生日，你无论如何给我个面子，喝了酒再走。

刘步蟾　（不好意思拒绝，捶了邓世昌一拳）今天看在弟妹的面上。

邓世昌　（推刘步蟾进屋）对对，喝酒，请！

　　[两人进屋，入座。何如真为两人斟酒，刘步蟾不搭理邓世昌。

何如真　世昌，肯定是你不对，快点先自罚三杯！

邓世昌　好，如真讲得对，（举杯）步蟾兄！

　　（唱）　第一杯是感恩酒，

　　　　　　感谢你一腔热血为海军谋。

　　　　　　第二杯是谢罪酒，

　　　　　　你火气上蹿我未浇油。

　　　　　　第三杯是劝慰酒，

　　　　　　肺腑之言诉挚友。

　　（白）步蟾兄啊，这次的事，错就错在你是越级上报！

　　（唱）　越级上报终究违军规，

　　　　　　莫忘了海军章程是你亲手修！

　　　　　　海军若想有作为，

　　　　　　如铁军纪不能丢！

　　　　　　停薪一月未记过，

　　　　　　提督还是把情留。

　　　　　　只是让你一人受过有失公允，

　　　　　　所以我，在你停薪的这个月，

　　　　　　我包你吃住，任你差遣，骂不还口，打也不回手！

刘步蟾　（忍不住笑了）停薪一个月，我还不至于被饿死。唉，这个丁汝昌，一个外行啥都不懂！

　　　　（唱）　世界海军大发展，

　　　　　　日新月异追得紧。

　　　　　　添船购炮不容缓，

　　　　　　偏偏我们停滞不前三年整！

　　　　　　眼看邻国渐渐强，

　　　　　　忧心如焚难平静。

　　　　　　想起当年留洋求学路，

　　　　　　想起强国豪迈情。

　　　　　　我一次次力陈利弊求购舰，

　　　　　　他一回回推三阻四不答应。

　　　　　　丁汝昌出身陆军的门外汉，

　　　　　　凭什么官至提督掌海军？

　　　　（白）不就是因为他是李中堂的亲信嘛！

　　　　（唱）　鸠占鹊巢倒也罢，

　　　　　　无所作为实难忍！

邓世昌　（唱）　不能忍，也要忍，

　　　　　　越级上报不可行。

　　　　　　舰队规章第一位，

　　　　　　齐心合力事方成。

　　［邓世昌将北洋海军章程展示在刘步蟾面前，刘步蟾无奈苦笑。

刘步蟾　好你个邓世昌，算你有道理。不过我告诉你，要我给他赔笑脸？我是办不到的。要笑，你对他去笑。

邓世昌　只要能做成事，我不在乎对他笑还是哭。可我只是个管带，跟他差了两级呢。我可不想到时候被你治一个"越级拍马屁"的罪名。

何如真　好了好了，世昌，今天是你的生日，这些不开心的事就不要讲了。

刘步蟾　今天看在弟妹的面上，吃完酒再说。哎，我刘步蟾这辈子做得最漂亮的事情,就是帮你娶了个又漂亮又贤惠的好妻子!来,祝你们幸福!(对邓世昌)也祝你生日快乐!

邓世昌　(举杯)谢步蟾兄!

　　　　[三人碰杯,畅饮。林泰曾匆匆上。

林泰曾　邓管带!

邓世昌　哎,林管带,你来得正好,今天是我生日,一起来喝杯酒。

林泰曾　我哪有心思喝酒,刘总兵在你这里吗?

邓世昌　在呀。

　　　　[林泰曾进屋,刘步蟾站起来。

林泰曾　刘总兵,提督大人到处在找你。

刘步蟾　他找我做啥?

林泰曾　听说皇上下了旨,说三年后的甲午年正好是太后的六十大寿,从现在就要开始筹备。

邓世昌　啥? 三年以后过生日,从现在就要开始准备!

林泰曾　所以户部通知丁军门,从今年到甲午年的三年里不准北洋海军购买军舰和枪炮,连补充装备的费用都不拨给了!

邓世昌　就是为了太后老佛爷的生日?

刘步蟾　(卸下剑,扔桌子上,气恼地坐下)好了,再也不用越级上报了,就是上报给皇上也没用了。

　　　　[邓世昌转身,怒摔杯子。切光。

第二场　1894甲午年　山东威海刘公岛妓院、赌场

　　　　[方伯谦、林永升、林泰曾、叶祖奎徘徊在妓院门口。
　　　　[音乐起,五个妓女扭着出来,走向众管带。

方伯谦　(唱)　红唇粉面实在美,

林永升　(唱)　美酒斟满合欢杯,

林泰曾　(唱)　温柔乡里愿长醉,

叶祖奎　(唱)　永世不醒也不悔!

　　　　　　　[众管带融入妓女们中间,纷纷扔掉佩剑。

众管带　（唱）　来来来,喝一杯,

　　　　　　　　　莫要问,我是谁;

　　　　　　　　　今朝有酒今朝醉,

　　　　　　　　　明朝有愁明朝会。

　　　　　　　　　再会,再会,明朝会!

　　　　　　　[众妓女与众管带造型。

邓世昌　（幕后唱)致远舰上现谍影——

　　　　　（上场唱)日本细作探军情。

　　　　　　　　　狼子野心已暴露,

　　　　　　　　　北洋水师却梦未醒。

　　　　　　　　　实战操演久未行,

　　　　　　　　　兵勇溃散无号令。

　　　　　　　　　战舰上不见管带影,

　　　　　　　　　听说在花柳巷中欢乐寻。

　　　　　　　　　事态紧急强压火——(目睹众管带现状)

　　　　　　　　　此情此景痛伤心。

　　　　　　　[邓世昌欲走,又转身,逐步走下台阶,望着众管带。

邓世昌　（唱）　不见了意气风发峥嵘辈,

　　　　　　　　　满眼是汲汲营营颓废脸。

　　　　　　　　　反观日本已居上,

　　　　　　　　　众志成城海军建。

　　　　　　　　　军舰先进弹药足,

　　　　　　　　　虎视眈眈觅战机。

　　　　　　　　　情势已到危急时,(面向众管带,呼唤)

　　　　　　　　　兄弟呀,我船政学堂的好兄弟呀,

　　　　　　　　　恳请你们,恳请你们合力来回天!

　　　　　　　[众管带看着邓世昌,互望一眼。

叶祖奎　邓大人,可怎么回天呢?

林泰曾　不是大家不想练兵呀,实在是巧妇难为无米之炊。

林永升　你又不是不知道,今年是甲午年,是太后老佛爷 60 寿诞,军费都
　　　　拿去修园子了! 连军饷都已经拖欠了好几个月了,水勇们哪有
　　　　情绪操练? 我们当头的总不能拿枪逼他们!

方伯谦　你邓大人生在富商家,家底厚,可以把私房钱拿出来,贴补你致

远舰的兄弟们。我们没你命好,啥时也给我们济远舰分一杯羹?

[林永升、林泰曾推方伯谦,表示异议。

叶祖奎　好了。世昌兄,话说完了吗?(做送客姿势)请,恕不远送。

方伯谦　(故意大声)兄弟们,今朝我们不醉不休啊!

[众管带不再理睬邓世昌,各自搂着妓女,重回欢场。

邓世昌　(怒极)一群败类!

[邓世昌怒气冲冲欲离开,众管带冲上。

林泰曾　邓世昌!你啥意思?!

方伯谦　你以为你是谁?居然来教训我们?

林永升　今朝你不赔礼道歉,你休想走!

邓世昌　(回头)怎么?想打?

众管带　打就打!

[众管带抄起佩剑,冲向邓世昌,开打。妓女们惊叫着退下。

刘步蟾　(幕后)放肆!

[刘步蟾手提烟枪缓缓上。众人停战收手。

刘步蟾　啥人在这里吵哄哄的,扫兴得很,劲还没上来就被打断了。比试武艺呢,找错地儿了吧?收起来。都是留洋回来的,成何体统!

[邓世昌走到刘步蟾面前,望着刘步蟾手中的烟枪,半天没回过神。

刘步蟾　(回避着邓世昌的眼神)世昌,难得你也有好兴致来这里白相哪——(拍拍邓世昌肩膀)放松点。

邓世昌　步蟾兄?不,总兵大人,你——

刘步蟾　(转身,吐一口烟圈)我,蛮好。

邓世昌　(失望之极)你,你不是我认得的刘步蟾!

刘步蟾　你说什么?

邓世昌　(直视刘步蟾)我认得的刘步蟾,是那个为了修订《北洋海军章程》可以四天三夜不睡的疯子;我认得的刘步蟾,是那个为了添购战舰敢和李中堂争得面红耳赤的疯子。那个我最敬佩的疯子,不是眼前这个吞云吐雾的人!

[邓世昌冲到刘步蟾面前,上前一把夺过烟枪,狠狠地扔到地上。

刘步蟾　(深深刺痛,慢慢回神,望着邓世昌背影)你说得对!在这个混沌的世上,想要有所作为的人就是疯子!

（唱）　这是一个大染缸,

　　　　到处都是龌龊相。

393

清高孤傲没市场，

有所作为是妄想。

与其不识时务做疯子，

倒不如，逛逛妓院，进进赌场，

抱抱姑娘，拿拿烟枪，混混沌沌磨时光。

众管带　（唱）　抱抱姑娘，拿拿烟枪，混混沌沌磨时光。

邓世昌　（缓缓捡起烟枪）好嘛，抓紧享福，好日子已经不多了。（把烟枪塞到刘步蟾手中）等到北洋水师全军覆没的时候，你再想抽两口，我怕你都寻不着烟枪！

〔刘步蟾顿觉眼前一黑，脚步踉跄，险些摔倒，众管带忙上前扶住。

林泰曾　邓世昌，你太过分了！大家都是同学，你应该了解我们，你以为我们愿意这样过日子吗？

方伯谦　没军费，没装备，凭啥来鼓士气？

林永升　就你爱国，我们都不爱国，是吗？

叶祖奎　你竟敢诅咒北洋水师！

邓世昌　诅咒？不需要。日本人已经摸清了我们水师的底细！

〔邓世昌从怀里拿出图纸，扔在地上，管带捡起送呈刘步蟾。

邓世昌　刚刚致远舰上发现了两个日本细作，围捕中逃走一个，另一个被抓的，未及审问就服毒自尽了。从死者身上搜出一张图，图上显示各舰人员分布状况，还有各舰的弹药库存情况。日本人想动手了！你们还在此地花天酒地！这样一只纸老虎，真是不打白不打！

方伯谦　少在这里讲大道理教训人，有本事去把军费讨来！去呀，你去呀！讨不来，你就是有再大的家底都垫付不起！

林永升　只要你能把军费讨来，我们全部都听你的——

邓世昌　（赌气）好，我去讨！讨来了全部给我回舰上操练去！

众管带　（也赌气）好！

〔邓世昌怒容满面转身出妓院。

刘步蟾　站住！

邓世昌　（虽止步，却不回头）刘总兵还有啥吩咐？

刘步蟾　（望着邓世昌后背，忽然感觉很难受）你晓得去哪里讨吗？

邓世昌　不晓得，但是我会想尽一切办法去讨。

刘步蟾　（犹豫再三）听说海军衙门刚刚从海关处得了一笔 100 万的款子。

[邓世昌闻言回身,望着刘步蟾。

刘步蟾　你可以仰仗某人去想办法,把这笔款子弄过来。

邓世昌　某人?(恍悟)丁军门?

刘步蟾　嗯。你晓得的,他是李中堂的亲信,由他出面去恳求中堂大人,
　　　　补饷添购之事就会有把握。切记,万万不可透露是我的主意。

邓世昌　北洋水师是李中堂一手创建的,他绝对不会不管水师死活,一定
　　　　会有办法的!好,我这就去寻丁军门。

刘步蟾　提督署大门紧闭,你晓得到哪里去寻他?(见邓世昌发愣)老土
　　　　包子就好赌!跟我来。

　　　　[邓世昌跟着刘步蟾绕场到赌场门口。刘步蟾避退一边。

邓世昌　(进)军门大人,末将邓世昌有要事禀报。

丁汝昌　(幕内声)邓管带吗?在外面等一下。

邓世昌　大人——

丁汝昌　(幕内不耐烦地)叫你等一下没听到吗?来,继续!

　　　　[幕后传来打牌声音。邓世昌焦急地等着。

　　　　[伴随一阵大笑声,丁汝昌手拿钱袋走了出来。

丁汝昌　哎,运道好的时候真是挡也挡不住呀!(瞥一眼邓世昌)邓管带,
　　　　今朝为了啥事来寻我呀?

邓世昌　禀告军门大人,今天早上在致远舰上发现了日本细作,一死一
　　　　逃,从死者身上,搜出了有关我水师的机要情报。(递图纸)

丁汝昌　(接过,一看,大惊)竟有此事?看来日本人野心毕露了!

邓世昌　所以末将恳请军门大人速速求李中堂向朝廷催要军费军饷,加
　　　　紧演练备战!

丁汝昌　催,催!你以为我没催吗?你以为催一催就能催来吗?

　　　　(唱)　朝中人嫉恨水师场面大,

　　　　　　　时时弹劾把怨气吐。

　　　　　　　说什么空耗国力用场无,

　　　　　　　说什么经费短缺实在难填补。

　　　　　　　他们把水师看做中堂私家兵,

　　　　　　　左遏制右防范不容再壮大!

　　　　　　　这几年更是借着太后寿诞把文章做,

　　　　　　　明扣克暗挪用时时来添堵。

　　　　　　　李中堂是有苦难言把黄连吞,

　　　　　　　我怎能一再催款犯他怒?

邓世昌　可是大人，开战在即——

丁汝昌　开战？（笑）还早呢。

　　　　（唱）　小细作掀不起大风浪，

　　　　　　　　日本人不过在观望。

　　　　　　　　稍安勿躁休惊慌，

　　　　　　　　熬过了太后寿诞就有希望。

幕后声　丁军门，快来呀，就缺你了。

丁汝昌　（向内走）来了，来了。

邓世昌　丁军门，丁大人——（急了）请留步！

丁汝昌　大胆！

邓世昌　（不管不顾）末将听说，海军衙门新到了一笔款子！

丁汝昌　（一惊，直视邓世昌）海军衙门的机密事情，你怎会知晓？

邓世昌　（一时语塞）我？

丁汝昌　（逼问）想必是有人特意告诉你的？讲！是谁泄露了消息？

邓世昌　（急中生智）哦，是末将在海军衙门有一个旧相识，是他无意中提
　　　　到的。（转换话题）敢问大人何时出发？

丁汝昌　我说了我要去吗？

邓世昌　（愕然）难道大人就真的不管海军死活吗？

丁汝昌　我是海军提督，怎会不顾海军死活？讲！海军的机密，到底是啥
　　　　人告诉你的？今朝又是啥人叫你到这里来找我的？

　　　　［邓世昌犹豫着后退，刘步蟾忍不住冲了进来。

刘步蟾　你用不着逼邓世昌，是我！

丁汝昌　（得意地笑）呵呵，我就晓得——

　　　　（唱）　是你有意将消息放，

　　　　　　　　要我出头去讨军饷。

　　　　　　　　讨不来讲我没本事，

　　　　　　　　讨来了——

刘步蟾　（唱）　我第一个为你赞歌唱！

丁汝昌　（唱）　你是存心看我出洋相，

刘步蟾　（唱）　要人服就得凭真刀枪。

　　　　［丁汝昌气极，欲冲上去，邓世昌急忙挡在两人中间。

邓世昌　丁军门，刘总兵！恕末将冒昧了！你们都是水师的领军人，在如今
　　　　这种情势下，理应齐心协力，筹集军费军饷，鼓舞士气，积极备战。
　　　　而你们看看，你们在哪里？一个抽，一个赌，一群人在嫖——

丁汝昌　放肆!

邓世昌　这就是北洋水师!

丁汝昌　(气极却无奈,怒气转向刘步蟾)刘步蟾,这就是你的部下? 好!
　　　　我现在就放权给你,你去讨。讨来军饷,我这个提督就给你当!

　　　　[丁汝昌气冲冲下,刘步蟾气得说不出话来。

刘步蟾　(埋怨邓世昌)你,你呀!

　　　　[刘步蟾气呼呼下。

　　　　[邓世昌郁闷之极,恼怒之极。

邓世昌　(唱)　朝中党争紧,

　　　　　　　水师内斗狠。

　　　　　　　只顾自身利,

　　　　　　　哪想国与民?!

　　　　[邓世昌转身欲离开,惊见陈金揆带着水勇们聚集在妓院赌场
　　　　门口。

邓世昌　你们到这里来干嘛?

水勇甲　(鼓足勇气)邓大人,我们想离开水师,回家去。

水勇乙　邓大人,家里来信,说爹爹病重……

邓世昌　金揆,快到我房中去取银子,给有困难的兄弟们送去——

水勇乙　大人! 我们不能再拿您的银子了!

水勇丙　大人,您是明白的,打仗是不可能只靠我们致远一艘舰的!

水勇丁　不发军饷我们可以熬,再苦再累我们可以忍,可没枪没炮没弹
　　　　药,我们怎么办?

陈金揆　住口! (推水勇)走吧走吧,你们要走的都走吧!

邓世昌　金揆! 不要为难兄弟们,去给他们把盘缠准备好。(黯然)走。

陈金揆　大人——

　　　　[邓世昌无力地挥手。陈金揆带水勇离开,水勇甲忽然回身。

水勇甲　(对邓世昌深深一鞠躬)邓大人,对不起!

　　　　[水勇甲急速奔下。邓世昌目送他们远走,无语仰天。

邓世昌　(唱)　天无言,地无声,

　　　　　　　浪不涌,涛骤静。

　　　　　　　乌云起,黑沉沉,

　　　　　　　心坠海底寒如冰。

　　　　　　　想我邓世昌十五岁随父到上海,

　　　　　　　浦江边目睹洋人逞横行。

毅然马尾从军去，

强国之梦藏在心。

忘不了毕业之日昂扬志，

忘不了意气少年齐奋进。

忘不了中堂大人话叮咛，

忘不了北洋水师永固海疆保黎民。

我不能眼睁睁看着水师被吞噬，

我不能随波逐流去沉沦！

只要一丝希望在，

决不做自暴自弃堕落人。

纵然是，风再狂，雨再猛，浪再急，涛再汹，

我也要逆风独行去寻光明！寻光明！

〔切光。

第三场　当日黄昏　山东威海刘公岛邓世昌寓所

〔夕阳透过窗外照在何如真的身上，将她笼罩在一片金色中。桌子上有一盏灯。何如真坐在窗前正悉心地做着一件小孩衣裳。

〔邓世昌来到家门口，犹豫了下，还是走了进来。

何如真　（惊喜回首）世昌，你今天怎么回来了？不是说最近军中事务繁忙吗？

邓世昌　我就是想回家来看看。

〔何如真拿起小孩衣服在邓世昌面前晃了晃。

邓世昌　（心不在焉地）哪里来的小孩衣服？

何如真　我做的呀。世昌，你怎么啦？一副魂不守舍的样子。

邓世昌　哦，没啥，就是有点累。（拿起衣服）你做小衣服做啥？老大已经十六岁了，老二也快十岁了——（恍悟）难道你?!

何如真　（含笑点头）我们第三个孩子今年也要出生了。

邓世昌　真的？

何如真　（唱）　这悄然而至的小生命，

　　　　　　　　恰是那轻轻海风送温馨。

　　　　　　　　　　但愿还是男孩子，

　　　　　　　　　　正直坦荡像父亲。

邓世昌　　（唱）　若是女儿也欣喜，

　　　　　　　　　　养就蕙质抱兰心。

何如真　　（唱）　寻一个堪比爹爹的栋梁材，

　　　　　　　　　　夫唱妇随永相亲。

邓世昌　　（低叹一声）我不是栋梁，我既不能保家卫国，也不能让家人幸福。

何如真　　世昌，你为啥这样说？哦，我晓得了，是不是为了朝廷拖欠的军饷而发愁？（见邓世昌默认）你不要愁，不要急。我告诉你，昨天我又变卖了一些首饰，应该可以帮助那些困难的兄弟的。我现在就去拿来。

邓世昌　　（叹息）救得了一时，救不了一世呀！

何如真　　救一时也好呀。否则你又有什么办法呢？

邓世昌　　办法，倒有一个。

何如真　　是啥？

邓世昌　　步蟾兄告诉我，海军衙门有一笔可解燃眉之急的款子，可是丁军门因为与步蟾兄的私怨，竟然不肯去要！

何如真　　那怎么办呀？

邓世昌　　所以，我准备去。

何如真　　（大惊）你？你要越级上报？不！不能呀！世昌！

　　　　　（唱）　越级上报犯大忌，

　　　　　　　　　　步蟾大哥是你的前车之鉴。

　　　　　　　　　　停薪一月尚为轻，

　　　　　　　　　　削职记过前程废！

邓世昌　　（唱）　前程怎与军费比？

　　　　　　　　　　区区罪责我不惧。

何如真　　（唱）　今年太后寿诞年，

　　　　　　　　　　情势不同三年前。

　　　　　　　　　　皇上下旨要欢庆，

　　　　　　　　　　你不能抗旨去涉险！

邓世昌　　（唱）　挽救水师唯此举，

　　　　　　　　　　纵有险阻不放弃。

何如真　　（唱）　你若有险家怎安？

　　　　　　　　　　爹娘孩儿失所依。

　　　　　　　　水师纵然千斤重,
　　　　　　　　求你莫把家看低。

邓世昌　（唱）　国不宁来家怎安?
　　　　　　　　知我懂我应是你。

何如真　（忍不住泪下)我,懂。
　　　　（唱）　你是豪气男儿立天地,
　　　　　　　　鸿浩有志磐石坚。
　　　　　　　　不做安逸邓少爷,
　　　　　　　　弃商从军把重担肩。
　　　　　　　　如真爱你更敬你,
　　　　　　　　无悔做了军人妻。
　　　　　　　　聚少离多我甘愿,
　　　　　　　　唯有你,你的安危时时刻刻在心头系!

邓世昌　（故作轻松)如真,你放心,不会有事的! 我是去见中堂大人,不
　　　　是皇上呀。北洋水师是中堂大人一手创建的,他不会降罪我这
　　　　个为水师着想的管带的。何况,大人对我印象还非常好呢。(模
　　　　仿李鸿章腔调)你这个广东靓仔,打仗够狠啊,谁做你敌人都要
　　　　仆街! (笑了起来)放心放心,肯定没事。你好好在家休养,等我
　　　　回来,记得给我庆功!
　　　　[邓世昌拿起佩剑,疾步出门。一跨出家门,装出来的轻松立刻
　　　　消失。

邓世昌　（大声)金揆,备马!

何如真　（惊觉邓世昌的离去)世昌! (忽然想起什么)步蟾大哥!
　　　　[何如真匆匆出门。
　　　　[切光。

第四场　接前场　官道路口

邓世昌　（幕后唱)策马扬鞭赴津城——
　　　　[邓世昌策马扬鞭上。

刘步蟾　（幕后）邓世昌，大胆。

邓世昌　（唱）　半道杀出个程咬金。

　　　　　［刘步蟾策马扬鞭另一边上。

刘步蟾　邓世昌，你好大的胆子！竟然擅离营地，越级上报。

邓世昌　（唱）　来者不善难周旋，
　　　　　　　　唯有硬闯脱危境。

邓世昌　大人借过，天大罪责容世昌回来后承担！

刘步蟾　你敢往前一步试试看！

　　　　　［刘步蟾拦住邓世昌。

刘步蟾　跟我回刘公岛！

邓世昌　回刘公岛？等死吗？只要有一丝希望我就不会放弃！

刘步蟾　你难道忘记了三年前我越级上报受处罚的事吗？

邓世昌　没忘，就是学会了这招。不就是削职记过吗？

刘步蟾　今日不同往日！太后寿诞将临，越级上报，违规索银，贸然犯颜，
　　　　你不要命了！

邓世昌　今日不如往日！日本开战在即，缺枪少炮，军纪不正，人心涣散，
　　　　我要命何用?!
　　　　（唱）　五十年前英国人，
　　　　　　　　洋枪利炮轰国门。
　　　　　　　　五十年来遭凌辱，
　　　　　　　　割地赔款讨安宁。
　　　　　　　　如今眼看日本来挑衅，
　　　　　　　　怎能一忍再忍饰太平。
　　　　　　　　你我投笔从戎为强国，
　　　　　　　　理当千挫百折志不泯！

邓世昌　步蟾兄，我的兄长啊！
　　　　（唱）　可记得船政学堂学技艺，

刘步蟾　（唱）　你我同怀一颗救国心。

邓世昌　（唱）　可记得远渡重洋去接舰，

刘步蟾　（唱）　你我乘风破浪并肩行。

邓世昌　（唱）　你掌定远开前路，

刘步蟾　（唱）　你驾致远紧紧跟。

邓世昌　（唱）　你是我志同道合的好兄长——

刘步蟾　（唱）　所以我不能明知有险纵你行！

邓世昌　你会的,因为你我是一样的人。

邓世昌　(唱)　我知你吞云吐雾为掩痛,

　　　　　　　我知你花丛迷离如饮鸩。

　　　　　　　我知你心底梦想依然在,

　　　　　　　我知你为国为民定会放我行!

刘步蟾　世昌! 我的兄弟啊!

　　　　(唱)　你百折不挠欲孤行,

　　　　　　　羞煞我这失意人。

　　　　　　　兄弟祸福当相依,

　　　　　　　越级上报陪你行!

邓世昌　(唱)　热泪盈眶把兄长唤,

刘步蟾　(唱)　热血上涌把兄弟唤,

邓世昌　(唱)　恍见当年刘步蟾!

刘步蟾　(唱)　还你当年刘步蟾!

邓世昌　可这越级之罪岂不是又要你来承担了?

刘步蟾　(一笑)就许你为国尽忠,就不许我为国尽忠吗? 走啦!

　　　　[邓世昌、刘步蟾策马前行。

邓世昌　(唱)　本以为独行千山,

　　　　　　　没料想有友相伴。

刘步蟾　(唱)　壮士其实不孤单,

　　　　　　　共闯虎山将大势挽。

邓世昌　(唱)　马上霜月正阑干,

刘步蟾　(唱)　豪情上涌不觉寒。

　　　　[两人下马到下场门。

邓、刘　刘步蟾、邓世昌求见中堂大人。

幕后声　中堂大人上京办事去了,二位可往贤良寺寻他。

刘步蟾　走,上北京!

邓世昌　(唱)　扬鞭风尘汗重衫,

邓、刘　(唱)　不救水师不返转!

　　　　[邓世昌、刘步蟾造型。切光。

第五场　接前场　北京贤良寺

[龙旗下，一大屏风，一张太师椅。李鸿章正坐着闭目养神。
[邓世昌、刘步蟾一旁静候。

幕后声　刘步蟾、邓世昌求见。

李鸿章　（眼睛闭着）是谁啊？

刘步蟾　（慢慢上前）属下北洋舰队总兵刘步蟾。

李鸿章　（眼睛微睁）我还以为你是提督呢。

刘步蟾　（一惊）大人，实在因事态紧急，而丁军门他——

李鸿章　（眼睛全睁，表情冷峻）总算听到你尊称一声丁军门了。

刘步蟾　（极度尴尬）大人……

李鸿章　（怒）哼！你以为我不知道吗？刘步蟾，你私结闽党，争权夺利，把丁汝昌堂堂水师提督搞得狼狈不堪！（拍椅）我惜你是个人才，睁一只眼闭一只眼就算了。没想到你连做事的规矩都不懂了，竟敢直接来见我！你现在已经见到了，可以走了！

[刘步蟾尴尬不已站起来，走也不是，留也不是。

邓世昌　（大笑上前）想不到堂堂中堂大人，竟置朋党利益于国家大义之上。看来北洋水师注定无救了！总兵大人，我们还是走吧。

李鸿章　啥人竟敢在我面前大放厥词？

邓世昌　（疾步上前跪）属下北洋水师致远管带邓世昌。

李鸿章　邓世昌？哦，我想起来了，就是那个广东靓仔。

邓世昌　（暗笑）大人好记性。

李鸿章　我记得你一向是敢放厥词的。说吧，到底什么事让你们又是越级，又是激将的？

[两人站起来，邓世昌欲言，被刘步蟾拦住。

刘步蟾　禀中堂大人，前几日致远舰上发现了日本细作，于我水师分布，无不悉详。

[刘步蟾递图，仆人接过给李鸿章。

李鸿章　（看罢略惊）日本人动作比我想得还快嘛。

刘步蟾　是呀,一场大战在即。正因情势危急,属下们才不得已越级上报,恳请中堂大人拨饷备战。

李鸿章　拨饷? 噢,原来是要银子来了。

刘步蟾　正是。

李鸿章　你们应该知道,今年乃甲午之年,举国上下都在为太后寿诞忙碌,实在是没银子啊。还是再忍忍吧,等过了十月初十,太后的六十大寿之后说吧——

刘步蟾　没办法忍了,日本人就要开战了!

李鸿章　日本人是有野心,可也不能不顾虑欧美列强。所以嘛,是不会轻易动手的。

刘步蟾　大人!

李鸿章　回去吧,平日加紧点操练。

　　〔刘步蟾欲退,邓世昌不甘,不顾刘步蟾阻拦,上前跪倒。

邓世昌　末将有话想问中堂大人,不知该不该问?

李鸿章　该问不该问,你总是会问的。问吧!

邓世昌　敢问中堂大人,当年是哪一位大人,力陈国家防务之重要,为了筹措资金,创建海军而四处奔走?

李鸿章　是我。

邓世昌　(跪步上前)那如今又是哪一位大人,眼看海军经费被挪用,一心给太后大办寿宴……

李鸿章　也是我。

邓世昌　为啥前后两个中堂大人有那么强烈的比照呢?

李鸿章　(拍案)因为这就是为官之道! 也是为了维护北洋水师的无奈之举。

　　(唱)　水师是大清海防第一线,
　　　　　我倾注了毕生精力来创建。
　　　　　指望它巩固海疆抗列强,
　　　　　指望它撑起大清一片天。
　　　　　怎奈是庙堂风云瞬息变,
　　　　　满汉倾轧多暗箭。
　　　　　帝后不和把权争,
　　　　　祸及水师举步艰。
　　　　　年轻帝党目光浅,
　　　　　太后才是尚方剑。

欲想保得水师全，

老佛爷的欢心最关键。

办好寿诞再筹钱，

两位啊，欲成大事还需多多忍耐巧避险。

幕后声　大人，大人。

[仆人引李鸿章的亲随上。刘、邓后退。

亲　随　大人，朝廷传来消息，日本海军在丰岛海面击沉了"高升"号！

李鸿章　"高升"号？

亲　随　就是我大清借来的英国商船"高升"号！"高升"号上一千多我大清陆军弟兄全部落水身亡！

李鸿章　日本人连英国人的商船都敢击沉?!

邓世昌　日本人真的要开战了……

刘步蟾　回刘公岛，集合舰队，还击日本人！为"高升"号上的兄弟报仇。

邓世昌　报仇，用什么报仇？没枪没炮，拿什么去战，拿什么去拼？（转向李鸿章）中堂大人……

李鸿章　海军的底细我比你们更清楚！这个纸房间，根本经不起打。（思忖）海军衙门刚刚得了一笔拨款，我会想办法让庆王爷拿出一些来给你们补充装备，补齐军饷。

亲　随　大人，只怕庆王爷只进不出呀。

李鸿章　给太后做寿，他敢不出吗？（一转念）让内务府去要，就说要在颐和园修建昆明湖，以作操练水军之用，再成立一个水师学堂。

亲　随　遵命。

李鸿章　慢，叫内务府留60万两白银给北洋水师。

亲　随　明白。

刘、邓　（跪）谢中堂大人！

李鸿章　我这个裱糊匠，也只能如此拆拆补补了。等军费一到，你们就速速去添购装备，加紧操练。随时准备迎战。

刘、邓　遵命！

幕后声　圣旨下。

太　监　（上）李鸿章接旨。

[李鸿章等慌忙跪下。

太　监　奉天承运，皇帝诏曰：今有倭人寻衅，无理至极。著李鸿章遣北洋海军，迅速进剿。若有退缩，致干罪戾。钦此。

[李鸿章等人呆若木鸡。

李鸿章 （缓缓站起,惨笑）皇上啊皇上,你可知这道圣旨,会将苦心经营数十年的北洋海军毁于一旦呀!

〔李鸿章欲倒,刘、邓忙上前扶住。

〔切光。

第六场 1894甲午年9月 日本战时大本营、刘公岛北洋海军提督府

〔日本战时大本营。伊东佑亨与东乡平八郎相对盘腿而坐。

伊 东 （大笑）光绪皇帝果然向我们宣战了! 大日本等这个机会,已经等了整整二十年了!

平八郎 北洋舰队虽雄风不在,可毕竟还有定远、镇远两艘铁甲舰。

伊 东 光有定远、镇远是没用的。北洋海军早就不是当年的盛况了,这样一支内外交困、军心涣散的军队,是不堪一击的。

平八郎 可惜了那些管带们。这些年多少与他们都有些交往,说心里话,我还是很欣赏他们的,尤其是刘步蟾和他的部下邓世昌。

伊 东 我倒是很心痛那两艘铁甲舰,真不想把它们毁掉。

平八郎 定远、镇远万不可毁呀! 东乡有一个计策,不知司令是否看中。

伊 东 哦,说来听听。

平八郎 我想去一趟刘公岛——

〔平八郎与伊东对视,伊东明白了他的用意,笑了。

伊 东 即刻出发。

〔景转北洋海军提督府。

〔丁汝昌背身而立。刘步蟾、邓世昌及众管带默然而立。

叶祖奎 皇上宣战宣得好! 我恨不得杀光日本人,为"高升"号上冤死的兄弟们报仇!

方伯谦 报仇? 报仇也要看看自己几斤几两吧? 现在跟日本人打,肯定败!

林泰曾 中堂大人已为北洋水师拨款60万两白银。

林永升 银子倒是来了,可是还没装备,皇上已下旨开战了。

方伯谦　与其被打死,还不如识相点去议和——

众　人　议和?

丁汝昌　放肆!(转身)谁要议和? 皇上下了圣旨要打,(瞪方伯谦)你要议和? 你居然敢抗旨?! 还没开战,就长人家志气,灭自己威风。要不是非常时刻,第一个就拿你开刀!

方伯谦　军门大人,属下的话虽然不中听,可有用啊! 留得青山在,不愁没柴烧。保存实力最重要!

林永升　你这叫苟且偷生!

方伯谦　大家都是有妻儿老小的,何必充英雄去送死——

林泰曾　告诉你,我林泰曾宁可站着死,也不会跪着活!

叶祖奎　方伯谦,你还是不是北洋的人?!

丁汝昌　好了! 皇上下了旨要打,我们就要抱成团去战斗,哪怕是死!

刘步蟾　军门说得对!

邓世昌　舰在人在,舰亡人亡。

丁汝昌　(一眼瞥邓、刘)你们越级上报倒越出了名堂,的确比我有本事! 我曾经说过了,讨来了军饷,就——

刘步蟾　(急阻)大人! 一时的气话何必当真? 大敌当前,还需齐心协力。

丁汝昌　(赞许又有些羞愧)说得好! 近年来日本人的实力的确增长了不少,军舰、炮弹都比我们有优势。但我们毕竟还有定远、镇远。真打起来,还不晓得谁赢谁输呢。(停顿半晌,望向众人)今天是中秋节,都各自回去好好过个节吧。三天后出海!

众　人　是!

　　　　〔丁汝昌下。方伯谦想溜走被刘步蟾等拦住。

刘步蟾　(唱)　东方升起骄阳,
　　　　　　　照耀无边海疆。

邓世昌　(唱)　听那大海欢唱,
　　　　　　　卷起豪情万丈。

　　　　〔管带们围住方伯谦。

众　人　(唱)　听那大海欢唱,
　　　　　　　卷起豪情万丈。

　　　　〔众人把方伯谦推到海里,放声大笑。

　　　　〔刘步蟾拔剑举向空中,邓世昌、林泰曾、林永升、叶祖奎也举向空中。

刘步蟾　舰在人在,舰毁人亡。

众　人　舰毁人亡。

　　　　［切光。

第七场　当天晚上　山东威海刘公岛邓世昌寓所

　　　　［漫天星斗。一片寂静。
　　　　［邓世昌拉着何如真的手，何如真手中提着箱子。
何如真　（挣扎着）我不走，我不走。世昌，今天是团圆日，你为啥非要我
　　　　今天走呢？再过三天，就是八月十八你45岁的生日了，我想给
　　　　你过好生日再走。
　　　　［何如真进屋放下箱子，邓世昌茫然地跟进屋。
邓世昌　生日？（自语）甲午年八月十八？太有意思了。
何如真　世昌，一向都是你说什么，我就做什么，全都听你的。这次我做
　　　　主了，我一定要给你过好这个生日再走。
邓世昌　（望着妻子，百感交集）
　　　（唱）　她不知此番生死实难料，
何如真　（唱）　我只知多留一天也是好。
邓世昌　（唱）　有多少心里话想要讲，
何如真　（唱）　有多少伤情泪欲相抛。
邓世昌　（唱）　有多少眷恋不舍难诉告，
何如真　（唱）　有多少心惊胆颤不能表。
邓世昌　（唱）　唯有轻轻将她抱，
何如真　（唱）　唯有默默来祈祷。
邓世昌　（唱）　真想一世将她好照料，
何如真　（唱）　真想一生在他怀中靠。
　　　　［泪，情不自禁地落下。滴在身上，心上。
邓世昌　如真，世昌对不起你。
　　　（唱）　你本该养尊处优在深闺内，
　　　　　　　你本该乐享天伦笑颜开。

　　　　　　　你本该喜看孩儿好成长，

408

你本该拥有丈夫更多爱。

是我使你常寂寞，

是我使你多忧怀。

是我无暇将你陪，

是我累你添憔悴！

此番离别时日长，

你要好好保重自珍爱。

多多欢笑少流泪，

莫再殷殷倚门将我盼！

爹爹已过花甲年，

维持家业白发添。

何如真　（唱）　我是邓家的儿媳妇，

　　　　　　　　帮助公公内外操持担一肩。

邓世昌　（唱）　母亲年迈又多病，

　　　　　　　　双眼见风常流泪。

何如真　（唱）　春秋四季关冷暖，

　　　　　　　　侍奉左右倍仔细。

邓世昌　（唱）　这是一张留念照，

　　　　　　　　致远舰伴我走过多少年。

何如真　（唱）　我会好好珍藏它，

　　　　　　　　爹娘孩儿看着照片就当见着你！

邓世昌　（唱）　提起孩儿世昌最挂牵，

　　　　　　　　要他们好好读书经风雨。

何如真　（唱）　你放心我会教导孩子们，

　　　　　　　　让他们诚实做人明事理。

　　　　　　　　世昌啊，我的世昌啊，不管你走得有多远，

　　　　　　　　我都会生生死死等着你。

邓世昌　（紧紧拥抱）如真！

何如真　世昌，给我们未出世的老三取个名字吧。

邓世昌　取名？（改变节奏）我倒还真没想过呢。

何如真　那你想，那就现在想，好好想。

邓世昌　老大叫浩洪，老二叫浩洋，这个老三嘛……

　　　　　〔陈金揆引刘步蟾上场门上。

陈金揆　大人，刘总兵来了，有要事找你。

邓世昌　送送大嫂。

何如真　金搂，邓大人就要过生日了，你记得给他做一碗长寿面。

〔邓世昌出门，迎上刘步蟾。

刘步蟾　世昌，东乡平八郎到刘公岛来了！

邓世昌　啊？

〔切光。

第八场　山东威海刘公岛水师提督府

〔丁汝昌面向东乡平八郎而立。

丁汝昌　东乡平八郎，是你！你好大的胆子呀！

（唱）　你是日本海军大统领，

　　　　我大清海军的对头人。

　　　　两国交战在眼前，

　　　　你竟敢孤身到敌营。

　　　　休道往日有交情，

　　　　事关国威不容情。

　　　　既然你来手甘就擒，

　　　　就莫怨我无情要取你命。

〔丁汝昌拔出手枪，东乡平八郎上前一步按住。

平八郎　东乡既然敢来，自然已安排妥一切。东乡生死事小，丁将军清誉
　　　　事大。

丁汝昌　（恍悟）你布衣乔装而来，就是怕我不肯见你；只要我见了，我就
　　　　跳进黄河都说不清了！

平八郎　（笑）只因在北洋，并不是人人都信服你这个提督大人的。

（唱）　陆军的出身总使你难堪，

　　　　中堂的亲信掩住你才干。

　　　　属下不服常挑衅，

　　　　同僚嫉恨来暗算。

　　　　你的成败皆因李中堂，

偏偏他是旋涡中心是非沾。

你是瞻前顾后难作为，

一不小心就成罪！

丁汝昌　（唱）　一番话句句说中我处境，

不由人九转回肠感慨深。

非常时刻非常意，

我必须步步提防倍小心！

平八郎　（走近丁汝昌)丁将军，

（唱）　日本向来尊英雄，

珍惜将军威望与才干。

渴求将军东瀛去，

展抱负享尊崇，

从此人生得圆满。

丁汝昌　大胆！

平八郎　丁将军，我想你是一个聪明人——

邓世昌　（幕后)聪明的人绝不会做错误的选择！

〔邓世昌和刘步蟾上。

平八郎　邓世昌？刘步蟾！哈哈，老朋友们果然都来了。

刘步蟾　我们与东乡君都是旧相识了，听说他来了，就迫不及待地想来会一会老朋友。另外嘛……(瞥一眼丁汝昌)也是怕丁军门会做错事。

丁汝昌　（淡淡一笑)难得刘总兵如此关心，看来我就是想做错都没机会了。东乡君，实在是辜负了你涉险来此的一番苦心呀。

平八郎　机会还是有的，苦心也不会白费。只要——丁将军能说服刘总兵、世昌兄，一起加入我们大日本海军！诸位都是胸怀大志、想做一番事业的海军奇才。我大日本海军司令伊东佑亨先生对各位钦佩已久，诚意相邀，欲成就诸位梦想。中国有句古话，叫"良禽择木而栖"。清国腐败已久，气数将尽，这样的国家值得你们效忠吗？而我大日本自明治维新后，国家富强，文明开化，已是一番全新的面貌。这样的国家，人人都该向往——

三　人　放肆！

丁汝昌　变节求荣，人所不齿！

刘步蟾　（唱）　原以为他与军门两勾结，

邓世昌　（唱）　想不到他意在沛公不简单。

丁汝昌　（唱）　大敌当前盼齐心，

〔丁汝昌望向两人，两人会意。

三　人　（唱）　且把私怨来抛开！

丁汝昌　东乡君——

　　　　（唱）　多谢你抬举来相邀，

刘步蟾　（唱）　可惜这叛国之事实难为。

邓世昌　东乡平八郎，你听好！

　　　　（唱）　悠悠中华数千年，

　　　　　　　　气节两字最为贵。

　　　　　　　　饿死事小失节大，

　　　　　　　　朝秦暮楚小人辈。

　　　　　　　　苏武牧羊困北海，

　　　　　　　　一十九年志不改。

　　　　　　　　至死不屈文天祥，

　　　　　　　　抗击元兵大无畏。

　　　　　　　　我等不敢比前辈，

　　　　　　　　仅遵圣贤教与诲。

　　　　　　　　自古子不嫌母丑，

　　　　　　　　血脉相连情相关。

　　　　　　　　华夏从来多祸灾，

　　　　　　　　却生生不息永存在。

　　　　　　　　气节当是民族魂，

　　　　　　　　脊梁不折华夏在。

　　　　　　　　也恨奸臣来当道，

　　　　　　　　也怨君王常复反。

　　　　　　　　也知人心早不古，

　　　　　　　　也叹有心难作为。

　　　　　　　　千怨万恨不唾弃，

　　　　　　　　拼洒热血国运挽。

　　　　　　　　事国犹如事孝亲，

　　　　　　　　不嫌不离不自哀。

　　　　　　　　千疮百孔大清朝，

　　　　　　　　改造无须异国来。

　　　　　　　　一衣带水两民族，

千余年前就往来。

可记得汉时文化已东传，

唐时交流更频繁。

倾囊相授汉文化，

泱泱大国有风范。

不求知恩来图报，

只希望民众往来多和美。

谁料丰臣秀吉上了台，

反将中华来偷窥。

不顾两国渊源长，

一意孤行将"和"毁。

1874攻台湾，

落得一个无功返；

1879吞琉球，

改名冲绳良心昧；

1882壬午年，

驻军朝鲜怀鬼胎；

1894甲午年，

终于露出狰狞来！

莫道中华礼仪邦，

有志之士血性在。

豺狼胆敢侵略海疆，

救国救民决不推诿。

哪怕是抛头颅、洒热血，愤怒的雄狮定将侵略者来摧毁！

[平八郎消失。

[丁汝昌望着刘步蟾和邓世昌，缓缓地伸出手；刘步蟾也伸手握住丁汝昌的手；邓世昌退一步看着他们，再快步上前握住两手。

丁汝昌　海上见！

[邓世昌等三人造型，三人的手紧紧相握。

三　人　海上见。

[切光。

第九场　1894甲午年9月17日　大东沟海域

[旭日东升,致远舰上,陈金揆端一碗长寿面到邓世昌面前。

陈金揆　今日是甲午年八月十八,致远舰全体官兵祝邓大人45岁生日
　　　　快乐!

水勇们　(全体跪下)祝邓大人生日快乐!

[邓世昌深深感动,接过面,情不自禁地望向不远处的定远舰。

邓世昌　(边吃边读着旗语)H, a, p, p, y, Happy! 步蟾兄,谢谢你!

[邓世昌面对众水兵,缓缓跪地。

邓世昌　众志成城,保家卫国。

众　人　众志成城,保家卫国。

邓世昌　准备迎战!

[舞台后方一边上出现丁汝昌、林泰曾、方伯谦。另一边是刘步
蟾、林永升、叶祖奎。

丁汝昌　开炮!

[舞台上炮声隆隆,硝烟弥漫。

伴　唱　大东沟海战起硝烟,
　　　　大炮齐发震心弦。
　　　　犹如巨龙怒喷焰,
　　　　天动地摇恶浪飞。

[随着炮声,丁汝昌不幸受伤。

方伯谦　大人,我们还是掉转船头吧。

丁汝昌　(打方伯谦耳光)再胡说我就处决了你! 对准吉野开炮!

林泰曾　是,开炮!

[又是一阵炮声。

林泰曾　丁军门,定远舰被围攻,连连中弹,已经起火了!

丁汝昌　定远是旗舰,千万不能沉啊!

方伯谦　(偷偷溜走)日本人的炮弹太强大了! 定远的火还没扑灭,一旦
　　　　定远沉没,北洋水师就没机会了! (举白旗)

林泰曾　丁军门,方伯谦举白旗了。

丁汝昌　就地处决!

　　　　〔林泰曾拔枪击中方伯谦,方伯谦倒地。

　　　　〔邓世昌站在大桅杆前,水兵们忙着装炮弹。

陈金揆　大人,督船上的帅旗被打断了。

邓世昌　命令各舰向我靠拢,把帅旗挂起来。

陈金揆　是!命令各舰向我靠拢,把帅旗挂起来。

刘步蟾　(唱)　致远舰一马当先护旗舰,

林泰曾　(唱)　为诸舰赢得时机重作战。

叶祖奎　(唱)　学致远指挥靖远往前冲,

林永升　(唱)　抱成团不灭敌寇心不甘!

众水勇　(唱)　众志成城打敌寇,

　　　　　　　　不灭敌寇心不甘!

邓世昌　集中火力,击沉"吉野"。

陈金揆　集中火力,击沉"吉野"。

邓世昌　开炮!

　　　　〔舞台上炮声隆隆。忽而,转为静场。

邓世昌　金揆,开炮!

陈金揆　(悲壮地)大人,炮弹都打完了!

邓世昌　(心头一紧,迅速调整)炮弹是打光了,可我们还有一样东西!

陈金揆　是啥?

邓世昌　舰首的冲角!

众水勇　(大惊)冲角!

邓世昌　对!用冲角去撞沉"吉野"舰!(望一眼众水兵)兄弟们!准备好
　　　　救生圈,只要有生的希望决不要去死!

众水勇　誓死追随大人!

邓世昌　好兄弟!记住我们是北洋水师致远舰!

众水勇　我们是北洋水师致远舰!

　　　　(唱)　东方升起骄阳,

　　　　　　　　照耀无边海疆。

　　　　　　　　听那大海欢唱,

　　　　　　　　卷起豪情万丈。

邓世昌　皇天在上,邓世昌在此地谢过了。

　　　　(唱)　经远沉没济远逃,

致远重创一道道。

　　　　眼见着舰舱起火舰身斜,

　　　　弹尽粮绝厄运到!

　　(白)金揆,开足马力,撞沉"吉野"舰!

　　　　火力最猛"吉野"舰,

　　　　横冲直撞气嚣嚣。

　　　　炮速虽快装甲薄,

　　　　一举撞沉气焰消!

　　　　从军卫国生死忘,

　　　　同归于尽唯此招!

　[轰天巨响中,致远舰爆炸。邓世昌倒在桅杆旁。

　[刘步蟾出现在舞台后方。

刘步蟾　世昌——

尾声　1894甲午年　海底

　[深蓝的海底,散落的军舰残骸,沉睡的海军。

　[刘步蟾出现。

刘步蟾　世昌,我的好兄弟,你放心,我决不让定远落到日本人手中,舰在人在,舰毁人亡。

　[一声爆炸声传来,烟雾和火光中,刘步蟾拉着桅杆缓缓倒地。

　[丁汝昌出现。

丁汝昌　中堂大人,北洋水师完了!(开枪自尽)

　[巨大的静默中,邓世昌缓缓爬起。望着周边的死难兄弟和军舰残骸。

邓世昌　啥人告诉我,这究竟是怎么一回事? 这是什么地方? 这么黑,这么冷。中国,黄海,甲午年八月十八。

邓世昌　(唱)　轰隆隆塌了天方,

　　　　哗啦啦散了画梁。

　　　　声名赫赫的北洋海军,

就这样无声无息成过往。

锥心痛啊彻骨冷，

呜咽海浪诉悲凉。

力已尽，身也死，

孤寂流年掩沧桑。

（白）如真！这一次世昌真的要走了。浩乾，我的孩子！

我的孩子啊！

浩乾就是你名字，

殷殷祝福内中藏。

不求你追随我脚印，

只求你牢记屈辱图自强。

待等那神州大地春风吹，

你一壶清酒洒向海中央。

〔刘步蟾、丁汝昌和众管带慢慢起来。邓世昌与北洋海军官兵造型。

〔幕落。

2016 年元月演出稿

赵化南简介

　　一级编剧,创作《GPT不正常》(获全国优秀剧本奖)《OK股票》(获全国文华剧本奖、五个一工程奖)《今日梦圆》(获全国戏剧节优秀剧本奖、五个一工程奖)等舞台剧剧本三十余部;长篇电视剧剧本《西厢记》(获金鹰奖)《田教授家的二十八个保姆》(获飞天奖、金鹰奖)等二十余部;电影剧本《乔迁之喜》等五部。

大型沪剧

回　望

编剧　赵化南

时　间　当前。1934 年。
地　点　江西山区。

人　物

黄　英　女　27 岁　共产党员

卢进勇　男　29 岁　黄英的丈夫,红军战士

翠　兰　女　27 岁　共产党员

梁　婶　女　45 岁　共产党员

鹃　子　女　23 岁　游击队交通员

妞　妞　女　8 岁　黄英的女儿

桑林武　男　35 岁　翠兰的丈夫,叛徒

潘　候　男　40 岁　国民党军营长

美　娅　女　29 岁　妞妞的外孙女

张　定　男　82 岁　守墓人

村民若干

匪兵若干

序

[上海一条现代化的繁华马路,高档商店林立,各色中外名牌商品屏幕广告闪烁,并各自配着广告语和音乐,音量高而嘈杂。有块电视屏幕上正播着对一名落马高官的审问实况。车流往来,都是小轿车。人流不息,都衣着光鲜时尚。

[美娅匆匆走在人流里,她服饰讲究,拖着一个小巧精致的拉杆箱。

美　娅　(打着手机,有些不耐烦)你要啥?要啥?……要一小包泥土!妈,你要泥土做啥?种花啊……好好好,我给你带回来。你啊,临时想起的事体真不少,我都晓得了……你少讲了,好好休息。(收起手机,下)

一

[江西卢竹村山坳里,四周山上树木葱郁,映山红成片,坳间一块平地,平地上有7座旧坟,每座墓前都竖着矮小粗糙的石头墓碑。离坟墓不远有间陈旧简陋的小木屋,屋前一张破旧小木桌和一块当凳子的木块。宁谧安静,不时有鸟鸣声传来。

[张定扫着墓间落叶,他老迈瘦削,动作迟缓,衣服土旧。

张　定　(听到声音,感到奇怪)有人声。奇怪,啥人会到此地来?(循声张望)

[美娅上。她疲惫地拖着拉杆箱,边走边寻找着什么。

美　娅　(看到张定)老爷爷,这里是卢竹村八角坳吧?

421

张　定　是。

美　娅　这里是不是有块墓地？

张　定　是。（朝坟墓一指）

美　娅　（放下拉杆箱，走进墓地，辨看墓碑，找到了要找的）黄英。卢进
　　　　勇。（长长地松了口气）总算找到了。

张　定　你是来找卢进勇、黄英坟墓的？

美　娅　是呀。这深山坳里真难找，我问了很多人才找到这里。

张　定　你是来？

美　娅　来扫墓。这墓地真干净。（从拉杆箱里取花束等物）

张　定　扫墓？你是卢进勇、黄英的什么人？

美　娅　后代。第四代。

张　定　（叹喟）终于有人来了，卢进勇、黄英的后代也终于有人来了。

美　娅　老爷爷，你是？

张　定　守墓人。在这里守了60年。

美　娅　（惊讶）只有几座坟墓也有专门的守墓人？

张　定　7座坟墓。但这里躺着的7个卢竹村人，都是为老百姓死的，都
　　　　是为了中国死的，死得悲壮，牺牲时都不到30岁。这里，不能使
　　　　他们被冷落了，荒芜了，我要守着，只要我还活着，就守着。

美　娅　（对张定起了敬意）老爷爷，你认识我太外公卢进勇和太外婆
　　　　黄英？

张　定　认得，也不认得，因为他们牺牲时我才一岁。你晓得他们的经
　　　　历吗？

美　娅　听我姐姐外婆讲过。

张　定　姐姐姐。（略一沉思）你也听守墓人讲讲好吗？当着你祖辈的
　　　　面，听听他们的事好吗？我很想讲。

美　娅　好呀。

张　定　（凝望坟墓，心潮起伏，唱）

　　　　　　　一九三四年，
　　　　　　　国民党围剿革命根据地，
　　　　　　　红军转移长征离别了众乡亲，
　　　　　　　留下支队游击在山里。
　　　　　　　血雨腥风卷乡镇，
　　　　　　　牺牲了许多共产党员好子弟。

　　　　〔激烈的枪声骤然响起。

二

        ［江西卢竹村山坡上。

        ［一队白军押着被捕红军战士、乡村干部上。

        ［潘候上。

潘　候　（面目狰狞，带着神经质）老百姓，就得安分，就得认命！造反作乱从古至今就是一个字，杀！想翻身！翻到坟墩头里去吧！（揪住战士甲）讲，红军在山上啥地方！讲了，我开恩，让你活下去！

战士甲　哼，我要是怕死就不当红军了！

潘　候　还要死硬！（挥鞭猛抽战士甲）

战士甲　我们的红军还会回来的！

众　　　红色政权万岁！

潘　候　妈的！统统枪毙！（命令白军）举枪！放！

众　　　中国共产党万岁！

        ［白军举枪射击。战士和乡村干部中弹倒下。

潘　候　（狞笑不止，掏出手枪，朝地上的红军战士和乡干部补枪。命令士兵）听好了，封锁所有上山的路，不许一个人上山，见到下山的，统统抓起来！

众　匪　是！

        ［白军士兵鬼魅般四散开去。下。

        ［潘候下。

        ［黄英上。她缓缓走向尸堆，神情悲哀，伤心欲绝。

黄　英　（唱）　空中呜咽悲风，

               天上翻卷阴云。

               尸横山岗太凄惨、太凄惨，

               鲜血把遍地杜鹃都染尽。

               死去的都是同志和乡亲，

               献出的都是热血和忠诚。

悲恸送别亲人们，

亲人啊，你们会与日月同辉映。

[梁婶、翠兰和一些村民上。他们怀着巨大的悲痛，和黄英一起，
向尸体深深弯腰鞠躬。

[黄英默默地走近尸体。

翠　兰　（紧张地）黄英姐，你做啥？

黄　英　把牺牲的同志好好埋葬。

翠　兰　给白鬼子知道，你会很危险。

黄　英　不怕。

[一个老汉走上前。

老　汉　不怕。他们是我们的亲人，不能暴尸村头，要埋葬，要祭拜。白
鬼子要查，我老头子来认！（朝村民们）来！

黄　英　轻轻地，小心地搬动。

[众人围到了尸体前。

[灯暗。

三

[卢竹村黄英的家。

[黄英上。她挽着竹篮子，一脸的憔悴和哀伤。她从竹篮里倒出
野菜，突然一阵眩晕，稍稍停了一下，拿了几支野菜放进嘴里吃，
又倒了一碗凉水喝下。

[翠兰、梁婶上。翠兰抱着襁褓中的婴儿。

翠　兰　英姐！白匪军把上山的路封锁得更加严了，粮食怎么送上山啊？

黄　英　翠兰，山上会派交通员来，一定有办法的。

梁　婶　英妹，我联系了十几家红军家属，借到了几斤南瓜，还有一些
粮食。

翠　兰　我只借到了一些红薯和干豆荚，还有我屋里的几块米糕。

黄　英　这非常非常不够啊，山上的几十个同志正在挨饿呢。

翠　兰　粮食都被白军搜走了，大家实在拿不出了。

黄　英　看来,除了红军家属,要向别的乡亲借了,我们暗中发动发动吧。

梁　婶　只要他们有,是一定肯借的。

黄　英　借乡亲的东西,都要一笔一笔记清楚,哪怕是一针一钱以后都要还的。

翠　兰　这你早关照过了。

　　　　〔黄英又是一阵眩晕。

梁　婶　(关切地)英妹,你怎么了?

黄　英　(强打精神)我很好,没有事。

梁　婶　你啊,为了省下口中的粮,光吃野菜、喝凉水,这怎么行啊!

翠　兰　(从身上摸出一块小米糕)英姐,我这有块米糕,你吃吧。

黄　英　我怎么可以拿你的,你还有宝宝,你比我更需要。

翠　兰　你饿成这样了,拿着!(硬把米糕塞到黄英手里)

梁　婶　你就吃吧。

黄　英　(珍惜地望着米糕)谢谢翠兰,我……我等一会吃。(放下米糕,从上衣内取出两块银元)梁婶,翠兰,我有两块小银元,是藏着交党费的。山上银元没法用,我想办法到县城用它买粮食和盐来交党费。

梁　婶　我也藏着一元,交党费。(从贴身的兜里摸出一块银元放到黄英手上)

翠　兰　我也藏着一元,交党费。(从孩子的襁褓里取出一块银元,放到黄英手上)

黄　英　(望着手心里的四块银元)

　　　　(唱)　四枚闪亮的小银元,
　　　　　　　我们三人交党费。

梁　婶　(唱)　这是三家仅有的钱,
　　　　　　　带着我们的体温放一起。

黄　英　(唱)　放一起,

翠　兰　(唱)　放一起,买粮食,
　　　　　　　送给红军好充饥。

梁　婶　(唱)　白色恐怖虽严酷,
　　　　　　　我们要在刀丛之中觅生计。

黄　英　(唱)　觅生计,团结紧,
　　　　　　　把个人安危放一边。
　　　　　　　我们三人党小组,

此刻要把责任挑上肩。

梁婶、翠兰我的好姐妹，

只要我们有勇气，

只要保得红军在，

星火燎原定能把红区再燃遍。

[三人的手紧紧地握在了一起。

[卢进勇从门外闪了进来。他衣衫褴褛，头上戴顶破草帽，脸上胡子拉碴。

黄　英　(一下子没认出他来)你找谁？

卢进勇　(扫视了一下屋内，微微激动地)英妹，我是进勇。(摘下草帽)

黄　英　(认出他，又惊又喜)进勇！是进勇！

[翠兰、梁婶同时欣喜地走近。

梁　婶　卢排长！

翠　兰　卢排长！

卢进勇　梁婶，翠兰。

黄　英　进勇，怎么是你下山来？

卢进勇　负责和你联络的小刚同志牺牲了。

黄　英　(一阵黯然)山上情况好吗？

卢进勇　(唱)　白匪军天天围剿进山林，

搜遍了山岩树丛每一寸。

我们不停转移变换新营地，

艰难跋涉翻山又越岭。

最可怕饥饿像魔鬼一样紧跟随，

把战士折磨得脱了形。

魏政委这次派我潜下山，

为的是寻找盐巴与食品。

黄　英　村里党小组正努力筹集粮食，已有一些你可以拿到山上去了。(倒了一碗水给卢进勇)

卢进勇　好啊。(喝水)

黄　英　但是白军把每条上山的路都封得严严实实，你背着粮食怎么走？

卢进勇　我寻到了一条路径，可以避开白军。

[敲门声，轻轻的。

[四人徒然紧张。卢进勇迅速地从衣服里掏出短枪。

黄　英　（赶紧把卢进勇推到草堆后边）进勇，快。

　　　　〔又是几下轻轻的敲门声。

　　　　〔黄英开门。

　　　　〔桑林武从外面进来。

桑林武　英嫂。

黄　英　是你呀，桑站长。

翠　兰　（高兴地）林武，你回来了。

桑林武　英嫂，我在县城等山上的指示，但一直没有等到，你有消息吗？

黄　英　山上派人来了。（走近草堆）进勇，是桑站长。

　　　　〔卢进勇从草堆后走出。

桑林武　卢排长！（喜出望外，跑向卢进勇）

卢进勇　（高兴地）桑站长！（跟桑林武紧紧握手）

桑林武　卢排长！好啊，我终于见到山上的人了！

卢进勇　山上缺粮缺盐，魏政委令我下山联络你这粮站站长，要你多想
　　　　办法，一定要搞到粮食。

桑林武　（一想，马上说）我一直在尽力，已经跟一个粮商谈好了，但一直
　　　　等不到山上的人。你来了，就好了，等我粮食到手，我和你约个
　　　　时间，一起运送上山。

卢进勇　这就好！我四天后再来，希望那时你已经把粮食准备好了。

桑林武　你还要回山上去？

卢进勇　回去，等会就走。

　　　　〔有狗叫声传来。

梁　婶　（警觉地）你们谈，我到门口去放哨。

翠　兰　我和你一起去。（与梁婶下）

桑林武　（略一思索）卢排长，事情紧要，我这就去县城见那个粮商。四天
　　　　后你一定要来。

卢进勇　粮食越多越好哇，还要一些盐和治伤的药。

桑林武　知道了。

卢进勇　桑站长，你注意安全。

桑林武　放心。（下）

黄　英　（深情地望着卢进勇）进勇，两个月不见，你瘦多了。

卢进勇　英妹！（肩头伤口被黄英碰到，一阵疼痛）

黄　英　你的伤还没好？

卢进勇　（一笑）这伤好得慢，没关系。

黄　英　让我看看。

卢进勇　（不想让黄英看）没啥。

黄　英　让我看看嘛。坐下。（推卢进勇坐下，拆开他伤口包扎布，吃惊）
　　　　啊呀，这枪伤伤口更加不好了。（急忙倒来清水拿来干净的布，
　　　　轻轻地给卢进勇擦洗伤口。唱）

　　　　　　　这伤口没愈合反而在溃烂，
　　　　　　　流浓血深见骨定是疼难耐。
　　　　　　　你要治疗要当心啊，
　　　　　　　不然会把这手臂毁。

卢进勇　（唱）冒雨涉河常浸水，
　　　　　　　药品缺少要给重伤战士备。
　　　　　　　英妹不要太着急，
　　　　　　　我的手臂还能握枪能动弹。

黄　英　（唱）你的话虽然在理上，
　　　　　　　但你也从不把自己放心怀。
　　　　　　　若我能在你身边，
　　　　　　　定会疗好你伤势无痛碍。（清洗好伤口，包扎）

卢进勇　（唱）妻子的忧虑爱护我记了，
　　　　　　　会照你的手法治痛患。（搂住黄英）
　　　　　　　英妹啊，你身体瘦弱神憔悴，
　　　　　　　美丽的双眼失了光彩。

黄　英　（唱）白匪军打进了我们的村，
　　　　　　　抢走了乡邻的牛羊和家产。
　　　　　　　你们在山上遭围捕，
　　　　　　　村里的同志被杀害。
　　　　　　　我的心啊像在火上烤，
　　　　　　　焦虑使我夜夜难合眼。

卢进勇　（唱）白军横行在乡村，
　　　　　　　屠刀溅血恐怖在，
　　　　　　　你坚持斗争在这凶险里，
　　　　　　　这种艰难我体会。

黄　英　（唱）白色恐怖我不怕，
　　　　　　　再凶再难我也能承担。
　　　　　　　进勇啊，你不要为我生担忧，

相信你的英妹勇敢有智慧。

　　　　　　[妞妞从里屋出来。

妞　妞　（看到卢进勇,惊喜）爸爸!（扑进卢进勇怀里）爸爸回来了! 妞
　　　　　妞好想你啊!

卢进勇　妞妞!（激动地一把抱起妞妞,亲她。心痛地）啊呀,我的好妞妞
　　　　　身体很轻啊,轻多了,瘦多了。

妞　妞　爸爸,因为我饿,肚皮饿。

卢进勇　家里没一点吃的了?

妞　妞　有的。（跑去揭开桌上锅盖）有野菜汤。

卢进勇　（见到锅里野菜汤）你就吃野菜汤?

妞　妞　是我和妈妈一起去采来的,加一点南瓜梗,就是吃不大饱,但没
　　　　　关系。妈妈讲,等红军回来了,就有米饭苞谷吃了。

卢进勇　妞妞跟着我们受苦了。

妞　妞　妈妈讲,苦一点没有关系,我就觉得没有关系。

黄　英　（唱）　妞妞很听妈妈话,
　　　　　　　　　妈妈却对你未能尽责任。
　　　　　　　　　让你跟我一起受苦难,
　　　　　　　　　让你日日野菜充饥度晨昏。
　　　　　　　　　看着孩儿消瘦的脸,
　　　　　　　　　我真是满怀愧疚痛在心。

卢进勇　（唱）　看着孩儿消瘦的脸,
　　　　　　　　　我阵阵心颤难平静。
　　　　　　　　　家乡千百年来和贫穷相陪伴,
　　　　　　　　　泪流成河空悲恨。
　　　　　　　　　六年前来了红军打土豪,
　　　　　　　　　给老百姓送来了人的权利和慈仁。
　　　　　　　　　山村一片红艳艳,
　　　　　　　　　人人有衣家家碗中有米饭盛。
　　　　　　　　　但反动政府不甘心,
　　　　　　　　　要把红色政权扼杀在农村。
　　　　　　　　　孩子的童年应该最美好,
　　　　　　　　　敌人却夺走了他们的欢乐与安宁。
　　　　　　　　　如今是太多的孩子夭折在贫困中,
　　　　　　　　　太多的孩子被奴役受欺凌。

这黑暗一定要用光明去冲破，

这地狱一定要用战斗去铲平。

妞　妞　爸爸，红军真的会回来吗？

卢进勇　会回来，爸爸保证！

黄　英　是啊，红军一定会回来的！但是不会很快，妞妞要耐心等。

妞　妞　妞妞知道了，妞妞等。

卢进勇　英妹，我要走了。

黄　英　这就要走？

卢进勇　你筹集到的粮食我要立即送上山去。山上的同志急需粮食啊，
　　　　越早吃到越好。

黄　英　但还不多。

卢进勇　有一点点也好，哪怕每个战士只吃到一口也好。再说，英妹，我
　　　　在这里时间稍多会给你们党小组带来危险，必须走。

黄　英　好吧，你走吧。（去取粮食，把翠兰送的米糕也放进粮袋里）

妞　妞　爸爸刚刚来就要走啊？妞妞要爸爸抱抱陪陪。

卢进勇　（紧紧搂住妞妞）妞妞，爸爸很少陪你，很对不起。爸爸也很想在
　　　　妞妞身边啊，但爸爸有非常重要非常重要的事情要去做，妞妞不
　　　　要怪爸爸。

妞　妞　妞妞要怪爸爸。

卢进勇　爸爸真希望妞妞快快长大，你长大了，就会理解爸爸了。

黄　英　（拿来粮食）妞妞，让爸爸走吧。

妞　妞　爸爸能不能不走啊。妞妞一直想爸爸，一直想，做梦也想。爸
　　　　爸，那你多待一歇好吗，就多待一歇歇。

黄　英　妞妞要听话。

卢进勇　妞妞，爸爸向你保证，等红军回来了，爸爸就不走了。乖，我的好
　　　　女儿，我的好女儿。（依依不舍地搂了妞妞一会，背起粮食）英
　　　　妹，我走了。（朝门口走）

黄　英　路上小心。

妞　妞　（大叫）爸爸要回来！要多回来！

　　　　［灯暗。

四

［卢竹村山坳里。

［张定坐在木凳上，抽着旱烟。

美　娅　（喃喃地）等红军回来了，就有吃的了。当时姐姐外婆只有8岁，小小年纪就经历着艰难、饥饿和被杀头的危险。

张　定　（感情复杂地）那个……那个县粮站的站长，桑林武，是个叛徒。

美　娅　是他出卖了卢进勇。

张　定　（怒冲冲，怀着痛苦）是的！是的！是的！那天他一离开卢进勇家，就去对白匪军说了。卢进勇在出村上山的路上被包围，他一个人战斗，受伤被抓！桑林武卑鄙不要脸，我——恨啊！恨了几十年！

美　娅　这样的败类，什么地方都有，什么时代都有。

张　定　不该，他在入党时是宣过誓的，说要永远忠诚，不谋求任何私利。

美　娅　在没有风险的环境里宣誓，对有些人很轻易，张口就能讲，讲得真好听。也就是这些人，危险来临，或者个人欲望驱使，任何恶心的事都做得出来。

张　定　（指着不远处一个两尺多高的石块，石块似跪着的人形）这是桑林武。

美　娅　哦？

张　定　我用石头凿出来的，要他永远跪在被他害死的人的面前。

美　娅　老爷爷真有心。

张　定　（停顿了一下）你是党员吗？

美　娅　我在写入党报告。

张　定　也许，你也要宣誓。

美　娅　（一怔，郑重地）是，是。

张　定　那你来这里，很好。很好啊。

［灯渐暗。

五

[夜。

[潘候的营部。

[潘候独自坐在桌前饮酒。

[后屋传来敲打卢进勇的声音。

潘　候　卢进勇招了没有?

匪　兵　卢进勇宁死不招。

潘　候　再打! 打断他的骨头!

[桑林武匆匆上。

桑林武　潘营长!

潘　候　桑站长!

桑林武　(含着怒气)潘营长,我对你说过,不要抓卢进勇,你怎么不听!

潘　候　我就是要抓卢进勇,我要从他嘴里敲出山上红军的住地!

桑林武　你能敲出来吗? 你敲出来了吗? 你以为他们怕死,怕你的酷刑?

潘　候　(轻蔑地)不是有人怕吗? 比如说,你。(神经质地窃笑起来)

桑林武　(冷笑)我怕死,嘿。(突然夺下潘候的手枪,对准了他)

潘　武　(大惊)你!

桑林武　看你惊慌的样子,你才怕死!

潘　候　放肆! (夺回手枪)桑林武,别以为我们师长看重你,我不敢对你
　　　　怎么样。惹火了我,照样对你不客气!

桑林武　你看不懂我桑林武! 告诉你吧,

　　　　(唱)　我是不想时常被教育,
　　　　　　　　我不想被纪律来管束,
　　　　　　　　我追求的是个性得解放,
　　　　　　　　追求的是付出要有大收获。
　　　　　　　　原以为我的愿望在共产党里能实现,
　　　　　　　　可他们把整体利益当理想来追逐,
　　　　　　　　南辕北辙难以在一起,

　　　　　　　我当然要离开他们那一属。

潘　候　　（嘲笑唱）休对我说你们追求不一样，
　　　　　　　　　　　　休对我说你要自由挣束缚。
　　　　　　　　　　　　据我知，你监守自盗偷粮食，
　　　　　　　　　　　　被审查才投靠我们师长寻归宿。

桑林武　　（唱）　审查是对我大羞辱，
　　　　　　　　　　无视我人格与感触。
　　　　　　　　　　天下自有留爷处，
　　　　　　　　　　良禽择枝而栖再远瞩。

潘　候　　（唱）　你出卖长官与部属，
　　　　　　　　　　让我们一个一个都杀戮。
　　　　　　　　　　我虽然是红军死对头，
　　　　　　　　　　也看不起你这龌龊。

桑林武　　（恨恨地）我不在乎你，只要师长把我看成座上宾就够。我与卢
　　　　　　进勇已讲定，我弄粮盐和他一起送上山。而你，给我粮盐，然后
　　　　　　带部队暗暗跟随，这样就能把山上红军一网打尽。现在抓了卢
　　　　　　进勇，你的愚蠢毁坏了我的安排。

潘　候　　卢勇进还在我手上。还有，你也可以告诉我，卢进勇到村里来是
　　　　　　跟谁接的头？我把那个接头人抓起来，总能问出名堂。

桑林武　　我不会告诉你，那是吸引山上游击队的诱饵，我不会让你再坏我
　　　　　　的计划。再讲，都被抓了，只剩我没有被抓，山上会怀疑我！你
　　　　　　放聪明一点！

潘　候　　你不肯讲，好。我把卢进勇拉到打谷场去示众，只要是认识他的
　　　　　　人，就抓起来，就往死里拷问。

桑林武　　潘营长，你不要忘记，你是中央军，是外头来的，对此地红区的老
　　　　　　百姓根本不了解，你休想从他们嘴里敲出半个字。

潘　候　　我倒要试试！你不要管我！

桑林武　　愚蠢！（下）

潘　候　　（下令）把卢进勇拉到卢竹村打谷场示众！
　　　　　　　〔灯暗。
　　　　　　　〔幕后传来锣声和吆喝声：村民们，到打谷场看共匪示众！村民
　　　　　　们，到打谷场看共匪示众！

六

　　［卢竹村打谷场。

　　［大风呼啸,如鬼哭狼嚎。

　　［卢进勇被绑在木架上,脸上有鞭痕,身上血迹斑斑。几个白军
　　持枪守着。

潘　候　讲,山上红军营地在哪里? 你到村里和谁接头? 现在是你最后
　　　　机会,不讲,就死!(下)

　　　　［村民们三三两两上。他们远远地望着卢进勇,神情带着焦急和
　　　　同情。

白军甲　(朝村民)你们谁认识他?

　　　　［村民们愤然,沉默。

　　　　［黄英急上。看到卢进勇,猛然大惊,脚步慢了下来,呆呆地望
　　　　着。卢进勇看到了黄英,一怔。

黄　英　(唱)　眼前是进勇我丈夫,
　　　　　　　　我的心急速往下沉。
　　　　　　　　亲人啊,你为何这样不小心,
　　　　　　　　最恐怖的事情竟发生。

卢进勇　(唱)　蓦然间看到英妹出现在眼前,
　　　　　　　　我的心儿一阵紧。
　　　　　　　　英妹你不能靠近我,
　　　　　　　　千万不能向前行。
　　　　　　　　聪慧的妻子啊,
　　　　　　　　你该知道这是阴谋是陷阱。

黄　英　(朝前走了一步)
　　　　(唱)　走近一步让我看清你身影,
　　　　　　　　你受了敌人的酷刑。

卢进勇　(唱)　你每走一步有危险,
　　　　　　　　这会暴露你身份。

黄　英　（朝前走了一步）

　　　　（唱）　走近一步让我看清你的脸，

　　　　　　　　我心痛难忍欲哭出声。

卢进勇　（唱）　你这一步使我心惊颤，

　　　　　　　　你已把匪兵的目光来吸引。

黄　英　（朝前走了一步）

　　　　（唱）　走近一步让我看清你双眼，

　　　　　　　　我要解开你身上铁镣与麻绳。

卢进勇　（唱）　英妹啊，不要再走近，

　　　　　　　　不要白白做牺牲，

　　　　　　　　你还有使命要完成。

　　　　　　　　我只能——把你来提醒！

　　　　（猛然大笑，高声大叫）白匪军白日做梦，想用我来引出我的同志！我的同志在山上呢，到时候他们是会来找你们清算的！

　　　　［黄英一惊，站停了。

白军甲　（被吸引，恶狠狠地）你想早点死啊！（拉响了枪栓）

　　　　［潘候上。

潘　候　哈，来的人不少，他叫卢进勇，认识他的人可以过来跟他讲讲话。（见村民沉默，对卢进勇）你离死不远了，要不要对你认识的人交待几句？

卢进勇　你愚蠢得像个白痴！

潘　候　（命令白军）打！（对村民）村民们，卢进勇在此地示众，一直要到他冻死，饿死！但是，假使有人不想他死，可以给他送吃的，送喝的，送穿的，我决不阻止。

卢进勇　不会有人上你的当！

潘　候　是吗？（掏出手枪对准卢进勇）你的同志就这么狠心，眼睁睁地看你死！

　　　　［突然幕后传出妞妞的喊声：爸爸！

　　　　［全场一惊。

　　　　［黄英更是惊恐。

　　　　［妞妞跑上。

妞　妞　（哭喊）爸爸！

　　　　［老汉一把将妞妞搂住。

潘　候　（逼近妞妞）爸爸？（指卢进勇）他是你爸爸？小姑娘，他是你爸爸对不对? 你去认他,我就放了他,让你领他回家。

[妞妞怔住了。

[黄英欲近妞妞。但被老奶奶暗暗拉住。

老奶奶　(低声)不要过去。

潘　候　小姑娘,讲实话。你不认,你的爸爸就要死。我也杀了你!

黄　英　(不顾一切地冲到潘候面前)不许杀害小孩子!

潘　候　喝,又出来一个。你他妈是谁? 是这小孩的娘? 是卢进勇的
　　　　老婆?

黄　英　(怒斥)你看看你,你是什么,像豺狼恶狗,对个孩子也这么残忍!
　　　　居然要杀孩子! (唱)

　　　　　　　天地之间怎会有你这种匪盗,

　　　　　　　竟向孩子举起屠刀。

　　　　　　　没灵魂豺狼行径,

　　　　　　　毒心肠疯鬼乱咬。

　　　　　　　恶狠狠枪口对准老百姓,

　　　　　　　凶嚣嚣到处杀抢掠偷烧。

　　　　　　　世上有你这种兵,

　　　　　　　天怒人恨每笔都记牢。

　　　　　　　你今天能够逞凶狂,

　　　　　　　你等着恶贯满盈必有报。

潘　候　(怒,拿枪对着黄英)你胆子不小,竟敢骂我!

黄　英　你打,你忘记了老祖宗的话,民不畏死!

潘　候　讲,你跟卢进勇啥关系? 这小姑娘跟你啥关系? 你不讲,把你和
　　　　小姑娘都抓起来。(要抓妞妞)

老　汉　(把妞妞搂住)你是断子绝孙的人啊? 连小囡都不放过。有本事
　　　　自己去寻红军共产党,不要来寻老百姓事体。

众　村　(怒吼)对! (都用身体挡住妞妞和黄英)

潘　候　(开了一枪)想造反!

[幕后传来翠兰的高叫声:“妞妞! 妞妞!”

[翠兰和梁婶急步跑上。翠兰抱着婴儿。

翠　兰　妞妞! (看到妞妞,跑近)妞妞,我叫你管好弟弟的,你跑到此地
　　　　来做啥! 跟妈妈回去。(拉妞妞走)

潘　候　慢! (指)她是你女儿?

翠　兰　是呀。

潘　候　那你把你男人也领回去。(指卢进勇)

翠　兰　(看了卢进勇一眼)你瞎讲点啥。他又不是我男人,我认也不认得。

梁　婶　(冷笑)嘿,这种人逞凶霸道,又乱七八糟,眼乌珠不晓得怎么生的。

潘　候　你!

翠　兰　婶婶,不要理睬他,我们走。(把婴儿交给梁婶,抱起妞妞要走)

潘　候　那这小姑娘的爸爸呢? 在啥地方?

翠　兰　到县城去了,刚刚走,女儿要跟他去,没有追到。

　　　　〔老汉为分散潘候注意力,朝卢进勇走去。

　　　　〔黄英跟上老汉。

　　　　〔村民们全都跟上,走向卢进勇。

潘　候　(感到意外)你们要干什么?

老　汉　你问谁认识他,我们都不认识,但我很想陪陪这位壮士!

潘　候　(命令白军)弹压!

　　　　〔白军们涌上挡路,举枪对准村民们。村民们停下。

老　汉　你杀吧,你是应该记记牢,民不畏死! 越是杀,越是不怕死!

卢进勇　乡亲们,都回去吧!

　　　　(唱)　好乡邻,请回去,请回去,
　　　　　　　　卢进勇感激在心里,
　　　　　　　　感激乡邻关爱如父母,
　　　　　　　　感激乡邻情深似兄弟。
　　　　　　　　我早已立下大誓愿,
　　　　　　　　为百姓尽命志不移。
　　　　　　　　为信念死生抛一边,
　　　　　　　　为理想任何险恶可直面。
　　　　　　　　今日献出我生命,
　　　　　　　　只觉满腔骄傲与浩气。
　　　　　　　　如今人民政权暂挫折,
　　　　　　　　坚信吧,红旗还会插大地。
　　　　　　　　凛冽寒冬虽严酷,
　　　　　　　　坚信吧,映山红仍然会开遍。
　　　　　　　　众乡亲,进勇有孩子和爱妻,
　　　　　　　　她们存在我心田,

如果你们今后能见到，

请代为转告我语言，

我妻坚强莫流泪，

把仇恨化作意志斗顽匪。

把我未完事业做完成，

使我安心九泉间。

孩子永远须记住，

用父亲的节操常自律。

潘　候　妈的，他借机来做宣传来交代遗愿了！烧，烧死他！

　　　　〔白匪兵朝卢进勇堆上柴草，点火烧。大火顿时包围卢进勇，满
　　　　台红光，卢进勇唱声不停。

卢进勇　（唱）　共产党人所走的路，

步步大气与忠坚，

金刚屹立烈火中，

敢叫日月换新天。

　　　　〔妞妞朝卢进勇跪下。

黄　英　（悲愤唱）大火烧灼我的心，

我心锻炼化长剑。

悲泪洒别至亲人，

丈夫啊，你的遗志刻在妻心田。

　　　　〔灯渐暗。

七

　　　　〔黄英家。
　　　　〔黄英和梁婶从地窖里取出一袋粮食和一罐咸菜。
　　　　〔翠兰在给孩子喂奶。

梁　婶　四块银元就买了这点点粮食和盐。

黄　英　县城管得紧，能买到已经很不容易。

翠　兰　山上没有派人下来，粮食怎么送上山呢？

梁　婶　真急人啊!

黄　英　山上没有派人来,说明他们不知道进勇已经牺牲。我们不能等,我们送上山去,现在就去。

翠　兰　这怎么找得到魏政委他们? 白匪几百个人搜山,也没找到一个人影。

黄　英　我们是大山的女儿,熟悉大山,总能找到。

梁　婶　好。英妹,我去送。

翠　兰　我去!

黄　英　这些粮食要两个人背,我和梁婶去。

翠　兰　英姐,我也去。

黄　英　如果我和梁婶上山有什么意外,这村里还有你一个党员在,还能开展工作。

翠　兰　英姐!

黄　英　我是党小组长,听我安排。你呢,还有孩子要照顾。

梁　婶　听英妹的。妞妞也由你带着。

黄　英　翠兰,你到村口去看看白匪的动静。

梁　婶　我家里有几个红薯窝窝,我去拿来路上吃。(梁婶和翠兰下)
　　　　〔黄英把粮食和咸菜罐放进篮子里。

妞　妞　(从里屋出来)妈妈,我饿,我睡不着。

黄　英　来,吃。(盛汤)

妞　妞　野菜汤吃不饱。(看到咸菜罐)咸菜!(猴急地从罐子里抓出一块咸菜,往嘴里放)

黄　英　(连忙去夺妞妞手上的咸菜)妞妞,你不能吃。这咸菜是给山上红军叔叔吃的!

妞　妞　(躲开)妈妈,我饿,让我吃一点点。

黄　英　妞妞,咸菜给我。你怎么不听话!

妞　妞　妞妞听话,妞妞听话,可是妞妞肚子饿,饿极了呀。

黄　英　(拿妞妞手里的咸菜)给我。

妞　妞　(不松手)我要吃。

黄　英　(硬把咸菜拿过,放进罐子里)妞妞要懂事啊。

妞　妞　(伤心哭泣)妞妞懂事的,懂事的,妞妞爱山上红军,可我实在饿死了,只想吃,只想吃,我在挖地里蚯蚓吃呢! 妈妈,这是用你的小银元买的呀,就不能给我吃一口?

黄　英　(伤心地搂住妞妞)妞妞,妞妞!

妞　妞　妈妈——

　　　　（唱）　我已好久好久没有吃米汤，
　　　　　　　　我已好久好久没有把咸的滋味尝。
　　　　　　　　野菜野果吃不饱，
　　　　　　　　我饿得眼前飞着小星星，走路也心慌。
　　　　　　　　妈妈说睡觉可以忘记饿，
　　　　　　　　为什么我的眼睛就是闭不上。

黄　英　我的好孩子，对不起，妈妈对不起。（流泪）

　　　　（唱）　紧紧搂着小宝贝啊，
　　　　　　　　止不住泪水往下淌。
　　　　　　　　孩子哀求的一番话，
　　　　　　　　像一根尖针刺痛我心房。
　　　　　　　　你本该三餐不愁粮，
　　　　　　　　你本该灿烂的笑容挂脸庞，
　　　　　　　　你本该撒娇在妈妈怀抱里，
　　　　　　　　你本该无忧无虑把学上。
　　　　　　　　可现在你饥饿难忍受，
　　　　　　　　饿得身瘦如柴眼无光。
　　　　　　　　妈妈看着好难受，
　　　　　　　　应当满足你渴望。（抚摸咸菜罐子）
　　　　　　　　可这咸菜一小罐，
　　　　　　　　妈妈得来艰辛险些把命丧，
　　　　　　　　它是红军最需要，
　　　　　　　　能给战斗添力量。
　　　　　　　　妈妈的银元已经交党费，
　　　　　　　　它已是党的财物记在账。
　　　　　　　　公家的东西不能动，
　　　　　　　　公与私一分一厘须分清爽，
　　　　　　　　妈妈现在无权伸手拿，
　　　　　　　　我们做人要亮堂堂。
　　　　　　　　更要记住我们是党员，
　　　　　　　　只可担负责任不为个人想。

妞　妞　妈妈哭了，妈妈伤心了，妈妈不要哭，妞妞懂了。
黄　英　妞妞真的懂了？不怪妈妈？

妞　　妞　妞妞不怪妈妈了,妞妞吃野菜汤!（捧起碗喝野菜汤）

黄　　英　（唱）我的好妞妞啊好女儿,
　　　　　　　　你使妈妈又是喜欢又心伤。
　　　　　　　　我很骄傲有了你,
　　　　　　　　望你这小小姑娘快成长。
　　　　　　　　做个忠贞正直的人,
　　　　　　　　心胸宽广像你父亲样。（拿起桌上梳子给妞妞梳头）
　　　　　　　　妈妈我重要任务在身上,
　　　　　　　　要往山上送盐粮。
　　　　　　　　这一把梳子儿喜欢,
　　　　　　　　给你留着带身旁。
　　　　　　　　万一妈妈不回转,
　　　　　　　　见到它好似见亲娘。
　　　　　　　　娘坚信儿的将来会幸福,
　　　　　　　　到那时不要忘记亲爹娘——
　　　　　　　　儿啊儿,记心上。

妞　　妞　（一把抱住黄英）妈妈要回来,你要回来。
　　　　　〔梁婶、鹃子上。

梁　　婶　英妹,山上派人来了。

鹃　　子　英嫂!

黄　　英　鹃子!

鹃　　子　英嫂,侦查员得到了卢排长牺牲的消息,山上红军战士,向卢排长同志致敬,向你致敬!（立正,向黄英举了个军礼）

黄　　英　（一阵悲伤）鹃子!
　　　　　〔黄英哭了,哭得十分伤心。鹃子也忍不住抱住黄英大哭。

鹃　　子　英嫂!魏政委派我下山,有紧急情况告诉你。

黄　　英　你讲。

鹃　　子　桑林武叛变了。

黄　　英　（大惊）桑林武叛变了?

鹃　　子　是他出卖了卢排长。

黄　　英　这……他怎么没有出卖我和梁婶? 这可靠吗? 他是县里领导呀。

鹃　　子　绝对可靠,因此魏政委派我来除掉这个叛徒,接你们上山。

黄　　英　翠兰呢? 她是不是也……

鹃　子　他们是夫妻,很可能。

黄　英　鹃子,这可要慎重啊。

鹃　子　我给你看证据。我们这就到翠兰家里去!

　　　　〔灯暗。

八

　　　　〔夜。翠兰家。

　　　　〔翠兰一脸惊恐地望着黄英、梁婶、鹃子。

翠　兰　不可能! 不可能! 桑林武不可能是叛徒! 不可能!

鹃　子　这是组织上调查后下的结论。

翠　兰　(大叫)搞错了! 一定搞错了!

鹃　子　有十几位同志死在他手上,他一手造成了大屠杀。

翠　兰　(拼命摇着头)不,不,这不可能,我了解他,他对党忠心耿耿,对
　　　　乡亲充满感情,就是现在这么艰难的时期,他还一直叮嘱我,不
　　　　要忘了党证上的话。

黄　英　(愤怒地)别说党证,他不配,他已经把党证玷污了!

鹃　子　他被组织判了死刑。翠兰,你今天也要向组织上讲清楚。(从腰
　　　　间拔出一把手枪放在桌上)

梁　嫂　你讲讲清楚。

翠　兰　(强硬地)难道你们也怀疑我? 就算林武是叛徒,他妻子难道一
　　　　定也是叛徒? 如果他是叛徒,我会亲手杀了他!

　　　　〔桑林武上。

桑林武　(脸上堆着笑)这么多人哪。唔,鹃子来了,我在县城弄到一点
　　　　盐,你正好带上山去。(从口袋里拿出一小包盐)我还弄到了一
　　　　些粮食放在县城,鹃子,你约个时间,我和你一起送上山。

翠　兰　(急切地冲到桑林武跟前)林武,你是不是叛徒? 你是不是出卖
　　　　了同志?

桑林武　(一惊,看出气氛紧张)我? 你怎么说这种话?

鹃　子　(拿起桌上枪,对准桑林武)你否认也没有用!

翠　兰　（抓住桑林武的衣襟,绝叫）你是不是啊？讲呀！

桑林武　（镇静了下来）我不是。

鹃　子　被你出卖的粮站副站长冯春同志英勇就义。我们埋葬他时,发
　　　　现了他内衣上有用血写给党组织的字,揭发你投靠了白匪军师
　　　　长,你劝他也投降！

桑林武　这……

黄　英　（拿出一件粗白布衣服）这是冯春同志的血衣！这是证据！

翠　兰　（绝望地大叫）你是为什么呀！

　　　　（唱）　你真是叫我好绝望,
　　　　　　　你的行为使我恨断肠。
　　　　　　　你将被万人咬牙切齿骂,
　　　　　　　也把耻辱投到了我身上。
　　　　　　　在你走出这步时,
　　　　　　　为啥你不为妻儿想一想！

桑林武　（唱）　我正是为妻子孩儿想,
　　　　　　　做了丈夫父亲的事情一桩桩。
　　　　　　　那时你是身子怀六甲,
　　　　　　　需要饱暖与营养,
　　　　　　　我拿了粮站一点米,
　　　　　　　以弥补微薄收入给你增口粮。
　　　　　　　后来孩子出生后,
　　　　　　　我想使他日后生活有保障,
　　　　　　　陆续卖出些公粮换钞票,
　　　　　　　怕你知道便藏匿在他乡。

翠　兰　（唱）　不要说为了妻与儿,
　　　　　　　我与你绝对不等量。

黄　英　（唱）　你做官贪污够下贱,
　　　　　　　你做人凶残胜豺狼。

梁　姉　（唱）　监守自盗应该抓,
　　　　　　　残害同志该用性命来抵偿。

桑林武　（唱）　拿点面粉拿点米,
　　　　　　　哪有我付出可比方,
　　　　　　　却引来审查与歧视,
　　　　　　　幸得局势剧变我不用再把孙子装。

一步一步走过来，

没想到事情变成这个样。

鹃　子　（唱）　私心不收会膨胀，

劣迹发展就会丧天良。

今日局势在我手里，

判你死刑灭祸殃。（举枪）

桑林武　我也有话要讲！（突然掏出衣内里手枪，朝黄英开枪）你们也可以死了！

翠　兰　（扑向黄英保护）英姐当心！

〔鹃子与桑林武同时枪响。鹃子击中桑林武，桑林武击中翠兰。桑林武倒地身亡。翠兰重伤倒在黄英身上。

黄　英　（抱住翠兰）翠兰！

翠　兰　（无力地）英姐，梁婶，鹃子，我不是叛徒……

黄　英　（搂紧翠兰，悲伤地）你不是，翠兰，你不是，你是我们的好姐妹，好党员。

鹃　子　我们快走，敌人听到枪声，会找过来的。去拿粮食，带着姐姐，上山。

黄　英　翠兰，你坚持一下，我们带你走！

翠　兰　（十分虚弱）我不行了……英姐，帮我一件事好吗……

黄　英　你说。

翠　兰　我儿子……

梁　婶　（从摇篮里抱起婴儿，到翠兰跟前）翠兰。

翠　兰　请你照看我的孩子……养他长大……

黄　英　（伤心地）你不会死，我们一起走。

翠　兰　（颤抖着手，抚摸着孩子）英姐，等孩子长大，不要告诉他是桑林武的儿子……说他的……他的爸爸是好人……拜托了……

黄　英　（接过孩子）你放心。

翠　兰　……英姐，我交的一银元党费，是我出嫁时，从娘家带来的，很清爽……请你党小组长相信……（死去）

黄　英　翠兰！（紧抱翠兰，哭泣）翠兰……

〔婴儿哭了起来。

〔灯暗。

九

[黎明前。山间林中。东边已泛出鱼肚白色,林子里还很暗。

[突然传来白军的喊声:前边有人! 站住! 站住!

[潘候领着白军上。

匪　兵　营长,人不见了。

潘　候　仔仔细细搜! 她们背着竹篓、带着小囡是跑不快的。你们分散
　　　　开来,拉成一线,继续搜,一定要抓到她们!

[白军四散开来,搜寻着下。

[黄英和鹃子背着装粮食的竹篓。梁婶一手抱婴儿,一手搀妞
妞,急急走上。

梁　婶　怎么办? 他们封死了山路。

[三人察看着四周,寻思着脱险的办法。

梁　婶　(唱)　树林里白匪身影在闪动,

　　　　　　　　我们被围困在核心,

　　　　　　　　有啥办法能脱险,

　　　　　　　　心中焦虑急万分。

鹃　子　(唱)　陷入死地情势凶,

　　　　　　　　我心儿一阵紧一阵。

　　　　　　　　怎么办? 怎么办?

　　　　　　　　粮食如何得保存?

梁　婶　(唱)　孩子也要遭不幸,

鹃　子　(唱)　同志都会献性命。

梁　婶　(唱)　敌人的枪尖已逼近,

鹃　子　(唱)　我必须当机立断做决定。

[不远处传来潘候的叫声:她们在山腰,包围上去!

[听到喊声,她们躲到一块山岩后面。鹃子从腰间拔出两支
短枪。

[白军上,搜寻着下。

　　　　　[黄英她们从山岩后悄声走出。

鹃　子　英嫂,梁婶,现在只有一个办法,我去把敌人引开,撕开他们的包
　　　　围圈,你们从左面小路转移。

黄　英　我去引开敌人。

鹃　子　不要争。

黄　英　鹃子,这里只有你知道红军的营地,我们找不到啊。

鹃　子　这……

梁　婶　我去对付白军。

黄　英　梁婶,你年纪大了,跑不快,只有我去,我去!

鹃　子　我下山是来保护你们的! 我也最能打!

黄　英　不要争了,你下山到了我们村,就该听我这村党小组长安排,这
　　　　是纪律。

鹃　子　英嫂! 你这一去……

黄　英　我知道,我知道!

　　　　(唱)　这一去,钻枪林、冒弹雨,生死难预料,
　　　　　　　这一去,上刀山、下火海,可能牺牲掉。
　　　　　　　只要你们能脱险,
　　　　　　　只要粮食能送到,
　　　　　　　我愿牺牲我生命,
　　　　　　　愿把死亡一肩挑。(拿出党证交给鹃子)
　　　　　　　鹃子啊,我的党证由你保存好,
　　　　　　　这一次我拿生命作为党费交。
　　　　　　　这证上没有被灰尘沾,
　　　　　　　它还是那样圣洁有光耀。

　　　　(白)娟子,你要收藏好。你们快走吧!

鹃　子　(向黄英行了个军礼)是!(接过党证)

妞　妞　(绝望地)妈妈!

黄　英　(温柔地一笑)妞妞! 梁婶,孩子拜托你了,拜托了。快走。

妞　妞　(大喊)妈妈……

黄　英　(赶紧捂住女儿的嘴,亲着她的脸,平静地)妞妞,我的妞妞懂事
　　　　了,我的妞妞长大了,听话,跟梁婶走。以后要好好听党的话。

妞　妞　妈妈要回来。

　　　　[梁婶、娟子、妞妞躲到了山岩后,下。

　　　　[黄英悄悄离开山岩。转进树丛,消失了。

446

［远处传来白军的喊声:那儿,看,那儿有个人!

［黄英出现了,她在跑,故意把树枝碰出响声,她的脚步那么轻盈,绕着大树,跑的姿势那么优美,神情那么安宁。曙光透进了林子,黄英身上披上了一层五彩的霞光。

黄　英　(高声唱着当地曲调)啊呀嗳来……

　　　　　［远处传来潘候的叫声:她在往右面山顶上跑,快追!

　　　　　［黄英跑着,渐渐乏力,不时跌倒。

　　　　　［美娅出现。

美　娅　太外婆,前面是万丈深渊。

　　　　　［黄英收住脚步,朝前一看,不由一怔,她看到自己已在悬崖边。

美　娅　(绝望地)太外婆,后面有追兵!

黄　英　前面是万丈深渊,后面是追兵。看来我是无路可走了。(转身望着山下,平静地)很好,把白匪军都吸引过来了。

美　娅　太外婆,难道你就这样结束你年轻的生命吗?

黄　英　我愿意!

美　娅　要晓得,生命可是最最珍贵的啊!

黄　英　我晓得。

美　娅　人人都把生命放在第一位,世上没有一样东西可替代它。

黄　英　但我晓得,为了信念而献身,生命才是最辉煌的。

美　娅　太外婆,如果你牺牲了,妞妞怎么办?

黄　英　妞妞!

美　娅　妞妞已失去了父亲,如果再失去母亲,太残酷了。

黄　英　妞妞,妈妈对你怀有深深的愧疚之心,我一直想能对你做补偿,可是非常遗憾,看来妈妈是做不到了。但只要你记住,爸爸妈妈是怎样的人,如果你的后代也能记住,我决不后悔。

美　娅　我记住了,记住了。

黄　英　(唱)　　站在生死的临界点,
　　　　　　　　　　黄英我喜悦着任务已完成。
　　　　　　　　　　看那曙光已升起,
　　　　　　　　　　我坚信姐妹们已经脱险境。
　　　　　　　　　　看那彩虹空中映,
　　　　　　　　　　似看到炊烟缭绕红军营。
　　　　　　　　　　站在生死的临界点,
　　　　　　　　　　我没有丝毫恐惧胆怯心。

作为女人在世上，
我希望美丽常伴我身形。
作为妻子在世上，
我渴望两情依依伴一生。
作为母亲在世上，
我向往亲手抚养女儿长成人。
我热爱家乡的山和水，
我热爱纯朴众乡邻。
这样的生命有多美好，
这样的世界有多清静。
可现在红色政权遭摧残，
乡亲们在苦难之中求生存。
为了美好的梦想能实现，
为了人民谋福享安宁，
黄英是党的人啊
我甘愿献青春舍亲情，
洒热血，守忠贞。
无怨无悔这一生。
我这一生虽短暂，
但短暂的一生意义深。
白云为我送行，
青山为我歌吟，
彩虹载着我离去，
大地啊留住了我的脚印，我与天地共长存。
啊呀嗳来……

[黄英平静地采下一朵红杜鹃，插在发际，从容走向崖边，跳下。

[红杜鹃漫天飘舞。

[飘扬的花雨中，黄英从悬崖后缓缓升起，她的形象平静、安详而又坚毅。

[灯渐暗。

448

十

〔卢竹村山坳里。

张　定　你太外婆跳悬崖牺牲了。粮食和盐送到了山上。这事情已过去了82年,被淡忘了,好像过去和现在没啥关联了。你能记得,能来看看,做得对啊,你祖辈会安心。

美　娅　我妞妞外婆以前常来。

张　定　我晓得,我见过。

美　娅　我妈妈也来过,后来生重病行动不便了。她常叫我来,但我工作太忙,这次我在写入党报告,妈妈要我非来不可,还要我带这里泥土回去。(捧起地上的土装进小纸盒里)

张　定　这是要你记住根本。

美　娅　老爷爷,谢谢你,在这里守护了这么多年。

张　定　谢我? 我是应该被骂的人。

美　娅　(惊讶)老爷爷怎么回事?

张　定　因为——

　　　　(唱)　桑林武是我的生身父,
　　　　　　　是他陷害了你至亲。
　　　　　　　自小被瞒着我姓桑,
　　　　　　　姓了亲娘张翠兰的姓。
　　　　　　　为此我总是有疑惑,
　　　　　　　廿岁时查遍资料获真情。
　　　　　　　我惊恐桑家恶孽重,
　　　　　　　怀罪来此守坟茔。

美　娅　但你亲娘是好人。

张　定　(唱)　抵不了我那父亲的大罪行。
　　　　　　　我孤身结庐荒僻地,
　　　　　　　虔诚守护了六十春,
　　　　　　　扫洒祭祀植山花,

　　　　　　让英灵永远有个好环境。

　　　　　　我是为赎桑家罪，

　　　　　　更有对烈士的无限崇拜无限敬。

美　娅　（感动）老爷爷，你也真可以了，你跟你的翠兰母亲一样，是个大好人，你使我尊敬。

张　定　（百感交集）有你这句好人，我身上的重负减轻了不少啊。来，你用酒祭祭你的祖辈。（拿过窗台上的酒坛）

美　娅　（接过酒坛，倒了杯酒）老爷爷，我先敬你，谢谢你六十年守望。

张　定　（接过酒杯）我从不喝酒。你敬，我喝。（一口喝干）

美　娅　（又倒一杯酒，凝望墓地，深怀敬意，唱）

　　　　　　山坳里一座座墓碑，

　　　　　　蚀满了风雨的印痕。

　　　　　　一个个被岁月湮埋的名字，

　　　　　　依然显露着高贵和神圣。

　　　　　　故乡行，感受深，

　　　　　　心潮起伏难平静。

　　　　　　我尊敬的先辈们，

　　　　　　为了信仰舍家又舍命。

　　　　　　捧一罐家乡的土，

　　　　　　提醒我不能忘根本。

　　　　　　常常该回望走过的路，

　　　　　　常常拷问良知与灵魂。

　　　　　　人该如何活，

　　　　　　路该如何行。

　　　　　　何谓守理想，

　　　　　　怎样对初心。

　　　　　　该记住昨天的精神应在今天延伸，

　　　　　　该记住今天和昨天有着血肉的传承。

　　　［响起《十送红军》的歌声：

　　　　　　十送（哩格）红军，（该支那）望月亭，

　　　　　　望月（哩格）亭上，（该支那）搭高台。

　　　　　　台高（哩格）十丈白玉柱，

　　　　　　雕龙（哩格）画凤放呀放光彩，

　　　　　　朝也盼晚也想红军啊！

这台(哩格)名叫,(该支那)望红台。

尾　声

[歌声中,景转换成序幕中上海一条现代化的繁华马路,高档商店林立,各色中外名牌商品屏幕广告闪烁,并各自配着广告语和音乐,音量高而嘈杂。车流往来,都是小轿车。人流不息,都衣着光鲜时尚。美娅拖着一个小巧精致的拉杆箱,匆匆走在人流里。她在打手机:"妈,我回来了,我把家乡的泥土带回来了。"
[剧终。

本剧取材于王愿坚小说《党费》

薛允璜简介

　　1961年毕业于上海戏剧学院,历任上海越剧院编剧、创作室主任、副院长。现为中国作协、中国剧协、上海视协会员,国家一级编剧。从事戏曲创作五十多年,戏曲作品有:越剧《忠魂曲》《唐伯虎》《舞台姐妹》《早春二月》《虞美人》,沪剧《废墟上的爱》《赵一曼》等四十多本。其中《早春二月》获宝钢艺术奖——迎接建党80周年创作奖。还编写过电视剧本近百集,出版过历史传记小说《唐伯虎传》及《问君能有几多愁——薛允璜戏文选集》。

　　沪剧《赵一曼》由上海市长宁沪剧团首演。

新编沪剧

赵一曼

编剧　薛允璜

人　物

赵一曼　东北人民革命军（抗联前身）三军一师二
　　　　团政委。26—31岁。

陈达邦　赵一曼丈夫。比赵一曼大5岁。

宁　儿　赵一曼、陈达邦的儿子，七八岁。

放羊娃　鬼子抓来的假宁儿。

韩勇义　哈尔滨市立医院护士。17岁。

董宪勋　伪满警官。近三十岁。

桂　兰　抗日游击队员。三十多岁。

宝儿娘　桂兰的表妹，董宪勋之妻，二十六七岁。

龟太郎　日侵略军少佐队长。三四十岁。

大　野　日侵略军驻哈尔滨大佐司令。五十多岁。

密　探　汉奸，日伪密探。

另有：老先生等路人乡亲。 抗日游击队方队
　　　　长、队员珍珍等。 张医生等医务人员。
　　　　日侵略军军官、士兵及伪满警察若干。

1 1931 年初秋。 上海。

[旁白:1905 年 10 月 25 日,在四川宜宾县白花镇一个偏僻山村,诞生了一位非凡的女性——她就是我们至今缅怀敬仰的巾帼英烈、抗日民族英雄赵一曼! 1931 年"九一八"事变后,日本军国主义侵略军,武力强占了我东北三省。国破家亡,抗日救国的浪潮迅速席卷全国。这时在上海从事地下工作的共产党员赵一曼,受组织委派,要奔赴东北工作。母行千里远,难舍绕膝儿。临行之前,赵一曼抱着两岁的儿子,在上海一家照相馆里,留下了一张母子合影……

[画外音:"看着我! 好,别动了!"(咔嚓一声)"好了! 明天来取照片!"

[赵一曼怀抱宁儿的合影映现在天幕上。

[伴唱:舍不得 骨肉分离匆匆别,

   留一张 母子合影长相守。

[赵一曼画外音:"宁儿,想爸爸妈妈就看看这张照片,听听这块怀表。"

[怀表走动声:"喊嚓,喊嚓……"

[宁儿画外音:"妈妈——"

[赵一曼画外音:"宁儿乖,快跟姑妈去吧!"

[怀表的"喊嚓"声渐渐远去。赵一曼挥手送别,上。

赵一曼 (唱) 孩子啊 莫回头 别停留,

   你快去 避灾难 投亲友。

   此去茫茫风雨稠,

   魂牵梦绕总担忧。

   盼儿平安快长大,

母子携手驱日寇。

[暗转。汽笛长鸣，火车开动奔驰而去。

2　1935 年。　黑龙江哈东游击区。

[马蹄声急枪声脆。三个演区三组人（桂兰、宝儿娘等乡亲们，小韩、张医生等医护们，大野、龟太郎、董宪勋等日伪兵），同时惊闻。

桂　兰　（惊喜）听，马蹄声！打鬼子的女政委来了！

韩勇义　（惊喜）红衣白马女政委，又来偷袭鬼子兵！

[随着一声枪响，有鬼子军官倒下。大野、龟太郎等日伪军闻声胆寒。

大　野　（惊呼）武一郎！武一郎！

龟太郎　（惊恐）又是赵一曼！

桂兰等　找她去！

大　野　（震怒）悬赏捉拿赵一曼！

龟太郎　嗨！悬赏捉拿赵一曼！

3　珠河县西门外。

[醒目的通缉令："悬赏捉拿赵一曼"。两个鬼子兵守在城门两侧，老先生等几个路人上前观看，窃窃私语。

[赵一曼化妆成白发苍苍的东北老大娘，挟着一把大葱，醉醺醺、疯颠颠地上，哼着二人转"正月里来是新春……"珍珍紧随左右。

赵一曼　（走近通缉令）这告示上说的啥？

老先生　（小声）悬赏捉拿女共党赵一曼！

赵一曼　捉拿赵一曼？赏银多少？

老先生　生擒活捉者赏一千大洋，提头送尸者赏五百，报信属实者赏
　　　　三百！

赵一曼　好啊，若得三百大洋，俺家铁蛋讨个媳妇也足够啦！

老先生　造孽！造孽呀！(鄙夷地瞪了老大娘一眼，下)

珍　珍　(牵扯赵一曼)姥姥，快回家吧！

赵一曼　(唱)　天上掉下个大馅饼，

　　　　　　　香喷喷　真是馋煞人。

珍　珍　姥姥！

赵一曼　(唱)　豺狼拖走两姐妹，

　　　　　　　危在旦夕难回门。

　　　　　　　天赐良机不可失，

　　　　　　　虎口拔牙去救命。

　　　　　　　趁机炸掉敌碉堡，

　　　　　　　抗联威震珠河城！

　　　　　　　丫头啊，冲着这白花花的大把银，

　　　　　　　你姥姥壮胆揭下通缉令！

　　　　〔赵一曼上前撕下"悬赏通缉令"。鬼子兵甲、乙上前将她拿住。

日兵甲　大胆！死啦死啦的！

珍　珍　(上前护住)姥姥——

赵一曼　(推开珍珍)快回家！告诉舅舅，姥姥到西门炮楼领赏去了！皇
　　　　军要的粮食，赶快送去，一颗也不能少！

珍　珍　嗯，知道了。(急下)

赵一曼　(对鬼子兵)走！带俺去领赏！

　　　　〔暗转。

4　珠河西门日寇据点。

　　　　〔日兵押桂兰、宝儿娘上。宝儿娘紧抱着襁褓里的婴儿。

宝儿娘　(害怕)表姐……

桂　兰　别怕!

日兵丙　(对内)报告少佐,抓到赵一曼的两个同伙!

龟太郎　(从内走出,审视桂兰、宝儿娘)你们是赵一曼的同伙?

桂　兰　不是! 不是! 我们是种庄稼的良民!

宝儿娘　太君,我家宝儿他爹是满洲的警官,在哈尔滨警务厅当差!

龟太郎　喔! 满洲的警官,皇军的朋友,亲密亲密的!

宝儿娘　宝儿他爹上个月还回过家呢。

龟太郎　很好。那你可见过游击队的赵一曼? 她去过你们杨树村!

桂　兰　来过,骑着白马来,骑着白马去,只闻马蹄声,来去一阵风!

龟太郎　有人亲眼目睹,赵一曼在杨树村吃过一顿饭,开过一个会,串过几家门,住了一晚上! 就在你家——你们该知道赵一曼的行踪,说!

桂　兰　她的行踪,我们怎么会知道?

龟太郎　警官太太,只要你老实告诉皇军,大大有赏!!

宝儿娘　太君,我真的不知道。

龟太郎　别说不知道!

　　　　(唱)　赵一曼去过你们家,

　　　　　　　柴门紧闭一整夜。

　　　　　　　没有好酒招待她,

　　　　　　　总有一腔知心话。

　　　　　　　三个女人一炕头,

　　　　　　　唠嗑闲扯说的啥?

宝儿娘　真的没有呀!

龟太郎　(唱)　耐心有限怒火起,

　　　　　　　先杀怀里小娃娃!

　　　　　　(猛地夺过宝儿娘怀抱的婴儿,凶相毕露)说不说,不说我就摔死他!

　　　　　　〔婴儿大哭。龟太郎高举婴儿欲摔。

宝儿娘　宝儿——(拼命去夺宝儿,被龟太郎一脚踢倒)

　　　　　　〔日兵甲喊着"报告"急上。

日兵甲　报告少佐,有个老大娘,知道赵一曼,揭了通缉令,吵着来领赏!

龟太郎　她敢来领赏? 带进来!

　　　　　　〔鬼子兵带上赵一曼。她手里捏着通缉令。

龟太郎　你敢撕下通缉令?

赵一曼　太君,我是来领赏银的!

458

[桂兰、宝儿娘见是赵一曼，意外一惊。赵一曼急忙示意别作声。

龟太郎　匪首赵一曼，你的真知道？

赵一曼　（唱）　真知道　假知道　只有天知道，

　　　　　　　　赏大洋　三百块　我就对你讲。

龟太郎　好，只要你讲，赏银大大的有！先问你，你是谁？

赵一曼　（唱）　先别问　我是谁　家住何方，

　　　　　　　　赵一曼　敬重我　叫声大娘。

龟太郎　你的认识赵一曼？（将婴儿交给日兵）

赵一曼　（唱）　三年来　似亲戚　常来常往，

　　　　　　　　说天地　拉家常　无话不讲。

龟太郎　嗯，真的？！

赵一曼　（唱）　她给我　敬过酒　醉卧土炕，

　　　　　　　　我给她　擦过枪　笑骂豺狼。

龟太郎　别噜苏，快说她的行踪！

赵一曼　（唱）　前天她去珠河东，

　　　　　　　　红衣白马别短枪。

　　　　　　　　昨天她去珠河南，

　　　　　　　　袭杀东洋武一郎。

　　　　　　　　今晨悄悄离咱村——

龟太郎　去哪儿了？

赵一曼　（唱）　她说是秘密行动别声张。

龟太郎　快讲！（吓得宝儿大哭）

赵一曼　（唱）　别让啼哭闹得慌，

　　　　　　　　先把娃儿还给娘。

龟太郎　给他娘！

[宝儿娘赶紧从日兵手里抱过婴儿。

龟太郎　讲！

赵一曼　（唱）　未见赏银先到手，

　　　　　　　　何必细细对你讲？

龟太郎　你——谅你不敢使诈！（取出一小袋银元）讲好了，赏银大大的还有！

赵一曼　（唱）　她说道今日要去珠河西，

　　　　　　　　会一会少佐队长龟太郎！

龟太郎　（如临大敌，剑拔弩张）她敢来找死！

赵一曼　（唱）　她带了精兵和强将，

　　　　　悄悄潜入青纱帐。

　　　　　送粮车上藏炸药，

　　　　　　说不定此刻已到炮楼旁。

龟太郎　胡说！我不信！

日兵乙　(上报)报告少佐，有辆牛车，要给炮楼送粮！

龟太郎　送粮的？赵一曼真的来啦？放她进来，关上大门！(吩咐守兵)
　　　　给我看住了，不许乱动！去抓赵一曼！(下)

赵一曼　哎，赏银——欠我的大洋——

　　　　[一声巨响，炮楼炸坍，烟雾冲天，鬼哭狼嚎。

　　　　[看守的几个日兵大惊伏倒，赵一曼趁机夺过枪，横扫鬼子。

桂　兰　(也夺过枪，兴奋激动)政委——

赵一曼　桂兰，你带表妹快撤！(向外喊下)同志们，随我来，杀鬼子！

桂　兰　表妹，抱好宝儿，快跟我走！

龟太郎　(满身血污、狼狈不堪逃上)妈的……(见到宝儿娘、桂兰，背后一枪)

　　　　[宝儿娘中枪倒地，紧抱住怀中婴儿。

　　　　[桂兰还击，龟太郎受伤，掩住伤口逃下。

桂　兰　(急扶宝儿娘)表妹，表妹……

宝儿娘　(气息奄奄)我不行了……告诉宝儿他爹，别做鬼子狗，要做中国
　　　　人……

桂　兰　(哭呼)表妹……

　　　　[婴儿啼哭不止。暗转。

　　　　[演区两角，大野、龟太郎通电话。

大　野　(惊恐大怒)什么?!炮楼被游击队炸了！又是赵一曼！围剿游
　　　　击队！

龟太郎　(纱布缠裹头面，只露独眼)嗨，明白，围剿游击队！

5　春秋岭上。

　　　　[初冬黄昏。窝棚外，桂兰哄着饥饿的宝儿。

桂　兰　(唱)　小宝儿，泪汪汪，

可怜襁褓失亲娘。

知道你,饿得慌,

表姨无能愁断肠。

何处觅奶水,

救我小儿郎。

[赵一曼(恢复了飒爽英姿女政委打扮)急上。

赵一曼　有奶了！桂兰,讨到奶了！

桂　兰　真的呀,哪儿讨到的?

赵一曼　老乡家的羊奶,刚挤的。宝儿别哭,有奶吃了！(抱过宝儿,给他喂奶)羊奶多香啊！宝儿真乖……(抱着宝儿喂羊奶,擦拭襁褓上的血迹)

桂　兰　政委,让我来吧。(抱过宝儿喂奶)

赵一曼　(唱)　襁褓上斑斑血迹恨未休,

襁褓里嗷嗷待哺更添愁。

抱起宝儿想宁儿,

儿子啊,此刻你可安好否?

母子别离五年多,

难抑思念缠心头。

一张合影照,(口袋里摸出旧照片)

总也看不够。

无奈金瓯缺,

救国志未酬。

神州驱灭日寇后,

亲人方能重聚首。

夜夜有心托明月,

殷殷母爱寄问候。

如今已是学龄童,

启蒙开智谁教授?

愿你爸爸已回国,

父引稚儿起步走。

今夜晚　月色朦胧山河隔,

千里外　窗前月下谁相守?

但愿一家共望月,

月光明媚照九州。

［桂兰将睡着了的宝儿送进窝棚，复出。

桂　兰　（看到一曼望月遐想）政委，想儿子了？

赵一曼　嗯。你看，这是跟儿子在上海照的，那时他才两岁多。

桂　兰　长得多精神，像你。

赵一曼　更像他爸。

桂　兰　他爸在国外？

赵一曼　嗯……也许已经回来打鬼子，也许还在国外呢，我们是在莫斯科中山大学分别的，已经七年多了。曾把这张照片寄给他，也不知收到没有……桂兰，你有针线吗？

桂　兰　有啊，缝补啥？我来！

赵一曼　我怕这张照片弄丢了，想把它缝进胸口小袋里。

桂　兰　嗯，好。（取出针线给一曼）

　　　　［赵一曼脱下外衣，细心缝进照片。

桂　兰　（看得感动）政委她……

　　　　（唱）　打鬼子　威风凛凛一身勇，

　　　　　　　　思念儿　情意绵绵作女红。（"红"读音同"工"）

　　　　　　　　一张合影无价宝，

　　　　　　　　月光下一针一线密密缝。

　　　　　　　　缝进一腔慈母爱，

　　　　　　　　藏进怀里御寒冬。

　　　　［有个黑影（密探），鬼鬼祟祟从窝棚后钻出，窥探。

赵一曼　（缝好，穿上）桂兰，你得连夜下山，把宝儿安全送到老乡家。估计明天会跟鬼子交战，不能再让宝儿受惊了。

桂　兰　嗯，政委放心，我现在就去。（转身发现窝棚后黑影）谁？谁在窝棚后？

　　　　［窝棚后的密探急忙躲下。

赵一曼　定是鬼子密探！得马上转移！快去抱宝儿！（收拾东西）

　　　　［桂兰抱了宝儿，跟赵一曼正要转移，战士来急报。

珍　珍　（上）报告政委，发现有队鬼子，在山东边移动！

一战士　（上）报告政委，发现有队鬼子，在山西边移动！

赵一曼　看来，鬼子要围剿、偷袭我游击队！珍珍，你去报告方队长，提高警惕，多加岗哨，准备战斗！

珍　珍　是！（欲下）

　　　　［突闻枪声。方队长急上。

方队长　政委,鬼子偷偷摸上山来,我们被包围啦!

赵一曼　方队长,你带游击队突围出去,到西拐沟跟张团长会合! 我来断后!

方队长　你是政委,整个团需要你,必须先走,我来断后! (枪声愈来愈近,带队员迎击)你快走啊!

赵一曼　阻敌一刻钟后,立即撤退,追上队伍!

　　　　[赵一曼、桂兰等一队战士迅速撤离。方队长受伤,队员呼喊: "方队长。"

赵一曼　(闻声急返)快把方队长抬下去! 快! 这是命令!

　　　　[队员抬方队长下。赵一曼带着珍珍等吸引、阻击鬼子。

　　　　[鬼子火力密集,赵一曼中枪受伤。

珍珍等　政委——

赵一曼　(欲走,腿伤不能移步)别管我! 快撤!

龟太郎　(带鬼子围上)来不及啦!

　　　　[战斗中珍珍等二人牺牲。密探上,凑向龟太郎密报。

龟太郎　原来你就是赵一曼! 这次骗不了也逃不了啦! 拿住她! 带回去突击审讯!

　　　　[暗转。黑暗中传来镣铐声,鞭打声,鬼子吼叫声。

　　　　[伴唱:啊——

　　　　　　　碎了衣裳　血溅刑房,

　　　　　　　一鞭鞭抽打在心尖上。

6　哈尔滨市立医院特殊病房。

　　　　[龟太郎心急慌忙指手画脚,将昏迷不醒的赵一曼送进病房。
　　　　[大野急上,怒火中烧。

大　野　少佐队长! 这就是你送来的杰作?

龟太郎　是! 呃……不是……

大　野　你糊涂! 幼稚! 愚蠢! 对待赵一曼这样的共党匪首,不是逼她的口供,不是消灭她的肉体,而是要摧垮她的意志,收服她的灵魂！懂不懂?！

龟太郎　懂……不懂！请司令教训！

大　野　不懂就好好学着！你留下负责看护,将功补过！

龟太郎　是,司令。

　　　　〔伪警官董宪勋带护士韩勇义、张医生等三四个医务人员上。

董宪勋　报告司令！医务人员带到！

大　野　哦,(对医务人员)你们必须全力救治,不能让她死了！

张医生　是。(与小韩等迅速救治赵一曼)

大　野　董警官,你协助少佐队长,负责病房看守！不许有丝毫差错！

董宪勋　是!(立刻与伪警守卫病房门左右)

龟太郎　司令辛苦！请——(随大野下)

　　　　〔张医生和护士们急忙给赵一曼检查、止血、注射、包扎……

韩勇义　(看到病人血染衣衫、昏迷不醒,好不痛心)哎唷,伤口上血肉模
　　　　糊,血衣揭下来连皮带肉,真是惨不忍睹……

张医生　惨无人道！惨无人道啊！(急忙救治)

韩勇义　(不禁伤心落泪)一个女人,怎么受得了这般毒刑……

张医生　小韩别哭！(看看门外,小声)你看她,断了腿,全身是伤,也不哼
　　　　一声,多坚强！真是巾帼英雄,名不虚传啊！怪不得鬼子会闻风
　　　　丧胆！

韩勇义　(惊喜)啊,她就是红衣白马女政委?

张医生　没错,女英雄！赵一曼!(细心处理)

韩勇义　张医生,你一定得救活她！

张医生　嗯。你专门守着她,别让伤口感染。醒来后,给她喝点粥！

韩勇义　嗯,我知道。

　　　　〔张医生处理好伤口,带其他护士下。

韩勇义　(唱)　敬仰已久得亲近,

　　　　　　　　未及惊喜先揪心。

　　　　　　　　她痛受熬煎昏沉沉,

　　　　　　　　我心酸难忍泪纷纷。

　　　　　　　　她伤口渗出殷殷血,

　　　　　　　　我胸口顿觉似火焚。

　　　　　　　　盼她早点醒啊,

　　　　　　　　吃口热粥补精神。

　　　　　　　　又怕醒来后,

再受毒刑难保命。

盼她醒又怕她醒，

昏迷中　但愿伤痛能减轻。

[小韩给赵一曼盖好被子，将灯光收暗，端着废弃物轻轻下。

[赵一曼身子动了动，微微呻吟。

赵一曼　（唱）天地旋　山河倒　似浮似沉，

阴森森　恶狠狠　魔影狰狞。

悬崖边　深渊前　鬼门逼近，

气还喘　心还热　死也还魂。（挣扎着欲坐又昏迷）

[迷离恍惚间，忽闻"嘁嚓嘁嚓……"的怀表声，由远到近。

赵一曼　（闻声呼唤）宁儿……宁儿……

[七八岁的宁儿寻找上。

宁　儿　妈妈，妈妈，你在哪儿呀？

赵一曼　宁儿，真是你吗？妈妈怎么看不到你……（起身寻觅）

宁　儿　妈，宁儿在这里！（扑到母亲怀里）妈妈……

赵一曼　宁儿！快说说，你怎么来的？

宁　儿　跟爸爸一起来的……（陈达邦风尘仆仆上来）

赵一曼　啊，你爸也来了？他人呢？

陈达邦　淑宁！一超！终于找到你了！

[宁儿懂事地取出铅笔小本子，去一旁画图写字。怀表声止。

赵一曼　达邦——（激动地拥抱丈夫，伤痛穿心）哎唷……

陈达邦　（唱）我的爱妻呀，见到你　伤痕叠伤痕，

禁不住　泪水滚滚痛彻心。

怨达邦　远在他乡难随护，

恨鬼子　残忍毒辣无人性。

赵一曼　不怪你。你们能找到这里，已经好不容易。

陈达邦　我带着宁儿到处打听，一路寻找！

（唱）只晓得　我妻芳名李坤泰　字淑宁，

也知道　笔名一超求新生。

哪料到　改了姓　又换名，

赵一曼　原是我的心上人。

赵一曼　（唱）来东北　加入抗日队伍后，

随军长　改了姓氏隐真名。

陈达邦　（唱）莫斯科　中山大学一别后，

多少个 日日夜夜总挂心。

赵一曼 （唱） 曾记得 临别赠我一怀表，

耳朵边 至今犹闻嘁嚓声。

陈达邦 （唱） 嘁嚓声 那是达邦悄悄话，

时刻伴你赴征程。

赵一曼 （唱） 怀表留给了小宁儿，

他爱听 嘁嚓声声父叮咛。

［宁儿拿出照片和怀表，亲切的"嘁嚓，嘁嚓"声又响起。

宁　儿 爸，妈，两件宝贝，宁儿一直藏在身边！

（唱） 一张照片一块表，

相伴宁儿不离身。

怀表贴耳听，便觉亲又亲，

好似爸妈常亲吻。

嘁嚓声 似闻爸妈细叮咛，

合影照 儿在怀抱暖如春。

［突闻龟太郎怒喝声："谁在唱！抓住他——"

［一群鬼子兵扑进来，将宁儿、陈达邦抓走。

宁　儿 （哭呼声声）妈妈——妈妈——

赵一曼 （痛呼）宁儿——我的宁儿——（跌倒床前）

韩勇义 （闻声急上，开亮灯）赵姐——（将她扶上床）

赵一曼 （梦初醒，惊魂未定）做了个梦，好怕……你是……

韩勇义 我是专门照看你的护士小韩！

赵一曼 护士……小韩……这里是啥地方？

韩勇义 这是哈尔滨市立医院特殊病房，你被他们打得昏死过去，才送来
救治的。

赵一曼 （始觉浑身疼痛，外衣没了）我的衣裳呢？我的外套——

韩勇义 打烂了，被他们撕下扔掉了！

赵一曼 那我的照片，我的宁儿呢？（急得要哭）缝在衣裳里的照片没有
了……

韩勇义 你别急，慢慢找，快躺下，不能动。我给你去端粥。（下）

［天明。大野上。董警官等伪警立正敬礼。

大　野 赵女士，醒了？早上好！

［赵一曼见是日本鬼子，没理。

大　野 鄙人是大日本帝国驻哈尔滨皇军司令大野大佐！

赵一曼　你就是大野？

大　野　大野特来问候赵女士！

赵一曼　问候？别虚情假意啦！

大　野　鄙人真心诚意，只为友情而来！

赵一曼　为友情而来？那好，先把打烂的衣裳还给我！

大　野　我知道，赵女士要的不是那件衣裳，而是宝贝儿子的照片！

赵一曼　你……既然你知道，就把照片还给我！

大　野　别急么，赵女士……

　　　　（唱）　欣赏你铁骨柔情，

　　　　　　　敬重你爱子如命。

　　　　　　　珍惜你贴身之宝，（取出那张合影照片，已被烧残）

　　　　　　　赞美这精彩合影。

赵一曼　这是我的，还给我！

大　野　（唱）　大野我有儿有女有父爱，

　　　　　　　懂得你牵肠挂肚慈母心。

　　　　　　　只要柔肠未断时，

　　　　　　　你我合作便可成。

赵一曼　合作？做梦吧？

大　野　（唱）　不要你出卖灵魂　画押签名，

　　　　　　　只要你几个汉字　留下友情！

赵一曼　几个汉字？

大　野　（唱）　我喜欢中国文化，

　　　　　　　尤其是书法丹青。

　　　　　　　只索求妙笔留墨，

　　　　　　　还给你母子合影无价珍！

赵一曼　你是想做笔交易？

大　野　不算交易，而是礼尚往来，以示友好。

赵一曼　哈哈，友好？你想要的几个字，定然是肮脏不堪，欺蒙拐骗！我
　　　　不会写！

大　野　会写，肯定会写！赵女士是抗联名将、女中豪杰、文武全才，你的
　　　　墨宝大野我一定好好珍藏，留传后代！来啊，笔墨侍候！
　　　　〔董警官送进笔墨纸张。退下。

大　野　（递上一张纸条）就这九个字，一挥而就！

赵一曼　（读纸条）"中日亲善　大东亚共荣"！哈哈，果然是欺蒙拐骗，强

盗招牌！四年多前你们制造"九一八"事变后，霸占、掠夺、蹂躏我东北三省，难道不是侵略是"亲善"?！大野，别把我当三岁小孩！

（唱）　三岁小孩也知道，

　　　　中日亲善是狼嚎！

　　　　铁蹄践踏我东三省，

　　　　奸淫掠夺罪滔滔。

　　　　扶植伪满当傀儡，

　　　　虎视眈眈　战火已向关内烧。

　　　　共富共荣设圈套，

　　　　欲霸东亚　狼子野心已昭昭！（将纸条撕得粉碎）

大　野　你——难道你舍得这张合影也被撕烂吗？（欲撕母子合影）

赵一曼　撕吧，你撕得了照片，撕不了我们母子深情，儿子永远在我心里！

大　野　放心，我会留着它。想儿子了吧？他在哪里？我帮你把他接过来。

赵一曼　枉费心机！

大　野　那你好好休息，明天再来看望！（下）

赵一曼　（又气又恨）蛇蝎心肠！想动我儿子念头。

　　　　〔小韩端粥上。

韩勇义　赵姐，别生气，吃点粥，养好身子要紧！

赵一曼　小韩，谢谢你……

韩勇义　等你能走动了，我想办法救你出去！

赵一曼　好妹妹，千万别冒险！

　　　　〔鬼子兵吆喝声："谁？不许靠近！"紧接着一阵枪声。

　　　　〔龟太郎惊呼声："有游击队！抓住他！别让他跑掉，追——"

　　　　〔赵一曼、小韩警惕望着外边。暗转。

7　特殊病房。　1936 年初夏。

　　　　〔张医生给赵一曼检查，小韩随护。

张医生　这条腿总算保住了。再过几天，就可以下床走动啦！

赵一曼　多谢张医生精心治疗！

［龟太郎上来查岗。里边闻声,张医生忙让赵一曼躺下。

龟太郎 怎么只有一个岗哨?

董宪勋 报告少佐,还有个岗哨,刚刚去厕所。

伪警甲 (提着裤子奔上)来了!来了!

龟太郎 (狠狠扇他一巴掌)不许擅自离开!

伪警甲 是!

龟太郎 (进病房)大夫,病人恢复得怎样?

张医生 还好,还好!不过,还得躺着!

韩勇义 她动不得,我可累死了!

张医生 太君,千万不能移动,只能躺着静养。

龟太郎 不行!过几天就要审讯!必须抓紧治疗!

张医生 是,抓紧!

　　　　　　［龟太郎下。伪警立正行礼相送。

韩勇义 (担心)又要审讯了,赵姐……

赵一曼 小韩,不用怕,赵姐经受得住!

　　　　　　［灯光收暗。夜里,雷声滚滚。

赵一曼 (睡不着)小韩,今天是六月几号了?

韩勇义 已经是七月三号了。

赵一曼 啊,又到七月了!难忘啊,十五年了,已经是朝气蓬勃的青春岁月了!

韩勇义 赵姐,你说的是谁呀?是你弟弟?

赵一曼 不是弟弟,可他比兄弟、比爹娘还亲!

韩勇义 那是谁呀?才十五岁……

赵一曼 他是中国共产党,你听说过吗?

韩勇义 听说过,就是领导抗日联军打鬼子的那个共产党?

赵一曼 嗯,十五年前的七月,他在上海诞生,至今已有十五个年头了!
　　　　　　小韩,把换下来的纱布,还有剪子,给我用用!

韩勇义 你要做什么?让我帮你……(找出带血纱布,递剪)

赵一曼 不用,我自己来。(很快地剪出镰刀斧头图形)

韩勇义 (看着剪出的图形)镰刀,斧头!这是?

赵一曼 这是我心里的旗帜……(倾心仰望,一面镰刀斧头红旗映现眼前,她支撑着下床,整整衣衫,面对"党旗",肃立敬礼)亲爱的党啊,在这值得纪念的日子里,你的女儿、你的战士赵一曼向你敬礼,向你报告!

［小韩扶着赵姐，也深受感染。

赵一曼　（唱）　十年前　三江之畔宜宾城，

　　　　　　　　有一位　二十一岁的女学生。

　　　　　　　　含着热泪立誓愿，

　　　　　　　　此生永做党的人。

　　　　　　　　难忘冲出旧家庭，

　　　　　　　　投身革命获新生。

　　　　　　　　武昌城　黄埔军校当女兵，

　　　　　　　　第一次　冒着战火去西征。

　　　　　　　　莫斯科　中山大学新课堂，

　　　　　　　　春风拂面暖胸襟。

　　　　　　　　怀着身孕回国后，

　　　　　　　　生死路上　步步全靠党指引。

　　　　　　　　更难忘　送别宁儿到东北，

　　　　　　　　战地烽火炼赤诚。

　　　　　　　　自从落入魔掌后，

　　　　　　　　多盼向党诉衷情。

　　　　　　　　日寇残暴施酷刑，

　　　　　　　　苦水血水可自吞。

　　　　　　　　似煎如熬痛醒时，

　　　　　　　　泪水盈眶难自禁。

　　　　　　　　非是怯懦惧死神，

　　　　　　　　实难忍　思念战友想亲人。

　　　　　　　　长夜里　党如春阳暖我心，

　　　　　　　　万般惨痛化愤恨。

　　　　　　　　我把牢房作战场，

　　　　　　　　毒刑烈焰铸忠魂。

　　　　　　　　断腿折骨脊梁在，

　　　　　　　　抗日意志更坚定。

　　　　　　　　心中有党无所惧，

　　　　　　　　一息尚存　战斗不止到牺牲。

韩勇义　（流着泪抱住一曼）赵姐，你不会死的！我会救你！一定救你出去！

赵一曼　傻丫头，你一个小女子，怎么救我？

韩勇义　只要把你偷出病房，就可以雇辆车，把你送出哈尔滨！

赵一曼　雇辆车? 那要好多钱,你哪儿去弄?

韩勇义　我有钱! 我爸爸是被伪满汉奸逼害死的。临死前他把一生积蓄八块大洋,留给我将来作嫁妆。

赵一曼　八块大洋,那是你的嫁妆银,不能动!

韩勇义　我还小,用不着。赵姐,我跟你去参加抗日游击队! 你们要我吗?

赵一曼　(紧紧抱住小韩)好妹妹!

董宪勋　(出现在门外)不许说话! 天还没亮,好好睡觉!

　　　　〔病房内灯光暗。

　　　　〔病房外天刚亮,伪警甲悄悄上。

伪警甲　(小声对董警官)有个女的,说是你表姐,要见你,在儿科门诊前等着。

董宪勋　表姐?

　　　　〔暗转。

8　医院儿科门诊外。　早晨。

　　　　〔桂兰背着宝儿,警惕地等候着。

董宪勋　(悄悄溜上)表姐,你怎么到这里来寻我?

桂　兰　我先问你,你们看守的特殊病房里,关的是谁?

董宪勋　听说就是那个大名鼎鼎的——抗联女政委赵一曼!

桂　兰　她是好人,抗日英雄,你一定要把她救出来!

董宪勋　救她出来? 这怎么可能,日军宪兵、满洲警察层层把守,除了几个医生护士,连一只苍蝇也飞不进去,也飞不出来!

桂　兰　我知道,团长几次派人冒险营救,多有牺牲,所以才来找你! 你看看,我背篓里的孩子是谁的?

董宪勋　(看到孩子,惊喜)呀,这不是我们家的宝儿吗!

桂　兰　珠河西门炸炮楼那天,是赵一曼把宝儿从鬼子手里救出来的! 没有赵一曼,宝儿早被龟太郎摔死了!

董宪勋　啊! 那宝儿他娘呢?

桂　兰　表妹她……死在龟太郎的枪口下……

董宪勋　啊,宝儿他娘……(欲哭强忍)

桂　兰　找了你好久,才知你在这里。家里出了事,也没法告诉你……表
　　　　妹夫啊!

　　　　(唱)　莫让鲜血白白流,

　　　　　　　表妹临死有话留:

　　　　　　　要你做个中国人,

　　　　　　　别做东洋鬼子狗!

　　　　　　　宝儿由我代领养,

　　　　　　　大仇你要记心头。

　　　　　　　休让一身狗皮装,

　　　　　　　辱没了祖宗　留下骂名千古羞!

　　　　　　　赵一曼是你董家大恩人,

　　　　　　　想清楚　该救还是不该救?!

董宪勋　该救——

桂　兰　好,有你这句话,宝儿长大会叫你一声好爸爸!

董宪勋　我的宝儿……(亲吻褪褓里的儿子)

桂　兰　早定营救方案,三天后我再来。我走了,你小心!(下)

董宪勋　(唱)　该救二字一出口,

　　　　　　　一座大山压心头。

　　　　　　　心慌慌,手发抖,

　　　　　　　血涌头,气难透。

　　　　　　　本已厌恶狗皮装,

　　　　　　　又添大恨杀妻仇!

　　　　　　　心底钦佩女英雄,

　　　　　　　更添大恩必须救。

　　　　　　　病房如牢笼,

　　　　　　　欲救难伸手。

　　　　　　　纵有天大胆,

　　　　　　　如何脱虎口?

　　　　　　　独力更无助,

　　　　　　　必先找帮手。

　　　　谁可信赖肯冒险……(边走边想)

　　　　[小韩捧着护理药物上。两人相遇。

韩、董　(唱)　他(她)为何　心事重重锁眉头?

董宪勋　(唱)　她在英雄身边守,

472

两人早已情谊厚。

韩勇义　（唱）　他在病房门外守，
　　　　　　　　究竟是人还是狗？

董宪勋　（唱）　若能有她一臂力，
　　　　　　　　正可相助同营救。

韩勇义　（唱）　若能有他暗中助，
　　　　　　　　便可逃出牢门口。

董、韩　（唱）　何不悄悄去试探，
　　　　　　　　但愿风雨敢同舟！

韩勇义　董警官，正想找你……
　　　　　〔日兵高喊声："闪开，大佐司令到——"
　　　　　〔小韩、董警官急忙隐下。

9　医院内，日伪军驻守处。

　　　　　〔大野从外而上。龟太郎急忙出迎。

龟太郎　司令驾到，有何指教？

大　野　我要的两件宝贝，到手了吗？

龟太郎　两件宝贝？

大　野　对付赵一曼的两件顶级武器！

龟太郎　喔，魔鬼电椅刚刚运到，正在安装调试。

大　野　还有呢？我要的小天使呢？

密　探　（闻声赶上）报告司令！您要的小天使找到了！

大　野　找到了？假的吧？

密　探　赵一曼是从江南过来的，她的儿子肯定藏在江南腹地，那边现今
　　　　　还不是皇军的地盘，真的哪儿去找？正巧有个放羊娃，到处找他
　　　　　娘……

大　野　嗯，放羊娃也管用！

龟太郎　（恍然）噢，弄个假儿子触痛赵一曼的母爱神经！司令英明！

大　野　一把魔鬼电动骑，一把天使穿心箭，有这两件超级凶器轮番上

阵，我不信征服不了这个特殊女人！抓紧准备，严加看守！明天
晚上施行！

龟太郎　是！抓紧准备，严加看守！请司令放心！

大　野　（吩咐密探）带路，去看看那个小天使！

密　探　司令请！（引大野下）

龟太郎　（吆喝）董警官！董宪勋——

　　　　〔董宪勋急上。

董宪勋　小的在，少佐队长有何吩咐？

龟太郎　你的给我听好！

　　（唱）　特殊病房死囚牢，

　　　　　　多加巡查添岗哨。

　　　　　　不许犯贱再犯困，

　　　　　　出差错　你的小命也难保！

董宪勋　是！

龟太郎　（唱）　明天晚上看好戏，

　　　　　　　穿心夺魂出奇招！（下）

董宪勋　（唱）　惊闻毒刑在明天，

　　　　　　　欲救无计心如煎。

　　　　　　　电椅已比魔鬼恶，

　　　　　　　那堪穿心夺命箭。

　　　　　　　营救只有今晚上，

　　　　　　　当机立断须冒险！

　　　　〔一声惊雷。董警官惊急下。

10　特殊病房内外。

　　　　〔电闪雷鸣。暴雨倾盆。

董宪勋　（巡查上，吩咐手下）特殊病房，严加看管！风雨之夜，小心游击
队偷袭，你们快去西门、北门巡查，这里有我守着！

　　　　〔伪警察内应："是！"

董宪勋　（迅速进病房,轻声）小韩！小韩！

韩勇义　（上）董警官！

董宪勋　小韩,提前行动。马上就走！

韩勇义　啊,马上就走？

赵一曼　（上）不行！董警官,没跟外面联系好,不能贸然行动！

董宪勋　赵姐,明天他们就要对你下手！今夜不走就来不及啦！

赵一曼　不能为了救我,拿你们的生命去冒险！

董、韩　赵姐——

赵一曼　跨出这一步,再也无退路！

韩勇义　跟着赵姐走,决不再回头！

董宪勋　参加游击队,死也不回头！

韩勇义　赵姐,张医生正巧值夜班！

董宪勋　赵姐,大车已在东门外等候！

赵一曼　（被打动）好吧,小董,听你安排！

董宪勋　快去准备一下！

　　　　［小韩、赵一曼入内。董警官警惕地在门口张望。

龟太郎　（突然出现）董警官,怎么只有你一个人？

董宪勋　（意外一惊,忙镇定）喔,还有一位正在里边查房……

龟太郎　查房？（踏进病房）

　　　　［董警官迅速勒住龟太郎咽喉,拔出鬼子的匕首,狠狠一刀将他
　　　　毙命。

董宪勋　宝儿他娘,我给你讨还血债了！（再补一刀,轻声对内）快走！

　　　　［暗转。

11　风雨途中。

　　　　［雷声、风声、雨声。三人赶着马车歌舞上。

赵一曼　（唱）　顶风冒雨出了城,
　　　　　　　　电闪雷鸣壮胆行。

韩勇义　（唱）　雷声呀,你轻一点,

　　　　　　　　　　莫让赵姐再受惊。

董宪勋　（唱）　风雨啊，你小一点，
　　　　　　　　　　莫叫赵姐湿淋淋。

韩勇义　（唱）　大车啊，你稳一点，
　　　　　　　　　　伤口颠簸痛揪心。

董宪勋　（唱）　马儿啊，你快一点，
　　　　　　　　　　快一点　护送赵姐离险境！（三人下）

　　　　　［昏暗一角，大野怒吼："什么？……该死的！快追——桦树坡——"
　　　　　［暗转。摩托车、越野车紧急发动声、急驶声震魂慑魄。

12　桦树坡，路边小店。

　　　　　［雨后早上。董警官、小韩扶着赵一曼上。

韩勇义　赵姐，路边小店里歇一歇吧！

赵一曼　好。这一路多亏了你们俩。

董宪勋　赵姐，快到了吧？

赵一曼　从桦树坡到抗联控制区，还有三十里。我们喝点水就赶路。

董宪勋　好。店家，来壶开水！

店　家　（即密探，内应）来啰——（又端出一大盘酒菜）醋熘白菜地三鲜，
　　　　香辣狗肉炝肚片，五香驴肉卤猪蹄，神仙炉里醉八仙！客官请！

董宪勋　弄错了吧?！我们没点菜……

店　家　没错，没错！贵人吩咐，小店不敢丝毫怠慢。

赵一曼　贵人吩咐？（警觉）不能停留，我们快走！

　　　　　［赵一曼等欲下，大野笑吟吟挡在路口。
　　　　　［董警官、小韩意外惊惶，紧紧守护着赵一曼。

大　野　（逼近董警官，狠打一巴掌）你辛苦啊！（转身笑对赵）赵女士，大
　　　　野我特地赶来，略备薄酒，真心挽留。请！

赵一曼　（唱）　大野他　半场劫　笑里藏刀，

大　野　（唱）　她要走　我要留　恬然陪笑。

赵一曼　（唱）　酒和菜　禽与兽　何处搜罗？

大　野　（唱）　满洲菜　日本料　亲善热炒。

赵一曼　（唱）　血腥味　诱人色　烹制奸巧，

大　野　（唱）　留客酒　真心意　对天可表。

赵一曼　（唱）　欺诈常用煎烩烤，

　　　　　　　　邪恶何必强装笑。

大　野　（唱）　侠女欲走心难留，

　　　　　　　　相留只为示友好。

　　　　　　　　翻山涉水苦寻觅，

　　　　　　　　给你惊喜想不到！

赵一曼　给我惊喜？莫非放下屠刀，滚回日本!？做不到吧？

大　野　对你来讲，这个惊喜可是大大的！我让你见个孩子！

赵一曼　（意外）见个孩子？

大　野　我知道你思念儿子，便到处打听，也真巧了，有个男孩到处找娘，我一看，跟你这照片上的儿子长得一模一样！（取出那张母子合影）喏，先把照片还给你。你见到那孩子就等于见到自己儿子了！快走吧！

赵一曼　（又见照片，有些激动）宁儿……

　　　　　〔暗转。

13　阴森的刑房。

　　　　　〔大野上。

大　野　小天使呢？我的小天使呢?！

密　探　（上）报告司令，小天使已经到位，只等司令一声令下！

大　野　这把穿心利箭，胜过魔鬼电椅！他的哭喊声，可以毁掉灵魂！懂吗？

密　探　小的明白，再去调教！（下）

大　野　我的魔鬼呢?！

行刑官　（上）报告司令，魔鬼电椅调试完毕，等候施展神威！

大　野　哦，电流强度分几级？

行刑官　共分四级：一级手脚发麻，浑身颤抖。二级心慌意乱，痛苦难熬。三级皮焦肉烂，头痛如裂。四级五内如焚，多数毙命。

大　野　不能让她轻易死去！要她生不如死，欲死不能！先让董警官坐坐！

行刑官　嗨！听候司令吩咐！（入内）

大　野　（得意）征服赵一曼，看我这两手！

　　　　（唱）　一把魔鬼电动椅，
　　　　　　　　要让她　死去活来痛熬煎。
　　　　　　　　一把天使穿心箭，
　　　　　　　　更叫她　撕心裂肺失底线。
　　　　　　　　纵然她　意志强过高压电，
　　　　　　　　也难逃　母爱天性断魂剑。
　　　　　　　　对准软肋狠下手，
　　　　　　　　摧垮信念　征服对手顷刻间！

　　　　有请赵女士！

　　　　〔传呼声："有请赵女士！"小韩扶赵一曼上。

赵一曼　大野，孩子呢？像我儿子的孩子呢？

大　野　没骗你，喏，就在里边——（对内拍手）你看！

　　　　〔纱幕后身影：密探拉着放羊娃过场。放羊娃呼喊声声："娘——娘——"

赵一曼　放开他！我要见他！（欲下，被阻）

大　野　别急！我送给你一个干儿子，你总得还我个纪念品吧？请留下亲善墨迹！

　　　　〔日兵送上纸笔。

大　野　还是那九个字，大笔一挥，轻而易举！

赵一曼　留下亲善墨迹，好阴险！

　　　　（唱）　孩子声声唤亲娘，
　　　　　　　　恍惚似见小儿郎。
　　　　　　　　一阵冷风吹梦醒，
　　　　　　　　看破大野鬼花样。
　　　　　　　　抓个山里娃，
　　　　　　　　布张亲情网。
　　　　　　　　母子深情当诱饵，
　　　　　　　　逼我顺从降东洋。

面对日寇攻心计，

宁断肝肠不上当！（掀翻纸笔）

大　　野　（怒）你——敬酒不吃吃罚酒！魔鬼电椅伺候！

赵一曼　来吧，我等着呢！

大　　野　慢！魔鬼电椅是帝国的最新发明，还没用过。让身强力壮的男子汉董警官先试试！赵女士请到纱幕后观赏。

　　　　　〔小韩扶着赵一曼，被推入侧幕后。

大　　野　（对着黑幕后）董警官，坐稳了！通电！一级！二级！三级——滋味如何？有何话说？

董宪勋　（忍着极大痛苦，画外声）我是中国人，不做鬼子狗！

大　　野　加四级——

董宪勋　（画外怒骂声）强盗——（昏厥）

行刑官　（画外声）啊，死了！

　　　　　〔赵一曼痛呼冲出："董警官——"

大　　野　赵女士，观感如何？

赵一曼　又欠中国人民一笔血债！

大　　野　董警官身强力壮，也难挺住，真不忍心让你承受。要不，再商量商量？

赵一曼　商量什么？还我自由！还我东三省吗?!

大　　野　你……想死容易，欲死不能才难熬！（向内）把张大夫叫来，随时候着！

　　　　　〔内应："是！"日兵和行刑官将赵一曼推进黑幕。

韩勇义　赵姐——（呼喊）不要——不要——（被日兵拦住拉下）

　　　　　〔灯光俱灭，一片黑暗。放羊娃呼喊声："娘——娘——"

　　　　　〔大野下令声："一级——二级——"

　　　　　〔追光下，小韩冲上呼喊怒骂："强盗！畜生！魔鬼——"跌倒。

韩勇义　（唱）　鬼子张开罪恶手，

　　　　　　　　电似烈火狂窜走。

　　　　　　　　皮肉焦　青烟冒　痛煎熬　心颤抖，

　　　　　　　　惨不忍睹　好似万剑劈我头！（痛苦抱头翻滚）

　　　　　〔大野下令声："三级——"

韩勇义　（唱）　赵姐啊　我的好姐姐，

　　　　　　　　血肉躯　那堪电穿透。

　　　　　　　　肝肠寸寸断啊，

傲骨硬依旧。

痛难忍　你就号啕哭，

苦难受　你就大声吼。

别让魔鬼再折磨，

快将怒火喷出口！

〔大野画外音："赵女士，还能说话吗？"

韩勇义　（唱）赵姐她　目光如箭射向敌，

依旧昂然不低头。

〔大野怒而下令："加四级——"

韩勇义　赵姐——（跌滚爬起哭呼下）

〔伴唱：雷打电劈志难夺，

天昏地暗　一缕忠魂还坚守。

大　野　（冲上，急喊）别让她死了！扶下来！

〔行刑官和日兵将昏死过去的赵一曼拖上。一曼倒在地上一动不动。

大　野　（审视）啊，死了……你让我一无所得！不！不行！（大喊）张大夫！

张医生　（带着急救包上）来了！来了！（急忙检查）……报告司令，皮焦肉烂，脉息全无。张某回天乏术，无能为力！

大　野　唉，一个女人，在魔鬼电流强击之下，不哭一声，不叫一声，不骂一声，一直到死，也没摧垮她的意志……佩服，佩服……

〔放羊娃哭喊声："娘——娘——"

赵一曼　（昏迷中闻儿呼喊，似听到"喊嚓喊嚓"怀表声）宁儿！我的宁儿……

大　野　（惊，喜）哈哈，有啦！快把小天使带上来！

〔密探带放羊娃上。放羊娃寻着喊着："娘——娘——"

〔伴唱：娘闻儿　呼喊声　死也可醒。

赵一曼　（支撑着、匍匐着呼喊）儿啦，我的儿子——（把娃儿拥抱在怀里）

〔怀表走动声没了。赵一曼清醒，抱住放羊娃不放开。

〔伴唱：儿在娘　怀抱里　假亦如真。

大　野　（把放羊娃从赵一曼怀里拉开）见到孩子，别忘了中日亲善！留下墨宝，做个纪念，现在总该答应了吧？

赵一曼　（完全清醒）逼我顺从……休想！

〔大野恼羞成怒，拔出刺刀，狠将放羊娃刺伤。放羊娃"哇哇"大哭。

　　　　　　[伴唱:伤儿身　痛娘心　骨肉同根。

　　　　　　[赵一曼奋不顾身扑过去,紧紧护住娃儿,给他护伤,抹泪,哄抚。

　　　　　　[伴唱:孩子血　慈母泪　血泪难分。

大　野　眼前你有两条路:要么留下亲善笔迹,带着孩子一起走;要么顽
　　　　守抗日信念,护着孩子一起死! 要死要活? 快说!(扯开放羊
　　　　娃,刺刀直逼)

赵一曼　(疾呼)不许伤害他!

大　野　(紧逼)写不写中日亲善?

赵一曼　你的亲善,就是侵略! 就是屠杀!

大　野　是你逼我向孩子开刀!(举刀砍向放羊娃)

赵一曼　(救娃要紧,决断)住手——我写!(冷静,坚定)写几个字可以,
　　　　你先得把孩子放掉,交给张医生治疗!

大　野　好。张大夫,你把孩子带走!

张医生　是!(拉住放羊娃)跟我走吧!

放羊娃　(欲走又回头,跪向赵一曼)娘——

赵一曼　(忙扶住)孩子,快去吧! 张医生,拜托了!

张医生　嗳……(抱起放羊娃急下)

大　野　赵女士,现在可以写字了。这九个字——中日亲善　大东亚共
　　　　荣,那可是字字千金,价值连城哪! 千万不可写错了!(日兵再
　　　　次送上纸笔)

赵一曼　我这九个字血肉铸成,刻骨铭心,岂会写错!(拿起笔一挥而就)
　　　　请看!

　　　　　　[天幕上亮出一曼写的九个大字:反满抗日　还我东三省!

大　野　(顿觉失败)啊……没办法,只有送你上西天,明日一早押送珠河
　　　　刑场!

赵一曼　给我纸笔,我要给儿子留封信。(暗转)

14　昏暗的牢房。　深夜。

　　　　　　[天幕上映现字迹,一曼画外音同步:"宁儿:母亲对你没能尽到

教育的责任,实在是遗憾的事情。母亲因为坚决地做了反满抗日的斗争,今天已经到了牺牲的前夕。母亲和你在生前是永远没有再见的机会了。希望你,宁儿啊!赶快成人,来安慰你地下的母亲……"

[一阵铁索银铛锁门声,打断了思绪。油灯下,赵一曼停笔凝神。

赵一曼　(唱)　牢门紧锁夜深沉,
　　　　　　　残灯孤影心难静。
　　　　　　　留书信　纸上沾满血泪痕,
　　　　　　　笔端下　倾诉不尽肺腑情。
　　　　　　　宁儿啊　母亲明早赴刑场,
　　　　　　　准备着　一腔热血染山林。
　　　　　　　母子从此难相见,
　　　　　　　相见只有影中人。(拿出那张合影)
　　　　　　　幸好追回旧照片,
　　　　　　　烙铁印　难毁母子骨肉亲。
　　　　　　　忘不了　茅草棚里生儿时,
　　　　　　　寒气逼人　啼哭声声暖娘心。
　　　　　　　忘不了　白色恐怖处处险,
　　　　　　　一路乞讨　怀抱婴儿步步惊。
　　　　　　　忘不了　黄浦江畔寻组织,
　　　　　　　深夜里　儿伴娘亲见明灯。
　　　　　　　母子俩　九百多天没离分,
　　　　　　　贴心贴肺　血泪凝成生死情。
　　　　　　　照片上　宁儿紧靠娘怀里,
　　　　　　　母去黄泉不孤零。
　　　　　　　宁儿啊,他日里　捧着照片思念时,
　　　　　　　望儿不要泪淋淋。
　　　　　　　母亲是　无悔无惧也无泪,
　　　　　　　早把赴难当出征。
　　　　　　　三十一春已庆幸,
　　　　　　　冲破黑暗见光明。
　　　　　　　三十一载没虚度,
　　　　　　　女子上阵不输人。
　　　　　　　三十一岁更自豪,

敢叫日寇惊断魂。

献身抗战死也值，

埋在青山得永生。

捐躯救国心犹热，

魂伴山河葆青春。

唯不能　亲手抚养儿长大，

未尽母责愧欠深。

补遗憾　留下这封信，

永别时　嘱咐再叮咛。

只盼你　茁壮成长傲风霜，

长大后　来安慰你地下的母亲。

娘不能　千言万语教育你，

只留下　生命足迹当路引。

别忘了　爸妈都是共产党人，

党的人　为国为民　不惜牺牲是本分。

别忘了　国家兴亡　匹夫有责，

祖国才是　血脉根基　生死相依　疼你爱你　不离不弃
的伟大母亲！

［赵一曼奋笔疾书，天幕快速映现："我亲爱的孩子啊！母亲不用
千言万语教育你，就用实际行动教育你。在你长大成人之后，希
望不要忘记你的母亲是为国而牺牲的！一九三六年八月二日，
你的母亲赵一曼"

［鬼子押送兵断喝声："赵一曼，出来！押往珠河县刑场！"

［牢门打开，一缕晨曦照进。一曼收好遗书，迎着曙光，整衣
欲下。

韩勇义　（哭呼声）赵姐——（穿着囚衣奋不顾身冲上，推开鬼子，紧紧抱
住一曼）我不让你走！（哭）赵姐……

赵一曼　好妹妹……别哭！

韩勇义　（哭着不放）好姐姐，要死一起死！

赵一曼　别这样！保护好自己，迎接抗战胜利！这封信，帮我放好！

韩勇义　（接过信）嗯。

押送兵　上路了！快走！（上来拉开小韩，将赵一曼押下）

韩勇义　（欲阻不能，惨然望着赵姐背影，跪别）好姐姐，走好啊……

［暗转。紧接刑场。

483

15 珠河县刑场。

[伴唱:风萧萧　青松翠柏不弯腰，
　　　　送女儿　白山黑水泪滔滔。
["闪开——"行刑官和一队押送兵吆喝过场:"闪开——"
[赵一曼凛然而上。

赵一曼　（唱）　放不下　知冷知热黑土地，
　　　　　　　　总牵挂　真心实意庄户家。
　　　　　　　　情难舍啊愿未了，
　　　　　　　　死后忠魂守华夏。

[行刑官下令声:"时间已到！立即执行——"

赵一曼　（吟）　未惜头颅新故国,（枪声响）
　　　　　　　　甘将热血沃中华。
　　　　　　　　白山黑水除敌寇，
　　　　　　　　笑看旌旗红似花。

[赵一曼昂然屹立,魂守中华大地。
[伴唱声响彻天地:
　　　　　　　　未惜头颅新故国，
　　　　　　　　甘将热血沃中华。
　　　　　　　　白山黑水除敌寇，
　　　　　　　　笑看旌旗红似花。

[灯暗。剧终。

2014-06-20 初稿
2015-02-01 首演
2016-04-10 六稿

龚孝雄简介

　　国家一级编剧，上海淮剧团团长。代表作品有晋剧《红高粱》楚剧《英雄结》粤剧《鸳鸯剑》话剧《梅兰芳》等。作品曾多次获得国家级和省部级艺术奖励。

　　新编淮剧《浦东人家》以浦东开发及其飞速发展的过程为大背景，以主人公"阿珍"的个人命运和她"浦东选择"的情感起伏为情节线，以上海的普通人家为关注点，讲述了一群普通的上海人在社会变革中或奋起，或沉沦，或坚强，或逃避，或无助，并最终抓住发展机遇，与大时代同步向前，实现人生价值，重塑现代人格的一个戏剧故事。

新编淮剧

浦东人家

编剧　龚孝雄

时　间　现代
地　点　上海

人　物

阿　珍　柳玉珍,出场时 27 岁。返城知青,曾插
　　　　队苏北。一个嫁到浦东的浦西人。勤
　　　　劳、坚韧。

阿　德　郭文德,出场时 25 岁。阿珍的丈夫。钢
　　　　厂工人,后病退。

郭茂堂　阿德的父亲,人称"豆腐大王"。原籍
　　　　淮阴。

万福林　出场时 30 岁。阿珍苏北插队时的工友,
　　　　返城上海知青。

柳凤喜　出场时 51 岁。阿珍的姑妈。

治安联防队员、副市长、医生、医院院长、护士、
　　　　秘书;恋爱青年、邻居、顾客、商贩等。

第一场

［1982 年,春夏之交。上海外滩。

［灯启。外滩情人墙。月色溶溶,街灯初放。评弹、越剧和京戏的声音同时并存,中间还夹杂着从远处弄堂里飘来的《新闻联播》的片头音乐和断断续续的新闻播报:"建设社会主义,首先要使生产力发展。只有这样,才能表明社会主义的优越性。今天,国务院批转国家物局关于放开小商品价格的报告,小商品集贸市场应运而生……"

［舞台后区,一把把撑开的尼龙碎花伞面,如七彩云朵。伞下,躲着恋爱的青年们。其中,有一把黑色面的布伞,柳凤喜就躲在这把伞后面。

［音效中,治安联防队员上。他手持加长型号的电筒,胳膊上戴一个印有"联防"字样的红袖章。

治安员　改革开放,经济至上,社会风气不能忘;文明恋爱,不要流氓,打造平安情人墙。

［那些伞慢慢动了起来,谈恋爱的青年们随着音乐舞蹈。

［恋人们歌舞合唱:

　　　　黄浦江,情人墙;

　　　　华灯初上恋爱忙。

　　　　人成对,影成双,

柳凤喜　(接唱)考查女婿巧躲藏。

治安员　外滩是我们上海人的脸面,构建安全文明的恋爱环境,要靠大家一起努力。不许搂搂抱抱,不许争抢地方。

［恋爱的青年们又藏到了伞的背后,留柳凤喜四处张望。

柳凤喜　(接唱)左等右等空盼望,

生生急坏丈母娘。

莫不是阿珍早就进了场，

装疯卖傻，我只得惊扰这对对幸福的小鸳鸯。

    [柳凤喜用伞东撞西挑，忙着偷看伞后的青年，引起治安员的注意。

治安员 （将手电筒定点照着柳凤喜。此时，柳凤喜背对观众）这位女同志，你一个人挤在里头想干什么？（柳凤喜转过身来，略显狼狈）阿姨啊，这是青年人谈恋爱的地方，你来凑什么热闹起什么哄。

柳凤喜 我……（收伞，用手挡住手电光）你把电筒关了，晃得我睁不开眼。

治安员 我们这里不对外参观，少来搞破坏。

柳凤喜 同志，毛主席说，有调查才有发言权。你说我瞎起哄、搞破坏，你调查过吗？

治安员 毛主席还说，不冤枉一个好人，也绝不放过一个坏人。谁知道你是什么人，万一要是个坏人呢？

柳凤喜 你才是坏人。

治安员 （指着手上的红袖套）我怎么可能是坏人？治安联防，懂什么叫治安联防吗？

柳凤喜 你别拿这个红箍箍来吓唬我。十年前，我还是工人纠察队的呢。

治安员 哦，那咱们是革命同志。

柳凤喜 谁跟你同志。（伞一撑，吓着了治安员）躲开。

治安员 什么态度嘛，阿乡？

柳凤喜 谁说呢，我看你才是乡下人。

治安员 我可是正宗的上海浦西人。

柳凤喜 就你？还不如阿乡呢。（用伞顶）走走走，别在这里妨碍我办正事。

    [阿珍和阿德同时从左右两边上。阿珍穿碎花连衣裙，阿德穿钢厂工作服，翻出白色衬衣领。

珍、德 （同唱）月挂江心花影动，

          情人私语爱意浓。

    [柳凤喜赶紧用伞面把自己躲起来，并朝着阿珍、阿德的方位缓缓挪动。治安联防队员暗下。

阿 珍 （唱） 女儿心谁人能懂，

阿 德 （唱） 盼的是姻缘早成功。

阿 珍 （唱） 心有鸿鹄志，

          命里无始终。

阿　德	（唱）	爱她花容貌，
		敬她志不穷。
阿　珍	（唱）	怎经得命运来捉弄，
		怎经得青春消残花不再红。
阿　德	（唱）	但愿今日成凤愿，
		彩凤飞舞落河东。

〔二人相见，柳凤喜以伞相遮，躲在一旁偷听。

阿　珍　（较含蓄）怎么又穿着工作服就出来了。

阿　德　（憨笑）那……那我脱了。（脱了外面的工作服，露出里面的白色假领子，甚为窘迫）

阿　珍　（更不悦，小声地）你还是穿上吧。

〔阿德快速穿上外衣。

柳凤喜　（偷偷打量）卖相不错，干干净净，人也实在。

阿　珍　你写给我的信，我收到了。你真想好了？

阿　德　想好了。（从口袋里掏出一叠纸）给你。这些都是我的获奖证书，两次先进工作者，一次新长征突击手，一次青年标兵。

柳凤喜　（暗喜）又红又专，青年骨干，不错。

阿　珍　（接过）给我这些做什么。

阿　德　做个证明。证明我是个先进青年，值得你信任。

阿　珍　不用证明，我早就看出来了。

柳凤喜　你情我愿，水到渠成了。

阿　德　你同意了？

阿　珍　你呢？

阿　德　第一次见你，我就相中了。

柳凤喜　我也相中了。这回，阿珍怕是真的要嫁了。

阿　珍　你相中我什么了？

阿　德　你人好，说话有文化。

阿　珍　文化有什么用？我爸爸就是因为有文化被打成了反革命。

柳凤喜　这死丫头，她还什么都敢说呀。

阿　德　改革开放了，现在不讲成分。你人长得长，卖相好，又是上海人。我就怕攀你不上。

阿　珍　我下过乡，插过队，当过十年农民。

阿　德　这个我不在意，浦东也是乡下啊。

阿　珍　可是我在意。（若有所思）你都比我小两岁。

阿　德	在我们车间,我都已经带徒弟了。
阿　珍	(自言自语)我是很想嫁人,也应该嫁了。可是我还没想好,是不是要嫁给你。
阿　德	没想好?(甚为局促)没关系的,你再好好想想。(欲离去)
柳凤喜	(已经顾不得了,跳出来拉住阿德)孩子,你先别走。
阿　德	(惊)你是谁呀?
柳凤喜	我是你丈母娘。

〔阿德望向阿珍,寻找答案。

阿　珍	(冷冷地)她是我姑妈。
柳凤喜	和亲妈一样。
阿　珍	我亲妈已经死了。
柳凤喜	我可把你当亲女儿待。阿珍,我看这小伙子挺好,你就别挑来选去了。
阿　珍	你要是喜欢,你嫁好了。
柳凤喜	这孩子,又说疯话。你都27岁了,该嫁人了。你妈要是还在……
阿　珍	我妈要是还在,我也不用寄人篱下。你别绕了,不就是想让我早点搬走吗。好,明天我就搬走。
柳凤喜	阿珍,姑妈不是这个意思。男大当婚,女大当嫁,你都27了。
阿　珍	27怎么了?要不是住在你家,你会这么关心?以前也没见你关心啊。
柳凤喜	以前不够关心你,是姑妈不好,所以现在要加倍关心。
阿　珍	关心到跟踪我谈恋爱。姑妈,你是不是天天盼我嫁人?好啊,我明天就嫁,嫁到浦东去?
柳凤喜	谁让你嫁到浦东去了?我怎么舍得把你嫁到浦东去?
阿　德	(被两个女人吵得摸不着头脑)阿姨,我是浦东的。
柳凤喜	你……刚才怎么没听说?你是住在浦东,还是在浦东上班?
阿　德	我是本地人,住在浦东,上班也在浦东。
柳凤喜	好不容易回了城,不能让我的阿珍再嫁到乡下去。不嫁,不能嫁。
阿　珍	你说嫁就嫁,不嫁就不嫁?我告诉你,本来我还没想明白到底要不要嫁。可是现在,我嫁定了。(拉起阿德的手)阿德,我们走。
柳凤喜	(拦住)阿珍,你要去哪?
阿　珍	我要嫁人,嫁到浦东去。免得连累了你们。
柳凤喜	阿珍,阿珍呐。

（唱）　旧账不能翻，

　　　　血脉总相连。

　　　　你受的苦与难，

　　　　我件件记心间。

　　　　当年姑妈辜负了你，

　　　　如今视作亲生我双倍还。

　　　　只要能让你过得好，

　　　　我肩膀无力，背颈也要来承担。

　　　　阿珍呐，终身大事需谨慎，

　　　　浦东浦西不一般。

　　　　一条大江隔两岸，

　　　　这边灯影稠，那边星光寒。

　　　　你愿意站在对岸看繁花？

　　　　脚底下才是闻名中外的上海滩。

阿　珍　（唱）　浦东没有浦西好，

　　　　　　　总强过插队务农度日难。

　　　　　　　总强过寄人篱下遭白眼，

　　　　　　　能有个爱我的男人在身边。

　　　　姑妈，我已经孤零零飘了十年，该有个家了。阿德是个好人，值得托付终身。

柳凤喜　好是好，可他在浦东啊。浦东是什么地方？下只角，阿乡。听姑妈一句劝，要嫁也不能嫁到浦东去，免得到时候后悔。

阿　珍　这是我自己选的，我不后悔。

阿　德　浦东是没有上海好，但我会对阿珍好的。

柳凤喜　小伙子，别怪我看不起浦东。宁要浦西一张床，不要浦东一间房。我们阿珍，那可是花园洋房里长大的孩子，再怎么样，也不至于嫁到浦东吧。

阿　珍　花园洋房？姑妈，你不提我真忘了。我只晓得，我现在寄人篱下。没有爹娘没有家，没有靠山没人疼。我是一个27岁了还没嫁出去的回城知青。（对阿德）阿德，刚才这些话，你都听见了，你还愿意娶我吗？

阿　德　愿意。

阿　珍　姑妈，祝福我吧，我终于有家了。

　　　　［切光。暗场中传来婚庆的音乐。

第二场

[一个月后,浦东。比起外滩的繁华,这里显得破败。低矮的房
子,狭窄的弄堂,泥巴的路面。远处,可见钢厂的高炉和烟囱。

[邻居们上。男女老少,满脸喜悦。他们载歌载舞,以盈满亲情
的眼神,迎接着新人们的到来。

邻居们　（歌舞合唱）

　　　　　张灯结彩,

　　　　　等待新人的到来。

　　　　　迎亲的歌谣响彻天外,

　　　　　载歌载舞,我们一字排开。

[阿德推一辆全新的自行车上。车把上扎着大红花,车座上垫着
红绸布。阿珍就坐在自行车的后座上,由阿德推着,在邻居们的
簇拥和祝福下愉快地穿行。

阿　珍　（唱）　一张张笑脸写满温情,

　　　　　　　一声声祝福意切情真。

　　　　　　　这才是回家的礼,

　　　　　　　这才是回家的情。

阿　德　（唱）　这里就是你的家,

　　　　　　　他们都是你的亲人。

邻居们　（唱）　祝福你们白头偕老,

　　　　　　　祝福你们相爱一生。

阿　德　（喜悦与憨厚并存）谢谢,谢谢。

阿　珍　（唱）　多谢了,谢过了黄天厚土,

　　　　　　　谢过了四方乡邻。

邻居甲　阿德,新娘子好漂亮。

邻居乙　娶个上海娘子,阿德,你花头浓。

邻居丙　新娘子,祝你早生贵子。

邻居们　对,早生贵子。

阿　珍　(接唱)多谢了,谢过了亲朋好友,

　　　　　　　暗告慰,暗告慰天堂双亲。

　　　　　　　女儿今天出了嫁,

　　　　　　　从此不会再飘零。

阿　德　(车已经到了自家门口)阿珍,咱们到家了。

邻居们　郭师傅,新娘子到了。

郭茂堂　(高兴走上)这么快就到了,来得早,好。(穿一件干部装,手上捏
　　　　　着一个红包)阿珍,爸爸欢迎你。

阿　德　(小声地)叫爸爸。

邻居们　叫爸爸。

阿　珍　(接唱)阿德一语暗提醒,

　　　　　　　话未出唇泪湿襟。

　　　　　　　十年孤独十年等,

　　　　　　　十年不曾叫父亲。

　　　　　　　(深情地)爸……

郭茂堂　(高兴地)哎!(将红包塞给阿珍,邻居们兴奋地鼓掌欢庆)爸爸
　　　　　祝你们新婚快乐!

阿　珍　(接唱)一声爸爸叫出口,

　　　　　　　千愁万绪涌上心。

　　　　　　　又酸楚,又高兴,

　　　　　　　无家的孩子进家门。

邻居丁　阿德,你这自行车是新买的吧,气派。

郭茂堂　这是阿珍的嫁妆,"三转一响",全齐了。(寻找)送亲的还没到?

阿　珍　爸爸。他们在后面,马上就到。

　　　　〔万福林内白:开起来,把录音机开起来。

　　　　〔那个年代流行的日本歌,声音自远而近地传来。

　　　　〔阿珍、阿德暗下。邻居们把注意力转移到了送亲的队伍。郭茂
　　　　堂忙着招呼亲朋邻居。

　　　　〔万福林引送亲的队伍上。说是队伍,其实也就三五个人,他们
　　　　抬着缝纫机,捧着电风扇。其中万福林最打眼,他穿着长风衣,
　　　　戴着太阳镜,手上拎着三洋牌录音机。

万福林　(唱)　阿珍请我来扎台型,

　　　　　　　摆出腔调忙送亲。

　　　　　　　脸上戴的是太阳镜,

衬衣口袋放着美金。

收录机，提在手，

外国歌曲就是好听。

(得意地)这外国歌好听吧。

邻居乙　这里头唱的是美国话吧。

邻居丁　我听着像日本话。《地道战》里的日本人唱歌，就是这个调调。

万福林　反正是外国话，今年最流行的带子。

邻居甲　这电风扇也是外国的？

邻居丙　我看这上面印的是中国字嘛。

万福林　反正，都是最流行的。

(唱)　自行车，电风扇，

"三转一响"俏商品。

邻居甲　"三转一响"全齐了。郭师傅，这个婚事办得气派。

郭茂堂　气派，气派。

邻居丙　豆腐大王，你真有福气。你亲家公是个大官吧。

郭茂堂　高攀，高攀。(给万福林敬烟)辛苦了，来来来，抽支烟。

万福林　(掏烟)亲家公，来，抽我的，箭牌，外国进口的。(给邻居发烟，大家一拥而上)大家别急，别急，我这里有的是。(抖开风衣，里面竟然挂满了各式各样的太阳镜、手表)

(接唱)箭牌香烟太阳镜，

电子手表样式新。

这些全是进口货，

今天我，为人民服务送上门。

要买的同志请抓紧，

大好的机会不等人。

这些东西上商店买，那都得凭票证。我这里敞开卖。

[大家一时没反应过来，有点发懵。

郭茂堂　(打圆场)你这些东西，都挺贵的吧。

万福林　太阳眼镜二十二，电子手表一十八……

邻居甲　搞了半天，原来你是来卖东西的。

万福林　为人民服务啊。

邻居丁　(起哄)打桩模子啊。

万福林　(急了)朋友，说什么呢。谁是打桩模子？你好好说话啊。

郭茂堂　不说了，不说了，一会儿再买。大家先进屋喝茶，喝茶。

［邻居们一哄而散。

［切光。众人暗下。

［暗场，郭茂堂内白：大家吃了饭再走吧，有空来家里玩啊。

［灯启，新房内，晚上，墙上贴着大红喜字。偶尔传来几声青蛙的叫声。

［阿珍、阿德背靠背坐着，刚刚闹了点小意见。

阿　德　（觉得沉默不合适，想主动和解）刚才是我不好，你别生气了。但是那个万福林，实在是有点不搭调。

阿　珍　不搭调怎么了，有腔调就行。

阿　德　有腔调？可是送亲是娘家人的事，你怎么请这么个人来？

阿　珍　我没娘家人。你要是嫌弃我，早说。

阿　德　姑妈不是娘家人吗？今天，你就不应该拒绝她来参加我们的婚礼。

阿　珍　她？还不如一个外人。

阿　德　阿珍，我们现在是夫妻了。有些事情，以前不好过问，现在你总该告诉我了吧。

阿　珍　（静默）你想知道什么？

阿　德　很多事情我都想知道。想知道你的父母是怎么死的？想知道你和姑妈之间为什么闹成这样？想知道为什么你要请万福林来送亲？

阿　珍　今天是新婚之夜，原本不该说。既然你问，我都告诉你。（从口袋里掏出一张借条，交给阿德）

阿　德　（看，大声地）你欠了万福林一千一百块钱？（突觉不妥，小声地）这，这是怎么回事？

阿　珍　为了结婚。

阿　德　结婚？

阿　珍　如果爸妈活着，一定会把我的婚礼办得风风光光，热热闹闹。我今天出嫁，他们一定在天上看着我。这钱，是为了买嫁妆找万福林借的。

阿　德　买嫁妆？为了买嫁妆你借这么多钱？你知道，我并不在乎你的嫁妆。

阿　珍　我在乎，我死去的爹妈在乎。（掏出一张旧照片）小时候，我们一家三口住在鲁班路。爸爸是船厂的高工，妈妈是中学校长。1966 年，爸爸被打成反动学术权威，还说他是反革命，被关进了

监狱。后来,妈妈也打倒了,被派去扫厕所。(抽泣)

阿　德　(抚慰妻子)阿珍,不说了,我也不想知道了。

阿　珍　不,我要说,这些话已经憋在心里十几年了。

　　　　(唱)　　撕开了伤口慢慢舔,

　　　　　　　　伤心往事怎堪言。

　　　　　　　　父亲他不堪折磨寻短见,

　　　　　　　　风雨夜撇下妻女受熬煎。

　　　　　　　　孤儿寡母遭磨难,

　　　　　　　　姑妈她装聋作哑怕牵连。

　　　　　　　　三年后母亲一病辞人世,

　　　　　　　　丢下我叫天不应,叫地不灵,无家可归,

　　　　　　　　有亲难认,孤苦伶丁实堪怜。

　　　　　　　　求生存我远走他乡藏思念,

　　　　　　　　舍故土插队苏北整十年。

　　　　　　　　这十年我犹如风筝断了线,

　　　　　　　　回了城姑妈才把这线儿牵。

阿　德　(将妻搂在怀里)阿珍,对不起。我不知道你受了这么大的苦。
　　　　我发誓,从今往后,再也不会让你受苦了。

阿　珍　来,阿德,我们跪下。(两人同跪)爸爸,妈妈,你们的女儿今天结
　　　　婚了,嫁到了浦东。他叫阿德,我的丈夫,你们的女婿。如果你
　　　　们泉下有知,一定要保佑我们平平安安,幸福美满。(叩头)

阿　德　明天我去求爸爸,让他的工资也还账。

阿　珍　这些事情,我不想让爸爸知道。债是我欠的,该我们还。

阿　德　我一个月工资连奖金才四十六块,不吃不喝也得攒两年。

阿　珍　要不然,我跟着万福林去做生意吧。听他说,到南方批货来上海
　　　　卖,一只电子表就能赚八块钱。

阿　德　那是走私,犯法的。再说,咱们也没本钱呀。

　　　　〔又断断续续地传来青蛙的叫声。

阿　珍　你听听,咱们家附近好像有青蛙在叫?

阿　德　这个季节,附近的菜地、河浜,青蛙多得很。

阿　珍　青蛙能卖钱,卖了钱不就可以还账了?

阿　德　青蛙是益虫。再说,青蛙能卖几个钱。

阿　珍　这是无本生意。积少成多,用之不尽。

阿　德　(想)这倒是个主意。

阿　珍　说干就干，咱们明天就行动。

　　　　〔阿珍依偎在丈夫肩头。场光渐暗，追光照着墙上的大红喜字，缓灭。

　　　　〔青蛙的叫声越来越响，一直延续。

第三场

　　　　〔两个月后，浦东。夜，月儿如钩，星光点点。居民区附近的菜地
　　　　和更远处的农田。

　　　　〔青蛙的叫声更响、更稠，此起彼伏。

　　　　〔阿珍内唱：乘月色寻蛙声夫随妇唱，

　　　　〔阿珍一手提竹笼，一手持电筒；阿德扛一杆一米稍长的网兜（像那
　　　　种捕蜻蜓的网子，一根长棍，一头安着半圆的网），两人舞蹈上。

阿　珍　（唱）　走田埂，过河浜，穿菜地，绕池塘，

　　　　　　　　细脚轻声朝前趱，哪顾得水湿裤管，泥染鞋帮。

　　　　〔细长的田埂，阿珍一脚踩空，差点侧翻在菜地里。阿德急忙扶住。

阿　德　（唱）　只为了捕青蛙卖钱还账，

　　　　　　　　夫妻夜夜结伴勤奔忙。（青蛙叫声更响）

阿　珍　（唱）　这边厢蛙声响亮，

阿　德　（唱）　急忙忙摆开战场，我伸网兜你亮灯光。

　　　　〔阿德摆好架式，只等阿珍用手电筒的亮光照住青蛙的眼睛，便
　　　　要一网打尽。手电筒亮了，阿德没有动手。

阿　德　这个太小了，捉了可惜，也不好卖。

阿　珍　这两个月捉下来，附近也就剩下小个的了。要不，今天走远点。

阿　德　太远了不安全。算了吧，两个月卖下来，咱们都赚了好几百了。

阿　珍　这就知足了，离还清欠账还早着呢。走，上那边农田去，咱们小
　　　　心一点就是了。

阿　德　前面的路不大好走，你把手电筒打开。

阿　珍　走吧，我知道了。

　　　　〔阿德在前面走，阿珍跟在后面，用手电筒的光照亮前面的路。

阿　德　（唱）　光影摇晃蛙声长，

　　　　　　离家越远心越慌。

阿　珍　（唱）　蛙声一片真嘹亮，

　　　　　　　声声悦耳音悠扬。

　[突然传来一阵怪异的声响，阿德忙站住，回望着阿珍。

阿　德　（唱）　可听见？窸窸窣窣的怪声响，

阿　珍　（唱）　莫害怕，男人的胆量赛红妆。

阿　德　（唱）　壮壮胆，朝前闯，

　　　　　　　走过了独木桥，

　[阿德和阿珍手牵着手，过独木桥。

阿　德　（接唱）胜利在前方。

　[蛙声又起，此起彼伏。

阿　珍　阿德，快，这里有个头大的。

　　　（唱）　轻压脚步张开网，

　　　　　　　眼明手快，一只一只捡进竹筐。

　[闻着蛙声，阿珍用电筒的光照住青蛙的双眼，阿德用网兜先盖
　住，然后一只一只往竹笼里捡。偶尔也有从手上逃走的，阿珍忙
　追过去摁住。正捉得兴起，突然阿珍一声尖叫。

阿　德　怎么了？怎么了？

阿　珍　蛇，蛇。（阿德一把拽住阿珍就跑，竹笼和长杆子的网兜也弃之
　　　不要了）阿德，我被蛇咬了。

阿　德　啊！咬哪儿了？是什么蛇？

阿　珍　没看清楚，咬在手背上。

阿　德　快，赶紧上医院。（拉起阿珍就跑）晚了就没命了。

阿　珍　（边跑边说）你先别急。（停步）把你的衣服撕一条下来，绑在我
　　　的胳膊上，越紧越好，这样可以延缓血液流动。（阿德照做）找块
　　　尖石头，把刚才被蛇咬过的手背划一道口子，让血流出来，找个
　　　河浜冲洗伤口。

阿　德　（找块石头，下河浜）你咬牙坚持一下。（在阿珍的手背划出口
　　　子，浸入水中，然后用衣服包扎伤口。阿珍疼得晕了过去）阿珍，
　　　阿珍。（背起阿珍）你一定要坚持，我们上医院。

　[阿德背着阿珍，借着月光，一路飞奔。

　[伴唱起：走田埂，过河浜，穿菜地，绕池塘，

　　　　　　　怎顾得水湿裤管，泥染鞋帮。

阿　珍　阿德，我好不容易有了个家，舍不得死。

阿　德　（似要哭出声来）阿珍,你要坚持,一定要坚持。

阿　珍　我们到哪儿了?

阿　德　快了,马上就快到医院了。

阿　珍　要是我死了,你要把我和我爸爸妈妈埋在一起。

阿　德　不许死,我不同意你死。

　　　　〔阿德背着阿珍急下。

　　　　〔暗转。第二天,阿德家门口。

　　　　〔万福林上。

万福林　（唱）　大清早,传噩耗。

　　　　　　　阿珍被蛇咬,

　　　　　　　生死都难料。

　　　　　　　欠账还没还,

　　　　　　　人死就得打水漂。

　　　　　　　急急忙忙把账讨,

　　　　　　　能捞多少是多少。

　　　　阿德,阿德,阿珍怎么样了?（进屋,下)

　　　　〔柳凤喜上。

柳凤喜　（唱）　听说阿珍被蛇咬,

　　　　　　　心急如焚魂魄消。

　　　　　　　匆匆忙忙来问候,

　　　　有人吗? 家里有人吗?

　　　　〔万福林上。

郭茂堂　家里没人,你找谁啊?

柳凤喜　我找阿珍,我是她的姑妈。

万福林　是阿珍姑妈呀,我是阿珍的朋友。

柳凤喜　你赶紧告诉我,阿珍她,她……

　　　　（接唱)她,她,她——

　　　　　　　她是否平安? 是否把命逃?

万福林　我也刚到,没搞清楚。

柳凤喜　我急死了,怕她住医院钱不够,来送点钱。

万福林　送钱来了? 正好,给我吧。

柳凤喜　你去医院?

万福林　去什么医院,我是来要账的。阿珍办嫁妆,借了我一千一。你是
　　　　她姑妈,替外甥女还嫁妆钱,应该。

柳凤喜　你？这个时候了还想着钱，你缺德不缺德。

万福林　缺德？借钱不还才缺德呢。

柳凤喜　我不和你说，我去医院。（欲下）

　　　　［郭茂堂上。

万福林　亲家公。（迎上前去）亲家公，还认识我吗？

郭茂堂　你是？

万福林　结婚那天……（掏出太阳眼镜戴上）

郭茂堂　（突然认出）哦，打桩模子。

柳凤喜　（上前）你是阿德的父亲？

万福林　亲家公，这位是阿珍的姑妈。

郭茂堂　是她姑妈啊，你们都知道了？

柳凤喜　听说阿珍被蛇咬了，我都快急死了。

郭茂堂　她姑妈，万幸啊，咬她的那条蛇不是毒蛇。

柳凤喜　那，那阿珍没事啦？

万福林　阿珍没死啊？

郭茂堂　你怎么说话呢。

万福林　不是，我高兴，高兴啊。（掏出一张"大团结"）亲家公，我来得匆忙，
　　　　没买什么营养品，这是十块钱，请您老人家帮我跑一趟食品商店。

郭茂堂　这，这怎么好意思。

万福林　我是阿珍的好朋友，应该，应该的。我还有生意，先走了。改天
　　　　再来看望阿珍。（下）

柳凤喜　（目送万福林下，自语地）真是个怪人。

郭茂堂　她姑妈，你家里坐，阿珍和阿德正在办出院手续，马上就回来了。

柳凤喜　马上就回来？

郭茂堂　一会儿就该到家了。

柳凤喜　亲家公，阿珍回来要休息，我就不坐了。（递信封）这是我给阿珍
　　　　的，就算给他们结婚的礼。（转身急下）

郭茂堂　她姑妈，你怎么就走啊。（阿德扶阿珍从另一侧上）慢走啊。

阿　德　爸，谁来了？

郭茂堂　阿珍她姑妈。（将信封和十块钱交给阿德）信封是姑妈给的，说
　　　　是给你们结婚的礼。另外十块钱是打桩模子给的，他也刚走。

阿　德　爸，人家有名字的。以后不要叫人打桩模子，不礼貌。

阿　珍　爸，我姑妈说什么了？

郭茂堂　她听说你被蛇咬，都快急死了。

阿　珍　假慈悲。阿德，这钱回头你还给她。

阿　德　呃。

阿　珍　爸，我想和您商量个事。

郭茂堂　啥事？

阿　珍　（真诚地）你把豆腐手艺传给我吧。

郭茂堂　（没想到）你要进豆腐商店！你不是嫌工资低，一直不愿意去吗？

阿　德　阿珍想自己开一间豆腐店。

郭茂堂　（更没想到）自己开店？

阿　珍　爸，您也知道，我们结婚欠了一些账。捉青蛙就是为了还账。可昨天被蛇这么一咬，我们也不敢再去捉青蛙了。但账还得还呀。所以，我和阿德商量，咱们家自己开一间豆腐店。您是豆腐大王，有招牌，有技术，咱们这店要是开起来，生意准红火。

郭茂堂　自己开店不行。这是损公谋私，投机倒把。我一个老党员，不能做这种事。

阿　德　爸，现在都什么年代了，你还说这个。

郭茂堂　什么年代也不能忘了毛主席的教诲。你爸在旧社会是个孤儿，从苏北逃难到上海，是党的培养，才让我有了一技之长，有了工作，有了荣誉。我的技术是国家的，不是我们自己家的。

阿　珍　你是劳模，你可以崇高。我什么都不是，明天，明天我就去服装市场摆地摊，我不求人。

　　　　〔切光。

　　　　〔幕间曲：

　　　　　　　不求人，摆个地摊讨营生，
　　　　　　　五年整，还清债务一身轻。
　　　　　　　现如今，租间门面做生意，
　　　　　　　盼的是，穷人翻身做富人。

第四场

　　　　〔1988 年初冬。浦西，服装市场。

［一条本不宽敞的街道,路两旁是一间挨着一间的服装小店。阿珍的门脸很小,店内挂着各式各样的牛仔装,墙上还贴着一张那个时期最流行的台湾歌手齐秦的大幅长发牛仔装宣传画。店内一角,摆放着当年结婚时的嫁妆——那台三洋牌收录机。此时,收录机里正播着流行歌。

［启光。阿珍在店铺前挂上一块事先写好的广告牌。上写"清仓处理跳楼价,全部五折不批发"。

阿　珍　牛仔裤,台湾版最新款的牛仔裤。清仓处理,全部五折。店铺转让,最后一天。

［顾客和商贩们齐上。商贩与顾客混聚,卖东西的、买东西的,热闹得很——他们都是舞蹈者与合唱者。

［歌舞合唱:

　　　　　　卖服装,买服装

　　　　　　买得欢喜卖得忙。

　　　　　　砍价格,挑花样,

　　　　　　热热闹闹的新市场。

阿　珍　(唱)　瞧一瞧,看一看,

　　　　　　价格实惠又美观。

　　　　　　都是最新的流行款,

　　　　　　包你称心又喜欢。

清仓处理,全部五折。店铺转让,最后一天。

顾客甲　老板娘,你给我挑一件。

阿　珍　(唱)　小伙子,你身子长,

　　　　　　就选这立领的牛仔装。

　　　　　　穿上它,精神饱满更时尚,

　　　　　　走到哪里都风光。

顾客甲　行,这件我要了。

顾客乙　大姐,你也替我挑一件。

阿　珍　(唱)　小姑娘,真漂亮,

　　　　　　你身材苗条高鼻梁。

　　　　　　穿上踏脚裤,

　　　　　　双腿更修长。

　　　　　　要衬托出你这千娇百媚的俊模样,

　　　　　　还得是,这束了腰身的短上装。

顾客乙　大姐,你真会说话。好,这两件我都要了。

顾客丙　老板娘,我要退货。

阿　珍　没问题,包退包换。您哪儿不满意?

顾客丙　这条牛仔裤是我昨天在你这儿买的,你说简直就是为我度身定做。我回去一穿,发现裤腿上有一个洞。

阿　珍　不可能吧。

顾客丙　我都带来了,你自己看。

阿　珍　还真是一个洞。

　　　　〔大家起哄,要求退货。阿珍镇定地操起剪刀又剪出一个洞来。

顾客丙　你什么意思啊,这裤子我退定了。

　　　　〔万福林暗上,欲帮忙解围。阿珍示意不用帮忙。

阿　珍　小伙子,你先听我说。

　　　　(唱)　残缺美,国外最流行,

　　　　　　　最配你阳光帅气又青春。

　　　　　　　你穿上这有洞的牛仔裤,

　　　　　　　活脱脱好莱坞的大明星。

　　　　　　　这些洞刻意为你来设计,

　　　　　　　独此一份,充满个性,我还不用你发奖金。

　　　　小伙子,还退吗?

顾客丙　原来是这么个理。大姐,我不退了。(高兴离去)

万福林　老板,我买十件。

阿　珍　你少来捣蛋。

万福林　(摘下硬纸牌)"店铺转让,最后一天"。阿珍,你也学会骗人了。

阿　珍　(笑,把牌子藏起来)这年头做生意,老实没人信,假话有人听。身不由己,逼良为娼。算是跟你学的吧。

万福林　什么叫跟我学的?

阿　珍　好,是我自学的,行了吧。

万福林　关门,关门,我有大生意。

阿　珍　我就是个做小生意的,做不了大生意。

万福林　我准备开一家公司,倒钢材、倒车皮。你想不想入股?

阿　珍　现在的人怎么了,动不动就倒车皮,倒钢材。你哪里的门路?

万福林　我有个好朋友,他姐夫是市里的一个处长,能搞到指标。

阿　珍　这年头,还是当官好。批张条子比我做两年生意赚得还多。

万福林　有钱大家赚,我上路吧。怎么样,一起做?

阿　珍　行了吧，你做做黄牛还行，开公司，老底都得赔光。我没钱入股，劝你也别做。

万福林　我那个朋友已经赚大钱了。

阿　珍　人各有命，富贵在天。我呀，就是做小买卖的命。

万福林　真不做？

阿　珍　不做！

万福林　到时候我发了，可别怪我没叫你。

阿　珍　不怪，不怪。真要想帮我，你替我做件事。

万福林　什么事，说。

阿　珍　你路子粗，给我们家小孩在浦西找个小学。

万福林　你要让斌斌来浦西上学？

阿　珍　这事儿还没和阿德和他爷爷商量，不过也是早晚的事情。

万福林　没问题，这事儿我包了。

阿　珍　还有，你不是经常泡歌舞厅吗？

万福林　这种事不好乱说的，我可是正派人。

阿　珍　没说你不正派，我只是想让你替我找几个模特。

万福林　模特？你要干嘛？

阿　珍　这条街上，五六十家服装店，生意难做啊。总不能天天清仓处理，跳楼血拼吧。我准备代理台湾的一个牛仔服品牌，搞批发，请模特来做一次新服装展示。

万福林　没问题，不就是找几个小姑娘吗？我全包了。

阿　珍　（笑）你还挺能包的。（打开放在角落里的收录机）你可不许敷衍我。

〔灯光渐暗，传来中央人民广播电台的新闻播报：听众朋友，晚上好。今天是12月9日星期五，农历十一月初一。欢迎收听晚间新闻……为贯彻党的十三届三中全会精神，中共中央、国务院做出《关于清理整顿公司的决定》。《决定》指出：这次清理整顿的重点是1986年以来成立的公司，通过清理整顿，主要解决政企不分、官商不分、转手倒卖、牟取暴利等问题……（声音渐弱）

〔万福林、阿珍暗下。

〔暗转，当天晚上。服装市场，已关了店门，静悄悄的。

〔阿德上。

阿　德　（唱）　朔风凛凛寒夜降，

　　　　　　　　长街清冷灯影长。

506

同城夫妻隔江望,

我想妻来儿想娘。

为兴家业她把家庭放,

我怜她劳累怨她忙。

今夜过江把妻看望,

一碗馄饨表衷肠。

阿珍,阿珍。

阿　珍　(上)你怎么来了? 今天不用上夜校了? 技术员上岗证考出
　　　　来了?

阿　德　还没考呢。今天老师请假,我们也就放了。(从衣服里掏出小
　　　　碗)给你包了碗小馄饨。路上远,怕凉了,藏在衣服里头。

阿　珍　好不容易休一天,你也不陪陪孩子。(揭开盒子)真还热着呢,你
　　　　没烫着吧? (掀开阿德的衣服看)都烫红了,疼吗? (阿德憨笑)
　　　　下回别犯傻了,凉了就凉着吃嘛。

阿　德　店里忙,你一个礼拜才回家吃顿饭。我既然来了,还不兴让你吃
　　　　一口家里的热饭。趁热,赶紧吃。

阿　珍　我吃,就吃。

　　　　(唱)　眼望着碗中的小馄饨,

　　　　　　　我心里打翻了五味瓶。

　　　　　　　大老远就为送一碗小馄饨,

　　　　　　　我丈夫不愧是浦东的乡下人。

　　　　　　　他那烫红的胸口又让我心酸楚,

　　　　　　　这馄饨透着贫贱夫妻情爱深。

　　　　　　　虽然是操劳忙碌日子苦,

　　　　　　　虽苦犹甜,爱我的男人没变心。

　　　　　　　这馄饨吃得我心情复杂泪难忍,

　　　　　　　这馄饨吃得我既高兴来又伤心。

阿　德　是不是我做得太咸了,你不爱吃?

阿　珍　爱吃,我爱吃。(转过身去吃馄饨)

阿　德　(唱)　她转过身去吃馄饨,

　　　　　　　泪眼朦胧我看得真。

　　　　　　　起早贪黑忙生意,

　　　　　　　吃苦受累她都是为了家庭。

　　　　　　　阿珍哪,我不想让你受这个苦,

　　　　我不忍儿子梦里唤娘亲。

　　　　过日子钱多钱少不要紧，

　　　　最要紧一家团圆享天伦。

　　　　我劝你把店开回浦东去，

　　　　为儿子为自己也为家人。

阿　珍　在浦东开店？那种乡下地方，开了也没人买。儿子的事，我已经
　　　　想好了，让他来浦西上小学，跟着我。

阿　德　跟着你，那我爸怎么办？斌斌和他爷爷最亲，根本就离不开。

阿　珍　他不是马上就退休了吗？正好，我没时间接送，他可以来帮忙。

阿　德　你让一个老人每天坐轮渡来上海接送孙子？亏你想得出来。

阿　珍　那你说怎么办？

阿　德　我刚才已经说了，你回浦东开店。

阿　珍　回浦东，回浦东，你就知道回浦东。你我都很清楚，浦东根本就
　　　　没有好学校，也没有像样的商业区。我要是在浦东开店，根本就
　　　　赚不到钱；儿子在浦东上学，也不是长久之计，你难道还想让咱
　　　　们儿子在那个破地待一辈子不成？

阿　德　破地方怎么了？当初你嫁到浦东，也不是我逼着你嫁的。嫌浦
　　　　东破，你当初别嫁啊。

阿　珍　好啊，郭文德，你长出息了，有能耐了，竟然学会骂老婆了。好，
　　　　好，我不和你吵，是我眼瞎了，当初看错了人。（说着说着竟哭
　　　　起来）

阿　德　（妻子一哭，心突然便软了）别哭了，都是我不好，我不该和你吵。
　　　　可是你也得为我和儿子想想呀，一个星期，就见你一面，家不像
　　　　家的。

阿　珍　你还委屈了？我起早贪黑，辛辛苦苦，一个星期见儿子一面，还
　　　　不是为了多赚点钱，为了这个家。要是你赚得动，我也不用天天
　　　　守在店铺里了。你以为我不想儿子啊，他是我身上掉下来的肉。

阿　德　钱少有钱少的活法。一家人过日子，开心就好。有钱也买不来
　　　　开心啊。

阿　珍　那是你的活法。我不一样，我一定要活出个样子来。我要活给
　　　　他们看看，我阿珍不求人，不靠父母，同样可以活得扬眉吐气。

阿　德　老婆啊，活着，不是给人家看的。

阿　珍　我活着就是给人家看的。活给我天上的父母看，活给我势利眼
　　　　的姑妈看，活给你那位崇高的父亲看，活给我的命看。我告诉

你,浦东和浦西是不一样的。我一定要回浦西,而且要在浦西活得有滋有味儿。

阿　德　我听说,浦东马上就要开发了。这一开发,浦东就会慢慢好起来。

阿　珍　开发什么呀,连座过江的桥都没有。就一路公交,每次坐车,挤得跟油饼一样。

阿　德　不是还有轮渡吗,轮渡蛮方便的呀。(突然想起来)哎呀,现在几点了? 没轮渡了吧。

阿　珍　(故意嘲他)怎么会呢,轮渡蛮方便的呀。

阿　德　算了,今天就不回浦东了,留下来陪你睡门板,当是给你赔礼。

阿　珍　你明天不上班了,要扣工资的。

阿　德　赶第一班轮渡,来得及。

　　　　〔灯渐暗。汽渡长鸣,之后传来救护车刺耳的警笛声。

　　　　〔暗场中,传来广播里早新闻的声音——本台最新消息:今天凌晨,黄浦江上大雾,轮渡停航。9时许,轮渡开航。聚集在渡口的3万多候渡群众争相前拥,前面的人和自行车被挤倒在地,引发严重的踩踏事件,死伤87人。其中当场踩死11人,抢救无效死亡5人,重伤6人,轻伤65人。市领导已前往医院看望受伤市民。

　　　　〔内白,是阿珍撕心裂肺的呼喊:阿德——

　　　　〔舞台灯亮。次日上午,医院门口。

　　　　〔舞台上挂着一个巨大的红十字。阿德躺在病床上。

　　　　〔医生、护士们急急过场。

　　　　〔阿珍焦急上,直扑病床。

阿　珍　阿德,都怪我,昨天晚上如果不和你吵架,你就不会留下来;不留下来,你就不会出事。(跪趴在病床前)我好害怕,怕你死了,我却活着。

　　　　〔医生领郭茂堂上。

郭茂堂　医生,我儿子的情况怎么样?

医　生　双腿多处骨折,腿部神经受到损坏。已经做了手术,安眠药效过了就会醒过来。

阿　珍　严重吗?

医　生　骨折的伤三五个月就能好,但腿部神经恢复,需要长时间的康复理疗。

阿　珍　长时间是多长?

医　生　这得看理疗效果。可能一年,可能两年,也可能五年、十年。病
　　　　人是否配合治疗非常重要。

　　　　〔阿珍一听,差点晕倒。

郭茂堂　医生,最坏是个什么结果?

医　生　最坏的结果,是双腿失去知觉造成下身瘫痪。当然,这只是理论
　　　　上的结果,概率很小。

阿　珍　(意外,喃喃自语)瘫痪,瘫痪!

郭茂堂　阿珍,你都听见了,阿德现在成了这个样子,这个家比任何时候
　　　　更需要你。但是,你嫁到我们家来,本来就委屈你了。你现在要
　　　　离开,要回浦西,我们也不会怪你的。

阿　珍　(欲哭无泪)爸,现在给阿德治病最要紧,不是说这种话的时候。
　　　　你先回去吧,斌斌在家里不能没人照顾。

　　　　〔副市长、医院院长、护士、秘书等人上。

院　长　副市长来看望你们了。

副市长　(握住阿珍的手)让你们受苦了。我代表市政府,向你和你的丈
　　　　夫表示深切慰问。同时,也要谢谢你爱人!

阿　珍　谢谢我爱人?

秘　书　你爱人是为了救一个小孩才受的伤,要不是他舍命相救,那个小
　　　　孩子可能就被踩死了。

副市长　市民受苦,我们很难过。

阿　珍　要是有座桥,要是多几路过江的公共汽车,这么多人就用不着全
　　　　来挤轮渡了。上海这么大,难道就造不起一座桥吗?

副市长　今天的事故,给我们敲响了警钟。你批评得对,政府再难,也要
　　　　想方设法改善过江的交通。

院　长　受伤人员的医疗费用,全部由市政府承担。

副市长　我们对不起市民啊,医院一定要全力以赴救治受伤民众,全力以
　　　　赴。(握住阿珍的手)有什么困难,可以给街道反映,也可以直接
　　　　来市政府找我。

阿　珍　没有困难,人活着比什么都好。

　　　　〔众人下。

阿　珍　(终于忍不住大哭出声来)阿德,我怎么办? 我可怎么办啊?!

　　　　〔切光。

第五场

[半年后。盛夏。上海外滩。傍晚。

[光启。有三三两两的游客。一群高中生模样的男孩,头上系着彩色飘带,在街边跳着霹雳舞,旁边摆着录音机,从里面飘出"的士高"的旋律。

[柳凤喜上。

柳凤喜 （唱） 叹人生太无常风雨难料,

好端端遭横祸陡起波涛。

阿德他受了伤也不见好,

半年来可苦了我的外甥女。

我不能看着她执迷不悟,

需劝她早脱苦海,莫再受煎熬。

[万福林、治安联防队员先后从不同位置上场。万福林戴着一副大墨镜,治安联防队员仍在胳膊上戴着"联防"的袖标。

[万福林像是认出了柳凤喜,又拿不准,便盯着看。

治安员 大家注意安全,小心扒手偷盗。

[台上所有的人都看着万福林。万福林正想上前找柳凤喜攀谈,柳凤喜吓得忙离去。

万福林 （知道柳凤喜把自己当成坏人了,无奈笑笑）高价回收外汇券、美金、港币。价格从优。（游客们暗下）

治安员 （趁人不注意把红袖标取下来藏在裤袋里,靠拢万福林）粮票收不收?

万福林 粮票?你上菜市场换鸡蛋去。（治安员掏出红袖标往胳膊上戴）你别戴,戴了我也不收。

治安员 这是工作需要,你管呐。（欲离开）

万福林 （追上去）外币,外币有吗?

治安员 有国库券,收吗?

万福林 有多少?（治安员打出八的手势）八千?

治安员　五百。

万福林　才五百？

治安员　五百怎么了，不是钞票？你不换我找别人。（欲离开）
　　　　［高中生们暗下。

万福林　回来。换给你，哪一年的？

治安员　这个月的。

万福林　这个月的就换，家里揭不开锅了吧。一百换八十，五八得四，四
　　　　百块。成交。

治安员　八十？你当我冲头啊。

万福林　就这个价，不换算了。（故作离开状）

治安员　算就算，这个价哪里都好换，不用找你这个打桩模子。

万福林　朋友，你怎么说话呢。讨打啊。

治安员　我，我又不是说你。（溜下）

万福林　（四处看时空无一人）这年头，人都成精了，生意越来越难做啊。
　　　　（下）
　　　　［阿珍上。半年的时间，已憔悴了许多。

阿　珍（唱）　又来到美丽的外滩，

　　　　　　　却没有往日的心欢。

　　　　　　　分明是盛夏酷暑，

　　　　　　　我心中却满是冬寒。

　　　　　　　又来到美丽的外滩，

　　　　　　　这一次我形影孤单。

　　　　　　　南京路灯红酒绿，

　　　　　　　照不亮对岸的幽暗。

　　　　　　　屋漏偏逢连天雨，

　　　　　　　这一回我怎么办？

　　　　［阿珍无助地坐在江边的椅子上，望着江水出神。

　　　　［伴唱：

　　　　　　　怎么办？怎么办？

　　　　　　　江水无声静流淌，

　　　　　　　千帆失语叹悲欢。

阿　珍（唱）　叹悲欢，霓虹竞灿烂，

　　　　　　　怎顾得月畔星光寒。

　　　　　　　不信命，不服软，

> 偏偏命里多艰难。
>
> 盼的是苦尽甘来福相伴,
>
> 为什么祸不单行总相缠。
>
> 强撑硬扛心憔悴,
>
> 这千斤的重担我如何担?

万福林　(上)高价回收外汇券、美金、港币,价格从优。(走到阿珍背后)外币有啊,外币。(阿珍转过身)阿珍?你?怎么会是你。

阿　珍　我姑妈约了我来这里碰面,我等她呢。

万福林　哦,想起来了,刚才,就刚才,有个老太太看着面熟,好像是你姑妈。

阿　珍　她人呢?

万福林　被我吓跑了,她把我当成小偷了。(笑,发现阿珍板着脸)阿德那脚还不见好?

阿　珍　我不知道,他的脚还能不能好。

万福林　这么说,真有可能瘫了?

阿　珍　我不知道。

万福林　要我说,你也不用这么伤心。事情既然摊上了,就是命。你为了给他筹钱治病,把店铺盘出去了,那可是你五年的心血和致富的希望啊。你现在做全职护工,天天伺候他,对得起天地良心了。

阿　珍　(突然哭出声来)我快要扛不下去了。

万福林　早知如此,何必当初。要知道是现在这个样子,当初还不如嫁给我呢。

阿　珍　这都是命啊。我以为只要努力了,就一定可以改变命运。现在看起来,和自己的命斗,太难了。

万福林　接下来,你打算怎么办?

阿　珍　浦东是我自愿嫁的,阿德也是我自己挑的。既然都赶上了,我只能硬扛下去。阿德他爸已经答应把豆腐手艺传给我,我准备在浦东开间豆腐作坊养家糊口,继续给阿德治病。

〔柳凤喜急上。

柳凤喜　阿珍,阿珍啦,我苦命的孩子。

万福林　姑妈,你刚才没认出我啊。我是万福林啊,阿珍的好朋友。

柳凤喜　原来是你啊。小万啊,你和阿珍是朋友,你帮我劝劝她。人不能太死心眼了,尤其是女人。

万福林　姑妈,这我可没法劝。你们家阿珍啊,还就是个死心眼的人。

(掏出一些钱)阿珍,你既然已经决定了怎么做,那就努力去做吧。这点钱,给你救急,什么时候有了什么时候还,不收利息。

(下)

柳凤喜　阿珍,你怎么这么傻,还在借钱给他治病? 这钱以后是要你还的。他要是瘫痪了,你得替他还一辈子账。

阿　珍　(冷冷地)姑妈,你今天非要叫我出来,就是要告诉我,不要给阿德治病吗?

柳凤喜　我也没那么坏,只是心疼你。阿珍啊,当初你嫁到浦东,我原本就不同意。现在阿德成了这个样子,你下半辈子靠谁啊? 嫁汉嫁汉,穿衣吃饭。我不能看着你执迷不悟。听我一句话,和他离婚吧,回浦西来,带上斌斌,搬回来住。你姑父单位最近增配了一间房给我们,就在静安寺旁边,虽然不大,但也够你们母子安身的。

阿　珍　这回,你可真舍得啊。

柳凤喜　为了你的幸福,姑妈什么都舍得。过去那些事情,姑妈也是身不由己。那种年月,社会乱得要死,你爸是反革命,那我就是反革命的妹妹,那是要坐牢的。谁也不愿意去坐牢啊,所以我才和你爸爸划清界线。

阿　珍　我没有你这么势利,也做不出为了自己而抛下亲人不管的事情来。姑妈啊,

(唱)　常言人无百日好,

　　　难免倒霉触暗礁。

　　　只要还有心气在,

　　　风雨过后花更娇。

你不用劝我,我不会离婚的。只要一家人生活在一起,就没有躲不过去的风雨。我相信,有了家人的爱,阿德一定可以站起来。

[切光。

[幕间曲:

　　　站起来,站起来,

　　　冬去春来百花开。

　　　一声春雷震天响,

　　　河东从此燕飞来。

第六场

[1991 年夏天。早上。可以看见远处将要建成的南浦大桥。

[暗场中,传来广播早新闻的声音:经过两年半的努力奋战,今天,南浦大桥胜利合龙,全桥贯通,将浦江两岸连成一体。南浦大桥是我国第一、世界第三的双塔、双索合梁斜拉桥。工程总投资 8.2 亿元,大桥全长 8346 米,桥头两座主塔各高达 154 米,主桥长 864 米,由 1500 吨的斜拉钢索和 6300 吨的钢梁、3200 块混凝土桥面板拼装而成。主桥离水面净高 46 米,桥下可通行 5.5 万吨巨轮。桥上每天最多通车容量为 5 万辆,设计和施工技术均进入世界领先地位。

[灯启。浦东,阿珍豆腐作坊——其实就是在自己家旁边搭的一个简易房,门口,摆着一张旧桌子和两把方凳,桌上有茶壶。门侧挂着"豆腐大王"的木板招牌。做好的豆腐,大部分送到菜市场批发给小贩,小部分用小板车推着在附近的居民区卖,偶尔也会有邻居自己上门,端着盘子来豆腐作坊购买。

[阿德上,右手拄拐杖,左手拎一筐黄豆。通过三年多时间的理疗,他的脚伤已经恢复得差不多了,右脚稍有些瘸,走远路或拎个稍重的东西,仍要借用拐杖。

阿　德　(唱)　浦东开发燕飞来,

春意浓浓暖心怀。

有了阿珍的满腔爱,

我总算抛开轮椅站起来。

寒冬已去不复在,

春日和风逐阴霾。

怕什么身残拄着拐,

河东从此生双翅,我们要苦尽甘来。

(把黄豆放在房前的桌上)阿珍,阿珍,黄豆我买来了。

[郭茂堂自作坊内走出。他完全一副退休前的工作打扮,手上戴

着蓝色袖套,身上穿着白色长褂,脖子上吊根绳子,在胸前挂一副老花眼镜。

郭茂堂　天还没亮,阿珍就推着车去送豆腐了,还没回来呢。

阿　德　这么晚了还没回来,估计又跑去看南浦大桥了。报纸上说了,南浦大桥半年以后就能通车。

郭茂堂　听说延安路隧道北线工程也要动工了。

阿　德　现在好了,浦东开发,又造大桥又修隧道。以后我们去浦西,可就方便多了。

郭茂堂　还是开发好。从宣布开发浦东到现在,一年多时间,大桥马上要造好了,隧道也修了一条更宽的。这两年里做的,是以前二十年也做不了的事。

阿　德　要致富,先修路。爸,照这样下去,咱们浦东很快就能富起来。

郭茂堂　劳动致富,光荣。(欲进房,转身)刚才拆迁办送来一个通知,说我们这一片要造五星级大酒店,咱们得动迁,让选择补贴办法。

阿　德　通知在哪?

郭茂堂　在屋里。(下)

阿　德　我看看。(弃拐,跟进屋,下)

　　　　〔阿珍推送货的小板车上,板车上已经没货了。

阿　珍　(唱)　盼来了春暖花开风光好,
　　　　　　　　小板车吱吱嘎嘎,也唱起了快乐歌谣。
　　　　　　　　车啊车,四年的日子不算少,
　　　　　　　　常相伴,你我已是旧知交。
　　　　　　　　平日里,有苦只能向你诉,
　　　　　　　　我今日,也把高兴的事儿细絮叨。
　　　　　　　　每天江边走一走,
　　　　　　　　看一看新修的马路和大桥。
　　　　　　　　身边天天有变化,
　　　　　　　　浦东每天在长高。
　　　　　　　　总算是熬过了艰难苦岁月,
　　　　　　　　苦尽甘来,浦东有了新盼头。

　　　　〔阿德自内房走出。

阿　德　(瘸着右脚,热情地迎上去)回来了。(欲接过小板车)

阿　珍　我来吧,你歇着。

阿　德　(坐)这么晚才回来,又去看大桥了吧。

阿　珍　看了,今天大桥合龙,锣鼓喧天的,人可多了。

阿　德　听广播里说,半年以后就能通车。

阿　珍　说是元旦以前。

阿　德　上面来通知了,我们这一片年后可能会动迁。

阿　珍　(高兴)真的? 可算盼来动迁了。

郭茂堂　(端着一盘黄豆,自内屋上)你就这么讨厌这个家? 大桥通了,浦东会好起来的。

阿　珍　爸,你说啥呀?

阿　德　是啊,阿珍要是讨厌这个家,也不会守到今天。

郭茂堂　守到今天,也是她自己选的,我可没逼她。

阿　珍　爸,一大清早的,你怎么这么大的火气。谁又惹你不高兴了?

郭茂堂　我哪里敢有火气。嫁到浦东十年,你嫌弃了十年,我们哄了你十年。

阿　德　爸,你少说两句。

阿　珍　哄我? 没事,说吧,都说出来。

郭茂堂　可不是这样吗,一听说要动迁,看你高兴的。这个家我们住了五十年,哪有你这样盼动迁的?

阿　珍　现在都什么时代了? 改革开放,万象更新。像我们这样的普通人家,想要改变,也只能靠动迁的机会。浦东开发,百年良机。这个机会我们再跟不上趟,也只好继续穷苦。

郭茂堂　你还是嫌我们老郭家穷嘛。

阿　德　行了,行了,你们两个都少说两句。通知都下来了,动迁是肯定要动的,想留也留不下。咱们商量一下,选择哪样的补偿办法?

郭茂堂　我要地! 能种粮食的地! 政策改来改去,我算是看明白了,只有土地靠得住。有块地,再坏我也饿不死。

阿　德　要地,那得搬到川沙和南汇,离上海更远了。

郭茂堂　我们现在也是住在乡下嘛。都是浦东阿乡,哪里不一样。

阿　珍　阿德,上面发下来的通知是怎么讲的?

阿　德　三种选择。一,给新公房,还住在附近;二,给钱,一次性贴补;三,给房给地,把土地和房子置换到远郊,房子还是新盖的。

阿　珍　(不加思索)咱们都不要。

阿　德　都不要?

郭茂堂　你疯掉了。

阿　珍　这三种办法都不要,咱们去争取第四种。

阿　德　第四种?

阿　珍　对,第四种。我们要地,但不是远郊种粮食的地,是能盖厂房的地。趁这次动迁的机会,咱们把家里种菜的自留地面积换成豆腐作坊的面积,我要把豆腐作坊做成正规的豆制品加工厂。

郭茂堂　哪来的钱? 又做白日梦。

阿　德　对啊,咱们没钱啊。

阿　珍　去要动迁补贴啊。咱们将来住的房子少要一点面积,把多出来的面积换成现钱。

阿　德　行吗? 这可是政府动迁,又不是私人造房子。

阿　珍　你不去争取,怎么知道不行? 我要去拆迁办试试。

郭茂堂　你去试试? 行了,别去给我们老郭家丢人了。你拿祖上传下来的房子换钱,地也不要了,还去造什么厂房。你,你这是要败家啊。(把黄豆带碗扔在地上,甩手而去)

阿　珍　我,我败家?

　　　　(唱)　这句话骂得我心儿痛碎,

　　　　　　　　谁明白我心里,千般苦楚万种悲。

　　　　[蹲在地上,一颗一颗捡黄豆。接唱

　　　　　　　　这黄豆一粒粒挂着眼泪,

　　　　　　　　它为我哭为我叹为我心灰。

阿　德　(帮着一起捡黄豆)老人家只是一时的气话,你别放在心上。

阿　珍　(接唱)结婚十年从未向你吐苦水,

　　　　　　　　我今天要向你敞一敞心扉。

　　　　　　　　想当初嫁给你家人反对,

　　　　　　　　到今日我还是有家难回。

　　　　　　　　为生计,我下海经商起早又贪黑,

　　　　　　　　顾不得早出晚归孤影相随。

　　　　　　　　你受伤,我不嫌来也不怨,

　　　　　　　　静静承受,燕子衔泥心不灰。

　　　　　　　　十年坚持总算治好了你的腿,

　　　　　　　　拼来个夫唱妇随同进退。

　　　　　　　　我不怕苦,也不怕累,

　　　　　　　　只怕这和睦的家庭起惊雷。

　　　　　　　　既然是你们都反对,

　　　　　　　　这动迁的事儿我闭嘴,

免得落一个败家的名声我来背。

阿德啊，当初的心儿今何在？

从今后，心意冷梦儿难追。

阿　德　（唱）　一番话说得我好伤心，

作为丈夫，我愧对妻子，愧对家庭。

原谅我十年来少帮衬，

原谅他言词过激的老父亲。

阿珍啊——

心若在，梦就在，

放飞一个梦想，

留下一份豪情。

我支持你的创业梦，

患难夫妻挚爱深。

阿珍，我和你一起去拆迁办。既然想到了，我们就要努力去争取。浦东开发蓝图已经给我们绘制了一个美好的希望，我相信，浦东的明天会更好！我们这些浦东人的明天，也会越来越好。

[切光，落幕。

——剧终——

罗怀臻简介

　　罗怀臻,中国文联全委会委员,中国戏剧家协会副主席,中宣部"四个一批"人才,国务院特殊津贴专家,文化部授予"昆剧艺术优秀主创人员"称号。现为上海市剧本创作中心艺术总监、一级编剧,上海戏剧学院教授。代表作品淮剧《金龙与蜉蝣》,昆剧《班昭》,京剧《建安轶事》,越剧《梅龙镇》,甬剧《典妻》,川剧《李亚仙》,舞剧《朱鹮》等。曾获国家级奖项百余种。淮剧《武训先生》获国家艺术基金资助,将由上海淮剧团首演。

淮 剧

武训先生

编剧 罗怀臻

时　间　清咸丰至光绪年(约 1858 年—1896 年间)

地　点　山东堂邑(今冠县)一带

人　物

武　训　小名武七,行乞兴学者

梨　花　爱恋武训之村妇

了　证　僧人,武训终身之好友

张老辫　地主,武训之姨父

卫驼子　屠夫,梨花之丈夫

管　家　张老辫之管家

张老辫家的帮工、集市上的村民和观者、义学开

　　　馆参加庆典的官员与乡绅,以及梨花的

　　　儿子孙子等

第一场

[春天,僻静的乡村,一轮太阳升起,几树梨花正开。

[字幕:清咸丰八年,公元 1858 年,是年武训 20 岁。

[少年和尚了证双手合十跑上,眺望四周,向内招手。

了　证　阿弥陀佛!

(念)　小和尚,闲操心,

　　　　大清早,出庙门。

　　　　来到村头梨树下,

　　　　帮助友人牵红绳。

武七、梨花,他们来了!

[青年武训、梨花分别上。

武　训　(憨憨地)行不改名,坐不改姓,小名武七,大名武训。17 岁来到姨父张老辫家帮工,辛苦三载,今年二十挂零。说实话,旁的不想,只想一样,你说什么,成家立业、娶妻生子? 对了,你懂的。(咧嘴一笑)

梨　花　(朗朗地)梨花树下,来了梨花,这个武七,还真心花。其实啦,都在一个屋檐底下讨生活,他做帮工,我做女佣,抬头不见低头见,有什么话不好当面讲。对了,装,他装我也装,大家一起装。(抿嘴一笑)

武　训　(东张西望着)梨花……

梨　花　哪个喊我梨花?

武　训　(故意望着树上)有的梨花白,有的梨花红,有的梨花黄……

梨　花　不是喊我呀? 好吧。(故意驱赶树上鸟雀)呜起——

武　训　哪个喊我武七?

梨　花　什么武七武八,我在撵树上乌鸦,呜起——

武　训　我晓得，你不是攀树上乌鸦。

梨　花　我也晓得，你不是望树上梨花。

武　训　一个东家做工，三年了，你从来不跟我搭腔。

梨　花　我没跟你搭腔，你也没跟我搭腔。

武　训　嘴上没跟你搭腔，手上没少帮你做事。

梨　花　这个我晓得，脏事重事你都偷偷帮我做，我又不是瞎子。

武　训　你也是的，背地里帮我洗洗涮涮，补补连连，还当我不晓得。

梨　花　我晓得你晓得，我看见你眉毛动来动去的，那个就叫眉来吧。

武　训　我也晓得你晓得，我也看见你眼睛珠子翻上翻下的，那个就叫眼
　　　　去吧。

梨　花　你咒我死人翻白眼。

武　训　我没咒。

梨　花　你咒了，看我不收拾你！（追）

武　训　冤枉，冤枉啊！（逃）

了　证　（挡在二人中间）二位有话好好讲，好好讲。

梨　花　我说了证小和尚，你一大早把我喊出来，说有人有话跟我讲，莫
　　　　非就是要讲这种倒头话么？

了　证　梨花，你听我讲嘛。

　　　　（唱）　叫声梨花莫气愤，
　　　　　　　　听我了证说分明。
　　　　　　　　大家同在庄上住，
　　　　　　　　你来我往有交情。
　　　　　　　　你们二人心中事，
　　　　　　　　都曾诉与了证听。
　　　　　　　　今日了证来撮合，
　　　　　　　　莫要辜负好心人。

　　　　我说武七，今天是你要我把梨花喊出来的，你先开口吧。

武　训　我……

梨　花　你看你看，还是吞吞吐吐。

　　　　（唱）　了证了证做媒证，
　　　　　　　　武七武七把话云。
　　　　　　　　过往神仙睁开眼，
　　　　　　　　替我梨花听分明。

武　训　好吧，我讲。

（唱）　人在说话天在听，
　　　　梨花梨花听我云。
　　　　你我相识三年整，
　　　　虽无一言肚里明。
　　　　妹妹年已十八春，

梨　花　（唱）　哥哥二十正挂零。

武　训　（唱）　我想辞工回家转，

梨　花　（唱）　我也不想伺候人。

武　训　（唱）　我想盖上几间房，

梨　花　（唱）　我想嫁上一个人。

武　训　（唱）　我想置上几亩地，

梨　花　（唱）　我想栽上一片林。

武　训　（唱）　盖房盖的是新婚房，

梨　花　（唱）　嫁人嫁的是勤快人。

武　训　（唱）　置地置的是庄稼地，

梨　花　（唱）　栽林栽的是梨树林。

武　训　（唱）　老老实实，

梨　花　（唱）　本本分分；

武　训　（唱）　勤勤恳恳，

梨　花　（唱）　太太平平；

武　训　（唱）　和和顺顺，

梨　花　（唱）　安安宁宁；

武　训　（唱）　快快活活，

梨　花　（唱）　开开心心；

武训梨花　（合唱）　早日结成小夫妻，
　　　　　　　　　　恩恩爱爱过一生。

武　训　我没读过一天书，我不认得一个字，你不会嫌弃我吧？

梨　花　我也没读过书，我也不认得字，你我正好一对睁眼瞎。

武　训　假如我们成了家，假如日后有了儿女，一定要供他们读书。

梨　花　再苦再穷，也要教儿女读书。

武　训　讨饭行乞，也要教儿女识字。

梨　花　你的话都说到我心里去了。

武　训　你的话也说到我心里去了。

梨　花　武七哥哥，你真好！

武　训　梨花妹妹，你真俏！

　　　　［武训、梨花相视而笑，一笑不可收拾。

了　证　（亦喜悦地）阿弥陀佛！

武　训　（不由自主地牵起梨花的手）梨花妹妹，我来问你，我在姨父张老辫家的三年工期已满，我想结算工钱，回家种田，你愿意跟我一起回家么？

梨　花　愿意。

武　训　真的？

梨　花　真的。想我梨花，幼年丧母，五岁之上跟随经商的父亲途经此地，不料爹爹突染重病，一病半年，病愈之后，为赶行期，爹爹把我寄养在朋友张老辫家里，爹爹害怕我受苦，花了二十两银子买下张老辫家的五亩田，又把这五亩田反租给张老辫，收取田租，当作我的寄养费用。想不到爹爹一走就是十三年。十三年来，我从小姐变成佣人，干不完的活，看不完的脸，说实话，这种日子我是一天也不想再过下去了。

武　训　梨花，你的身世我也听说了，庄上的人都说姨父做人不厚道。

梨　花　亲娘死了，亲爹又不知下落，我看你武七哥哥为人忠厚，做事勤快，会体贴人，还能逗人开心，我就自作主张嫁给你吧，不知武七哥哥是否真心娶我？

武　训　我做梦都想娶你，梨花，做我老婆吧，我会对你好。

梨　花　好一时，还是好一世？

武　训　好一时。

梨　花　啊？

武　训　也好一世。假如有来世，还要对你好。

梨　花　赌咒。

武　训　赌咒。

梨　花　发誓。

武　训　发誓——我若欺负梨花，一辈子打光棍，断子绝孙！

梨　花　你打光棍，我怎么办？不是讨饭行乞，就是断子绝孙，尽说这些晦气话，替我打嘴！

武　训　打嘴！

梨　花　再打！

武　训　再打！

梨　花　（拦住他，心疼地）你还真打，不怕疼呀。

武　训　嘻嘻,看你心疼不心疼。

梨　花　你坏!(又打)

武　训　嘻嘻……(再逃)

了　证　武七哥哥,梨花姐姐,你们真是天生一对。

武　训　了证兄弟,快快背上你家嫂嫂,回庄去也!

了　证　嗯哪!叔叔背嫂嫂,一路加小跑。

　　　　[了证驮着梨花跑下,武训追赶着下,留下一串青春笑语。

　　　　[梨树后,张老辫与管家鬼鬼祟祟闪上,不怀好意地交头接耳着。

　　　　[幕内唱:"同工三长载,

　　　　　　　　三载未开言。

　　　　　　　　可怜青春梦,

　　　　　　　　匆匆化灰烟。"

第二场

　　　　[当日晌午。张老辫家客堂。张老辫由内、管家由外上。

张老辫　管家。

管　家　老爷。

张老辫　太太送走了?

管　家　送走了。

张老辫　送走了好,送她到闺女家住几天,眼不见心不烦。

管　家　老爷讲得对,毕竟是亲姨妈和亲外甥。

张老辫　那个在集市上杀猪的驼子姓什么来着?

管　家　姓卫,卫驼子。

张老辫　对,卫驼子,他来了么?

管　家　来了,买人的票子跟绑人的绳子一块带来了。

张老辫　武七的合约,梨花的文契,也都准备好了么?

管　家　准备好了,老爷放心。

　　　　[卫驼子上。

卫驼子　见过张老爷。

张老辫　卫掌柜的艳福不浅,这个梨花可是黄花闺女。

卫驼子　多谢张老爷。

张老辫　叫武七、梨花。

管　家　武七,梨花!

　　　　〔武训、梨花内应:"来啦!"武训、梨花身背包裹手挽手上。

武训梨花　(唱)　兴冲冲手挽着手到客堂,

　　　　　　　　　到客堂叫声姨父(老爷),且听外甥(梨花)说端详。

张老辫　武七、梨花,你们身背包裹,手挽着手,这是要做什么?

武　训　姨父大人!

　　　　(唱)　外甥帮工来庄上,

　　　　　　　眼珠一晃三载长。

　　　　　　　今日打算结了账,

　　　　　　　种田回到武家庄。

梨　花　张家老爷!

　　　　(唱)　梨花府上来寄养,

　　　　　　　度过十三载时光。

　　　　　　　如今年交十八岁,

　　　　　　　愿随武七回家乡。

张老辫　我明白了,原来你们二人在我庄上偷偷摸摸,私订了终身。

武　训　这个叫前世缘分。

梨　花　这个叫福报今生。

张老辫　呵呵,前世缘分,福报今生,我要恭喜你们好事成双。

武　训　多谢姨父。

梨　花　多谢老爷。

张老辫　武七、梨花,看你们急急乎乎的样子,好像今日就要走?

武　训　算清工钱,马上就走。

梨　花　拿回田契,即刻双飞。

张老辫　一个要算工钱,一个要拿田契,管家,把他们要的东西拿给他们。

管　家　(早已有备)这是武七的合约,这是梨花的文契,你们可要看仔细了。

武　训　(拿着合约发愣)我没念过书,看不懂。

梨　花　(捧着文契发呆)我不认得字,不明白。

张老辫　看不懂,不明白,那就请管家念给你们听。

管　家　武七先听好。(念)"东家张老辫,帮工武训,既为亲戚,亦为主仆,公平相待,订立合约。双方议定帮工三年,每年工钱十六吊,年中年尾,随时支取,三年期满,总共铜钱四十八吊。"武七,这上头写得不错吧?

武　训　　不错,请姨父结账吧。

张老辫　　还结什么账,你的账不是结清了么?

武　训　　结清了,我可是一文铜钱没支过?

张老辫　　一文铜钱没支过? 笑话,合约上的手印是不是你按的?

武　训　　是我按的,那是姨父你说一年没有支工钱,一年按上一个手印,外甥我三年没有支工钱,一共按了三次,对不对?

张老辫　　不对,合约上明明写着支取一年,按上一次,你总共支了三回,每回支取十六吊钱,三年四十八吊钱都被你支取光了。这字据,这手印,明明白白写着,难不成你想讹亲姨父么?

武　训　　你让我看看……(捧着合约,拼命地看,却把合约拿倒了)

管　家　　(替他倒过来)目不识丁,看什么看?

武　训　　姨父,你这是欺负我没念过书,欺负我不认得字。

张老辫　　不错,姨父我是欺负你了,可谁让你没念过书,不认得字呢?

武　训　　姨父,亲姨父,你未免太狠毒了!

　　　　(唱)　武七我三年庄上卖性命,
　　　　　　　三年帮工受苦辛。
　　　　　　　三年做牛又做马,
　　　　　　　三年没日没晨昏。
　　　　　　　三年扛的是最重的活,
　　　　　　　三年起的是最早的人。
　　　　　　　三年里一天没回过家,
　　　　　　　三年里没支过钱一文。
　　　　　　　一天天一月月一季季一年年,
　　　　　　　做了活流了汗出了力尽了心,
　　　　　　　到头来你设下圈套挖了陷阱,
　　　　　　　欺负武七目不识丁不能断文,
　　　　　　　坑蒙外甥受骗上当按下手印,
　　　　　　　三年劳碌血汗工钱被你独吞,
　　　　　　　你呀你,枉称武七的亲姨父,
　　　　　　　你呀你,还有脸叫我亲外甥,
　　　　　　　我把你心肠有一比,

你比毒蝎还毒十分。

姨妈在哪里,我找姨妈评理!

张老辫　你姨妈到你表姐家去了。

管　家　武七,你姨妈她也不识字,恐怕帮不了你。

武　训　我到县衙门去告状。

张老辫　告状,呵呵,合约上白纸黑字,打着手印,就是铁证,你就是告到
　　　　金銮殿上也无用。

　　　　（唱）　合约上头按手印,
　　　　　　　　一笔一画写分明。
　　　　　　　　三年三回来支取,
　　　　　　　　到了不剩一分文。
　　　　　　　　姨父雇你做帮工,
　　　　　　　　乃是对你施怜悯。
　　　　　　　　管了你的吃和住,
　　　　　　　　还有一笔雇佣金。
　　　　　　　　原来你支钱没正用,
　　　　　　　　都拿去花在女人身。
　　　　　　　　今天倒反诬我毒狠,
　　　　　　　　实在是做人没良心。

武　训　姨父,我还有一句话问你。

张老辫　问吧,自家亲戚,不必客气。

武　训　三年之前,我因何来到你家?

张老辫　因你在邻庄王举人家帮了一年工,被王举人黑了工钱。

武　训　那王举人如何黑了我的工钱?

张老辫　王举人做假账,说你回家探望母亲,支走了工钱。

武　训　王举人黑了我的工钱,我才不相信外人,来到亲戚家里帮工。

张老辫　也是我看你身强力壮,便答应雇你三年。你、你妈妈和你姨妈居
　　　　然不相信我,要我写下合约。我让管家写了,也让管家拿给你们
　　　　看了,可你们都是睁眼瞎子,根本不知道上面写了什么。

武　训　是的,我、我妈妈和我姨妈都是睁眼瞎,不知道你们早就做了手
　　　　脚。想不到三年前王举人造假账坑我,三年后亲姨父又造假账
　　　　坑我,你们这些有钱有地念过书的富人,为何要欺负我们这些无
　　　　钱无地又不识字的穷人?你们究竟于心何忍哪!（捶胸顿足）

梨　花　（劝慰他）武七哥哥,你不要着急,有话慢慢讲。

武　训　我要拿回我的工钱,我要拿回我的四十八吊钱。

张老辫　四十八吊钱,除非再签三年合约,到时一定给你,怎么样?

武　训　我就是行乞讨饭,也不做你们这些人家的帮工。

张老辫　那就请便,来呀,请他出去。

武　训　不,我要我的工钱,张老辫,你给我工钱。(扭住他不放)

张老辫　管家,招呼帮工,给我打他!

　　　　〔管家招呼几个青壮帮工上,围殴武训。

梨　花　住手,你们不能这样欺负人!(护着武训,为他擦拭脸上鲜血)武
七哥哥,好汉不吃眼前亏,你的工钱拿不到,还有我的几亩田,只
要我们辛勤耕种,照样丰衣足食,照样生儿育女,照样活得好好
的。(对张老辫)拿来吧。

张老辫　什么?

梨　花　田契。

张老辫　什么田契?

梨　花　我问你,十三年前,我爹爹是不是花了二十两银子买了你的五
亩田?

张老辫　没有。

梨　花　没有?我爹爹买你的田,又把田租给你,爹爹用这几亩田的租子
当作我寄养在你家里的费用,我爹爹说,如果到了我十八岁,他
还没回来,就拿这几亩田做我的嫁妆,爹爹临走之时,把那张田
契寄存在你的手上,是也不是?

张老辫　你这话是从哪里听来的,跟外面传的一模一样。告诉你吧,你爹
爹临行时是给了我一张文契,不过那不是田契,而是卖身契,你
爹爹把你卖了。

梨　花　你说什么,那是一张卖身契,我爹爹把我卖了?

张老辫　是的,你爹爹从我这里拿走了二十两银子,亲笔在文契上写道,
十八岁前做丫鬟抵饭钱,十八岁后听由买卖,值回二十两银子。
你若不信,让管家念给你听。

梨　花　我不要听,不要听,你们早就做好了手脚,我只怨爹爹他为何还
不回来,为何把亲闺女寄养在这样的人家,还说是朋友,明明是
人贩子。张老辫,你快把我爹爹的田契给我,这张卖身契肯定是
假的,我爹爹他绝不会卖女儿。(泣不成声)

张老辫　梨花,我知道你明白了实情会伤心,所以一直瞒着你,不过这
张卖身文契千真万确是你爹爹写的,记得当初管家也在场,管

家,是吧?

管　家　我可以作证,梨花爹爹交给老爷的的确是这张文契,不是田契。

梨　花　(捂着耳朵)我不相信,不相信!

武　训　(反过来劝慰她)梨花,你不要伤心,不要急坏了身子。

梨　花　骗子,强盗! 强盗,骗子!

　　　(唱)　我骂一声狼心狗肺的张老辫,

　　　　　　你昧了良心欺了天。

　　　　　　你在那合约上头记假账,

　　　　　　私吞了武七哥哥血汗钱。

　　　　　　又弄出这卖身文契来坑我,

　　　　　　满口的胡话与谎言。

　　　　　　你假仁假义装良善,

　　　　　　你害人害己积罪愆。

　　　　　　你欺穷欺弱欺贫贱,

　　　　　　你无情无义造沉冤。

　　　　　　可怜我小小年岁做帮佣,

　　　　　　白白辛苦十三年。

　　　　　　到头来还要被你来典卖,

　　　　　　生生地拆散我与武七哥哥好姻缘。

　　　　　　从今后我要日里咒夜里骂,

　　　　　　没日没夜日日夜夜诅咒你诅咒你诅咒你,

　　　　　　诅咒你行路路塌过桥桥断盖房房倒造楼楼垮,

　　　　　　一生一世不得安生不得太平不得好死你就是死了也尸首

　　　　　　不全。

张老辫　卫掌柜的,这个梨花你还买不买?

卫驼子　泼辣女人帮夫命,我买,我买。

张老辫　好吧,一手交钱,一手交货。

卫驼子　(交银票)张老爷拿好了,可不是你说的二十两,是四十两,可怜
　　　　我大半辈子的家当。

张老辫　少啰嗦,今天的钱不值从前的钱,利息总要算的。带走吧。

卫驼子　梨花姑娘,跟我走吧。

梨　花　你是谁?

卫驼子　我是在杨二庄集市杀猪卖肉的卫驼子,从今以后你就是我的老
　　　　婆了。

梨　花　　唉,我不认识你,不会跟你走。

卫驼子　　那我就动粗了。(解绳子绑人)

梨　花　　武七哥哥,快救我!

武　训　　(护着她)张老辫,不,姨父,亲姨父,你坑了我三年工钱,我认了;你骗了梨花的田契,我也劝她争不过你不要争了;这些我们都认命了,认命了! 如今,只求你念在亲戚份上,念在外甥为你白白做了三年、梨花为你白白做了十三年帮佣的份上,不要把梨花卖给人家,武七跟梨花情愿还在你的庄上做活,一个铜板都不要,只求你不要把我们分开。梨花,跪下来给姨父叩头,求求他成全我们,你快跪下叩头呀!

梨　花　　我不跪他,我恨他!

张老辫　　卫驼子,赶快绑人走!

梨　花　　我不走!(紧紧抱住武训)

卫驼子　　(对武训)你放开她。

武　训　　我不放她。

卫驼子　　她是我的人。

武　训　　她是我的命。

卫驼子　　你若不放,剁你的手。

武　训　　剁我的手,我也不放。

卫驼子　　(腰间抽出杀猪刀)张老爷,我剁了?

张老辫　　剁,剁出事情我担着。

卫驼子　　剁猪蹄剁羊蹄剁牛蹄,还是头一回剁人蹄——(举刀)

梨　花　　住手! 你这个挨千刀的屠夫,我跟你走!(顺手一个耳光)

卫驼子　　(并不愠怒)梨花,你讲的是真话?

梨　花　　真话,我跟你走,你让我再跟武七哥哥讲几句话。

卫驼子　　好,讲吧。

张老辫　　卫驼子,把人带走!

卫驼子　　张家老爷,畜生临死还哼哼几声呢,让他们讲几句话又何妨。

武　训　　梨花,你真的要跟他去吗? 我不要你跟他去,我不放你跟他去!

梨　花　　武七哥哥,我们都不要犟了,犟也犟不过人家,谁让我们从小没念过书,不认得字呢,我们从一开始就输给了人家,一开始就注定了受骗上当。

武　训　　只怪我们穷,我上不起学,念不起书。

梨　花　　(捧出一个包裹,层层解开)这是我爹爹临走留给我的,爹爹说这书名叫《三字经》，爹爹曾经教会我几句。"人之初，性本善。性相近，习相远……"爹爹说等他回来好好教我，可他至今没回来，恐怕梨花这辈子念不了书了。这本《三字经》，我就送给武七哥哥你吧。

武　训　我不要，我请不起先生教我认字。

梨　花　你不是说，假如日后有了儿女，讨饭行乞也要让他们读书吗，怎么忘了？

武　训　我没有忘，我忘不了，可是我跟哪个生儿育女呀。

梨　花　那我不知道，也管不了，反正我梨花这辈子是你武七哥哥的，人不是，心是，一辈子……

武　训　（痛不欲生）梨花……

　　　　［梨花把《三字经》郑重交给武训，二人无言对拜。

　　　　［幕内唱："一拜二拜连三拜，

　　　　　　　　　三拜在地起不来。

　　　　　　　　　妹妹今日嫁人去，

　　　　　　　　　哥哥千万莫伤怀。"

　　　　［卫驼子扛起梨花，大步流星下。武训目送梨花远去，气绝倒地。

管　家　哎呀，死过去了。

张老辫　连人带包裹甩出去。

　　　　［青壮帮工抬起武训下。

第三场

　　　　［字幕：三日后。

　　　　［了证上。

了　证　（唱）　想不到村头一场梨园会，

　　　　　　　　竟落得无情棒打鸳鸯飞。

　　　　　　　　张老辫为富不仁欺良善，

　　　　　　　　恨得我咬断牙根枉皱眉。

　　　　　　　　可怜梨花被强卖，

从此女儿难再回。

可怜武七被毒打，

奄奄一息性命垂。

风雨飘摇破庙内，

一灯如豆四方悲。

〔破庙内，夜，武训昏迷中，了证悉心照料他。

〔阴风四起，烛影摇晃，了证困乏入睡，武训辗转反侧。

〔幕内唱："昏沉沉噩梦中犹在悲伤，

恨煞煞痛难忍寸断肝肠。

黑漆漆满眼见魑魅魍魉，

意惶惶辨不明身在何方。"

〔武训霍然坐起，怪目圆睁，脸上透出阵阵惊恐——张老辫化身
的判官、卫驼子与管家化身的黑白无常、帮工化身的小鬼挟持着
梨花上，梨花双手被缚，脸上遮着白盖头。

武　训　啊，你们这是要把梨花带到哪里去？你们放下她，放下她……

　　　　〔"判官"变脸，现出张老辫原形。

武　训　你不是判官，你是张老辫……

　　　　〔"黑白无常"变脸，现出卫驼子与管家原形。

武　训　黑无常，卫驼子……白无常，管家……

　　　　〔小鬼们变脸，现出青壮帮工原形。

武　训　还有你们，一群小鬼，张老辫的帮凶，原来你们都不是人，是鬼，
你们这是要把梨花带到阴间去，梨花，你不能跟他们去呀……

　　　　〔武训扯下梨花的白盖头，梨花露出一张白惨惨的脸。

武　训　啊，梨花，你怎么变成这样？（见梨花对他惨笑，毛骨悚然）梨花，
你不要这样望着我，不要这样对着我笑，不要……

　　　　〔张老辫他们重又变回一张张鬼脸，展开双臂向武训扑来。

武　训　你们不要过来，我不要跟你们下地狱，你们在阳世欺负我尚嫌不
够，还要把我逼死到阴间去么？

　　　　〔张老辫化身的判官向武训出示一份文书。

武　训　张老辫，你这是何意，人的字我都不认得，鬼的字我更看不懂。

　　　　〔张老辫化身的判官命管家化身的白无常念文书给武训听，管家
化身的白无常嘴巴无声开合着，仿佛念念有词。

武　训　你们说什么，有人到县衙门告我拐骗妇女，讹诈钱财，阎王爷命
你们前来勾我的魂，什么，还要我在勾魂簿上按下手印？你们这

套骗人的把戏,又拿到地狱里去骗鬼,武七我不会再上你们的当,我要撕碎勾魂簿,我要痛打你们这些恶鬼!

〔武训撕碎了勾魂簿,操起一柄铜勺,穷追猛打,张老辫他们发出叽叽呀呀的鬼叫。

武　训　(快意地)哈哈哈,你们这些鬼怪真不经打,哈哈哈……

〔张老辫他们东藏西躲,俄顷化作缕缕烟雾消散,梨花亦随之消失。

武　训　(茕茕孑立,恍然若失)梨花,梨花……

〔了证被惊醒。

了　证　武七哥哥你醒了,嗳,你为何高举铜勺,满头大汗。

武　训　了证兄弟,我这是在哪里呀? 我好像刚刚去了一趟阴曹地府。

了　证　你在说什么胡话,这是村外小庙,武七哥哥,你坐下,听我跟你讲。

武　训　了证,你告诉我,我是不是在张老辫家的客堂上,被他气死了?

了　证　张老辫欺负你们不识字,骗了你的工钱,骗了梨花的田契,又把梨花卖给了杀猪的卫驼子,你一气之下便昏死过去,是我把你背到了这个没有香火的破庙里。你已经昏迷了三天三夜。

武　训　我昏迷了三天三夜,可我好像一直醒着,一直在想什么。

了　证　你在想什么,想梨花么,可是梨花已经不是你的人了。

武　训　我想梨花,也想梨花分手时跟我讲的话,梨花把她的《三字经》送给我,要我日后有了儿女,一定要供他们读书。如今梨花走了,我也不想成家,不会有儿女了,我想做一个不出家也不成家的人。

了　证　不出家也不成家?

武　训　一个无拘无束无牵无挂的人。

了　证　无拘无束无牵无挂?

武　训　我想讨饭行乞,积攒钱财,兴办义学,我想让周围百里跟我一样从小读不起书的孩子,识文断字,知书明理,不再受张老辫、王举人他们的欺。

了　证　凭你一人讨饭得来的钱,就能兴办义学?

武　训　能,能!

　　　　(唱)　与其帮工受人欺,
　　　　　　　不如讨饭随自己。

　　　　　　　武训生在武家庄,

叔伯兄弟排第七。
自幼家道已中落，
八岁时候死了爹。
每到饥荒断粮炊，
九岁跟娘去行乞。
手上一个讨饭碗，
身上一件百衲衣。
讨来残羹与剩饭，
一顿饱来一顿饥。
一十三岁学种地，
能耕能割能耙犁。
无奈家中土地少，
十六出门卖苦力。
先是遇到王举人，
黑我工钱把我欺。
再遇姨父张老辫，
骗我钱夺我爱险些气得我命归西。
昏昏沉沉三日夜，
恍然悟出一道理。
我愿穷人能识字，
不再受那富人欺。
从此甘心做乞丐，
一勺羹，
一文钱，
一缕麻，
一根线，
一片布，
一块皮，
一汤一饭，
一分一厘，
聚少成多，
盖房置地。
总有一日，
扬眉吐气。

办成义学，

造福乡里。

想到此，千辛万苦都愿意，

乞讨终身志不移。

了　证　行乞兴学，千古奇丐，武七，你若真能办成此事，便是当今圣人。

武　训　奇丐不奇丐，只想学房盖。圣人不圣人，只想把事成。了证师父，我肚子饿了，我要讨饭去了。

了　证　武七哥哥留步，了证我听了你的一番话，好像也悟出了一点道理。

武　训　你悟出了什么道理？

了　证　（唱）　你发愿乞讨兴建义学院，

我也想立志苦行去化缘。

了证我少小出家百佛堂，

见堂上佛像破残多不全。

我思忖托钵苦行去募捐，

走大千芒鞋孤旅求善钱。

修复好百尊佛像遂心愿，

纵然是耗费年华无怨言。

从此后一丐一僧江湖远，

怀夙愿行乞化缘心相连。

武　训　你要化缘修整佛像？

了　证　我要化缘修整佛像。

武　训　凭你一个人化缘得来的钱，就能把百佛堂修好？

了　证　你若能，我便能。

武　训　我若能，你便能？

了　证　正是，义丐在上，了证和尚就此别过。

武　训　义僧了证，一路之上，多多保重。

　　　　〔武训与了证深深拜别。

　　　　〔幕内唱："一拜二拜又三拜，

三拜过后各分开。

一僧一丐江湖上，

苦海作舟渡蓬莱。"

第四场

［字幕：数月后。

［乡村集市，熙熙攘攘。张老辫、管家上，几个青壮帮工随上。

张老辫　（唱）　可恼可恼真可恼，

　　　　　　　老婆归家兴波涛。

　　　　　　　不吃不喝不睡觉，

　　　　　　　终日吵闹哭嚎啕。

　　　　　　　怨我坑骗亲外甥，

　　　　　　　骂我为人太奸刁。

　　　　　　　要我把他找回去，

　　　　　　　否则上吊在今朝。

　　　　　　　无可奈何装个孬，

　　　　　　　柳林集市走一遭。

　　　　管家，听说武七做了要饭花子，每逢柳林集市，必来此地卖艺行乞，怎么今天没看见他？

管　家　老爷不妨先到对面小酒馆坐坐，让帮工们在此候着，一旦看见武七过来，马上报告老爷不迟。

张老辫　也罢，小酒馆去者。

　　　　［管家吩咐帮工留守，自己陪着张老辫下。

武　训　（内唱）　太阳出来把路上——

　　　　［艳阳炫目，集市喧嚷，武训身着丐装，手持铜勺，一路高蹈轻飏上。

武　训　（接唱）　但只见集市之上，

　　　　　　　　人来人往；

　　　　　　　　男男女女，

　　　　　　　　熙熙攘攘；

　　　　　　　　老老少少，

　　　　　　　　好不繁忙；

　　　　　　　　且看我身穿着百衲装，

539

褛褡子挎肩膀;

手持着破铜勺,

半痴呆半癫狂;

这边厢脑袋瓜上翘辫子晃,

这边厢寸草不生的溜溜光;

大摇大摆独来独往,

嬉皮笑脸说说唱唱;

一文钱叫你一声爹,

半块饼喊你一声娘;

你就是唾我骂我打我踢我,

只要你唾了骂了打了踢了之后能解囊;

即便是再唾再骂再打再踢,

我也是不推不挡不躲不让满脸赔笑喜洋洋。

〔村民、观者聚拢而来,武训卖艺行乞。

观者 1 　武七,年纪轻轻不干活,为何却要出来讨饭?

武　训　为人帮工受人欺,不如讨饭随自己。

观者 2 　武七,你是不是被王举人、张老辫坑骗怕了,不敢再到富人家帮工了?

武　训　富人不仁似禽兽,亲戚不亲如对头。

观者 3 　沿街讨饭,你就不怕丢人现眼?

武　训　别看今天我讨饭,早晚修个义学院。

观者 4 　好好的辫子为何剃了?

武　训　这边剃,那边留,办个义学不犯愁。这边留,那边剃,积钱置块义学地。

观者 5 　看你穿得破破烂烂,哪家闺女能看上你?

武　训　破帽头,破衲袄,修个义学少不了;穿得烂,穿得破,一个男人照样过。

观者 6 　武七,你总不能当一辈子讨饭花子吧?

武　训　一把铜勺来讨饭,一生修个义学院。背着褡子沿街溜,修个义学不犯愁。

观者 7 　竖个钉,打个滚,学个蛤蟆满地爬。

武　训　竖一钉,一个钱;打个滚,两个钱。要竖要滚都情愿,我要修个义学院。

观者 8 　武七,听说你敢吃蝎子、蜈蚣,你吃给我看看,我给你铜钱。

武　训　吃蝎子,吃蝎子,毒死拉倒我的事。吃蜈蚣,吃蜈蚣,蜈蚣下喉毛茸茸。

观者9　武七,趴下,让我当驴骑,边爬边叫加你钱。

武　训　骑得稳,爬得快,修个义学真不坏。学驴喊,学驴叫,拿到铜钱眯
　　　　眯笑。

观者10　武七,你过来,老子今天不痛快,就想打人解闷。

武　训　打一拳,一个钱;踢一脚,两个钱;一个耳光三个钱,两个耳光五
　　　　个钱。

　　　　〔一人打,众人打,观者一哄而上,武训承受着纷纷拳脚,满地找
　　　　钱。张老辫、管家上,张老辫用脚踏住了武训捡钱的手。

武　训　(抬头一看一笑)老爷老爷抬抬脚,武七地上把钱找。

张老辫　(抬脚踹倒他)没出息的武七,竟然做起要饭花子。

武　训　(就势抱住他的脚)老爷老爷踹一脚,五个铜钱不能少。

张老辫　(又踹一脚)去你的!

武　训　踹得好,踹得好,十个铜钱归我了。

张老辫　什么铜钱,随我回庄去,跟你姨妈要。

武　训　不许溜,不许跑,十个铜钱少不了。

张老辫　武七,你姨妈叫你回庄上帮工,以后一个月结一次工钱,放心了
　　　　吧?(见他不感兴趣)十天结一次?(见他仍不感兴趣)难道你要
　　　　一天结一次?那也行!

武　训　不帮工,不回庄,帮工回庄尽白忙。不认人,不认亲,十个铜钱快
　　　　结清。

张老辫　好吧,我给你十个铜钱,以后你可再也不要到姨父庄上去了。

武　训　拿到钱,笑哈哈,亲戚二字休提它。若要提它倒也罢,还我工钱
　　　　与梨花。

管　家　老爷,我们走吧,我看武七是走火入邪魔了。

张老辫　走。

武　训　走走走,莫回头,回头看看是对头。

张老辫　(回头唾他一口)呸,臭要饭花子!

武　训　(一把扭住他)哈哈,唾一口,一个钱。

张老辫　我还唾!

武　训　唾两口,两个钱。

张老辫　不错,我唾了你两口,我就是不给钱,怎么样?

观者1　讨饭花子的账也赖,太不像话了。

众观者　两文钱,拿出来!

张老辫　好吧,唾一口一文钱,踢一脚两文钱,我买你二十文钱的拳打脚踢。

武　训　头上太阳照,今朝运气好。眨眼二十钱,马上到腰包。你打、你踢,你踢、你打,踢踢踢、打打打,二十文,到我家,哈哈哈……(反而快意)

张老辫　(摩拳擦掌)呸,今天算我破财!

　　　　[张老辫踢打武训,用力过猛,一跤倒地,众人见之,哈哈大笑。管家抛下二十文钱,与随行帮工抬起张老辫下。观者亦纷纷散下。

　　　　[梨花腆着大肚子上,不经意看见了武训,武训瞥见梨花,转头欲下。

梨　花　武七哥哥!

武　训　(止步,回头)梨花妹妹……

梨　花　(上下打量他,悲从中来)真的是你……

武　训　(莫名伤感)真的是我……

　　　　[幕内唱:"陌地相逢无话讲,

　　　　　　　　不知何处叹凄凉。

　　　　　　　　上上下下细打量,

　　　　　　　　不由辛酸泪双行。"

武　训　(强作笑颜)梨花,恭喜你,要当娘了。

梨　花　多谢。

武　训　听说卫驼子的肉案摆在杨二庄上,怎么在柳林集市撞见了你?

梨　花　杨二庄集市被镇长侄儿霸占,生意不好做,他就把肉案移到柳林来了。

武　训　早晓得会在柳林撞见你,我就是绕行一百里也不打这边过。

梨　花　武七哥哥,你是不是恨我?

武　训　不是恨你,是不想让你看到我这副模样。

梨　花　天下多少路不好走,你为何非要做要饭花子?

武　训　我不知道,也说不清楚,自从王举人、张老辫欺骗了我,自从你跟卫驼子走后,我就万念俱灰,百无牵挂,一心一意想当一个叫花子,积攒钱财,筹办义塾,我就想让这堂邑县方圆百里的穷孩子都能读得起书,上得起学,日后不再走你我这样的路,不再受王举人、张老辫他们的骗。梨花,这是你送我的《三字经》,我一直揣在怀里,有朝一日,我要听到穷人家的孩子像发洪水一样从四面八方传来读书声……人之初,性本善。性,性,性……哎呀,我不识字,念不上来。(一脸的羞愧)

梨　花　（看着他，声音哽咽）武七哥哥，我心里难过。

武　训　我好好的，你难过什么？

梨　花　你走近来，让我替你揩一把脸。

武　训　我走近来，你替我揩。

梨　花　（唱）　揩一把脸上尘土和泥浆，
　　　　　　　　哥哥你数月不见胡须长。

武　训　（唱）　梨花梨花莫悲伤，
　　　　　　　　哥哥我无牵无挂走四方。
　　　　　　　　你看那天是被子地是床，
　　　　　　　　哥哥终日喜洋洋。

梨　花　（唱）　揩一把嘴边白沫和血水，
　　　　　　　　哥哥你忍受多少拳脚伤。

武　训　（唱）　今日伤，明日养，
　　　　　　　　一拳一脚有报偿。
　　　　　　　　只要筹得义塾款，
　　　　　　　　拳打脚踢又何妨？

梨　花　（唱）　揩一把眼角泪水一行行，
　　　　　　　　哥哥你多少委屈心里藏。

武　训　（唱）　眼中本来没泪水，
　　　　　　　　不知何故涌两行。
　　　　　　　　莫非平地风沙起，
　　　　　　　　越揉越淌泪汪汪。

梨　花　（唱）　揩一把满脸辛劳和风霜，
　　　　　　　　哥哥你为办义塾苦奔忙。

武　训　（唱）　苦奔忙，苦奔忙，
　　　　　　　　哥哥心中亮堂堂。
　　　　　　　　有朝义学办起来，
　　　　　　　　不枉乞讨这一场。

梨　花　（唱）　哥哥呀，想着你在路上跌跌撞撞，

武　训　（唱）　梨花呀，但愿你自珍重日短夜长。

梨　花　（唱）　哥哥呀，想着你在路上平安无恙，

武　训　（唱）　梨花呀，但愿你自珍重莫挂心房。

梨　花　（唱）　哥哥呀，想着你在路上风雪寒霜，

武　训　（唱）　梨花呀，但愿你自珍重免受风凉。

梨　花　（唱）　想着你，想着你在路上常回头望，

武　训　（唱）　梨花呀，但愿你自珍重莫再哀伤。

武训梨花　（合唱）　哎呀，多少话哽在喉难道难讲，
　　　　　　　　　　一字字一句句化作了泪水千行。

武　训　梨花，我走了，你要保重自己。

梨　花　日后经过柳林，不要绕道而行。

武　训　晓得了。

梨　花　你走吧。

　　　　　〔卫驼子提着一块肉上。

卫驼子　武七兄弟慢走，武七兄弟不见外的话，请把这块肉收下。

武　训　（瞬间满脸堆笑）一块肉，一块肉；又有肥，又有瘦；多谢贵人来施
　　　　舍，武七给你来磕头。不过，我想把这块肉卖给卫掌柜的，你看行么？

卫驼子　我给你的肉，你再卖给我，这算什么意思？

武　训　我一个讨饭的，哪里配吃肉，卖给卫掌柜的，我要换现钱。

卫驼子　哪有这个道理，不换。

梨　花　（一跺脚）换！

卫驼子　好，换！武七兄弟拿好了，这是半吊子钱。

武　训　嘻嘻，半吊钱，半吊钱，不要肉，要现钱；都说猪肉最好吃，不如修
　　　　成义塾院。多谢掌柜的，多谢掌柜的娘子，要饭花子告辞了。

梨　花　等等。（劈手夺下卫驼子手上的肉，递给武训）拿走！

武　训　（手举着肉，高声吆喝）卖肉啦，半吊子钱！（下）

梨　花　（忽然抱紧肚子）哎哟喂，疼死我了……

卫驼子　不是要生了吧？

梨　花　生你个头呀！哎哟喂……

　　　　　〔梨花一边喊着疼一边抹着泪下，卫驼子跟下。

第五场

　　　　　〔字幕：十年后，是年武训30岁。
　　　　　〔还是那座破庙。了证上。

了　证　（唱）　破钵芒鞋走四方,

江湖化缘十载长。

回到堂邑思旧友,

探访武七话短长。

听说他十年不改大志向,

为办义塾行乞忙。

日间讨饭独来往,

夜里栖身在庙堂。

谁道修行深山里,

红尘何处不道场。

来此已是武训栖身之所,待我唤他。武七开门,武七开门! 天光才收,便已安睡。也罢,待我明日一早,再来拜访。

［了证下。张老辫的管家带着两个帮工悄悄上。

帮工甲　到了,这就是我想栖身的破庙。

管　家　你们是照着老爷的吩咐,一直把他送到庙里?

帮工乙　我们是要把他送到庙里,可他说庙里太脏,不让我们进去。

管　家　老爷让你们送他回来,就是要借他喝醉了酒,嘴上没加栓,心里没设防,想尽办法弄清楚他藏钱的地方。

帮工甲　不瞒管家说,我们已经弄清楚了。

管　家　真的弄清楚了?

帮工甲　要不要我们把如何套出武训藏钱地方的双簧,再来一遍给你看。

管　家　要看,要看,朝一边去,不要让武训听见。

帮工甲　我,譬如就是那个武七。

帮工乙　我,譬如就是我们两人。

帮工甲乙　我们把跟武七的对话,再说给你听听。

帮工甲　（扮作武训)我说两位兄弟,今天是我姨妈的五十大寿,对不对?

帮工乙　（扮作帮工甲和乙)对,是你姨妈的五十大寿。

帮工甲　想我武七,不去计较过去跟张老辫的恩怨,跑去为姨妈祝寿,该不该?

帮工乙　该,该。

帮工甲　我寿也祝了,头也磕了,酒也喝了,正要告辞,可我那姨父张老辫却非要你二人一路护送我回来,还关照你们一定要把我送进庙门他才放心,你们说说,张老辫变得对我这般亲,他是为什么?

帮工乙　因为今非昔比,因为你武七有钱了。

帮工甲　我一个穷要饭的,有什么钱?

帮工乙　这你就不要客气了,谁不知道你武七讨了十年饭,攒了大几百吊钱,想这一吊钱就是一两银子,几百吊钱就是几百两银子,足够盖几间大瓦房,买几十亩地,谁还敢小看你武七呢!

帮工甲　我攒了几百吊钱,你们怎么知道?

帮工乙　是你亲口对你姨妈讲的,大家伙都听见了。

帮工甲　不错,是我亲口对我姨妈讲的,我跟我姨妈说我攒了大几百吊钱,担心总是藏着不安全,想请姨妈托个可靠的人替我放贷,也好养出小钱来。

帮工乙　你姨妈不懂放贷,又想帮你,只好去跟你姨父商量。

帮工甲　难怪张老辫今天对我这么客气,还不停地给我敬酒,原来他是想打我这笔钱的主意。哼哼,虽说我平生头一回喝酒,可是我心里明白得很,千万不能在张老辫面前喝醉了,喝醉了也许就一不当心把藏钱的地方说出来了,对了,我没把藏钱的地方说出来吧?

帮工乙　没有,你没喝醉酒,你也没把藏钱的地方说出来。

帮工甲　记得张老辫问我把钱藏在哪里,记得我刚要开口又咽回去了。

帮工乙　对,你刚要开口又咽回去了。

帮工甲　阿弥陀佛,不怕贼偷,就怕贼念想。嗳,你们今天怎么老跟着我,你们快走,快走!

帮工乙　我们走,我们走!

管　家　你们真走了,话已经到嘴边了。

帮工甲　我们两人躲到一边,竖直耳朵,只见那武训张张瞧瞧,以为我们两人已经走了,他边开庙门边嘀咕着。

管　家　他嘀咕着什么?

帮工甲　(复又煞有介事地)哼,我那个姨父,比蝎子还毒,他问我把钱藏在什么地方,我有那么傻,我会告诉他么?他欺负我头一回喝酒,想把我灌醉,灌醉了好套出我的话来,可是我酒照样喝,藏钱之处照样守口如瓶,实话说我那八百多吊钱就埋在神龛底下的地窖里面,谁也想不到,谁也盗不走,他张老辫想算计我,谋我的财,死了他的王八心吧!

管　家　(拍手大笑)哈哈哈……这个武训,他还不傻,那还有谁傻?(压低声,对帮工甲乙)你们两个,一个陪我蹲在这里,一个回去告知老爷,记住,千万不要惊动太太。

〔帮工乙应声下,管家与帮工甲隐下。

〔破庙内,一片漆黑,武训独自伫立在暗夜中。

武　训　天黑了,又是一天过去了,天黑了真好,我就欢喜天黑,伸手看不见五指,对面看不见人形,管你是男是女,是老是少,是胖是瘦,是俊是丑,是贫是富,是官是民,是真是假,是哭是笑,都是一片黑擦擦,看不清也分不出,不用装也不用藏,不怕偷也不惧抢,黑得心里真踏实。天黑了,一天过去了,天黑了真好,我就欢喜天黑,天黑以后我就可以回到我的破庙里,站在神龛前,躺在土炕上,想想昨天,想想今天,想想明天,想想后天,然后把我打从头一天要饭积攒下来的钱从地窖里起出来,从头至尾数一遍,再数一遍,一直数到天亮。不瞒你们说,武七我就是欢喜数钱,白天在外讨饭走路心里数,晚上回到破庙合着眼睛手上数,夜里做梦梦里还在数,数呀数,数呀数,一块铜钱一枚小钱都要数过,都不能漏过,因为这些钱都是我的,我要攒到一千吊、两千吊、三千吊,那时候我就可以盖房子、请先生、办义学了。十年前我的梨花被卫驼子抢走了,五年前我的亲娘病死了,唯一的朋友了证小和尚也是一别十年无消息。说心里话,我想他们,每天每夜都想,想梨花,想亲娘,想了证。想他们的时候,我就把他们想成这些铜钱,想着他们像这些铜钱一样陪伴在我身旁。你看,这一堆是我娘,这一堆是梨花,这一堆是了证和尚。每天夜晚我看看它们,跟它们说话,一枚一枚数着它们,一枚一枚打我手上经过,我这的心里头不知道有多开心,有多踏实。

〔武训说话间移开神龛,挪开巨石,下到地窖里,把钱币一吊一吊地起上来,俄顷,钱币堆积如山,武训在暗夜中数着那些钱币,神情怡然。

武　训　(唱)　夜深沉十方静掩上庙门,
　　　　　　　　佛龛下数铜钱叮咛有声。
　　　　　　　　这铜钱数在手神闲气定,
　　　　　　　　叮咛声暗夜里宽慰我心。
　　　　　　　　这铜钱数在手难舍难分,
　　　　　　　　就好比与亲朋手足情深。
　　　　　　　　这铜钱数在手唤起恻隐,
　　　　　　　　是它们陪伴我度过艰辛。
　　　　　　　　这铜钱数在手心痛难忍,
　　　　　　　　一枚枚沾满了血迹泪痕。
　　　　　　　　这铜钱它是我十年见证,
　　　　　　　　见证我整十载乞讨人生。
　　　　　　　　这铜钱它是我寂寞知音,

十年来伴随我多少晨昏。
这铜钱它是我希望之本，
为了它我情愿忍受欺凌。
这铜钱它是我再生之门，
为了它吃尽苦我也甘心。
铜钱呀铜钱，
你是我的性命；
铜钱呀铜钱，
你是我的亲人；
铜钱呀铜钱，
你是我的来世；
铜钱呀铜钱，
你是我的今生；
我为你行了多少乞讨路，
我为你受了多少暴雨淋。
我为你顶了多少日头晒，
我为你趟了多少霜和冰。
我为你挨了多少疯狗咬，
我为你吃了多少闭门羹。
我为你遭了多少拳脚打，
我为你听了多少嘲骂声。
这铜钱我不能用它砌瓦屋；
这铜钱我不能用它去娶亲；
这铜钱我不能用它置寒衣；
这铜钱我不能用它半分文。
事到如今，
无悔无恨；
事到如今，
无怨无嗔；
事到如今，
无悲无戚；
事到如今，
无愤无憎；
一厘厘一分分一吊吊一文文，

厘厘分分吊吊文文，

有朝一日建成义学大事情，

我小小乞丐千难万劫也欢欣。

［武训终于累了，酒劲也翻了上来。

武　训　人人都说酒爽口，依我看除了辣，加上苦，还有就是头发晕……

［武训扶着脑袋，守住钱堆，和衣入睡。

［破庙外，张老辫与管家带着几个青壮帮工上，一帮工撬开庙门，张老辫、管家等鱼贯进入……

［万籁俱静，暗夜久久，蓦地一声鸡啼，天光大亮。

［了证上。

了　证　天气晴朗梨花香，探访武七到庙堂。庙门大开，待我进去。武七醒来，武七醒来！

武　训　（猛然惊醒）谁在叫我？

了　证　是我，了证。

武　训　了证，你回来了。

了　证　回来了。（见他望着四周瑟瑟发抖）武七，你这是怎么了？

武　训　不好了，我的钱财被人盗了。

了　证　你说什么，钱财被盗？

武　训　天哪，这是要我的命了，我活不了了，活不了了，天哪！（呼天抢地）

了　证　武七，你平平气，慢慢讲，到底发生了什么事情。

武　训　（喘息着，语无伦次）我该死，我糊涂，我混账，我不该去给姨妈祝寿，我不该在酒席上喝酒，我不该跟姨妈说放贷的事情，我不该让张老辫家的帮工送我回到破庙，千不该万不该我不就是不该和张老辫来往，不该喝他的酒，还喝多了，我这是引火烧身，引鬼上门呀，我该死，我糊涂，我混账，我那十年辛苦攒下的八百七十二吊零一十四块三十二文五分六厘现钱，都被狼心狗肺的张老辫趁着我酒醉不醒连根刨走了，这哪里是盗走我的钱，分明是盗走我的命，我只有一了百了，一死了之，我活不成了，活不成了，活不成了……（嚎啕大哭）

了　证　武七，你静静，你静静，你的意思我听明白了，你说你去给你姨妈祝寿，你在酒席上喝醉了酒，酒后一不留神，把你藏钱的地方说了出去，你那姨父张老辫趁你酒后不醒，盗走了你十年讨饭积攒的钱，你如今遭此大劫，万念俱灰，只想一死，是也不是？

武　训　是，我该死，我糊涂，我混账，我明明知道姨妈虽然待我亲，可她在家中当不了家,做不了主,我明明知道姨妈做寿,我去不去人家都不会放在心上,可是我竟鬼使神差地去了,还送了半吊子铜钱,半吊子铜钱呀,要挨多少嘴巴,踢多少脚呀,可是我竟去了,一个臭要饭花子,要撑什么脸呢,我真烧包!(扇了自己两耳光)那张老辫敬我酒,我还真的当他看得起我,我还真的人五人六地吃呀喝呀,说啦笑啦,还学着划了两拳,啊呸,我算是个什么东西呀!(打了自己两拳)如今好了,我把十年的辛苦,十年的辛酸,十年的孤独,十年的疼痛,十年的风风雨雨,十年的人不像人鬼不像鬼,十年的酸甜苦辣春夏秋冬一顿饭一顿酒就都吃光喝光了,可怜我自打讨饭那天起,卖艺打工,推磨挖坑,走路还在捻线团,躺着还在编箩筐,我就是这么一分一厘一个铜板一枚小钱地讨来挣来的辛苦血汗钱呀,十年来我可是一文钱也没有舍得给自己用呀,可如今——哎,我真混呀!(试着用脚踢自己,没踢着,反栽了个跟头)

了　证　事到如今,我问你,你想怎样,告官么?

武　训　这般世道,告官有什么用?

了　证　告官无用,那么,你去乞求张老辫,乞求他把钱还给你?

武　训　他不会承认盗走了我的钱,乞求他更是痴心妄想。

了　证　如此,这笔钱财十之八九你是讨不回来了。

武　训　我去死,死到张老辫家的客堂上。

了　证　你已经在他家的客堂上死过一回了,再死一回他也无动于衷。

武　训　那你告诉我,我该怎么办?

了　证　我想问你一句老话。

武　训　什么话?

了　证　武训,你还想凭一己之力,兴办义学么?

武　训　这个……

了　证　你说呀,你害怕了?

武　训　(不寒而栗)我不知道……

了　证　武训先生,我要感谢你呀。

武　训　你说什么,你感谢我,你还叫我先……生?

了　证　是的,武训先生!

　　　　(唱)　了证我原是路旁一弃婴,

　　　　　　　襁褓中僧侣收养育成人。

　　　　　　　原只想安心念经做佛事,

550

多亏你一言点悟懵懂心。

你为办义塾去乞讨,

我江湖化缘报佛恩。

敬佩你身虽卑贱志向广,

效法你破钵芒鞋举善行。

武　训　如此说来,你化缘十载,已经捐够了修复佛像的钱款?

了　证　不但捐够了修复佛像的钱款,我还要将百佛堂扩成千佛殿。

武　训　百佛堂扩成千佛殿,恭喜你功德圆满。

了　证　不,了证的功德尚未圆满,我还要重新上路,继续化缘。

武　训　你还要上路化缘?

了　证　正是!

　　　　(唱)　募捐十载修佛像,

　　　　　　　还要化缘去苦行。

　　　　　　　千佛殿建成万佛庙,

　　　　　　　不惜耗尽这一生。

武　训　百佛堂,千佛殿,万佛庙,就凭你一个穷和尚,托钵化缘一辈子,
　　　　就能建成万佛庙?

了　证　积沙成塔,心想事成,何事不可。武训先生,你说呢?

武　训　你不要叫我先生,我要叫你先生,先生在上,不,了证法师在上,
　　　　法师的一番教诲,武训听懂了,就当我劫数未尽,从头再来吧。

了　证　好,你我十载分别,匆匆一聚,又要各奔前程。

武　训　等等。

了　证　你要做什么?

武　训　待我关上庙门,抱着你大哭一场。

了　证　贫僧何尝不想与你紧紧相拥,放声一哭。

武　训　哭?

了　证　哭!

武　训　(忽然转念)算了,我们不哭,我们笑,痛痛快快地放声大笑。

了　证　对,我们不哭,我们痛痛快快地放声大笑。

武　训　笑?

了　证　笑!

武　训　哈哈哈!

了　证　哈哈哈!

武　训　了　证　(对笑)哈哈哈……哈哈哈……哈哈哈……

〔二人笑中有泪,笑中含悲,笑中五味杂陈。

〔幕内唱:"笑中含着泪,

笑中含着悲。

笑中有深情,

笑中无怨悔。"

尾　声

〔鞭炮齐响,人声鼎沸,柳林义学开馆的庆典场面,官员、乡绅、村民、学子依次上场。

〔字幕:29年后。是年,武训59岁;是日,柳林"崇贤义塾"开馆,另外两所义学也在杨二庄和临清先后开馆;是时,武训已两耳失聪,病入膏肓。

〔武训躺在绳床上被抬上,人群霎时安静下来,武训挥手叫停,绳床被安放在学馆门外的墙根下。

一乡绅　武训先生,为何不入学馆,先生和学子们都等着给您行礼呢。

武　训　(勉力坐起,连连摆手)不识字,不断文,岂可冒犯学馆门。

一官员　武训先生,这是大清皇帝赏赐你的黄马褂,朝廷还封你为"义学正"呢。

武　训　义学正,不用封;黄马褂,没有用;兴办义学千年万载不放松。

〔了证上。

了　证　讲得好! 武训先生,你这一辈子受人骗,可你却骗了我一回。

武　训　你说什么,我骗你了?

了　证　骗了,你赖在我的庙里三天三夜不走,好说歹说,要我把建万佛庙的款捐出来,帮你在杨二庄建了义塾"育英堂"。

武　训　千尊佛,万尊佛,不如弟子把书读。

了　证　敬鬼神,度来生,不如现世来济贫。

武　训　对,对,对!

了　证　哈哈哈……哎哟,看看那是谁来了。

〔梨花带着儿孙上,武训本能地起身下地。

武 训　梨花,你也来了。

梨 花　(还是大大咧咧地)来了来了,恭喜你要了一辈子饭,总算把义学办起来了。你看,这是卫驼子留下来的儿子小驼子,这是小驼子养的儿子小小驼子,来,大孙子,喊爷爷,儿子也过来,喊干大大,干大大百年以后,你们就是他的儿孙,都要为他披麻戴孝,记住了,来,先跪下来磕几个响头。

〔小驼子和小小驼子跪下磕头,武训挽起小小驼子,亲手把他送进学馆。

〔张老辫拄杖蹒跚上。

张老辫　(口齿不清)武七,对不起,我来向你认个错,那个三年的工钱你一文钱没有支过,是我讹了你的钱。还有梨花,哪有什么卖身契,是我骗了你的地契,你爹爹走后三年曾经派了人来领你回去,是我谎称你害痢疾死了,我就是没有安好心,想蒙那五亩地,想让你白白替我帮佣。武七藏在庙里的钱也是我盗的,想不到我前半辈子害了人,后半辈子遭报应,就是盗了你的钱的那一年,一把大火把我的全部家当都烧了,连我最贴心的管家也烧死了,大火之后,你姨妈住进尼姑庵,头几年死了,如今只剩我一个老头子,靠讨饭活着,武大老爷行行好,赏一枚小钱吧。

〔武训把身上的丐服、裉褡和铜勺都给了张老辫,张老辫千恩万谢地下。

〔鞭炮再次响起,武训颤巍巍地从怀里掏出那本早已破损不堪的《三字经》,小心翼翼地捧给一位乡绅,那位乡绅又将《三字经》授给一位教书先生,先生摩顶着《三字经》走进学馆大门。少顷,大门在先生身后掩上,学馆内传出朗朗的诵读之声,诵读之声仿佛潮水,自四面八方汹涌而来,弥散而去……

〔幕内童声诵读:"人之初,性本善。性相近,习相远。苟不教,性乃迁。教之道,贵以专。昔孟母,择邻处。子不学,断机杼……"

〔学馆外,墙根下,绳床上,武训三番坐起,三番躺下,终于安详逝去。

〔涨潮般的读经声,不绝于耳……

〔剧终。

初稿:2016 年 2 月 12 日·农历大年初五
改稿:2016 年 9 月 16 日·农历八月十六

窦福龙简介

　　生于上世纪 40 年代。自幼听评弹，从票友成为评弹作家，对评弹有着深厚的感情。作品唱词既典雅华美又顺畅易懂。主要作品有评弹中篇《四大美人》《金陵十二钗》《林徽因》等。

　　评弹《林徽因》由上海评弹团首演。

评　弹

林徽因

编剧　窦福龙

一、 太太客厅

(问)一个女人得到三个优秀男人刻骨铭心的爱,请问,这位女人有何感受?

(答)纠结!

(问)啊！纠结？为什么？

(答)因为这个女人也爱上了这三个男人,能不纠结吗?

(表)请注意！这三个男人都非等闲之辈,都是名闻中外的学者、教授。

一位叫梁思成,是"戊戌变法"的领袖人物梁启超的长公子,是美国宾夕法尼亚大学的高材生,中国建筑领域的开创者,美国纽约联合国大厦的设计者之一;

另一位叫金岳霖,毕业于美国哥伦比亚大学,是著名的哲学家与逻辑学家,是清华大学的教授;

还有一位更是大名鼎鼎了,就是英国剑桥大学的才子,名闻中外、风流倜傥的大诗人——徐志摩,他写的新诗风靡一时,引领了当时的潮流。尤其是女学生们对徐志摩的崇拜,绝对不亚于现在的女粉丝对男明星的痴迷。

使得这三位大才子竞相折腰,倾心爱慕而且终生不渝的女人是谁呢?

她就是中国第一位女建筑学家、学贯中西的才女、诗人——林徽因。

林徽因面对着这三位大才子的爱,怎么不纠结呢? 但由于各种因素的促成,林徽因还是理性地选择了与梁思成结为伉俪,而将她与徐志摩、金岳霖之间的爱留在了心间。

今天是 1931 年 11 月 19 日,北平的北总胡同三号是梁思成与林徽因夫妇的住所,梁府的客厅虽然并不豪华,但布置得极为雅致。由于主人风雅好客,北平城里不少学者教授都喜爱来此坐而论道,自然而然形成了一个"文化沙龙"。因为这个客厅的女主人林徽因博学多才,顾盼生风,无可争议地成为这个"沙龙"的主角,所以大家把这个客厅称为"太太客厅"。

今天"太太客厅"又是高朋满座,其中有新文化运动的领袖人物、北大教授胡适博士,文学家闻一多,哲学家金岳霖,物理学家周培源,画家刘海粟,作家凌叔华、沈从文等,都是社会名流,时代精英。今天他们聚在一起是在等待一位好朋友的到来。什么人?就是新月派的大诗人徐志摩。因为今晚林徽因要对各国驻华使节作关于中国古建筑史的讲演,徐志摩特地为此从上海乘飞机赶到北平来的。现在梁思成与胡适两人到机场去接徐志摩了,而林徽因则在书房里整理讲演稿,这客厅里只有客人没有主人了。那位哲学家金岳霖就住在梁家隔壁,他是"毗林而居",所以当仁不让充当了代理主人,招呼大家入座饮茶。这些人都是学问渊博、能言善辩、无拘无束,顿时谈笑风生,热闹非凡……

金岳霖　(白)列位!少安毋躁,敝人昨天心血来潮,为这"太太客厅"写了一副对联,在列公面前我算是班门弄斧了,不好意思,请大家批评指正。

　　　　(表)金岳霖把一副对联挂到墙上,众人注目观看。只见上联是:"梁上君子",下联是:"林下美人"。在座的都是饱学之士,一看明白。这副对联把梁思成与林徽因的姓嵌在上面,而且对仗工整流畅,不由得异口同声一致叫好!

　　　　其中有一位著名的女作家凌叔华,与胡适、徐志摩、林徽因的交情极深,后来徐志摩的碑文就是她写的。

凌叔华　(白)君子配美人,正是诗经所云"窈窕淑女,君子好逑"的意思,比喻梁思成与林徽因再恰当不过了。想不到一位研究逻辑学的专家竟有如此文才,小女子甘拜下风!你不是想抢我们的饭碗吧?

金岳霖　(白)不敢!我胆子再大也不敢虎口夺食!

凌叔华　(白)怎么?我是老虎吗?

刘海粟　(白)老金欠揍!叔华是老虎的话,岂不是"母大虫"了!

凌叔华　(表)凌叔华白了刘海粟一眼。

　　　　(白)各位,我有一个提议,假使为这副对联配上一幅画,岂不更妙!

(表)凌叔华对刘海粟一指——

(白)海粟,如何? 有劳你的生花妙笔了!

刘海粟　(表)刘海粟是上海美术专科学校的校长,当年他在校内首创人体模特写生,在上海滩掀起了轩然大波。他思想开放,是当今画坛的领军人物。

(白)啊呀! 凭我这支秃笔,画梁思成还行,但恐怕画不出林徽因呀! 宋朝的王安石写过一首诗称颂王昭君:"意态由来画不成,当时枉杀毛延寿。"这说明王昭君的美是画不出来的,毛延寿是冤枉的。我不想当毛延寿,死了还被人骂。不过,这副对联,我们看了都说好,只怕徐志摩看了,是"别有一番滋味在心头"吧!

金岳霖　(表)刘海粟此言一出,客厅里顿时静了下来。因为大家都晓得徐志摩与林徽因当年曾经有过像诗一样的一段恋情,但此时此地提及,有点不合时宜了。所以大家相顾无语。老金为了打破这尴尬的场面,有意转移话题。

(白)海粟,志摩既然要来听徽因的讲演,为什么不乘早班飞机,而搭乘这邮政飞机下午赶来呢?

刘海粟　(白)诸公有所不知,志摩囊中羞涩,无钱买机票,只能托朋友帮忙,免费搭乘邮政飞机,把自己当作一张邮票一样寄过来。

金岳霖　(白)不对呀! 志摩在三所大学兼课,再加上他写诗、写文章的稿费,每月至少收入500元,怎说囊中羞涩呢?

(表)当时一般工人的工资大约5—6元,而作为一个大学教授,每月薪水在250—300元左右,徐志摩每月收入500元之多,应该是相当富裕了,难道还买不起一张机票?

刘海粟　(白)唉! 你们是只知其一,不知其二,志摩收入虽丰,但也经不起他的新夫人陆小曼的挥霍无度呀!

金岳霖　(表)在座的都是学者教授,平时专心致志做学问,不管闲事。对志摩的境况虽略有所闻,却不知其详,现在正好提及,不妨听听。

(白)关于志摩的境遇,我们也只是略有耳闻而已,海粟与叔华常居上海,与志摩过往甚密,愿闻其详,我等洗耳恭听。

刘海粟　(白)说起志摩,真是一言难尽啊!

(唱)

他是当年留学赴英伦,在康桥结识林徽因;

徽因是豆蔻年华惹怜爱,天生丽质有风韵;

诗人一见便倾心。

虽则是佳人有意,才子多情,怎奈他父母之命早成婚。

康桥不是鹊桥渡,耿耿银河叹无垠。

(白)志摩因父母之命,无奈与张幼仪结婚已经多年了,而且生有一子。徽因发觉后,不能忍受,决定转身不辞而别,随其父返回北京。

(唱)

他是好事不成空叹息,康桥一别成遗恨;

难免书生独伤情。

金岳霖　(表)这康桥是徐志摩与林徽因经常约会的地方。我们要听的是志摩与陆小曼的近况,谁问你志摩与徽因的康桥之恋?况且徽因就在隔壁书房里,你这样连说带唱就不怕她听见呀?

林徽因　(表)全听见了!书房与客厅只隔开一层板壁,客厅里高谈阔论,书房里听得清清楚楚!

林徽因　在书房里整理讲稿,因为今天的讲演十分重要,各个国家的驻华使节都要来听她讲《中国建筑史》。

徽因做事一向认真,尤其是听说志摩特地从上海赶来听她的讲演,心里十分激动,竟然一夜失眠。早上起来梳洗,不知怎的,一失手把一面圆镜跌落在地,摔碎了!这面圆镜是当年志摩送给她的,虽不是定情之物,但可以说是康桥之恋的见证。今天突然破碎,徽因顿时感到有一种不祥的预兆,因此心绪不宁,忐忑不安!故而推托要整理讲稿而躲避会客,实际上她是非常焦虑在等待志摩的到来。现在听到刘海粟提到康桥之恋,触动了她的心弦,涌出一股说不清道不明的滋味。

(唱)

忆昔康桥初恋情,心潮起伏意难平。

他是诗人气质多浪漫,风度翩翩才超群;

如痴似醉撩芳心。

河畔倾诉声喁喁,夕阳西照丽人行;

难得相知慰平生。

谁料想使君有妇且有子,我是顿觉迷茫乱方寸。

难道这花前月下,细语风轻,鱼雁往返,桥上鸳盟,

都好比梦里幻境当不得真。

(表)我自问:我有什么错?美丽是错吗?才情是错吗?喜欢才

559

子是错吗？但是因为他已有一场婚姻，不是错，也是错了！这一场恋爱，不管多么美好，终究是错的！

（唱）

且自省，莫沉沦，我岂能肆意而为失品行。

他那里是不理想的婚姻，我这里是不理智的爱情；

故而我毅然转身返北京。

（表）我并不是不辞而别，临行前我给他写了一封信，信中写道：我走了，带着记忆……里面藏着我们的情，我们的谊，已经说出和还没有说出的所有的话走了！

（唱）

此情可待成追忆，永留心间一片云。

金岳霖　（表）客厅里的老金，不断给刘海粟打手势，暗示林徽因在里面，说话要注意分寸。

刘海粟　（表）刘海粟根本不理会老金的暗示。他是性情中人，又是一位艺术家，一向不拘小节，话匣一打开就煞不住了，滔滔不绝，简直像说书一样。因为他久居上海，喜欢听评弹，还喜欢与说书先生交朋友，因此深受影响。评弹名家杨振雄就是他的忘年之交。因此他说起来是有声有色，手舞足蹈，还真有三分杨派的韵味！

（白）徽因不辞而别……志摩十分伤感，为此他写了好几首诗，寄托他对康桥之恋的思念之情。其中最有名的就是《再别康桥》，当今的时髦青年都能背诵这首诗。我想，在座各位也一定能背上几句吧？

集　体　（白）轻轻的我走了，

正如我轻轻的来；

我轻轻的招手，

作别西天的云彩。

林徽因　（表）要命呀！外头在集体朗诵了！我读到这首诗时，我已与思成结婚了。但对志摩的情深意切还是深受感动的。尤其这诗的最后几句：

悄悄的我走了，

正如我悄悄的来；

我挥一挥衣袖，

不带走一片云彩。

这首诗看似十分洒脱，实则透着无尽的伤感！我当然理解，但我更理解的是我与志摩只是情感相通,而在现实生活中却隔着万水千山。

刘海粟　(白)好诗呀,好诗! 由此可见志摩并未死心,他认为他与徽因之间障碍,就在于他与张幼仪的婚姻,所以他不顾老父的反对,决计与张幼仪离婚,然而返回北京。那时徽因与思成的名分已定,双双赴美留学去了。

林徽因　(表)说到志摩的离婚,虽然起因,我并不十分明白,但是不会与我无关,所以我对张幼仪总怀有一份歉疚的心情。"我虽不杀伯仁,伯仁因我而死"。

　　　　起初徽因是不经意听到外面的议论,而现在倒是静心在听他们谈话了,因为她对志摩的近况太关心了。

刘海粟　(白)志摩正在伤心失意之时,他遇见了陆小曼。

金岳霖　(表)听到刘海粟提起陆小曼,正好,让我把话题转移到陆小曼的身上,免得他们叨叨不休地议论康桥之恋了。

　　　　(白)听说促成志摩与陆小曼婚事的始作俑者就是你刘海粟呀!

刘海粟　(白)NO,NO! 我不过是促成其事,而始作俑者乃是胡适博士也!

金岳霖　(白)究竟如何? 乞道其详。

凌淑华　(白)海粟啊,说起陆小曼的情况,我要比你熟悉了。

刘海粟　(白)对! 你是陆小曼的闺密啊! 你比我还要熟悉,那末你来主讲吧!

凌叔华　(白)你补充。

刘海粟　(白)我们拼双档。

凌叔华　(白)那是真像说书了。说起陆小曼,真是令人叹惜!
　　　　(唱)

　　　　　　　国色天香貌倾城,名门望族好出身。

　　　　　　　生就的眉清目秀,粉肌红唇,顾盼生辉,婀娜娉婷;

　　　　　　　光彩照人动京城。

　　　　　　　她是知诗书,通外文,能歌舞,善丹青;

　　　　　　　当代才女传美名。

　　　　(白)胡适博士曾经说过"陆小曼是北京不可不看的一道风景线"。陆小曼能得到他如此赞许,真是难得! 当时追求小曼的人不要太多呀! 上门求亲者无数,几乎踏破门槛,而小曼的父母千挑万选,把她许配给了青年才俊王庚。

(唱)

可惜名花早有主,年方妙龄已配婚。

嫁的是青年才俊真豪杰,原是那西点军校的高材生。

原以为门当户对正相配,谁料想性格迥异相径庭;

貌合神离不遂心。

(表)在旁人看来这是郎才女貌、英雄美人、天造地设的一对,却不知两人的性格迥异,格格不入……

刘海粟 (白)正在此时,徐志摩来了!徐志摩与王庚都是梁启超的学生,但并不相识,通过胡适介绍,志摩认识了王庚,同时亦认识了陆小曼,出事体了!(一拍桌子——真像说书一样)这两个人好碰头的呀?一碰头,真所谓:"金风玉露一相逢,便胜却人间无数。"

刘海粟
凌叔华 (唱)

一个是痴情的才子,一个是奔放的女性;

一个是情场失意的回头客,一个是不甘寂寞的俏佳人;

一个是追求浪漫的多情种,一个是向往自由的织女星;

一个如干柴成堆,一个如烈火腾腾;

两情相悦,难舍难分;

全不顾街头巷尾成话柄,闹得个社会舆论乱纷纷。

刘海粟 (白)社会非议,坊间绯闻,双方家庭的极力反对,志摩真感到压力山大,无奈只得请我与胡适援手相助,促成其事。难呀!这件事情上王庚毫无过错,他明知志摩与小曼关系暧昧,而隐忍不发,作为一个军人实在不容易了,换了我早就把手枪拔出来了。但为了朋友,我只有勉为其难了。

我向王庚婉转表达了我的婚姻观:每个人都有追求幸福、追求爱情的自由,强扭的瓜是不甜的……王庚听后沉默无语,三天以后他主动找了小曼,问小曼:"你觉得你和志摩是否真的相配?"

凌叔华 (白)小曼呆一呆,点点头。

刘海粟 (白)王庚说:"既然如此,我也不再阻拦了,我祝福你与志摩以后能得到幸福。离婚手续我会在几天内办好的。"

凌叔华 (白)小曼想不到王庚会如此宽容,深受感动,止不住眼泪夺眶而出。

林徽因 (表)当初志摩与小曼不顾一切地相爱,徽因觉得有一种淡淡的失落感。但是志摩有了归宿，从心理上来说使徽因更安心于自己的选择，但对志摩的那份友情是不会因此而消减的。

刘海粟　（白）一年后，志摩与小曼举行了婚礼，总算是"有情人终成眷属"了。

凌叔华　（白）后来志摩与小曼移居上海，来到这灯红酒绿的十里洋场，她性格上的缺点就充分暴露出来了。

（唱）

小曼是行为放纵无节制，纸醉金迷乱性情。

她是擅交际，貌惊人，歌曼妙，舞轻盈；

十里洋场尽知闻；红遍上海不夜城。

养尊处优无所虑，挥霍无度掷千金。

更不该吸食鸦片染毒瘾，精神颓废意消沉。

千般失望成灰念，魂牵梦绕依旧是康桥情。

金岳霖　（表）怎么又搭到林徽因身上去了？赶紧做手势，指指书房，示意不要再往下说了……

林徽因　（表）徽因在里面听得明白。志摩与小曼到了上海后，我也隐约听到一些传闻，他的婚后生活并不如意，但不便多问，没有想到志摩的处境竟是如此狼狈。唉！

听到此，再也坐不住了，现在我应该出去了，再不出去不知他们会说些什么，会很尴尬的。于是她把书房门一开，非常从容优雅地走进了客厅。

（白）诸位，徽因失礼了！I am sorry.

金岳霖　（表）林徽因的出现，宛如一道彩虹划过长空，光彩照人。说来稀奇，这客厅里个个都是光芒四射的人物，但只要林徽因一出现，那一道绚丽的彩虹顿时使得其他所有人的光芒都黯淡了！这并非夸张，凡是亲眼见过林徽因的人都有这样的感受。即便到了她的晚年，她因患了严重的肺结核，容颜憔悴了，依然有这样的魅力，这就叫"气质"！

林徽因　（表）作为"沙龙"的女主人，必须善于掌控局面，为了迅速转移话题，徽因随手一指墙上的一副对联——

（白）这副对联是老金的大作吧？

金岳霖　（表）金岳霖对林徽因的敬仰爱慕之情是从来不加掩饰的。但不怎的，平时能言善辩的他，只要看到林徽因就变得结结巴巴了。

（白）不敢，请不吝赐教！

林徽因　（白）"梁上君子"，不就是贼吗？你这分明是骂思成是贼呀！老金不大厚道吧？

金岳霖　（白）这……难道思成不是"贼"吗？不然怎么把你这"林下美人"偷到手呢？

林徽因　（白）既然思成是贼，按照你的逻辑推理，我是思成的妻子，我岂不是"贼婆娘"了吗？

金岳霖　（白）这……

　　　　　（表）徽因一番抢白，引起哄堂大笑，客厅里气氛顿时变得轻松活跃了。

刘海粟　（白）罢了！罢了！老金你这个逻辑学家在"林下美人"面前就不成逻辑了。

　　　　　徽因，你的讲稿整理好了吗？

林徽因　（白）讲稿的内容是充实的，但我担心讲不好！

刘海粟　（白）过谦了！你与思成都是研究古建筑的权威，尤其是你的演讲水平，连思成也是望尘莫及的。难怪思成时常在我们面前夸耀说道："大家都说文章是自己的好，老婆是人家的好。而我梁思成却是老婆是自己的好，文章是老婆的好！"连这位哈佛才子都自叹不如，你还担心什么？

林徽因　（白）你这是恭维我，还是取笑我？

刘海粟　（白）不敢！不敢！

金岳霖　（表）正在此时，只听得门外汽车喇叭声响，大概是梁思成他们回来了，老金赶紧过去开门。只见梁思成与胡适两人神色凝重、脚步踉跄，一前一后走进客厅。奇怪！怎么不见徐志摩？

　　　　　梁思成看见徽因站在书房门口，要紧三脚二步走上前去，两只手紧紧抓住徽因的双手，神情惨然，望着徽因，张大嘴巴却发不出声音……

金岳霖　（白）志摩呢？

　　　　　（表）胡适呆呆地站在客厅门口，极其沉痛地说："飞机失事，志摩遇难了！"

　　　　　真好比晴天一个霹雳，把客厅里的都惊呆了！静止了三秒钟，突然客厅里所有人的目光全部转向林徽因。

林徽因　（表）徽因脸色苍白，神色凄惨，头微微仰起，两眼望天，眼中充满了泪水，只觉得天旋地转，几乎站立不住，从心头涌上来的一股热泪，强忍在眼眶之中。

（唱）

如针刺心痛难言,强忍泪水自哽咽。

挥一挥衣袖,你轻轻的去也,

刹那间化作了一缕青烟;人世间再没有四月天。

怎忍听杜鹃啼唱悲年少,只落得残红细雨读诗篇。

不相见,不能再相见,永远不能再相见;

生死两茫茫,魂断离恨天。

梁思成　（表）梁思成只觉得徽因双手冰冷,浑身微微颤抖,心中十分不忍。

（白）徽因,今天的讲演就取消了吧!

林徽因　（白）不! 今天演讲照常进行,不然,志摩会失望的!

（表）说完,眼泪喷涌而出!

今天协和医院的礼堂里座无虚席。太太客厅里所有的朋友都去旁听,特地还留了一只空位子,上面放着一本徐志摩的诗集。林徽因强忍悲痛,用流利的英语作了一场精彩的讲演,博得了全场长时间的热烈掌声。林徽因做了一个手势——请大家静下来。

（白）女士们,先生们,请允许我用一位伟大诗人的二句诗作为结束语。

轻轻的我走了,

正如我轻轻的来;

我挥一挥衣袖,

不带走一片云彩。

（表）这二句诗,现在还刻在英国剑桥大学的一块石碑上。

康桥之恋是林徽因的初恋。但她与梁思成是如何修成正果的呢? 请听下一回。

二、 紫燕绕梁

（表）在梁思成与林徽因的新婚之夜,梁思成问林徽因:"我问你一句话,我只问一次,以后不会再问——你为什么选择我?"

林徽因回答说:"你这个问题的答案太长了,我要用一生来回答你,你作好听的准备了吗?"

各位听众,林徽因的话,你们听懂吗? 不懂! 不瞒你们说,我也不懂。关键是梁思成可曾听懂? 吃不准!

要弄懂它,事情必须要从头说起。

上一回的故事发生在1931年,现在我们将时光倒流,回到五年以前。这时梁思成与林徽因遵从双方家长的安排,来到了美国宾夕法尼亚大学求学,已经有两年了。虽然他们二人还未订婚约,但名分已定,心照不宣,待等二人学成归来再办婚事。

这一天,梁思成突然接到父亲梁启超寄来的两封信,一封是写给自己的,另一封是写给林徽因的。思成看信之后方知徽因的父亲林长民在一场军阀混战中中弹身亡了。这突如其来的噩耗使思成感到十分悲痛,心情沉重。因为他深知徽因与她父亲的感情太深了! 徽因的父亲林长民出身于名门望族,早年参加辛亥革命,后来担任过北洋政府的司法总长。那时思成的父亲梁启超任财政总长,二人政见相同,志趣相投,成为莫逆之交,情同手足。徽因是他的长女,从小出名是位天才少女,深受父亲宠爱。当时长民出国考察时,还特地带了徽因同行,游历了欧洲各国。他就是以这样开明思想培育一位天才少女的。所以徽因在父亲身上不仅感到父爱,还感到一种友爱,她把父亲当作是自己的知己,忘年交。现在突遭不幸,这样沉重的打击,徽因如何受得了? 而思成的父亲在信中再三叮嘱,要在适当时候,以委婉的方式告知徽因。要避免她刺激太深。怎么办? 为此思成苦苦思索了整整一夜。

第二天正值礼拜日,思成一早来到宾大的图书馆门前等候徽因。这图书馆是一幢哥特式建筑,门前一片大草坪,远处绿树成荫,在蓝天白云下的绿树红墙,显得分外旖旎。风景虽好,思成哪有心思欣赏。忽然间在草坪的那一边出现了一条白色的身影,轻盈灵动,婀娜多姿,踏着绿色的草地向自己走来。思成看呆了! 这简直就是希腊神话中的维纳斯啊!

林徽因　(表)来的正是林徽因,她身穿一套纯白色的衣裙,一手提着书包,笑盈盈地走向思成。

　　　　(白)Hello! Good morning.思成。

梁思成　(白)Good morning.

梁思成　(白)徽因,我……

林徽因	（白）拿来！
梁思成	（表）啊！思成的手刚伸到书包里，预备把这封信拿出来，听她说"拿来"，呆住了！难道她已经知道有信来了？不可能！ （白）什么？
林徽因	（白）礼物啊！
梁思成	（白）礼物？
林徽因	（白）啊！你忘了？（徽因有点生气）今天什么日子？
梁思成	（白）今天？喔（恍然大悟）今天是你的生日。
林徽因	（白）不容易，总算想起来了。我今天满心希望你手捧鲜花在此地等我……哼！你现在不把我放在心上了。
梁思成	（表）难怪她要不开心！往年每逢她的生日，送花的人不要太多啊！不过第一名总归是我，昨天接到这两封信后，我是悲痛欲绝，把她的生日忘得干干净净。 （白）徽因，这几天功课太多了，昨夜又熬了一个通宵，竟把你的生日忘了，罪莫大焉！我难得一次失误，请你原谅！
林徽因	（表）这个书呆子，学习实在用功，一天到晚钻在书堆里，这样勤奋好学的精神，我从心底里感到佩服。 （白）思成同学知错能改，还是个好学生，下不为例啊！不过，今天如何弥补？
梁思成	（表）看她兴高采烈的样子，心里更加难过，今天是她的生日，心情如此之好，如果现在把信给她看了，她必定会伤心欲绝，破坏了她的生日气氛，我于心不忍，倒不如让我陪她开开心心过一个生日，改日再让她看这封信吧！ （白）徽因，你看，今天天气多好啊！真是风和日丽，我们不去图书馆了，去散散步，庆贺你的生日可好？
林徽因	（表）平时每逢礼拜天，思成不是呆图书馆，就是跑博物馆，很少出去活动，总是画不完的图纸，查不完的资料。总算今天为了庆贺我的生日，放假一天，陪我出去散散步，他亦算是罗曼蒂克了！ （白）好啊，不过这花还是要送的。 （表）说完，左手提着书包，右手挽住思成的左臂，相依相偎，姗姗而行。
梁思成	（表）这一对情侣，一个是风度翩翩，一个是亭亭玉立，走在路上，回头率是 100％ 的。那时在美国的留学生大多是男生，多么眼热呀！都说道"思成同学能赢得林徽因的芳心，我们都为之自豪"！

讲是这么讲,心里是有点酸溜溜的。

林徽因　(白)思成,你可还记得八年前,我的一次生日聚会?

梁思成　(表)怎么不记得! 我就是在这次生日聚会上认识她的……八年前与她初次相识时,她也是穿着一套纯白色的衣裙,显得那么纯净清彻,天真可爱!

(唱)

> 记得当年初相会,惊鸿一瞥难忘怀。
>
> 她是亭亭玉立,天真烂漫,玲珑剔透,明眸生辉;
>
> 才华横溢有文采;宛如天女降尘寰。
>
> 我是一见钟情无二念,舍此佳偶更有谁?
>
> 若与徽因结连理,梁门有幸真快哉!

(表)那时我就暗下决心,非徽因不娶。

林徽因　(表)其实那时我对他的第一印象也极好。

(唱)

> 见他是翩翩佳公子,彬彬有文才;
>
> 朴实无华侃侃谈;乃是堂堂正正一须眉。
>
> 青梅竹马意气投,朝夕相处两无猜。
>
> 少年殷勤成知己,深得芳心左右陪;
>
> 朦胧情窦已半开。

(幕后伴唱)

> 一个似金童方转世,一个似玉女才投胎;
>
> 天造地设正相配;玉箫吹彻凤凰台。

梁思成　(表)嗨! 天下世界的事体没有那么顺当的! 就在徽因去英国游历期间,结识了徐志摩,事体就复杂化了。

(唱)

> 一波有三折,好事多磨难;
>
> 一曲康桥恋,情海起波澜;
>
> 女儿家的心事最难猜。

林徽因　(表)志摩才情横溢,风流倜傥,他的诗人气质,柔情蜜意,确实使我怦然心动。但他那不受理智约束的浪漫主义,一切率性而为的生活态度,却使我感到虚幻缥缈,不着边际……而思成却是一位稳重朴实的谦谦君子,是一位可靠的、可以依托的对象,就是缺少一点浪漫色彩。一时之间,确实使我有点心猿意马。

（唱）

> 我是踌躇芳心乱，沉吟独徘徊；
>
> 公子性宽厚，诗人忒浪漫；
>
> 仔细权衡再而三；我决意执手思成永相随。

（表）作为终身伴侣，二者之间我还是选择了思成，而把康桥之恋留作了永久的回忆。

梁思成　（表）既然我与徽因两情相悦，而且门当户对，按照当时风气，父母作主订下亲事就可以敲定了，嗨！偏偏这二位家长都是留过学的，接受了西方的民主思想，不愿搞"包办婚姻"，他们的主张是为我们创造条件，自由交往，培养感情，顺其自然，待等水到渠成。这样做，虽然会有些波折，其实是很明智的。尤其我老爸，他是十分钟爱徽因的，为成就我们的好事，他是暗中谋划，运筹帷幄，真是煞费苦心啊！

（唱）

> 他反对父母之命媒妁言，更不愿包办代替把亲事攀。
>
> 他是崇尚自由恋爱观，深谋远虑巧安排；
>
> 说道好姻缘还需好栽培。
>
> 因此上送我们出洋留学去，互勉互励早成材；
>
> 期盼将来有大作为。

（表）后来的事实证明，梁启超不仅成就了梁思成与林徽因的婚姻，还成就了他们的事业。可以说这是梁启超一生之得意杰作！

（幕后伴唱）

> 他们二人是思绪万千心头事，默默无言尽在怀；
>
> 灵犀一点相依偎。

（表）二人一路上过来一句话都没有讲过，但两颗心在交流，而且交流得蛮闹猛。什么叫"心心相印"？这就是！

前面一条小河，弯弯曲曲，河的两岸都是绿树成荫，环境十分幽静，而且空气清新，PM2.5 的含量极低。背靠绿荫，面对小河，有一张长条凳。思成摸出一方手帕把长凳揩了揩，就与徽因坐了下来。思成随手把书包放在旁边。

林徽因　（表）思成，方才见面时，我看到你好像要从书包里拿什么东西，我还以为是礼物呢。

梁思成　（表）思成虽然与徽因一样徜徉在美好回忆之中，但这两封信好似一块石头压在自己的心上，真不知如何是好？她现在的心情如此之好,一旦看到这封信,反差太大了!她身体比较单薄,一定经受不起这突如其来的打击。宁可我再受点折磨,过一日再说吧!手伸到书包里摸出来两张图纸。

(白)徽因,这就算是我给你的生日礼物吧!

林徽因　(表)接过图纸一看,

　　　　(白)啊!太漂亮了!是你画的吗?

梁思成　(白)不!这是我根据你画的设计草图而描绘的,这是你的作品啊!

林徽因　(白)是吗?

　　　　(表)仔细一看,果然!原来是前几天我画的两张设计草稿,随手一丢,不料思成却把它描绘得如此精美。

　　　　(白)思成,你画得真好!我这个美术系的学生只能甘拜下风了。

梁思成　(表)思成从小就喜爱美术,后来还是受了徽因的影响才决定与徽因一起报考宾大建筑系的,谁知建筑系不收女生,把徽因拒之门外。但徽因并不灰心,改读美术系,而把建筑学作为选修课目,旁听自修,居然她的学业进程不亚于我们本科生。而且她时有奇思妙想,往往会设计出创意新颖的作品来。

　　　　(白)徽因,从这两张图纸就可以看出,你将来一定能成为我国第一位杰出的女建筑师。

林徽因　(表)好话人人爱听,心里未免有点得意,嘴上还要谦虚几句。

　　　　(白)我毕竟只是个旁听生,不能与你们这些正牌的建筑系相提并论……

　　　　(表)今天徽因的心情十分舒畅,面对着美丽的风景,不禁诗兴大发,对着蔚蓝色的天空吟起诗来……

　　　　　　我不曾忘,也不能忘,那天的天澄清的透蓝,

　　　　　　太阳带点暖,斜照在每棵树梢头,像凤凰。

　　　　(白)思成,我这几句诗,你看……

　　　　(表)咦!奇怪,只见他低倒了头,愁容满面,好像心事重重。平时他最欣赏我写的诗,对我新写的诗总要评头论足,议论一番,他是我最忠实的读者。今天怎么一点反应也没有!对他面孔仔细一望,呀!突然发现他面孔苍白,怎么了?

　　　　(白)思成,你脸色不好呀!又熬夜了吧?

梁思成　(白)啊?是吗?没有。啊!对了,我是画了一个通宵。

林徽因　(白)你,身体好吗?

梁思成 （白）我身体不错,没病呀!

林徽因 （白）你怎么眼泡虚肿? 你,你哭过?!

梁思成 （白）眼泡肿吗? 不会吧? 哦,我早上用热毛巾捂过……

林徽因 （表）徽因听他吞吞吐吐,语无伦次,一定有事! 以往每逢我的生日,他比我还要兴奋,又唱又跳。今天一反常态,不去图书馆,要约我出来走走,一路上又一言不发,一定发生什么意外了。

（白）思成,发生什么事情了? 请你告诉我。

梁思成 （表）我并不想瞒你,只不过是难以启口,就怕你经受不了这个打击。思成是个诚实君子,不善掩饰。现在被徽因逼问再三,再也憋不住了,罢了! 早晚这一关总是要过的。

（白）徽因,确实有一个不好的消息要告诉你,你千万要挺住!

林徽因 （表）听到这几句话,已有一种不祥的预兆了,顿时感到浑身冰冷。

（白）你……说!

梁思成 （白）昨天父亲来信说,林叔叔他,他在一次军阀混战中……中弹身亡了!

林徽因 （白）你……你说什么?

梁思成 （白）林叔叔他中弹身亡了!

林徽因 （表）听到自己最亲爱的父亲中弹身亡,真好比五雷轰顶一般,一声"爹地"未曾哭出声,一口气回不过来,顿时昏厥过去。

梁思成 （表）思成吓得手足无措,紧紧搂住徽因,拼命叫唤。

（白）徽因! 徽因!

林徽因 （表）徽因缓缓回过一口气来,哭一声"爹地",泪如雨下。

（唱）

闻消息,宛如霹雳从天降,山崩地裂日无光。

我是痛彻了心肺,断却了肝肠,呼天抢地怨上苍。

想我们父女如师友,交流多欢畅;

谈笑无拘束,相依共温凉;天伦之乐不寻常。

却不料一旦惨别成永诀,从此生死两茫茫。

大厦将倾我难为力,家中还有苦命的娘;

众弟妹今后如何来度时光?

我恨不能生双翅,立刻转回乡。

只觉得精神崩溃,前途渺茫;号啕痛哭无主张。

（表）徽因扑在思成的怀里,放声痛哭!

虽则徽因是个才女,但毕竟是个女儿家。从小养尊处优,从未经历过人间的坎坷,怎经得起丧父之痛?真好比天塌下来一样!而且她知道父亲虽身居高位,但家境并不富裕,今后一大家子人的生活如何维持?自己身为长女,责无旁贷,恐怕这学业也要半途而废了,理想与抱负都将化为泡影了!好比攀登人生高峰时,突然面临断崖绝壁,怎不感到绝望?

梁思成　(表)思成完全理解徽因的所思所想,他轻轻抚着徽因的长发,
(白)徽因,我与你一样悲伤,实不相瞒,昨晚我也哭了一夜,我实在不知怎样来宽慰你才好?不过,我们必须面对这残酷的事实。林叔不在了,还有我呢!所有的痛苦与困难,我都与你一起分担。

林徽因　(表)听到思成这一番话,徽因深为感动,紧紧抱住思成,哭得更加伤心了。

梁思成　(白)林叔不在了,还有我爸呢!我爸最关心的就是你,他担心你的身体本来就比较单薄,千万不可因过分悲痛而伤了身子。
(表)思成从书包里摸出一封信,交给徽因。
(白)徽因,这是爸爸写给你的信。

林徽因　(表)双手颤抖接过书信,擦干眼泪,仔细观看。

梁思成　(表)思成父亲梁启超是中国近代史上一位风云人物。他不仅是一位伟大的政治家、思想家,更是一位博古通今,学贯中西的当代大儒,门生故吏遍天下,享有崇高的威望。他在教育子女方面也是相当成功的,他既是慈父,又是严师,再三告诫儿女们要做学问,千万不要做官。故而他的九个子女个个学业有成,全是国家栋梁。他对林徽因抱有很大的期望,特别钟爱,故而他为了促成思成与徽因的婚姻而竭尽全力。他担心徽因受刺激太深而灰心丧气,失去了奋斗的目标,因此亲自提笔写信劝慰徽因,老人家真是煞费苦心。
这是用毛笔工整书写的一封长信,信纸上斑斑点点,泪痕与墨迹交融在一起,可见老人是挥泪成书啊!
(唱)
　　　徽因,我的儿啊!
　　　未曾提笔泪盈眶,难忍心头痛非常。
　　　我是坎坷一生逢乱世,满腔热血思图强;
　　　壮志难酬独彷徨。

　　　　　幸得长民成知己,志同道合相依傍;

　　　　　亲如手足情义长。

　　　　　可叹他空有豪情难舒展,投身漩涡少提防;

　　　　　在那战乱之中饮恨亡。

　　　　　只留下薄薄的家财难维持,撇下了孤儿寡妇太凄凉。

　　　　　我是匆忙料理他的身后事,更担心徽因只身在异邦。

　　　　　怕只怕你突遭变故方寸乱,过度悲伤要失主张;

　　　　　学业荒疏难补偿。

　　　　　我是细斟酌,费思量,心腹话,化作字几行;

　　　　　家书一封吐衷肠。

　　　　　徽因呀! 你休踌躇,莫彷徨,需振作,忍悲伤;

　　　　　家中事,且把宽心放;母子生计有我保障。

　　　　　从今后你就是我的亲生女,为难处好与思成共商量;

　　　　　紫燕高飞可绕梁。

　　　　　指望你学业有成归故土,献身社会作栋梁;

　　　　　莫辜负父辈一片苦心肠。

林徽因　（唱）

　　　　　这一字字,一行行,

　　　　　充满了温暖,充满了阳光;感到了父爱,感到了希望;

　　　　　给我以激励,给我以力量;感恩戴德不能忘;

　　　　　不由我泪如雨下湿衣裳。

（表）徽因把信放在胸前,发自肺腑叫了一声:"爸爸"!

（唱）

　　　　　这封信要当作传家宝,刻骨铭心永珍藏。

梁思成　（表）从此以后,这二人加倍用功,发奋学习。两年以后,他们在宾夕法尼亚大学毕业,又分别到哈佛大学与耶鲁大学深造。在学业上修成正果后,双双到加拿大举行了婚礼,有情人终成眷属。

各位听众,新婚之夜林徽因一番话的意思,现在可有点懂了?

但是他们在婚姻与事业方面也并不是一帆风顺的,究竟如何?

请听下一回。

三、 李庄情怀

(表)梁思成与林徽因在加拿大结婚之后,互勉互励,形影相随,经过多年艰苦卓绝的努力,在学术上取得了举世瞩目的成果。

正当他们在事业上蒸蒸日上之时,在情感上又发生了一些波折。起因,就是因为金岳霖。金岳霖毕业于美国哥伦比亚大学,是清华大学的教授、中国研究哲学与逻辑学的开山大师。他与林徽因相识,还是徐志摩介绍的。当他第一次见到徽因,就命中注定劫数难逃了!他无法想象这样既美丽又聪慧,既浪漫又理性,如何都聚集在一个女子的身上?徽因就是他心目中的女神,一生不能自拔。从此他是"毗林而居",这"毗邻而居"原是一句成语,是邻居之邻。但金岳霖的"毗林而居"是林徽因的林,无论林徽因搬到哪里,他就在贴隔壁住下来,终生不渝。

徽因多么敏感呀!她当然感受到了老金对她的爱慕之情,所谓人非草木,日久生情,徽因居然动心了。有一天林徽因突然对梁思成说:"我苦恼极了!因为我同时爱上了两个人,不知怎么办才好?"

梁思成傻了!思成明白,徽因所指的一定就是金岳霖。因为老金对徽因的爱慕之情是从来不加掩饰的。思成怎会看不出来?由于他生性宽容,对徽因的尊重与信任,又忙于学术研究,有时也难免会有些不快,但都没有表露出来。现在徽因竟把问题挑明了,真正苦恼的不是徽因,而是思成。他辗转反侧,一夜未眠……第二天,他对徽因说:"你是自由的,如果你选择了老金,我祝愿你永远幸福。"

徽因听后,感动得热泪盈眶,便把思成的话告诉了老金。

老金呆了半天,然后对徽因说:"看来思成是真正爱你的,我不能去伤害一个真正爱你的人,我应当退出。"

这三个人都是光明磊落的君子,心口如一,说到做到,把一场情感纠葛,化作了一段动人的佳话。

假使换了我们三个人,麻烦了!要弄出人命了!

其实像类似这样的情感纠葛,在现实生活中也时有发生的,但是要将这情感纠葛处理到这种境界,恐怕是绝无仅有的。关键是由于他们的人品与气质所决定的。

在这个问题上,林徽因可以用两个字来概括:坦荡。她是一位崇尚自由、追求爱情的女性,她感受到了老金对她发自肺腑的爱,深深打动了她。她又把这种感受坦诚地告诉了自己的丈夫,反映了她的光明磊落,她是忠诚的。

梁思成也可用两个字概括:宽容。他的形象并不高大,但胸襟开阔。徽因对老金的感情,以及对徐志摩的感情,他是心知肚明,他能宽容,并不是他的懦弱,而是出于他对徽因的真爱,出于他对徽因的理解与信任。

金岳霖也可以用两个字来概括:克制。

可以说他对徽因的爱是刻骨铭心的大爱,为了徽因他竟然终生不娶。但是他信守诺言,说到做到,他只是默默地爱着徽因,既没有玷污徽因的圣洁,又没有威胁到梁思成的地位。

从此以后,他们三人心无芥蒂,简直亲如一家。思成与徽因凡是遇到什么困难了,第一时间就与老金一起商量。甚至有时夫妻闹矛盾,也要请老金来当裁判。这就是君子之交,一时传为佳话。

尤其在抗日战争期间,他们三人是患难与共,生死相随。他们从北平逃出来后,一路上经过武汉、长沙、昆明,直到重庆上游的一个偏僻小镇——李庄。虽然生活极其困苦潦倒,但他们仍坚持着研究工作。

现在是 1943 年的秋天,李庄在长江的南岸,气候潮湿,秋风萧瑟,阴雨连绵,江边的山坡上有一排三间简陋的平房,其中二间是梁思成与林徽因一家五口的居所,还有一间是老金的住处。他是"毗林而居"嘛!老金坐在一张小板凳上,面前是用两块石头上面铺一块木板算是书桌。他正在埋头写作《知识论》,这部后来被哲学界奉为经典的著作,就是在这样的环境中完成的。

老金做学问,一向是专心致志,忘乎一切的。不过,今天极其反常,有点心不在焉。为啥?因为这几天徽因的肺病又发作了。恰恰思成不在家,到重庆去了。所以老金是忧心忡忡,神思恍惚,实在放心不下,干脆放下笔来,拿了两只新鲜的鸡蛋,到隔壁去探望徽因。进门一看，只觉得一阵心酸。只见徽因病容憔悴，横躺在一张行军床上，一只手捧着一块木板，板上有几张纸，一只手拿着一支笔——病得如此，还在写文章、做学问。老金摇摇头，心里很难过，但脸上还是强装笑颜，对着徽因把手中的二枚鸡蛋扬了一扬——

金岳霖　（白）徽因你看，今天鄙人的"养鸡场"丰收了！

林徽因　（表）徽因把木板一放，双手接过鸡蛋，还有点暖烘烘，这是母鸡刚生下的鸡蛋，心里感到一阵暖意。两枚鸡蛋有啥稀奇？时间、环境不同啊！就此时此地而言，还真是稀罕之物。

　　　　自抗战以来，一路颠沛流离，吃尽当光。来到李庄，生活窘困到了极点。徽因又患上了肺病——这是"富贵病"呀！极需营养，维持一家生计都难以为继，哪来营养补充？还亏得老金用一支派克金笔换来两只老母鸡，办了一个小小的"养鸡场"，把每天生的鸡蛋给徽因补充营养。这位堂堂的清华大学教授，竟然一边写论文，一边养鸡。徽因心里明白，这一切都是为了我。有这样一位知心朋友感到十分欣慰。徽因双手紧紧捧住两枚鸡蛋，感动得说不出话来。

金岳霖　（表）其实老金就是位急公好义的人。从前在北平时，他单身一人，收入不少，把自己多余的钱都接济了贫穷的学生，受过他恩惠的不下几十人。

　　　　（白）徽因，难得今天两只老母鸡争气，竟然一天生了两只蛋，这是个好兆头，你的身体很快就会康复了！

林徽因　（白）金教授不去做学问，而当上了养鸡专业户，实在是不务正业！你这个逻辑学家，做事没有逻辑，将来会成为笑柄的！

金岳霖　（白）谁说不务正业？这养鸡中就有深奥的逻辑学呢！譬如先有鸡还是先有蛋？我研究到现在还未研究出来呢！

林徽因　（表）徽因哈哈大笑，

　　　　（白）你，强词夺理！

金岳霖　（白）我倒是认为你现在有点不符逻辑。

林徽因　（白）我？什么事违反了你的逻辑了？

金岳霖　（唱）唉！徽因呀！

　　　　　　休道我空谈逻辑不堪闻，这缓急轻重你要分明。

　　　　　　你是多年受尽风霜苦，积劳成疾病缠身；

　　　　　　要自己保重善调停。

这山城雾重地潮湿,家徒四壁掩柴门;

陋室几间且容身。

你是憔悴芳容人虚弱,缺医少药没处寻;

惨淡生计病加深。

思成是囊空如洗难应付,相对爱妻暗吞声;

可怜愁煞穷书生。

（表）这次他就是为了你到重庆去,请朋友帮忙问医求药,他也是煞费苦心了。你极应该好好休养才是,你却是变本加厉,埋头苦干,不珍惜自己的身体呀!

（唱）

你是操家务,已经费尽力;还要搞研究,写论文;

殚精竭虑难支撑;这涸泽而渔不足论。

常言道留得青山在,哪怕没柴焚;有志必然事竟成。

林徽因　（唱）老金呀!

人生苦短促,过眼如烟云,我岂能庸庸碌碌度光阴?

为徽因,耗尽了你的力,倾注了你的情;

相伴无私爱怜深;我忘不了你高山流水的七弦琴。

这两枚鸡蛋虽然小,足见赤诚一片心。

金岳霖　（唱）

毗林而居我所愿,患难与共理该应;

相助一臂慰知音。

林徽因　（白）记得鲁迅先生曾经说过:"人生得一知己足矣!"我与思成有你这样一位知己,此生足矣!

金岳霖　（白）彼此,彼此。思成去重庆好几天了,现在重庆天天在轰炸,真叫人担心呀! 怎么还不回来呢?

梁思成　（表）来了! 说到曹操,曹操就到。梁思成风尘仆仆回到家里。

（白）徽因、老金,我回来了!

林徽因
金岳霖　（白）思成。

梁思成　（表）思成看到徽因躺在床上,又消瘦了许多,心里很是不安。

（白）徽因,你身体怎么样?

林徽因　（白）老毛病了,不妨事。

梁思成　（白）徽因,老金,我给你们带来了一位好朋友,请看!

（表）思成往门口一指。只见门口进来了一位身材高大的外国人,四十左右年纪,戴一副金丝边眼镜,西装革履,手里提了一只公文包,一派学者风度。

林徽因　（表）徽因留神一看,呀! 真是喜出望外——

　　　　（白）呀! 老费,My dear!

费正清　（表）进来的不是别人,就是美国著名的学者费正清。他是徽因的挚友,是当年"太太客厅"的座上客。现在费正清看到徽因要想从床上起来迎接自己,赶紧把公文包朝地上一抛,冲到床前紧紧抱住徽因。

　　　　（白）徽因,躺着,别起来!

林徽因　（表）徽因与费正清紧紧拥抱,喜极而泣。

　　　　（白）老费,没想到在这偏远的小山村能见到你,真是他乡遇故知呀! 慰梅好吗? 我太想念她了!

费正清　（表）费慰梅是老费的太太,亦是徽因的闺蜜。

　　　　（白）慰梅很好! 她最牵挂的人就是你林徽因。下个月她也要来中国工作了。

林徽因　（白）那太好了,我们相见有期了。

费正清　（表）老费让徽因依旧斜躺在床上,他与思成、老金围坐在床边。老费坐定,对徽因仔细一望,摇摇头,这是林徽因吗? 想当年徽因是衣着时尚,而且极其讲究,音容笑貌,光彩照人。而现在是粗衣布裙,病容消瘦,但她的双目依然炯炯有神,流露出一股动人的魅力! 林徽因毕竟还是林徽因!

　　　　（白）唉! 徽因,回想当年"太太客厅",真是恍若隔世啊!

　　　　（唱）

　　　　　　忆昔当年在北平,高朋雅集论古今。

　　　　　　惠风和畅无丝竹,曲水流觞胜兰亭;

　　　　　　这"太太客厅"谁不闻?

　　　　　　徽因是风姿绰约倾城貌,妙语如珠四座惊。

　　　　　　多少青年求学者,不羡荣华如浮云;

　　　　　　但愿一识林徽因。

　　　　　　殊不料一朝困顿竟如此,贫病交加陷沉沦;

　　　　　　形影相吊度晨昏。

　　　　　　你是芳容失色人憔悴,故友相逢也认不清;

　　　　　　怎不教人欲断魂?

金岳霖　（表）佩服! 这个老外不愧是个"中国通",非但精通中文,而且还会唱评弹。

费正清　（白）这几年你们受苦了！

林徽因　（白）这是日本法西斯发动侵略战争,使中国人民都在遭受苦难,我们不过是其中之一呀！这场战争,使我的人生价值未能体现,美好的梦想未能实现。太遗憾了！惭愧呀！

费正清　（表）你们夫妇俩对中国古建筑的研究与保护所作出的贡献,已传遍了全世界,我虽远在美国也有所闻呀！你们的成就是中国人的骄傲,有什么惭愧呢?

（唱）

你是研究考证古建筑,与思成跨马扬鞭并肩行。

几年来大漠孤烟留踪迹,餐风露宿投荒村;

跋山涉水到处寻。

走燕赵,访三晋;登木塔,攀龙门;

赵州桥上抒豪情;成果累累举世闻。

尤其是发现了唐代的佛光寺,梦想终于成了真;

苍天不负有心人。

金岳霖　（表）佩服！这老外比我还要了解。确实,佛光寺是中国古建筑史上的一项重大发现。日本学者一直认为唐代建筑只有在日本奈良存在,中国是不会有了。思成夫妇不信这个邪,走遍了十五个省,一百几十个县,终于在山西五台山发现了唐代建筑——佛光寺。真是举世瞩目,震惊中外啊！

由于中国几千年来时代的变迁,而且不断的战乱,使得古代遗留下来的精美建筑都消失殆尽。只有在人烟稀少的穷乡僻壤还有可能保存一二,就是这一位出生名门望族、弱不禁风的女子,居然与思成一起,穿越千山万水,吃尽千辛万苦,四处寻找,考察、测绘了200多处的古建筑,如五台山佛光寺、河北赵州桥、山西应县木塔等,得到了世界的认识,从此被保护起来了。她为了考察古建筑,不仅长途跋涉,风餐露宿,居然还和思成一起爬到几十尺高的梁上去丈量尺寸……凡是男子能做到的,她同样能做到。难怪有人评论林徽因说:"她不是不让须眉,而是她能让须眉汗颜！"这种为事业献身的精神,使我深受感动,就凭这一点,我金岳霖为她付出一切,都是心甘情愿的！

（白）唉！老费,你有不知,徽因现在天天遭受着病痛的折磨,但依然没有放弃在学术上的追求和思考,我们真担心这样下去……指望老兄你能助一臂之力！

费正清 （白）我最近调来美国大使馆工作，正好思成专程为了徽因来大使馆寻朋友帮忙，我与他是不期而遇。

帮助徽因，我是义不容辞，但是目前的重庆医疗条件并不好，缺医少药，要彻底治愈徽因的肺病是很难的。所以我当即向大使反映了情况。大使也耳闻徽因是位杰出的人才，所以同意送她去美国治疗休养——这是我特地来此的原因之一。

金岳霖 （白）啊！太好了！徽因，这真是千载难逢的好机会呀！

梁思成 （表）思成亦很兴奋，此番我去重庆亦算是不虚此行了。

（白）徽因，这次多亏了老费，才争取到了这么一个好机会，家里的事交给我，你安心去养病吧！

林徽因 （表）徽因低着头沉思了一会，慢慢抬起头，用深情而感激的目光，望着床前三个人，微微一笑。

（白）你们的努力，你们的心意，我都明白，我真的很感激！但我要告诉你们：不！我不能去！我要留在国内！

梁思成
金岳霖 （惊讶地白）为什么？

林徽因 （白）我与思成参加了中国营造学社，研究、考察中国古建筑，走遍了大半个中国，积累了大量资料，要编写一部《中国建筑史》，填补空白。思成需要我的帮助，我也离不开思成，所以我是不会离开的。老费，你刚才说了原因之一，有之一必有之二，请教！

费正清 （白）喔！这之二么，是因为在大使馆内，我曾透露给思成一个信息，就是盟军已准备就绪，即将轰炸日占区了。思成闻听十分焦急，他认为日占区内有不少中国古建筑，是中国古代人民的伟大结晶，千万不能损坏。请求把这些地方列为轰炸的禁区。我立即将这意见转达给了负责这次轰炸的李梅将军，李梅将军十分重视，特地叫我带了地图来。请你们夫妻俩抓紧时间标识清楚，尽可能保护这些古建筑，以免玉石俱焚。

（表）说完，从公文包中取一叠地图，交给徽因。

林徽因 （表）接过地图，徽因极其兴奋。

（白）思成，老金，总算我们学有所用了，是我们报效国家的机会呀！

梁思成 （表）思成难得看到爱妻如此兴奋，激动得眼泪也要流出来了。

（白）是呀！徽因，从中也透露了一个信息，我们要反攻了！

林徽因	（表）徽因与思成一起摊开地图，聚精会神仔细观看。一边讨论，一边用笔在地图上圈圈点点。
金岳霖	（表）而老金在听费正清介绍抗战的形势。足足过了一个多钟头，突然听到夫妻俩讨论的声音越来越激烈了……
林徽因	（白）思成，我明白了，我支持你的观点。老费，现在是轰炸日占区，将来一定会轰炸日本本土的，是吗？
费正清	（白）那是肯定的！
林徽因	（白）思成和我再三考虑，将来轰炸日本本土时，要把日本的京都和奈良圈出来，不要轰炸！
费正清	（白）这是为何？
林徽因	（白）因为在京都与奈良有世界上最古老的唐代建筑和精美绝伦的寺院。鉴真大师说过，"山川异域，风月同天"，这是全人类的智慧遗产，千万不能损毁。因此我恳请李梅将军予以保护。
费正清	（白）你放心，我一定转达！
金岳霖	（表）老金感到极其震憾！在这场残酷的战争中，他们夫妻俩都遭了惨痛的灾难。思成的弟弟梁思忠早在淞沪抗战中牺牲了；而徽因最心爱的三弟林恒，是一位空军飞行员，两年前在一次对日空战中壮烈殉国了。徽因闻讯，眼泪都哭干了，还写了一首诗《哭三弟恒》，在社会上广为流传，影响很大。他们对日本人有如此刻骨的仇恨，居然能冷静地圈出了京都与奈良，保护了全人类的智慧结晶，这是何等博大的胸怀与气魄！（此处应该有掌声）果然，后来美军轰炸日本本土，日本几乎被夷为平地，只有京都与奈良幸免。日本人真要好好感谢梁思成与林徽因呀！
费正清	（白）徽因呀！一旦实施对日占区轰炸，日军肯定也会对重庆地区狂轰滥炸，这里很不安全呀！你听我一句，还是去美国治病吧！
林徽因	（白）不！我不能去！国难当头，全民都在抗日，我虽不能上阵杀敌报效国家，至少我能和国家一起承受苦难！
费正清	（表）从前在"太太客厅"，只看到林徽因美丽聪明，善良多情的一面，想不到她竟是柔中有刚，一股浩然正气，大义凛然，令人肃然起敬。 （白）只是你的身体——
林徽因	（唱）

休道我体虚弱，病缠身，区区顽疾何足论？

我自有一团正气提精神。

我虽不能跃马横枪上阵去,但是共赴国难理该应。

恨日寇,逞横行,侵略中华有野心;

大好河山已蒙尘。

国家兴亡匹夫皆有责,何况我辈读书人。

不愿身为亡国奴,岂能苟且求偷生。

我是报国有心恨无力,壮志未酬愧平生。

疆场英雄血,长空烈士魂;

万众一心筑长城,我岂能独向异邦贪残生。

人生自古谁无死,留取丹心照汗青。

(白)最近我心中一直想到的是南宋末年的两位民族英雄。

金岳霖　(白)老费,你是"中国通",我考考你,徽因所说的南宋末年的两位大英雄是谁?

费正清　(白)文——天——祥! 方才徽因所说的"人生自古谁无死,留取丹心照汗青"就是文天祥慷慨就义前写的诗。

金岳霖　(白)对! 那还有一位呢?

费正清　(白)这……I don't know!

金岳霖　(白)不知道了吧? 我还以为你是"万宝全书"呢!

费正清　(白)缺只角!

金岳霖　(白)今天金教授免费给你上一课。另一位民族英雄叫陆秀夫。当时南宋的小皇帝只有八岁,年纪虽小,但他是南宋王朝的标志,文天祥抗元失败被俘,抗元保宋的重任就落在陆秀夫身上了。

(唱)

元兵铁骑过长江,气势汹汹太猖狂。

好一位忠肝义胆陆秀夫,辅佐幼主敢承当;

退守崖山临海疆。

怎奈是敌众我寡难抵敌,杀声四起响耳旁。

势穷力已竭,宁死不投降;背负小皇帝,纵身投海洋;

一腔英雄血,化作千重浪;壮烈殉难万古永留芳。

(白)后人为了纪念他,在南海崖山的石壁上刻着"陆秀夫殉国处"几个大字。

费正清　(白)民族的气节,文人风骨,了不起! 不过徽因,我还是担心你的身体太虚弱了,你要知道敌人垂死挣扎,一定会疯狂反扑,万一重庆……

林徽因　（白）我坚信万众一心，团结抗战，必定能取得胜利的。万一重庆失陷，中国也不会亡。况且我为自己也留了一条后路。

费正清　（白）后路，在哪里？

林徽因　（表）突然间，徽因从床上坐了起来，柳眉倒竖，杏目圆睁，一手撑在床沿上，一手往门外长江一指——

（白）就在这里！我学不了文天祥，我可以学陆秀夫！

（幕后伴唱）

这正是文人风骨如松柏，

正气浩然傲雪霜。

（表）他们又苦熬了两年，终于盼来了抗日战争的胜利，日本无条件投降了。他们回到了北平。梁思成在清华大学开创了建筑系，并担任了建筑系主任，林徽因被聘为一级教授。

不久，北平和平解放了，新中国的诞生，使林徽因充满了活力。她代表清华大学精心设计了中华人民共和国的国徽，高高挂在了天安门城楼上。

林徽因还参与了人民英雄纪念碑的设计工作，经过她的认真推敲，反复研究，完成了纪念碑的须弥座的图案设计。现在我们到天安门广场瞻仰人民英雄纪念碑时，看到庄严而夺目的须弥座，就是林徽因设计的。

应《新观察》杂志的约稿，林徽因在很短的时间内，撰写了《北海公园》、《故宫》、《天坛》、《雍和宫》等一组介绍古建筑的文章，有极高的学术成果，令人叹服！不夸张地说，只有林徽因做得到！

使我们更加钦佩敬重的是，当初梁思成与林徽因为保护古建筑而提出的一系列建议，历史证明是完全正确的！

林徽因去世多年后，有一天金岳霖忽然郑重其事邀请一些至交好友到北京饭店赴宴，众人大惑不解，等到客人到齐后，老金举起了酒杯说："各位请一起举杯，今天是林徽因的生日。"在座的不少朋友，都不禁潸然泪下……

正是：一身诗意千寻瀑，万古人间四月天。

——剧终——

牛文佳简介

　　毕业于上海戏剧学院戏剧文学系,先后创作民族音乐剧《阿曼尼莎罕传奇》,沉浸式戏剧《双重》(第十八届中国上海国际艺术节特别委约作品),青春滑稽戏《爱情样板房》《好"孕"三十六计》,青春校园剧《成长进行时》《潘序伦》《青春站台》,小剧场话剧《欢喜禅》《波音波音》《股票那点事》等十余部大型舞台戏剧作品,其中多部作品获得省市级比赛创作奖项。出版散文集《生于80年代》,发表《从〈李二嫂改嫁〉到〈补天〉——追寻吕剧现代戏创作的足迹》等论文。

　　《好"孕"三十六计》由上海滑稽剧团首演。

青春滑稽戏

好"孕"三十六计

编剧　牛文佳

时　间　当代
地　点　上海

人　物

黄小莉　80后编辑,结婚两年多,至今未孕。

于　青　黄小莉丈夫,80后小白领,没有主心骨,
　　　　常受夹板气。

婆　婆　黄小莉的婆婆,退休在家,一心想抱孙子。

彼　得　黄小莉的小舅舅,肌肉男,机智多谋,时
　　　　尚花心。

冰　冰　黄小莉的大学同学,沉稳干练,冷若冰
　　　　霜,大龄未婚。

小　红　安徽来的小保姆,表面朴实,内心机灵。

小山东　山东到上海打工的快递员,小红的丈夫,
　　　　人耿直,有点愣。

阿　丙　民间神医,瞎子。

阿　丁　神医搭档,聋子。

导演甲　现场导演,由阿丙分饰。

导演乙　导演助理,由阿丁分饰。

序　幕

[《新老娘舅》片头音乐起。

[导演甲乙分别从舞台两侧上场。即兴互动。

导演甲　亲爱的观众朋友们，

导演乙　ladies and 乡亲们，

合　　　大家晚上好！

导演甲　现场导演张晓东！

导演乙　现场导演邵印东！

合　　　上台鞠躬！（九十度鞠躬）没有掌声我们就不起来！谢谢！

导演甲　欢迎大家来到《新老娘舅》的录制现场。

导演乙　那位观众说什么？不对了？你们是来看滑稽戏的？叫《好"孕"
　　　　三十六计》，我跟你说现在的生活比戏还滑稽！今天不演了，改
　　　　录电视节目了。

导演甲　你们想不想见到柏阿姨？

导演乙　如果想的话，就看我的手势鼓掌！

[导演甲乙带领观众鼓掌一次热烈过一次。鼓掌达到高潮。

导演甲　好戏即将开演！

[音乐声中开幕。

[两组沙发，左边坐了三男，右边坐了三女，六个人戴着墨镜。婆
婆坐在当中，阿丙、阿丁坐在婆婆身边。

于　青　我跟你说，这件事情就是你不对！你不能骗我妈啊！

黄小莉　我不对？你有没有良心啊？你良心被狗叼走了啊！

于　青　生孩子是我们两个人的事情，为什么非要听你的？凭什么你说
　　　　不生就不生？

黄小莉　生孩子怎么会仅仅是我们两个人的事情啊？这牵扯的多了，首

先就是你经济基础够不够？

于　青　钱钱钱，又是钱！离了钱什么都办不成了？没有钱我连生孩子的资格都没有了吗？

彼　得　你忍心让孩子跟着你一起受苦啊？你是不是男人啊？

冰　冰　你还管人家的事情，你说说自己！你跑什么啊？

彼　得　我没跑，我……就是想清静一会！

冰　冰　你是干什么工作的？

彼　得　歌手啊！

冰　冰　酒吧歌手想要清静了？哦……你觉得有人会信吗？

彼　得　不管信不信，我……我反正没跑，再说，你出来混不懂游戏规则啊！

冰　冰　（指指肚子）这就是你的游戏规则吗？不管你承不承认，你就是他爸，我就是他妈！

彼　得　多少钱？你尽管开，你这一套我见识得多了！

小　红　不管是男是女，这孩子我都要生下来！

小山东　万一是女孩，你说我们回老家多没面子啊！

小　红　面子重要还是你的骨肉重要？你这是什么封建思想？你没看人家城里人都喜欢女孩！我就要生！

婆　婆　为啥要生？

小山东　传宗接代，光宗耀祖。

彼　得　顺其自然，无心插柳。

于　青　生活希望，心理满足。

黄小莉　不生就是不生！

众　人　生！

众　人　不生！

众　人　生！

众　人　不生！

婆　婆　停！生还是不生？这是一个值得考虑的问题！这到底是怎么一回事情呢？我们一起去看一看！

　　　　〔黑场。

第一幕　将计就计

[黄小莉守在电脑前,手里捧着电话,报纸摊了一地。

黄小莉　(打电话,音乐渐收)喂,您好!是《女人帮》杂志社吗?我想应聘编辑……什么?已经找到了?谢谢!

黄小莉　(继续拨打)你好,是《婆婆妈妈》杂志社吗?我想……什么?涉嫌盗版已经查封了!

黄小莉　(继续拨打)你好,是《老娘舅》杂志社吗?我应聘,什么学历?我研究生啊,什么,学历太高?要大专以下学历?只招前台和勤杂工?

[黄小莉拼命地翻找报纸,拨打电话。最后失望地低下头。

黄小莉　(打电话)小舅舅,喂……听得清吗?你路道粗,帮我弄一张假的怀孕证明?什么?为什么?一言难尽!

[彼得在舞台一角接电话,环顾四周,好像在躲什么人。转身疾步下场。

黄小莉　(打电话)喂,亲爱的,我跟你说,我今天太倒霉了……喂?

[冰冰上场,电话里与刚才是一样的环境音,显示在同一场景。

冰　冰　我先不跟你说了啊,我有事……回头联系。(紧追彼得而下)。

黄小莉　哎……

[突然门铃响,黄小莉低着头继续看招聘信息。

黄小莉　老公,门没锁你自己开门吧,你可回来了,我跟你说有一个坏消息,有一个好消息,先说好消息吧,那就是我现在开始休假了!

[婆婆从门外走进来。

黄小莉　(发现没反应,抬头)妈——是,是您啊!您怎么来了?

婆　婆　我来看看你们,刚才听你说你休假了?

黄小莉　哦……哦……

婆　婆　于青呢?

黄小莉　这点应该已经下飞机了!

婆　婆　休假好啊,可以多照顾照顾家了,呵呵……妈当年为了照顾于青还有这个家,我三十几岁就长年请病假……

黄小莉　妈,您那不是赶上国企改制,那时候工厂工人都下岗了嘛……

婆　婆　(激动)我哪里是下岗? 我可是小组长呢,跟一般工人不一样,我跟你说我那是为了家庭牺牲了自己的事业,要不然……

黄小莉　是是是,要不然您现在至少是车间主任了!

婆　婆　那可不是,大小算是个股长吧。多吉利的职务,股长股长就是股票涨,现在倒好,这股市变故障了!

黄小莉　后悔提前退休了吧?

婆　婆　我后悔? 我一点都不后悔! 我看着于青长大、大学毕业考上研究生、找好工作、找好媳妇,我心里高兴着呢,如果再抱上孙子,我这一辈子就没白忙活……

　　　　〔婆婆走进屋,环视客厅四周。婆婆眼睛到哪里,黄小莉就收拾哪里。各种各样的毛绒玩具。婆婆背身过去,黄小莉赶紧把名牌购物袋里的东西东掖西藏。

婆　婆　昨晚啊,我做了个梦……

黄小莉　你是不是梦见抱上大胖孙子了? 您这梦都做了好几回了。

婆　婆　你们知道就好,哎呀! (一惊一乍)你这衣服怎么就这样摊着啊! (挽起袖子,准备收拾)

黄小莉　我来叠,我来叠。(婆婆立刻收手)我刚回来,就脱在这里了,还没来得及……

婆　婆　哎哟! (走到桌子前,伸手一摸)这好几天没擦了吧?

黄小莉　桌子我来擦,我来擦!

婆　婆　乖乖! (贴在地上侧着看)这地板几天没拖了吧? 这地板每天都得拖一次,三天上一次蜡……

黄小莉　哎……(拖地)我正准备拖呢!

婆　婆　我的妈呀……(指着吊灯)

黄小莉　你是我妈,吊灯我这就擦! (搬着椅子,拿着鸡毛掸子)

婆　婆　晚饭还没做吧?

黄小莉　还没有,我正准备……(从椅子上跳下来)

婆　婆　于青出差在外好几天,回到家里没个热菜热饭的……

黄小莉　我这就做啊! (走到厨房门口,停住)妈,菜还没买,您想吃什么? 我一起买了,很快的! 楼下超市就有!

婆　婆　超市,超市,超市里的菜又贵又不新鲜,哪有菜市场的好啊! 行了,我就知道你们不会开火的,我烧了几个小菜给你们带过来。都是于青最爱吃的! 这个红烧鱼啊,我原来每个星期都得给他做,现在他一个月也吃不上一次,还有这个,这个和这个!

黄小莉　谢谢妈,这么远的路还带过来!

婆　婆　我老太婆腿脚不方便,以后你们就多回家,我天天做给你们吃!

黄小莉　哦,知道了,我们这不是……

婆　婆　忙,忙,忙……你说你们怎么这么忙? 但是我闲着啊! 你们眼看三十的人了,也不想着当爹当妈,我这在家闲着也没事干啊……

黄小莉　妈,我们知道,孩子的事我们会考虑的!

婆　婆　每次都是这样说,那你们考虑的结果呢?

黄小莉　妈,我们觉得现在还不是……

　　　　〔快递上场,敲门。

小山东　(沪剧的念白,特别温柔)这里是1203吗?

婆　婆　是呀,(被快递的语调带过去)你是哪位? 这说话怎么这么奇怪啊!

小山东　快递,签收! 在这写上"无缺无损"。

婆　婆　我怎么知道里面无缺无损啊?

小山东　那你拆开看一看!

婆　婆　(看信封)小莉,寄给你的。

黄小莉　哦,(接过快件,思考,并未拆封)我来签。

婆　婆　你怎么不拆开验收啊? 万一有什么遗漏、损坏的怎么办啊?

小山东　凭我经验,里面也就是一张纸的分量。

婆　婆　你这都知道啊?

小山东　USB快递,快递中的兰博基尼!

黄小莉　我来签字!

婆　婆　不能乱签字,就是一张纸也得拆开验货! 真的没什么,就一张纸。

小山东　这还叫没什么,有了,有了!

婆　婆　有了?(惊讶)是化验单! 黄小莉? 你有了,真的有了!

黄小莉　什么? 化验单?(上前要抢,被婆婆夺了过去)

婆　婆　什么? 什么? 什么?

黄小莉　妈……你怎么了?

婆　婆　小莉! 你有了! 我要当奶奶了! 我要当奶奶了! 我这梦成真了! 呵呵呵……

小山东　相信这款产品你们一定需要,(打开包模仿电视购物)我今天为您介绍的这款奶粉是纯新西兰进口奶粉,适合0—100岁人群服用,小孩喝了聪明健康,老人喝了腰不酸腿不痛,夫妻喝了,你好他也好！新西兰奶粉，喝喝更健康！今天你喝了没有？妈妈，我也要！

黄小莉　不要！

小山东　如果您对代言奶粉不感兴趣，那您看看这款产品如何，那就是泰国纯进口嘘嘘乐尿不湿，相信您一定知道，前几天泰国发洪灾，泰国人民叫苦不迭，突然有一天太妃陵上空紫气东来，嘘嘘乐尿不湿横空出世，几十片尿不湿就把街道的水都给吸干了！

黄小莉　出去！（关门）

　　　　〔婆婆被她的暴躁惊呆。

黄小莉　（纠结的表情，不知道该说什么，去收拾衣服，心里想着对策）妈，其实……

婆　婆　其实你早说，这些活我来帮你们干就行了！

黄小莉　（走到桌子前）妈，您听我说……

婆　婆　别碰，抹布脏，小心染上细菌，我来，我来！

黄小莉　那我叠衣服……

婆　婆　别别，衣服放那，我来叠！

黄小莉　这吊灯我实在够不到……

婆　婆　（踩上凳子）吊灯有我！

　　　　〔于青开门。

于　青　（激动）老婆！（一把抱住黄小莉，没有看到母亲）

黄小莉　（无奈）老公……

于　青　你见到我好像不太高兴吗？

婆　婆　她是高兴得还没缓过神来呢！

于　青　（听到声音吓了一跳）妈，您在那干嘛！

婆　婆　擦擦吊灯！

　　　　〔于青故意在母亲面前摆出大男子主义。

于　青　小莉，你怎么让妈爬这么高啊？万一有个闪失……妈，您下来，我来擦！

小　莉　我不让她上去，她非……

婆　婆　好了，好了……

于　青　（结果鸡毛掸子递给小莉）快去弄干净……

小　莉　（不接）你干吗不去？

于　青　你！女人做家务不是天经地义啊？（向她眨眼睛）快去，快去……

婆　婆　男人干家务更是天经地义，大男人什么都不会干，还好意思

592

说呢!

于　青　（迷惑）妈，我这不是在教育她嘛……原来您不是经常这样教育我爸的吗?

婆　婆　如果你爸今天还在,一定也为你们高兴啊!

于　青　高兴? 今天是什么日子?

婆　婆　（唱）　今天是个好日子,开心的话儿对你讲,今天是个好日子……正好我们庆祝一下!

于　青　呵呵……庆祝? 为什么庆祝啊?

婆　婆　呵呵……真是我的好儿子,争气啊! 真争气!（盯着于青笑）

于　青　妈,您这什么意思? 您笑得我有点……有点发毛……

婆　婆　你这傻小子,看看自己干的好事吧!（递上去化验单）你小子,妈没白疼你,我还在想你们什么时候才能有个孩子啊,没想到你们早有计划,你们是什么时候打算要孩子的啊? 怎么事先也不跟妈说?

于　青　孩子? 什么孩子?（看化验单,愣住）不可能啊!（看黄小莉）小莉? 小莉? 这是真的?

婆　婆　这还有假? 白纸黑字写得清清楚楚,上面还有医院的章呢!

于　青　小莉,这是真的啊? 太好了,我要做爸爸了……

黄小莉　没……没错……呵呵……

婆　婆　（转身进屋）我……我去打个电话!

[门铃响,彼得上场。

彼　得　小莉,收到了吗? 怎么样? 佩服我吧?

黄小莉　小舅舅,你干嘛叫个快递送来啊?

彼　得　亲,国妇婴、长妇婴任您挑选,绝对真品,如假包换,包邮哦!

黄小莉　什么? 你淘宝上买的?

彼　得　放心,卖家五个皇冠! 这刷的可是我的支付宝啊!

于　青　你们说什么啊? 你这怀孕证明是假的?

彼　得　废话吗,难道你以为是真的?

黄小莉　你就是没脑子,我们怎么会有呢? 我们不是有安全措施的吗!

于　青　我以为安全措施不安全了呢!

黄小莉　你是不是动过手脚?

于　青　没有!

彼　得　好了! 别说我了! 到底怎么回事啊?

黄小莉　上午我跟主编吵了一架,他要炒我鱿鱼,为了不被炒,我就说我怀孕了,这不就让小舅舅帮我开的假证明,可谁知道你妈第一个先看到的!

于 青　这可怎么办啊?我妈想抱孙子都想了好几年了,如果这时候告诉她,这张是假的,那……我们这日子没法过了……

彼 得　什么?怀孕这事你妈当真了?

于 青　能不当真吗?我都当真了。

黄小莉　现在怎么办啊?我婆婆就在里面!(指指厨房)

于 青　你啊(看看黄小莉)……你啊(看看彼得)……哎呀……我……(摇头)

黄小莉　那现在怎么办啊?于青你快想个办法啊!

于 青　有了,这几天马上怀一个!

彼 得　就你这样还说怀一个就怀一个?

黄小莉　哪有这么简单?行了,别说没用的了!

彼 得　冷静,现在还没扩大影响吧?

黄小莉　还没有。

于 青　要不跟她说实话吧!长痛不如短痛!

黄小莉　可是,之前你妈就对我横挑鼻子竖挑眼的,现在她知道了,还不剥了我的皮啊!

于 青　可是这事瞒不住啊……小莉,你自己惹出来的事,你自己跟我妈解释!

黄小莉　我……我怎么说……我不行……我害怕!

于 青　妈,您出来一下,有话跟您说!

婆 婆　来了,来了(拿着电话子母机)那先这样啊!不跟你说了……呵呵。(忍不住笑)

于 青　你给谁打电话啊?

婆 婆　你堂妹啊!我跟她报喜,我说你嫂子有了!呵呵……

黄小莉　什么?这事于澜知道了,不就等于全世界都知道了?

　　　　[画外音:(夸张音效)我嫂子有啦——

于 青　(一个冷战)妈,你这也太快了吧!

婆 婆　当然要快,不然那些亲戚朋友一直在背后说你们,肯定有问题,要不然怎么结婚这么几年了都没有孩子,我要用事实击碎他们的谣言!(看到彼得站在那里)这位是?

彼 得　(胳膊一横,露出一身肌肉)亲家母,你好,我是小莉的小舅舅,你叫我彼得好了!

婆 婆　原来是小莉娘家人啊!欢迎欢迎!

黄小莉　（面向于青）你妈最要面子了,如果现在她知道真相……后果不
　　　　堪设想! 怎么办?

婆　婆　于青,刚才你叫我干嘛?

于　青　小莉有话跟你说!

婆　婆　小莉,你说吧,我听着呢!

彼　得　别冲动,现在只能将计就计!

黄小莉　啊……对……我……我是说……到时候请亲戚们喝喜酒! 呵
　　　　呵……(尴尬)

　　　　〔突然一阵敲门声。

　　　　〔各种亲朋好友冲进门。有道贺的,有围着小莉看的,好不热闹。

　　　　〔冰冰在舞台一角打电话。

冰　冰　小莉,我有事跟你说……

小　莉　亲爱的,我今天家里乱套了,改天我们再聊好吗?(挂电话)

婆　婆　（高喊一声）静一静! 大家静一静! 小莉你身怀我们于家的后
　　　　代,这样,我做奶奶的也不能无动于衷,我这就回去收拾东西,从
　　　　明天开始我就搬过来照顾你,直到你顺顺利利生完!

黄小莉　什么——(抽泣起来)

婆　婆　小莉,你怎么哭了?

于　青　她这一定是喜极而泣!

彼　得　作为娘家人代表,我宣布我也进驻小莉家!

黄小莉　小舅舅,你什么意思? 你到底来干什么的?

彼　得　有个女粉丝对我有些崇拜,最近追得有点紧,我来避避风头!

婆　婆　彼得啊,那我们两家就为小莉保驾护航,确保孩子顺利生产!

　　　　〔收光。

　　　　〔第一幕完。

第二幕　以退求进

　　　　〔于青面对着卧室门,诚恳地道歉。

于　青　妈,我知道这个事实对您来说的确很残酷,但是我们不能骗你,

小莉她真的没有怀孕,那张证明是假的……

[卧室内没有动静。

于　青　妈,您说句话啊!您老可千万别动气啊,我代表小莉跟您道歉了!

[突然房门打开,黄小莉走出来。

彼　得　不行,还不如直截了当。

黄小莉　对呀,我们又不是没道理,我们是有计划、有步骤地在为生孩子做准备啊,我们也没说要做丁克一族啊,只是现在条件还不成熟。

于　青　那什么时候条件成熟啊?

黄小莉　这能问我吗?那得问你,看看你什么时候升官?什么时候加薪!(拿出一张表)今年明年我们把房子贷款还上,后年我们买辆车,2016年开始为养孩子攒钱。

于　青　那攒多少能行啊?

黄小莉　怎么也得30万吧?

彼　得　多少?30万?你们知道30万有多大吗?(用手比划)也就这么大,养孩子至少要这么大吧(比划扩大了一倍)50万。

黄小莉　你看现在月子会所一个月至少3万,就是不进会所光请一个月嫂也得八千,奶粉一个月两千块,尿不湿一个月一千块,各种体检生长锻炼一千块,算下来一个月把你工资搭进去还不一定够呢!稍微长大点就得报各种早教班吧,咱不能输在起跑线上啊!等到上幼儿园,光赞助费就得这个数!(捂着一个拳头)这还没算上通货膨胀呢!

彼　得　这还是光花在孩子身上。小莉生产之后的产后恢复减肥、美容、置装,这没个几万块钱根本拿不下来。

黄小莉　不仅仅是钱,还有我们毕生的精力。逼得我们只有一条路可走,就是要把他培养成一个优秀的家伙,否则你干嘛生他?

彼　得　生一个孩子就意味着你的家里只有一个中心,就是这个小家伙!下班不能逛街、晚上不能泡吧、周末不能健身,长假不能旅游!还有无数的家务活,我说你们家怎么能没个保姆呢?

[门打开,婆婆进来。

婆　婆　亲家小舅舅说得没错。

于　青　(声音发抖)妈——

[黄小莉转身就要躲进去。

婆　婆　（异常温柔）小莉，起床了啊？今天感觉怎么样啊？来，坐！

　　　　［黄小莉坐到婆婆身边，浑身发抖。

婆　婆　（关心，摸摸她的脑袋）小莉，怎么了？身体不舒服啊？

黄小莉　没，没有，昨晚可能睡得不好。

婆　婆　刚做妈妈，肯定很兴奋。来，我给你按摩按摩！（说着给她按摩）

黄小莉　（受宠若惊）妈，不用，不用。（拗不过婆婆）

婆　婆　小莉怀有身孕，我们家怎么能没个保姆呢？

黄小莉　什么？保姆？这个很贵的！

婆　婆　保姆钱妈来出！你放心啊！（冲着门外喊）小红，进来吧！

　　　　［小红进门二话不说，拿起拖把就拖地。

婆　婆　这是小红，她服务过十几个孕妇了，很有经验。你看看顺不顺你
　　　　心意啊？

于　青　妈，不用，不用，其实……其实……小莉……

黄小莉　（抢先说）其实我现在能照顾自己！

婆　婆　这肚子说大就大起来了。小红不嫌脏不怕累，力气大，什么活都
　　　　能干。小红，倒水！

小　红　（倒水）小莉姐，请喝水！

彼　得　我腰有点酸，帮我捶捶背！

小　红　（捶背）没问题，您看我这力道还行吧。

彼　得　舒服，舒服，不比外面SPA的差。

于　青　妈，我跟您说，其实我们不需要保姆，因为小莉她，她根本就……

彼　得　于青，你对小红不满意啊！

于　青　不是，我对小红没意见，我是说我们……

彼　得　这也是你妈的一番心意，如果不领情，你妈反而要不开心了！对
　　　　吧，亲家母？

婆　婆　对对，呵呵……（指使小红）去把衣服洗了！

于　青　（把黄小莉拉到一边）他这又是唱的哪一出啊？

黄小莉　（拉过彼得）什么意思啊？

彼　得　先享受几天再说，之前你婆婆整天指使你干这干那的，现在终于
　　　　有机会翻身了。反正这保姆钱是你妈出的！

于　青　可是纸里包不住火，早晚一天要露馅的！

黄小莉　你没看你妈那个高兴劲，至少让她也多高兴几天吧！能有就能
　　　　流，包不住的时候再说！

黄小莉　那就是用两天？

于　青　你这不是胡闹吗!

黄小莉　(故意提高嗓门)我怎么了? 怎么了?

婆　婆　(听到出来,猛拍儿子)你干什么啊? 你干嘛惹小莉不开心,你不
　　　　知道她现在不能生气啊! 真不懂事,一边去! (和颜悦色)小莉,
　　　　别生气啊!

　　　　[黄小莉狡猾地笑笑。

婆　婆　小莉,想吃什么啊? 我这就去买啊! 鸡鸭鱼肉随便你选啊!

黄小莉　都行,随便,你看着办吧!

婆　婆　好咪。小红,跟我买菜去。

小　红　哦,好的!

　　　　[两人一前一后下场。

黄小莉　(忍不住大笑)哈哈哈……没想到你妈也有今天!

于　青　我妈跟你有什么深仇大恨啊! 你这样我们怎么收场啊?

黄小莉　我不管,你以为她这是对我好啊,她这是对她未来的小孙子好,
　　　　反正骗都骗了,也不差这一两天!

于　青　那后面怎么办呢?

彼　得　将计就计!

于　青　你什么意思啊? 我妈怎么得罪你了?

黄小莉　你妈得罪我地方多了! 之前我都忍着,现在母以子贵,我决定不
　　　　忍了!

彼　得　但绝不能掉以轻心! 这保姆是她请来的,既是照顾你,也是监
　　　　视你!

于　青　小舅舅,你这想得也太多了吧,我妈一个家庭妇女,哪有这心
　　　　计啊?

黄小莉　你这么一说,我觉得也有道理啊。

彼　得　马克思曾经说过,婆媳关系是世上永远不可调和的矛盾。

于　青　马克思什么时候说过这话!

黄小莉　那你说我该怎么办啊? 不是你要留下这保姆的吗?

彼　得　古有挟天子以令诸侯,现在你就挟孙子以令婆婆!

于　青　小舅舅,我之前还真是小看你了,没想到你还是个谋略家啊,你
　　　　真是生错年代了,你要是早出生个几千年,根本就没有吕布什么
　　　　事啊!

彼　得　吕布有我帅吗?

黄小莉　没有,没有,呵呵……

彼　得　我还得好好教你几招,你得让你婆婆对你怀孕的事深信不疑。首先你要"厌食",就是什么都不喜欢吃,紧接着要经常"呕吐",再后面你要"易怒",把以前压的火气都发出来。

于　青　彼得,你怎么这么有经验啊?

黄小莉　多少小姑娘在我面前演过这出戏啊,我久病成医了!

　　　　[彼得在黄小莉边上耳语,小莉频频点头。

于　青　你们说什么啊? 那可是我妈啊……你们……

黄小莉　好好好,演戏我最会了。(看看于青)于青,你到底是哪伙的?

于　青　我,我肯定是你这伙的!

彼　得　你要是做了叛徒,哼哼……(露出肌肉)

黄小莉　我饶不了你!

彼　得　她一定会作天作地作死你的!

于　青　我做人也太难了,就是男人不能生孩子,不然宁肯我来生!

　　　　[母亲和小红回来。

小　红　小莉姐,于青哥,我们回来了!

婆　婆　你看我们买了鸽子、老母鸡、鲫鱼、鲍鱼,这可都是大补的东西啊。今天晚上我们先炖个老母鸡汤啊!

黄小莉　这也太油了吧,我这身材啊! 呕……

婆　婆　小莉,怎么了?

黄小莉　厌食,不想吃。

彼　得　鸡汤不是蛮好嘛,我好久没喝了。

婆　婆　你现在要是当妈的人了,不是为了自己,是为了你肚子里的孩子啊!

黄小莉　呕……呕……(反胃)我一想到老母鸡三个字,就想吐! 呕……

小　红　小莉姐,你这反应还挺大的啊,您怀了多长时间了?

黄小莉　怀了,怀了……有一个星期了吧!

小　红　才一个星期,按道理不应该啊!

婆　婆　不对呀,上个星期于青不是在国外吗?

于　青　(彼得踢了一脚于青)不是,不是,是上上个星期!

彼　得　就是就是,于青整天飞来飞去的,有时差,所以永远搞不清日子的! 对不对?

黄小莉　是是,应该是上上个星期!

婆　婆　哦……也不对啊,上上个星期小莉不是出差吗?

于　青　(彼得又踢了他一脚)哎呀,我怎么把这事给忘了! 那就是上上上个星期！我们俩都在家！（打岔）妈，您最爱看的那个节目到点了，那个叫什么……

黄小莉 吃好晚饭看电视，听我阿庆……

合 讲故事！

婆 婆 不看！现在打开电视就是那几张苦命脸，没一个利于胎教的。阿庆讲故事天天就是婆婆媳妇大战，换个频道小宣在现场，不是火灾就是水灾，再换个频道柏万青不是抢房子就是婚外情。你这肚子里的小宝宝听到外面世界这么悲惨，一咬牙一跺脚，不出来了怎么办啊！

彼 得 您这水平至少也是广电总局副局长，如果不知道我还以为限娱令是您颁布的呢！

婆 婆 我为了炒股每天都要了解各种新闻，这股票和每个新闻事件都有千丝万缕的联系，啥时候涨什么时候跌，这都是与国际大环境有关系的！卡扎菲背后的女人，乔布斯与烂苹果，张柏芝怎么离的婚，李阳为什么打老婆，我都知道！

于 青 活到老学到老，我妈就是我们学习的榜样，小莉，电视咱就不看了啊！快去微博上看看今天有什么新闻吧！（故意支走小莉）

黄小莉 哎，好！

婆 婆 别去了，家里的宽带我已经注销了！这电脑多大的辐射啊！

黄小莉 什么？注销了？（假装恶心）呕……呕……

婆 婆 你又难受了？

黄小莉 我一听到不能上微博，我……我就止不住的恶心！

婆 婆 关于环境污染问题一票否决，没有退步妥协的余地！

彼 得 这是电脑，又不是日本福岛！

于 青 妈，你说您这是干吗呢！你怎么不跟我们商量一下就把网给掐了啊！

婆 婆 我跟你们说，现在小莉怀孕了，我们的家庭即将诞生一个小生命，为了他能够顺利地诞生，我决定从现在开始正式接管你们两个的所有政治、经济、文化、教育、生活管理大权！

黄小莉 什么？看来我必须用"易怒"这一招了！妈，你这样我可受不了……

彼 得 （低声）小莉，"易怒"这招不能轻易用，不能过早亮底牌，这招用多了就不管用了！

黄小莉 那我该怎么办？

彼　得　忍一时风平浪静，以退求进，以静制动，以逸待劳，静观其变！

婆　婆　小莉，你怎么受不了了？

彼　得　小莉的意思是您这样照顾她，她有点受宠若惊，一时间适应不了！

婆　婆　呵呵……我还以为你对我信不过啊？

于　青　我妈可是居委会主任，几十号人吃喝拉撒都管得井井有条，管他们两个人那是浪费资源！

婆　婆　首先，每天早睡早起，晚八点睡觉，早六点起床！

黄小莉　呕……

彼　得　我都是早上睡晚上起来。

　　　　［小红忙着定闹钟。

婆　婆　其次，所有的高跟鞋没收，紧身的、低腰的、露脐的、低胸的一律暂扣，除了洗澡，随时要穿防辐射服。

　　　　［小红收拾鞋柜、衣柜，不合要求的都放在收纳箱里。拎出一件防辐射服递给小莉。

黄小莉　呕……呕……

彼　得　那件是我的，你还给我！

婆　婆　还有很多禁忌要记牢，比如不能吃螃蟹，以免将来的宝宝会口吐泡泡；不能吃兔肉，以免将来的宝宝长兔唇；不能动针线，以免宝宝有缺陷；不能吃喜酒，因为"喜上冲喜"会危及母子……

于　青　这都是什么老黄历啊？

婆　婆　宁可信其有不能信其无，最重要的是为了方便理财，你们两个的工资卡全部上缴！

黄小莉　呕……呕……呕……（恶心不止）

婆　婆　小莉，你这样可得去看病了，我陪你去医院？

黄小莉　不用，不用，医院那个人多得来，让人排队排得绝望啊！

婆　婆　对了，我还认识两名老中医！请他来咱家给你会诊，不用排队……

黄小莉　（立刻止住）不用，不用，我好多了！（无奈和于青都把银行卡上交）

婆　婆　（看着于青）我记着你工资有两张卡的！

　　　　［于青无奈拿出另外一张。

　　　　［小红把银行卡都收走。

黄小莉　这还让不让人活啊！工资卡都收走了，我怎么买衣服啊？

于　青　别着急，我……我还有张卡！

黄小莉　你还有卡？你背着我存私房钱！

于　青　这不是防患于未然吗？

婆　婆　等下你们把密码分别告诉我。最后，为了保证小莉每天的休息，
　　　　我宣布小莉和于青实行分房制度！

于　青　（忍不住）呕……那我睡哪？

婆　婆　你睡客厅！

于　青　那你呢？

婆　婆　我和小莉睡啊！

黄小莉　妈，其实我没……

于　青　没意见，一点意见都没有！

　　　　〔小红把于青的被褥搬到了沙发上。

婆　婆　还有，我白天炒股，照顾不了小莉，白天的家政事务就由小红全
　　　　权代理执行！好了我说完了！

小　红　既然我负责小莉姐白天的起居，那我补充三点啊！第一点……

　　　　〔黄小莉、于青分别下场。舞台上只有小红和婆婆。

小　红　哎……哎……你们别走啊！

　　　　〔光收。

　　　　〔第二幕完。

第三幕　反间计

　　　　〔彼得睡在地上。于青睡在沙发上。

于　青　（艰难地起床，到卧室门口，咳嗽两声）咳咳……咳咳……

　　　　〔彼得依然打着呼，丝毫没有受到影响。

黄小莉　（开门）我刚睡着怎么就天亮了啊？我这一晚上就没睡几分钟，
　　　　我刚睡着习惯性就把你妈胳膊给搂过来了，我一顿捏，一顿掐，
　　　　准备咬一口的时候突然感觉这质地不一样，我才突然想起来在
　　　　我身边的不是你，是你妈！再后来我就睡不着了。你妈倒好睡
　　　　得那个香，又是打呼又是磨牙的……

于　青　我妈这老胳膊老腿的，经得起你这么又捏又掐的啊！

黄小莉　快,拿过来……

于　青　什么啊?

黄小莉　胳膊! 让我咬一口!

于　青　(无奈)给给给……(黄小莉咬)啊……(脸扭曲)你把对我妈的气
　　　　都撒我身上了啊!

　　　　[他们两个在彼得的头上跨来跨去。

黄小莉　谁让她把我们拆开的!

于　青　好了,好了,你到晨吐的时间了!

黄小莉　可是我……我吐不出来啊!

于　青　吐不出来也得干呕几声啊,不然我妈要怀疑了! 你想想最不喜
　　　　欢吃的榴莲……多臭多恶心啊!

黄小莉　吐不出来!

于　青　那你想想臭豆腐,你原来一闻到,就躲得老远的!

黄小莉　还是吐不出来。

于　青　那……那我启发启发你。(背过身去)呕……呕……

黄小莉　(被他的声音引发)呕……呕……

于　青　(高兴)好好,再来两声啊!

黄小莉　呕……

于　青　我妈听到怎么没反应啊? 妈……妈……小莉晨吐了!

黄小莉　你妈不在卧室,我还以为在厨房呢!

于　青　(看一眼厨房)没有啊! 她去哪了?

黄小莉　嗨,这不是白吐了吗?

　　　　[婆婆拎着菜篮子回来。

于　青　你这一早去哪了?

婆　婆　我给小莉去买了条鱼,去得早才能买到新鲜的!(进厨房)

于　青　妈,小莉刚晨吐完。(说完拿着衣服走进卫生间)

婆　婆　小莉啊,怀孕是女人最苦的时候,你一定得坚持住,有什么想吃
　　　　的尽管跟我说啊,这时候营养最重要!

黄小莉　不能再吃了,这两天已经胖了好几斤了!

婆　婆　这时候不能再考虑身材了,最重要的就是肚子里的孩子。

黄小莉　哦。

于　青　(从卫生间出来)我上班去了啊!

　　　　[开门的时候正好小红进来。

小　红　阿姨,小莉姐,我来了。

婆　婆　正好,小莉的早饭我已经在烧了,你看着点火啊! 我先去交易大
　　　　　厅了!
　　　　　(说完出门)

黄小莉　哎……这女人怀孕也太惨了!（进卧室）

小　红　彼得先生该起床了!（彼得没有反应,一连几声叫不醒,大声唱）
　　　　　苍茫的天涯是我的爱,绵绵的青山脚下花正开。

彼　得　(起身接唱)　你是我心中最美的云彩,斟满美酒让你留下来……
　　　　　〔小红趁机收被褥,彼得反应过来,无奈去卫生间洗漱。
　　　　　〔小红反而像女主人一样大模大样地在客厅穿梭。

小　红　(哼着黄梅小调)树上的鸟儿成双对……(看着小莉没出来,把核桃
　　　　　露喝了一半,然后倒了点白水)小莉姐,时间到了,该喝核桃露了。

黄小莉　知道了,知道了!（出来,已经换好了服装）小红,你忙去吧,核桃
　　　　　露放这就行了。我自己会喝的。

小　红　那不行,阿姨说让我看着你喝下去。

黄小莉　(自言自语)彼得说的没错,果然是来监视我的!（对小红）你这人还
　　　　　真执着啊,呵呵……唉,怎么有股焦味? 你去看看厨房是不是……

小　红　厨房没有炖东西。

黄小莉　那就是卫生间里。

小　红　卫生间热水器也关好了!

黄小莉　那……那就是……（指指卧室）

小　红　您的吹风机也拔下来。您就安心地喝您的核桃露吧! 喝胡萝卜
　　　　　汁的时候问一遍,吃维生素的时候问一遍,现在您这都问了第三
　　　　　遍了。您别想把我支开,我是收了你婆婆钱的,我们要讲职业道
　　　　　德啊!

黄小莉　你这孩子真是死脑筋。（电话响）喂,冰冰啊,我知道了,你再等
　　　　　等我啊,我马上就逃出来。（灵机一动）
　　　　　〔黄小莉用手机拨通自己家的电话。

小　红　(转身接电话)喂……喂……
　　　　　〔黄小莉趁机把核桃露倒进花盆里。

小　红　(突然意识到,猛转身)是你?

黄小莉　谁? 我在喝核桃露! 喝完了,呵呵……我出去一下,一会回来!

小　红　你去哪? 哎……哎……
　　　　　〔黄小莉想开门却开不开。

小　红　我反锁了,钥匙在我这里。

黄小莉　彼得,你把她给我搞定!

彼　得　县官不如现管,好汉不吃眼前亏! 看来现在必须用一计了!

黄小莉　哪一计?

彼　得　反间计! 小红,你作为女人这皮肤也该保养保养,这样吧,回来的时候给你带一瓶 BB 霜怎么样?

小　红　我们保姆也是有职业道德的,我可是收了阿姨钱的!

彼　得　哈哈哈……不就是钱吗,你收了她婆婆的钱你要监督小莉,那你收了小莉的钱,那就应该向婆婆隐瞒,这就叫收人钱财,替人消灾!(把一百块钱塞到小红口袋里)

小　红　您这样说我倒不好意思了,说得我像是双重间谍一样,呵呵……我主要也是为了小莉姐好,对不对……(把一百块钱叠好放进内口袋)小莉姐身体重要! 呵呵……那你们早去早回啊!

黄小莉　唉,好的! 小红,你辛苦了啊! 你也补补身子,那我下午的那杯杏仁汁……

小　红　放心,我帮你喝了!
　　　　〔小红转场重新上场。

彼　得　专业就是专业! 对了,今天我们要给小莉改善一下伙食,不吃点荤的,只吃素的,我帮你一起去菜市场。

小　红　小舅舅,你不是帮我去买菜,你是想了解菜市场行情,看看我有没有虚报价格做假账吧?

彼　得　小姑娘,你想多了! 呵呵……(习惯性搭在她肩上,小红不习惯地挣脱)
　　　　〔小山东经过此处,看到彼得与小红举止亲昵,有所怀疑和吃醋。
　　　　〔光区转变。咖啡馆一角。

黄小莉　冰冰,你今天怎么愁眉苦脸的啊?

冰　冰　(环顾四周,小声)我……我有了……

黄小莉　你有什么了?

冰　冰　(指指肚子)有孩子了!

黄小莉　什么? 你开什么玩笑? 你不是没有男朋友的吗?

冰　冰　那天晚上我心情不好,在酒吧喝醉了,糊里糊涂就跟一男的去了宾馆,没想到就……

黄小莉　不会吧! 冰冰,你怎么会一夜情的啊? 而且还怀上了孩子! 那,那个男的怎么说啊? 是要还是流?

冰　冰　(摇头)哎……

黄小莉　我说也是，打掉吧！

冰　冰　那男的没找到！跑了……

黄小莉　这叫什么狗屁男人啊！怎么能做出这种缺德的事来！如果让我见到，我非扒了他的皮不可，替你报仇！那你现在怎么打算？我陪你去做人流？

冰　冰　不，我要生下来！

黄小莉　你这也太疯狂了吧！连孩子爸爸都找不到……

冰　冰　那又怎么样，我是他妈妈总归没错啊！

黄小莉　可是，以后孩子大了，问你说他爸爸是谁？在哪里？你怎么回答？

冰　冰　我想我会找到他爸爸的。而且我这个年纪了，已经算是高龄产妇了，医生跟我说，如果拿掉这个孩子，可能以后就再也怀不上了。我……我不想一辈子没有孩子，孤苦伶仃，到老都没有人陪在身边……

黄小莉　可是……

　　　　［两人陷入沉默。

　　　　［小红拎着篮子上场。小山东早就等在这里。

小山东　（沪剧腔）小红！小红！我们居然在这里相会啦！

小　红　你不送快递，跑到我这来干什么啊？

小山东　缘分，这是缘分啊，我到对面取件。

小　红　那你快去吧，再磨蹭这个月的奖金又没了！

小山东　金钱乃身外之物……

小　红　好好说话！

小山东　我这是标准的上海话啊！

小　红　你跟谁学的上海话？

小山东　孙徐春老师啊！

小　红　啥？人家那是唱戏！

小山东　我就是觉得他说的这个上海话好好听啊！

小　红　好听那你就听着行了，你还学人家，你想上达人秀啊！

小山东　我是为了我们的儿子，等我们儿子出生了，我就可以教他讲上海话，以后他学会了上海话，就不会被人家鄙视，就不会被笑话叫做乡下人了！

小　红　省省吧，会说上海话就是上海人？那我说句吃了您呢！回见！就成北京人了？我说句 hello 还成美国人了啊？你是不是上海人那得看户口！没户口有钱都不让你买房！

小山东　你最近几天好像脾气越来越大,看我越来越不顺眼啊？是不是看到更顺眼的人了?

小　红　瞎说什么?

小山东　真的没有?

小　红　真的没有!

小山东　没有就好,城里人的花言巧语不要轻信,你没听戏里这样唱道:……

〔另一光区起光。

〔黄小莉和冰冰坐在咖啡馆一角。

冰　冰　不管能不能找到他的爸爸,我都要生下来……(电话铃响)喂,芬芬啊,什么医生说你胎位不正？怎么会这样啊？跟年龄有关？你年龄也不是很大啊……

黄小莉　谁呀?

冰　冰　就是跟我一起健身的芬芬啊,一直忙着做生意赚钱,错过了生育的好年龄,现在好容易怀上,又查出来胎儿有问题……真是作孽啊……

〔电话铃又响。

冰　冰　喂,笑笑啊……什么? 现在笑不出来了? 啊! 啊! 啊! (表情越来越夸张)太惨了,太惨了……

黄小莉　怎么了?

冰　冰　就是一直跟我做美容的那个笑笑啊,她刚怀上孩子,前几天又流产了,这都第三次了,医生估计她是习惯性流产,这辈子再想要孩子都难了……

黄小莉　怎么会这样?

冰　冰　女人啊,最重要的就是了解自己,最佳的生育年龄就是在 30 岁之前,现在环境污染、电脑辐射,过了 30 岁身体机能就急剧下降,所以啊……悲剧就产生了……

黄小莉　被你说的,我今年 29,你的意思如果我今年不怀上,我也危险了?

〔另一演区光起。

〔小红和快递在小区花园里。

小山东　你今天身体没事吧?

小　红　我能有什么事,就是有事也得撑着啊,因为我就是这个命,哪像人家城里人。我跟你说这家对孕妇可好了,每天那营养品都不断,孕妇在家什么活都不用干!

小山东　城里人就是精贵,你说我们乡下人生个孩子有那么多事吗?我
　　　　妈怀我的时候都八个月了,还不是照样下地干活啊!

小　红　城里人有钱,每天光买菜就得百八十块钱呢!而且孕妇都不上
　　　　班了,就在家安胎,你说就这么好的条件,她还整天愁眉苦脸的。
　　　　我要是过这样的生活,我每天还不就乐啊!

小山东　小红,我让你受委屈了,不过总有一天,咱也能过上好日子的!

小　红　好日子?送快递能送出好日子来?你就是没出息!

小山东　我……我送快递怎么了?城里人锻炼身体还得花钱进健身房,
　　　　我这锻炼身体不但不花钱,还能赚钱呢!呵呵……

小　红　你就傻乐呵吧!我跟你说有钱就是好,这家孕妇为了锻炼身体,
　　　　她婆婆给她报了个孕妇瑜伽班,一期就得一千多块呢,你说多干
　　　　点家务什么的,不比练瑜伽效果好啊!

小山东　想不明白啊!呵呵……行了,我得赶紧送东西去了,不然完不成
　　　　今天的计划,这个月奖金就真没了!对了,晚上我给你买只鸡,
　　　　补补身体啊!

小　红　不用,不用,花那冤枉钱干什么?今晚他们家也吃鸡,我……我
　　　　就顺便也吃点,你今天多送几件,别那么早就收工啊!

小山东　知道了,你别太累了!
　　　　〔快递骑自行车下场,小红挥手。
　　　　〔突然手机铃响。
　　　　〔舞台光全亮。

小　红　喂,什么?回家?

黄小莉　喂,什么?召开家庭会议?
　　　　〔收光。
　　　　〔第三幕完。

第四幕　苦肉计

　　　　〔光启。
　　　　〔黄小莉、彼得开门进来。

黄小莉　怎么了？怎么了？（气喘吁吁）

于　青　小红，你……你先……

小　红　我先去洗菜，然后洗衣服，如果你们还没商量完，我就再去洗
　　　　个澡！

于　青　聪明！快去吧！
　　　　〔小红站着不动。

黄小莉　你刚才说的洗菜、洗衣服、洗澡，你可以去了……
　　　　〔小红依然不动。

彼　得　（反应过来，又塞了一百块钱给她）去吧！
　　　　〔小红快速地离开。

于　青　刚才我妈给我打电话，说要召开紧急家庭会议！我妈不会是知
　　　　道那张假证明了吧？

黄小莉　她在电话里怎么跟你说的？

于　青　她就说有紧急事情要跟我们说，好像语气很凝重！在这之前，我
　　　　们家开过两次家庭会议，一次是我小时候偷隔壁邻居家的橘子，
　　　　一次就是我上大学有一次考试不及格，都不是什么好事！

黄小莉　难道是小红告密了？不过刚才看她那表情，应该不会是她，不然
　　　　演技也太好了！

彼　得　一定是事情败露了！

黄小莉　我知道了，你妈一定是把那张证明给她认识的那个老中医看了！
　　　　那可怎么办啊？

于　青　怎么办，怎么办，你骗我妈的时候怎么不想想怎么办！

彼　得　既然形势急转直下，那我们只能先下手为强，逆势而上！

黄小莉　怎么先下手？

彼　得　只有用苦肉计了，于青，一会看我们眼色行事，给我们里应外合。
　　　　你跟我走！（拖着黄小莉就走）

于　青　你们去哪里啊？我一个人怎么办啊？你们什么时候回来啊？

彼　得　你就说小莉突然肚子疼，我们去医院了！
　　　　〔两人下场。
　　　　〔于青紧张地坐立不安，把菜刀、扫帚等都藏了起来。
　　　　〔这时候母亲上场，于青正拿着拖把没地方藏。

婆　婆　（进门）你拿着拖把干什么啊？

于　青　我……我……拖地板啊！

婆　婆　这种活让小红干就行了。小红呢？

于　青　小红？小红她……

　　　　　[此时小红刚洗完澡，一身性感的睡衣出来。

婆　婆　(不堪入目)小红，你！你怎么穿成这样啊？

小　红　阿姨，您回来了？

婆　婆　你在我家洗澡，还穿成这样，成何体统啊！

小　红　阿姨，您别误会啊！是小莉姐让我洗澡的！

婆　婆　小莉？小莉呢？

小　红　小莉姐刚才还在，真的是她让我洗澡的！

于　青　她，她突然肚子疼，去医院了！

婆　婆　什么？家里就你们两个人？你们……不会是！

于　青　不是，不是！我向您发誓，肯定不是！你就是不相信小红的人
　　　　品，你也得相信你儿子的审美吧！

小　红　于青哥，你这话什么意思啊！

婆　婆　小红，下不为例啊！

于　青　妈，您不是说……说要给我们开……(战战兢兢)开什么家庭会
　　　　议吗？

婆　婆　对，我把正事给忘了！于青，小莉这肚子里的孩子……

于　青　(打断)妈，这事您知道了？

婆　婆　这么说，你也已经知道了？

于　青　我早就知道了！

婆　婆　我还在想小莉之前怎么都不要孩子，现在怎么会突然怀上了……

于　青　妈，您……您千万别生气，听我慢慢给你解释啊……事情是这样
　　　　的……

婆　婆　这说明你们有计划、有安排、有预谋……

于　青　是有计划、是有安排、是有预谋，可是没想到你这么快就知道
　　　　了……

婆　婆　不管你们是为我们老人生，还是为了多拿点补偿金生，但只要怀
　　　　上了，总归是好事情嘛，我高兴还来不及。

于　青　什么补偿金？

婆　婆　就是我们老房子动迁补偿金啊！现在小莉肚子里的孩子能多得
　　　　50多万补偿金呢！你不是早打听到我们老房子要拆迁所以赶
　　　　紧要的孩子吗？

于　青　(吃惊)是……是……我们老房子要拆迁了……

婆　婆　这个钱我想好了，一到手就给你们把这套房子的贷款还上，这样

你们也不用过房奴的生活了!

于　青　是,是……妈,你真好!

婆　婆　这孩子来得太及时了! 所以,我今天开家庭会议的目的就是,让你们一定要加倍照顾好肚子里的孩子,现在环境、空气、饮食都不健康,好多孕妇怀上了又流掉了,多难过啊……

于　青　我看着 50 万拿不到,更难过啊……

[此时,黄小莉和彼得进门。

黄小莉　(进门就哭)老公……老公……(看着婆婆,哭得更厉害)

于　青　小莉,你这是怎么了? 你有话好好说啊!

彼　得　(婆婆紧张疑惑地看着彼得)阿姨,这是太突然了……太突然了……

婆　婆　不会是,孩子……孩子……她……

黄小莉　(抢先)是的,是的!

婆　婆　什么?

于　青　不是的! 不是的! (使劲地摇头、摆手)孩子没事,孩子没事,对吧?

彼　得　你要接受这个现实,孩子,没……没……

于　青　(一把夺过证明)孩子肯定没事,彼得你别瞎说!

黄小莉　她没瞎说,我……我好命苦啊……

于　青　不可能,孩子没了我们老房子动迁的补偿金就没了,怎么可能呢!

黄小莉　是呀,补偿金就……什么? 老房子动迁?(立刻收回哭腔)

于　青　是呀,是呀,肚子里孩子能多补偿 50 多万,妈已经说了,这个钱给我们还贷款! 孩子怎么能说没就没呢!

彼　得　这孩子不能没有! 这个必须有!

黄小莉　对,呵呵……(擦干眼泪)孩子刚才重重地踢了我一脚,我疼得啊,我心里想我好命苦啊! 幸好彼得在身边,迅雷不及掩耳盗铃之势把我送到医院,医生跟我说,孩子……

婆　婆　孩子——

黄小莉　孩子,没事——

婆　婆　你们吓死我了……那快给我看看体检报告!

于　青　什么报告?

婆　婆　就是你手里的那份啊! 小红,你给我拿过来。

[小红上前拿,于青躲藏。小红抢,于青把报告扔给彼得。几个人玩起了捉迷藏游戏,过程中,小红和于青发生抱在一起肢体接

触,婆婆大怒。

婆　婆　停!(所有人定格)你们干什么啊!

于　青　(把报告扬在手里,大喊)我要当爸爸了!(然后把报告撕得粉碎)

小　红　疯了,于青哥疯了!

彼　得　准爸爸有时候情绪不太稳定。

婆　婆　什么事,这叫什么事啊?(疲惫地下场)

小　红　城里人真疯狂!(跟着下场)

于　青　你们两个吓死我了!(瘫坐在地上)

黄小莉　现在怎么办?

于　青　眼看到手的 50 万不能就这样飞了!

黄小莉　立刻怀上一个!

于　青　你终于同意了?

黄小莉　既然现在房子贷款可以提前还清,那么我们生孩子事宜就理所
　　　　当然地可以提前了,这样既争取了宝贵的时间,又可以给这次谎
　　　　话一个圆满的收场!

黄小莉　可是我们现在分房睡,怎么怀啊?

于　青　有条件要怀,没有条件创造条件,也要怀!

　　　　〔音乐起。

　　　　〔收光。

　　　　〔第四幕完。

第五幕　金蝉脱壳

　　　　〔黄小莉开始忙活着喷香水,拉窗帘,换衣服。

　　　　〔突然门铃响。

黄小莉　你也太心急了吧!这么快就回来了!(开了一道门缝,自己半躺
　　　　在沙发上,温柔的)进来啊!

　　　　〔两名老中医莫名其妙,慢慢地进来。

黄小莉　站门口干什么啊?

　　　　〔两名老中医不知道声音从哪里发出来的,瞎子在门后找人。

黄小莉　你还真挺快的啊！

中医丁　啊……啊……

黄小莉　（一惊，转身看着阿丙）啊！（尖叫）

中医丙　（害怕）你干什么啊？干什么？（去捂住黄小莉的嘴）

　　　　〔黄小莉一脚踢在中医丙的下身，应声倒地。

黄小莉　臭流氓，出去！你不出去我可报警啦！

中医丙　是你让我进来的！你婆婆让我来给你送安胎药的！

黄小莉　讨厌！（重重关门）

　　　　〔黄小莉心有余悸。于青上场。小莉躲在门后，扫把举得高高
　　　　的，于青进屋，黄小莉确认是丈夫后，放下扫把张开双臂。
　　　　没想到于青从她臂弯下转过，到窗边看有没有跟踪，再去看看门外。

黄小莉　（扫兴）你干什么啊？

于　青　这不是怕被我妈看见吗！来吧，抓紧时间！（上好闹钟）

黄小莉　你上闹钟干什么？

于　青　我就请了一个小时的假，一会还有个会！来吧！（张开怀抱）

黄小莉　我来了！（向他怀里奔过去）

　　　　〔突然黄小莉电话响。

黄小莉　小舅，你到我家楼下了？好，给我看好了，谁都不许上来！

　　　　〔两人四目以对，刚要接吻，突然门铃响了。

于　青　（气愤）谁呀！

黄小莉　没人！

　　　　〔于青准备继续吻她。

黄小莉　还是抓紧时间吧，能省则省！

于　青　对对对！（把黄小莉放倒在沙发上，自己脱上衣）

　　　　〔黄小莉躺在沙发上，突然娃娃哭了起来。

于　青　你压到孩子了！

黄小莉　呵呵……呵呵……呵呵……

于　青　你又笑什么啊？

黄小莉　（做起来）这什么东西在我身子下面震啊？痒死了！

于　青　你手机在震动！

黄小莉　不接！

　　　　〔两人一起躺在沙发里，衣服一件一件扔出来。舞台上的灯光越
　　　　来越昏暗，气氛暧昧。突然房门打开。
　　　　〔舞台灯光大亮。于青吓得躲到沙发后面。

婆　婆　你们谁看见我老花眼镜了？

　　　　　［转场。

　　　　　［店套房里。

　　　　　［彼得哼着歌放着音乐，正在倒红酒。营造各种浪漫的意境。

　　　　　［小莉左顾右盼上场，开门溜进去。

彼　得　波尔多的红酒，小野丽莎的蓝调，地中海的香薰，还有法国的玫瑰正在路上！黄小莉小姐，您看还满意吗？

黄小莉　不错，非常满意！不愧是情场高手啊！

彼　得　愿意为您效劳！你跟于青约好时间了吗？

黄小莉　他只能请一个小时的假，（闹钟定时间）房卡已经给他了。我们度蜜月的时候都没住这么高级的套房！

小　红　小莉姐，您来了？

黄小莉　你怎么在这？

彼　得　不要害怕，自己人啊！小红，去把洗澡水给小莉姐放好了！

小　红　好咧！再放几滴玫瑰香油？玫瑰鸡精？不是……那叫什么来着？

彼　得　精油！

小　红　呵呵……精油，精油！（进卫生间）

　　　　　［门铃响，彼得去开门。冰冰站在门口，两人四目相对。

冰　冰　怎么？不认识我了？

彼　得　这位小姐倒是有些面熟，只是记不清到底在哪里见到过。

冰　冰　你为什么要躲着我？

彼　得　我躲你了吗？没有啊！你给我煲的汤我都喝了，你给我发的消息我也回了，只是没告诉你我在哪。

冰　冰　我热情洋溢地发了120字短信，你回了两个字：收到。

彼　得　我那不是忙吗？

冰　冰　有家不回，忙着开房？不邀请我进去坐一会？

彼　得　有话我们去别的地方说。

冰　冰　你现在跟那天晚上好像判若两人嘛？

黄小莉　谁啊？是于青吗？怎么不进来啊？

　　　　　［黄小莉走到门口。

冰　冰　小莉，是你？你怎么在这里？哦，我明白了！小莉，你怎么会认识这个人？你们两个……不好意思，打搅二位了！

黄小莉　等等，冰冰，不会你找的那个人就是他吧？

冰　冰　如果我说不是，你会相信吗？不管怎么样，我祝你们幸福！

黄小莉　祝我们幸福！嗨,你误会了,他是我小舅舅!

冰　冰　小舅舅?

黄小莉　我来找他算账!(小声)不管怎样我都要让他对你和肚子里的孩子负责!

冰　冰　你千万别说肚子里孩子的事情,我不想拿这个要挟他,这不是我的目的!

黄小莉　小舅舅啊,你闯大祸了! 你……你把……

彼　得　少一惊一乍的,能有什么大事? 最大的事也不过她怀上了我的孩子?(不屑)

黄小莉　就是这样的!

彼　得　我跟你说,这招是不是太老套了? 想要钱? 我没钱!

黄小莉　你们好好谈谈,我先出去啊,总有解决办法的。

　　　　　〔黄小莉下场。

彼　得　你天天这样缠着我有意思吗? 你不要拿孩子这种事来威胁我,我还不知道你肚子里有没有,就是有也不确定是我的! 如果你想要钱我一分没有,如果说需要一个家属签字,我可以帮你!

冰　冰　我们结婚吧。

彼　得　你怎么会有这么幼稚的想法呢?

　　　　　〔小红从卫生间出来。

小　红　洗澡水放好了!

彼　得　(对冰冰)对不起,我已经有家室了!

冰　冰　谁?

彼　得　她!

冰　冰　啊?

小　红　我?

　　　　　〔彼得脱去上衣,拉着小红的手进浴室。

彼　得　洗澡!

　　　　　〔冰冰摔门而走,小山东拿着一束玫瑰花站在门口。

小山东　(唱着沪剧上场)手拿一朵红玫瑰

　　　　　　　　　　　我将妹妹常思念

　　　　　　　　　　　岁月如流心未改

　　　　　　　　　　　绵绵此情对青山

　　　　　　　　　　　盼得有朝重相聚

　　　　　　　　　　　说破疑团吐衷怀

相爱如初结伴侣

苦尽甘来永远不分开

　　　　〔彼得一边系纽扣走出卫生间。

小山东　是你?

　　　　〔小红走出卫生间。

小山东　还有你?你们两个?我跟你拼了!(准备冲上去又停住)我不
　　　　活啦!

小　红　你听我解释啊!

小山东　你不要解释,我的命好苦啊!我不活啦!

小　红　我……跳进黄河也洗不清了!(跑下场)

彼　得　保守,太保守了吧!(下场)

　　　　〔小山东唱着悲伤的歌曲,把一瓶红酒一饮而尽,有些醉意,倒在
　　　　床上。

　　　　〔于青开门进来。

于　青　这里多少钱啊?是不是太豪华了?你小舅舅第一次出手这么大
　　　　方啊,他不会回去再问我们要钱吧?

　　　　〔边说边脱衣服,钻进被窝。

于　青　你怎么衣服都不脱就,啊!(吓得翻身下床)

小山东　谁?

于　青　怎么是你?

黄小莉　(进房间)退房!

　　　　〔于青垂头丧气。

　　　　〔收光。

　　　　〔第五幕完。

第六幕　弄拙成巧

　　　　〔音乐起,六个人分作两边沙发,回到开场时的造型。音乐节奏不
　　　　断加快,几个人此起彼伏地快速起立、坐下,大幅度的肢体动作。

婆　婆　停!这到底是怎么一回事情?我们一起去看一看!

［光急收。

［小红在收拾家务。

婆　婆　小红,最近小莉有没有什么异常啊?

小　红　没,没有啊! 阿姨,您发现什么了?

婆　婆　我就是觉得不太对劲!

于　青　妈,你怎么还不去股票交易所啊? 马上开盘了!

婆　婆　不去,不去,今天不去了。(看着客厅里的植物)小红,这棵植物我刚来的时候不是挺苗壮的吗? 这两天怎么越来越蔫啊?

小　红　那还不是喝杏仁汁喝的啊!

婆　婆　什么?

小　红　我的意思是它又没喝杏仁汁,估计是缺营养了吧。

于　青　妈,你今天干嘛不去股票交易所了啊?

婆　婆　我,我今天约了两个老中医来给小莉把把脉。

于　青　什么? 老中医?

黄小莉　于青,一大早你嚷嚷什么呢?(看到婆婆)妈,您今天没去炒股啊?

婆　婆　小莉,来,快把这碗安胎药喝了。

于　青　什么安胎药? 不能喝! 喝了这药还不知道能不能怀上孩子了!

黄小莉　妈,这个时候不能乱吃药吧? 万一吃不好,生出个畸形来,不是缺胳膊少腿就是两个脑袋,这责任谁担啊?

婆　婆　呸呸,怎么说话啊! 这个方子是专家开的,补身体的! 来,喝了!

黄小莉　我没病,干嘛喝药啊!

婆　婆　于青,让小莉把药喝了。

黄小莉　于青,你把药放桌上吧。

婆　婆　于青,把药端到他面前,看着你老婆把药喝了。

黄小莉　于青,今天这要我是绝对不会喝的,谁愿意喝谁喝!

小　红　这一段好像在俺们村戏台子上看过啊?

于　青　你说的那是《雷雨》吧?

小　红　没错,没错,就是的!

［突然门铃响。

小　红　阿姨,老中医来了!

黄小莉　怎么办? 你想想办法啊! 彼得也不在,没人出主意啊! 只有一计能用了! 走为上计!

于　青　你能走到哪里去啊? 插翅飞了不成?

黄小莉　那怎么办啊?

于　青　只能浑水摸鱼了！能不能过这一关，全凭运气了！

　　　　　[两名老中医上场。

中医丙　这里是王慧珍的家吗？

婆　婆　我就是，我就是，田医生你好你好！

　　　　　[田医生一把抓住婆婆的手，搭脉。

中医丁　你这脉相虚弱，我给你开副方子调理一下，才能老来得子。

婆　婆　不是我，不是我，我儿子都这么大了！

中医丙　不是你啊，我还想你要想怀孕还真有点困难。那是谁啊？

婆　婆　是她，我的儿媳妇！

中医丁　是她啊！来，让我看看。

　　　　　[黄小莉把于青推到前面，老中医一把抓住于青的手。

中医丙　这个脉相很乱啊！

于　青　(顺势把几百块钱塞到老中医手里)不是我，是我老婆。一会你
　　　　　就反着说，一点小意思。你明白我的意思吧？

中医丁　哦，明白明白。

于　青　来，小莉，让老中医搭搭脉。放心吧，来！

　　　　　[老中医搭上黄小莉的脉搏。沉思。

中医丙　呵呵……身体健康，气血通畅。

婆　婆　那孩子呢？

中医丙　孩子？什么孩子？

于　青　肚子里的孩子啊！(小声)不是让你反着说吗？

中医丙　知道，知道。没有孩子，她根本就没有怀孕！

婆　婆　什么？没有孩子！

于　青　你怎么这么实诚啊？不是让你反着说。

婆　婆　你们这到底是怎么回事啊？你们是不是有事瞒着我，我就看小
　　　　　莉的肚子不对，果然里面有猫腻，说，怎么回事！

于　青　妈，其实……这事……哎呀……

黄小莉　(恶心)呕……

婆　婆　你就别装模作样了！

黄小莉　妈，我来说吧，这事是我引发的，我一人做事一人当，其实，我……
　　　　　我根本就没怀孕！

婆　婆　什么？这种事情也能开玩笑啊？你们……你们合起伙来骗我啊！

黄小莉　妈，对不起，一开始那张怀孕的证明的确是假的，那是为了骗我
　　　　　上司的，我们也不是完全不想要孩子，我们也有我们的难处，现

在抚养一个孩子太花钱了,我们是想经济基础稍微好一点再要孩子,没想到我们老房子要拆迁,可以得到一大笔补偿金,那我们生孩子的计划就可以提前了,于是我们天天想怀上一个,可惜,直到现在也没怀上……

中医丙 荒唐、荒唐啊,你们到底是想要孩子还是不想要孩子啊?

于 青 当然是想要啊!

中医丙 那你干嘛让我反着说,我还以为你们不想要孩子呢!

黄小莉 那你的意思是?

中医丙 你有了啊!这怀孕的脉相多明显啊!

婆 婆 好了,你就别再骗我了!

于 青 医生,您是不是弄错了啊?

中医丙 我们俩行医这么多年,还从来没失手过!不信,我再来给她搭搭脉!(一把拉过小红的手)你看没错啊,她也怀孕了!

婆 婆 什么?她也怀孕了?庸医,庸医!

老中医 你可以不相信科学,但是不能侮辱我的人格啊!

婆 婆 她怀孕?不可能吧,她怀孕还能来我家当保姆。你问她,她是怀孕了吗?

小 红 (不好意思地点点头)我好像是怀孕了!

婆 婆 什么?

中医丙 你看我说的没错吧!你如果不相信,我只有拿出我的祖传秘方,让你眼见为实!(拿出早早孕测试棒)

〔黄小莉下场。于青和婆婆焦急地等待着。

〔彼得和冰冰上场,彼得在前,冰冰紧随其后。

彼 得 你能不能别跟着我了?

冰 冰 我最后问你一遍,你的孩子要还是不要?

彼 得 我说过了,我没钱,不要再开玩笑了!

冰 冰 我没有跟你开玩笑,如果您觉得我是在骗你钱,那请你跟我去医院,陪我去做掉这个孩子,我要让你永远记住,你是如何把自己的孩子扼杀掉的!

彼 得 我是绝对不会扼杀我自己的孩子的!

冰 冰 那我们等孩子生出来,看看到底是不是你自己的种,你敢负这个责吗?

彼 得 只要是我的孩子,我肯定负责!不管我们是否有感情,我们是否能当夫妻,但只要是我的孩子我就一定要抚养他,我就是他爸!

冰　冰	好,那你就负起当爸的责任来。
	［快递上场。
小山东	USB快递,快递中的兰博基尼! 老婆,开门啊! (进门)亲爱的,你有了,你看化验报告出来了! 我们有了! 已经一个多月了!
小　红	真的,呵呵……有了,有了。
婆　婆	你有了怎么还在我家当保姆啊?
小　红	我一直想要个孩子,当保姆就是想多赚点钱,为生孩子做准备,在上海生孩子太贵了!
彼　得	我指使你干这干那,太不好意思了!
小　红	没事,我还偷喝了你好多杏仁汁呢。
	［黄小莉出来,所有人目光聚焦在她身上。
黄小莉	我真的有了!
婆　婆	真的?
于　青	我要当爸爸了!
婆　婆	我要当奶奶了!
彼　得	我可以当舅老爷了! 呵呵
	［突然电话铃响。
婆　婆	喂,我正要给你打电话呢,我这几天住在儿子家,我们老房子动迁的事情有眉目了吗? 什么? 都已经划好地块了? 马上要签合同了? 真的啊? 太好了,什么? 跟我家没关系,我们家的老房子没划进去,不拆了!
黄小莉	什么? 不拆了?
于　青	那50万的补偿金没有了?
黄小莉	竹篮打水一场空。
于　青	想开点,至少我们孩子怀上了。
婆　婆	是呀,这是谁划的范围啊,我们家怎么就给划出去了呢?
黄小莉	50万没有了,我们只能按照原计划进行。这个孩子我不想要。
于　青	怎么说不要就不要呢? 这不是好不容易怀上了!
黄小莉	我们不能给孩子任何东西,那不是对孩子的不负责任吗?
小　红	毕竟这是你的骨肉啊?
冰　冰	你年纪也不小了,经不起这么折腾!
小山东	你们还担心养不起啊,我们都不担心,孩子吃百家饭都能长大,我们小时候有谁管过我们,不就是这么长大了! 孩子跟庄稼一样!

婆　婆　是呀,小莉,我可以帮你带孩子啊,什么活都包给我。

黄小莉　对不起,你们不要逼我,我真的不想生下来。

〔暗场。

〔医院的候诊大厅。

〔冰冰和彼得上场。

冰　冰　(走在前面)快点啊,去,给我拿号! 水! 热! 饿!

〔彼得一样样伺候。无微不至。

〔小红和小山东兴高采烈上场。

小山东　老婆,慢点啊,来来,坐下,我给你按摩。

〔黄小莉失魂落魄走上来。

小　红　小莉姐,你也在啊!

冰　冰　小莉,真巧啊,你们都在?

小　红　小莉姐,你这是什么啊?(抢过来看)人工流产? 什么? 你真的
想拿掉这个孩子啊?

冰　冰　于青知道吗?

彼　得　小莉,你想好了吗? 别看舅舅整天嘻嘻哈哈没个正经,但是生儿
育女面前可不能随着性子来啊!

〔小山东在一边打电话通知于青和婆婆。

冰　冰　你别做傻事啊,你自己没有权利一个人决定这个孩子的命运,这
对小生命来说是不公平的。

小山东　于青马上就到,你是不是等等他,跟他商量好再做啊?

〔两个老中医上场。

中医丙　不好了,不好了,于青出车祸了! 血肉模糊啊,惨不忍睹啊!

黄小莉　什么? 你胡说什么啊?

中医丙　真的,真的,刚才马路上围着里三层外三层,都说快不行了!

黄小莉　(拿出手机拨打)喂喂喂……不在服务区? 他在哪里? 我要去
找他!

〔护士推着一张病床急速冲进来。

护　士　让一让,让一让!

〔小山东揭开床单。

小山东　于青哥,于青哥!

〔护士推着进手术室。

护　士　这是受伤者的皮夹子,家属在不在?(打开皮夹)于青,于青,家
属在不在啊?

黄小莉　是我,我丈夫怎么样啊?你们一定要救救他啊!

　　　　　[婆婆跑上来。

婆　婆　于青怎么啊?他怎么会出车祸啊?

黄小莉　对不起,都是因为我,因为我要做手术……

　　　　　[黄小莉电话铃。

黄小莉　十分钟之后轮到我手术?我……我再考虑考虑。

婆　婆　怎么?你还是执意要打掉?

黄小莉　我……不,现在于青生死未卜,这个时候我怎么能打掉他的孩子呢?如果于青真的就这样走了,我至少给他留下了后代,让他们于家不会断了香火,(走向手术室门)老公,你一定要坚持住,我们的孩子我没有拿掉,你一定要好好的,孩子还等着出来第一眼看见他的爸爸呢!

　　　　　[于青脑袋上缠着胶布。

于　青　(在黄小莉身后)那这孩子决定要了?

黄小莉　(没反应过来)要,一定要!(听声音熟)于青,你没事啦?刚才进去的不是你啊?吓死我了!

于　青　你刚才的话可不能反悔啊!

黄小莉　一言为定!

婆　婆　我要做奶奶了!

女　合　我们要做妈妈了!

男　合　我们要做爸爸了!

老中医　我们有红鸡蛋吃了!

　　　　　[三个男的抱起各自的老婆。

老婆们　轻点,轻点,小心孩子!

　　　　　[幕落。
　　　　　[剧终。

欧阳逸冰简介

　　国家一级编剧、剧作家、评论家,原中国儿童艺术剧院院长,国务院特殊津贴获得者,文化部优秀专家。代表作话剧《周君恩来》《我认识的鬼子兵》,儿童剧《闪烁吧,繁星》《我的童年在黑土地》《红蜻蜓》等。曾有 10 部作品获全国或省部级多种个人奖。

　　儿童剧《蓝蝴蝶》获上海文化发展基金会重大文艺创作资助项目,由中国福利会儿童艺术剧院首演。

大型儿童剧

蓝蝴蝶

（原名《大顺子吼歌》）

编剧　欧阳逸冰

时　间　当代

地　点　大城市

人　物

大顺子　农村男孩儿,小学高年级,天真,内心很
　　　　丰富

蓝　妮　初中生,单纯与任性,骄纵与善良混合在
　　　　一起

奶　奶　爽朗的农村老奶奶,她是孙儿大顺子的
　　　　精神宝库

面　条　男,就是常见那种可恶又可怜的人,中学
　　　　辍学

保　镖　男,姓黄,并不很年轻,手机控

爷　爷　蓝妮的爷爷,患轻度阿尔茨·海默症,残
　　　　损的记忆益发珍贵

清洁工　男,扫马路累了,就吹一会儿口琴,自娱
　　　　自乐

外　婆　面条的外婆,聋哑人,勤劳的农妇

群众演员: 三个蒙面人,三名名警察,几名建筑工人

序　幕

〔奇幻梦境之一——

〔天幕映现出玫瑰色的霞光……连接着鱼肚白色的天空……连接着乌蓝色的天空……连接着稀疏的星光……

〔电子音乐伴和着脚步声,一步,一步……

〔天幕出现男子的背影,踽踽独行……

〔主人公大顺子的喊声:"爸爸,爸——爸——"

〔音响暂停,天幕上男子的背影站住了……

〔大顺子的喊声:"爸爸,别走哇,俺想你!"

〔音响继续,天幕上男子的背影继续前行,而且越走越快。

〔大顺子从侧幕跑出来——

大顺子　爸爸,别走哇,俺想你! 爸爸——

〔天幕上男子的背影依然是越走越快……消失……

〔一束奇异的光彩,引出一只巨大的熠熠闪光的蓝蝴蝶,翩翩飞舞……

大顺子　哎,蓝蝴蝶,你真是俺标本匣子里的蓝蝴蝶吗? 可你太大了……你要干嘛?

〔画外音(蝴蝶,女声):我去追你爸爸呀……

大顺子　你,你能追上吗? 他能回来吗?

〔画外音(蝴蝶,女声):能。只要追,就一定能追上!

大顺子　等等俺,俺跟你一块儿追——爸爸! 爸爸!

〔倏然间,音响发出怪异的声音,切光。同时,传出大顺子的喊叫声:"哎,哎呀!"

〔漆黑,寂静。

〔片刻,大顺子的声音:"梦,真是个奇怪的梦……"

〔追光中——

〔大顺子穿着外衣,戴着旧的蓝色檐帽,斜背着泛白的旧军挎包,捧着一个顶面是玻璃的小木匣,里面装着一只蓝蝴蝶标本。

大顺子　(对着小木匣)你要是真能变那么大,飞那么高,能把俺爸爸追回来该多好! 可惜呀,做梦是假的,故事是编的,抱着爸爸的大腿不放,那才是真的!

〔奶奶的咳嗽声……

〔大顺子急忙把小木匣塞进挎包,弯腰蹲下,捂住自己的嘴,谛听着,观察着……

〔奶奶的喊声:"大顺子……大顺子……你在院里呐?"

大顺子　(细声细语地)哎,奶奶,是俺,上茅房。

〔奶奶的声音:"别着凉。"

大顺子　(乖顺地)哎,您睡吧。

〔传来奶奶轻轻的鼾声……

大顺子　睡着了……(对着侧幕郑重地站好,郑重地一鞠躬,郑重地低声说)奶奶呀,俺想俺爸,想着想着,连俺爸长啥样都想不起来了! (抹一把眼泪)俺实在是熬不住了……眼下,正是放暑假,听说俺爸就在县城盖大楼的工地上,俺去找他。好在县城离咱这儿也就三十多里地,一天就能走到。奶奶,水缸俺挑满了,草料俺铡出来了,麦秸秆俺码在柴房里了,连您最爱嚼的核桃仁俺都砸好了,装了满满一大铁盒,就放在梳头匣子旁边了。俺一个礼拜就回来,奶奶,您好好的,等俺把俺爸带回来,再见!(再次向侧幕鞠躬)

〔大顺子转身走去——

大顺子　(惊讶得目瞪口呆)啊——

〔对面倏地亮起追光,里面站着一个白发苍苍的老太太。

大顺子　奶奶?!

奶　奶　(托托孙子的挎包)上茅房还挎着军包? 跟奶奶说实话,你这是要去哪儿?

〔大顺子转身就跑……

奶　奶　你给俺站住! (追上前,一把抓住大顺子的军挎包)

大顺子　奶奶,您就让俺走吧!

奶　奶　就这么走? 不行!

〔祖孙二人都使劲拽着军挎包,旋转起来……

〔奶奶转晕了,松开手……

〔大顺子跑开，回头一看——奶奶站立不稳，东倒西歪……

大顺子　（急忙跑回来，扶住奶奶）奶奶——

奶　奶　你忘了奶奶还会点儿功夫啦？（一点孙儿的肩头——）

　　　　〔大顺子立刻站住不动了，只是眨着大眼睛……

奶　奶　（笑）呵呵呵，看你还往哪儿跑！

大顺子　（浑身不能动，只能动口）奶奶，俺服啦……

　　　　〔奶奶一拍孙儿肩头，孙儿恢复原状……

大顺子　（泄气地蹲下）唉——

奶　奶　（嗔怪地）站起来！奶奶最不爱看啥，说！

大顺子　（站起来）奶奶最不爱看耷拉脸子……

奶　奶　要耷拉脸子就冲犄角旮旯站着去！

大顺子　（乖顺地用双手把自己的脸面往上搓）您瞧，俺不耷拉脸子了！

奶　奶　（满意地）对喽，无论走到哪儿，无论遇见啥事，俺孙子都得这么
　　　　亮亮堂堂的，像大清早的太阳！（挑一挑下巴）看那边窗户台上，
　　　　给你准备好了——

　　　　〔大顺子转身去拿——

大顺子　（返回，拿着类似八路军的干粮袋）这是啥？

奶　奶　你忘带啦——（拿过干粮袋给孙儿挎上）这里面都是你爱吃的狗
　　　　头大枣哇！

大顺子　（掏出一颗枣吃，惊喜地）让俺在路上吃的？

奶　奶　你每天要大笑一次，嘴角要连上耳朵，就能吃一颗狗头大红枣！
　　　　最好还能剩几颗留给你爹吃，让他也想想自己家里不仅有儿，还
　　　　有老娘……（抹眼泪）

大顺子　奶奶，您让俺去县城找爸爸了？！

奶　奶　（点头）你想你爹，俺想俺儿呀……（掏出）这是奶奶给你买好的
　　　　汽车票（塞给孙儿）。记住，不管找得到找不到你爹，只要这袋子
　　　　里的狗头大枣吃完了，你立马给我回家！（再次抹眼泪）

大顺子　奶奶——

奶　奶　（抬头看见孙儿又笑了）当初你爷爷参加八路军的时候，就是这
　　　　个样子！（拍拍孙儿的肩头）奶奶信你！

大顺子　放心，奶奶，你平常教俺的话，教俺的本事都记在这儿呐（拍拍自
　　　　己的胸脯）！

奶　奶　还有奶奶教你唱的老歌谣呢？

大顺子　都存在嗓子眼儿里哪，张口就往外冒。（唱）"小白菜呀叶儿黄

啊,两三岁上没了娘啊……"(突然卡住)噢……

　　　　［祖孙二人相视,无语,奶奶转过头去……

大顺子　(扳过奶奶的肩膀,笑脸相迎地)俺最爱唱的是自己瞎编的歌,

　　　　您听——

　　　　［大顺子唱起本剧的主题歌《这世界就缺个大惊喜》:

　　　　　　　　太阳总是掉进树林里,

　　　　　　　　月亮总是浮在水塘里,

　　　　　　　　大路总是伸进老山里,

　　　　　　　　大河总是流进浓雾里,

　　　　　　　　爸爸总是活在我的美梦里,

　　　　　　　　妈妈总是活在我的眼泪里,

　　　　　　　　哎呀呀,哎呀呀,

　　　　　　　　啥时候树根扎进云彩里,

　　　　　　　　啥时候鱼儿游在银河里,

　　　　　　　　啥时候鲜花开在微风里,

　　　　　　　　啥时候骏马跑在海浪里,

　　　　　　　　爸爸才能把我搂在他的怀里,

　　　　　　　　妈妈才能把脸照在我的眼睛里……

　　　　　　　　啊——

　　　　　　　　这世界,这世界,

　　　　　　　　就缺这么一个

　　　　　　　　天大的惊喜!

　　　　［大顺子唱毕,向奶奶深深一鞠躬——

大顺子　再见,奶奶!

　　　　［切光。

第一幕

　　　　［工地。

　　　　［脚手架与蓝天相接,近处裸露着上下的阶梯。

[焊接的火花从脚手架的上下左右闪动,搅拌机轰隆隆的声音不时地传来……偶尔有戴安全帽的建筑工人上下……

[大顺子胸前交叉背着盛枣的干粮袋和泛白的黄军包,东张西望地走上……

大顺子 （逢人就问）哎,大叔,大叔,认识俺爸吗? 俺爸叫顾天发……（旁白）这个大叔兴许心里有事,连看都不看我一眼……（又问另一个人）大伯,您认识顾天发吧? 本来说他在俺们县城盖大楼,可到了县城一打听,俺爸他随着建筑队又去省城了。幸亏有个好心的卡车司机把俺带到这省城……可省城也太大了,谁知俺爸他们在哪个工地呀?（旁白）这个大伯也许耳朵不好使,看看我,不说话!（转头,突然发现）哎,俺爸!（指侧幕,喊叫）爸,爸爸!（飞跑过去,喊个不停）爸,爸爸! 俺是大顺子……（跑进侧幕,喊声不止）

[瘦个子少年好奇地盯着大顺子的背影——观众可以从他缓缓的环视中想象出大顺子跑了好大一个圈儿……

[大顺子边回头边走上——

大顺子 （嘟囔着）是不是俺爸呀? 没错,就是! 可他怎么被两个穿西服的汉子让进了小汽车? 不,那不是俺爸,俺爸肩膀比他宽,比他厚……再说了,一个打工的咋能上小汽车呀?（又对第三个人）跟您打听打听,见过俺爸不? 嗯,他就是您这么高的个子,长乎脸,一只眼单眼皮,另一只双眼皮,这是俺奶奶说的,俺分不清楚……告诉俺呗! 不白麻烦您,俺有好东西给您看——（从挎包里掏出那只盛标本的小木匣）这是上半年来俺村支教的志愿者小宋老师帮俺做的标本,蓝蝴蝶,知道吗? 是俺爸那年去云南打工的时候逮着的。原先以为就是个蝴蝶嘛,带回来哄俺玩。小宋老师一看就跳起来了,他说,这是稀有名品,可金贵了,轻易见不到……（旁白）这么好的东西,他怎么不爱看?（失望地环顾）

[蹿出一个瘦个子少年——

瘦个子少年 （一把抢过小木匣）什么好东西,我看看——

大顺子 （急速反应）你要干嘛? 还给俺!（紧紧抓住瘦个子少年的胳膊）

瘦个子少年 （拿着小木匣）我得先看看。

大顺子 那得由俺拿着,给我!

瘦个子少年 （耍赖）我要是不给呢?

大顺子 不行,那是俺的!（跳着脚,欲夺回小木匣）

瘦个子少年　（推开大顺子）躲一边去！要不，我就把它砸了！

大顺子　（火了）你敢！

瘦个子少年　（恫吓地）我这就把它砸个稀巴烂！（一手推着大顺子，另一手高高地举着小木匣）

　　　　　〔两人四目对视……

　　　　　〔突然，大顺子哈哈大笑起来……

瘦个子少年　（反而毛了）你，你笑什么……

　　　　　〔大顺子继续笑，从干粮袋里掏出东西……

瘦个子少年　（戒备地）你，你要干什么？（后退一步）

大顺子　（掏出一颗大枣）狗头大枣，这是俺奶奶的奖励！（放进嘴里，嚼起来）

瘦个子少年　（咽口水）这么大的枣，肉多吧？甜不？

大顺子　想吃？把标本还给我——

瘦个子少年　（看看手中的小木匣）这是标本？甲壳虫，还是金龟子？（欲打开）

大顺子　（大叫）别动，里面是小眼镜蛇，活的！

瘦个子少年　（大惊失色）哎哟——（将手中的小木匣扔出）

大顺子　（扑上接住小木匣，大笑）呵呵，哈哈哈哈……俺逗你玩呐！这里边是俺的宝贝——蓝蝴蝶，外号蓝色幻影。你不懂！（得意地打开欣赏）

　　　　　〔瘦个子少年突然伸手再次抢过小木匣——

瘦个子少年　（观察）蓝色幻影？蓝色幻影，蓝色幻影……（自语）我在哪儿听说过？（拍打自己的脑袋）瞧我这狗脑子猫脑子猪脑子大象脑子……怎么就想不起来呢？

大顺子　（喊）还给俺——（扑过来抢夺小木匣）

瘦个子少年　（一只手高高举起小木匣，念叨着）蓝色幻影蓝色幻影蓝色幻影……

　　　　　〔任凭大顺子怎么跳，都够不着那只小木匣……

　　　　　〔突然，一个穿着荧光黄运动服、戴着黑色红道的大头盔的人，踩着彩色赛格威车（两轮电动平衡车）冲过来，轻松地从瘦个子手里拿走了那只小木匣……

瘦个子少年　（惊讶）哎，你——

大顺子　哎哎，（伸手对戴头盔的人）给我，那是我的——

　　　　　〔戴头盔的人踩着赛格威车围着大顺子转圈……

大顺子　（不知所措地原地转圈）你，你干嘛？

瘦个子少年　（看着戴头盔的人，自语）噢，是你，没错！

　　　　　〔转身，悄然溜走，下。

　　　　　〔戴头盔的人踩着赛格威车围着大顺子继续转……

大顺子　（不解地）你，你要干嘛？

　　　　　〔戴头盔的人停住赛格威车，跳下来，不住地打量大顺子……

大顺子　你到底要干嘛？想欺负俺？别以为俺没见过你们城里人，到俺村支教的小宋老师，人家也是省城的，还去过大上海哪，见的世面不比你们多?! 可人家对俺们可好了，哪儿像你们，不搭理人，还老想霸占俺的标本！

　　　　　〔戴头盔的人伸手摸摸大顺子胸前斜挎的干粮袋……

大顺子　（警惕地推开对方的手）干嘛，想打架？（决然地摘下干粮袋和军挎包，又脱下外套，系在腰间，摆出一副摔跤决斗的架势）来吧，上！

　　　　　〔戴头盔的人把小木匣扔给了大顺子……

大顺子　（接过）对喽，这才像城里人的样子。

　　　　　〔戴头盔的人好奇地捡起干粮袋和军挎包，仔细地看着……

大顺子　（把小木匣放进军挎包里）说点正事吧，俺爸叫顾天发，听说过吗？盖大楼的……

　　　　　〔远处传来男子的喊声："蓝小姐，蓝小姐……蓝妮小姐！"

　　　　　〔戴头盔的人立刻紧张起来，眺望……

大顺子　（继续打听）你说，俺爸会不会就在这个工地上？

　　　　　〔戴头盔的人转身看看大顺子，突然摘下头盔——露出一条歪梳的不长的黑辫子，原来是个十三四岁的女孩儿。她面庞清秀，神情紧张……

大顺子　（惊讶）啊，你是个女的呀！

戴头盔的人　（边看着侧幕边说）只要你爸是盖楼房的，我就一定能替你找到——因为我爸也是盖楼房的。

大顺子　（兴奋地）那太好了，俺谢谢你啦！（郑重地一鞠躬，然后掏军挎包）俺让你看看俺的宝贝——蓝色幻影……（又掏干粮袋）要不你先尝一个狗头大枣，肉多，可甜了。俺奶奶说，只要俺大笑一次，就奖励俺一颗大枣……

　　　　　〔戴头盔的人敏捷地从大顺子腰间解下外套，穿在自己身上，又把大顺子的干粮袋和军挎包背在自己的肩头……

大顺子　(不解地)干嘛呀,这是?

　　　　[男子的喊声近了些:"蓝妮,蓝小姐——"

戴头盔的人　听见了吗? 我就是蓝妮,他们在追我。先借我用一下,用完就还。(嗵的一下把头盔戴在大顺子的头上)

大顺子　(急忙挣扎)喔,喔喔……

蓝　妮　别怕,登上去——(连拉带拽地把大顺子送上赛格威车)站稳了,过一会儿我来找你。

大顺子　追你的人是坏蛋?

蓝　妮　他们不是坏蛋,可也不是好人……

　　　　[男子的喊声更近了:"站住,蓝小姐——"

蓝　妮　快,快走——想往前,就身子向前;想往后,就身子靠后……
　　　　(推赛格威车)走——!

大顺子　(惊惶不安地)哎,哎哎……(随着赛格威走去,下)

　　　　[蓝妮用大顺子的外套蒙住头,拎着干粮袋和军挎包向工地脚手架走去……

　　　　[传来电喇叭声音:"站住,那是谁呀? 施工重地,闲人免进! 请你马上离开!"

　　　　[蓝妮已经不见了……

　　　　[瘦个子少年领着一个穿黑衣黑裤、戴黑眼镜的保镖追上。

　　　　[这个保镖手机不离身,只要有空儿就低头看手机。

瘦个子少年　嗨,怎么一会儿就不见人影儿了?

保　镖　我说面条,你没蒙我吧? (看手机)炸呀,你傻呀!

面条(瘦个子少年)　我不傻,亲眼看见的,戴着头盔,骑着赛格威……那儿!(指大顺子踩着赛格威下去的方向)蓝妮在那儿,头盔,赛格威车,没错,快追!(拽保镖欲追去)

保　镖　(视线从手机上抬起,发现工地的阶梯上)那是谁?

　　　　[蓝妮蒙着大顺子的外套,拎着干粮袋和军挎包正在上阶梯。

面　条　(看去)嗨,我见过,那是个乡下来的孩子,找他爸的。
　　　　你们家蓝妮能穿那么土吗? (拽保镖)快走吧!

　　　　[突然,侧幕传来一阵"哎哟哎哟"的叫声……

　　　　[面条和保镖回头看去——戴头盔的大顺子骑着赛格威,从另一侧前仰后合地上来,直冲面条和保镖……

保　镖　(赶紧上前扶住对方)蓝妮小姐——(习惯地低头看手机)

大顺子　(戴着头盔)哎哟,俺的娘耶,总算站住了……

保　镖　（感觉异样）嗯,你是?

面　条　（摘下对方的头盔,惊讶）啊,是你?

大顺子　（直抹头上的汗水）哎呀,闷死我了。

保　镖　你是谁?（对手机）啊,你怎么是小二呀?!

大顺子　俺不叫小二,叫大顺子,学名顾顺风。大叔,你认识俺爹顾……

保　镖　（不耐烦地打断）你戴的头盔和这辆车是哪儿来的?

大顺子　（打量对方）俺知道,你不是坏蛋,可也不是好人,所以,俺不告
　　　　诉你。

保　镖　（盯着大顺子,对面条）别愣着啦,刚才上梯子的就是蓝妮!（看
　　　　手机）真臭! 真臭!

　　　　〔面条快步奔向梯子……

大顺子　她一点儿都不臭!（抢先跑过去,拦阻面条）你不能抓她! 她答
　　　　应帮俺找俺爸!

面　条　（横眉竖目地）起开,别怪我对你不客气!

大顺子　你从来没对俺客气过!

　　　　〔面条伸手欲抓大顺子——

大顺子　（突然摆出一个马步蹲,高声大叫）嗨——头上的太阳亮堂堂,谁
　　　　敢胡作非为?!

面　条　（气短了）谁……胡作非为了?

大顺子　你——先是抢俺的标本,现在又要抓一个小姑娘,真不害羞!

保　镖　（走过来,一把抓住大顺子胳膊）你捣什么乱,我请我们家小姐回
　　　　家,关你啥事?! 一边呆着去!（看手机）

大顺子　"小姐"? 还丫环呢,你当这是在俺们村口戏台上唱大戏哪?

保　镖　（生气地）嘿,没想到哇,你这个乡下小屁孩儿还真成精了!（拽
　　　　着大顺子）跟我走!（对面条）拿上头盔和赛格威,上派出所报
　　　　案,就说这孩子偷我们家东西,人赃俱获,走!

大顺子　（跳起来）胡说,俺行得正坐得端,从来不拿任何人的东西! 就连
　　　　邻居矬二奶奶家树上的柿子掉进俺家院里,俺都一个不少地给
　　　　矬二奶奶送回去! 不信,你去问!

面　条　（讥笑地）啥矬二奶奶高二奶奶的,头盔是你戴的,赛格威是你骑
　　　　的,甭想抵赖!

大顺子　我没抵赖! 没抵赖! 你们欺负人!

保　镖　（拽着大顺子）走!（不忘看一眼手机）

　　　　〔蓝妮一声大喝:"放开他!"她走出,站在二层平台上。

蓝　妮　头盔和赛格威是我求他替我看着的,犯法吗?

保　镖　(仰望,无奈地松手)不犯法,蓝妮小姐。(低头看手机)

蓝　妮　谁是"小姐"? 讨厌!

保　镖　是。(看手机)真讨厌!

蓝　妮　(对着保镖)你敢骂我?!

保　镖　(放下手机)不不,我骂它哪……(顺便又看一眼手机)

蓝　妮　听我口令——立正,向后转,起步走!

保　镖　(走了几步,站住)不行啊,蓝小……啊,蓝妮,我是保镖,不能离
　　　　开你呀……

　　　　　[电喇叭再次响起:"那是谁呀? 马上下去,离开脚手架,离开工
　　　　地! 马上! 保安,保安,马上把这个小女孩儿扣起来!"

保　镖　(趾高气昂地对工地大叫)谁敢?! 瞎了眼啦? 知道她是谁吗?
　　　　她是总公司蓝董事长的千金!

　　　　　[果然,电喇叭不作声了。

保　镖　(得意地)且,打狗还得看主人呢,何况……

蓝　妮　你说谁是狗?!

保　镖　不不不,打主人还得看狗呢……也不对,打……嗨,甭管打谁,也
　　　　不能打你呀,呵呵呵……蓝董事长让我们马上送你回家。

蓝　妮　我爸在家吗? 在公司吗? 在饭店吗?

保　镖　(摇头)不在,出国了。(看一眼手机)

蓝　妮　(发飙地大叫)那我不回家不回家不回家,就不回家——

大顺子　(不解地走过去)你,你干嘛不回家呢?

蓝　妮　(情绪失控地)你管不着,谁都管不着,走开! 走开!

大顺子　(惊呆了,旁白)这是怎么了? 好不容易在城里找到她这么一个
　　　　好人,结果,她也有病……(对二层平台上的蓝妮)那你还帮俺找
　　　　俺爸吗?

蓝　妮　找你爸? 我还找不到自己的爸爸呢!(呜呜地大哭起来)

大顺子　(更吃惊了)啥,你也找不到你爸了?! 城里的小孩儿也跟俺们乡
　　　　下的小孩儿一样? 这,这是怎么回事呀?(奔向阶梯)蓝妮,你跟
　　　　我说说……

保　镖　(上前拦住大顺子)哎,不许靠近!(看手机)

大顺子　(忿忿地)干嘛,这是你家院子,还是你家炕头?

蓝　妮　(指保镖)你,回去!

保　镖　(指手机)回不去了,牌一出手就不能改……(发现)哦,不,跟着

你是我的工作,我不能回去。

蓝　妮　不回去就专心看手机,玩牌玩游戏,别抬头!

保　镖　(笑)谢谢蓝妮同学!(低头专心玩起手机来)

面　条　(凑近)嘿,你倒舒服。辛苦费呢?白替你盯着蓝妮呀!

　　　　〔保镖只顾玩手机没工夫搭理面条,走下。

面　条　哎哎,考考你,知道啥叫"蓝色幻影"吗?(随之追下)

蓝　妮　(指大顺子)小孩儿,上来!

大顺子　(边登阶梯边说)别叫我"小孩儿",我叫大顺子。你爸是丢了,还
　　　　是跟我爸一样,也出去盖楼房了?

蓝　妮　(诉苦)我爸他不是去北京谈判,就是到上海会见客户,要么就是
　　　　去新加坡,去伦敦,去纽约……反正不在家!我已经整整36天
　　　　零……(看手表)14小时……48分6秒没看见他了!记住,不是
　　　　我丢了爸爸,是爸爸丢了我,不要我了,整天只有爷爷陪着
　　　　我……(抽噎,哭泣)想念实在是太苦了,干脆,我把爸爸的照片
　　　　上传到微博、微信里,配上四个大字:"寻人启事",谁能替我找到
　　　　爸爸,奖励一万元!结果你猜怎么着?六百多个人瞎说找到我
　　　　爸爸了,都跟我要赏钱!吓得我赶紧刷屏……

大顺子　这算啥,俺都整整两年没看见俺爹了!两年啊,24个月,730
　　　　天——俺早就仔细算过了,这730天就是17520个小时哇!

蓝　妮　(惊讶)啊,那么长时间没见面?你爸也是董事长?

大顺子　(摇着头说)啥懂事,懂啥事呀!俺奶奶说,俺爹真不懂事,那么
　　　　长时间不回家……

蓝　妮　那么长时间不回家,不是董事长,就是董事局主席!

大顺子　甭管他懂事不懂事,反正,反正俺每天都使劲想他,使劲想……
　　　　俺只记得他的背影,宽宽的,厚厚的,上面总是沾着土,他的脸长
　　　　啥样,俺怎么都想不起来了啦!(大哭起来)

蓝　妮　对了,爸爸长什么样?我怎么也想不起来了?(打开手机寻找,
　　　　指)这儿呐!

大顺子　(看)啊,怎么都秃顶了?俺爸都老成这样了?(哭得更厉害了)

蓝　妮　(看)对不起,拿错了,这是爷爷。(再滑动屏幕)这才是爸爸!

大顺子　(注视屏幕)这是谁呀!糟啦,俺真不认识俺爸啦!(哭)

蓝　妮　这是我爸爸!

大顺子　哦……(感叹地)还是你幸福,能天天看看爸爸的照片,这就不会
　　　　忘了他长什么样了……

蓝　妮　(哭泣)人家的爸爸都在身边,我的爸爸只能在手机里!

大顺子　俺爸只能在俺的梦里呀!(唱)太阳总是掉进树林里/月亮总是浮在水塘里/大路总是伸进老山里/大河总是流进浓雾里/爸爸总是活在我的美梦里/妈妈总是活在我的眼泪里/哎呀呀/哎呀呀……

蓝　妮　好,太棒了,唱出了我的心里话!(对大顺子鼓掌)

　　　　〔突然,异样的声响,脚手架上方好像掉下了什么——

蓝　妮　(全然没发现,只是一个劲地给大顺子鼓掌)哎,你怎么不唱了,唱啊,接着唱!

　　　　〔大顺子仰头发现——

大顺子　(惊叫)不好,快走——(推蓝妮下阶梯)

　　　　〔哐啷一声响,掉下一根钢管,同时带下不少烟尘……

　　　　〔保镖和面条跑上,惊呆了——烟尘遮住了大顺子和蓝妮。

保　镖　和面条:(叫起来)天哪——!

　　　　〔切光,随之而起的是救护车急促的鸣笛声……

　　　　〔奇幻梦境之二——

　　　　〔全场灯暗,静谧。

　　　　〔一束奇异的光彩,引出一只巨大的熠熠闪光的蓝蝴蝶,翩翩飞舞……

　　　　〔大顺子站在追光中——

大顺子　哎,又是你,蓝蝴蝶!你真是俺标本匣子里的蓝蝴蝶吗?你真大呀!

　　　　〔画外音(蝴蝶,女声):呵呵呵,我不但会变,还知道你心里想什么……

大顺子　别糊弄人了,俺现在心里烦着呐!

　　　　〔画外音(蝴蝶,女声):没找着爸爸,又丢了一个刚刚认识的好朋友,而且,你还觉得挺对不起她的,是不是?

大顺子　是啊,俺怎么办呢?

　　　　〔画外音(蝴蝶,女声):既然是好朋友,那就不能丢!

大顺子　(思忖)对,不能丢!

　　　　〔切光。

第二幕

［蓝家，客厅一角，垂着一盏枝形吊灯。

［在法式双人沙发椅上躺着大顺子，他仿佛睡着了，头上贴着一块方形小纱布，脸上还留有灰尘，干粮袋和军挎包挂在沙发椅的扶手上。对面则有一高靠背法式单人沙发椅。两台沙发的后侧，是摆着电话机的专用茶几。

［令人越加烦躁的蝉鸣一阵高过一阵……

［面条悄然进来，低头弯腰，贼眉鼠眼地巡视……发现躺在双人沙发椅上大顺子，蹑手蹑脚地上前，伸手摸大顺子的军挎包，掏出了那个小木匣……

［突然，传来摔东西的声音，蝉鸣立即戛然而止，面条吓得赶紧钻进了双人沙发椅的底下——

［老者怨怨的喊叫声："你们都是干什么吃的?! 嗯? 居然连孩子在哪儿都不知道!"

［面条钻出沙发椅，企图爬出房间——

［正好，那个保镖推着坐在轮椅上的老者迎面而来……

［老者穿着中式麻布对襟衬衫，一手拿着拐杖，一手比画着……

［面条既不敢前行，又不敢后退，怔怔如泥塑……

老　者　（仰着头，神经质地训斥着，却不需要说话的对象）一分钟，两分钟，不，一分钟，就一分钟，我都不能见不到我的宝贝孙女小妮妮，（直面面条）这你们不知道吗? 嗯? （对面条）对不起，我有点健忘，一下子认不出你……（点头致歉）你贵姓?

　　　　　［面条惊呆了，不知如何是好……

保　镖　（嘴里回答老者，眼睛却盯着面条）是的，爷爷。（迅即将轮椅转向，让老者背对面条，他却低声质问面条）你胆子不小，竟敢进到蓝家偷东西……

面　条　（低声作揖求饶）我就是好奇，想看看这孩子的蓝色幻影……哎，你不知道蓝色幻影就是蝴蝶名品，特别值钱!

　　　　　［保镖发现在沙发椅上睡着的大顺子……

　　　　　［爷爷(老者)还在无对象地唠叨……

保　镖　(对面条)幸亏他有病……出去!

　　　　　［面条悄然溜下。

爷　爷　(对保镖)你敢让我出去?

保　镖　(急忙转过轮椅,不让爷爷看见溜下的面条)哪儿敢! 爷爷,您别
　　　　着急……

爷　爷　你当然不着急,因为蓝妮不是你的亲人! 可她是我亲孙女,我的
　　　　心尖儿呀! (心急如焚地坐下)废话少说,报告最新情况——

保　镖　最新情况我已经跟您说了六遍了,爷爷。

爷　爷　六遍,你说了那么多遍? 我记得你只说了一遍哪!

保　镖　关于蓝妮小姐的老情况,旧情况,您知道的情况就不用说了,
　　　　对吧?

爷　爷　(焦躁地)快说!

　　　　　［睡在双人沙发上的大顺子被惊得霍地站起来……

保　镖　您不知道的最新情况是这样的——没有。

爷　爷　(被这个笨蛋气得立即站起来,可又无话可说)出去!

保　镖　是。(转身欲去)

　　　　　［大顺子懵里懵懂也向外走去……

爷　爷　(喝叫)回来!

保　镖　(再转身)您说——

　　　　　［大顺子也转身回来……

　　　　　［爷爷张张口,无话……

　　　　　［电话铃声急促地响起……

爷　爷　(正好)接电话!

保　镖　(到茶几旁接电话)喂……知道了。(放下电话)爷爷,这是咱家
　　　　司机小张打来的……

爷　爷　(霍地站起来)找到蓝妮啦?

保　镖　(刚要说什么,电话铃声又响起,急接)喂……知道了。
　　　　(放下电话)爷爷,这是咱家保姆打来的……

爷　爷　(急切地)快说,我的小妮妮在哪家医院?

保　镖　(刚要说什么,电话铃声又响起,急接)喂……知道了。
　　　　(放下电话)爷爷这是咱家厨师打来的……

爷　爷　(直指保镖)不许接电话,说!

［果然，又响起电话铃声——

爷　　爷　（跑过去，抓起电话听筒）快说，小妮妮妮在哪儿？

　　　　　［电话声："请您把今天两部救护车的出车费交来……"

爷　　爷　（懊丧地把听筒塞给保镖）天哪！（又转身把保镖抓住）我求求
　　　　　你，快点说——刚才那三个电话都说什么了？蓝妮究竟在
　　　　　哪儿？！

保　　镖　他们把所有医院都找遍了，蓝妮小姐……没消息。

爷　　爷　怎么可能？！

大顺子　（与爷爷同时喊起来）怎么可能？！

爷　　爷　（这才发现大顺子）你，你是谁？（自己转动轮椅围着大顺子转了
　　　　　一圈）噢，想起来了，你是村西口刘木匠家的老疙瘩小五子，对不
　　　　　对？哎呀呀，我小时候，跟着你爬树偷枣吃，害得我吃撑了，拉
　　　　　稀……（笑）

大顺子　（不解地）爷爷，俺不叫小五子。您小的时候，俺还没出生呐！

保　　镖　爷爷，是他，他叫大顺子，就是他惹的祸！（对大顺子）没想到，你
　　　　　还敢闯到这儿来！说，你是怎么来的？

大顺子　在工地上，他们非要把俺抬上救护车。到了医院，大夫看俺没啥
　　　　　事，就给俺抹了点药水，（指头上的纱布）贴了这个就放俺走了。
　　　　　俺不知道蓝妮怎么样了，就到处找她。找着找着，就找到这儿
　　　　　了，有人说，这就是蓝妮的家。刚才，屋里没人，俺兴许是太累
　　　　　了，刚一坐下就睡着了。（歉意地）对不住了……

保　　镖　爷爷，是他偷了蓝妮的头盔和赛格威车……

大顺子　（气忿地）我没偷！

爷　　爷　（对保镖）偷了蓝妮的东西，那他为什么还敢来找蓝妮呢？

保　　镖　（旁白）他这会儿又明白了！（对爷爷）是他引诱蓝妮登上了脚手
　　　　　架的阶梯。

大顺子　（指斥保镖）难怪蓝妮说你不是好人！

爷　　爷　你是保镖，也在工地，为什么不拦着她呢？工地有工地的规矩，
　　　　　闲人免进！（盯着保镖）是因为你玩手机，耽误了正事吧？

保　　镖　（旁白）他越来越明白了！（转头）爷爷，您想，既然他和蓝妮都上
　　　　　了阶梯，怎么会他没事，蓝妮却找不到了呢？！

大顺子　蓝妮会真的找不到了吗？爷爷——

爷　　爷　（逼视大顺子）你为什么这么关心蓝妮？

保　　镖　对呀，他当然是没安好心呐！

大顺子　（忿忿地）你!

爷　爷　（又神经质了,对大顺子）既然你没安好心,那就跟你要我的小妮妮!

保　镖　对喽,爷爷,这就对了!

爷　爷　（正色对大顺子）把我的小妮妮交出来!

大顺子　爷爷,我还在找蓝妮呐!

爷　爷　你不交出我的小妮妮,那就把他交给警察!（对保镖）去,叫警察!

保　镖　是,爷爷。（对大顺子）你等着!（掏出手机,看着,下）

　　　　［大顺子默默地拿起干粮袋和军挎包,也欲走下——

爷　爷　站住,你不能走!（转动轮椅,直对大顺子）

大顺子　凭啥? 俺奶奶说过,如果碰见有人讨厌你,眼皮都不要眨一下,转头就走。

爷　爷　可你不能走——出事的时候我孙女和你在一起。现在,你没事,可我孙女不见了。这是怎么回事?

大顺子　俺不走,到你家门外边等着蓝妮。

爷　爷　不,是等警察!

大顺子　俺又没有把蓝妮藏起来,干嘛要等警察?!

爷　爷　我家的保镖可以作证,是你引诱蓝妮登上脚手架的阶梯的!

大顺子　俺奶奶说,这叫舌头根子压死人!

爷　爷　我没有那么大的舌头! 警察来了,你跟他说。

大顺子　俺跟警察说什么?

爷　爷　是呀,你跟警察说什么?（拍自己的脑袋）嘿,我怎么就想不起来了呢——让这孩子跟警察说什么?

大顺子　（试探地）不是您让俺留下来等警察的吗?

爷　爷　我? 没有哇。你是谁,等警察干什么?

大顺子　（发现）爷爷,原来……您真有病啊?

爷　爷　（发火）你才有病呐,出去! 出去!

大顺子　（拿起自己的东西欲走,转头看一眼爷爷）您别着急。俺奶奶说,雨再大也得出太阳,山再高也挡不住人走。您会好起来的,再见,爷爷。（走去）

爷　爷　（叫）站住——

大顺子　（怯生生地）您有事?

爷　爷　把你奶奶的话再说一遍——

大顺子　俺奶奶说，雨再大也得出太阳，山再高也挡不住人走。您会好起来的……

爷　爷　（端详着大顺子）这会儿……我好像看见了雨后的太阳……你真的不是小五子？（凝视着大顺子）

大顺子　我是大顺子。

爷　爷　（恍惚迷离地回忆）可你真像小五子，会疼人，会帮助人。小时候，我跟他上房顶，玩官兵抓贼。一不留神，我把他家的屋顶踩了个大窟窿，这下可惹大祸了！那会儿我爸爸刚死，我妈要是知道这事，非把她气死不可。我吓得不敢回家，直到下半夜还躲在羊圈里，藏在大绵羊的肚子底下。后来我姐把我找回去了，她说，小五子把自家的屋顶踩漏了，挨了他爸一顿痛打。第二天，我去看小五子，谢谢他替我顶罪，救了我。我问他挨打疼不疼，他捂着自己的屁股，笑着说，不疼不疼，就好比摔了个屁股墩！（抹眼泪）我当时就哗哗地流下了眼泪……

大顺子　（感动地）爷爷，您的发小真好。（伸手为爷爷拭泪）

爷　爷　（感叹地）什么叫好人？就是在别人最需要的时候，伸把手……

大顺子　俺奶奶也是这么说的。

爷　爷　那天，我上树掏了两个鹌鹑蛋给他生吃了。他高兴得忘了屁股疼，拍着手唱起来——（轻声唱民歌）"赵州桥，何人修/何人深山打石头/桥南修的什么庙/桥北盖的什么楼/多少蛟龙把水戏/多少狮子镇桥头……"

大顺子　（接着唱）"赵州桥，鲁班修/老君深山打石头/桥南修的关王庙/桥北盖的万祖楼/十二条蛟龙把水戏/二十四只狮子镇桥头……"

爷　爷　（继续唱）"何人就在两边站/何人提刀观春秋/何人推车桥上走/他把桥头轧道沟……"

大顺子　（接着唱）"周仓关平两边站/关圣人提刀观春秋/柴王推车桥上走/他桥头轧道沟……"

爷　爷　（大为感动，竟从轮椅上站起来，一把抱住了大顺子）大顺子，你就是我的好兄弟小五子！（再看看大顺子）小五子没有死，没有死！（紧紧地拥抱大顺子）
　　　　〔保镖走上，见状愣住了……

保　镖　哎，你——（上前拉开大顺子）干嘛抓住我们家爷爷不放手，你想干什么？

爷　爷　（推开保镖）他是我的好朋友！我的小妮妮呢，找到了吗？

保　镖　（摇头）没有任何消息……

爷　爷　（生气地杵着拐杖）快去给我找哇，上我这儿干什么？

保　镖　您不是说……把他，大顺子交给警察吗？

爷　爷　我没说，没说！（看着大顺子）我说过吗？

大顺子　您说过……可那就像俺奶奶有时候说梦话一样，不作数的。

爷　爷　（搂起大顺子）对对对，大顺子说得对！（对保镖）我要马上见到
　　　　我的小妮妮！

保　镖　是。（疑惑地下）

爷　爷　（仰天长叹）妮妮，我的小妮妮，你在哪儿呀！

　　　　［大顺子发出了啜泣声……

爷　爷　你怎么了，孩子？

大顺子　（哽咽地）蓝妮是俺进城看见的最好的好人——她答应帮俺找俺
　　　　爸……（哭泣）虽然不是俺让她上的脚手架，可俺对不起她，也对
　　　　不起爷爷你……（哭出了声）

爷　爷　（疑惑）对不起蓝妮，对不起我？

大顺子　出事的时候，俺正给她唱俺瞎编的歌。她特别喜欢，一个劲地鼓
　　　　掌。呼啦一声响，俺怕有事，就急忙推着蓝妮下梯子……（又抽
　　　　搭起来）

爷　爷　（拍拍大顺子）别哭，接着说——

大顺子　那会儿，俺突然想起俺的蓝蝴蝶标本在挎包里，俺奶奶给俺的狗
　　　　头大枣在干粮袋里（提起军挎包和干粮袋），赶忙又回到二层平
　　　　台去拿……等俺再下来，就没看见蓝妮……俺大声喊着，蓝妮，
　　　　蓝妮——可就是没人应。俺想，坏了，蓝妮也许砸着了……（狠
　　　　狠地扔下干粮袋和军挎包，哭）蓝妮，俺对不起你呀，把你一个人
　　　　撇下没管哪……爷爷，我不是个亮堂堂的男子汉哪！（哭得非常
　　　　伤心）

　　　　［爷爷跌坐在轮椅上……

大顺子　（抹一把眼泪）爷爷，我一定要找到蓝妮！（转身，弯腰去拿干粮
　　　　袋和军挎包）

　　　　［嘡的开门声，脸上有些灰尘的蓝妮快步走上——

蓝　妮　爷爷，爷爷，我回来了！

爷　爷　（惊喜地）蓝妮——哎哟，我的好孙女！（抱起蓝妮）你到哪儿去
　　　　了，害得爷爷像热锅上的蚂蚁！（掏出手绢，为孙女擦拭脸上的
　　　　灰尘）怎么样，伤着哪儿没有？

蓝　妮　爷爷,您没犯病吧?

爷　爷　(显示)你是我的宝贝孙女蓝妮,你爸爸叫蓝名博,是个挣钱不要
　　　　爹爹、也不要女儿的董事长——怎么样,还都记得清楚,没犯病
　　　　吧? 说说你,怎么就哪儿都找不到你呢?

蓝　妮　出事的时候,护士说,看见我跟土人一样,浑身只能看见我的白
　　　　眼球和牙齿,于是,就把我抬上了救护车。到了医院,医生检查
　　　　了半天,又透视又听诊,弯胳膊敲膝盖,实在麻烦! 干脆,我说,
　　　　大夫,甭检查了,我没砸着没碰着,一点事儿没有,不信,给你们
　　　　跳个街舞吧——(连唱带跳地)"你是我的小呀小苹果……"

爷　爷　(制止)那怎么找遍了医院所有的地方都不见你呢?

蓝　妮　跳完了街舞,我就赶紧去找大顺子了。可找了半天,还是没
　　　　找着!

爷　爷　(疑惑)你找他干嘛?

大顺子　(走过来)蓝妮,我在这儿!

蓝　妮　(发现,惊喜)大顺子,你在这儿哪?! 太好了!(热情地抱住大顺子)

大顺子　(羞涩地)哎哎哎,俺们乡下不兴这样……

蓝　妮　(嗔怪地)你去哪儿了,害得我满世界找你!

大顺子　俺也到处找你呀,医院楼里楼外,救护车前头后头,怎么就没碰
　　　　上呢?

蓝　妮　我跑遍了所有能去的地方,外科内科骨科神经科,门诊急诊特诊
　　　　住院部,见人就问,看见一个农村来的小男孩儿了吗?

大顺子　谁是小孩儿,俺是大人,奶奶说,俺都该顶门立户了!

蓝　妮　这回好了,总算看见你啥事没有地站在我跟前了!

大顺子　看不见你,俺心里跟针扎的一样难受……(低头)

蓝　妮　像针扎? 太夸张了,干嘛那么难受? 咱俩又不是谈恋爱。

大顺子　出事的时候,俺是推你下梯子了,可为了拿自己的东西,俺又撇
　　　　下你,自己返回了二层平台。对不起你呀(抹眼泪)!

蓝　妮　(诧异地)对不起我? 爷爷,大顺子是我的救命恩人啊!

爷　爷　和大顺子:(都愣住了)啊,救命恩人?

蓝　妮　他刚把我推下梯子,钢管就从脚手架上面砸下来了,正好砸在了
　　　　我原先站着的位置……、

爷　爷　(闭上眼睛)天哪,太悬啦!

大顺子　啊,俺怎么没看见?

蓝　妮　你推我下梯子的时候,是背对着二层平台,可我是正对着,看得

清清楚楚!

爷　爷　(对大顺子)可你还一直在内疚,不安!

大顺子　(对爷爷)反正,俺不该撇下蓝妮,自己又返回去……奶奶说过,
　　　　救人救到底,送人送到家。她是女孩儿,我是男的……(哭起来)

爷　爷　(重重地拍拍大顺子)大顺子,你是个好孩子,就像我那个发小,
　　　　好兄弟小五子!

蓝　妮　(从干粮袋里掏出一颗狗头大枣,举到大顺子面前)嗯?

大顺子　干嘛?

蓝　妮　你奶奶不是说,只要你大笑一次,就奖励一颗大枣吗? 笑!
　　　　〔大顺子破涕为笑……
　　　　〔蓝妮和爷爷也笑了……

大顺子　(拿出大枣给蓝妮和爷爷)俺对不起奶奶,本来说去县城找俺爸,
　　　　一个星期就回家。可现在到了省城,都十多天了,还没找到俺
　　　　爸。(挎上军挎包和干粮袋)俺得赶紧一个工地一个工地地去
　　　　找,奶奶一定不放心了……(向爷爷鞠躬)谢谢爷爷和蓝妮,俺
　　　　走了。

蓝　妮　别走! 我答应帮你找爸爸,就一定要找到。爷爷,他爸是盖楼房
　　　　的,叫……(问大顺子)

大顺子　顾天发,农民工。

爷　爷　顾天发……(对蓝妮)你爸手下有好几个建筑公司,查一查,会找
　　　　到的。

蓝　妮　我老也见不到爸爸,他根本就不要我了,上哪儿去找他?

爷　爷　好,我给你爸爸打个电话,不管他在哪儿,都得马上回来!(欲拿
　　　　起电话)
　　　　〔保镖走上。

保　镖　爷爷,有个电话非要您来接,说是蓝董有事……
　　　　〔电话铃声响起……

蓝　妮　噢,(迫不及待地)爸爸可来电话了,我接——

保　镖　(抢先拿起话筒)是给爷爷的电话——(将话筒递给爷爷)

蓝　妮　(按动电话机键)免提,大家都能说话。
　　　　〔电话声传出——

爷　爷　(拿起电话)喂,是名博吗?

电话声(男声)　你是蓝董事长的父亲吧?

爷　爷　您是哪位?

电话声　蓝董事长被绑架了，就在我们这里。

爷　爷　（霍地站起来）什么，被绑架？（转而一笑）他昨天就去巴黎了，莫非你们在巴黎？

电话声　（笑）蓝董事长一进候机楼，就被我们带走啦！

爷　爷　（紧张）你究竟是谁？想干什么？

电话声　蓝董事长拖欠工人工资1000万，三天之内必须如数偿还，否则，他就没有好下场！

爷　爷　请留下尊姓大名——

电话声　我们头儿叫——顾天发！（啪地挂断电话）

爷　爷　（不解地）顾天发？（看孙女）

蓝　妮　（惊诧地看着大顺子）顾天发——你爸爸？

大顺子　（惊呆了）顾天发，绑架？胡扯——那不是俺爸！

保　镖　（掏出一张六寸照片给大顺子看）这是谁？

大顺子　（惊讶地）这是俺爸呀！

保　镖　（指着照片，对爷爷和蓝妮）我已经查过了，就是这个农民工，他是总公司下属一家建筑公司的，名字叫顾天发！

爷爷、蓝妮　啊？

大顺子　（怒叫）不对，俺爸是好人！（一把抢过保镖手中的照片）

保　镖　（对爷爷低声）我看，先把赎金准备出来吧，救人要紧！

大顺子　（大声宣告）俺爸是好人！

　　　　［切光。

　　　　［奇幻梦境之三——

　　　　［全场灯暗，静谧。

　　　　［一束奇异的光彩，引出一只巨大的熠熠闪光的蓝蝴蝶，翩翩飞舞……

　　　　［大顺子站在追光中——

大顺子　（焦躁地来回走动）俺发火了，真的发火了！（站住）可是，俺也害怕了，爸爸会不会喝醉了，糊涂了，干出了……（缓缓蹲下）

　　　　［画外音（蝴蝶，女声）：相信自己的爸爸，你小时候，他就用他那宽宽厚厚的肩膀把你扛起来……

大顺子　（紧接）那时候，俺就像坐在一座山的山顶，高高的，美美的，敞亮亮的，好像伸手就能摸着天！

　　　　［画外音（蝴蝶，女声）：相信他！

大顺子　相信他！

第三幕

[此时正是夕阳西下的时刻,霞光把整个舞台抹上了一层玫瑰色……

[这是穿过城市的江岸,对面,可见高楼大厦的身影;岸边的栏杆横在舞台的正后方;远处,可见大桥飞架两岸。

[不时响起汽笛声,灯火通明的游轮缓缓驶过……

[斜挎着军挎包和干粮袋的大顺子茫然走上……

[一个穿荧光橘红色工装的清洁工,把工具放在灯柱旁,掏出口琴吹奏起《祝你一路平安》……

[大顺子倚着灯柱坐下,望着霞光和灯影,自言自语——

大顺子　奶奶呀奶奶,原本想找不到俺爸就赶紧回家,免得让你为俺揪心着急。可现在,俺绝对不能走了,必须弄明白,俺爸怎么就牵扯上绑架,而且还是绑架蓝妮的爸爸了呢?(捶大腿)这是怎么啦,怎么啦,俺亮堂堂的大顺子怎么就一下子背上了这么一口大黑锅哪!(抹一把眼泪,从衣兜里掏出那张照片,凝视着)爸爸呀爸爸,想起你那宽宽厚厚的肩膀,俺不信,俺就是不信你会干坏事!不信!可俺到哪儿去查证呢?只有亲眼看见爸爸才能……

[那个清洁工边吹口琴边走近大顺子身边,围着他观看。

大顺子　(瞥一眼清洁工,心情烦躁地)怎么人们都爱转着圈儿地瞧俺……俺怎么啦,三头六臂呀,真是!(起身,使劲拍土)

[吹口琴的清洁工盯着大顺子手中的照片……

大顺子　(敏感地将照片揣进衣兜)看啥?看到眼里拔不出来!

(赌气似地走到一边)

[传来蓝妮的喊声,从远及近:“大顺子,大顺子——”

大顺子　(张望着)蓝妮?(躲开,对观众)俺不想见她。见了她说啥?说她爸?说俺爸?没法说!(一跺脚走开)

[蓝妮的喊声:“大顺子,大顺子!”

大顺子　(看不到对方从哪里过来,不知往哪儿躲)怪了,她在哪儿呐?

(倒退到江边,倚着栏杆)怎么看不见她的人影?

[一条白色小游艇驶过来,蓝妮从游艇上跳到栏杆旁,在大顺子身后搂住他的脖子——

蓝　妮　抓住我——

大顺子　(发现)你——(扶着蓝妮跨过栏杆)也不怕掉江里!

蓝　妮　(嗔怪地)你跑什么?

大顺子　俺去找俺爸……

蓝　妮　(抓住对方的手臂)马上跟我走,到派出所去报案。

大顺子　(抽出自己的手臂)你们不是打电话报案了吗?

蓝　妮　警察叔叔让我们去面谈,提供尽可能详细的情况。走,你也把你爸爸的情况跟警察叔叔说说……

大顺子　(立即光火,瞪大眼睛)俺爸不是坏人,俺爸不是绑匪!

蓝　妮　我和爷爷都非常非常相信你,你是好人!

大顺子　俺好,俺是跟俺爸学的! 他是俺村有名的石头蛋子,对谁都实心实意,没有第二个心眼儿。他怎么可能是坏人?! 那年,他给俺们村孤老头瞎六爷家修窗户,只听咔嚓一声,房梁折了,俺爸跳过去,硬是用肩膀扛住了坠下来的半截房梁,一扛就是半个时辰……你说,这样的人能去绑架吗?

蓝　妮　可那电话里说的就是你爸的名字,照片你也认出来了,就是你爸呀!

大顺子　编瞎话还不容易,张嘴就来。那天在工地上,你家那个保镖非说俺偷了你的头盔,你的车,还说要送俺去派出所。有没有这回事?

蓝　妮　既然你那么相信你爸爸,就跟我去派出所说明白嘛。

大顺子　俺奶奶说,身正不怕影子斜。没有见不得人的事,有什么可说的? 俺不去。(甩手走开)

蓝　妮　(追上)万一,我说的是万一,公司拖欠了你爸他们的工资,你爸他们会不会……

大顺子　俺突然想起来了……

蓝　妮　说,说出来——

大顺子　今年快过春节的时候,俺爸给家里来了一封信,就写了一句话——老板说工资一时半会发不下来,过年俺就先不回去了。

蓝　妮　是啊,工资发不下来,他们就……

大顺子　(截住话茬)俺奶奶说过,凡事先要问一句盐从哪儿咸,醋从哪儿酸——俺是小孩儿,俺就不明白,一年到头,整天累得直不起腰来,大楼房盖起来了,凭什么不给工钱?

蓝　妮　(回答不出来)是啊,凭什么不给人家工钱……(转而一想)不对,有理讲理,就算一时半会发不下工钱,那就耐心等待,你爸他们也不应该绑架呀!

大顺子　(怒叫)俺爸没绑架! 你爸凭什么赖账不给工人工资?

蓝　妮　我爸从来不干缺德事,绝对不会赖账不给工人工资!

大顺子　你整天连你爸的影子都见不着,怎么敢替他打包票!

蓝　妮　你有两年没看见你爸,怎么能保证你爸没干坏事?!

大顺子　(气愤填膺)你!

蓝　妮　(同时)你!

大顺子　从今儿起,俺不认识你!

蓝　妮　我也不认识你!(说罢,翻过栏杆,跳上白色的小游艇)走!

　　　　〔呜的一声,小游艇开走……

　　　　〔面条悄然走上,盯着大顺子……

大顺子　(抹一把脸,呜咽了一下)不明白……不明白,俺就是不明白!

　　　　(昂头吼起歌来)

　　　　　　俺不想明白谁把太阳举起来

　　　　　　俺不想明白谁把月亮拽下来

　　　　　　俺就想弄明白,弄明白——

　　　　　　大人们干事怎么这么奇了怪

　　　　　　吃完包子说没钱叫缺德耍赖

　　　　　　干完活不给钱叫耐心等待

　　　　　　大楼高高一层一层插进白云彩

　　　　　　谁知道盖到最高层的工人怎么走下来

　　　　　　大楼闪闪玻璃墙照得人眼睛睁不开

　　　　　　谁知道没领到工钱的工人不敢回家来

　　　　　　爸爸呀爸爸你可得耐心等待

　　　　　　等俺当了老板不吃不喝不穿不戴

　　　　　　先把你们的工钱一子儿不少地发下来

　　　　　　那才叫太阳当头照公道买卖!

　　　　(白)爸爸,爸爸,俺一定要找到你——(走去)

　　　　〔面条急上,迎面拦住大顺子——

面　条　(嬉皮笑脸地)啊哈,大顺子,我可找到你了!(观察对方)

大顺子　俺有急事,躲开。(欲走)

面　条　(左右拦堵)知道,你要找爸爸,对不对?

大顺子　那就别挡道儿了……(欲走)

面　条　(做亲切状)听哥哥我跟你说最最最要紧的事!

大顺子　(警惕地)干嘛? 又想拿俺的标本匣子? 没门儿!(欲走)

面　条　(亲密地搂起大顺子)你绝对不能走……

大顺子　(反感地推开对方,又摆出马步蹲,大喝一声)嗨——头上的太阳亮堂堂,谁敢胡作非为?!

面　条　(不屑地)又来了,你吓唬谁呀?

　　　　〔大顺子突然一点面条的后脖子——

面　条　(叫起来)喔……(站在原地不能动弹)这是怎么了?

大顺子　这是俺奶奶的真传,让你尝尝啥叫麻筋!(得意地)人有 108 个大穴位,其中有 36 个死穴。(背诵口诀)"百会倒在地,尾闾不还乡,太阳和哑门,必定见阎王!"你想试试?

面　条　(求饶)不不不,快给我解开……

大顺子　(轻轻一点对方)不许再欺负俺了!(欲走)

面　条　(恢复)哪能啊……哎,大顺子,别走哇!

　　　　〔大顺子头也不回地走去……

面　条　(突然大叫一声)我知道你爸在哪儿!

　　　　〔大顺子立刻站住了——

大顺子　你骗俺?(直视对方)

面　条　我不骗你。

大顺子　俺爸在哪儿?

面　条　有人让我告诉你,他会带你去的。

大顺子　谁?

面　条　见面就知道了,他让你在这儿等他。

　　　　〔大顺子愣住了……

　　　　〔不远处,那个清洁工吹着口琴,慢悠悠地走过来……

大顺子　(思忖片刻)俺不信!(欲走)

面　条　大顺子,别害怕,有哥陪着你呐!

大顺子　你干嘛对我这么好? 俺奶奶给俺讲过,老虎化装成胖姥姥,溜进家门吃小孩儿的故事……

面　条　别老是"俺奶奶俺奶奶"的,听哥哥我跟你说句最贴心最值钱的话——这回,你就是找着了你爸爸,他还得离开你。

大顺子　不,俺再也不让他离开奶奶和俺了!

面　条　想想,你爸当初为啥非得出去打工不可呢?

大顺子　俺奶奶说过,俺家穷,穷得连俺妈都丢下俺家,她自个儿跑了……
　　　　(抹眼泪)

面　条　对呀! 你家里要是有钱,你爸就不用离家去打工了,那你就可以
　　　　天天都能看见你爸对不对?

大顺子　(疑惑地)你到底想跟俺说什么?

面　条　(突然掏出那只标本木匣)这就是钱,能让你爸永远不再离开你!

大顺子　(惊讶)啊,你偷了俺的标本? 还给俺! (抢)

面　条　(躲开)我不是偷,是给行家看看,打听打听……
　　　　〔两人争抢……

大顺子　(跳着脚争夺)你给俺——

面　条　(摁住对方)听哥跟你说——知道吗? 蝴蝶标本里的一流就是蓝
　　　　色幻影;蓝色幻影里的极品就是……

大顺子　(截过话茬)不用你瞎吹,俺们小宋老师早就告诉俺了,俺这是蓝
　　　　色幻影里的最棒的,名字叫光明女神!

面　条　(惊异地)行啊,你个乡下小屁孩还真是行家呀! 可你知道它值
　　　　多少钱吗?

大顺子　不管值多少钱,你还给俺! (再抢)

面　条　(拿着标本,边躲边说)竖起耳朵听着——放到拍卖行里,能卖 38
　　　　万,38 万呐!

大顺子　(边抢边喊)这是小宋老师帮俺做的,给多少钱俺也不能卖——
　　　　俺不能把小宋老师卖了!

面　条　别犯傻,别死心眼,哥是为你好……当然,哥也不白忙乎,也赚点
　　　　儿小钱,咱俩半儿劈,一人 19 万,这是多好的事! 你爸再也不会
　　　　撇下你和你奶奶外出打工了,对不对?

大顺子　(不再争抢,翻翻白眼)不骗俺,真的? 怎么个卖法?

面　条　(笑,点头,凑近)哎,大顺子,这样,你就真的大顺特顺了! 怎么
　　　　卖,怎么换成真金白银,这你都甭管,有哥哥我跑腿,你就睛好
　　　　吧! 就怕到时候数钱数得你手指头都长膙子了……(笑)
　　　　〔大顺子突然一把抢过标本就跑……

面　条　(惊愕)哎,你,你给我站住! (追)

大顺子　(转圈,边跑边回头)这是俺的梦,俺不卖!

面　条　(喊)大顺子,你听我说……

〔侧面走来一位老太太,打着四川山区人的包头,土造毛蓝布大襟上衣,挎着细绳拴着的大竹筐,低着头,一步步走来……

　　　〔面条追扑着,撞上了包头老太太——

　　　〔哗啦啦,包头老太太倒地的刹那,从大竹筐里撒出许多饮料瓶子……那老太太翻身急忙捡拾散落在地上的瓶子。

面　条　(头也不回地)怎么睁眼睛往人身上撞呐?!

　　　〔大顺子跑过来——

大顺子　哎哟,老奶奶,摔坏了没有?(欲扶起包头老太太)

面　条　(制止)别扶,小心碰瓷!

大顺子　(捡地上的瓶子)没有瓷的,都是塑料的。(扶起包头老太太)

面　条　(跑过来,拽开大顺子)躲开! 她讹你怎么办?

大顺子　(警惕地)你甭想要俺的蓝色幻影!

　　　〔包头老太太发现,直指面条,呜呜地叫起来——

面　条　(定睛一看)啊,外婆——

　　　〔外婆(包头老太太)好像很随意地抹了一下眼泪,然后露出笑容,向面条比划着哑语……

大顺子　哦,你外婆是聋哑人?

面　条　(非常兴奋地向外婆比划哑语)啊,真的?

　　　〔外婆笑着点头,继续比划着哑语……

面　条　(喜气洋洋地比划哑语)加上这些塑料瓶就正好够了? 好好,太好了!(亲一下外婆,比划哑语)您真是个好老太婆!(弯腰欲捡起塑料瓶)

　　　〔外婆制止面条,自己熟练地将撒在地上的塑料瓶捡起来……见到大顺子帮着捡塑料瓶,先以为他是要据为己有,欲上前夺回……发现大顺子将塑料瓶扔进自己的大竹筐里,也就罢手了……

面　条　(笑了)外婆,这个孩子傻着呐,不会抢你的瓶子的。

　　　〔外婆笑了,拍拍大顺子的肩头,示意面条前行。

大顺子　(对面条)好像你外婆要带你去买东西?

面　条　(眉飞色舞地)盼了一年多的iphone-6s,终于就要到手了!(跳起来)

大顺子　啥叫"爱疯"?

面　条　真土! iphone-6s就是苹果手机,得6385块呐!

大顺子　天哪,太贵了!

面　条　外婆给我攒了一年多……

大顺子　就靠捡塑料瓶？

面　条　我外婆就爱捡塑料瓶，这不，就差最后的 15 块钱，这一筐瓶子正好凑齐！外婆，(比划着)走起！(拿起细绳,把大竹筐挎在外婆的肩头上,自己甩着两只空手,笑眯眯地)等会儿让你看看咱倍儿新的 iphone-6s！

　　　　[大顺子看呆了——面条轻松地走着,一旁的外婆背着大竹筐,一步一步地紧跟……

大顺子　面条,你怎么不背筐？

面　条　(嬉笑着)外婆从小就背筐,背了六七十年了,不背肩膀痒痒！呵呵呵……(跳着笑着,走去)

大顺子　(实在看不下去了,忿忿地喊起来)面条,你是猪,是狗,是狼,你不是东西！

面　条　(惊诧地回头)你……骂我？哦,我没忘,找人拍卖你那个蓝色幻影,没问题,等着我,就在这儿,买了 iphone-6s,我立马回来找你。

大顺子　(上前一步,对着面条,往地上狠狠地吐了一口)呸！

面　条　(奇怪地)嘿,你这熊孩子,蓝色幻影你拿回去了,我没招你惹你呀,怎么骂人呐？

大顺子　你外婆这么大岁数,你怎么忍心……

面　条　咸吃萝卜淡操心,你管得着吗？哥哥我今儿心情好,不跟你计较,老老实实等着我！(转身走去)

　　　　[外婆回头招呼面条,从大襟上衣侧面托出一块小毛巾,给面条擦拭汗水,不料,带出一封信,掉在地上……

　　　　[面条捡起信件,打开,看——

　　　　[外婆比划着——这是上午收到的……

　　　　[面条看着看着……变得呆若木鸡,两眼离开信纸,茫然地看着外婆……

　　　　[外婆只是爱怜地抚摸着外孙子……

大顺子　(发现,诧异)怎么了,面条？

面　条　(低声)先是我爸不要我,让我找我妈。现在,连我妈也不要我了,让我找我爸……(突然爆发)他们离婚了,自由了,可我没人要了！

　　　　[江面上传来游轮的汽笛声……

　　　　[外婆为面条擦拭泪水……

大顺子　(同情地)面条……

面　条　（哭泣着蹲下）我，我……成了有爹有妈的孤儿啦……

　　　　〔外婆自己拭泪……

面　条　（霍地站起来）我是多余的，多余的！（转身跑向江边的栏杆，抬腿跨越）

大顺子　面条，你要干嘛？（奔过去，一把抓住面条）下面是江水，可深啦！

　　　　〔外婆惊呆了，只是站在那里浑身颤抖……

面　条　（对大顺子）你还有梦，还能在梦里看见爸爸。可我，连梦都没有啦！（欲跳江）

大顺子　你还有爱你疼你的姥姥！你要是死了，姥姥怎么办？

　　　　〔外婆奔过来，抓住面条，哭泣……

面　条　外婆，我妈我爸干嘛要生我呀！（伏在外婆的怀里哭泣）

　　　　〔外婆与外孙抱头痛哭……

面　条　外婆，我真的不想活了！

大顺子　（大叫）面条，你听好了——只要你好好的，（从军挎包里掏出标本木匣）这个蓝色幻影——俺送给你了！

面　条　（抬头）啊，你这个标本真值 38 万呐……

大顺子　俺奶奶说，世上，最金贵的就是人命。别说 38 万，100 万也抵不上一条人命！（递上标本木匣）给你！

面　条　（抱着标本木匣，退回那条迈过栏杆腿，凝视着大顺子）没想到，世界上，除了外婆，还有你把我当人看！（把标本木匣还给大顺子）有你这句话，我不死了……外婆！（搂着外婆呜呜地哭了）

大顺子　（把标本木匣再次塞给面条）俺不是骗你，是真心的！
　　　　因为俺知道看不见爸妈的苦处……（抹一把眼泪）

面　条　就是为了你的真心——我今儿才明白，什么叫真情无价。
　　　　（紧紧地拥抱大顺子）

大顺子　（挣扎地推开对方）哎哟，你都快憋死俺了！

　　　　〔保镖拿着手机，边走边看……

保　镖　（头也不抬）面条——

面　条　（对大顺子）带你去找你爸的人来了——

大顺子　（对保镖，反感地）你？!

保　镖　（看一眼大顺子）走吧！（转身就走，还是在看手机）

大顺子　（对保镖）俺爸在哪儿？

保　镖　（还是不抬头）我领你去。

　　　　〔大顺子犹豫着，向保镖走去……

面　条　（突然喊）大顺子——（走上前）哥陪你去！

保　镖　（瞪一眼面条）我可不知道你爸爸在哪儿。

　　　　〔面条不但没退却，反而一手搂住了大顺子的肩头，直视保镖。

保　镖　（不怀好意地）好好，买一个饶一个，那就走吧！（走去）

面　条　（比划哑语）外婆，您先回家，我很快就回来。（走去）

　　　　〔外婆摇头，执意地跟上外孙……

　　　　〔那个清洁工走过来，迎着保镖，慢悠悠地吹着口琴……

　　　　〔保镖抬头一看清洁工，愣住了……立即掏出墨镜戴上。拉着大顺子的手，匆匆走去……

清洁工　（大步跨上前）请留步——

保　镖　干嘛？

清洁工　（对大顺子）孩子，你是顾天发的儿子？

大顺子　您认识俺爸？

清洁工　我曾经是你爸的工友，去年都在一个建筑队里干活。（对保镖）黄老板，还记得我吧？你原本是我们队里的工头，经常拖欠工人们的工资。去年夏天我干脆不干了，当上了清洁工。

大顺子　那俺爸呢？

清洁工　听说你爸为了讨要工人工资，整天在跟老板谈判呐。

大顺子　（急切地）在哪儿？叔叔，赶紧告诉俺！

清洁工　这我不知道。

保　镖　不知道瞎扯什么呀？我告诉你，顾天发把蓝董事长绑架了！

大顺子　（立即反驳）不可能，俺爸是好人！

清洁工　噢？？

保　镖　（对大顺子）还想不想见你爸爸？快走！（拽大顺子）

清洁工　（一把拽回大顺子）别走——（逼视保镖）怎么能让一个孩子掺和绑架的事？你安得什么心？（掏出手机）除了警察，谁都没权力指使这个孩子！（打电话）

保　镖　（对大顺子）想见你爸就跟我走，不想见拉倒。（悻悻走下）

大顺子　（对清洁工）叔叔，俺只有见到爸爸才能安心呀！（鞠躬，转身向保镖走的方向追去，下）

面　条　大顺子！（欲追去）

　　　　〔外婆抓住面条……

清洁工　（拦住面条）孩子，你赶紧去派出所，我去跟着他们。

　　　　（急下）

[一声汽笛声,那艘白色小游艇又开过来了,蓝妮站在船头高声喊着——

蓝　妮　爷爷,爷爷!（向两岸张望,寻找）

面　条　（跑到栏杆前）蓝妮,你爷爷怎么了?

蓝　妮　不好啦,我爷爷不见了! 保险柜被打开了,里面的小皮箱也不见了!

面　条　啊——

[切光。仍传来蓝妮的喊声:"爷爷,爷爷……"

[奇幻梦境之四——

[全场灯暗,静谧。

[一束奇异的光彩,引出一只巨大的熠熠闪光的蓝蝴蝶,翩翩飞舞……

[大顺子站在追光中——

大顺子　（疑惑地）俺是不是……不该跟这个姓黄的保镖走? 俺心里有点害怕……

[画外音（蝴蝶,女声）:你很勇敢,为了爸爸的荣誉,也为了自己的荣誉,非要找出真相不可。

大顺子　俺爱俺爸……害怕也值!

[画外音（蝴蝶,女声）:值。

大顺子　（对蓝蝴蝶）你好像总能说出俺最希望的事……

[画外音（蝴蝶,女声）:呵呵呵,我就是你的梦啊!

大顺子　没错,一个美梦……

[切光。

第四幕

[从深夜到黎明时分。

[江海交汇的沙洲,近处,几簇芦苇护卫着一片沙洲;远处,依稀可辨的是城市的点点灯光,几乎与夜幕上稀疏的星斗混成一片。

[明朗的半月映照,蓬松的芦花摇曳着,加上不时传来的沙鸥叫

声,隐约可以听见的潮水声,使这个沙洲益发显得寂静而又神秘。

[保镖打着手电,疾步走上,不时地看着手机,不时地巡视四周⋯⋯

保　镖　(一摆手,喝令)下船。(继续快步走动)

[传来大顺子的喊声:"嘿,保镖,慢点,俺跟不上!"

保　镖　(回头,厉声)住口! 叫我"黄老板"。(不等对方回答)站住,我不让你动就别动!

[侧幕,大顺子声音:"为啥?!"

保　镖　(回头低声)绑匪可不客气呀⋯⋯

[侧幕,大顺子声:"你怎么能进去?"

保　镖　我去找你爸爸顾天发呀!(下)

[从芦苇深处,一辆轮椅被推出,上面的人蒙着头,腿部盖着毛毯⋯⋯

[大顺子不顾一切地冲上来——

大顺子　这是谁⋯⋯是俺爸?(跑到轮椅边)爸爸——俺是你儿大顺子呀!

[轮椅上的人没有丝毫反应⋯⋯

大顺子　爸爸,爸爸——(猛地揭下蒙头的黑布,惊讶)啊——

[轮椅上坐着的是爷爷,他歪着脑袋,闭着眼睛⋯⋯

大顺子　(惊诧)爷爷,爷爷,您怎么啦?

[芦苇深处传出保镖的声音:"他没怎么,只是睡着了。替他拿起轮椅上的手杖——"

大顺子　(拿起别在轮椅侧面的手杖,继续呼唤)爷爷,别睡呀,这小岛上太凉⋯⋯(推着酣睡的爷爷)

[一根很长的手机拍照杆从芦苇深处伸出来,对准大顺子和轮椅上的爷爷,闪光灯一亮⋯⋯

大顺子　(一惊)谁?!(向四周看去)

[潮水声,沙鸥叫声⋯⋯

大顺子　咦,保镖呢?(寻找)黄老板,黄老板——俺爸呢? 你不是带俺找俺爸吗?

[依然无人回答。

大顺子　(自语)骗人? 俺上当了?(焦急地喊)爸,你究竟在哪儿呀?! 爸爸,爸爸——

爷　爷　（被喊醒了）哎，名博，我在这儿！（睁大眼睛，四下望去）

大顺子　（看见）您醒了……（走近轮椅）爷爷，您怎么到这儿来了？

爷　爷　（懵懂地）名博？（搂住对方）孩子，爸爸终于看见你了！

大顺子　（盯着他）俺不叫名博……

爷　爷　（按照自己的思路）难道真的是时光倒流了，名博，你又回到了上初中的样子……

大顺子　爷爷，俺是大顺子！

爷　爷　（拍拍自己的前额，笑了）呵呵呵，瞧我这脑子，又看错了，你是村西口刘木匠家的老疙瘩小五子，哪儿能是名博呀！名博四十四岁了，我那宝贝孙女小妮妮都十四了……（突然清楚了一些）哎，名博呢？ 你们不是说领我来看我的儿子蓝名博吗？ 他在哪儿？

大顺子　爷爷，大概咱们都被骗了！

爷　爷　（看看自己的周围）我没有被别人欺骗。把我骗到这儿的只能是你！

大顺子　（惊讶）俺?!

爷　爷　我身边没有别人，只有你呀！

大顺子　（无奈地顿足）怎么会是俺呢?! 俺也是被你家那个保镖，姓黄的骗来的呀！

爷　爷　快点交出我儿子蓝名博！

大顺子　你又犯病了，俺到哪儿说理去呀！（急得挥着手杖转圈）

　　　　〔蓝妮的喊声："你要干什么?"急跑上——

蓝　妮　（夺过大顺子手中的手杖）你还敢打我爷爷?!

大顺子　俺没有！ 是你家的那个保镖，老黄骗人……

蓝　妮　爷爷！ 可看见你了！

爷　爷　哟，我的宝贝孙女！

　　　　〔保镖急上。

保　镖　蓝妮，看见了吧，听见了吧? 上传的照片没有骗人——（打开自己的手机给蓝妮看）

　　　　〔天幕上映现出照片：大顺子握着手杖站在轮椅旁边，仿佛是在看守坐在轮椅上歪头睡着的爷爷……

蓝　妮　（掏衣兜）我的手机……（对保镖伸手）我一上岛你就把我的手机拿走了——

保　镖　噢，对对……（掏出手机给蓝妮）我是怕被劫匪收走……

蓝　妮　（看手机）哎，也有这张照片！

保　镖　(指着大顺子)他们就是用这个办法要挟家属,不仅蓝董事长被绑架,连蓝董的父亲,你的爷爷也被扣住了,好让咱们乖乖地交赎金。

蓝　妮　(对大顺子)我真没想到,你这么会演戏,骗得了我和爷爷的极大信任,还把我爷爷押到这儿来,配合你爸爸绑架、讹诈我爸爸!

大顺子　胡扯! 胡扯! 胡扯!

蓝　妮　那你干嘛到这儿来?

大顺子　俺找俺爸!

蓝　妮　你是来帮你爸绑架的!

大顺子　俺爸绝不会干出那种下三滥的事!

蓝　妮　因为你们家最需要的是钱!

大顺子　闭嘴!俺这次从家里走出来,一下子才明白,俺和俺爸,还有俺们农民工,最需要的是——把人当人看!

　　　　〔蓝妮愣住了,保镖瞪着眼睛,只有爷爷使劲鼓掌……

爷　爷　(继续鼓掌)大顺子说到爷爷心眼儿里去了!

蓝　妮　(不解)爷爷?

大顺子　爷爷,你又明白过来了?

爷　爷　(对蓝妮)三十九年前,我从农村考上了大专,进了城。可是,好长时间,我觉得自己在有些人眼里还是低人一等。农民怎么了?现在城里人的爷爷,爷爷的爷爷,从根儿上说,都是农民啊!

大顺子　爷爷,您告诉蓝妮,是俺把您带到这个小岛上来的吗?

爷　爷　你? 呵呵呵……你连这座城市的东西南北都弄不清楚,还能带我到这很远的沙洲上来?!

蓝　妮　那是谁把您带来的?

爷　爷　(回头看一眼)是……

保　镖　(喝令)闭嘴! (东张西望)嘘——

　　　　〔一声断喝,突然从芦苇深处跳出三个蒙面人,一个用臂弯卡住爷爷的脖子,一个反扭保镖的手臂,第三个人指着蓝妮——

蒙面人3　蓝妮小姐,你父亲蓝董就在你家的游艇上……

蓝　妮　爸爸就在游艇上?

蒙面人3　对不起,你家的游艇我们征用了,嘻嘻嘻……

蓝　妮　(冲远处高喊)爸爸,爸爸!

大顺子　(对蒙面人3)俺爸呢?

蒙面人3　顾大哥? 当然也在船上喽,押着她(指蓝妮)的爸爸呐! (奸笑)

呵呵呵,一会儿你得帮你爸爸数钞票哇,千万别嫌累! 嘻嘻嘻!

大顺子　你胡说八道! 俺到底要看看究竟是咋回事! (不顾一切地向前闯去)

〔大顺子被蒙面人 3 牢牢地抱住。

大顺子　(跳着脚大叫)爸,你真在船里吗? 出来,快出来! 俺奶奶,也就是你妈妈说,你是个亮堂堂的男子汉,等俺长大了,就像你那样有一双宽宽厚厚的肩膀,能扛起苦日子,也能担来好日子!

蒙面人 3　(威胁地)再闹我就打死你,信不信? (握拳扬手)

大顺子　你打死俺,也要看看俺爸究竟在不在那儿! (挣扎着,扑打着)

蒙面人 3　嘿,你个熊孩子! (欲打)

爷　爷　(大叫)住手!

蓝　妮　(悄然摁动手机,自语)哎……怎么打不出去呀……

蒙面人 3　(奸笑)打 110 啊? 嘻嘻嘻,手机卡早就拿出来了!

蓝　妮　(盯住保镖)你?

〔保镖抖动一下胳膊,蒙面人 2 立即放开手。

保　镖　(阴笑)呵呵呵……(对蓝妮)别误会别误会,我这都是为了蓝董事长和你们一家人的安全着想。

蓝　妮　(惊愕)你串通绑匪?!

大顺子　叛徒!

爷　爷　(指着保镖)怎么看你这张脸都像汉奸汪精卫……

保　镖　好啦好啦,长话短说,没工夫瞎扯了! 听——

〔越来越清晰的潮水声……

保　镖　再过两个半小时,这江海相连的潮水就要淹没这个沙洲小岛了,也就是说,再不离开这里,大家都要淹死!

大顺子、蓝妮　(惊恐地)啊?!

爷　爷　马上让我的宝贝孙女小妮妮离开这里! 马上让我见我的儿子蓝名博董事长!

蒙面人 3　赎金呢?

爷　爷　(挪下轮椅,从椅子垫下面拿出小手提箱)百万美钞——

〔蒙面人 3 欲拿手提箱……

爷　爷　(挪开手提箱)我要见到我的儿子!

〔蒙面人 3 看着保镖——

保　镖　(一扬手)开过来!

〔马达声,白色游艇开过来了……

保　镖　（对爷爷）我去请蓝董事长——（跳上游艇）蓝董，蓝董！

　　　　　　〔蒙面人3趁爷爷不注意，一把抢过手提箱，跳上游艇……

爷　爷　哎，你们——

蒙面人3　你马上就能看见你儿子啦！哈哈哈……

爷　爷　名博——

蓝　妮　爸爸——

保　镖　（下令）转头，开船！

蓝　妮　老黄，原来你不是叛徒，是绑匪头子！

三个蒙面人　（齐声）我们的大哥！哈哈哈……

爷　爷　（焦急地）哎，我儿子呢？

保　镖　（再下令）稍等——

　　　　　　〔游艇转回，停住——

保　镖　（对爷爷等三人）老爷子，放心，没人绑架你儿子，我们的蓝董事
　　　　　长正在深圳总部召开重要会议呐！

爷　爷　那你？

保　镖　钱我是要拿的。去年在赌场，我把农民工的工资赌没了，今年我
　　　　　得拿着你们给我的钱去赌场捞本呀！哈哈哈……

大顺子　俺爸顾天发呐？

保　镖　你爸太讨厌了，整天代表农民工要欠薪，所以我才化装成保镖
　　　　　躲起来……呵呵呵，这会儿，你爸又追到深圳，缠上蓝董，跟他讨
　　　　　欠薪了！对，蓝董是我们母公司总头嘛！

蓝　妮　我给我爸打电话怎么老是关机呐？

蒙面人3　我们前天就把蓝董的手机偷走了，嘿嘿嘿……

爷　爷　你们太坏了！

大顺子　你们糟践俺爸的名声！

保　镖　说农民工绑架了董事长有人信，说董事长绑架了农民工就没人
　　　　　信，不是吗？蓝妮，对不对！

大顺子、蓝妮　坏——蛋！（冲上去）

保　镖　开船！（得意地）拜——

　　　　　　〔白色游艇载着四个坏蛋，走远了……下。

　　　　　　〔潮水声越来越大了……

　　　　　　〔大顺子、蓝妮和爷爷凝视着，对视着，无话可说……

大顺子　（对着天空）到底，俺爸没有干那些下三滥的事儿！

蓝　妮　（望着远方）我爸也没有欠你爸的工资。

爷　爷　不,欠了。母公司有责任承担下属公司的债务。就像小时候我
　　　　上房顶玩捉迷藏,把小五子家的屋顶踩了个大窟窿,小五子他爸
　　　　就要找我妈算账……

蓝　妮　那还谈什么? 我爸赶紧还账不就完了吗? 爷爷,你不知道,我们
　　　　有个同学叫可可,整天跟这个借钱跟那个借钱,从来都不知道
　　　　还,全班谁都瞧不起她! 难道我爸,堂堂董事长就是我们班的可
　　　　可?! 真让人恶心!

大顺子　(憨厚地)也许……也许你爸不知道那个老黄干的坏事,那就不
　　　　恶心……(歉意地,低声)昨天俺不该说再也不认识你了……

蓝　妮　(回应)反正我认识你。明天我就拍卖我的赛格威车,山地车,
　　　　ipad,全幅微单,天文望远镜……还有我的压岁钱、私房钱全都拿
　　　　出来,一定要把欠你爸他们的工资全部还上!

　　　　〔大顺子愣愣地看着蓝妮……

蓝　妮　还不够? 那就把我们家保时捷卡宴也卖了……再不够,就把别
　　　　墅卖了……反正,蓝妮的爸爸绝不能欠农民工的工资,哪怕是一
　　　　分钱!

爷　爷　(鼓掌)我的小妮妮真让爷爷高兴!

蓝　妮　(看着大顺子)我说的是真的,真的,你不信?

大顺子　(挠挠自己的脑袋)俺……俺……

蓝　妮　俺什么? 说话呀!

大顺子　听了你的话,俺脑子里突然想到……

蓝　妮　想到啥?

大顺子　俺村北边那条河里的野鸭子……

蓝　妮　(嗔怪)听我说话,想起了野鸭子?

大顺子　野鸭子一到太阳偏西的时候就撒欢地游水,过不一会儿就扎一
　　　　下猛子,然后就会半站立起来,张开双翅膀,抖落头上、身上的水
　　　　珠……好像在跟我们说,瞧,俺的羽毛多干净,每一片都闪亮通
　　　　透,没有一点脏东西!

爷　爷　对,我得变成天天洗澡的野鸭子! 哈哈哈,我是野鸭子!

蓝　妮　(盯着大顺子)这是我这辈子听到的对我的最高的评价! 谢谢
　　　　你,大顺子! (真诚拥抱他)

大顺子　(尴尬地)哎,哎,你们城里人……非得这样吗?

　　　　〔风声呼呼刮起,潮水哗哗作响……云朵遮住了半月……

蓝　妮　天哪,咱们怎么都忘了——再过一两个小时,这个沙洲小岛就要

被潮水淹掉的呀！不好,潮水上来了,已经没了鞋底了!

爷 爷 (昏头昏脑地)那我们就要变成鱼啦……(做划水的动作)游哇游哇……一会儿就看见老渔夫了……哈哈哈……他把我们都捞到渔网里了……

蓝 妮 爷爷,您又犯病了?

爷 爷 不怕不怕,爷爷跟你一样,变成小金鱼啦……哈哈哈!

〔风声,潮水声更大了……

蓝 妮 (惊叫)啊,爷爷——(蜷缩在爷爷怀里)

大顺子 (踩踩脚下,吧唧吧唧的)是没了鞋底了,得想办法让人知道,咱们在这个小岛上哪!(喊)来人啊,俺们在小岛上哪!

蓝 妮 (站起来,喊)来人啊,我们在小岛上哪……

〔风声,潮水声压过了他们的喊声……

蓝 妮 没劲儿了,一天没吃饭,肚子里咕咕叫……

大顺子 (从瘪瘪的干粮袋里掏出两颗枣)可惜就剩这最后两颗了,给,吃了俺家的大红枣,保证你浑身有劲!

〔蓝妮分给爷爷一颗枣……

蓝 妮 这颗枣咱俩分着吃——也许你比我还饿。(递上)

大顺子 不饿,你吃——(推回,硬塞进蓝妮的嘴里)奶奶说,俺家的大红枣就是金不换的宝贝,饿了当饭吃,饱了当零嘴吃,病了当药吃,穷了换俩钱,不穷就招待客人!呵呵呵,多好的东西呀!

蓝 妮 你怎么老是笑嘻嘻的呢?是不是因为太傻?

大顺子 俺奶奶说俺一点儿都不傻,逢人就夸俺——整天亮亮堂堂的,像大清早的太阳!俺要是耷拉脸子,奶奶就让我冲墙旮旯儿站着去,不理俺了。唉,真有点想奶奶呀……

蓝 妮 (烦躁地)想想眼下吧,谁能来救咱们啊!

大顺子 (灵机一动)手机,你的手机!

蓝 妮 (掏出手机)sam卡被他们抽走了,打不出去!(扔到地上)现在谁都不知道,在这个小沙洲上还有咱们三个人……

大顺子 (拿起来手机,递上)以后还能用啊!

蓝 妮 (失望地)还有以后吗?说不定今天咱们就都会淹死了……(惊恐地发现)不好,潮水更多了,已经没了脚脖子了!(看看爷爷,奔过去,抱住)爷爷——(饮泣)

大顺子 (黯然,抹一把眼泪。突然想起)哎,俺想起奶奶常说的一句话,有这句话,咱们就能平平安安!

爷　爷　(懵懂地)我爸死了以后,我妈说过:天无绝人之路。

大顺子　不,不是这句,是——老天爷饿不死瞎家雀儿!

蓝　妮　空话,废话!

大顺子　你们听——

　　　　［在风声和潮水中,隐约可以听见汽笛声……

大顺子　咱不能傻等,也得出声音……(试着喊一声)哎嗨……
　　　　(对蓝妮)俺明白了,不能迎着风喊,要背着风喊,才能把声音传
　　　　出去!(半蹲,示意)坐上来,站得高,喊得远!

蓝　妮　(坐上大顺子的肩头,使劲喊)快来人哪,救救我们啊!

大顺子　瞧俺的——(唱起自己编的歌)太阳总是掉进树林里/月亮总是
　　　　浮在水塘里/大路总是伸进老山里/大河总是流进浓雾里/爸爸
　　　　总是活在我的美梦里/妈妈总是活在我的眼泪里/哎呀呀……/
　　　　啥时候……/爸爸才能把我搂在他的怀里……/这世界,这世界/
　　　　就缺这么一个/天大的惊喜!

　　　　［歌声由大顺子的独唱,变成与蓝妮的合唱,再变成大合唱,最
　　　　后,仿佛风声和潮水声也加入了大合唱,使歌声越加浑厚,强大,
　　　　贯通全场……

　　　　［外婆划着小木船,载着面条和清洁工走上……他们惊喜地跳下
　　　　来,与大顺子、蓝妮和爷爷搂在一起……

　　　　［所有人都在高唱着……

　　　　［在歌声中,白色小游艇开过来,一名警察提着手提箱,两名警察
　　　　押解着蹲在甲板上、双手抱头的保镖和三个蒙面人。

　　　　［歌声继续……

　　　　［灯光渐暗……

　　　　［奇幻梦境之五——

　　　　［歌声还在继续,只是渐渐远去了……

　　　　［只有大顺子在追光中张望着,谛听着……

　　　　［随着越来越大的笑声(女性),熠熠闪光的巨大蓝蝴蝶飞旋上
　　　　来……

大顺子　(兴奋地)蓝蝴蝶,蓝蝴蝶,俺爸清白了,清白了!

　　　　［画外音(蝴蝶,女声):你现在,就像早晨的阳光那样透亮,耀眼,
　　　　惹人喜欢!

大顺子　为啥早晨的阳光那样透亮,耀眼,惹人喜欢?

　　　　［画外音(蝴蝶,女声):因为它经过了黑夜的煎熬和磨练……

[瞬间,巨大的蓝蝴蝶变成了无数飞动的彩色光斑,像是一片斑斓的小蝴蝶,又像是漫天飘洒的小花朵……

大顺子 (爽朗地笑起来,跳起来)好美呀……

[忽然传来奶奶的画外音:"大顺子,你在哪儿呀? 奶奶想你想得揪心哪!"随即,天幕恢复了黑色。

大顺子 (不安地)奶奶——

[切光。

尾　声

[景同序幕。

[农舍小窗口,闪着温馨的淡黄色的光。

[大顺子挎着瘪瘪的干粮袋和军挎包,蹑手蹑脚地走上。

大顺子 (压低声音)奶奶,奶奶……(对着观众)俺得先练练怎么认错……奶奶,您别生气,听俺细细地讲给您听——俺是想县城找不到爸爸就回家,免得您惦记,可是……

[突然,一束追光亮起,奶奶在其中——

奶　奶 (板着脸)可是不把奶奶急死你就不罢休,对吧?

大顺子 奶奶,俺对不起您……(饮泣)

[奶奶突然哈哈大笑……

大顺子 (惊异地)奶奶?

奶　奶 (回头)儿呀,可怜见你儿子的一片真心呐!

[咣啷一声,一扇门打开(天幕下方升起长方形灯光)——

[中年男子声:"大顺子,爸爸回来了!"

大顺子 (惊喜地叫喊起来)爸,爸爸,真是你呀!

[一片欢笑声——

[蓝妮、爷爷、面条、清洁工、外婆都涌上来,围着大顺子笑着,拍手不止……

　　　　　　　　　　　　　　　　　　　　　　——剧终——

666

荣广润简介

上海戏剧学院教授，博士生导师。原上海戏剧学院院长。

曾任中国戏剧家协会理事，上海戏剧家协会副主席；中国话剧研究会副会长，中国莎士比亚学会副会长；教育部高等艺术教育指导委员会副主任。《中国大百科全书》第二版戏剧卷主编，《世界文学金库》戏剧卷主编，《世界当代戏剧名著》主编。

主要著作：《当代戏剧论稿》《地球村中的戏剧互动——中西戏剧影响比较研究》。

郭晨子简介

文学硕士，上海戏剧学院戏剧文学系副教授，中国文艺评论家协会会员，上海戏剧家协会会员。

创作并上演的作品有话剧《别问我是谁》《爱情瘦身》，实验戏剧《还魂记》，音乐话剧《钟馗》《瞬间不是永远》等，曾获第二届中国校园戏剧节优秀编剧奖；多篇剧评及论文发表于专业刊物，曾获第 26 届"田汉戏剧奖"论文三等奖。已出版《瞬间不是永远——郭晨子剧作集》《大幕拉开——郭晨子剧评集》和《昆曲——今生看到的前世》。

梁芒简介

著名词作家。代表作品电影《集结号》《唐山大地震》《南京，南京》《非诚勿扰》《叶问 2》《海底总动员》《好奇害死猫》等；电视剧《啼笑因缘》《像雾像雨又像风》《末代皇妃》；歌曲《春暖花开》《我只喜欢你》(那英演唱)、《拯救》(孙楠演唱)。音乐剧《天龙八部》《爱上邓丽君》《啊！鼓岭》《妈妈，再爱我一次》《犹太人在上海》。

音乐剧
Musical

犹太人在上海
Jews in Shanghai

编剧　荣广润　郭晨子（执笔）
Playwrights　Rong Guangrun　Guo Chenzi（actual writing）

作词　梁　芒
Lyricisit　Liang Mang

时　间　1941 年—1943 年

Time　1941—1943

地　点　上海

Place　Shanghai

人　物

Characters

弗兰克·斯特恩　男，二十三岁，来自柏林

Frank Stern　A 23-year-old man, from Berlin

瑞　娜　女，十九岁，来自奥地利

Rena　　A girl of 19 from Austria

艾扎克　男，年近五十，瑞娜的父亲

Isaac　　A man around 50, Rena's father

雅各布　10 岁的小男孩，来自波兰

Jacob　　A 10-year-old boy, from Poland

亚伯拉罕　男，三十岁左右，来自俄国

Abraham　A man of about 30 from Russia

林亦兰　女，二十岁，圣约翰大学医学系学生

Lin Yilan　A female medical student of St. John's University, 20 years old

林亦轩　男，二十七岁，林亦兰的哥哥，林氏工厂的掌门人

Lin Yixuan　Lin Yilan's brother, in charge of the Lin's factory, 27 years old

林　母　女，四十八岁，林氏兄妹的母亲

Lin's mother　48 years old, Lin Yilan and Lin Yixuan's mother

小宁波　男，十七岁，林氏工厂的学徒工

Little Ningbo　A 17-year-old boy, and an apprentice in the Lin's factory

李老师　男，四十多岁，教师

Mr. Li　A man of about 40, a teacher

顾阿姨　女，四十多岁，上海虹口区居民

Aunt Gu　In her 40s, she's a resident of Hongkou District in Shanghai

群　众　犹太难民若干、上海市民若干

The masses　A number of Jewish refugees and local residents of Shanghai

第一幕
Act one

第一场
Scene one

［一幅真实的历史照片悬挂在舞台中央：旷野中，一名德国士兵正举枪对准怀抱婴儿的年轻母亲。

（a large historical photo hang in the middle of the stage：In the field，a Nazi soldier aims at a young mother holding her baby in her arms tightly.）

［犹太意第绪语摇篮曲《葡萄干和杏仁》：

（Yiddish Lullaby〈Raisins and Almonds〉）

《葡萄干和杏仁》
(Yiddish)〈Rozhinkes mit mandlen〉
〈Raisins and Almonds〉

哎—哩噜—哩噜—哩噜

Ay-li-lu-li-lu-li-lu

宝宝的摇篮下

(Yiddish)Unter Yideles vigele Under

Yidele's cradle in the night

有一只雪白的小山羊

Shteyt a klor-vise tsigele

Stands a goat so soft and snowy white

小山羊会去集市上

Dos tsigele iz geforn handlen

The Goat will go to the market

带回美妙的礼物

Dos vet zine dine baruf

To bring you wonderful treats

葡萄干和杏仁

Rozhinkes mit mandlen

He'll bring you raisins and almonds

睡吧　宝宝　睡吧

Slof-zhe, Yidele, shlof.

Sleep, Yidele, sleep

〔枪声。

(Gunshot)

〔汹涌海浪声,雷鸣闪电。

(Surging waves are roaring. Lightning is flashing and thunder rumbling.)

〔高台下,众犹太人合唱,群舞。

(All the Jews are singing and dancing together.)

〔合唱:

(Chorus)

《逃》
〈Run〉

走　走　走　走　走　走　走　走

Run ... Run ... Run ... Run ... Run ... Run ... Run ... Run ...

上苍啊,听你子民,可听见他们在呼唤你名字

Oh Lord, hear your people, hear them calling out your name.

上苍啊,怜悯我们,你可听见哭泣的孩子

Oh Lord, show your mercy, can you hear your children cry.

我们被迫逃亡,否则将被杀光

Driven from our nation, running or extinction.

被罪恶的子弹追赶

Escape through the bullets! Run!

我们远离他乡,恐惧装满行囊

There's no destination, drifting in damnation.

家已经血流成河

Home's now a flood of blood.

离开故乡和亲人

Left our land and love behind.

只因我们是犹太人

Jewish blood they name our crime!

我们在一片漆黑的大海中生存

Through the dark waves we survived.

有什么将把我等待

What's in the future, what's ahead?

上苍啊,听你子民,可听见他们在呼唤你名字

Oh Lord, hear your people, hear them calling out your name.

上苍啊,怜悯我们,你可听见哭泣的孩子

Oh Lord, show your mercy, can you hear your children cry?

谁会收留我们

Who's going to shelter us?

哪怕暂时生存

If only for a day.

谁会向我们伸出同情之手

Who's going to sympathize and give us their hands?

只有一个我们可去的地方

There's only one place we should go.

我们唯一而最终的希望

Our one and final hope,

不再恐惧,不再痛苦

No more fear, no more pain,

不再战争,不再死亡

No more fight, no more death

不再绝望地哭泣

No more desperate cries!

上海，上海，上海

Shanghai，Shanghai，Shanghai

那个神秘的东方，那唯一能去的地方

Mysterious Eastern city, our one last chance to be alive.

那个陌生的方向，唯一的避难所

Strange，unfamiliar city，there's nowhere else to hide.

我们的命运就连接在

Where our hope and destiny lies.

上海

Shanghai!

上苍已恩赐

The Lord has provided.

这岸还在摇晃这心仍在飘荡

The seashore's still quaking, hearts fleeing from the pain.

苦难是否结束，是否还有生的希望

Our misery's ending, or hope's an empty dream?

颠簸的船游到海港满身都是伤

The ship has finally arrived, at this distant shore.

充满前途未卜的焦虑彷徨

Leaving us here, weary, wounded, feeling lost.

只有最后一扇门打开

At the last opening door we stand.

上海

Shanghai

[上海外滩，海关钟声，海浪声。

(The sounds of the bell of Custom House at the Bunk of Shanghai,
the sound of waves)

[艾扎克上场，穿过人群寻找瑞娜。

(Isaac enters in a hurry, looking for Rena in the crowds.)

艾扎克　瑞娜，瑞娜，瑞娜。

Isaac　Rena，Rena，Rena.

[艾扎克登上船舱。

(Isaac boards on the ship)

艾扎克 瑞娜。

Isaac Rena.

瑞 娜 父亲。

Rena Father!

[音乐1.3

(music 1.3)

[艾扎克下船,与女儿紧紧拥抱。

(Isaac gets off board, and hug his daughter tightly.)

[父女二人相互注视。

(Father and daughter look at each other)

[艾扎克与瑞娜二重唱。

(Duet of Isaac and Rena)

《终于》
〈Finally〉

艾扎克:噢,终于我在上海见到你

Isaac: Finally, He has brought you back to me.

噢,终于上天安排这团聚

Finally, He has listened to my prayer.

重唱:我不敢相信相见就出现在眼前

Ensemble: I never dared to wish that I'd see you once again.

我以为我永远失去了你

I thought I'd lost you forever,

感谢上天 噢 终于

But thank God you're here, finally.

我们在千里之外重逢

Take my hand, we're reunited a thousand miles from home.

靠在一起的体温让心不再寒冷

Feel my joy and share my heart, like endless stars of warmth.

倒下的时候有双手在给你支撑

We will stand together as one, when all else falls apart.

我们将跨越火海 直到重生

We will live through the fire till we're reborn.

噢,终于我看到黎明将临

Finally, I see the breaking dawn is near(ah …)

噢,终于我们可以放下恐惧

Finally, we can all leave our fear behind.

总有一天 我们会在风浪中找到方向

Someday through stormy waters we'll find our way again.

愿上苍保佑我们能回到故乡　噢　终于

He will be sailing with us home, across the ocean, finally.

回到那魂牵梦绕的

Back to the place we're longing for.

梦里的家乡

Far beyond our dreams.

噢,终于

Finally

瑞　娜　我们安全了,对吗?

Rena　We are safe, aren't we?

艾扎克　日本人占领了上海,这里每时每刻还都有危险。但是,现在我们在一起了。

Isaac　The Japanese have occupied Shanghai and it's very dangerous here at all times. But now we are together.

瑞　娜　(好奇地看着周遭的一切)这里就是上海!

Rena　(Looking around in curiosity) So, this is Shanghai!

艾扎克　是的,一扇扇门都对犹太人关闭了,只有中国上海向我们敞开大门。

Isaac　Yes, all other doors in the world were closed to Jews, but only the doors of Shanghai are open to us.

瑞　娜　中国驻奥地利总领事何凤山先生给我们发放签证。

Rena　Mr. He Fengshan, the Consul General in Austria granted us Chinese visas.

艾扎克　这是生命签证!

676

Isaac   We owe our lives to these visas.

瑞　娜　生命签证。

Rena   A visa for life!

    〔艾扎克与瑞娜拿箱子。

    (Isaac and Rena take up the suitcases)

    〔亚伯拉罕身披斗篷上。

    (Abraham enters wearing a cloak)

亚伯拉罕　Shalom!

    〔音乐 1.4A

    (music 1.4A)

亚伯拉罕　大家好，大家过来，你们刚到上海，这座东方最美丽的城市。让我来自我介绍。

Abraham   Hahaha! Shalom! Everybody! Shalom，come everyone，come gather around! You have just landed in Shanghai，the most beautiful city in the Orient. Allow me to introduce myself.

    〔亚伯拉罕唱：

    (Abraham Singing)

《同情之手》
〈Helping-hand〉

我是亚伯拉罕

My name is Abraham.

什么事都能办

Here to lend a helping-hand.

只要有需要就和我交换

Always the needy need a generous man.

看这位女士你戴的项链

Wait, pretty lady, what's flashing round your neck.

金光闪闪泛着光泽，每颗珍珠那么耀眼

Glittering and dazzling I beg your pardon don't you mind it.

一定很值钱

Could be quite a catch!

［艾扎克下。

（Isaac exits）

啊，多么漂亮的手镯

Oh，what a beautiful bracelet!

请大家小心

People please take care.

四处潜藏危险

There's danger everywhere.

有我在身边，你的钱包一定安全

I'll always be there to give your purse a stare.

供应短缺，或者手头紧

Short in provision，or money hard to spare.

亚伯拉罕总会与你分享

Abraham's always here to share.

不要忘记

Don't forget it.

起伏不定的人生

Life in a fluctuation.

它真的很残忍

Times could be hard and cruel.

有我亚伯拉罕，服务大家

Here to the rescue，to serve the fellow men.

我永远不会撒手不管

I'll never slip you through my hands.

来来来来

Lai lai lai lai ...

记住我，记住我，记住我，记住我

Remember，remember，remember，remember.

我是亚伯拉罕

I am Abraham!

［林亦兰、艾扎克和志愿者上。

（Lin Yilan，Isaac and volunteers enter）

678

亚伯拉罕　下午好,林小姐。来自犹太人救助委员会的志愿者总是准时
　　　　到达的。

Abraham　Ah, good afternoon, Miss. Lin, the volunteer from the Com-
　　　　mittee for Assistance of Jewish Refugees on time as always.

林亦兰　下午好,亚伯拉罕,你来的这么早。

Lin Yilan　Good afternoon, Abraham. You came here so early.

亚伯拉罕　哦,你知道,就像他们说的那样:早起的鸟儿有虫吃。

Abraham　Oh, you know the Jewish saying goes: The early bird catches all
　　　　the good worms.

林亦兰　亚伯拉罕,你太有趣了。

Lin Yilan　Abraham, you are so funny.

亚伯拉罕　你手上戴的是我一直想让你卖给我的那个戒指吗? 你知道
　　　　吗,这在黑市上一定能卖个好价钱。

Abraham　What is that I see on your finger? Could that be the ring I've been
　　　　asking you to sell? You know, it could really fetch a good price on
　　　　the black market.

林亦兰　亚伯拉罕,我告诉你多少遍了,我绝不会卖这个戒指,这是我的
　　　　传家宝,对我来说很珍贵。

Lin Yilan　Abraham, I've told you many times. I will never sell this ring.
　　　　It's my family heirloom, very precious to me.

亚伯拉罕　好吧,如果你改变了主意……

Abraham　Well, if you change your mind ...

林亦兰　我觉得不会的。好了,我要工作去了。

Lin Yilan　I don't think so. Anyway, I have work to do.

亚伯拉罕　日本兵来了。

Abraham　The Japanese soldiers are coming.

林亦兰　大家安静。

Lin Yilan　Keep quiet.

　　　　[日本兵的铁蹄声,狗叫声。瞬间,所有人站立不动。

　　　　(The sound of the iron heel of the Japanese Army and the barks of
　　　　wolfhounds, in that moment, all the people stand still)

　　　　[日本兵远去。

　　　　(The Japanese soldiers leave)

林亦兰　请大家先到我这里来登记!

Lin Yilan   Everyone, register here please.

[林亦兰伸手指向雅各布,雅各布跑了过去。

(Lin Yilan points to Jacob and Jacob comes to her)

林亦兰   请出示你的护照。

Lin Yilan   Passport, please?

[雅各布递上护照。

(Jacob hands his passport to Lin Yilan)

林亦兰   雅各布?

Lin Yilan   Jacob?

雅各布   是的。

Jacob   Yes.

林亦兰   你一个人? 你妈妈呢?

Lin Yilan   Are you alone? Where is your Mom?

[雅各布低头。

(Jacob lowers his head)

[音乐 1.4B

(Music 1.4B)

[林亦兰唱:

(Lin Yilan Singing)

为什么人与人之间

Why is it that between people,

仇恨就像火焰

A flame of hatred burns?

不同的人受相同苦难

Different people share the same sufferings,

掉入黑暗深渊

Falling into the dark abyss.

为什么无情的命运

Why does a merciless fate

对善良人降临

Fall upon kind people?

谁说这世界它很公平

Who says the world is fair,

好人都会有好运

And that good people have good fortune?

谁能伸出怜爱的手

Who can stretch out loving hands,

带来希望暖流

Bringing the warmth of hope?

不要让残忍占据了胸口

Don't let cruelty occupy your heart.

把这一切默默地拯救

Save everyone even if it earns you no reward.

把这一切默默地拯救

Save everyone even if it earns you no reward.

亚伯拉罕 林小姐，你怎么看上去有点伤感？

Abraham Oh, what's the matter, Ms. Lin? You seem a little sad.

林亦兰 看到他们这么无助，远离家乡，让我很难过。

Lin Yilan It just upsets me to see them so helpless, so far away from home.

亚伯拉罕 啊，就像一句犹太老话说的：一颗怜悯的心，也是一颗健康善良的心。

Abraham Ah ... Like the old Jewish saying: The heart that sympathizes; it's a healthy and happy heart.

林亦兰 亚伯拉罕，这是你瞎编的吧。

Lin Yilan Abraham, you're just making that up.

亚伯拉罕 不。你和我做的是同样的事。我帮助他们在困难时期获得现金，而你志愿做……无论你在做什么。

Abraham No. You and I, we do the same thing. I help them get cash in times of need and you volunteer to do ... whatever you do.

林亦兰 亚伯拉罕，我觉得你帮你自己比你帮别人的要多。

Lin Yilan Abraham, I think you help yourself a little more than you help others.

亚伯拉罕 每个人都有需要帮助的时候，所以我为什么不顺便帮助一下自己呢？

Abraham Well, everyone needs a little help sometimes. So why not help myself a little bit along the way?

[亚伯拉罕唱：

（Abraham Singing）

来来来来

Lai lai lai lai ...

帮帮别人也帮自己，出一点力大家受益

Helping you and helping me and helping others helping them to

何不两全其美

Give a helping hand!

来来来来

Lai lai lai

伸出手伸出手伸出手伸出手

Remember, remember, remember, remember.

不要犹豫伸出你的手

We all need a little helping hand

[亚伯拉罕下。

（Abraham exits）

[众人下。

（Everybody exits）

| 瑞　娜 | 父亲，我向您介绍一个人——（发现弗兰克并不在她身边）弗兰克·斯特恩。 |
| Rena | Father, there is someone I want you to meet.—(Finding that Mr. Frank isn't beside her) Frank Stern. |

瑞　娜　他可能已经离开了……

Rena　He's probably already left.

林亦兰　没关系，我留下来再等等，你们先走吧。

Lin Yilan　It's all right. I'll take care of it. You can go now.

艾扎克　谢谢。

Isaac　Thank you.

林亦兰　不用谢。

Lin Yilan　You are welcome.

瑞　娜　他叫弗兰克，来自柏林。我们是在船上认识的，我很喜欢他。

Rena　So, his name is Frank. He is from Berlin. I met him on the ship and I really like him.

[瑞娜和艾扎克下。

(Rena and Isaac exit)

[弗兰克走出二层船舱,几许茫然。

(Frank comes out the cabin of second floor, looking lost.)

[林亦兰回头。

(Lin Yilan turns her head)

[音乐 1.5

(Musica 1.5)

[弗兰克林亦兰二重唱:

(Duet of Frank and Lin Yilan)

《他的眼神 1》

〈his eyes 1〉

林亦兰:他的眼神看着远方

Lin Yilan: His eyes stare into the distance,

像那片海一样忧郁

Melancholy like the vastness of the sea.

他的脸庞难以想象有那么多悲伤

You can't imagine the sadness on his face.

这年轻人这外乡人你为何不下船

The young man, the outlander, why hasn't he left the ship?

别那么孤单

Don't be lonely.

弗兰克:曾经所有一切

Frank: It's all I ever knew.

情感,家乡,青春

My heart, my home, my youth.

仅仅是昨天

It was only yesterday.

现在我的一生已毁

Now my whole life's worn away.

它就像泡沫消融在海浪中

Just like the foam dissolving in the waves.

曾经所有一切

It's all I ever knew.

希望 梦想 真理

My hope, my dreams, my truth.

这是我的命运吗?

Could this be my destiny?

去遭受所有的悲惨

To suffer through all this misery.

我将如何生活下去当他们拿走的

How to carry on when all that they took away?

是我认知的全部

Was all I ever knew.

林亦兰 先生。

Lin Yilan Sir.

弗兰克 你好,小姐。

Frank   Yes，Miss.

林亦兰 你的名字是?

Lin Yilan What's your name please?

弗兰克 弗兰克,弗兰克·斯特恩

Frank   Frank，Frank Stern.

林亦兰 弗兰克·斯特恩,你怎么一直不下船?

Lin Yilan Frank Stern, why are you just now getting off the ship?

弗兰克 对不起。

Frank   I'm sorry.

林亦兰 没关系。你有心事?

Lin Yilan No, it's OK. I mean, is everything alright?

弗兰克 漂了三十多天,觉得一切还在摇晃。

Frank   After being on the ship for more than thirty days, I still feel a little shaky.

林亦兰 无论如何,你安全上岸了,可以开始新的生活了。

Lin Yilan Well, anyway, you have landed safely. Here you can start a new life.

弗兰克　新的生活？

Frank　　A new life?

林亦兰　是的，不用担心。每一天都是新的生活，每一天都是新的希望。

Lin Yilan　Yes. Don't worry. Every day is a new beginning with new hopes.

弗兰克　每一天都是新的生活，每一天都是新的希望。

Frank　　Every day is a new beginning with new hopes.

林亦兰　往前五十米，左转，那里有车等你。

Lin Yilan　Please walk ahead fifty meters and then turn left. The truck is
　　　　　waiting for you there.

弗兰克　谢谢你！

Frank　　Thank you!

林亦兰　不客气！

Lin Yilan　You are welcome.

〔二重唱：

（Duet）

林亦兰：不要焚烧翅膀

Lin Yilan：Don't burn your wings.

弗兰克：我的黑夜很漫长

Frank：I can't see past the darkness now.

林亦兰：试着重新飞翔

Lin Yilan：Try to fly again.

弗兰克：悲伤将我击倒

Frank：Sorrow's hunting me down.

重唱：向昨天说声再见

Ensemble：Say good bye to yesterday.

能活着就能看到明天

Tomorrow will be a brighter day.

林亦兰：希望依然存在

Lin Yilan：There must still be hope.

弗兰克：我该不该去梦想

Frank：But should I dare to dream?

林亦兰：会透进一点亮光
Lin Yilan：A new light is shining through.

弗兰克：和相信
Frank：And believe.

重唱：太阳照常升起
Ensemble：The sun will rise again.

［弗兰克下

(Frank exits)

［林亦兰看到怀表,捡起。

(Lin Yilan sees the pocket watch and picks it up)

［小宁波跑上。

(Little Ningbo enters)

小宁波　小姐。

Little Ningbo　Lady.

林亦兰　小宁波。

Lin Yilan　Little Ningbo.

小宁波　太太来了。

Little Ningbo　Madam is here.

　　　　［林母手持雨伞上。

(Lin's Mother enters with an umbrella)

林　母　亦兰,阿囡啊。

Lin's mother　Yilan, my sweet heart.

林亦兰　姆妈,你怎么来了?

Lin Yilan　Mom, why are you here?

小宁波　我们到学校去找您,您不在那儿,我猜您在这儿。

Little Ningbo　We tried to pick you up at school. We couldn't find you there and guessed you were here.

林亦兰　犹太人救助委员会缺人手。

Lin Yilan　The Committee for Assistance of Jewish Refugees is short of hands.

林　母　你晚回家,我就会提心吊胆,你哥哥也放心不下。这到处是日本人,你可要当心啊!

Lin's mother　I am worried about you coming back home so late. So is your brother. The Japanese are everywhere. You should take care of yourself.

林亦兰 姆妈，我会当心的。

Lin Yilan   Mom, I will.

〔音乐1.6A

(Music 1.6A)

小宁波 天快下雨了，人也走光了，我们回家吧！

Little Ningbo   It's going to rain. Everyone has gone. Let's go home.

林亦兰 再等等。

Lin Yilan   Let me wait for a while.

林　母 等谁？

Lin's mother   Wait for whom?

林亦兰 等怀表的主人。

Lin Yilan   The owner of this pocket watch.

小宁波 真的落雨哉，小姐，您和太太先回家，我在这里替您等！（喊）黄包车！

Little Ningbo   It's raining, Lady. You'd better go home now. I'll take your place waiting here. (Shouting) Rickshaw —

〔小宁波下。

(Little Ningbo exits)

林亦兰 姆妈，再等等嘛，说不定他会回来的。

Lin Yilan   Mom, Let's wait for a while. Maybe he will come back.

林　母 好。

Lin's mother   All right.

第二场

Scene Two

〔初春，清晨，鸟鸣声，虹口收容所。

(Early spring morning, Sounds of birds, at the Hongkou Shelter House)

〔爆爆米花人和鞋匠正干着活。小苏北上。

(A popcorns maker and a cobbler working, Little Subei enters)

小苏北 马桶拎出来。

Little Subei   Carry out your chamber pots.

　　　　　[五个犹太人拎出马桶，上海市民教犹太人生炉子、洗衣等。

　　　　　(Five Jews carry our chamber pots, local Shanghainese teach Jews to use stove and to wash clothes)

　　　　　[音乐 1.6B

　　　　　(Music 1.6B)

顾阿姨   马桶来了。小苏北啊，快帮帮顾阿姨。

Aunt Gu   Here are the chamber pots. Little Subei, give me a hand.

小苏北   顾阿姨啊，这个马桶，好像是李老师的嘛。

Little Subei   Aunt Gu, this chamber pot looks like Mr. Li's.

顾阿姨   少管闲事。呀，李老师。

Aunt Gu   Mind your own business. Ah，Mr. Li.

　　　　　[李老师和木匠师傅上。

　　　　　(Mr. Li and a carpenter enter)

李老师   顾……

Mr. Li   Gu ...

顾阿姨   不要急，一急就变咕咕鸡了，慢慢来。

Aunt Gu   No hurry. As you hurry, you sound like a rooster crowing. Take it easy.

两　人   顾阿姨。

Both   Aunt Gu.

顾阿姨   哎。这么快就回来了。

Aunt Gu   Ah, you come back so soon.

李老师   回来了。小苏北，我这就回去拎……

Mr. Li   Yes，I'm back. Little Subei, I'm going home to get my chamber pot.

小苏北   马桶。顾阿姨已经帮你拎出来了。

Little Subei   Aunt Gu has already taken yours out.

李老师   这怎么好意思呢。

Mr. Li   Sorry for troubling you so much.

顾阿姨   你大清早帮犹太人找木匠师傅，我帮帮你算得了什么。快快快，犹太人在等你呢。

Aunt Gu   You left home so early in the morning looking for a carpenter for the Jews.

It's a piece of cake for me to help you. Be quick, the Jews are waiting for you.

［四位犹太人手拿木工工具上。

(Four Jews enter with carpentry tools)

李老师　谢谢侬。Good ... morning, everyone!

Mr. Li　Thank you. Good morning, everyone!

众　　　你好!

Everyone　Shalom!

［男声合唱：

(Male Chorus)

《夹缝中生存》
〈Living in the Cracks of Life〉

锯木头一上一下

Sawing wood，to and fro.

就像提琴来回拉

Scrape it like the violin bow.

做窗户刨木花

Window frame，shave and plane.

听起来像一首老歌

Sounding like an old refrain.

快乐的旋律　忧伤的曲子

Sounds of enjoyment, songs of depression.

我们一起来合唱

Come together as we sing.

生活苦　酸又辣

Life is hard，harsh and rough.

悠闲的时光总是奢侈

Easy times are luxury stuff.

要适应　别管它

Don't reject，don't repel.

抱怨无济于事　要生存　快工作　要坚强

Whining doesn't make it well. You want to survive, and finish your work,

be tough.

律师：从前我是一个大律师

Lawyer：I was a lawyer in the previous years.

公平又真诚

Always fair and sincere.

用有力的辩护争取公正

Fighting for justice with a strong defense.

现在我唯一要抱怨的

Now my only complains are

就是我手中的木屑花

Splinters in my hands.

医生：从前我是一个医生

Doctor：I used to be a man of medicine.

专门照顾儿童

Children were my specialty.

无论生病还是扭伤

Suffering from sickness even just a sprain.

我总能医治他们的病痛

I was always there to ease their pain.

合唱：当环境发生改变，好日子一去不回

Chorus：Gone are our good days when circumstances change.

停留在过去又有什么意义

What's the point of lingering on the past?

[三个上海小女孩骑着扫把上，玩起游戏。瑞娜和雅各布上。

（Three little Shanghainese girls enters riding blooms and playing games，Rena and Jacob enter）

唧唧唧

Lang，Lang，Lang

唧唧唧

Lang，Lang，Lang

骑马到松江

Riding the horse to Songjiang

松江老虎叫

Songjiang tigers roar

别转马头朝北跑

Turn around and run to the north

朝北跑

Run to the north

[三位犹太女被煤炉烟呛着。

(Three Jewish women get choked by the smoke of stoves)

顾阿姨　我来帮你们忙。

Aunt Gu　Let me help you.

犹太女　谢谢侬!

Jewish Women　Thank you.

顾阿姨　不客气。

Aunt Gu　You are welcome.

[女声合唱:

(Female Chorus)

扇子扇用嘴吹

Fan your fan, blow some air

头发上弄得一层灰

Dust and dirt smears on your hair

快燃吧我的煤

Better not stop, light the coal,

别让火苗很快熄灭

Before the fire gets quickly cold

你看今天真是一个好天

Wonderful weather the sky is crystal clear,

但我只能眯眼和咳嗽

but I can only squint and cough.

雅各布:我的妈妈你在哪儿了

Jacob: Mama, Mama, tell me where you are.

快给我讲童话

I miss your fairy tales.

我像卖火柴的小女孩　梦见你

Like the little match girl I dream you'd be here.

对我唱摇篮曲

To sing me a lullaby.

你说读书的感觉很甜

You said reading makes our life taste sweet.

瑞娜：妈妈说读书很甜

Rena：Mama said reading's sweet.

雅各布：给我们光明与和平

Jacob：It gives us light, gives us peace.

瑞娜：给我们光明与和平

Rena：It gives light and peace.

雅各布：身处黑暗，永不孤独

Jacob：Though in the darkness never alone.

瑞娜：你永不孤单

Rena：You're never alone.

雅各布：智慧放飞我们的心灵

Jacob：Wisdom will set our spirit free.

瑞娜：放飞我们心灵

Rena：Set our spirit free.

雅各布、瑞娜：翻开的书本像妈妈怀抱

Jacob & Rena：Open the book and find her gentle touch.

雅各布：每一页都是妈妈

Jacob：On every page I see Mama.

顾阿姨：人生真是忽暗忽亮

Aunt Gu：Life goes from dark to bright.

眼中映满了火光

The flame gleams in the eyes.

看天下人多是热心肠

Look, people are warm-hearted.

胸口都烧得很旺

A burning fire in their heart.

李老师：就像这微弱炉火

Mr. Li：Just like a weak stove fire.

犹太人：希望就是早晨的太阳，照亮你和我

Jews：Hope is a new day's morning sun, shining on me and you.

李老师：让黎明把光线照进你心窗

Mr. Li：Let the light of dawn shine into your heart.

犹太人：肩负重担　依然坚强

Jews：Shoulders are burdened but our spirit's strong.

就在夹缝中生存

Living in the cracks of life.

李老师：同是天下沦落人

Mr. Li：We are all vagrants.

犹太人：我们在夹缝生存

Jews：We are in the cracks of life.

李老师：我们一起生存

Mr. Li：We survive together.

犹太人：就在夹缝中生存

Jews：Living in the cracks of life.

爆米花人　爆炒米花咯！

Popcorn maker　Popcorn here!

　　　　〔艾扎克、弗兰克上。

　　　　(Isaac and Frank enter)

艾扎克　大家好，国际红十字会给了我们五百袋面粉。可是，日本人要取
　　　　缔国际红十字会！

Isaac　　Shalom! The International Red Cross has given us 500 bags of
　　　　flour. But I am afraid the Japanese Army is going to dismantle the
　　　　organization here now.

群众甲　可我们的孩子、老人和病人，都需要照顾，每个人都要活下去。

A　　　　But the young, the old, and the sick, they need to be taken care of.
　　　　We all need to survive.

艾扎克　我们算过了，从明天起，伙食要缩减，每天两餐变一餐，面包也减
　　　　一半。当然，老人、孩子和病人的定量不变。

Isaac　　You're right. That is why starting tomorrow we're going to ration our food supply. We will all have one meal a day instead of two and the weight of bread will be reduced to half. But the young the old and the sick will all have the same amounts!

| 弗兰克 | 艾扎克说得对，这样的话，伙食供应可以维持到新年。 |
| Frank | Isaac is right! All of that has to happen so the food supply could be maintained into the New Year. |

| 瑞　娜 | 弗兰克，你父母来上海的事有消息吗？ |
| Rena | Frank，do you have any news about your parents coming to Shanghai? |

| 弗兰克 | 没有。 |
| Frank | No. |

| 艾扎克 | 弗兰克，我会替你打听打听。 |
| Isaac | Frank! Let me help. I'll find out for you. |

| 弗兰克 | 谢谢，听说太平洋战争爆发后，没有船来上海，我很担心我的父母。 |
| Frank | Thank you. I've heard that no more ships will come to Shanghai since the Pacific War began，and I am very worried about my parents. |

| 瑞　娜 | 他们会来的。 |
| Rena | I am sure they will come. |

［林亦兰抱着一个木箱上。

(Lin Yilan enters with a wood box)

| 林亦兰 | 大家好！原来在法租界开亚麻布店的伊斯雷尔先生送给我们一箱肥皂！ |
| Lin Yilan | Shalom! Mr. Ethe who used to own a linen shop in the French Concession sent us a box of soap. |

| 众　人 | 肥皂。 |
| Everybody | Soap! |

| 雅各布 | 橄榄油肥皂，我妈妈最喜欢这个肥皂，能给我妈妈留一块吗？ |
| Jacob | Olive oil soap! Mama loves olive oil soap! Can I please have another one for Mama? |

| 艾扎克 | 他知道他母亲的事了吗？ |
| Isaac | He doesn't know? |

| 瑞　娜 | 没有，我怎么能告诉他母亲已经…… |

Rena　　No，how could I tell him his mother has already ...

雅各布　我什么时候能见到妈妈？

Jacob　　When can I see my mother?

瑞　娜　快了！走，我们去洗个热水澡，雅各布洗得干干净净的，妈妈会喜欢的。

Rena　　Not yet. Let's go and have a warm bath. Mama likes a clean Jacob.

弗兰克　雅各布。

Frank　　Jacob.

　　　　［弗兰克把手中的肥皂给雅各布，雅各布拥抱弗兰克。

　　　　(Frank gives the soap to Jacob and Jacob embraces Frank)

雅各布　谢谢。

Jacob　　Thank you.

　　　　［瑞娜带着雅各布下。

　　　　(Rena exits with Jacob)

顾阿姨　亦兰啊！

Aunt Gu　Yilan!

林亦兰　顾阿姨。

Lin Yilan　Aunt Gu.

顾阿姨　侬姆妈好吗？

Aunt Gu　How about your mother?

林亦兰　伊蛮好。

Lin Yilan　She is fine.

顾阿姨　代我问她好哦。

Aunt Gu　Please give my regards to her.

林亦兰　谢谢侬，有空来玩啊。

Lin Yilan　Thank you. I will. Please come by if you are not busy.

顾阿姨　好的，再会。

Aunt Gu　Okay, see you.

林亦兰　再会。

Lin Yilan　See you.

　　　　［众人下。

　　　　(Everybody exits)

林亦兰　先生！

Lin Yilan　Sir!

弗兰克　你好。你是?

Frank　　Hi，you are?

林亦兰　我们在码头上见过。

Lin Yilan　We met each other at the wharf.

弗兰克　是的,我想起来了。

Frank　　Yes，I remember now.

　　　　　[音乐 1.7

　　　　　(Music 1.7)

林亦兰　如果我没有记错的话,你来自柏林。

Lin Yilan　If I remember correctly，you came from Berlin.

弗兰克　是,柏林。

Frank　　Berlin. Yes.

林亦兰　你是不是丢了什么东西?

Lin Yilan　Did you lose something?

弗兰克　我丢了一只怀表,里面有照片。

Frank　　I've lost a pocket watch with a photo inside.

林亦兰　是谁的照片?

Lin Yilan　Who was in the photo?

弗兰克　是我父母的照片。

Frank　　My parents.

林亦兰　是这个吗?

Lin Yilan　Is it this one?

弗兰克　是的,你在哪里找到的?

Frank　　Yes, where did you find it?

林亦兰　你把它丢在码头了。

Lin Yilan　You left it at the wharf.

弗兰克　谢谢,这是父亲临别时给我的。它对我很重要。

Frank　　Thank you. It was given to me by my father when we departed. It's
　　　　　very precious to me.

林亦兰　是的,我知道。就像我这枚戒指,对我来说也很重要。这是我父
　　　　　亲临终前给我的。

Lin Yilan　Yes. I know exactly what you mean. Just like my ring. It was giv-
　　　　　en to me by my father on his deathbed.

弗兰克　我知道,谢谢。

Frank   I see. Thank you.

[二重唱：

（Duet）

《他的眼神 2》
〈his eyes 2〉

林亦兰：他的眼神微微发亮和初见时已不一样

Lin Yilan：The gleam in his eyes is different from when we first met.

弗兰克：她的脸庞温柔漂亮，就像一首晨曲

Frank：Her gentle smile, soft and sweet, like a morning song.

重唱：向昨天说声再见

Ensemble：Say goodbye to yesterday.

能活着就别拒绝明天

Tomorrow can be a brighter day.

非凡的感觉　触动心扉

Something special touches my heart.

有很多话想要倾诉

So much to be said and heard.

林亦兰　弗兰克·斯特恩,对吗?

Lin Yilan   Frank Stren, right?

弗兰克　是的。小姐,怎么称呼您?

Frank   Yes, Miss, how should I address you?

林亦兰　我叫林亦兰。

Lin Yilan   My name is Lin Yilan.

弗兰克　林亦兰。对不起,我的中国话讲得不好。

Frank   Lin Yilan. I'm sorry. My pronunciation is poor.

林亦兰　我来教你。林亦兰。

Lin Yilan   Let me help you. Lin Yilan.

弗兰克　林亦兰。

Frank   Lin Yilan.

林亦兰　是。我是圣约翰大学医学院的学生。

Lin Yilan   Yes，I'm a medical student of St. John's University.

弗兰克   我是机械工程师。

Frank   I'm a mechanical engineer.

林亦兰   工程师？

Lin Yilan   An engineer?

弗兰克   是。

Frank   Yes.

第三场

Scene Three

　　　　〔午后,林氏工厂。

　　　　(In the afternoon，in the Lin's factory)

　　　　〔音乐 1.8

　　　　(Music 1.8)

　　　　〔小宁波拿着停电通告上。

　　　　(Little Ningbo enters with the blackout notice)

　　　　〔工人们上。

　　　　(Workers enter)

工人们   小宁波,小宁波!

Workers   Little Ningbo，Little Ningbo!

小宁波   日本人又发来了停电通告。

Little Ningbo   The Japanese sent another blackout notice.

工人们   怎么回事儿?

Workers   What happened?

小宁波   大家听我说,今天日本人又把我们工厂的电切断了,我们又没法
　　　　开工了。

Little Ningbo   Listen to me. Today the Japanese have cut off the electrical
　　　　supplies in our factory again. Our machines can't even start
　　　　working.

　　　　〔男声合唱:

　　　　(Chorus)

698

《太阳旗下无阳光》
〈Under the Flag〉

小宁波：不停的战火让人怎么过

Little Ningbo：How can people live in the endless flames of the war?

工人甲：这份工作工钱虽微薄

Worker A：Though the pay is humble,

工人乙：一家老小全靠它来养活

Worker B：The whole family has to depend on it.

工人丙：物价又涨高大米和面条

Worker C：The prices rise again; rice and noodles,

工人丁：很稀少香烟和肥皂

Worker D：Very scarce cigarettes and soap.

合唱：柴米油盐越来越紧俏

Chorus：Fire wood, rice, edible oil and salt are in short supply.

太阳旗下无阳光老百姓遭殃

People are suffering under the Japanese flag.

自己的国家被别人抽打还不如当兵到战场上去厮杀

I'd rather fight on the battlefield as a soldier than have my country beaten.

这一口恶气谁也咽不下总有一天会爆发

No one can swallow an insult like that; people will reach a

breaking point someday.

太阳旗下无阳光天空已无光

There is no sunshine under the Japanese flag and no light in the sky.

［工厂门打开，工人们进入。

(The gate of the factory opens and all workers go in)

小宁波　老板。

Little Ningbo　Boss.

林亦轩：我是生意人诚实守本分

Lin Yixuan：I'm an honest and decent businessman.

可这战争不让人生存实在让我无奈

But the war doesn't let people survive. I feel helpless.

要 赚钱要干净　人要讲良心

Make honest money and be good-hearted.

要我同胞的命那就是要我的命

But taking away my countrymen's lives is the same as taking mine.

我绝对不会生产武器对付中国人

I will never produce the weapons to be used against the Chinese people.

林亦轩　我绝对不会答应为日本人生产手榴弹。

Lin Yixuan　I will never agree to produce grenades for the Japanese.

工　人　不答应。

Workers　Never.

林亦轩　我不能把我林家的工厂变成杀害同胞的机器。

Lin Yixuan　I can't turn the Lin's factory into a machine that slaughters my
countrymen.

工人们　对。

Workers　Yes.

林亦轩:我发誓林某人虽束手无力却不会苟且偷生

Lin Yixuan：I swear that though I'm helpless, I'll never drag out
an ignoble existence.

合唱:血写字　好汉子

Chorus：Write in blood. Be a man!

问乾坤　天有眼

Ask the Heaven and Earth. Heaven has eyes.

林亦轩:我对天我对列祖列宗我对这涛涛的黄浦江

Lin Yixuan：I swear to heaven, to my ancestors and the surging
Huangpu River.

合唱:太阳旗下无阳光

Chorus：There is no sunshine under the Japanese flag.

像监牢一样

Like a prison.

太阳旗下无阳光

There is no sunshine under the Japanese flag.

[林亦兰上。

(Lin Yilan enters)

林亦兰　哥哥。

Lin Yilan　Brother.

林亦轩　亦兰，你跟我说的那位工程师，他什么时候能来？

Lin Yixuan　Yilan, when will the engineer you mentioned to me arrive?

林亦兰　弗兰克？

Lin Yilan　Frank?

[弗兰克上。

(Frank enters)

林亦兰　让我来介绍一下，这是我哥哥，林亦轩。哥哥，这就是我跟你提起过的工程师，弗兰克。

Lin Yilan　Let me introduce to you. This is my brother, Lin Yixuan. Brother, this is Frank, the engineer who I mentioned to you.

林亦轩　弗兰克，你好。

Lin Yixuan　Hello, Frank!

弗兰克　你好，你妹妹已经把你们的情况告诉了我。

Frank　Hello, your sister has already told me about your problem.

林亦轩　我们已经走投无路了。

Lin Yixuan　We have been driven to the wall.

小宁波　你能帮我们吗？

Little Ningbo　Can you help us?

[音乐 1.9

(Music 1.9)

[弗兰克唱：

(Frank Singing)

《转机》

〈**Turning Point**〉

绝望，是个多么沮丧的地方

Agony, what a desperate place to be!

小宁波　小姐，他真的能帮助我们吗？

Little Ningbo　Lady，can he really help us?

悲伤，我怎能忘记它带给我的一切

Misery, how could I forget what it has done to me?

林亦兰　弗兰克，你是我们最后的希望，你能帮帮我们吗？

Lin Yilan　Frank, you are our last hope. Could you please help us?

这些曾经救过，并给我们庇护的人

The people who had saved us, gave us shelter,

也在承受着各种煎熬

Now they're lost in suffering.

我怎能忽视他们的苦痛

How can I ignore their pain?

我怎能视而不见从他们身边默然走过

How can I just close my eyes and walk away from them?

我怎能舍弃他们，当我是他们的唯一希望

How can I abandon them, when I'm all they have?

弗兰克　是的，亦兰，我可以。

Frank　Yes, Yilan. I can.

林亦兰　真的吗？

Lin Yilan　Really?

弗兰克　是的。

Frank　Yes.

林亦兰　谢谢你，弗兰克。

Lin Yilan　Thank you, Frank.

这是我的命运吗？

Could this be my destiny?

这是命中注定吗？

Could this be what's meant to be?

如果我不曾来这，我们的命运永不交错，

Our fate would never cross, if I weren't here.

我们拥有各自的人生

We'd be living separate lives.

在绝望时，他们给我们希望

They gave us hope, when hope was gone.

现在我要付出所有

Now I must give my all

帮助他们生活下去

To help them carry on.

弗兰克 让我们来吧，让我们用火力发电。

Frank Let's do it. Let's use thermal power.

现在我可以看见

Now I can see.

我们自由的那一刻

A time we'll all be free.

永不放弃心中的希望

Never give up the hope that's living in me.

若有信心，众人能把山脉移动

Now I believe that our faith can move mountains.

永不妥协

Never give in.

乌云即将散去

The dark clouds will soon be gone.

昂首抵御狂风

With our heads held up high against the wind.

没有人能够掠夺我们的胜利

No one can seize our victory.

林亦轩 弗兰克，是时候了，你为我们林家做了许多，今天无论是成功还
是失败，我都要替我们林家谢谢你。

Lin Yixuan Frank, it is time. You did a lot for the Lins. Today, no matter
if we succeed or fail, I still thank you on behalf of the Lins.

弗兰克 不用，我相信如果我处在同样的境遇，你也会为我做同样的事。

Frank There is no need. I believe if I were in the same situation, you would've done the same for me.

林亦轩 好，我们来吧。

Lin Yixuan Okay, let us do it.

〔弗兰克启动机器，未果。

(Frank tries to start the machine but fails)

〔弗兰克重试，成功。

(Frank tries a second time and succeeds)

〔众人欢呼。

(Everybody cheers)

工 人 有电了。

Workers We have electricity.

工人：所有困境战胜不了人的心

Workers：Even difficulties can't conquer people's hearts.

我们一起不分开就凭相信

Our belief will keep us together.

弗兰克：这是我生命中的关键时刻

Frank：This is the moment of my life.

扭转乾坤

That turns the tide.

战斗永不停息

The fight will never cease.

直到胜利来临

Till the day when the battle's won.

工人：为自由去斗争

Workers：Fight for freedom.

弗兰克：我们的未来在天边外

Frank：Our future lies beyond the sun.

工人：直到战胜

Workers：Until we win.

第四场

Scene Four

[音乐 1.10A

(Music 1.10A)

[瑞娜看电报。

(Rena is looking at the telegram)

[弗兰克上。

(Frank enters)

瑞　娜　弗兰克。

Rena　　Frank.

弗兰克　瑞娜。

Frank　　Rena.

瑞　娜　你回来啦?

Rena　　You are back?

弗兰克　是的。

Frank　　Yes.

瑞　娜　我……

Rena　　I ...

弗兰克　怎么了?

Frank　　What's the matter?

瑞　娜　我……

Rena　　I ...

弗兰克　瑞娜?

Frank　　Rena?

瑞　娜　我……这是你的电报,你父母没能离开德国,他们被关进了集中营,我们乘的那艘船是最后一艘来上海的。无论如何,你还有我。

Rena　　I ... This is a telegram for you. Your parents couldn't make it out of Germany in time. They were sent to a concentration camp. Our ship was the last ship to arrive in Shanghai. Whatever happens，you still have me.

[瑞娜下。

(Rena exits)

弗兰克　妈妈、爸爸。
Frank　Mother，Father.
　　　　［音乐 1.10B
　　　　（Music 1.10B）

　　　　［弗兰克唱：
　　　　（Frank Singing）

《怎么会》
〈How can this be〉

怎么会?

How?

怎会如此? 告诉我怎么会这样?

How can this be? Tell me how?

怎么会发生在我身上

How can this happen to me?

为什么要用希望将我托起

Why'd you give me hope and raise me up?

只是为了看着我跌倒?

Just to see me falling down.

迷失在无尽的黑暗中

Lost inside this endless darkness.

没有人听到我哭泣

No one here to hear me cry ...

怎么会这样? 告诉我为什么会在此刻发生?

How can this be? Tell me how can this happen now?

你为我呈现了崭新的明天

You showed me a new tomorrow.

却又被无情地夺走

Then you just took it all away.

击碎心灵

Shattering my soul.

将我留在绝望中

And left me in despair.

求你告诉我　这是为什么

Please just tell me why.

[重现历史照片。

(Large historical photo shows up again

[弗兰克倒下。

(Frank falls down)

第五场

Scene Five

[音乐 1.11A

(Music 1.11A)

[夜,林亦兰上。

(Night，Lin Yilan enters.)

[亚伯拉罕与黑市众人　合唱：

(Chorus，Abraham and people at black Market)

自由买卖　公平的买卖

Buy and sell freely; buy and sell fairly.

你买我卖　有买就有卖

You buy and I sell. Where there is buying，there is selling.

有钱就能买

You can buy anything if you have money

无所不卖　灵魂也可卖

We can sell everything，even the soul.

[林亦兰惊慌,不断有人和她搭讪。

(Lin Yilan feels scared，but there are always people trying to talk to her)

亚伯拉罕　林小姐,这里可不是您该来的地方。让我猜猜看,您是为谁来的?

Abraham　You know it's not appropriate for you to be here Miss Lin. But let me guess. You are here for ... What are you here for?

林亦兰　弗兰克·斯特恩。

Lin Yilan　Frank Stern.

亚伯拉罕　弗兰克·斯特恩，他怎么了？

Abraham　Frank Stern, what's wrong with him?

林亦兰　他病得很重，我需要盘尼西林。

Lin Yilan　He has come down with a serious illness. I need Penicillin!

亚伯拉罕　盘尼西林？比黄金还贵。

Abraham　Penicillin? It is more expensive than gold.

林亦兰　要多少钱？

Lin Yilan　How much?

　　　　　［林亦兰打开包，准备取钱。

　　　　　（Lin Yilan opens her purse to take money out）

　　　　　［亚伯拉罕不理会。

　　　　　（Abrahamdoes not answer）

林亦兰　那你要什么？

Lin Yilan　What do you want?

亚伯拉罕　你不是还有钻石戒指吗？我知道，对于真爱的东西都难以割
　　　　　舍。但是生命中的每一件事都需要付出代价。

Abraham　What about your diamond ring? I know how hard it is to part
　　　　　from something so dear ... but everything in life comes at a price.

　　　　　［音乐 1.11B

　　　　　（Music 1.11B）

林亦兰　弗兰克。

Lin Yilan　Frank.

　　　　　［林亦兰唱：

　　　　　（Lin Yilan Singing）

《勇气》
〈Courage〉

　　　　他的脸　很苍白　在死亡边缘
　　　　His face, pale, and on the edge of death.

我不可能　不理不问　看着他挣扎

It's impossible for me to ignore him, seeing his struggle.

那颗心　将陨落　快掉入沼泽

His heart will soon fall into the marsh.

用星的光　胸口的热　点燃他生命之火

Lighten the flame of life in him with the light of stars and the heat of my heart.

救自己　固然重要　但是他　一样重要

It's as important to save myself as it is to save him.

人和人　相互需要　同受煎熬　不如让一个人走

People depend on each other. When you share sufferings, you'll sacrifice yourself.

他　曾对我们伸出过手

He once gave us a helping hand.

让　我家渡过最危急关头

He helped my family to best a difficulty,

在我们都有难的时候

When we all face difficulties.

如今我绝对不能够　见死不救

Now I must save he who is in mortal danger.

面对命运汹涌而来的滚滚洪流

Facing the billowing torrents of the fate.

我们抱在一起不被卷走

We hold tight not to be driven away.

生命无法等候　付出没有理由

Life can't be waited through; devotion has no logic.

为了他愿牺牲　所有

For him, I'd sacrifice myself.

［林亦兰将戒指交给亚伯拉罕。

Lin Yilan　gives her ring to Abraham

亚伯拉罕　我替你想想办法。

Abraham　Let me think of a way for you.

第六场

Scene Six

［音乐 1.12A

(Music 1.12A)

［夜,犹太难民收容所。

(At night，in the Jewish refugees' shelter house)

林亦兰　弗兰克,弗兰克,弗兰克。

Lin Yilan　Frank，Frank，Frank.

［音乐出 1. 12B

(Music 1. 12B)

［林亦兰与弗兰克二重唱:

(Deut，Lin Yilan and Frank)

《活下去》

〈Live On〉

弗兰克:你别过来,你别过来

Frank：Don't come near me. Don't come near me.

我不要你的善意和同情

Don't want your loving kindness and your sympathy.

不要给我安慰的言辞,它们只会折磨我

Don't give me words of comfort. They only torture me.

林亦兰:哦,斯特恩,哦,斯特恩

Lin Yilan：Oh Stern，Oh Stern.

弗兰克:你别过来,你别理我

Frank：Don't come near me，leave me alone.

林亦兰:用这救命的药去救你的命

Lin Yilan：I can save you with this medicine.

弗兰克:你就当作从未认识我

Frank: Just pretend you do not know who I am.

林亦兰：可知我焦急的心

Lin Yilan: How could you know my worried heart?

合唱：你听我说好吗？

Ensemble: Please won't you listen to me?

弗兰克：我努力点燃心中火把

Frank: How I've tried to keep the flame alive.

林亦兰：不该就这样熄灭

Lin Yilan: Can't let you die like this.

弗兰克：我想我找到了活下去的勇气

Frank: Thought I found the strength to carry on.

林亦兰：人不能就这么轻易倒下

Lin Yilan: People can't fall down so easily.

弗兰克：所有希望瞬间消失

Frank: Suddenly all hope is gone in a moment.

林亦兰：你能再次开始

Lin Yilan: You can begin again.

弗兰克：我再一次迷失在苦痛之中

Frank: I'm lost inside the pain again.

林亦兰：自暴自弃　我看不起

Lin Yilan: I look down on people who give themselves up as hopeless.

没想到你真以为死就能逃避

I didn't expect you'd think you could run away as you die.

无论你怪天怪地

No matter whom you blame.

都无权去选择放弃

You have no right to choose to give up

生存的权力

The right to live.

弗兰克　亦兰，别过来。

Frank　Yilan, please leave me alone.

弗兰克：我心中的黑暗，你永远不会明白

711

Frank：this darkness inside of me, you'll never comprehend.

它抓住我，把我拉下去

It grabs me and pulls me down.

让我无法呼吸

And never let me breathe.

当我所珍爱的一切

When everything I once held dear.

就这样逝去

Is simply dead and gone.

告诉我　我究竟为谁而活

Tell me who on earth would I be living for.

告诉我　我究竟为谁而活

Tell me who on earth would I be living for.

林亦兰：战争对谁都无情

Lin Yilan：The war is merciless to all.

没有谁比谁更幸运

No one can be luckier than others.

每天都在面临牺牲

We face sacrifice every day.

牺牲朋友和亲人

We have lost our friends and families.

［艾扎克、瑞娜、雅各布等犹太群众上。

（Isaac，Rena，Jacob and other Jews enter）

可我和你既然并列站在一起

Now that you and I stand side by side

你泪水有几滴我就有几滴

I share the same tears as you.

就算为彼此活下去

Granting we live on for each other.

只要活下去　就是胜利

As long as we live, it will be a victory.

合唱：我们并排在一起

Chorus：With you, together we stand.

为新的一天而战

To fight for just another day.

在希望中，我们找到了活下去的意志

In hope, we'll find the will to live.

继续下去的勇气

And the courage to press on.

我们的火焰燃烧正旺

Our flame keeps burning strong.

光明永远照耀

The Light goes shining on.

永远

And on.

林亦兰　弗兰克。

Lin Yilan　Frank，please.

林亦兰：从现在

Lin Yilan：From now on,

这一刻起

From this moment,

付出你的勇气去重生

Devote your courage to living again.

我们是你家人

We are your family.

［林亦兰拥抱弗兰克。

(Lin Yilan hugs Frank)

第七场

Scene Seven

［除夕夜。

(The Chinese New Year's Eve)

[音乐 1.13A

(Music 1.13A)

[上海男群众挂灯笼,女群众灯笼舞。

(The Shanghainese men hang the lanterns and the women dance with lanterns)

众　人　过年啦。

Everybody　Let's celebrate the Spring Festival.

[小宁波带大家点爆竹。

(Little Ningbo lights the firecrackers with others)

顾阿姨　哎呦。

Aunt Gu　Hey!

小宁波　顾阿姨。

Little Ningbo　Aunt Gu.

顾阿姨　客人都来了。

Aunt Gu　The guests are coming.

林亦兰　姆妈,犹太朋友来了。

Lin Yilan　Mom, here are our Jewish friends!

[弗兰克、艾扎克、瑞娜、雅各布等犹太人上。

(Frank, Isaac, Rena, Jacob and other Jews enter)

顾阿姨　林太太,新年好。

Aunt Gu　Mrs. Lin, Happy New Year.

林　母　你好,你好,新年好,欢迎,欢迎。大家新年好,谢谢。

Lin's mother　Happy New Year. Welcome, welcome. Happy New Year to all of you. Thank you.

众犹太人　侬好!

Jews　Happy New Year!

[瑞娜送花给林母,顾阿姨接花。

(Rena presents a bunch of flowers to Lin's mother and Aunt Gu take them)

顾阿姨　香得来!

Aunt Gu　How fragrant!

[林母发红包。

(Lin's mother gives everybody a red envelope containing money as a gift)

林　母 这是给你的红包。

Lin's mother　This red envelope is for you.

雅各布 新年快乐！

Jacob　Happy New Year.

林　母 新年快乐！这是给你的。

Lin's mother　Happy New Year, this is for you.

瑞　娜 恭喜发财！

Rena　Wishing you happiness and prosperity!

林　母 欢迎大家，我们一起过年。

Lin's mother　Welcome all of you. Let's celebrate the New Year.

艾扎克 谢谢您的邀请！

Isaac　Thank you very much for your invitation.

林　母 你们来我家我很高兴。

Lin's mother　I am very pleased that you could come.

林亦兰 姆妈，这就是我跟你说过的弗兰克。

Lin Yilan　Mom, this is the gentleman I have mentioned before, Frank.

弗兰克 伯母，新年好！

Frank　Happy New Year, aunt.

林　母 常听亦兰他们提起你，谢谢你帮了我们大忙。

Lin's mother　Yilan and the others often mention you. Thank you very much for your help.

弗兰克 哪里，是我应该谢谢你们，谢谢！

Frank　I am flattered. But it is I who should be thanking you, all of you. Thank you.

林　母 不客气！

Lin's mother　You are welcome.

〔林母唱：

(Lin's mother Singing)

新的一年

In the New Year,

大家吃个年夜饭

Let's have a family reunion dinner on the eve of the Spring Festival.

不顺心都忘了吧

Forget all the unhappy things.

新的开始

A new beginning

就像那一副对联

Just like the Spring Festival couplets，

贴在门前红艳艳

Pasted fortuitously on the door.

一年到头

Throughout the year，

多少悲伤和担忧

There is much grief and worry.

但是不低头

But never bow to difficulties.

黄浦江水

The water in the Huangpu River

无论怎么也要流

Will continue to flow no matter what happens.

就顺着日子往前游

Flowing forwards as time marches by.

艾扎克　我们也带来了礼物。

Isaac　　We've also brought you some gifts.

林　母　谢谢！

Lin's mother　Thank you.

小宁波　鱼头？

Little Ningbo　A fish head.

瑞　娜　我们犹太新年吃鱼头，象征着敢为人先，树立好榜样，不落后。

Rena　　We eat fish heads in the Jewish New Year. It symbolizes that we should always lead ahead and show a good example and not follow behind like the tail.

林　母　我们中国人过年也吃鱼。

Lin's mother　We Chinese also eat fish heads in the Spring Festival.

　　　　〔小宁波端上松鼠桂鱼。

(Little Ningbo enter with the sweet and sour fried mandarin fish)

林　母　这个呐，是松鼠桂鱼，过年讨个好彩头，年年有余。

Lin's mother　This is sweet and sour fried fish to be eaten in the New Year for good luck in life. It will bring about surpluses year after year.

众　人　年年有余。

Everybody　It will bring about surpluses year after year.

〔林亦轩拿酒杯上。

(Lin Yixuan enters with glasses)

林亦轩　酒来了。

Lin Yixuan　Here is the wine!

林　母　大家请干杯!

Lin's mother　Bottoms up, please.

众　人　干杯!

Everybody　Bottoms up.

〔亚伯拉罕上。

(Abraham enters)

Abraham　Disaster is upon us!

亚伯拉罕　大祸临头。

林亦兰　亚伯拉罕，怎么了?

Lin Yilan　Abraham, what happened?

亚伯拉罕　纳粹盖世太保在日本的首席代表约瑟夫·梅新格上校召见日本人，要把我们赶到崇明岛上集体活埋，或者把我们驱赶到船上，等行驶到公海让我们喂鱼，但在此之前，日本军方决定先在虹口设定"无国籍难民隔离区"，我们没有自由了。

Abraham　Josef Meisinger, the Gestapo Colonel has met with the Japanese and is planning to banish all the Jews to Chongming Island and bury us alive or force us to board ships which will sail into international waters, and then they will sink the ships, making us food for fish. For the moment the Japanese have proclaimed a designated area for stateless refugees in Hongkou. We will be stripped of all our freedom.

〔音乐1.13B

(Music 1.13B)

亚伯拉罕　我们快走，对不起，赶快走。

Abraham   We have to go now. I'm sorry. We have to go.

〔合唱：

(Chorus)

《犹太人在上海》
〈Jews in Shanghai〉

犹太人：哦，上苍啊！ 听你子民，在呼唤你名字

Jews：Oh Lord, hear your people, calling your name!

哦，上苍啊！ 怜悯我们，听他们在哭泣

Oh Lord, show your mercy, hear how they cry!

中国人：太阳旗下无阳光

Chinese：There is no sunshine under the Japanese flag.

犹太人：上苍啊！ 听你子民，在呼唤你名字

Jews：Oh Lord, hear your people, calling your name!

中国人：太阳旗下无阳光

Chinese：There is no sunshine under the Japanese flag.

犹太人：听到他们绝望的哭泣

Jews：Hear their desperate cries.

中国人：这些

Chinese：These

犹太人：我们该怎么做，我们能怎么做

Jews：What do we do? What can we do?

中国人：可怜人啊

Chinese：Pitiful men!

犹太人：前方是什么？ 什么命运在等待

Jews：What lies ahead? What fate awaits the?

合唱：犹太人在上海！

Chorus：Jews in Shanghai!

第二幕
Act Two

第一场

Scene One

〔1943 年初夏，黄梅天，雨夜，虹口隔离区。

（Early summer of 1943，one rainy night of plum rain season，at Hongkou Ghetto）

〔众犹太人在将窗户涂黑。

（Jews are painting windows black）

〔犹太人乙晕倒。

（Jew B faints）

犹太人甲　你怎么了？

Jewish A　What'the matter?

犹太人乙　我饿。

Jewish B　I am hungry.

〔犹太人丁上。

（Jew D enters）

犹太人丙　怎么了？

Jewish C　What happened?

犹太人丁　我没有拿到通行证。

Jewish D　I haven't got my pass.

犹太人丙　怎么会？

Jewish C　How come?

犹太人丁　可恶的合屋不给。

Jewish D　This crazy Ghoya did not permit.

〔艾扎克上。

（Isaac enters）

雅各布 瑞娜，我们为什么要在隔离区？我们必须这么做吗？

Jacob Rena, why do we have to be in the ghetto? Do we also have to do this?

瑞　娜 是的。

Rena Yes.

艾扎克 雅各布，从今晚起实行灯火管制，所有的玻璃窗都要涂黑，不许一丝灯光从窗子里透出去，也不允许晚上在街道上抽烟。

Isaac Jacob, since the blackout will be carried out tonight, all the windows must be painted black, and not even a single glimpse of light should leave the windows. Even smoking is not allowed on the street at night.

〔亚伯拉罕上。

（Abraham enters）

艾扎克 亚伯拉罕，你的胡子？

Isaac Abraham, your beard?

犹太女甲 亚伯拉罕，我刚才都没有认出你！

Jewish girl A Abraham? I didn't even recognize you!

亚伯拉罕 今天早上，管通行证的日本人合屋不知发什么神经，让我把脑袋放在桌子上……接着，他拔出了军刀。

Abraham This morning, the Japanese military officer, Ghoya who is in charge of the passes must have blown his lid. He ordered me to put my head on the table ... Then he took out his saber.

众　人 啊？

All What?

亚伯拉罕 我以为这回要没命了！结果，他挥刀砍掉了我的胡子。

Abraham I thought I would die right then and there but instead he just cut off my beard.

艾扎克 合屋自称是"犹太人的皇帝"，能否拿到通行证，全凭他高兴。他还会把犹太人送到可能传染伤寒的牢房去关几天。

Isaac Ghoya regards himself as the "Emperor of the Jewish people". Getting passes or not getting passes relies only on his crazy moods. He would even put Jews in prison, where they can get typhoid.

犹太人丁 没有通行证就没办法出去工作，我们只能待在这里坐以待毙……

Jew D   Without passes we can not go to work. What can we do? Stay here
         and wait to be killed?

艾扎克   又下雨了。

Isaac   It's raining again.

亚伯拉罕   黄梅天。

Abraham   Plum rains.

        〔众人下。

        （All exits）

雅各布   我的肚子饿得咕咕叫，我真希望有东西吃。

Jacob   My stomach is rumbling again. I wish I had something to eat.

瑞　娜   雅各布，记得犹太人的谚语：有时只要心中有许愿，就能实现。

Rena   Jacob, remember the old Jewish saying：Sometimes a wish is only
        one prayer away.

雅各布   有时只要心中有许愿，就能实现。

Jacob   Sometimes a wish is only one prayer away.

        〔瑞娜下。

        （Rena exits）

雅各布   面包，面包，面包。

Jacob   Bread, bread, bread.

        〔音乐 2.3

        （Music 2.3）

        〔上海姑娘雨中伞舞。

        （Shanghainese girls dancing with umbrellas in the rain）

        〔林母、顾阿姨、李老师、小宁波等提着篮子穿行雨中。

        （Lin's mother, Aunt Gu, Mr. Li, Little Ningbo walking in the rain
        with baskets）

雅各布   这是什么？瑞娜，这是什么？

Jacob   What's this? Rena! Come, what is it?

瑞　娜   你是说那个？

Rena   You mean that?

雅各布   是。

Jacob   Yes.

瑞　娜   我不知道。

Rena   I don't know.

顾阿姨 这是大饼油条。

Aunt Gu This is roasted flat bread and deep-fried dough sticks.

雅各布 什么是大饼油条？

Jacob What is roasted flat bread and deep-fried dough sticks?

李老师 面包。

Mr. Li Br.Br.Br Bread ...

顾阿姨 大饼油条就是面包。

Aunt Gu Roasted flat and deep-fried dough sticks are bread.

雅各布 面包，面包，面包，谢谢！

Jacob Bread! Bread! Bread! Thank you.

〔瑞娜唱：

（Rena Singing)

《同伴》
〈Companion〉

瑞娜：不相信　我眼睛

Rena: Is it real, what I see?

感觉在做梦

Feels like I'm dreaming.

就像甜蜜温柔的礼物

Like a gift soft and sweet.

从天而降

Sent down from heaven.

分享和给予

Sharing and giving.

多么美好

Isn't it dear?

没有什么比这更珍贵

Nothing's more precious to me.

我们分享的爱

Than the love that we share.

顾阿姨：你就像

Aunt Gu：You are like

瑞娜：就像心中的梦

Rena：Like dreams from our hearts.

顾阿姨：我的孩子

Aunt Gu：My child.

瑞娜：永不停息

Rena：They go on and on.

顾阿姨：我是家长

Aunt Gu：I am a parent.

瑞娜：看他们飞越　高墙

Rena：See how they rise above any walls.

林母：墙不管有多高

Lin's mother：No matter how high the wall is.

瑞娜：听它在云里歌唱

Rena：Hear them sing in the clouds.

林母：那么响亮

Lin's mother：How it resounds!

瑞娜：我相信　你和我

Rena：I believe，you and me.

瑞娜：我们是一家人

Rena：We are one family.

瑞娜：无论生活多艰难

Rena：However hard life can be.

合唱：像太阳　明亮照耀

Chorus：Like the sun，shining bright.

点亮星星

It lights up the stars.

李老师：千金难买是友谊

Mr. Li：Money can't easily buy friendship.

合唱：从心中延伸　永恒的爱

Rena：Reaching out，from your hearts love everlasting.

在黑暗中行走　不再恐惧

Walking in darkness，there is no fear.

李老师：相聚就是缘

Mr. Li：A fateful meeting.

合唱：只因有你同行

Chorus：Because I know you walk with me.

李老师：我们在一个屋檐

Mr. Li：We are under the same roof.

合唱：我知道你与我同行

Chorus：I know you walk with me.

第二场

Scene Two

[日本兵监狱。

(Jail guarded by Japanese Army)

[林亦轩被关押，林亦兰、弗兰克探监。

(Lin Yixuan is locked up here, Lin Yilan and Frank come to see him.)

林亦轩 这个主意不错，我赞成。

Lin Yixuan This idea is not so bad, I agree with you.

林亦兰 哥哥，你确定要这么做吗？

Lin Yilan Are you sure you want to do this, brother?

林亦轩 对。

Lin Yixuan Yes.

林亦兰 弗兰克，你确定缩短引线，手榴弹肯定不会爆炸。

Lin Yilan Frank，are you sure if we shorten the fuse, the grenades will not explode?

弗兰克 我确定。

Frank Yes! I'm sure.

林亦兰 可我担心，这么做会被日本人发现。

Lin Yilan But I am afraid the Japanese will find out what we have done.

林亦轩 产品没有标记，和其他工厂的手榴弹放在一起，是区分不出来的。

Li Yixuan There are no marks on the products so ours cannot be distinguished from the grenades others produce.

[音乐 2.4B

(Music 2.4B)

弗兰克 但是，你要清楚，万一暴露了，他们知道这是你干的。

Frank But you have to understand, if they find out they're going to know that it's you.

林亦轩 我很清楚。

Lin Yixuan I am quite sure.

弗兰克 不仅仅是你，还有你的家人，所有工人都会陷入危险。

Frank Not only will you be in danger, but your family and your workers too.

林亦轩 即使我不这么做，这些危险依然无法避免，我仅仅是因为拒绝了日本人就被他们关押在这里。现在我有机会可以出去，生产不会爆炸的手榴弹，我愿意这么做，我相信我的工人们也愿意这么做。

Lin Yixuan Even if I don't do this, there is still danger. When I refused the Japanese, they locked me up here. Now I have the opportunity to get out of here, so I would like to produce the grenades that won't explode. I bet my workers are also willing to do so.

[合唱：

(Chorus)

《微光 1》

〈Shimmer 1〉

林亦轩：人活在世上　虽然渺小

Lin Yixuan：When living in the world, even if you're insignificant.

但也不能唯唯诺诺

You can't be cowardly.

蚂蚁般活着　却要有气魄

Living like an ant, but daring.

敢面对坎坷烈火

Daring to face difficulties and fire.

弗兰克：活出生命　活出梦想

Frank：Living our lives. Living our dreams.

林亦兰：别轻易退缩

Lin Yilan：Don't flinch so easily.

弗兰克：我们自豪昂首

Frank：We proudly hold our heads up high.

林亦兰：要坚强

Lin Yilan：Be strong!

合唱：让豪气充满胸膛

Chorus：Let the spirit fill our hearts.

林亦兰：胸膛连接城墙

Lin Yilan：Our chests linked side by side to act as walls.

林亦轩：站起来是山冈

Lin Yixuan：When we stand up, we look like a mountain.

合唱：凝聚力量，站在一起

Chorus：With all our strength here will stand.

[转景工厂，林亦轩、弗兰克进入工厂，与小宁波和上海工人们一起。

（Scene changes to factory, Lin Yixuan, Frank enter with Little Ningbo and Shanghainese Workers）

合唱：来吧　无论夜有多长

Chorus：Come on! No matter how long the night is.

这无数微弱的光　四面八方聚集在路上

The countless weak lights gathered on the road far and near.

积少成多　耀眼银河

Many little lights combining to make the Milky Way.

你听它的波澜多壮阔

Listen! How mighty and magnificent!

明天　已不用再商量

Tomorrow, we don't need to discuss it.

我们将一如既往　相互靠拢在彼此身旁

We will as always depend on each other.

也许手中没有枪　一样在战场

Maybe we have no guns in hands, but we still can fight on the battlefield.

虽然我们是　微光

Though we are but a glimmering light!

小宁波：从小我就是一无所有

Little Ningbo：I've had nothing since I was a child.

小心翼翼　抬不起头

Watchful, I couldn't raise up my head.

可到这个时候　不再忍受

But at this moment，I can't bear it any more.

不是行尸走肉　我也是个硬骨头

I'm not a walking corpse but a hard bone.

合唱：我是一束微光　为你照亮那战场

Chorus：I am a glittering light, lighting the battlefield for you.

小宁波：让你看清敌人方向　就没白白地熄灭

Little Ningbo：Letting you see clearly the enemy's direction,
not dying in vain.

合唱：我就是那微光　想要拥抱那曙光

Chorus：I am a glimmering light! Wanting to embrace the dawn.

小宁波：快要熬到了天亮

Little Ningbo：The wait for dawn is over at last.

合唱：听风声在歌唱　也许并不响亮

Chorus：Listen, the wind is singing, though maybe not resounding.

小宁波：但由弱

Little Ningbo：But from weak

变强

To strong

合唱：来吧　无论夜有多长

Chorus：Come on! No matter how long the night is.

敲开黎明的门窗　夜越长我们就越闪亮

The dawn opens the door and window；the longer the night,
the brighter we are.

也许手中没有枪

Maybe we have no guns in hands,

一样在战场

But we still can fight on the battlefield.

成群结队的　亮光

A conglomeration of light.

第三场

Scene Three

[虹口隔离区小维也纳咖啡馆，夜。

(Little Vienna Cafe at Hongkou Ghetto, night)

[弗兰克上。

(Frank enters)

弗兰克 亦兰，亦兰，亦兰。

Frank   Yilan! Yilan! Yilan!

林亦兰 弗兰克。

Lin Yilan   Frank!

弗兰克 你绝不会相信，日本人刚刚运走了七卡车手榴弹，我可不想成为日本兵，手里拿着砖都比这个管用。

Frank   You are not going to believe this. We've just shipped all 7 truck-loads of faulty grenades. I wouldn't want be a Japanese soldier holding these grenades. He'd have more luck throwing a brick.

林亦兰 你小声一点，上来说吧。

Lin Yilan   Be quiet. Why don't you come up here?

[弗兰克上楼。

(Frank goes upstairs)

林亦兰 虽然现在一切都很顺利，但我还是希望你自己要小心一点。

Lin Yilan   Though nothing has happened yet, I still hope you will be careful.

弗兰克 我会的，其实我更担心你们林家，不要因为我的主意给你们带来不测，那样的话我会很自责。

Frank   I will do my best, but I am more concerned about you and your family. I couldn't live with myself if something bad happens to you because of me.

林亦兰 别这么想，毕竟这是我们大家一起决定的事情，不是吗？

Lin Yilan   You can't think like this. After all this is our decision, isn't it?

弗兰克 亦兰。

Frank   Yilan.

林亦兰 嗯？

Lin Yilan   Yes?

弗兰克 亦兰。

Frank   Yilan.

林亦兰　嗯?

Lin Yilan   Hmm?

弗兰克　真是一个繁星闪烁的夜晚。

Frank   It's quite a starry night.

林亦兰　今晚好安静哦。

Lin Yilan   It's so quiet tonight.

两　人　是的。

Both   Yes!

弗兰克　晚安!

Frank   Well, Good night.

林亦兰　晚安!

Lin Yilan   Good night.

弗兰克　亦兰。

Frank   Yilan

林亦兰　什么?

Lin Yilan   Yes?

弗兰克　这是我的怀表。

Frank   This is my pocket watch.

林亦兰　我知道。

Lin Yilan   I know.

弗兰克　我想请你替我保管。

Frank   I would like you to keep it for me.

林亦兰　但是,这是你父母留给你的,它对你太珍贵了。

Lin Yilan   But, it's a gift left to you by your parents. It's too precious to you.

弗兰克　我刚来时,你说,每一天都是新的开始,每一天都是新的希望。我想要你成为我新的开始。

Frank   When I came here, you said every day is a new beginning with new hopes. I want you to be my new beginning.

〔重唱:

(Deut)

《此刻的阳光 1》
〈Sunlight 1〉

弗兰克：我以为再见不到阳光

Frank：Thought I'd never see the sun again,

心中那道彩虹受了伤

There's a broken rainbow on my mind.

在黑暗的汪洋

In the darkest oceans deep,

是你站在岸上

You stand along with me.

用烛光在雨中默默点亮方向

A candle quietly guiding through the rain.

林亦兰：哪怕恐惧变成高的墙

Lin Yilan：Though fear becomes a high wall,

自由也能穿过铁丝网

Freedom can still pass through the barbed wire.

当心和心连上　就会爆发胆量

When heart and heart are touching, an outpouring of courage occurs.

所以在这一刻　希望再小也不放

So in this moment, we will never give up even if there is little hope.

合唱：因为光明

Ensemble：In the sun light,

因为黎明

In the dawn light,

总会击退乌云

Dark clouds will disappear.

让梦苏醒

Dreams will be clear.

融化厚厚坚冰

Winters will be gone.

弗兰克：握紧你的手

Frank：Holding your hand,

林亦兰：因为勇气

Lin Yilan：Because of courage，

弗兰克：忍住眼泪

Frank：Holding my tears，

林亦兰：绝不哭泣

Lin Yilan：Never cry.

弗兰克：我们永不孤独

Frank：We're never alone.

合唱：爱的力量让我们紧密相连

Ensemble：Joined by the power of love.

我永不放手

I would never，never let you go.

我们的爱永不破碎

Our love will never break.

林亦兰：我听见你呼吸

Lin Yilan：I feel your breathing.

弗兰克：我听见你心跳

Frank：I feel your beating heart.

合唱：我们只要活着

Ensemble：For as long as we live，

就还有爱的权力

We have the right to love.

因为光明

In the sun light，

因为黎明

In the dawn light，

总会击退乌云

Dark clouds will disappear.

让梦苏醒

Dreams will be clear.

融化厚厚坚冰

Winters will be gone.

弗兰克：握紧你的手

Frank：Holding your hand，

林亦兰：因为勇气

Lin Yilan：Because of courage,

弗兰克：忍住眼泪

Frank：Holding my tears,

林亦兰：绝不哭泣

Lin Yilan：Never cry.

弗兰克：我们永不孤独

Frank：We're never alone.

合唱：爱的力量让我们紧密相连

Ensemble：Joined by the power of love,

我永不放手

I would never, never let you go.

我们的爱永不破碎

Our love will never break.

我们的爱永不破碎

Our love will never break.

［音乐 2.6

（Music 2.6）

［瑞娜上。

（Rena enters）

［瑞娜唱：

（Rena Singing）

《为何不是我》
〈Why Can't It Be Me〉

都说爱情很美

They say that love is fine.

像葡萄美酒

Pure and sweet like wine.

它让我沉醉

And when I fall,

当我醉心爱情

If I should fall,

落入他怀抱

I'd fall into his arms.

相互相依相靠

And the warmth of his embrace.

但为何不是我？

But, why can't it be me?

站在他身旁？

Standing beside him,

感受他的痛苦，分享他的爱和思想

Feeling his pain, sharing his love and thoughts.

当冷雨落下

When the rain is cold,

我最好在他的身旁

I'd be there for him.

紧紧地抱着他

I'd hold him close to me

直到阳光再次出现

Until the sun returns.

但如果他再次爱我

But what if he would love me back,

我会失去自我吗

Would I be myself?

我会感到迷失吗？

Would I be feeling lost?

爱太不安全

Love's too insecure.

就像沙中的城堡

Like castles in the sand.

我们会飘走吗？

Would we drift away?

就像陌生人慢慢走过

Like strangers slowly passing by.

为何不是我？

Why can't it be me?

站在他身旁?

Standing beside him.

但我知道,这世界会依然如故

But somehow I know, the world will just go on as before.

[艾扎克上。

(Isaac enters)

艾扎克	你依然很在乎他?
Issac	You care for him, don't you?
瑞　娜	我该怎么办?
Rena	What should I do?
艾扎克	让你哭泣的真话要好于让你微笑的谎言。不管发生什么事,我的瑞娜是这个世界上最出色的女孩。
Isaac	Better the truth that makes you cry, than the lie that makes you smile. No matter what happens or what anyone says. My Rena is the most wonderful girl in the whole wide world.

[重唱:

(Deut)

合唱:他们说,爱是值得等待的礼物。

Ensemble：They say that love is a gift worth waiting for.

瑞娜:但我怎么能确信

Rena：But how can I be sure,

艾扎克:你总会知道

Isaac：Somehow you will know.

瑞娜:他就是对的人

Rena：If he's the one who's meant for me?

艾扎克:谁是你对的人?

Isaac：Who's meant for you?

瑞娜:如果真是我,我将如何爱他?

Rena：What if it were me? How would I love him?

艾扎克:某天你会找到

Isaac：Someday you'll find.

瑞娜:我能做的只有在远处眺望

Rena：All I can do is watching from afar.

734

艾扎克：你自己的真爱。

Isaac：Your own true love.

合唱：来自我心中的祝福

Ensemble：With blessings from my heart.

为他

For him.

〔瑞娜、艾扎克下。

（Rena，Isaac exit）

〔小宁波上。

（Little Ningbo enters）

小宁波　弗兰克，弗兰克，小姐。

Little Ningbo　Frank，Frank. Lady.

林亦兰　小宁波，怎么了？

Lin Yilan　Little Ningbo. What happened?

小宁波　不好了，日本人发现了我们不会爆炸的手榴弹。

Little Ningbo　Something is wrong. The Japanese have found out that the grenades we made are not explosive.

〔音乐 2.7

（Music 2.7）

第四场

Scene Four

〔林氏工厂，夜。

（At Lin's Factory, at night）

〔林亦轩、弗兰克、小宁波与工人们合唱：

（Chorus，Lin Yixuan，Frank，little Ningbo and workers）

《无路可退》

〈No Way Out〉

A 组：查

Group A：Inspection!

B 组：悉听尊便

Group B：As you wish.

A 组：查

Group A：Inspection!

B 组：工厂戒严

Group B：The factory is under martial law.

A 组：查

Group A：Inspection!

B 组：每个车间

Group B：Every workshop!

A 和 B：你把我们怎么办

Group A and B：How can you treat us so?

A 组：看

Group A：Look.

B 组：来者不善

Group B：He comes with ill intent.

A 组：看

Group A：Look!

B 组：怒气冲天

Group B：In a great rage.

A 组：看

Group A：Look!

B 组：荷枪实弹

Group B：Carrying loaded rifles.

A、B：他们都已经发现

Group A & B：They have already found us!

[日本兵画外音：说，这是谁的主意？

(O.S of a Japanese soldier：which one of you had this idea?)

单　人　我

solo　　I

　　　　我

　　　　I

　　　　我

　　　　I

我

I

众　人　是我！

Everybody　It was I.

合唱：我

Chorus：I.

无路可退　在悬崖边　万分危险

Our backs to the wall and in danger, on the verge of a cliff.

A组：哪怕已命悬一线　不共戴天

Group A：Even if we are on the verge of death, we are absolutely

irreconcilable.

B组：无路可退　赤手空拳　捍卫尊严

Group B：Our backs to the wall, we protect our dignities bare-handed.

合唱：我们都是好汉

Chorus：We are all brave men.

小宁波：好汉

Little Ningbo：Brave men.

［枪声。

（Sound of gunshot）

［小宁波中枪。

（Little Ningbo got shot）

众　人　小宁波。

Everybody　Little Ningbo.

［小宁波唱：

（Little Ningbo Singing）

小宁波：我就是那微光　想要拥抱那曙光

Little Ningbo：I am a glimmering light, wanting to embrace the dawn.

快要熬到了天亮

The wait for dawn is over at last.

听风声在歌唱也许并不响亮

Listen, the wind is singing, though maybe not resounding.

但由弱变······强

But from weak to strong.

[小宁波死去。

(Little Ningbo dies)

众　人　小宁波。

Everybody　Little Ningbo.

[音乐 2.8

(Music 2.8)

众　人　老板,我们该怎么办?

Everybody　Boss, what should we do?

林亦轩　小宁波的血不会白流!

Lin Yixuan　Little Ningbo's blood will not run in vain.

第五场

Scene Five

[林氏工厂门口,夜。

(In front of Lin's factory, at night)

[亚伯拉罕在等候。

(Abraham is waiting)

[林亦兰上。

(Lin Yilan enters)

林亦兰　亚伯拉罕。

Lin Yilan　Abraham.

亚伯拉罕　林小姐,你要我准备去无锡的车已经准备好了。

Abraham　Miss Lin, I have already arranged for a car to take you to Wuxi, just as you asked.

林亦兰　谢谢你!

Lin Yilan　Thank you!

亚伯拉罕　我不知道你们要做什么,但是你一定要小心。

Abraham　I don't know what you are going to do. But you must be careful.

林亦兰　一会儿弗兰克和我还有我哥哥马上就过来。记住,车子千万不要熄火。

Lin Yilan   In a moment Frank and I and also my brother will come out. Remember, keep the engine running.

亚伯拉罕   记住了。林小姐,我有东西要给你。

Abraham   I remember. Miss Lin, there is something I'd like to give you.

［亚伯拉罕取出戒指,交给林亦兰。

（Abraham takes out the ring and gives it to Lin Yilan）

亚伯拉罕   我不应该夺人所爱。对不起。

Abraham   I should not have taken it. I'm sorry.

林亦兰   亚伯拉罕,在我心里,你一直是个好人。

Lin Yilan   Abraham, in my heart, you will always be a good man.

［林亦兰拥抱亚伯拉罕。

（Lin Yilan embraces Abraham）

亚伯拉罕   谢谢!

Abraham   Thank you.

［亚伯拉罕下。

（Abraham exits）

［林亦轩与工人们走出厂门。

（Lin Yixuan and the workers walk out of the factory）

［合唱:

（Chorus）

《希望》
〈Hope〉

合唱:再沉默会变成懦弱

Chorus: If we are silent again, we are cowards.

只剩一副躯壳

Only the body will stay.

死亡的面前不分你和我

In front of death, there is no you and me.

希望战争快一点结束

Hoping the war ends soon.

一片坟墓也会长花朵

And flowers will appear on tombs.

林亦轩　我的好兄弟们，有朝一日，我们还会再相见的。保重！

Lin Yixuan　My good brothers. Someday，we will see each other again.
Take care.

众　人　老板。

Everybody　Boss.

林亦轩　走吧！走！

Lin Yixuan　Go! Go!

　　　　〔工人们下。

　　　　（Workers exit）

　　　　〔弗兰克手拿引爆器走出厂门。

　　　　（Frank walk out the factory with a trigger in his arm）

弗兰克　都布置好了。

Frank　Everything is set.

林亦兰　好。

Lin Yilan　Okay.

林亦轩　炸工厂。

Lin Yixuan　Blow up the factory.

　　　　〔林亦兰、弗兰克、林亦轩下。

　　　　（Lin Yilan，Frank and Lin Yixuan exit）

　　　　〔远处日本兵走近的脚步声。

　　　　（Sound of iron heels of Japanese Soldiers coming near）

　　　　〔弗兰克上。

　　　　（Frank enters）

弗兰克　有地方不对。

Frank　Something is not right.

　　　　〔林亦兰上。

　　　　（Lin Yilan enters）

林亦兰　弗兰克。

Lin Yilan　Frank.

弗兰克　不要靠近，危险，日本人来了，我们没时间了。

Frank　　Don't come any closer. It's too dangerous. The Japanese are coming. There is no time.

林亦兰 但是,弗兰克,我必须……

Lin Yilan　But，Frank，I have to.

弗兰克 不,答应我,不要跟着我。

Frank　　No，promise me. You are not going to follow me.

林亦兰 不。

Lin Yilan　No.

弗兰克 答应我!

Frank　　Promise me!

林亦兰 好。

Lin Yilan　All right.

〔弗兰克转身跑进工厂。

(Frank runs into the factory)

林亦兰 弗兰克!

Lin Yilan　Frank!

〔林亦兰冲进工厂。

(Lin Yilan rushes into the factory)

〔工厂爆炸。

(The factory gets Exploded)

〔日本兵枪声大作。

(Sound of Japanese soldiers' gunfire)

〔音乐2.9A

(Music 2.9A)

〔林亦兰与弗兰克在高台的两处。

(Lin Yilan and Frank are on opposite sides of two platforms)

弗兰克 亦兰? 你怎么在这儿? 没事啦,没事啦,日本人走了,我们成功了。

Frank　　Yilan? What are you doing here? It's alright. It's alright. They are gone. We did it.

林亦兰 是的,我们成功了。

Lin Yilan　Yes，we did it.

〔音乐2.9B

(Music 2.9B)

弗兰克 亦兰,你怎么了? 你中弹了。

Frank   Yilan, what's the matter? You've been shot.

林亦兰   弗兰克,我不后悔这么做。

Lin Yilan   Frank, I don't regret it.

弗兰克   我知道,我知道,我来接你。

Frank   I know, I know. I'm coming to get you.

林亦兰   弗兰克,不要离开我。

Lin Yilan   Frank, don't leave me.

弗兰克   我在这儿。

Frank   I'm here.

林亦兰   我有话要对你说。我不能再替你保管这枚怀表了。

Lin Yilan   I have something to tell you. I can't keep the pocket watch for you any longer.

弗兰克   不,不。

Frank   No, No.

林亦兰   别难过。还记得我对你说过的话吗?

Lin Yilan   Don't feel sad. Still remember what I have told you?

弗兰克   每一天都是新的开始,每一天都是新的希望。

Frank   Every day is a new beginning with new hopes!

〔重唱:

（Deut）

《此刻的阳光 2》
〈Sunlight 2〉

弗兰克:因为光明

Frank:In the sun light,

因为黎明

In the dawn light,

总会击退乌云

Dark clouds will disappear.

让梦苏醒

Dreams will be clear.

融化厚厚坚冰

Winters will be gone.

握紧你的手

Holding your hand,

林亦兰：因为勇气

Lin Yilan：Because of courage,

弗兰克：忍住眼泪

Frank：Holding my tears,

林亦兰：绝不哭泣

Lin Yilan：Never cry.

弗兰克：我们永不孤独

Frank：We're never alone.

合唱：爱的力量让我们紧密相连

Ensemble：Joined by the power of love,

我永不放手

I would never, never let you go.

我们的爱永不破碎

Our love will never break.

[林亦兰倒下。

(Lin Yilan falls down)

弗兰克　亦兰，不，亦兰，亦兰！

Frank　Yilan. No. Yilan. Yilan!

[钟声。

(The bell rings)

[音乐 2.10

(Music 2.10)

[林亦兰与弗兰克站在高台两处。

(Lin Yilan and Frank stand on opposite sides of two platforms)

[所有的上海人民和犹太人上。

(All Shanghainese and Jews enter)

[合唱：

(Chorus)

《微光 2》

〈Shimmer 2〉

A1

不管这世界有多少死伤

No matter how many dead and wounded there are in the world.

都不可能灭掉信仰

It's impossible to wipe out belief.

等打完这一仗就更接近解放

Liberation is closer as the war winds down.

正义会穿过铁丝网

Justice will pass through barbed wire.

A2

让理想变成手中钢枪

Let ideals turn into rifles in hands.

让希望高高飘扬

Let hope fly highly.

血肉之躯，理想荡漾

Flesh and blood; ideals waver.

张开你的手掌

Stretch your palms.

看见我也一样

See me as you are.

一样的亮光

The same light.

B

来吧　无论夜有多长

Come on! No matter how long the night is.

这无数微弱的光　四面八方聚集在路上

The countless weak lights gathered on the road far and near

积少成多　耀眼银河

Many little lights combine to make the Milky Way

你听它波澜多么壮阔

Listen! How mighty and magnificent!

明天　已不用再商量

Tomorrow，we don't need to discuss it.

我们将一如既往　相互靠拢在彼此身旁

We will as always depend on each other.

也许手中没有枪 一样在战场

Maybe we have no guns in hands, but we still can fight on the battlefield.

我们是 微光

We are but a glimmering light.

C

来吧 无论夜有多长

Come on! No matter how long the night is.

敲开黎明的门窗 夜越长我们就越闪亮

The dawn opened the door and window; the longer the night,
the brighter we are.

也许手中没有枪

Maybe we have no guns in hands,

一样在战场

But we still can fight on the battlefield.

成群结队的亮光

A conglomeration of light.

〔字幕:

(Subtitle)

1938 年至 1941 年 上海先后接纳了犹太难民 2 万余人

From 1938 to 1941 Shanghai accepted about 20 thousand Jewish refugees

他们的名字与上海永远连在一起

Their names will be connected with Shanghai forever

两个民族相濡以沫 共患难 同生存

Two nations were friendly in need and survived together

一座城的拯救 一个民族的重生

A Whole City's rescue brought a nation's rebirth

爱 跨越疆土 给予生的希望和力量

Across the land, Love presents hope and the strength of life

〔2 万多上海犹太难民名单。

(Name list of 20 thousand Jewish refugees)

剧终

The End

刘云简介

毕业于上海戏剧学院。现就职于上海戏剧学院。

梁芒简介

著名词作家。代表作品电影《集结号》《唐山大地震》《南京，南京》《非诚勿扰》《叶问 2》《海底总动员》《好奇害死猫》等；电视剧《啼笑因缘》《像雾像雨又像风》《末代皇妃》；歌曲《春暖花开》《我只喜欢你》(那英演唱)、《拯救》(孙楠演唱)。音乐剧《天龙八部》《爱上邓丽君》《啊！鼓岭》《妈妈，再爱我一次》《犹太人在上海》。

音乐剧

妈妈，再爱我一次

编剧　刘　云

作词　梁　芒

本剧实属虚构，如有雷同，纯属巧合

人　物

妈　妈（邓雯娜）　30—48 岁

邓小强　18—26 岁

邓小强（童年）　8—10 岁

美　伊　18—26 岁

小强奶奶　70 岁

女记者　20—38 岁

律　师　32 岁

公诉人

审判长

监狱管理员

舞厅经理

众舞者

留学生甲，乙，丙，丁

医生、护士

观众进场时,流苏形成的面幕上是《妈妈,再爱我一次》的海报

序

场灯暗/音乐起,配合音乐,多媒体画面的内容:

从头—0′36″　海报定格

0′37″—0′43″　组成妈妈头像的千纸鹤随着音乐纷纷闪光,并变成立体的样子。(是否可以考虑《妈妈,再爱我一次》这几个字变成立体的)。

0′44″—0′50″　从妈妈的眼睛处飞出一只小纸鹤,它振翅在《妈妈,再爱我一次》这几个字之间悠扬地飞舞

0′51″—0′55″　小纸鹤飞回妈妈的鼻子底下,轻轻地用嘴蹭着妈妈的鼻尖

0′56″—1′06″　小纸鹤发现妈妈没有反应,于是飞离妈妈在空中盘旋,最终落在了《妈妈,再爱我一次》的字上,具体应该是"妈妈"的妈字上

1′07″—1′13″　"妈妈,再爱我一次"几个字按书写笔画顺序依次亮起。

1′14″—1′19″　"妈妈,再爱我一次"这几个字化作银色的粉末飘散

1′20″—1′29″　小千纸鹤飞回妈妈眼睛里,组成妈妈头像的千纸鹤好像活过来,开始旋转

1′30″—1′36″　千纸鹤纷纷散开,闪着光向观众飞来,妈妈头上的那朵花因纸鹤的分散,而在空中飘,最后随着流苏幕升起而落下。

主持人(画外音):各位观众,欢迎来到"舞出我人生"电视节目录制现场,今晚我们将欣赏到热情奔放的拉丁舞表演!让我们用热烈的掌声欢迎今晚的舞者们出场!

在音乐变化中,流苏面幕升起!

第一幕

第 1 场　电视台录播大厅候场区域——舞台

　　〔音乐过渡——舞台呈现电视台录播大厅。

　　〔几对舞者纷纷闪亮登场,最后在舞台上造型定格。

　　〔主持人(画外音):现在有请今晚的神秘嘉宾——她就是参加过世界拉丁舞大赛有着"火凤凰"之称的邓雯娜——

　　〔全场灯光变化,强烈的逆光照亮了扇形台阶上的中心舞台。

　　〔身材火辣的小强妈妈,犹如一只美艳的火凤凰。音乐节奏变化,灯光照亮小强妈妈,妈妈开始唱。

　　〔音乐过渡为《生命中的萨萨》

　　〔唱＋群舞:

妈　妈　(唱)

　　　　　　　爱上快乐　爱上这一种颜色

　　　　　　　热情的火紧紧围着我

　　　　　　　每个节奏都会说话　它都会传达

　　　　　　　你的双脚随着旋律巳踏出火花

　　　　　　　爱的密码就藏在萨萨

　　　　　　　沸腾年华　感觉心和心在摩擦

　　　　　　　当我见到它一刹那我就恋上它

　　　　　　　它让我的每个细胞随时都快要爆炸

妈妈＋群　(唱)

　　　　　　　生命就像跳萨萨

　　　　　　　多么热烈的步伐

　　　　　　　一切冰冷都会被融化

　　　　　　　人生如舞萨啦啦

　　　　　　　抛掉烦恼的魔法

　　　　　　谁都可以拥有它　快来跳萨萨

[音乐变化,画外音:接下来有请另一位嘉宾出场,他就是雯娜8岁的儿子邓小强!

[灯光变化,四个男舞者推着一个方形大礼盒上场,盒子被推到舞台的前方中间,两个舞者打开了盒子,里面爆出了彩色的纸条,随即一个小男孩从盒子里站起,两位舞者把他托举出盒子,其他两位舞者将盒子移走。小强独自展现他的舞技。

小　强　solo:(边唱边跳)

　　　　　　爱的密码就藏在萨萨

　　　　　　沸腾的热辣阻挡不住的盛夏

　　　　　　闪烁眼中的细微变化我都能觉察

妈妈+ 小强　(合唱)

　　　　　　握住他的手就好像握着一朵玫瑰花

　　　　(群)生命就像跳萨萨

　　　　　　多么自由的步伐

　　　　　　时间仿佛控制在脚下

　　　　　　寂寞时就跳萨萨

　　　　　　战胜孤独的魔法

　　　　　　感到幸福的人最伟大　快来跳萨萨

　　　　(间奏时,小强与母亲的对舞,看出两人默契而娴熟。)

　　　　(群)生命就像跳萨萨

　　　　　　多么自由的步伐

　　　　　　时间仿佛控制在脚下

　　　　　　寂寞时就跳萨萨

　　　　　　战胜孤独的魔法

　　　　　　感到幸福的人最伟大　快来跳萨萨

　　　　(间奏)

　　　　(群)生命就像跳萨萨

　　　　　　多么自由的步伐

　　　　　　时间仿佛控制在脚下

　　　　　　寂寞时就跳萨萨

　　　　　　战胜孤独的魔法

　　　　　　感到幸福的人最伟大　快来跳萨萨

　　　　　　感到幸福的人最伟大　快来跳萨萨

小　强　（说）快来跳萨萨！

　　　　（最后的造型，小强与母亲被簇拥在舞台中央的平台上，他挥舞着双手，兴奋不已！）

　　　　〔暗场，幕后的欢呼声和观众的掌声。

　　　　〔降流苏幕，场景转换为后台。

第2场　后台

画外音　站住！

　　　　（音乐起）一束追光追着一个胖姑娘从舞台下跑上场，身后有一个保安在追她。她跑到上场门时，另一个保安冲出来拦住她。

保安甲　看你往哪儿跑！

　　　　她回身，被另一个保安堵个正着。

保安乙　跑得还挺快！

胖姑娘　两位大哥，就放我进去吧！

　　　　两个保安将胖姑娘一架：后台重地，闲人免进！

　　　　〔胖姑娘被两人从下场口架出去的时候，还在喊着：我就想找娜姐签个名儿！

　　　　〔男演员们推着小强从流苏幕左侧上，女演员们和娜姐说笑着从流苏幕右侧上。舞台前区灯光亮，场景转为后台。

老搭档　小强，你妈妈以前可是我的老搭档！今天你抢了我的舞伴，叔叔可伤心了！怎么办？

小　强　怎么办？

男演员　把我的舞伴还给我！

小　强　那不行！从今天开始，我就是妈妈的新搭档了！我要和妈妈一直跳下去，直到妈妈跳不动为止！

男演员　那叔叔怎么办？

小　强　（把衣服上的白手绢递给男演员）叔叔，送给你！

男演员　给我手绢干嘛？

小　强　回家哭的时候用得着！

　　　　〔众人笑起来。

男演员　臭小子，看我怎么收拾你！

　　　　〔男演员们追小强下。

女1（思思）　"娜姐，小强真是太有天赋了！我敢说，10年以后，他一定会成为新一代的拉丁舞王啊！"

女 2（欢欢）　"那是，也不看看他妈妈是谁？

女 3（小璐）　"娜姐，你今天晚上依然光彩照人！"

　　　　　　　　〔此时胖姑娘挤进了人群！

胖姑娘　娜姐——（音乐停）娜姐，你能，能给我签个名吗？看你跳舞，我
　　　　真是太太太太激动了，我浑身的血液都要沸沸沸——沸腾了！
　　　　其实我也很想学跳拉丁舞，可是我妈说我太胖了，不适合跳舞！

　　　　　　　　〔众人笑，胖姑娘捂脸。

妈　妈　（竖起食指放在嘴边，制止大家，返身安慰胖姑娘）拉丁舞是释放
　　　　心灵的舞蹈，只要喜欢，就都可以跳！

胖姑娘　真的吗？您真的认为我可以跳舞吗？

众　人　Yes！

胖姑娘　娜姐，真是太谢谢你了！我，我，我——能跟你们全家合个影吗？"

妈　妈　小强，来，我们和姐姐一起拍张照片！

　　　　　　　　〔胖姑娘指着抱小强的男演员：爸爸也一起来！

小　强　他不是我爸爸！我爸爸在天上！

　　　　（众人沉默了，音乐起）

男演员　快拍吧！来，我来给你们拍！

　　　　　　　　〔男演员从另一个男演员手里接过相机：一二三，茄子！好了！
　　　　　　　　娜姐还要换衣服休息呢！大家都散了吧！

　　　　　　　　〔胖姑娘好像也明白了什么，依依不舍地离去。

妈　妈　（对男演员）谢谢！

　　　　男演员拍拍妈妈的肩膀：别客气，你好好安慰一下孩子吧！

　　　　　　　　〔所有人下场。场上只剩下妈妈、小强。小强闷闷不乐地走到了
　　　　　　　　舞台的一侧，灯光压暗。追光追母子二人。

　　　　　　　　〔妈妈看着小强，走到小强的身后扶住他的肩膀。

妈　妈　小强！

小　强　妈妈，人死了以后都会变成天上的星星吗？

妈　妈　是啊！我们都是从天上来的！

小　强　那爸爸现在会在天上看着我们吗？

妈　妈　会的！

小　强　我想知道爸爸究竟是哪颗星星，你知道吗？

妈　妈　天上最亮的那颗就是爸爸！

小　强　他在为我们照亮回家的路对吗？

妈　妈　是的！

小　　强　那太好了！可是妈妈，我很想见到爸爸！

妈　　妈　嗯——还记得妈妈教你叠过的纸鹤吗？

小　　强　记得记得！

妈　　妈　当你叠到一千只纸鹤的时候，你的愿望就会实现！

小　　强　真的吗？

妈　　妈　当然是真的！

小　　强　那妈妈，我们现在就来叠纸鹤吧！

　　　　　〔小强拿了一张礼盒的包装纸，和妈妈一起叠纸鹤！

　　　　　（在唱歌的过程中，流苏幕上把纸鹤形成的过程表现出来）。

　　　　　　　《梦花园》

　　　　　　（妈妈）

　　　　　　　梦就是一个花园

　　　　　　　花开得鲜艳

　　　　　　　有一朵是你的脸

　　　　　　　我就围绕你身边

　　　　　　　我就是绿色春天

　　　　　　　带给你温暖

　　　　　　　哪怕你　闭上眼

　　　　　　　心里也充满光线

　　　　　（多媒体影像中的一大一小两个纸鹤叠成，妈妈和小强捧起手中
　　　　　的纸鹤，多媒体上的纸鹤开始有了生命，振翅飞起。远处出现一个
　　　　　梦的花园，一条小径通向那里。大纸鹤带着小纸鹤朝那里飞去）。

　　　　　　　许下心中那个心愿

　　　　　　　陪伴我的思念

　　　　　　　千纸鹤载着梦飞向遥远

　　　　　　　翅膀变成了花瓣

　　　　　〔流苏幕升起，露出幕后舞台中央一只放大的纸叠的纸鹤和一片
　　　　　梦花园。

　　　　　　　一朵朵　开满天

　　　　　　　天空都是你笑颜

第3场　梦花园

[妈妈和小强进入梦的花园。建议多媒体投影在后面的流苏幕
上,增加梦幻的色彩。

　　（妈妈）　　　　　　　（小强）

　　许下心中那个心愿　　　我想要变成千纸鹤

　　把树枝都挂满　　　　　数不完的梦幻

　　就让风托起它飞到云端　围着你转

　　和星星聊聊天　　　　　就像我和妈妈

[光渐变,梦的花园里,演员扮演所有的植物、花朵,生命的精灵
开始活起来,随着音乐翩翩起舞。妈妈也和小强上了纸鹤船。
随着舞台的转动,纸鹤船带着妈妈和小强转动。

　　（妈妈）　　　　　　　（小强）

　　梦是一个花园　　　　　我有一个花园

　　花开得鲜艳　　　　　　露水都很甜

　　每一刻都要看见　　　　这一个小小世界

　　不离开我双眼　　　　　美丽五彩斑斓

　　我要绿色春天　　　　　每天在你身边

　　带给你温暖　　　　　　感觉到温暖

　　爱变成　千纸鹤　　　　每一个　飞向我

　　把你的心全装满

[妈妈和小强下了船往前台走,追光追两人,舞台其他区域灯光
暗,场景逐渐变为小强家院子里。

　　（妈妈　小强）

　　把你的心全装满

　　妈妈的爱最柔软

第4场　小强家院子里

[灯光逐渐变亮。

小　强　妈妈,今天是我最最开心的一天！如果能再梦到爸爸的话,我
　　　　会更开心！

妈　妈　你吃了这个苹果,爸爸就会出现在你梦里的！

小　强　真的吗?

妈　妈　当然是真的!

小　强　你骗人!

妈　妈　不相信,那妈妈吃了!

小　强　我要吃,我要吃!

　　　　〔妈妈高举着苹果,小强围着妈妈转,此时一个气质高雅、身着套装、项戴珍珠项链的老太太出现在她家院子里。身后跟着一个穿黑色西服的保镖!老太太示意他站在大门口不要进来。

奶　奶　好久不见!

妈　妈　是你?!

奶　奶　这就是小强?

小　强　你怎么知道我的名字?

妈　妈　小强!(一把拉过小强,紧紧地抱在怀里)

奶　奶　都长这么大了!

妈　妈　你来干什么?

奶　奶　怎么,不打算请我进屋坐坐?

妈　妈　我认为没这个必要。(带着小强往家门口走去)

奶　奶　你不想知道志强的情况吗?

　　　　〔妈妈停住。

小　强　妈妈,志强是谁?

妈　妈　蹲下:小强,你先回去!

小　强　妈妈,我不走!我要留下来保护你!

妈　妈　妈妈没事的!乖,听话!妈妈很快就回来!

　　　　〔小强看了一眼奶奶,作了一个鬼脸,然后跑回了家。

奶　奶　小强跟我们志强小时候长得一模一样。

妈　妈　是志强让你来的?

奶　奶　他在国外已经很多年了,有了自己的家,自己的太太……只是没有孩子!(音乐起)

　　　　〔小强妈妈警惕地看着老太太。

　　　　〔老太太坦然地点点头。

奶　奶　志强是我们家唯一的男孩,也是我们家族企业的继承人!这么些年来,因为没有孩子,他一直深深地感到自责。直到我们在电视里看见了小强!

妈　妈　你到底想说什么?!

奶　奶　小强,是志强的儿子!他身上流淌着我们家族的血液!是时候

756

让他回家了!

[妈妈＋奶奶(唱) 《为了他》

　　(妈妈)

　　小强是我的生命

　　我一分钟也不能离开他

　　你可以决定你儿子的命运

　　但你无权分开我和他

　　(妈妈)

　　我只有一个心愿

　　让儿子睡在我的枕边

　　只要我能看到他睡得香甜

　　每天吃我做的早餐

　　(奶奶)

　　我想在有生之年

　　完成这样一个心愿

　　让孩子得到父爱

　　让他拥有一个更宽　有个更光明的未来

　　(妈妈)

　　为了他　我默默忍耐

　　爱曾留下的伤害

　　暴雨淋湿的火柴

　　浇灭了我的　期待

　　为了他　我可以不再爱

　　哪怕生活一片空白

　　我失去了爱不能让他没有爱　我绝不应该

　　把命运　带给我的痛遗传给　下一代　为了他

　　(奶奶)　　　　　　　　　　(妈妈)

　　我这样　也是为了儿子啊　　这也是我的心里话

　　可怜天下父母心　　　　　　和他相依为命

我们两人都做过母亲　　　　我要把他养大
何必相互惩罚　　　　　　　用春秋冬夏
（合）
为了他

（合）
女人的心可能很复杂
但女人都用同样的方法

（妈妈、奶奶）
为了他　我愿牺牲年华
无论付出多少代价
我要交给他一个坚强的怀抱
用所有的爱　来围绕

（妈妈）　　　　　　　　　　（奶奶）
他永远那么小　　　　　　　虽然我在老
（合）
生命中他最重要
为了他

奶　奶　听志强说,你的梦想是开一所拉丁舞学校,(给卡)希望这张卡里
　　　　的钱,能够帮到你!
妈　妈　你走吧,我是不会让你把小强带走的!
奶　奶　我们家有的是钱,我完全可以用法律手段来解决这件事情! 但
　　　　是我希望你明白,一个男孩子如果缺少父爱,会影响他的一生!
　　　　你知道学校里的小朋友怎么叫他的吗:"没有父亲的野孩子!"你
　　　　真忍心让他一辈子都不知道自己的亲生父亲是谁吗?
　　　　［老太太说罢,收起卡,扭身走了。
妈　妈　（唱）
　　　　　　《选择》
　　　　　　我想张开我的翅膀去飞翔
　　　　　　带着我曾燃烧过的梦想
　　　　　　我的眼中是满天的星光

站在云上　爱就在身旁

我知道这是一个幻想　那么的遥远

翅膀背不起太重的誓言

消失的爱放出一道闪电

散落的羽毛　慢慢地旋入深渊

妈　妈　（唱）

还有什么可以选

孤独就是我选的舞伴

甜蜜的回忆只剩下　一垛旧照片

还有什么可以演

失落画满了我的脸

躲在别人的化妆间　捡起早扔掉的花环

（间奏中，院子里的景变成了室内，小强睡在儿童床上。）

是你又重新再点燃　心中的火焰

用你那天使一般的笑颜

为了给他一个灿烂明天　我除了放手

已没有什么交换

还有什么可以选

连孩子都将要分散

我生命怎么会变得　如此混乱

还有什么可以演

连母亲我都演得失败

坚强外表无法掩盖　内心最无助的情感

还有什么可以剪

满地都是我心的碎片

眼看骨肉要分割开　强忍住疼痛不手(心)软

想为他换一个花园　我牺牲所有的尊严

［光渐转。

［小强从睡梦中醒来。

小　强　爸爸，爸爸！

妈　妈　小强！

小　强　（醒来）妈妈，我刚才真的梦到爸爸了！

妈　妈　是吗？

小　强　爸爸是不是高高的个子，大大的眼睛，宽宽的肩膀，厚厚的手掌？是不是嘛？

妈　妈　（一把把小强抱在怀里）孩子，快睡吧！等你一觉醒来，你的美梦都会成真的！

小　强　嗯，那妈妈你唱歌给我听！

　　　　〔小强睡下。

妈　妈　（唱）　宝贝，快快地睡吧！妈妈守在身边不要怕。不管你能长多高大，我都是你妈妈！不管你能长多高大，我都是你妈妈！

妈　妈　小强，妈妈对不起你！无论发生什么事情，无论你走到哪里，你都要相信，妈妈的心永远跟你在一起！

　　　　〔妈妈最后亲吻了一下儿子！看着小强，慢慢往门外退去。

小　强　（突然从梦中惊醒）妈妈！妈妈！我要妈妈！快放我出去！

第5场　奶奶家

　　　　〔音乐起，灯光变化，奶奶家呈现在观众面前。奶奶家富丽堂皇，大而冷漠。

众　人　（唱）《仆人歌》

　　　　　　少爷早上好！少爷该起床了！

　　　　　　少爷请换衣服，少爷请刷牙洗脸！

　　　　　　少爷请你用早餐！

　　　　　　快点，别再胡闹了！胡闹了！

小　强　妈妈，妈妈，我要妈妈！

奶　奶　够了！（众仆人散开立正，奶奶温和地走向小强）小强！你妈妈已经走了！

小　强　你骗人！妈妈说过永远都不会离开我的！

奶　奶　我是你的奶奶，我不会骗你的！

小　强　奶奶？！

奶　奶　我是你的奶奶！你以前只是被我寄养在你妈妈家里，从今天起，你要开始完全不同的生活——上等人的生活！

小　强　我不要什么上等人的生活，我只要妈妈！

　　　　（小强推倒奶奶，众仆人惊讶，一个仆人上前扶起奶奶，另外两个仆人把小强架起来）

奶　奶　别闹了！作为家族继承人，你还有很多要学的东西！首先，就从学会"听话"开始!

（音乐起）

奶　奶　（唱）《你要听话》

你要听话

不要想干嘛就干嘛!

你要听话

别让奶奶心乱如麻

宝贝啊

只要你听我的话

奶奶有的是钱,连星星都可以摘

只要你听话

众仆人　　　你要听话

不要随便给妈妈电话

你要听话

别像脱缰的野马

宝贝啊

只要你听奶奶的话

奶奶有的是钱,连星星都可以摘

只要你乖乖地听奶奶的话——

小　强　我要妈妈!

众仆人　乖乖地听话!

小　强　（跟奶奶上到台阶的高处）奶奶,你不要走! 小强听你的话,只要
你带小强去见妈妈!

奶　奶　作为家族继承人,要学习的第二条:家族的荣誉高于一切! 记
住,从今天开始,你没有当舞蹈演员的妈妈了!

［《思念》音乐响起。奶奶走掉,灯光变化,小强仿佛被囚禁在了
一个牢笼里。

小　强　（捧着手中的千纸鹤）妈妈,你在哪儿? 小强很想你,你在哪儿?

［场景转换。

第6场　残缺的梦花园

［背景残缺的花园呈现出萧索的场景,所有的雕塑和精灵都失去
了生命力。

［舞台中区的转台上,分别是妈妈和小小强捧着纸鹤在寻找。

他们在同一个转台上按照同样的方向在行走,所以他们永远不能相见。

[唱+舞

群(唱) 《思念》

　　　　呜——

　　　　呜——

　　　　这思念　越过天

　　　　思念解不散

　　　　像一条小船　扬起帆

　　　　驶向你　驶向你

[大小强出场从纵深处慢慢走到小小强的身后,接过小小强手中的千纸鹤,小小强转身消失在黑暗中。奶奶家场景出现,逐渐替代梦花园。

　　　　呜——

　　　　呜——

[音乐结束时,妈妈消失在梦花园里,大小强则捧着千纸鹤站在光圈里。大小强将纸鹤撕碎,扔向了天空。

[灯光切换,场景转变为奶奶家。

第7场　奶奶家

[音乐起《仆人歌》的变奏]也可能连续用之前场景的间奏加上故事

[小强在房间里跑来跑去,不肯就范,众仆人被折磨得东倒西歪。

[小强突然撞倒了奶奶。众仆人手忙脚乱扶起奶奶,奶奶生气地唱起了《听话歌》的变奏,而小强不时地插话甚至抢奶奶的话。最后成为两人的对唱。

[小强唱词的大致内容:我想干嘛就干嘛,反正哪里都不是我的家。我要去日本留学,远远地离开你们,反正你有的是钱,这些钱有一天终究会成为我的。

[奶奶唱词的大致内容:小强,我知道这些年你跟奶奶作对,是因为你心里一直在怨恨奶奶。奶奶年纪也大了,经不起你这样折腾了,我看,是时候解决这件事情了!

奶　奶　老张!

司　机　在,老夫人!

奶　奶　请客人进来!

司　机　是!

　　　　　〔司机下!

小　强　你又在玩什么花招?

　　　　　〔司机上:老夫人,邓小姐来了!

　　　　　〔奶奶点点头,看着小强!

　　　　　〔妈妈慢慢上场。她和小强四目相对。

　　　　　〔妈妈捂住自己的嘴巴:小强! 小强!

　　　　　〔妈妈跑过去一把抱住了小强。

　　　　　〔小强没有太多的反应。

妈　妈　小强,你怎么了? 我是妈妈啊! 你不认识我了?!

　　　　　〔小强挣扎着跑开了。

妈　妈　小强,小强!

奶　奶　邓小姐! 小强是个很有个性的孩子,看来他不想也不可能成为
　　　　　一个上等人,更不可能成为我们家族的继承人,我只有把他送回
　　　　　到你的身边! 也许当初我们做了一个错误的决定,希望现在弥
　　　　　补还为时不晚! 这张支票,算是我这个做奶奶的送给小强的最
　　　　　后的一份礼物吧!

妈　妈　我什么时候看重过你们家的钱呢?

奶　奶　只怕以后要用钱的地方还多着呢!

妈　妈　这就不劳您费心了,我是他妈妈! 我会教他养他的。

奶　奶　唉,你们俩都那么倔!(奶奶收起了支票)老张,去把少爷叫
　　　　　来吧!

老　张　是!

　　　　　〔小强拉着行李箱上:不用了! 我已经准备好滚蛋了!

奶　奶　小强,别怪奶奶! 以后有空回来看看我们!

小　强　别假惺惺的了! 自从爸爸和后妈有了小弟弟以后,我就成了多
　　　　　余的一个人了! 你恨不得赶紧打发我走!

妈　妈　什么?

奶　奶　那就再见吧!

小　强　我永远都不想再见到你!

　　　　　〔音乐起,奶奶有些伤心地转身离开。

小　强　你还想在这儿呆下去?

妈　妈　走,我们回家!

　　　　[小强去拉行李,妈妈:我来拿!

　　　　[音乐起。妈妈拎着箱子走在前面,小强跟在后面。随着两人行
　　　　走,转台转动,周围的景开始变动,从奶奶家变为小强家。

第8场　小强家

　　　　[场景转为室内客厅——卧室,流苏底幕降下,投影出上海老式
　　　　洋房的背景。

　　　　[音乐停。

小　强　房子怎么感觉这么小?

妈　妈　你渴吗? 妈妈去给你削个苹果!

小　强　不用了!(说完把外套往椅子上一扔。)我困了,床在哪儿?

妈　妈　哦,这是你的房间! 你看,你送给妈妈的千纸鹤,妈妈一直都保
　　　　留着。(有很多挂在挂钩上的千纸鹤)

小　强　你不觉得这张床对我来说太小了吗?

妈　妈　要不你今天先睡妈妈的房间,明天妈妈就给你换一张大床!

小　强　算了! 你出去吧! 我要睡了!

　　　　[小强躺在床上,背对着妈妈,妈妈:那我出去了! 晚安!

　　　　(音乐起)《等待明天》(音乐前奏可以增加一个小节,而且也要更
　　　　柔和一些)

　　　（妈）　昨天我在花园不知不觉　丢掉了他

　　　　　　　也许他再也见不到他的　好妈妈

　　　　　　　每次梦里都听见　他在不停地喊

　　　　　　　妈妈　快带我回家

　　　（小强）我被她一把推在了门外　留给我等待

　　　　　　　让我一个人被孤独伤害　被爱出卖

　　　　　　　我被人拎去拎来　最后被摆放在了站台

　　　　　　　像行李一样　听天安排

　　　（妈）　孩子　不要再责怪我

　　　　　　　孩子　快回到我的生活

　　　（小强）妈妈　为何你要把我抛下(妈)我发誓要你快乐

　　　　　　　让我被风吹雨打

　　　　　　　好像是一朵被冬天碾碎的花

　　　（合）　等待　明天

(小强)我想回到我曾经的花园(妈)我是你妈妈

　　　　虽然多年前已和它走散(妈)要对他加倍偿还

　　　　我多思念它就有多么的温暖(妈)带给他蓝天

　　　　可它现在　　已经疏远

　　　　我只能对往日说声　再见(妈)再也不会让他满怀遗憾

(妈)　孩子　总有一天你会明白　我对你有多么爱

(小强)离开　我要找寻我的未来(妈)不让你离开

　　　　那属于我的世界

　　　　它已让我兴奋不已迫不及待(妈)没你生命将失败

(合)　等待　明天

(小强)我要去找寻我新的彼岸(妈)抱着你不放

　　　　和灰色的过去告别　　(妈)你就是我的太阳

　　　　我的选择它已让我不顾一切(妈)你是唯一期盼

　　　　我的灯火　它在闪烁

　　　　就在窗外另一头　等着我

〔邮筒上！小强将信投入邮筒中。邮筒走,小强跟跑,同时房屋转动,场景转换为室外。

(小强)我的梦就在不远

　　　　一踮脚就能看见

　　　　它像彩虹一般灿烂壮观

　　　　我盼望　的明天　让我头晕目眩

〔中间转台,妈妈移动椅子,将千纸鹤挂在树上。

(妈)　孩子　我的孩子　(小强)期待　明天

　　　　你终于让我的梦能变圆

〔邮递员骑自行车上场送录取通知书,然后骑下。

(小强)恨不得马上变成一小鸟

　　　　飞向另一个城市的　巨大怀抱

　　　　其他都不重要

〔院子里,妈妈在树下看着挂好的千纸鹤。

(妈)　等待　明天

　　　　让失去的梦再重温一遍

　　　　让儿子再回到我身边

〔小强拉行李箱从小楼大门出。

（小强）我的未来　我已向你飞奔而来

　　　　我将离开　（妈）他会留在

　　　　狂跳的心已无法按捺

〔小强拖着行李走,妈妈叫住他:小强!

小　强　妈,我要去日本留学,再见!

　　　　（合）　明天

妈　妈　小强! 小强!

〔飞机声掠过天空。

〔DJ 画外音:欢迎来到东京大学新生派对!

第9场　东京,新生派对

〔派对音乐响起,东京,新生派对,富二代,官二代,各色人等在一起跳舞,众人边跳边唱,年轻人纵情享乐,及时行乐的人生态度。音乐转换,美伊的舞蹈在人群中一枝独秀,小强的舞姿也很出众,两人注意到了对方。

〔DJ 画外音:现在是黑暗时刻,当灯光熄灭的时候,每个人要迅速找到下一支舞曲的舞伴! Are you ready?

众　人　Yes!

DJ　　GO!

〔灯光熄灭,心跳的声音。

〔小强和美伊的灯光亮起,两人拥抱在一起。心跳停止,两人分开。

小　强　我们见过面!

美　伊　是的! 在来日本的飞机上!

小　强　是的!

美　伊　你的舞跳得真好!

小　强　你也是!

美　伊　是我妈妈教的!

小　强　我也是!

美　伊　你妈妈是舞蹈演员?

小　强　是的,小时候我是她的舞伴。

美　伊　那她现在还是你的舞伴吗?

小　强　我希望现在和以后的舞伴是——你!

第 10 场　两人世界

小强+美伊　（唱）　　　　《千个太阳》

（女）

你的舞步像梦一样

自由的波浪

让我感到我在异乡

还有能靠的港

（男）

我的行囊空空荡荡

它什么都没装

我只需要有你在我身旁

[开始放干冰。

（合）

我们一起满怀幻想　相遇在路上

才发觉你就是我的希望

就算流浪也让我向往

你那美丽目光就像是千个太阳

唤醒了我脑海中飘荡的梦想

找到温暖方向

你那滚烫目光就像千个太阳

（女）城市再多空旷

（男）多么迷茫

（合）我也随时能感到

你带给我的热量

[两人分开，朝后区的台阶跑去。

我们一起满怀幻想　相遇在路上

才发觉你就是我的希望

就算流浪也让我向往

[两人站上平台。

你那美丽目光就像是千个太阳

唤醒了我脑海中飘荡的梦想

找到温暖方向

[台阶开始转动。

　　　　你那滚烫目光就像千个太阳

　　　　　（女）城市再多空旷

　　　　　（男）多么迷茫

　　　　　（合）我也随时能感到

　　　　　　你带给我的热量

　　　　你那滚烫目光就像千个太阳

　　　　　（女）城市再多空旷

　　　　　（男）多么迷茫

　　　　　（合）我也随时能感到

　　　　　　你带给我的力量

小　强　对了,还不知道你叫什么名字?

美　伊　美伊! 你呢?

小　强　小强!

小　强　美伊! 美伊!

　　　　[台阶继续转动,灯光变化。

第 11 场　"妈妈的承担"

　　　　[画外音小强:妈,这个假期我要和同学一起去欧洲旅游,你给我
　　　　打点钱过来!

　　　　[妈妈:好好!

　　　　[(音乐起,音乐需要调整)定点光区亮起,舞台转出妈妈和老搭档。

老搭档　娜姐,我刚开了所拉丁舞学校,手头有点紧,就这些,要不你先
　　　　用着。

妈　妈　没关系,谢谢你!

老搭档　娜姐,你为什么不问小强的奶奶要钱?

妈　妈　不,我永远不会问他奶奶要钱。在他们家人的面前,我只剩下这
　　　　点自尊了!

老搭档　明白了!

妈　妈　我会尽快还给你的!

　　　　[妈妈拿了钱继续行走,转台转动。

　　　　[画外音:小强:妈妈,学校又催我交学费了,你抓紧时间把钱汇
　　　　到学校的账户上?

　　　　[妈妈:好! 好!

贷款公司员工：邓女士,这么短的时间我们就帮你把房子的抵押贷款作好了! 还帮你多贷了这么多钱,你看是不是可以适当地增加一些服务的费用? 我们也不容易啊!

妈　妈　好的好的! 请问钱什么时候可以到账?

贷款公司员工　不出意外的话,3 天放款! 可要记得定时还利息哦! 合作愉快!

　　　　［员工下,妈妈继续走,转台转动。

　　　　［画外音：

　　　　［小强:妈妈,别的同学都有苹果电脑了,就我没有! 你快给我打点钱过来,我要买电脑!

　　　　［妈妈:多少钱啊?

　　　　［小强:不贵,就 2 万多!

　　　　［上场门一个光区亮起。

陪酒女甲　老板,你猜这是几?

老板 1　5 个 1

陪酒女　错了,罚酒!

　　　　其他 1 个女孩一起灌他喝酒。

　　　　［靠下场门另一个光区亮起,上场门光区暗。

老板 2　你上哪儿给我找了个老帮菜来,赶紧滚!

歌舞厅老板　你别看她老,她可是参加过世界拉丁舞大赛。

老板 2　拉丁舞?

歌舞厅老板　世界的!

　　　　［上场门光区亮起,下场门光区暗。

老板 1　就是扭屁股的那种?

陪酒女甲　对,就是那种!

老板 1　那就让她给咱们扭一个!

陪酒女　扭一个!

　　　　［下场门光区亮起。

老板 2　我告诉你,今天你要是给大爷我扭一个,这些钱就是你的了!

老板 1　你要是能把大爷我扭高兴了,这些钱就都是你的了!

　　　　［两个光区的人一挥手,钱漫天飞舞!

　　　　［三个陪酒女尖叫着去捡钱!

　　　　［《生命中的萨萨》音乐变奏响起,妈妈凄凉地独自舞蹈着。

　　　　［台阶平台上光区亮起。

美　伊　小强！你看,巴黎那所大学给我们寄来的录取通知书。

小　强　(抱起美伊旋转)巴黎,全世界最浪漫的城市,我们再坐同一架飞机,去同一个学校。

［美伊和小强同时对远处呼喊:巴黎！我们来了!

［电话铃响起,正在捡钱的妈妈拿出手机。

妈　妈　小强,是你吗?

小　强　是我,妈妈!

妈　妈　你终于来电话了！你怎么样?那边冷不冷?你什么时候回来啊?

小　强　妈妈,告诉你一个好消息,我要去法国留学了！现在需要先交保证金,30万!

妈　妈　什么?30万?

（妈妈瘫软在地）

小　强　妈妈,你在听我说话吗?

妈　妈　那你不回来了?

小　强　妈妈这样吧,你先把钱准备好,我一放假马上就赶回来！好吗?好吗?

［她努力再三还是难说"不"字,还是习惯性地点着头。

妈　妈　好,好!

小　强　那好,妈妈,再见!

妈　妈　(唱)

还有什么可以选
接受已成我的习惯
我已没有勇气拒绝　唯一的血缘

还有什么可以捡
满地是我心的碎片
是否孩子所有希望　应该由母亲　去承担

［小强妈妈惘然无措地朝舞台深处走去。

［转场音乐起,光渐转。

［舞台转为机场大厅,机场家人,朋友团聚的情形。小强从出站口出来,没有看见妈妈,到处寻找,妈妈上场。

［小强背着行李包,再次上场。

［小强发现远处也坐着一个人,是妈妈。

［小强提包兴冲冲跑到妈妈面前。

［妈妈正在用水果刀削苹果。

小　强　妈妈,你怎么坐在这里? 我的航班早就到了。

妈　妈　这几天脑子里乱糟糟的,我还奇怪怎么你还没到啊! 来,我给你
　　　　削了你最喜欢吃的苹果! 吃完我们就回家!

小　强　算了,你那小屋里哪里有我睡的地方,我还是住酒店吧,反正我
　　　　拿好钱就赶回去!

妈　妈　……钱,妈妈这次恐怕不能答应你了!

小　强　你说什么?

妈　妈　小强,走,回家——去酒店也行!

小　强　来,妈,你先坐下! 你知不知道,这是我一辈子最关键的时刻!
　　　　我已经收到了法国那所大学寄给我的录取通知书,我的成绩全
　　　　都符合他们的要求,只要把保证金寄给他们,我就可以去读书
　　　　了! 法国,巴黎!

妈　妈　小强,你去日本留学,三年都没有回过家,妈妈一个人在上海也
　　　　很不容易啊! 哦,你不知道,妈妈是多么盼望小强能够回来啊!

小　强　可是妈妈,你想过我的幸福,想过我的未来吗?

《承担》以朗读(recitative)形式编曲

小强+ 妈妈　（唱）

(小强)
这个梦我等待了很久很久
到现在终于将要抓到了手
怎么可以见它飞走

我此刻的心情你知不知道
像火焰边的鞭炮等着引爆
除了去　实现它　没什么　更重要
我感到全身血液　都快要　燃烧

(妈妈)孩子　我的孩子　希望你回到我身旁
(小强)妈　你有没有听我说话
　　　　妈　是否明白我在说啥
　　　　我要的什么你听懂了吗

　　　　如果你真爱我　就应该帮帮我

帮我实现了梦想我才能快乐

（妈妈）孩子　我的孩子　盼望你回到我身旁

（小强）妈　妈　不要总是要我回到你身旁

（妈妈）我想你回来

（小强）我有更高的理想

（妈妈）留在我身边

　　　　我还要去追更美的　风光

（妈妈）就像

　　　　我看见了远方　一直在闪闪发光

（妈妈）儿时一样

　　　　我的心已经插上了翅膀　向着它飞翔

（妈妈）不会再长大

　　　　你就忍心吗　让它粉碎吗　眼看你的儿子伤心绝望

（妈妈）孩子　我的孩子

　　　　再想想办法　我给你跪下

（妈妈）我的孩子　我的孩子

　　　　你可不能　亲手抹杀　我唯一的　唯一的希望

　　　　好吗　妈妈　妈妈

妈　妈　……儿子,妈妈无能。

小　强　妈妈!

妈　妈　你这三年在日本留学的钱,都是妈妈东拼西凑跟别人借的,现在连我们的小房子也抵押给了银行! 妈妈现在除了这个苹果,就什么也给不了你了!

小　强　不,那奶奶的钱呢? 奶奶不是给了你一大笔钱吗?

妈　妈　我没有要过你奶奶一分钱!

小　强　你撒谎! 把钱给我! 我要我奶奶留给我的钱,我奶奶一定留给我很多钱!

妈　妈　小强,你不要再逼妈妈了,你这是要妈妈的命啊!

小　强　拿不到钱,我的命也完了,活着,活着还有什么意思! (小强拿起妈妈的水果刀,就要割腕自杀)

妈　妈　(一把抱住小强):小强,把刀放下! 小强!

小　强　如果你不想看着我死,你就把钱给我! 给我!

妈　妈　这钱,妈妈就是死也拿不出来,你让妈妈去死好了!

你让妈妈去死吧!

妈妈趁机抓住了小强手中的刀,想要夺下来。

[争夺中,小强和妈妈抱在一起,小强手中的刀无意间刺进了妈妈的身体,音乐起。

[妈妈惊恐地看着儿子,身体慢慢地从儿子手中滑落。小强手中的刀掉落在地上。

[整个世界渐渐变成血色。

[妈妈的手此刻还想抓儿子的手。

小　强　妈妈,妈妈?! 你怎么了! 我不是故意的! 我不是故意的!

[光渐转。

妈　妈　(唱)《天痛》

(妈妈)

为什么　为什么

这就是我所付出的爱

换来的结果

我的心是那么的痛

生你都没有那么的痛

难道曾经我喂过得奶还有　流过的泪　全都变得　血一样红

叫我如何去承受

这样的痛

(合)

天破了　风在哀嚎

心被淹没　血像波涛　梦瘫倒垮掉

天碎了　雨变尖刀

整个世界　一瞬之间　都被撕裂　被　无　情　毁灭

刺杀　刺杀　刺杀……

[警笛声由远及近。妈妈的嘶喊终于爆发。

妈　妈　小强,快跑! 小强,快跑啊——

小强坐在地上,看着自己受伤的血,呆若木鸡!

[收光,幕落,第一幕结束。

第二幕

第1场　全城愤怒

《怒城》——众舞者

音乐起,流苏幕上出现新闻文字和图片

残酷　残酷　恐怖　恐怖　愤怒　愤怒　起诉　起诉

残酷　残酷　恐怖　恐怖　起诉　起诉　愤怒　愤怒

他　他该被惩罚　儿子刀刺亲妈

他　他万人痛骂　千刀万剐

他　他良心被挖　该钉在耻辱架

对这样的人渣　雷劈电打

当那一条良知的底线　被一把刀无情的挑断

道德如此的沦陷　发生在我们眼前

机场下午三点　一桩惊人血案

惨绝人寰　必遭到天谴

他已无药可救　被邪恶控制双手

疯狂已充满了他的眼球　再食人的野兽

张开血盆大口　对自己母亲还有一丝停留

何况人不是木头

他　他该被惩罚　儿子刀刺亲妈

他　他万人痛骂　千刀万剐

他　他良心被挖　该钉在耻辱架

对这样的人渣　雷劈电打

记者

有一个小孩被伤害却哭不出来　他一个人整天趴在楼顶的窗台

(有一个母亲被伤害却哭不出来,她为了儿子已付出所有的关怀)

玩耍的人似乎忽略了他的存在　暴雨袭来他呛得脸发白

（最亲的人似乎忽略了她的存在，不停地索取却不知回报）

以为这就是世间的爱

（以为这就是理所应该）

他　他该被惩罚　儿子刀刺亲妈

他　他万人痛骂　千刀万剐

他　他良心被挖　该钉在耻辱架

（妈妈的病床被推上，周围的人围绕病床旋转，像一个巨大的旋涡一样。）

对这样的人渣　雷劈电打　雷劈电打

上街示众　以牙还牙　让他蒸发

（一个闪电，众人散去，哗啦啦的雨声）

（音乐转场过渡在病房）

第2场　医院病房

[舞台一角，灯光亮起，小强妈妈躺在床上喊着：小强，小强，小强！

女记者　您终于醒了！

妈　妈　我儿子呢，我儿子在哪儿？你知道我儿子怎么样了吗？

女记者　警察已经把他逮捕了！

妈　妈　什么？为什么抓他？他不是故意的呀！

女记者　你不要再护着他了，他是跑不掉的！你看！

[她把一份报纸交给小强妈妈，报纸显著的位置上有小强行刺母亲的大幅照片，音乐起。

妈　妈　怎么还有人拍照？你是谁？

女记者　娜姐，你不记得我了吗？

女记者　（拿出一张照片）您还记得这张照片吗？13 年前在后台要您签名、想学跳舞的那个胖姑娘！

妈　妈　是你？！

女记者　我现在是一名记者！

妈　妈　记者？这照片是你拍的？

女记者　不，文章是我写的，但照片是你身边的人用手机抓拍的！

妈　妈　这让小强以后还怎么做人？……

女记者　娜姐，难道你就一点都不恨他吗？

[小强妈妈摇头，只是不停地摩挲着照片上儿子的脸。

妈　妈　我恨我自己！

女记者　恨你自己？

妈　妈　我恨我自己没出息,没有让孩子的愿望实现。

女记者　娜姐？你不觉得这样的爱太愚蠢了吗？

妈　妈　你有孩子吗？

女记者　有！

妈　妈　他多大了？

女记者　8岁！也是个男孩！

妈　妈　那你应该明白,我们都是做母亲的人啊！

女记者　(唱)

　　　　　　　还记得那年的后台,

　　　　　　　你明艳动人,小强活泼可爱

　　　　　　　母子的深情,怎会变成如今的血案？

妈　妈　(唱)

　　　　　　　我脑海中是他的脸,

　　　　　　　狰狞的表情血红的眼！

　　　　　　　我儿子他生病了,我要去看他安慰他

　　　　　　　让他不要担惊受怕

　　　　[妈妈下床,记者忙去扶她。她一个趔趄。

记　者　娜姐！

女记者　母爱啊

　　　　有太多承担

　　　　有时也是种伤害

　　　　如果爱没是非黑白

　　　　那只能算是一种溺爱

妈　妈　母爱啊

　　　　是付出忍耐

　　　　不管孩子是否明白

　　　　当第一次胎动和第一声哭喊

　　　　我已经明白

　　　　是命运把你带到我身边分不开

记　者　　　　　　　　　　　　　　妈　妈

　　　　太多爱,也会害了孩子呀　　　这也是我的心里话

可怜天下父母心　　　　　　　　和他相依为命

有多少像你一样的母亲　　　　　我要把他养大

甘心被爱绑架　　　　　　　　　用所有年华

（合）去爱他！

〔女记者见小强妈妈情绪激动，忙把她扶上床。

母亲的心可能不一样

但母亲都用同样的方法

去爱他

妈　妈　（唱）　　　　　　　　　记　者　（唱）

等待春秋冬夏　　　　　　　　　等待春秋冬夏

等到眼花再到白发　　　　　　　等到眼花再到白发

我要交给他一个失去的怀抱　　　我要给他一个坚强的怀抱

用所有的爱　来围绕　　　　　　让他有依靠　别摔倒

虽然我再老　　　　　　　　　　他永远那么小

奶奶+ 妈妈　（合唱）

生命中他最重要

去爱他

女记者　娜姐，我明白了，你刚醒，情绪不能激动，还是好好休息吧！

妈　妈　你能把照片留给我吗？

〔女记者把照片递给妈妈。妈妈看着报纸和照片上的小强。

妈　妈　小强，小强！世上的人都不要他啦，他会醒来，来找他的娘！

〔音乐过渡，场景过渡到看守所里。

第3场　看守所（考虑要换服装的需要，该场暂且要保留）

〔一张探视时的大桌子，两把椅子。美伊站在椅子旁等待着！看守所的警察押着戴手铐的小强上场，发现探望的人是美伊，他愣住了，转身想走！

美　伊　小强！

〔小强停住。

狱　警　都坐下，不要乱动！探视时间为5分钟。

〔音乐起，两人坐下。

美　伊　报纸上写的都是真的吗？

〔小强深深地低下了头。

美　伊　报纸上说你母亲为了你含辛茹苦，到处借钱，甚至去当歌舞厅陪舞陪酒。这一切都是真的吗？你到底是个什么样的人？

小　强　美伊，我每天晚上都做噩梦，从很高的楼顶坠落！我出生的时候，父亲就抛弃了我，当我以为母亲是我在这个世界上唯一的依靠时，母亲又抛弃了我！直到你的出现，才让我看到了希望！我求求你，不要离开我！不要离开我！

美　伊　（唱）　以朗读形式编曲

不知道你到底是谁
存留心里的安慰
突然之间破碎

想知道你到底是谁
我找遍记忆的角落
最后只剩一层灰

你为我编织一个梦幻
回头一看却是一张陌生的脸

小　强

人海茫茫只有你懂我　哦
让我体会幸福的颜色　哦
我的生活　有太多苦涩
是你用爱将我包裹　哦

小　强	美　伊
请你不要转身离开我　哦	心好迷惑
不要让我从悬崖坠落　哦	梦已残缺
放开你手　我没有把握	如此熟悉而陌生的人
就算世界全都上了锁	让我爱恨两难
有你我就觉得生命很广阔	你究竟是谁

美　伊

我们相爱也许是误会
谁能告诉我你到底是谁　你是谁

小　强　美伊！

美　伊　我明天就要去巴黎了！真希望这一切从来没有发生过！

[美伊离开!

小　强　（唱）　到最后，你还是松了手，让我坠入那无尽深渊!

　　　　　　　音乐起《一瞬之间》(流苏幕降下，侧流打出路上的感觉)

妈　妈　[上场走进光区(唱)：

　　　　　　　　一瞬之间　都烟消云散

　　　　　　　　怪曾经我一念　送走他的童年

　　　　　　　　没留他在身边

　　　　　　　　一瞬之间　爱突然被砍断

　　　　　　　　红色的雨点　在我双眼

　　　　　　　　挡着什么都看不见　一瞬之间

[美伊上场走进光区：

　　　　　　　　一瞬之间　全部都推翻

　　　　　　　　所有美妙时刻还有同病相怜还有异乡的温暖

　　　　　　　　一瞬之间　我就要说再见

　　　　　　　　再没有故事　没有发展

　　　　　　　　各自走向相反的两端　叹息遗憾

[奶奶走进光区：

　　　　　　　　我不应该把他母子拆散

　　　　　　　　让他天空月亮不再圆

　　　　　　　　让他的心受伤害　从小就怀疑这世界

[妈妈的老搭档走进光区：

　　　　　　　　到底是谁种下的这个苦果

　　　　　　　　开出了带泪水的花朵

　　　　　　　　它渴望阳光快乐　难道有错

奶　奶　　　　　　　　　　　　老搭档

　　　我的宝贝心肝　　　　　他只是个小孩　只需要更多的爱

　　　我也有错　　　　　　　当他翻遍口袋　全都消失不在

　　　分开了你的爱

（合）　　　还有什么希望去寻找闪着光的梦和未来

　　　　　　　［记者走进光区：
　　　　　　　　　就在今天　都在等待审判
　　　　　　　　　当爱和恨的分界线　悲愤的临界点
　　　　　　　　　模糊了我的判断

　　　　　　　　　一瞬之间　理智斗争情感
　　　　　　　　　道德的边缘　良心的纠缠
　　　　　　　　　同情不等于豁免

老搭档　　　十指相连的疼痛
妈　　妈　　就是上天在作弄
　　　　　　　（合）发生在今天
　　　　　　　　　有谁能避免
　　　　　　　　　每个人都在找答案
　　　　　　　（众人走向母亲）
　　　　　　　　　孩子有罪　做母亲最可悲
　　　　　　　　　恨不得　让他回　娘胎重　生一回
妈　　妈　　可一切为时已晚
　　　　　　　已不能改变

　　　　　　　（众人合）一瞬之间
　　　　　　　　　　　就在今天

第 4 场　法庭

　　　　　　　［舞台呈现法庭，中间是审判长和书记员。
　　　　　　　［旁边的两张桌上面分别是公诉人和被告席。
审判长　肃静，肃静！带被告。
　　　　　　　［小强妈妈看到久未见面的儿子，戴着刑具，神情木然，随两法警
　　　　　　走进。
　　　　　　　［小强妈妈连忙想扑上前去，被公诉人拦在一边。
审判长　请被害人控制情绪，请坐到证人席上。
　　　　　　　［小强妈妈死死盯着儿子的脸，任由法庭的工作人员把自己送回

证人席。

审判长　现在请公诉人呈词!

公诉人　审判长,司法鉴定书的结论是,被告在行凶的过程中不是在所谓的幻觉或幻听的指使下,而是遭到被害人拒绝后,在与被害人激烈争抢中,情绪失控用刀刺伤了被害人。

　　　　[小强妈妈急了,不顾一切地大声央求着。

妈　妈　我儿子他不是故意的,他真的很可怜,求求法官大人,原谅他吧!

审判长　肃静,请被害人控制情绪! 请公诉人继续!

公诉人　审判长,本案中的被告,不仅伤害了自己亲生母亲,更在当今社会里,造成极其恶劣的影响,被告对法律、道德的无视践踏,对人伦情理的无情背叛,我们绝不可姑息养奸,助纣为虐! 希望法庭判定被告人有罪!

　　　　[音乐起,坐在被告席的小强木然地低着头,突然,他鼻子一酸,嗓子里好像被堵死一般,剧烈地咳了起来。

　　　　[几乎是同一时刻,坐在被害人席上的妈妈立刻站起身。

　　　　[小强妈妈举起了手中的纸巾,鉴于法庭威严的气氛和周围怒视的目光,小强妈妈慢慢放下准备伸向儿子的双手。

妈　妈　求求你,这不是孩子的错! 求求你,给他一次机会吧! 他还那么年轻,生活才刚刚开始! 求求你们,给他一次改过的机会吧! 他不是故意的,他也不知道他干了什么! 我求求你们了!

众　人　(唱)　不能放过他

　　　　　　　不能饶恕他

　　　　　　　不能放过他,

　　　　　　　不能饶恕他

妈　妈　(唱)　请你们听我说吧

　　　　　　　我一直在想他究竟是怎么了

　　　　　　　他曾经是一个最乖的小孩

　　　　　　　那么懂事,那么听话,那么可爱,那么依赖我

　　　　　　　我是他妈妈

　　　　　　　有谁比我了解他

　　　　　　　我只是想把他留在家

　　　　　　　只是

　　　　　　　我是他妈妈

其实他还是娃娃

他的行为就像儿时对我撒娇吧

他出生在一个单亲家庭长大

从小我就什么都满足他

捧着怕他碎含着又怕化

没想到这种爱有一天却成一道伤疤

我是他妈妈

妈　妈　有罪的人是我啊！要判就判我吧，他的母亲他的娘！

　　　　〔说着，小强妈妈"扑通"跪倒在众人面前。

　　　　〔小强妈妈头叩在地上"嘭嘭"作响，苦苦哀求着。

　　　　〔突然，坐在被告席的小强缩着身子，仰着头，疯了一般大喊着。

小　强　妈妈，我错了，我要回家！我要回家！！我要回家！！！

　　　　妈妈大叫一声"小强"昏倒在地上，众人围上来。

审判长站起　肃静！本法庭判决如下：判决被告人邓小强犯过失伤害罪，

　　　　有期徒刑三年，判决生效，立即执行。

　　　　〔音乐大作，光暗。

第5场　狱中

　　　　〔音乐起，狱警将小强带到舞台前方，狱警将小强的外套脱下，递
　　　　给他一套囚服。小强穿上衣服，音乐中有节奏的打击声响起，众
　　　　罪犯在牢笼后，敲击着铁栏杆，发出他们对小强杀母的愤怒和蔑
　　　　视。小强从监狱过道经过，被众罪犯推动的栏杆包围，最后将他
　　　　围困在了牢笼中。一束光照在趴在地上的小强身上，《忏悔》的
　　　　音乐进入。

小　强　（唱）《忏悔》

　　　　　　不知道我到底是谁　四周被高墙包围

　　　　　　只能摸到雨水　我的梦再也看不见

　　　　　　在夜晚烟消云散　等来的只有雷电

　　　　　　自由已和我一刀两断　房间里面全充满了陌生的脸

　　　　　　这个世界谁能告诉我　我怎么就变成了恶魔

　　　　　　十恶不赦　该投进烈火　命运对我这样的苛刻

　　　　　　（理智丧尽　亲手伤母　命运难容我这不孝逆子）

天生注定就是悲剧的角色　连我都讨厌我

墙的外面谁能记得我　这个被人遗忘的角落

我恨生活　它给我枷锁　连一点点的爱都不给

（我恨自己　放荡不羁　自暴自弃）

每一刻只是不停地在折磨　一生下来也许就有罪

谁又真的在乎我是谁　我是谁

〔用编舞，更体现劳动的小强，用歌声歌唱他的心理。在歌唱过程中，小强的狱中生活场景展现在舞台上，放风，共同劳作，甚至探亲，请编舞考虑。最后场景回到监狱房间里。

（音乐结束）

第6场　思念母亲

〔监狱管理员带信上，狱友们纷纷拿到家人的信件。

监狱管理员　5810（有），5821（有），5825（有），5874！

小　强　有！

管理人员　拿信！

〔其他犯人拿到信急切地打开来看。小强却放进了箱子里。

老　大　你为什么从来不看那些信？

小　强　我害怕！

老　大　怕什么？

小　强　三年就要过去了，可我妈妈从来没来监狱里看过我！我怕她不会原谅我了！

狱　友　三儿，要是你儿子拿刀攘你，你会原谅他吗？

三　儿　我，我，我，一巴掌扇死他！

老　大　够了！我们虽然没有伤自己母亲的身，可我们哪个不是伤透了她们的心！就说我吧，争强好胜，嗜赌成性！我把房子输了，把老婆也输了，我妈跪在地上求我别再赌了，可我那时候真是鬼迷心窍了，不但没有听我妈的话，还把我妈给赶了出去！回去后，我妈就大病了一场！我妈在医院里咽气的时候，我正在牌桌上赌得眼红！就在那天，我被抓起来了！等我进来以后，我才知道我妈她临死的时候，还在叫着我的名字，她放心不下我啊！这么些年，我最想做的一件事就是跪在我妈跟前跟她说一句：妈，我错了！你原谅我吧！可是我连这样做的机会都没了！

[(音乐起)小强慢慢打开手上的信(画外音响起):
小强,这是妈妈写给你的第 312 封信,是在这 1000 多个日日夜
夜里,妈妈无时无刻不在思念着你! 虽然我从来没有收到过你
的回信,但我始终相信,小强,你总有一天会回到妈妈的身边!
妈妈永远爱你!

老 大 (唱)

　　世上只有妈妈好
　　有妈的孩子像块宝
　　投进妈妈的怀抱
　　睡梦里都在笑

众 (唱) 世上只有妈妈好
　　没妈的孩子像根草
　　离开妈妈的怀抱
　　感觉脚下地在摇

小 强 妈妈　孩子在想家
　　外面的天好冷路好滑
　　有你在我就不害怕
　　拉住你一根头发

众 妈妈　再爱我一次吧
　　星星在云海中找月牙
　　不管我能长多高大
　　我都是你手中捧着的娃娃

老 大 世上只有妈妈好
　　有妈的孩子永不老
　　投进妈妈的怀抱
　　感觉被太阳围绕

小 强 妈妈　我想要回家
　　我是你幸福的小尾巴
　　有你在我就不害怕

拉住你一根头发

众　　　　妈妈　再爱我一次吧

　　　　　　在你怀抱我才能发芽

　　　　　　不管我能长多高大

　　　　　　我都是你手中捧着的娃娃

　　　　　　妈妈　再爱我一次吧

　　　　　　在你怀抱我才能发芽

　　　　　　不管我能长多高大

　　　　　　我都是你手中捧着的娃娃

　　　　　　妈妈,妈妈,妈妈

〔音乐过渡到小强换好出狱的服装,并且与狱友们告别,然后走出监狱,周围场景变化,或者转台转动。《等待明天》音乐变奏起,场景转换到小强家的院子门前。

第7场　监狱门口

〔小强上,寻找妈妈的身影。

〔女记者出现在他身后:小强!

小　强　妈妈!? 你是——

女记者　我是来接你出狱的!

小　强　为什么我妈妈没来?

女记者　你妈妈她可能来不了了!

小　强　我妈妈她怎么了?!

女记者　你不知道,自从你入狱以后,你妈妈承受着来自社会各界的压力。这些舆论压得你妈妈喘不过气来。所以有一天,她被人发现坐在这院子里,再也站不起来,不再说话,也不再认识任何人!

〔流苏幕后的灯光亮起,隐约看见妈妈坐在大树下的轮椅上。

小　强　你骗人! 如果我妈妈不认识任何人了,那这些信,这些信都是谁写的?

记　者　这三年来,是我一直模仿着你妈妈的笔迹给你写信。

小　强　为什么? 我都不认识你!

记　者　不,我认识你! 在你8岁的时候! 其实我这么做,也是一种自我救赎! 在当年压倒你妈妈的那些舆论当中,也有我的一份。这些年，我也常常问我自己，真正能拯救人灵魂的到底是宽容还是惩罚。那天在法庭上，当我看到你妈妈替你辩护的时候，我才知道，惩罚一个人是容易的，但是要宽容一个人，只有爱的力量才能够做到。你妈妈是个伟大的母亲！

〔《妈妈的雨伞》音乐起，转台转动，流苏幕升起。

尾　声

〔小强妈妈腿上盖着毛毯，手上正在叠着一只千纸鹤，在地上已经铺了很多只叠好的千纸鹤了，在大树下坐着。

小　强　一双手　一双眼　已模糊的时间

一道线　把昨天和今天　都分在两边

恍惚间　我看见　在雨中　你举着雨伞

伞下面　有一段　还没有淋湿的童年

〔小强慢慢朝老人走去。

回忆好慢　你给我的爱是那么的甜

把我的梦全部都装满

我多思念　她就有多么的遥远

我愿牺牲一切　来和它交换

曾经欢乐的时光

让我再大喊你一声

〔跪在老人面前。

妈妈

小　强　妈妈，我是小强！我是小强啊！妈妈，你答应过我要做我永远的舞伴，你忘记了吗？你答应过我，要永远和我在一起，你忘记了吗？妈妈，你连认错的机会都不给我，我怎么能原谅我自己？

小强哭喊着妈妈的名字，上前抚摸着妈妈的白发，

小　强　妈妈，小强唱首歌给你听

世上只有妈妈好

〔小强妈妈没有回应。

小　强　（唱）

> 有妈的孩子像块宝
> 投进妈妈的怀抱
> 睡梦里都在笑
> 世上只有妈妈——

〔小强妈妈突然开口。

妈　妈　（唱）

> 好。

小　强　（唱）

> 没妈的孩子——

妈　妈　（唱）

> 像根草，

〔终于，在这种特殊的合唱中，小强妈妈发出了几年来第一次的声音。

小　强　（唱）　离开妈妈的怀抱——

妈　妈　（唱）　脚下的地在摇——

〔小强飞扑上前，抱住妈妈。

小　强　妈妈！

妈　妈　小强！我的孩子！

〔音乐起：《爱的力量》。

小　强　妈妈！在监狱里，每当想你的时候，我就会叠一只纸鹤，你说过，当叠了1000只纸鹤的时候，我的愿望就会实现，现在我要用这一千只纸鹤许下一个愿望：妈妈，您站起来吧！

千纸鹤组成的妈妈从地上缓缓升起，组成了妈妈的头像。

〔看着头像，小强妈妈慢慢从轮椅上站立起来。

小　强　妈妈！

灯光变化，后场流苏幕后呈现出梦花园的景象，中区流苏幕后是扇形台阶，奶奶，美伊，女记者，老搭档站在台阶上。

〔前场大树下，小强和妈妈相拥在一起，小强　呜咽！

小　强　妈妈，我回家了！妈妈：小强，我们回家了！

〔幕落，第二幕结束。

——剧终——

2013 年 8 月

图书在版编目(CIP)数据

读步:2016上海新剧作/上海市剧本创作中心选编.
—上海:上海人民出版社,2017
ISBN 978 - 7 - 208 - 14406 - 4

Ⅰ.①读… Ⅱ.①上… Ⅲ.①剧本-作品综合集-中
国-当代 Ⅳ.①I230

中国版本图书馆 CIP 数据核字(2017)第 067423 号

责任编辑 赵蔚华
封面设计 陈 楠

读 步

——2016上海新剧作(上、下)

上海市剧本创作中心 选编

世 纪 出 版 集 团

上海 人 义 出 版 社 出版

(200001 上海福建中路193号 www.ewen.co)

世纪出版集团发行中心发行 常熟市新骅印刷有限公司印刷
开本 720×1000 1/16 印张 49.5 插页 8 字数 832,000
2017 年 4 月第 1 版 2017 年 4 月第 1 次印刷
ISBN 978 - 7 - 208 - 14406 - 4/I·1616

定价 128.00 元